U0447846

KEY·可以文化

叶舟作品

敦煌本纪

叶舟 著

中卷

（全新修订版）

The Records of Dunhuang

浙江文艺出版社
Zhejiang Literature & Art Publishing House

中 卷

(卷十八至卷三十)

卷十八

已届黄昏了，天空萧索了下来。

索敞空荒着，像一根橡子那般戳在地上，丝毫也不敢动弹。细君睡熟在了索敞的怀里，没有骨头似的，充满了对祖父的信赖，气息幽微。索敞对此毫无经验，放也不是，喊也不忍，只好乖乖地保持着一种姿势，直到手脚麻木，身心完全服属了这个女娃子。陆续地，来自敦煌二十三坊的耆老和乡绅全部走光了，门前墙头上，看热闹的邻舍们也慢慢撤了，索朗和丁荣猫这两只打完了架的公狗，各自叼着一嘴的毛，滚出了义庄。目下，只有木匠们还在院中，一个掏挖着榫卯，另一个则用文火，炖着一锅明胶，对旁侧的老财东不闻不问。

黄昏降下了。

事实上，黄昏不是自己降下的。黄昏骑在一匹广阔而发亮的丝绸上，从西天而来，翩然驻锡在了敦煌，栖落在了沙州城内外，并携来了一股巨大的清凉。弧形的天幕上，几朵散淡的浅云，隐约地勾画出了一尊上佛的容颜，宽广，慈悲，神迹空行，三洲感应。索敞不由得想，佛就是天老爷，天老爷即佛。那么，在他老人家的膝下，什么劝止书，什么兴师伐罪，不过都是一群乌合之众的鬼魅把戏，来得迅猛，去得败兴。明摆着，义庄和自己毫发无伤，不是还好端端地立在这关外三县，门楼上的匾额依旧金字烁闪嘛。

但是，这一霎，从新疆的方向上，吹来了一阵夜风，敦煌的天色陡然一沉，暮色席卷而至。索敞仰天瞭看时，竟愕然地发现，那些原本隐匿在黑暗深处的星宿，此刻突然清晰了起来，逼现而出，硕大无朋，枝繁叶茂地缀在了穹顶之上。它们游移着，磨洗着，仿佛一道道细密的针脚，很快链在了一起，织成了一件宽袍大氅，挂在头顶。或许，天上还有残剩的夕光，给这件衣裳打了底，染了色，一片彤红，犹如血衣。但很快，有些星宿灭失了，消匿了，让那些针脚出现了破绽，一件血衣残损不堪，漏洞百出地挂着，飘拂着。奇兆只闪现了一刹那，快得来不及眨一下眼睛，但索敞仍清晰地看见了，便立时明白，这是天老爷对自己一个人的密语。索敞惊悸着，但另一种更大的安详，未曾让他紊乱和恐慌。索敞思忖，是命躲不过，该来的，一定会来。

恰在这时，义庄的门外传来了一阵马蹄声，清脆，空灵，还带着一两声响鼻。索敞回头瞭见，母亲索佟氏蹒跚了过来，忙将怀中的细君交给了她，又接过了一盏羊皮灯笼。索敞喜兴道：这个扎花的，一下午给我尿了三泡，门外来客了，我得去换一换衣裳。索佟氏嘀咕说：童子尿，说不定是菩萨赏给你的，你沾吉了。

马的确是一种性灵无比的动物，一闻见义庄的味道后，便遏止不住激动，撒开了欢。梵义在来的路上，没骑它，也不敢骑。这么些天来，义庄的这匹马一直赋闲，剪了颈鬃，换了蹄铁，顿顿吃的是精饲料，喝的是干净的井水。几日过去，这匹马换了样子，骨骼挺拔，筋存神脉，肌肉饱满，犹若一大团绷紧的蛮力，随时要爆发。黄昏下，梵义将马拴在了门端外的柱子上，听见它咳咳地打着响鼻，心中一凉，知道辞别的时刻到了，却也留恋不得。梵义闪身入内，瞭见老财东衣饰鲜亮，器宇不凡，从堂屋里迎了出来。这一时，下人们已经点着了廊檐下的灯，亮若白昼。一些琐屑的刨花，在义庄的庭院中飞卷着，仿佛可以看出风的形状。

"大……"梵义本想喊一声大大的，话到了嘴边，却忽然改了口。梵义屈身一揖，致礼说："老东主，你这一向安好吧？太老奶、姨娘、索朗和索乘也都好吧？"

索敞去捉梵义的手，欲亲近一下，却没捉住，忙答："都好，他们都好。你回来了呀？"

"嗯，我是来还马的。"

"还马？"

"我前些日子就到了敦煌，忙得一头疙瘩，除了伺候爹妈，家里还有些生意上的泼烦事，这才刚刚打理完毕，第一个就来看望老东主你了。"梵义简略地述说了这一趟的遭际，既不火热，亦不冰冷，仿佛在交割一桩普通的贸易。又道："承蒙老东主的厚爱，这匹马做了我一路上的伴当，让我时时念想起了老东主你的恩义。有借，便有还，它现在增了膘，力气也缓过来了，你听听它的响声。"

"快进屋说吧，里头有罐罐茶，别干了嘴。"索敞邀说。

"不了！"

索敞诧异地瞭见，梵义竟然从腰带里抽出了一根烟杆子，让他上下查看了一番。不错，这正是胡家坊的老掌柜胡恩可的家什，古旧，拙朴，玉石嘴子上带了些许的伤痕，索敞以前还吃过一顿。梵义认真地在锅子里填了烟料，一指头摁瓷实了，掉了个个，将嘴子的一头递给了索敞。索敞迟疑着，盯视着梵义的鼻脸，发现这个不久前才刚刚离开的少年，此番回还后，表情中竟然有一丝金沙深埋的宁静之气。这种气息冷凉，漠然，捉摸不透，但分明有一种拒人于外的态度。索敞暗忖，这几个月的工夫，究竟有什么样的跌仆，什么样的淬炼，什么样的火候，落在了这个少年的头上，降在了他的身上，令其豹变一新，与旧日格格不入。目下，梵义让烟的举动，无疑在说，他已经全盘接管了胡家的大小事务，成了新一世的当家人，跟义庄的大掌柜可以平起平坐了。这么思想时，索敞伸了手，欲掸一掸梵义的肩膀，但具体要掸落什么，他个人也不明白。岂料，手刚伸了过去，却被梵义的烟杆子格开了。无奈之下，索敞抓住了吃烟的家什，埋下了头。梵义摸出火具，喂了火，见老财东潦草地吸了几口，迅速吐了出来，一不赞扬，二不咳嗽，寡淡得就像汤饭里忘了撒盐。梵义接过了烟杆子，含住索敞的口水，也照样吸了几口，慢慢地泄了出来。昏暝中，锅头里的那一星火，迅速暗沉了下去，很快就败了，显然是欠缺装填的经验，功夫不足所致。

索敞轻笑一下，却步说，等等，便转身跑进了屋子。稍顷，索敞拎着自己的烟杆子出来，交给了梵义，又点了火。梵义不曾推托，像一个老练的敦煌财东那样，俯下身去，接住了男人之间的问候。一道浑浊而辛辣的烟气，急切地冲破了口腔，涌上了鼻腔，而后又拧成了一把绣花针，飞射而出，钉在了天灵盖上。这一霎，梵义的脑子里腾起了一场尘暴，飞沙走石，劈剥而来，眼底里也泛滥出来了一大片黑雾，堪比张芝墨池中的墨汁，也好像掉入了千佛灵岩上的一眼诅咒窟内，令梵义一时失措，险些栽落在地。梵义咂摸着，辨识着，这几乎不是烟料，或者说在一小撮旱烟渣子的表面下，羼杂的是胡椒粉，是辣面子，是石灰。但梵义始终没有怪异之相，也不曾喷吐出去，而是耐下性子，仔细吃住了。梵义稳住了下盘，咧着笑，又吃了第二嘴，第三嘴，看见锅头内的一坨火星烁烨光亮，头脑中的那一片黑雾，也渐次褪去了。我心匪席，不可卷也，在乡学里念书时记下的这一句圣贤话，让梵义款款直起了腰，将烟杆子交还给了索敞。索敞接了，却并没有按照相同的礼仪，噙住烟嘴子，去吸食上三口。相反，索敞抬起了脚，金鸡独立一般，用锅头磕着鞋底子，将残剩的烟料悉数磕掉了。一些琐屑的火星子飞溅出来，被风吹送着，零星地跑了出去，在接近那一堆刨花时，纷纷殒灭了，并没有引燃它们。

优良的少年，索敞暗自喟叹，倏忽间，心中又潮起了一种巨大的懊悔，对自己刚才的唐突与冒犯歉疚不已。这懊悔覆压着索敞，令他几乎喷出了泪水，如同肝胆俱裂，内里的生气，一寸一寸地灭失殆尽。那种鲜为人知的疼痛，尖利，锥刺，漫溻无比，唯有他自己一个人明白。婆娑中，索敞瞥望了一圈义庄，这个气数将尽的古老家族，似乎还沉浸在一派麻痹与昏睡当中，浑然不知。不错，索敞的这番感受，恰恰来自眼前的这名少年。他年轻，快意，心藏朝气，身形矫捷，犹若一匹下山的豹子，对这个人世上的一切都充满了好奇，与暮色沉降的义庄，简直有云泥之别。这一时，梵义牵来了马，迅速卸下来一捆东西，打开了。梵义拿出各色礼物，逐一介绍说，这是给老东主买的小羊皮坎肩，这是给太老奶和姨娘的头巾，这是给索乘弟弟的洋画片，这是给索朗哥哥的一只铁哨子。末了，梵义再次摸出了一个锦囊，掏出了一只银铃，晃了几晃，说这是送给细君的。银铃的清脆声，好像赞堂中的美妙诵念，一下子将索敞唤醒了，他失神地攀住了梵义的胳臂，鼻脸上敷着泪光，哽咽道：

"梵义，不，少东主，我啥也不要。"

"这是长路上买的，一点心意罢了。"

索敝急迫道："真的，我啥都不要，我只要少东主你点一个头。"

"怎么？"

"来日，假如义庄有难，如果索门不幸，还请少东主千万不要嫌弃，该搭一把手时，一定要发一场慈悲心，救一救这一家老少，不要辱没了门头上的这块牌子。"索敝哭下了，像一个娃娃似的，哀恳道，"念在你我叔侄一场的分上，念在这一匹马的情义上，老朽这就给你下跪，求你点一个头，应承了我吧。"

梵义及时揽住了索敝，求告道："老东主何出此言，你这是要折煞侄儿了？"

"求你点一个头，答应老朽吧。"

"到底咋了？"梵义究问。

"因为，你现在是河西司马。"索敝道。

梵义一怔。

"河西司马就是你梵义，不会是旁人。"索敝止住了哀伤，托孤一般，接续道，"我活了这一世，我心中好歹有一面镜子，除了你梵义，没有人能拯救索氏一门，更没有人能保全义庄的魂魄与筋骨。"话说至此，索敝忽然有了一种前所未见的宽释，一份暗喜："令尊答应我的那一座家窟，我现在不要了。给了梵同的那一张汇票，那一笔钱，你就替我施舍出去，做一次无上的供养吧。这一匹从玉门镇左家买来的良骏，牙口还年轻，当初就是赠给你的，想必能配得上你这个儿子娃娃。真的，我啥也不要了，我只要河西司马的一个点头，一句承诺。"

"老东主，我不懂你这些话。"

"将来你就知道了。"索敝执拗道。

"将来？"

"对，在敦煌，在这关外三县，谁的命数和归宿都在地上，也在这一条长路上。有的人瞎着，但有的人却能看见。"索敝的话一片深渊，奥义无限，又道，"马吃了拌料才能健硕，才旺盛。有时候，人也应该多吃几口痛苦的拌料。"

梵义扪心道："老东主这是在开示我。"

"我也在加持自己。"

不承想，立在旁侧的大马，忽然垂下了头，一味地擦蹭着索敌的衣袖，好像认出了什么。索敌伸出手，抚着它颈脊上干净的鬃毛，抚着它的耳朵，抚着鼻门，表情中顿生了一种惜疼之色。梵义讶异地发现，马的眼角上竟然挂着一颗泪，泪滴中倒映着不远处一盏灯笼的样子，热烈而迷醉。索敌一笑，截铁道：

"少东主，你骑上走吧，我知道答案了。"

车马挽具店的后身，是胡家在沙州城内的另一处院落，早些年购置的，如今院中的几棵槐树，早已形势浩大，浓荫蔽日。根据贸易的走势，季节的变化，胡家除了本地的长工外，还时常雇下一些短工，吃住就安顿在里头。偶尔，一些来进货送货的生意联手，连人带牲口车架，也被安置了进去，所以这里也称之为马院。马院原本肮脏极了，墙下面码满了一排排空酒坛子，啃过的牛羊骨头堆成了小山，牲口粪足足有半尺厚，让人干脆下不去脚。短工们一律是和尚头，裆里吊肉，眼睛里没活，让马院一直沤臭着，鲜有人去打扫。岂料，这样的情状被少东主的一句话改观了，彻底变了样子。

那一日，梵义闯进了马院，气得吹胡子瞪眼，催着管家苏食抓紧去城外，低价赁了一座闲置的庄子，将雇工们统统搬迁了出去。苏食不解，梵义却嘻然道：不在这个马院里盘一面炕，咋放你的枕头，咋铺我小婶子的被褥，难道你让孔执臣去街上打秋风呀？苏食当即哑了，表情上却开开了一朵花，立刻接下了翻修的任务，比一只兔子还要快。这么着，苏食拉来了一队工匠，覆了新瓦，换了门窗，粉了墙，铺了一地的青砖。后来又一想，苏食咬牙掏出了自己的钱，拆掉了偏房内雇工们睡过的那一面旧炕，另盘了一座。新炕是用祁连山里的青条石铺的面子，周围勾了灰，炕沿上补了板材，刨子推过后，有一圈圆润的弧度，防止人被划伤。修葺一新后，院子空了几日，苏食不好开口，去央请孔执臣从客栈里搬过来住，毕竟她身上挂着孝布，有悖风俗，再说管家的身份也多有不便。不承想，梵义却并不忌讳，居然亲率着孔执臣进了门，这达转转，那达瞧瞧，让后者提一些意见。

孔执臣当场拿出了一张图纸，比对了一番周遭的环境，笃定地说：干脆将堂屋的后墙打开，开一扇临街的门，将堂屋改造成店铺吧，别浪费了。的确，后墙外乃一条繁华要津，斜对过恰巧是敦煌守备署，天天人流湍急，骡马欢腾，算得上沙州城的主街之一。梵义应肯了孔执臣的话，立时交办给了苏食，让他去把匠人们请来，破墙，开门，装窗，另外再买几个柜台，一排货架子。苏食懵懂着，但也猜出了七八分，料想他二人早就筹谋过了，不便异议。这份工不大，两天就完毕了，待墙面上的灰泥干透了，门板上的清漆亮了之后，孔执臣又跟着梵义来了一趟。当着蒋斧、卡利班、昆莫、李无亏、项楚和茹老二的面，也当着弟弟梵同与一帮伙计的面，在街坊邻舍们的注目下，梵义捧出了一尊彩绘的财神像，郑重地交给了孔执臣。其实，财神的脖颈上挂着一串新钥匙，谁也没有去在意。那一霎，孔执臣泪水盈盈，情难自禁，却也不曾公然恓惶出来，而是双手合十，面朝东方，向着焉支山的方向叨念了一番。稍后，驶来了一辆牛朋瓶牌匾坊的马车，伙计们连抬带卸，搬下来了一张蒙覆着鲜红绸子的大匾，令在场的众人压下了心跳，期盼连连。伙计们架了梯子，在廊檐上钉了狼钉，迅速将大匾悬置其上。梵义机心深邃，不愿去抛头露面，反倒将孔执臣和苏食生拉硬拽了出去，让他俩揭幕。因为孔执臣尚在服丧，卡利班临时买来的一堆鞭炮，被梵义当场喝停了，不许大事声张。于是，有的人鼓掌，有的人跺脚，催喊着他俩赶紧动手。当廊檐上的那一块绸子被揭下来时，一张漆地金字的大匾赫然出现在眼前：

急递铺

而后的一切，跟敦煌任何一个商贸家庭的开张一样，亲戚朋友们开始行礼性，随份子钱。梵义率头，将一个红包交给了苏食，又对孔执臣揖礼，说了恭喜发财、财源茂盛之类的吉祥话。梵同次后，也掏出了一只红包，先对苏食吼喊了一声叔，又对孔执臣轻念了一句小姊，弄得这两个人憋红了脸，又不好驳斥。蒋斧带着一帮游击，依次尾在了后头，各自行了礼性，一个个的嘴上像抹了蜂蜜水似的。苏食捧着一沓子红包，发现样子一致，纸张相仿，便猜出它们出自同一只手，一定是同一个人叠出来的。抽了空，苏食举起一个红包，对着日头照了照，果然看见里头空无一物，挂着羊头，大家都在卖狗肉。干了多年的管家，苏食知道，这些都是梵义事先安排的，做给街坊邻舍们瞧瞧，一者，撇清了跟他和胡家的干系，二来，一切都不显山露水，将这伙人结社邑义的事，隐匿在了水面之下。念想至此，苏食忆起了敦煌人的一句俗话，穷开张，傻欢乐。即便梵义身为急递社的当家人，一时半刻，他也掏不起第一笔启动的经费，只好行一步，看一步了。宽释下来后，苏食配合积极，一下子进入了角色，像一介敦煌六合班里的合格戏子，笑迎各方。苏食问说：罐罐茶熬好了么？孔执臣答：云南下关的砖茶，景甜茶坊里买的，还在炉子上炖着哪。又问：花馍馍和油香端上桌了么？答：早上出锅的，再不吃就凉了。这么着，苏食轰鸟一般地吆喊：快进去吃吧，放开吃，吃了给急递铺长个脸，添个福呀。

门一闭，进来的皆是急递社中的人，一个个哈欠连天、人仰马翻的样子。

槐树下的石桌上，摆满了茶碗和吃食，却无人伸手，即便肚子里都在打鼓，饿得心慌，渴得头晕。梵义的脸，阴沉若一张黄表纸，盯视着每一个伴当，看得人发毛。自打回返敦煌之后，照着梵义的吩咐，孔执臣暂栖在了客栈中，一刻也不闲歇，用了她那一手漂亮的墨笔字，昼夜无明，加紧誊抄着孔大先生开出的那一张防治瘟疫的药方。其他人也不消停，研墨的研墨，裁纸的裁纸，饲马的饲马，换掌的换掌，一体上处于待命而发的状态。孔执臣的手几乎写垮了，动弹不得时，在温水里敷一敷，又接着伏案抄写，谁也替换不了她。瘟疫是个厉鬼，又不看人的脸色，说不定会见缝插针，御风而来。随着气温从凉州城一路向西，慢慢升了上来，关外三县情势危机，梵义自然不敢懈怠。孔执臣每抄完一摞，便有一个游击衔命而走，快马出击，前去四乡八邻里张贴，广喻百姓。每名游击各取一线，互不干扰，基本上踏遍了每一个庄子，每一支商团，就连祁连山南麓的游牧部落也不曾遗漏。干完了这些，孔执臣在客栈里昏睡了两天三夜，手指也慢慢复原了，勉强能握得住一双筷子。蒋斧领命，走了一趟猩猩峡外，将药方急递给了哈密王。卡利班仗着年少，远赴了一次玉门县，还帮着养马的左家，给上百匹牲口的腿上刷了石灰水，做足了预防，后半夜里才刚刚回来。这一刻，游击们相互打望着，乱猜一气，大家没了功劳，起码也有苦劳吧，梵义却一直苦瓜着鼻脸，实在令人不明就里。

果然，好事无苗头，坏事有迹象，瞭见管家苏食从水桶中捞出了一根湿漉漉的鞭子后，梵义忽地立了起来，沉声问：听着，是哪个贼娃子在张贴出去的告示上，私自盖了印，盖了河西司马的汉印？梵义显然已经跟管家沟通过了，苏食也帮腔道：结社邑义本就是秘密的，晚夕里的歃血盟誓，指天发咒，如何能拿到大天白日里公然谈议，况且还吃了狗胆，盖了汉印，将少东主的身份泄露了出去，让全敦煌的人都在猜忌。梵义去义庄还马的那个夜里，又专门跑了一趟南城门，印证了索敌的话，看见了那一方红印，内里滋生出了不小的阴影。此时，梵义摸出来一张旧告示，残损，破旧，污渍斑斑，拍在了石桌上，以资证据。吆问了几遍，在座的诸位纷纷哑默着，无人承认。苏食急了，攥住鞭子道：都把手伸出来，我要检查一下，谁的指头上留有印泥，谁就是长舌妇。沮丧的是，时隔太久，每一个游击的手上除了老茧和裂口外，再无他物。急递铺今日开张了，本来是一个欢愉的日子，却被这个突然的意外打成了一锅糨糊，又泼上了一盆凉水。大槐树的阴凉下，游击们表情败坏，各揣心事，好像梵义的疑心，挫伤了他们。这一时，梵同开口说：

"是我干的，与他们无关。"

苏食道："那就好，不枉是一个儿子娃娃，敢担当。"苏食拎着鞭子，将梵同摁在了槐树上，意欲动刑。又说："按结社邑义时约定的，悖逆了少东主，至少要吃三鞭子。"

"我乐意受罚，但我不明白，盖上一个河西司马的印，错了什么？"

"错在虚荣，错在炫耀。"梵义答。

梵同被按住了，不得已抱着槐树，将脊背和屁股露了出来，等待鞭刑。梵同吼喊说："苍天已死，黄天当立。清廷被撵出了紫禁城，现在是民国的天下了，军阀混战，山河支离。难道急递社的儿郎们，就不能放弃鸡鹜得失之争，大彻大悟，拉出一支人马，相率投荒，去做千秋万世之业，而并不是只甘心于开个小铺子，投邮什么包裹和零碎吧？"

"与官府作对，这不是急递社的出路。"梵义大怒。

"天下者，百姓之天下。"

梵同抗辩。

"小贼娃子，牙齿太硬。"梵义截住了话头，不想让其继续蛊惑，笃定道，"跟官府作对，自古就是死路一条，眼前就摆着一桩活生生的例子，义庄便是。另一个，与官府勾连，也无异于与虎谋皮，将来人财两失，前景凄凉。咱们结社邑义，加上这个刚刚揭牌的急递铺子，应该另开一条生路，不事声张，闷声发财，在这个乱象纷呈的世上，过好个人的日子。"

梵同驳斥道："义庄也闷声，过好了么？溥仪也不敢放屁，过好了么？中国呢？"

"还等个啥，打。"梵义断喝。

管家苏食心生不忍，却又拗不住梵义的催逼，扬起了手。梵义的震怒，犹如狮子吼，令苏食一瞬间觉悟了，知道这是一个塑造少东主权威的最佳时刻，错失了过去，机不再来。不错，佛是人中的狮子，而少东主也应该是狮子中的魁首，领袖群伦，不容有一丝一毫的玷污与冒犯，哪怕梵同是一个弟弟。梵同扭曲着身子，挣扎不休，但昆莫、项楚和卡利班架住了他，除下了他的裤子，露出了白花花的尻蛋子，趴在了树上。苏食的鞭子抽将上去，好像一道湿润的闪电，立时炸开了一根血痕，皮肉开了花，气味一腥。讶异的是，梵同这个小糊涂匠，一不告饶，二不下话，居然就挺住了，尻子撅得很高，好像在挑衅一般。苏食没了办法，暗中减缓了力道，将第二鞭子送了出去，照例又炸开了另一根血痕。这个关节上，急递铺的窗扇突然啪地合上了，一个女人的啜泣声隐隐传来，除了孔执臣，不会是旁人。苏食心知，这两鞭子虽然落在了梵同的身上，但自己才是真正的罪人，这下把孔执臣得罪光了，日后一定没有好果子吃。这么着，苏食丢下了鞭子，冲着梵义一揖，哀恳道：

"少东主，剩下的一鞭子，干脆记在他的头上，以观后效吧？"

梵义怒目："怎么说？"

"呃，是这，"苏食的脑子里，自然有一篇缜密的说辞，绍介道，"按着敦煌结社邑义的规矩，罚了不打，打了不罚。谁触犯了社里的条陈与法规，除了体罚之外，还要在这一年的惩牌上给他记一笔，岁末分红时，再从薪俸中扣除。我的意思是说，梵同的这第三鞭子，干脆就记在急递社的惩牌上，看他将来能否将功补过，把这一笔账抹掉。"

"要是有功于社里，又该如何？"梵义探问。

"嗯，那就在劝牌上也记一笔，年底分红时，拿双倍的酬劳。"

"劝牌！"

梵义沉吟着，率先拿起了一碗罐罐茶，啜饮开来。卡利班诸人见有隙可乘，忙将梵同扛在肩上，一道烟地送入了睡房内，扔在炕上，躲过了最后一鞭。梵同悄寂了片刻，疼痛忽然像一把撒过来的沙子，让他周身火烫，难以自持，兀自哎哟了起来。睁开眼时，梵同愕然地发现，这竟是一间女人的闺房，新炕，新被褥，新手巾，新门帘。门帘上绣着大红的牡丹，炕墙上贴了几幅供养图，一张桌案上摆着清供，旁边还搁着一只胭脂盒，脂粉气四溢。梵同不敢放肆，忙从炕上爬了下来，急着穿鞋。

这一时，孔执臣打了帘子进来，红肿着眼睛，打算查看一番梵同的伤情。梵同不从，怨怪说：你一个妇道人家，没羞没臊的，我这可是童子身呀。孔执臣沉下脸，一个抽脖子上去，打得梵同立刻闭了嘴，又申斥说：你的鸡尻子里藏了闪电么？别忘了我是什么出身，快撅起来。查看完了，孔执臣开开抽屉，从里头取出来一包创伤药，在一块干净的褟子上抹了少许，让梵同自己贴在了伤口上。梵同撅着尻子，探摸着伤口，目光从裤裆下穿了过去，瞭见孔执臣背转过身子，正在暗自抽泣。梵同始终长不大，顽劣心不改，嬉笑说：我该喊你小婶子，还是喊你一声姐呢？孔执臣回说：当然是喊姐了，将来的事情，谁也说不上，连菩萨也不能打包票。哦，我明白了，你的意思是说，让我苏食叔继续这么空荒着，打他的光棍呀？梵同拾掇停当了，或许是药性发作，一直龇着牙，咧着嘴，又唔叹道，这么漂亮的睡房，如果没有一位新娘子，一个新郎官，实在是可惜喽。孔执臣迎面过来，表情寂灭：你个小贼疙瘩，你不必对我念紧箍咒，姐身上戴了孝，至少三年之内，谁也别跟我提嫁娶的事，我已经发了愿。梵同惊住了，举起三根指头，讶异道：三年呀？哎哟，有这三年的话，我叔苏食说不定早就灰心到底，皈依佛门去了。孔执臣恨恨地说：呵，现在可不是三年了，再加上两年吧，他刚才抽了你两鞭子，一鞭子一年，你自己算筹去吧。梵同这才清晰起来，明白了孔执臣的眼睛红肿的缘故。梵同轻喊了一声姐，上去攥住了对方的手，孔执臣倒也没拒绝。

"好了，你实话告诉姐，你刚才说的话，从哪达学来的？"

"什么话？"

孔执臣道："苍天已死。"

"哦，黄天当立呀。"梵同嘻然一乐，受了褒奖似的，"我去过一趟猩猩峡外的哈密，有些话是从新疆的报章上看的，另有一些话，则是乡学的总教在课堂上讲的。姐，我现在要学你，黄天不立的话，我这辈子也就不娶媳妇了，我不拖累别人，我只想当一名护法，做一名急递社里的游击，把这一条河西长路跑遍，跑熟。"

"你想当护法，想做一名游击，所以刚才成全了梵义的威信，白白挨了一顿打？"

"这你都知道了？"梵同诡笑。

"我当然知道了，其实你哥心里也明白，因为河西司马的印，全是我盖上去的，与旁人无关。"孔执臣抚了抚梵同的肩，赞许说，"将军还是少年豪，宵读兵书夜带刀。听着，以后有了什么难心事，给别人不便开口的话，尽管来找我，姐姐会帮你的。"

不巧，一阵风刮来，将这间睡房的窗子吹开了，院中的一切，敞现在了眼前。槐树的阴凉下，一帮急递社的成员拢在一起，蒋斧嘴里喋喋，好像在绍介着什么。末了，一个个端起了茶碗，相碰了一遍，一定是谈妥了一桩贸易。梵同不想错过，刚要拔脚出去时，却被孔执臣扯拽住了，低语说：别逞能了，你这个伤势起码要养上十天半月的。梵同犟嘴说：先锋自古就是少年人干的，我不去拔头筹，到老了我会后悔的。孔执臣扑哧一笑，松开了手。岂料，外面的人已经言毕了，纷纷立起了身子，冲着梵义抱拳，说着告辞的话。梵义朗声道：

"刚才梵同剩下的那一鞭子，就记在惩牌上，年底了结算吧。"

苏食答："是，少东主。"

"另外，我治下无方，肩有失察之责，给我也记上两次惩牌吧。"梵义的目光逡巡着身畔的游击们，截铁道，"那一方古印，以后交由执臣去保管。她是个女人家，一定会仔细的。"

仅仅过了几天，梵同的屁股又烂了一次。苍蝇围着他，好像他是一块猪油点心。

从鸣山书院回来的路上，梵同便感觉不对，裆里湿透了，味道血腥。梵同踩住了马镫，尽量将身子伏在马脊上，撅着尻子，慢慢地进入了沙州城。街巷两侧，那些晒日头打盹的人，瞥见了一群苍蝇飞过来时，竟不知此人是死是活，反正有血水滴落下来，洒了一路。梵同疼死了，瞥见敦煌守备署的大门时，明白自己有救了，挣扎着滚鞍下来，将缰绳拴在了急递铺的门端里，喊了一声姐。孔执臣拿着针线，正在缝一件包裹，突见梵同闯了进来，气息羸弱，忙起身搀住了他。梵同惨笑道：我的尻子烂了，把你的药赏赐一些吧。

其实，孔执臣先时也陷在了郁闷当中，一不小心，针头刺破了手，用完的创伤药恰巧就在旁边。急递铺开张不久，荒凉了几日，进门溜达张望的人多，鲜有来投寄的。心急之下，孔执臣讨了一份梵义的口谕，在门外挂上了一块牌子：开张大喜，酒资全免，时限半月。沙州城的百姓本来就对这个新生的行业充满了轻蔑，现在则被激怒了，暗中撺掇，前来投邮，想试一试水深水浅。第一单贸易不是包裹物品，也不涉及金银钱财，却是一封口信。草场后街的一位耄耋财东拄着拐杖进来，声称要托一道口信，问问榆林窟沟口的家侄，那一座握桥是否修复，自己可否如期进入东千佛洞还愿。孔执臣接纳了下来，又是笑脸，又是奉茶，请其签了名姓和两方地址，果然免了酒资。当着财东的面，蒋斧一人一骑，衔命出城。不一日，财东再次来到急递铺时，早有一封回函搁在了柜台上，确系他侄儿的亲笔墨字。回函说，握桥业已完工，安全无虞，期盼叔老子早日成行，且附了一纸最便捷的路径图标，写明了双方会合的日期与地点。当日，财东一家就套上了骡马车轿，浩荡出行，开启了还愿之旅。五天过后，心愿已偿的财东复又出现了，满面红晕，如沐佛光，肃穆地立在急递铺的门前，先是披红荐台，给门头上的匾额挂了一块大红的被面，又恭敬地鞠了三个躬，行礼如仪。

　　第二桩贸易，事实上仍是一道口信，只不过前来投邮的皮毛商人是个文盲，不谙笔砚，由孔执臣将他的话落实在了纸面上，并钤上了雇主的手印，分派了出去。商人急吼吼的，身上起了火一般，三天两头就来铺子里询问一下，孔执臣耐心接待着他，从不冷淡。这封信路程迢远，要投递给祁连山北麓的皇城草原，商人的中心意思，大概在求问自己的贸易联手，今年皇城的皮毛价格几何。如果价格低于一个准线时，请对方务必组织一批上好的货物，抓紧赶路，与他在沙州城会合，一道运往东疆。商人释解说，去冬时，巴里坤牧区遭遇了铁灾，牛羊死伤无数，以至于今年的皮毛价格飞涨，包括哈密、鄯善、吐鲁番，甚至首府迪化的店铺中货物基本告罄，口外的贩子们四处联络，打算提前囤积，以备今年的冬季来临。钱的话，谁都能懂，文盲商人看见了这其中的差价，所以急出了满头的疙瘩。这一回，受命出发的则是李无亏，去途两日，来程三天，将贸易联手的回函交给了敦煌商人。李无亏，也活该他叫了一个如此优异的名字，让商人沾了吉，蒙了恩，获取了暴利。商人逗留了不久，跟皇城驶来的皮毛队伍会合后，一路西行。不承想，还没走出猩猩峡口，便被等候在那里的东疆贩子们截住了，不问三七，全部高价吃了下去，干脆得就像热刀子切酥油，一点也不拖泥带水。回返后，敦煌商人又想干一大票，启程前抽空来了一趟急递铺，将一块硕大的银锭搁在柜台上，恳请孔执臣收纳下来，千万不要推辞。孔执臣婉拒了，再三声称在开张之内的这半个月中，急递铺接获的所有贸易单子，一概免除酒资，就当是结交乡邻，扬名立万，闯个牌子吧。岂料，商人诡谲地说：这十两纹银不光是为了酬谢，另一重意思是买你们的嘴，买急递铺的信义，千万不可将这一个贸易机密泄露出去，天下周知，让皮毛的价格塌落下来，一切都前功尽弃。闻听此语，孔执臣手执鸡毛掸子，抽了几下柜台，驳斥道：哎哟喂，你当急递铺是街上的车马店，可以到处乱语，可以随便放屁嘛。商人犹不安心，又在掏银锭。孔执臣催说：你再不上路的话，买卖二字可就跟你断了缘分，天快入秋了，新疆那边一天一个价呀。商人让孔执臣当面吃个咒，发誓守秘。后者却道：此乃行商坐贾的基本信条，自古皆然，急递铺也不例外，至于咒不咒的，你以后自然会分明，我这个铺子又不是只开一年半载的。此话等于一句承诺，商人宽释了下来，抱拳作别，匆匆出门。

不巧的是，行至过去的参将署门前时，商人一眼瞭见了李无亏，登时一惊，骇然不已。李无亏的半拉脸还在，但另外的一半肿胀起来，颜色深红，仿佛刚刚吹鼓起来的一只猪尿脬，连皮肤下的血筋都历历在目。李无亏歪着颈子，斜眼吊睛的，被商人当街拦了下来，请进了旁侧的一家茶社内，究问底细。原来，恰是这一趟皇城之行，李无亏一度失了路，迷入了一座马蜂沟，被猛烈袭击了一顿。蜂毒是一点点爆发的，这些天尤甚，害得李无亏吃了不少的汤药，也不见转机，眼看着鼻脸就要破了，脓和血将渗流下来。当日，李无亏购得了一张偏方，目下只缺一味药，正打算去集市上采买，不想邂逅了先时的雇主。商人焦心地问：你先歇缓着喝茶，我去替你买吧，究竟买什么药，你给个准话？李无亏叮嘱说：白皮蒜，一定是白皮的蒜头，红皮的不行。商人这一走，整整走了一个多时辰，直到暮色垂降时，才悄然闪进了茶社，将一提兜的白皮蒜头，交给了李无亏。闲章中，商人探问说：好我的李哥，就冲着你无亏这两个字的大名，你绝对是我的福星，我的财神爷，你干脆跟着我干吧，我给你抽一成，或者开双倍的薪俸，比你在急递铺那个吃不饱但又饿不死的铺子里强上许多，如何呀？李无亏嘿嘿一笑，样子丑陋极了，仔细道：你可怜我现在没有脸是吧？没有了脸，但我还是要面子的人，这样的话，记着以后切莫乱讲，否则小心我翻脸的。

　　回到了车马店，李无亏蹲在灶台前煎药，熬煮了半宿，居然不曾嗅闻到一丝半缕的蒜味，于是便起了疑心。将药锅子泼在了地上，李无亏讶异地发现，两头白皮大蒜竟然囫囵着，明晃晃的，一片银光。攥在手上，又细查了半晌，终于发现蒜头是纯银打制的，惟妙惟肖，难怪走了眼。其实，一提兜大蒜也就这么两块银子，每个却有四五两重，令李无亏瞬时有了负担。隔天的夜里，恰巧少东主梵义去了车马店，给蒋爷交代事情。趁着大伙的面，李无亏掏出了银蒜头，讲了大致的脉络，意欲充公，将银子纳入急递社的账目当中。梵义拒绝再三，称这是急递铺的免费期，你俩私相授受，并不曾违反条陈和法度，你拿上银子，先去把鼻脸治好吧。李无亏很硬棒，恳切道：急递铺是我的取水之源，吃饭之钵，我是靠着这块牌子活命的，万万不可容我撒野，私肥了我。说急了，又道：要是这两疙瘩银子不充公的话，那我就施舍出去，给莫高窟投个香火钱，求个安心。一席话，让梵义刹那间忆想起了另一张残损的脸，心下落寞，忙抓住了一块银蒜头，声称要借用一番。梵义释解说：急递铺占了马院，郭弦子夫妇最近暂居在了客栈里，这些天嚷嚷着又要回莫高窟，自己务必要亲送过去，这块银子就算是他们后半年的开支费用，先记在我个人的头上，待年末分红时一定璧还。锣鼓听声，听话听音，在场的伴当们谁都清楚，少东主为了急递铺的开张，花销不菲，天天支出，目下恐怕是到了阮囊羞涩的地步了。李无亏突然将另一块银子，塞在了梵义的手中，蓦地掉头跑了，留下话说：我这张破脸不打紧，弦子叔可是塑佛立像的匠人，让他抓紧治疗吧，千万别吓坏了菩萨们。

　　第三桩贸易，发生在少东主离开沙州城，护送郭弦子夫妇去了莫高窟的当日。

　　晚夕时，孔执臣上了门板，和了面，刚打算揪一锅酸汤片子，便有雇主投上门来，央请将三只木箱急递至吊吊泉一带。免费虽然是真的，但也不能如此狮子大张口吧。吊吊泉挨近了东疆，鸡鸣两省，属荒蛮之所，即便派了最快的快马，少说也有三天的脚程。孔执臣一时犯了难，去车马店里找蒋斧拿主意。后者笃定道：别说是吊吊泉了，就是阎王殿，这一趟也必须去赴险，谁叫咱们张挂了那么一块告示哪。这么着，蒋斧贪夜出走，一人三骑，连眉头都没皱一下。岂料，天麻麻亮时，门又被叩响了，原是那两个雇主，抬着一只沉甸甸的箱子，还是送往吊吊泉的。孔执臣这回上了心，嗔怪说：这明摆着就是作弄人，昨晚夕一趟子拉来，不是更简单嘛。雇主们申辩了一番，左右都是他们的道理，口气强硬，反正是冲着你免费的牌子来的，你总不能自食其言吧。这两个人口音有异，五官也别样，引起了孔执臣的注意。果然，他们打着绑腿，穿着新式的布鞋，虽说身上套着一件伙计的衣裳，却仍旧露出了马脚。孔执臣气馁了，戏谑道：军爷，我这个小店可是一家老小活命的本钱，不想惹是非，也不敢惹，还请你们去宽展处发财吧。见身份暴露，其中一人坦言：不错，我等正是国民革命的新军，不久前刚刚驻扎在关外三县的，现在天下共和了，你身为一介公民，也理当为革命出一份力，流几滴汗。另一人则态度和缓，开导说：本来事情不大，革命军完全可以自己解决，但因为事涉机密，我们不便抛头露面，所以急递铺成了首选。孔执臣登时了然了，秀才遇见兵，当即没了奈何，忙去车马店里喊来了项楚、茹老二和昆莫，套了一辆马车，催他们赶紧上路，或许还能追上前头的蒋斧。

  两天后，约莫午时左右，孔执臣坐在门口择菜，给一堆豆角抽筋，远远地瞭见那两个穿便装的军人又出现了，拖着一只箱子，样子吃力，朝急递铺走来。不待孔执臣起身，街面上突然枪声大作，几支新军分头包抄了过去，参将署门前顿时血流成河，一派狼藉。孔执臣恐惧极了，趁乱上上了门板，又趴在门缝上窥视，却见那两个雇主早已被子弹射杀了，成了一堆肉泥，旋即被一根绳子拴住了脚脖子，拖走不见。军人们撬开那只箱子，从里头倾倒出了一地的铁器，大大小小的，形状各异，孔执臣并不识得。事发之后的那几天，孔执臣的头发始终耷着，心悬不已，抽空去了几趟西门外，翘望不止，盼着蒋斧一行能安然返回。

  蒋斧诸人归来后，亦是惊魂未定，口干舌燥，仿佛从阎王爷的门前走过了一遭。究问之下，孔执臣方知，原来那两个找上门来的军爷监守自盗，将六杆枪拆卸了下来，化整为零，藏在了木箱中，又填装上了别的东西，假借急递铺之手，打算运往吊吊泉一带销赃。不料，来接头的竟是一票北部山区的土匪，抱怨那两个军人将枪支分解了，没有一体送来，况且生了锈，并不是此前所应允的新枪。土匪们将怨气撒在了几个游击的身上，后来见榨不出什么油水，遂扣下了两匹马，放了他们。孔执臣也绍介了参将署门前的那一幕，蒋斧笃信，箱子里的那些铁器一定是弹簧和扳机。没了弹簧，没了扳机，土匪们手里的器械，顶多就是一堆废物，这是唯一可资欣慰的事。

消停下来后，急递社的同僚们开始检视这一趟失败的贸易。孔执臣懊悔不迭，一发揽在了个人的身上，怨怪自己有眼无珠，没有检查接收的货品，贸然行事。孔执臣请求在惩牌上重重记下一笔，将来从她的薪俸中扣除，但蒋斧不应。蒋斧宽慰说：虽然这一趟有些冒失，但总归是有惊无险，一个个都囫囵着回来了，多半是天老爷在照应，只当是吃亏长见识吧。又叮咛道：目下最要紧的，便是抓紧时间挣一笔钱，在少东主从莫高窟返回来之前，再买两匹快马，一切都要做得滴水不漏，别给梵义添乱。孔执臣问说：瞒着少东主当然也可以，但至少跟苏食通个气吧，将来万一事发，也别两岔了。昆莫和项楚趁机揶揄说：那个贼骨头管家就是一根鞭子，他自然舍不得打你的漂亮尻子了，但对我们下起手来，他跟一头獒犬没什么区别。孔执臣羞臊开来，忙钻进了灶房内，给大家做了一顿臊子捞面。

半个月的免费期倏忽而过，怪道的是，前来投邮的人不减反增，忽然间络绎了起来，办完手续之后，将式样各异的包裹塞满了几个货架子，心甘情愿地留下了不同的酒资，款然而去。来投邮的不仅有沙州城的居民，另有城外敦煌二十三坊的乡邻们，仿佛一夕之间，急递铺的口碑席卷四方，众人皆知了。敦煌人常言，财运就是一堆火，火烧起来了，谁也扑不灭它。望着货架上那些纷乱层叠的邮品，孔执臣的头简直大了，连着跑了好几趟车马店，却被掌柜的告知，那几个飞行游击集体失踪了好几日，只剩下了一个陈小喊，正蜷在炕上睡懒觉。陈小喊拒绝过急递社，孔执臣便不好意思叨扰他，生了闷气，兀自守在店铺中，等着伴当们良心发现，赶紧回来干活。不承想，现在好歹等来了一个，却又声称尻子烂了，要么是怠工，要么就是浑身的懒病犯了。孔执臣给了梵同一个抽脖子，让他趴在炕沿上，屁股快撅起来贴药。梵同忸怩着，不肯就范，忽然被一根鸡毛掸子抽在了尻子上，一下子就老实了。孔执臣嗔骂道：我倒要看看，你的鸡尻子里藏了闪电，还是藏了珠宝。说着话，伸手一扯梵同的腰带，一只明黄色的包袱滑脱下来，掉在了地上。

孔执臣一下子生疑了，但面色上毫无苗头，抓紧疗治。

贴完了药，梵同趴在炕头上，一个劲地哎哟。孔执臣拾起了那只包袱，手上一抖，结果掉下来了一沓子经卷，散落开来。梵同郁闷地说：姐，你生火做饭时，把这些腌臢都烧了吧，见了它，我就恶心。孔执臣怒道：你吃了大粪么？仔细你的嘴！哼，我跟小喊哥跑了那么远的一趟长路，还浪费了一大堆银洋，没料到竟然是这么个结果，我后悔死了，后悔得我真想砸烂自己的腔子。梵同的口气煞是绝望。一根鸡毛掸子又悬了起来，悬在了梵同的头顶，吓得他一骨碌翻身而起，蜷在了炕角里。孔执臣肃穆道：

"真该打。你知道么，这可是先贤字纸，佛卷经书，你不能乱喷唾沫的。"

梵同鄙夷极了："一堆破纸，填了炉子，也烧不开一碗水。"

"呵，小贼疙瘩，你不敬惜也就罢了，我只当你的嘴里不打粮食，但你不能如此放肆，说这些猫鬼神的话，你就不怕天良呀？"孔执臣捧着那几张斑驳发黄的纸张，犹若捧着一尊脆弱的瓷器，唯恐一不小心，便会碰疼了它们。又训斥道："睁开你的狗眼瞧瞧，这可是寺里的卷子，冲着这个颜色和年头看，它一定消过灾，灭过劫，度化过许多的人。"

"可惜了。"梵同一叹。

"怎么？"

"真可惜了，可惜你这么冰雪聪颖的孔大小姐，居然也有走眼的时刻。"梵同咧笑，抓住掉在炕上的一页纸，团起来，做出慷慨相赠的样子，讥诮说，"哦，如果是真的，我倒也有敬惜和爱护的心。可偏偏，它们都是假的，连一张真的也不见。"

"假的？"孔执臣先是狐疑，又决绝地问，"这个沙州城里，谁敢这么斗胆断定？"

"丰鼎文。"

"哪个票号的？"追问道。

"哎哟，他是鸣山书院的山长，他金口玉言的。"梵同懈怠道。

洵不虚言。

去了一趟猩猩峡外的哈密城，追回了这一包袱莫高窟的佛经、文书和卷子，及至回到胡家坊后，梵同竟将这件事忘了个一干二净。爹老子依旧躺在高房子上，兄弟俩昼夜轮替，须臾舍不得离开。虽说胡恩可病状稳定，他们什么也帮不上手，可即便在父亲的病榻旁丢个盹，打个瞌睡，梦里都像是灌了几大碗蜂蜜水似的，精神上也旺盛了不少。过了不几天，这种劲儿减缓了，胡家各个作坊的生意，马院的改建，急递铺开张的事，杂七杂八地纷呈而至，兄弟俩只好白天出门，晚夕里才归家，渐渐地恢复到了先时的作息状态上。有一日，梵义在秦川墨笔店的门口，邂逅了乡学里的总教，寒暄过后，不免要问一问弟弟最近的表现。闻听此语，总教一时愕然，表情也迅即垮塌了下来，哀叹道：我这达的庙太小了，大和尚自然瞧不上，我是没有福分听高僧诵经呀。料想有异，梵义回到家之后，一把揪住了梵同的耳朵，将其撕扯着上了高房子，罚站在了病榻前。梵义气炸了，逼问说：当着爸的面，你实话说给我知道，你一天到晚装模作样地去上学，念的书呢，你狗肚子里究竟有几滴墨水？见事情败露了，梵同也就硬着头皮，态度横了起来，找了一大堆的理由，替自己的辍学再三开脱。梵义道：爸当初好的时候，就冀望着胡家出一个读书人，去求取功名，去光宗耀祖，这个担子本来是你挑的，结果你却做了一个糊涂匠。梵同嘻哈了起来，语中带刺地说：你不是也早早地辞了学籍，浪在世面上，如今不仅当了家里的顶梁柱，还开门立户，做了急递社的少东主嘛。小贼疙瘩，你到底要咋样，你肚子里的肠子盘了多少弯弯绕？你悉数吐出来，好让我知道。梵义被弟弟的话噎死了，等于揭了他的疮疤，转而哀告了起来。梵同翻着白眼，略一思忖：哥，我干脆当你的张良，做你的韩信，替你一路上牵马拽镫吧，反正乡学里也没有这样的课业，我拜你为师，还能省下一笔学费哪。

事已至此，梵义明白弟弟的心早已浪野了，再也收拾不回来了，也就借坡下驴，做了妥协，彼此达成了一个口头上的协议。梵义央告说：你好歹把这个夏天的书念完吧，等放了秋假后，就算你去紫禁城为官，或者去五台山敲钟，我也好给爹老子一个踏实的交代。这句气话仿佛一道大赦令，梵同兴奋地跳了几个蹦子，发誓次日一早就去上学，绝对会坚持到收秋的季节。荒芜了那么久，课本早就不见了，在自己的卧房里东找西摸时，梵义看见了那个明黄色的包袱，一下子想起了山长丰鼎文。

挨过打，屁股上烧烫，好像时时坐在了一盆火上，不良于行。梵同惦记着这只包袱，想去鸣山书院复命，便牵出了一匹马，还专门去了一趟车马店。陈小喊趴在大炕上酣睡，闻听了来意，嘟哝说：读书人真泼烦，不过是几沓子破纸，还弄得如此神怪，我不去。梵同却有另外的想法，释解说：去哈密取回来的这一包佛经、文书和卷子，你有一半的功劳，我不能独霸，求你跟我去一趟吧，让丰鼎文先生记住你。陈小喊一骨碌翻坐起来，揶揄道：在下视功名利禄若粪土，你不要再强人所难了，我现在只有一件事可干，不能分心的。一件事，那你肯定在等着复仇吧？梵同探问。不，这件事是睡觉。言毕，陈小喊果然鼾声大作，像一只坏掉的风箱。那一霎，梵同瞭见小喊哥的眼眶中储满了泪水，似乎有满腹的窝囊与不甘，便悄悄告退了出来，兀自一人，顶着火辣辣的日头，朝西而去。

经籍辩论大会每三年举办一届，由分布于河西四郡上的各家书院具体承办，一般持续数月有余。自西汉设立敦煌郡之后，学风渐起，至武帝时，令天下郡国皆立学校官，督促教育。虽说汉末时期，天下陷入了长久的分裂，但唯独河西一隅偏于安定，大量的中土人士持经抱籍，纷纷逃往这里，延续了千年文脉，带来了诸子群言。五凉割据之际，缘于这一份相对的安宁，敦煌儒学尤盛，兴立泮宫，使之在河西诸郡中始终处于领先地位，一时无两。经越辩越明，籍越理越清。这一线上的诸多书院渐渐地有了勾连和走动，先是自发，而后自觉自愿地创办起了辩论大会，绵延至今，从不曾歇停。每到了这个季节，游走于祁连山下、绿洲之间的塾师与士子们，络绎于途，首尾蝉联，一边考察山川形胜，一边在脑子里磨词，奔往目的地。本来，这一届的辩论大会原由甘州的薤阳书院承办，不巧的是，上半年开春化雪时，那一带走了山，塌了坡，泥石成流，压垮了大半个院子，危机尚存。山长安庭坚唯恐意外，忙给故友丰鼎文修书一封，希望由鸣山书院紧急接手，不至于让文脉断息，辩论大会流产，令天下学子心寒。丰鼎文二话不讲，当即拍板定夺，接下了这一至高的荣誉，并晓谕诸家书院，遍邀各路俊才，相约在了这一年的夏末，于敦煌开坛论法。这还不算，丰鼎文亲自酌定了论辩的题目，本届大会，须围绕着敦煌先贤郭瑀的两部经籍展开，一部是《春秋墨说》，另一部则是《孝经综纬》。

郭瑀者，敦煌人氏，精通经义，博览经传，一生虚靖研习，追师就学，年少时闭室诵书，昼夜不倦，诸子百家，靡不览综。郭瑀位列通显之后，却生活节俭，三史群言，经目则诵，有书上千卷，受业弟子多达三千余人。然则，偏偏就是郭瑀留下的这两部典籍，一时难倒了今年的学子们，各种非议甚嚣尘上，有无端指责这一届的辩论主题的，也有挑剔生活不便的，真是人上一百，形形色色。梵同叩门求见时，丰鼎文刚刚给一位来自凉州的塾师道完歉，行过礼，脸上极不光彩。没别的原因，只因鸣山书院为本届辩论大会提供的新刊典籍中，出现了漏字和别字，有几本甚至页码错乱，装订粗陋。凉州塾师自称是来商榷的，但眉目表情上，含着一份鄙夷之色，带着一股愤怒之情。丰鼎文只瞄了一眼，便知道错了，错误严重，忙将所有的罪愆揽在了个人的身上，又将自己保存了多年的旧版赠予了对方，这才平息了一场可能的事端，危险地保全了鸣山书院的名节。凉州塾师走后，丰鼎文再三审查了一番错版，发现其中的几页根本就没有校勘，墨字狼藉，笔画粗野，斯文不再，完全可以用丧心病狂来概括。这么着，丰鼎文肝火大怒，伏案修书，将承印本届经籍的莫高窟印经院骂了个狗血喷头，一钱不值。文末，丰鼎文列举了几项制裁举措：其一，如果对方不在三日之内重新修订刊印，则扣除全部的尾款；其二，若上述行为再次发生,就将终止双方的所有合作,将鸣山书院的印刷贸易,悉数交办给甘州大佛寺或青海塔尔寺的印经院,从此陌路。讨伐檄文写毕,丰鼎文喊来了一名役工,催其抓紧递往莫高窟,务必在天黑之前送达印经院,给对方一个颜色瞧瞧。歇缓下来后,愤怒犹在,丰鼎文发现自己的眼皮子乱跳,跳得他心慌不止,斟酌了好半天,才确定是右边的在作祟。左眼跳财,右眼跳崖,丰鼎文沮丧透顶了,忙抓起一把笤帚,择了一枚小秸秆,别在了眼皮上,这才踏实了不少。

这一时,门子进来通报,称有人求见。丰鼎文不悦道:一定又是来撕老夫的老脸的,不见。门子绍介说:这回是一个少年人,姓胡,叫梵同,说他前一向去了哈密城,带回来了一件要紧的东西,要当着山长你的面亲自交割。闻听此语,丰鼎文顾不得起码的礼仪了,攥着那一把笤帚,簌簌簌地迎了出去。

见了面,未及寒暄几句,丰鼎文便将梵同延入了书房,将明黄色的包袱,款款搁在了几案上。门子端来了一盆水,拎着手巾一旁伺候。丰鼎文却不急,先点了灯,换了衣衫,又仔细地揩拭了一遍鼻脸和双手,脸色肃穆了下来,打开了结扣。梵同觑见,山长捧起那些佛经、卷子和文书的一霎,气息都粗犷了,脸色红润,身子骨始终在战栗。这种战栗像一声声首肯,也像酬谢,令梵同不免傲然,端起了茶碗,一下子解决了嘴里的焦干。门子续了水,请梵同坐下来慢慢喝,别那么枯站着。梵同的尻子疼,先时遭过鞭刑的伤口刚刚结了疤,来的路上一直踩着马镫,不敢骑行,现在自然也不便坐下。喝美了,梵同牛饮似的,觉得山长的茶有一种特殊的香氛,茶汤漫过舌面时,好像口中开满了鲜花,漫山遍野的样子。悄声询问了一句,门子释解说:此乃龙井茶,来自杭州,一般人根本没有福分享用的,这是山长对你的厚待。梵同一边喝,一边应答着山长的提问,不外是这一趟路上的遭际,哈密王的近况,这个包袱的由来,以及猩猩峡东西两翼的现状。得知山长在主持这一届的辩论大会,诸事缠身,公务繁乱,能抽空请这么一盏茶,梵同也就知足了。梵同略过了诸多的细节,只郑重地转达了哈密王对山长的问候,意欲告辞。不料,刚才还沉浸在战栗与激动中的山长,忽然拉下脸来,背着手,踱到了梵同的跟前,厉声喊了一句：住步。

"呃，照你的话说，这真就是应我所托，哈密王的人劫回来的那个包袱了？"

梵同答："正是！"

"那么，你果真见到哈密王了？"

"见到了，他老人家还再三问候你，我也磕头回敬了他。"梵同牙齿很硬。

丰鼎文抿笑："据我所知，哈密王也不过才三十有七，怎么就成了他老人家了？"

"我有这个。"梵同被问急了，等于当场戳穿了他的谎话，忙从怀中摸出来一块镀金的腰牌，递给了山长，"不信你瞧，这是哈密王赐赠给我的符券，让我在返回的路上有一个凭信，逢山开路，遇水架桥，所以……"

丰鼎文接过去，仔细端详："的确不假，这还真是哈密王的符券。我以前也有一枚。"

偏在此时，先前那个来问罪的凉州塾师，又折返了回来，眯缝着一双老眼睛，嚷叫说，他落下了一支烟杆子，烟杆子是他的命，丢不得的。塾师一脸的死眉奈眼，在几案上寻摸着他的命，不承想，蓦地窥见了那一摞机密，表情立时一紧。塾师的举止，仿佛一头八个月没吃过荤腥的饿狼，一面雀跃，一面充满了警觉。塾师蘸着口水，逐页检视着每一页经文，每一张文书，每一行墨字，每一道笔画，又拿起了一角纸，含在嘴唇上，品咂了一番，好像它带着油盐酱醋的味道，让梵同诧异不已。

后来，塾师直起了腰身，只轻吐了一句话：假的，一束赝品而已。丰鼎文已经被撕过一回脸了，料知不祥，忙附和道：我也才刚刚鉴定出来，的确是赝品，只不过这个造假的水平太高明了，一般的读书人难以判别。塾师找见了他的命，但并没有告辞的意思，相反却面色凝重，打开了话匣子。塾师绍介道：自从藏经洞被发现以来，莫高窟的佛经、文书和卷子，便在世面上秘密兜售，价格不菲。近三两年，凉州一带就有人在吆喝这个买卖，我也曾上过当，吃过亏，所购的文书皆是赝品，气得我全部焚毁了，断然不能让它留存在人世上，贻害了求学的子弟们。丰鼎文点头称是，眉目黯然，接续说：如果凉州都有了这一门丧尽天良的买卖，那么甘州、肃州和沙州也就不足为奇了，难怪我听说专门吃这碗饭的人叫经卷商人，信不诬也。兀立于一旁的梵同耳食了这些话，一时间心里凉透了，犹如三九天嚼下了一块冰，难以自持，即便龙井茶也解不了这一份寒意。果然，凉州塾师对丰鼎文要了将，逼问说：山长，外面可都是来参加辩论大会的莘莘学子，这一束赝品流失出去的话，恐怕会以讹传讹，脏了众人的眼睛，也将玷污了鸣山书院的声誉，不知山长打算如何处置这些伪作，我乐意当一名见证。丰鼎文臊红了脸，尴尬极了，但也不愿意去阐述这一只包袱的来龙去脉，当即截铁地说：烧了，当然是烧了，鸣山书院里本本是真经，册册有出处，岂能给赝品一个容身之所。丰鼎文招了手，让门子去取火具，不准备给这个死眉耷眼的塾师留下任何的口实。

梵同突然就恼了，一瞬时，自己跟陈小喊颠沛辗转，一路辛劳地奔往口外的一幕幕，清晰地浮现了出来。你个瞎尿日弄下的，哦，你说假的，便就是假的了？梵同的内里喷骂着，脚下慢慢地蹚摸了过去，趁着那两个斯文之士絮叨的工夫，将几案上的东西，重又包裹在了布匹中，打上了结，挎在了肩上。凉州塾师瞥见了，愕然一指。丰鼎文也断喝一声，提着笤帚疙瘩跑了过来。梵同没给对方一丝机会，闪转腾挪了一番，跳脱出来，昂然地跑出了书房。意外发生了，后来笤帚疙瘩飞了出来，打在了梵同的尻蛋子上，刚长好的疮疤被揭了下来。梵同哎呀了一声，觉得裆里湿透了，一定是血。

吊诡的是，目下，孔执臣听取了梵同的绍介，啪的一拍桌子，表情也垮了下来。孔执臣忏悔说：阿弥陀佛，我差一点就干了蠢事，几乎将自己的福田弄丢了，这下子我的罪孽大了。在河西一线，这是一句重话，等于是吃了一个恶咒，吓得梵同立刻忘了疼，巴兮兮地盯望着这个挂孝的女子。

孔执臣出去了一趟，再进来时，怀里抱着几只包袱，撂在了炕上。其中一只包袱皮绽开了，豁着嘴，才缝补了一半，恰是孔执臣先时补缀的，还不小心刺破了手，里头的东西格外显眼，也是一束经卷。今日里的不幸遭际，皆是源自这些真假难辨的佛经、文书和卷子，梵同余怒未消，挣扎着爬了过来，用一把剪子，将其余的包袱统统铰开了。

这么着，在这一席祁连石铺就的炕面上，堆满了各色各样的纸张、绢帛与汉简，有的簇新，有的古旧，散发出一种混乱而不堪的气息。拆开最后一个包袱时，居然从里面滚出来了一只佛头，木质的，上有残损的彩绘，业已皲裂，脖颈处有一道明显的锯痕。孔执臣骇然万分，面色荒凉了下来，喟叹道：哎哟喂，这沙州城里遍地都是贼娃子，这敦煌的水土，怎么就养出了一伙子吃里爬外的孽障呀！亏死先人了，也亏死莫高窟的佛祖和菩萨了，这是一个劫，天大的劫。孔执臣的詈骂，引起了梵同的极大共鸣，让他的身上也开了锅，怒气排空。梵同激愤道：姐，早就听乡学里的总教讲过，庚子鼠年，也就是光绪二十六年的夏天，自打太清宫的那个牛鼻子老道发现了藏经洞之后，世面上便有一些奇异的卷子跟文书流失出来，前些年还鲜见，近一些年却越来越多，一定是有了什么噩讯，才出现了这样的噩兆吧？

孔执臣悲戚着，将炕面上的东西逐一铺排开来，开始检视。令梵同错愕的是，孔执臣也像先前的那个凉州塾师一般，拈起每一页的纸角，含在唇上，仔细地品咂着，表情上有一种过滤的意味。孔执臣应答说：瓜娃子，天老爷才舍不得降下噩讯，因为佛祖和菩萨是靠人世上的善心与信仰来供养的，但凡出现了一星半点的噩兆，那一定是地上的人们作了孽，在个人的身上挂满了不祥的因果。梵同迷蒙地闻听着，一半是理解，一半是疑惑，瞭见孔执臣漱净了口，又含上了另一片纸角，继续鉴别着。孔执臣接续说：听你刚才讲的，前些年世面上还少见，那是因为求购的人少，现在这些神仙的卷子和凡间的文书多了，就一定是钱开了口，发了话，让敦煌的人们都听懂了。这一霎，梵同也听懂了，顾不得身上的痛，相帮着孔执臣，整理起了炕上的东西，又将那一只皲裂的佛头，款款地供在了桌上，奉了三炷香。梵同咒骂说：该死的道士，要不是他这么败家，山长就不会难堪，我也就不会挨打，莫高窟的这些旧卷子和文书，现在起码还在佛陀和菩萨的怀里，遇不上这么个劫。孔执臣却道：其实，也怨怪不了他，因为他不信，不信的人，就算让九头牛去拉拽，他也是要去撞南墙的。

"信？"

孔执臣释解说："信就是服属，就是甘心，哪怕抽心一疼，也不会乱语。"

"我知道的，有多少信仰，就有多少爱。"这一霎，梵同忆想起了在哈密王城的小西湖畔的情景，便将管家当时的话，原样搬了过来，复述了一遍。孔执臣颔首一笑，算是首肯了他的说法，却又神色一凛，吐出了嘴里的纸角。梵同忙问：

"怎么了？"

"喏，你这两本的确是真经，一定是从藏经洞里出来的，剩下的全是赝品。"孔执臣分开了炕上的经卷，归为了两类，又说，"恐怕也不是劫数，灾难已经上了路，进入沙州城了。"

梵同求问："你干么这样干脆？"

"哦，那就说给你知道吧，但凡是从莫高窟里出来的佛经、文书和卷子，舌头一尝，味道是陈的，纸张的经络也像失效的药材一样。"孔执臣双目迥然，笃定道，"赝品却不一样，它们是用柞树皮熬制的汤汁浸泡过的，为了做得更旧、更发黄、更生锈一些，又喷洒了黄连水，还在炕洞中反复熏染过几遍，一般人当然就被蒙骗过去了。"

"你不愧是孔大先生的千金，得了他老人家的真传。"恭维道。

"嗯，家父一辈子慈心医世，这回终于轮到了我，我自然不会袖手一旁。"孔执臣语带哽咽，仰看着窗外漠漠的天光，誓语说，"如果执臣猜得没错，那些背信的经卷商人，绝不会为了一两部佛经和文书，单独踏上河西的千里长路，亲力亲为的。现在急递铺开张了，这是他们唯一的输送管道，既然我站在了这个柜台上，我便明白何去何从了。"

梵同嘴甜："姐，你真像一个漂亮的女护法，那现在该当如何？"

"等你哥，不，等少东主回来，我再跟他仔细筹谋吧。"孔执臣怅然一叹，皱眉道，"梵义去了这么久，一定不简单，说不定也遇见了一桩难以逆料的事。否则，蒋斧他们也不会失了音讯，没了踪影。不过,等梵义回来,一切就分明了。"

梵同附和说:"也就奇了怪了,这些懒散的游击,只有我哥才能镇住他们。"

"这也是信。"截铁道。

世事沧桑,人间陆离,谁也不曾料及,就在今天这个凡俗而平淡的午后,沙州城乃至敦煌境内的这一家普通店面,犹若莫高窟千佛灵岩上的一座石窟那般,悄静地打开了门,睁开了眼眸,洞开了它的全部殿堂。在此后数十年的日子里,在这一世坎坷而嶙峋的生命光阴中,急递铺俨然成了一座游移的藏经室,一间隐蔽的赞堂,昼夜不息,扪心供养,吸纳着那些浪迹于世的佛经、文书和卷子,也截获了一批批散失在外的手札、卷轴与壁画,让它们悲深愿重地留驻了下来,感应三洲,震悟大千。

事实上,在广袤的圣地敦煌,这是一桩最幽深的机密,亦是一项最坚硬的沉默。如今首次公开披露,不过是作者叶舟在朝觐的途中,率先奉上的一席清供,一纸热烈的祷词。

梵同的话音未落,窗外大槐树上的一群土麻雀,突地炸群了,扑棱棱的声音,好像撕开了一匹老粗布。撕扯声中,一个粗鲁的声嗓在问:家里有活的没有?滚出来一个活的,回老子的话。孔执臣刚一动弹,却被梵同拽住了,目光示意了一番炕上的卷子,催她不必莽撞,抓紧收拾起来吧。趁着这个工夫,梵同咧着嘴,忍住了痛楚,开开一条门缝,趸身滑了出去,又反身将门环扣住了。

一抬眼,梵同瞭见一个穿制服的县警,落座在了槐树下的石桌旁,一点也不客气,端起茶碗便喝,抓起一把葵花子就嗑,嘴里呸呸呸的,连头也不抬。县警是全副武装进来的,此刻,一支锃亮的长枪就斜靠在树上,石桌上还扔着一盘警绳,一根警棒。自打天下共和了之后,原先县衙里不同班次的捕快们,一律摇身一变,纷纷成了国民革命的马前卒,当了县府里的警察,除了身上的衣裳变了,里头的心肝肺和肠子肚子一样没换,还是以前的旧杂碎。见茶是凉的,梵同好心,趔趄着过去,打算在炉子上再烧一罐烫的,却被县警断然阻止了。县警呵斥说：乖乖坐下，听老子的话，要不我就不客气了。梵同是坐不住的，这些天来一直坐不住，在凳子上扭捏来去，无病呻吟。这类危险的举动，在县警的眼中，应该无异于一种挑衅，应该吃一棍子，也应该被警绳捆扎起来，立即押往大牢中候审。意外发生了，眼前这个身形单薄的县警，不仅没采取任何的反击措施，他自己反倒一直埋着头，肩膀瑟缩着，似乎有一团冤屈在内里化开了，比伤心还难受，比酸楚更发麻。这么着，梵同实在看不下去了，心中潮起了一股怜惜，探问说：小爷，你是来查户头的，还是来抓贼的，你说一句准话吧？梵同清楚，不论是以前的捕快，或者是现在的县警，干脆招惹不得，他们不是恶煞，便是凶神，一般是来揩油的。况且，屁股上的剧痛也在提醒着梵同，哥哥梵义的话仍然有效，急递社不能跟官府合作，这是两股道上的车。梵同挣着胆子，又催问了一句：小爷，这个店做的可是正规的买卖，你穿着这么一身老虎皮进来，谁还敢来投邮呀？

不说倒好，结果这句话一出口，惹得县警终于爆发了出来。

一时间，县警泪水扑面，嗓眼中塞上了一团乱麻似的，哽咽道：你个小贼，你老实回爷的话，你这辈子遇见过女妖精么，让你一点办法也没有的小妖精？梵同嘻然一乐，马上猜出了几分，不外乎是男女之情吧。梵同立时解除了警惕，精神头也陡然高涨，卖弄道：哎哟喂，谁的命中都会摊上那么一个女妖精的，天老爷让你的裆里多长了三两肉，就一定会有人来咂骨吸髓，把你变成一张黄表纸的，这就是命。梵同的话既点了穴，又开了窍，惹得县警频频称是，以为遇上了知音似的。县警抱怨说：正是如此，我本来就是一个儿子娃娃，可遇见了这个女妖精之后，我的三魂早丢了，六魄也不在了，我就好像她屁子后头的一条狗，她让我往西，我便不敢东走。絮叨声中，梵同熬开了一罐茯茶，沏出了一大碗，央请他慢慢喝，仔细道来。茶汤是浓黑的，等于一碗苦水，让县警的嘴里吸溜吸溜的，兀自响个不停，一些给女妖精当牛做马的情节，悉数而出，般般往事，清晰如在眼前。梵同是一个热闹鬼，明白巴掌不打上门的客，在这样的场合下，除了深表同情之外，再一个就是添油加醋，把一堆火拨旺，让对方将心里的怒气发泄完，赶紧滚蛋吧。梵同遂说：真的，一条狗也不是那么容易当的，弄不好的话，肉让人吃了，骨头吐掉了，你就变成了一张狗皮褥子，还铺在人家的光屁股下，天天听屁。县警哀告说：你果然人小鬼大，分辨得仔细，我张某人就是这个下场，我跟着女妖精浪达了大半年，到了今个天，竟然连人家的手都没摸过一次，更别说脸蛋和那一张樱桃小嘴了。梵同跟着对方鸣了几句不平，又献计说：既然女妖精这么绝情无义，那你也就不能吊死在一棵树上吧，这沙州城，这敦煌内外，女妖精遍地都是，你不如改换门庭，拜另外的庙，朝其他的佛。县警一下子恍悟了，探问道：听君一席言，胜读十年书，你快快替我拿个好主意，我可真的一点主张也没有了，我到底该咋办么？梵同一面续水，一面思忖说：干脆这样吧，你去找一个厉害的法官来，将女妖精的生辰八字说与他知道，点了符，施了咒，作了法，然后将纸灰泼在三危山里。如此一来，这女妖精的魂魄，就被压在了祁连山的十万大山下，永世不得翻身，除非她对你回心转意。话音未毕，梵同的颊脸上挨了一记重重的耳光，脑子里一团金星，晕眩不已。县警突然起身，一把摘掉了大檐帽，抄起了长枪，咔嚓一下上了膛，将枪口戳在了梵同的脑门上。

"日你先人了。你个小贼娃子，老子好端端地问你，你却兜售了这么恶毒的计策，你还算人么？"县警怒目，身上起了一场火灾似的，又道，"不管女妖精对我咋样，我二棍子都乐意，可谁想陷害她，挖她的墙脚，我就先打烂谁的牙齿。"

梵同诧异："二棍子？你是棍子哥呀？"显然，对方留起的胡子，遮蔽了他的本相。

"在下姓张，叫二棍子。"

"好我的棍子哥，你快把枪放下吧，我肚子里的屎快被你吓出来了。"梵同哀告，慢慢地躲开了枪口，蹲在地上，"呃，我没猜错的话，仁兄说的那一位女妖精，一定姓沈吧？"

二棍子面色得意："对，就是性元。除了她，我不会服属任何人，哪怕是县长老爷。"

"性元姐在哪？"

"呵，你先说，你跟梵义一起从甘州领来的那个女妖精呢？你们胆敢窝藏她，我就敢上手段。"枪口再次瞄准了，这回不是脑门，直接戳在了裆部，顶住了梵同的下体。二棍子强硬道："对不住了，性元让我来捉妖的，她就在门外等着，我总不能空手回去吧。"

睡房的门本来是反扣住的，也不知孔执臣使了什么法子，门环落下了，她满目阴翳地趿了出来，萧索地盯视着这个县警，样子凄楚。二棍子见状，忙收起了长枪，挎在肩上，复又抄起了那一盘警绳，朝目标蹒跚了过去。梵同立刻急了，张开胳臂拦在了当间，一边下话，一边哀求，却也阻止不了二棍子的颠顶。县警宽释了不少，嘀咕说：女妖精大概都是一个样子吧，不漂亮的话，恐怕也当不上女妖精。这么着，县警解开了盘绳，打算将目标捆起来，押解出去。梵同没了奈何，紧紧抱住了县警的大腿，一嘴一个棍子哥，喊个不停。孔执臣断喝了一声，令梵同闭嘴，又转过身子，问县警说：你是来抄家的，还是来绑人？县警谦逊地说：既不抄家，也不绑人，我是专门来捉妖的，性元就在门外头，你乖乖跟我去见她一面，回了她的话，咱们就两不相欠，省得我给你上手段。孔执臣掸了掸身上的灰，寂灭地说：也好，我这就跟你走，可如果急递铺里丢了任何一样东西，我自然不会轻饶了你。闻听此语，县警慷慨地拍了拍腔子，笃定道：这回你能给我一个天大的面子，我知恩图报，以后急递铺里的一切事务，我张某人发誓罩着你，没有人敢来动你一根指头，好歹我现在也是一名班头，说一不二嘛。

天空无云，日光凶猛，街面上跳跃着一些看不见的火苗。

下半天的天气里，几只野狗吐着舌头，好像咬住了一块红布似的，对人世上的动静失去了兴趣。县警在首，梵同相跟着，孔执臣尾在了后头，一道烟地出了院门，径直往对过走去。这一时，梵同窥见了二棍子撂下的一条身影，心下大喜，一边偷偷地啐着唾沫，一边诅咒，鞋底下也仿佛生满了钉子，踩个不停。梵同埋头鬼祟着，待那一条影子消失后，一抬头，这才发现走到了守备署的门廊下。

性元靠着门柱睡着了，旁边放着一只笸箩，里头是各式各样的木梳。县警喊了一声，性元立马醒来了，左右张看了一圈，脸憋成了一只紫茄子。

接着，性元的表情又煞白了，五官威棱了起来。

梵同觑见，性元的眼睛里有两根针，一左一右，闪射了出来，钉在了孔执臣的鼻脸上。梵同暗忖，世上的公鸡们斗架，多半是出于天性，但两个碎女人头一遭见面，就如此皂白不分地敌视起来，好戏上场了。梵同没喊性元一声姐，刚才二棍子的狼心狗肺，让他把问题看在了性元的身上，觉得她才是幕后的主谋，所以在旁边转悠了起来。县警也是一根直肠子，脱口说：性元，女妖精捉回来了，胡家坊的少东主不在，只有梵同这一个男将。性元一时尴尬，抢白道：二棍子你乱嚼舌头呀，哪个让你去捉妖的，又是哪一个在过问胡家坊少东主的下落，你会说了便说，不会说了快滚，这达没你的屁事。县警一下子蒙了，辩解说：好我的沈大小姐，半个时辰前，我正在县府里当差，你急吼吼地来求我，让我跑来捉妖，怎么现在就脸上长了毛，一推六二五了？性元思忖了片刻，忽然像窦娥一般地喊冤说：亏死你先人了，我一个卖木梳的，值得你这个公家人红口白牙，当面喷粪么？你也不睁眼看看，这大天白日的，头顶上站着菩萨和香音神，哪有什么妖精和狐怪呀？你快别说夜黑里的话了。县警犹不甘心，再欲争执时，却被性元连推带搡地送远了，还遥遥地递出了一句话。性元吼喊说：二棍子，仔细你的皮，我最近要替你紧一紧的。

折身回来后，性元端起了那一只笸箩，将一堆木梳铺开，递给孔执臣瞧。

梵同煞是失望，预想当中的好戏刚敲了锣，奏了响板，却没有继续演下去，这无论如何都是一桩憾事。梵同也不打算旁观了，遂上前喊了一声性元姐，又绍介了一番孔执臣的名姓，以及大概的来历。性元的表情开了花，嘟哝着，好像脖颈子硬了不少，下巴也扬高了一寸。孔执臣伸出手，抚了抚性元的脸蛋，赞叹说：好俊秀的女子呀，这么白，眼睛毛嘟嘟的。性元也投桃报李地说：你是焉支山下的女子，不用搽粉，脸上本身就带着一盒子上好的胭脂。恭维话谁都会，梵同也不甘人后，适时地插嘴说：你们两位姐姐，就别站在大太阳下磨牙齿了，万一晒黑了，莫高窟里的颜料，也粉不白你们二位的小脸蛋。不承想，意外的一幕发生了，孔执臣将手搭在了性元的肩上，叮嘱说：性元，你千万记住了，梵义是急递铺的少东主，但他并不是我孔执臣的户主，我个人的户头，将来由我操心，由我说了算。这些致命的话，性元一下子听懂了，也踏实了，却又手脚局促，鼻脸上一片彤红绯赤。性元嗫嚅说：孔小姐，我送你一把木梳吧，你喜欢哪个，你就拿去。孔执臣收回了手，整理了一番头顶上挂着的那根孝布，哀恳道：不必送了，呃，我也没别的意思，因为我还要守孝三年，这三年里，我的心是死的，我连头发也不会去梳的。

言毕，孔执臣掉头走了，款款地穿过了街面，隐没在了急递铺中。

性元肃立着，一时痴迷，始终觉得孔执臣并不曾消失，依旧忸怩地走在日光下，身形绰约，背影像壁画上的一介弦乐仙子。那一袭靛蓝以至深黑的孝服，那一根拂荡在日光下的孝带，让性元不仅没有感知到一丝悲伤，相反，却唤醒了性元心中的一种肃穆之情，一份隐忍的力量。借来的笸箩掉了，木梳扔了一地。梵同弯腰去拾木梳的一刻，瞭见二棍子杀了个回马枪，出现在了街上。趁着性元的心情不错，梵同灵机乍现，央告说：

"姐，我需要棍子哥帮一个忙。"

性元道："嗯，不在话下。"

卷十九

听说，心中有怨怼的人，头顶上一定携带了一朵黑云，驱之不散。梵义观察了数日，发现性元的那朵云不是一般的黑，简直像在张芝墨池里漂洗过似的，遂告诫自己说，那可不叫怨怼，那一定是愤怒，性元的身上有一场潜在的火灾。当然，梵义还听说过另一句老话，石头大了绕着走。

从河西归来的次日傍晚，疫情检讫之后，梵义一行终于被敦煌武和事老协会的民丁们放行了，踏过了城门下的那一根石灰线。辞别了诸位游击，兄弟俩策马西向，赶往胡家坊，纵然嘴上不讲，内里却有同一个想头。进了门，伙计和下人们簇拥过来，一问长短，二念佛号，表情上都惜疼得不成，眼泪淌了一地。扔了缰绳，翻身下马，兄弟二人整衣理冠，并肩而立，朝着高房子结结实实地磕了三个头，才将心魂收了回来。这一时，母亲胡白氏循声出门，立在暮色中，声嗓中发出了一种古怪的叫声。梵同眼尖，见母亲没穿鞋子，忙将马鞍上的毡垫拆下来，铺在地上，将母亲挪移了上去。梵义的眼睛湿了，搂住母亲时，意外地嗅闻到了一股很强烈的药草味，不免慌乱开来。不及问询，母亲却战栗着，从发丛中拔下了一枚簪子，直突突地刺了过来，威胁道：你不要我了么？你不要你爹老子了么？你们两个贼疙瘩去人世上浪达了，把我们全都忘过了。簪子停下来，梵义倒真的想被扎上一下，眼睛里能哭出血来。梵义问了母亲的身体。岂想，母亲却咧笑了出来，夸张道：我的确病了，我灾难了，十三省也没有能看好我的大夫。梵同摸了摸母亲的脑门，没烧，再检查眼仁，便发现她扮出了一个鬼脸。母亲开怀道：十三省的大夫看不好我，但你们两个碎鬼一回来，我的百病就散了。伙计们端来了茶盘，还有冒着蒸气的热花卷，一碟子猪头肉，一碗凉拌沙葱。母亲却说：先别顾着吃，快上高房子去，拜一拜胡家的活菩萨吧。

兄弟俩哎了一声，相率跨上了台阶。

大约半个时辰前，性元方服侍完老财东胡恩可，照例灌了半碗流质，又替他抹了嘴，净了面。缠绵于病榻，胡恩可现在只能接受清汤寡水的食物，不懂饱，亦不知饥，一旦汤勺搭在了唇边，嘴巴便洞开了。照护中，性元慢慢地琢磨出了一张食方，父亲沈破奴过目后，顿顿便是这么小半碗。也没什么稀罕，不外是当天的羊奶，再羼杂一些贡米熬出来的米油，放几颗蕨麻和临泽的红枣，汤汁能拉出一束丝来。歇停下来后，性元本该回到一墙之隔的家里去，近些日子的课业颇重，又濒临夏考。夏考是一道难关，乡学里人人畏惧，不过考毕之后，一个漫长的秋假又令人神往不已。转念一思想，性元却改了主意，对着仰躺的胡恩可叨念说：大贼回来了，小贼也来了，听说还骑马带来了一个女的，身上挂了孝，沙州城的人可都看在了眼里。油灯下，胡恩可木讷地盯视着墙上的对子，惟有一愿在，能呼观世音，完全充耳不闻。唉，翅膀到底硬了，心也野了，昨晚夕回来的，竟然一不回家，二不看爹娘，只当我是一个爱伺候病人的婆子，白白使唤呀。怨怪完了，性元知道说了也白说，炕上的人胳膊肘也不会往外拐，一时间灰败了下来。然而，麻雀也有三两的气哪，性元一发狠，掏出了书包里的课本，摊在了桌上，一边温习课业，一边酝酿着咆哮的情绪。坊外的巷道上，腾起了马蹄声的那一霎，胡恩可忽然哼唧了一下，性元便知道坏了。不光是尿，这回是连拉带尿，胡恩可便秘了三日，一听见后人们归来，悬吊的心便落在了腔子里，一下子就通了气。性元一面拾掇着秽物，擦洗病人，垫衬着尿褥子，一面耳食着下头的动静。弟兄俩在磕头，在跟伙计们说闲章，又和母亲在絮叨。末了，门外的台阶上脚声阵阵，帘子突地打了起来，一道夜风灌了进来。

梵义钉住了，脊椎骨里戳了一根梁木似的，动弹不得。

光晕中，性元分开了病人的下体，攥着一只棉布扑子，正在扑粉，毫无羞赧，也不见一丝的窘迫。梵同不改顽劣，捏着鼻子，干呕了几声，对这种沤臭的气味一时反胃，掉头欲跑，却被梵义一把薅住了。性元忙碌着，身上披了一层温煦的光芒，动作柔软，布满了一种呵护的耐心。活菩萨，梵义瞬时明白了母亲的话，也理解了在离开后的这么些日子里，胡家之所以没有败亡，爹老子仍旧面色红润的全部道理。梵义的心揪了起来，内里潮起了一股感念的汁水，但男儿的自尊，又让他无法措辞，吐出一些肉麻的话来。梵义只轻喊了一声性元，劳苦你了性元。声音小得犹若一粒沙，掉在了地上。一旁的梵同活泛开了，去抢性元手里的抹布，催促性元赶紧歇缓，千万别累坏了。性元饶了他，立在旁侧，一边呼哧着喘气，一边揩着额头上的汗。性元道：天气太热了，你爸生了褥疮，可千万不要化脓呀，这简直难肠死我了。梵同的舌头像膏了一碗蜂蜜水，一口一个姐地叫，仿佛转圜了气氛，又哀恳说：姐，你回去了问问沈先生，能开方子的话，我明天就去抓药。

岂料，这粒火星子一落下，性元的油锅就着了，收拾起了课本，讥讽道：哎哟喂，世兴堂的方子算个屁，哪有人家焉支山孔大先生的医术灵验呀，总归是外来的和尚会念经嘛。梵义愣怔着，见性元对自己一眼也不瞟，明显带着一份敌意，便也不作声。性元的脾性一贯如此，既然开了口，想要收煞下来，自然比登天还难。又接续说：我这就回去，让我爸摘了牌子，关张歇业吧，既然孔大先生的女公子来了，一定也是医门大士，以后敦煌哪有沈家的市场，沈破奴也真该死心了。梵同急了，左兜右转地拦挡着，释解着，却拗不过性元的倔强，哭的心都有了。性元临出门前，望着头顶上的仰衬，虚空地说：你们做儿子的回来了也好，趁早替换了我吧，我们沈家的情分也就尽到了今天；哦，如果还有亏欠下的，将来再补，拜托你们照看好令尊，他其实还很疲弱。性元的声嗓中结着一团疙瘩，言毕，趔出了帘子。

呆默了片刻，梵同突然扑将上去，在梵义的心口上捶了一拳，嗔骂说：你个无义无情的贼，你看你，你这下子把性元姐惹哭了，你见了报应吧。梵义的心里其实早就塌了，撒满了荆棘刺，暗忖道，只听说过菩萨低眉的，那是因为慈悲，可今晚夕算是开了眼，目睹了菩萨怒目，当然是缘于人世上的不平。梵同依旧不饶：哼，你个糊涂匠，半路上跟一个八竿子打不着的孔执臣，又拜天，又拜地，还拜了夫妻，这下子你把个人的福报和运程全都败光了，小心以后有你的难过。弟弟的话，不啻于一记当头棒喝，梵义蓦地清醒了，抬脚便走。

追到了门外的巷道，梵义喊了几嗓子，却喊不停性元的脚步。

诧异的是，性元并没往胡家坊之外的方向上去，往右一拐，竟然朝着党河一带，簌簌而走。梵义怕了，这个季节的水大，万一，后面的话吓得不敢去想。于是，梵义机智地喊说：性元，这本书你落下了，快拿上吧。性元停下时，梵义紧着将一只包袱，挂在了对方的脖颈上，涎着脸说：我知道你爱清洁，这是我在肃州城给你买的白手巾，买了二十沓子。性元漠然着，离开时，冷然地丢下了一句话：谢谢少东主，只怕是有些东西脏了，连白手巾也擦不净。又跟了一段路，性元打开了一扇院门，闪身入内。梵义懵懂极了，用膝盖顶住了门扇，究问说：夜这么黑了，你串哪家的门呀，还不赶快回自己的家里去？千罪万错，这句话又像一颗雷，霎时让性元恓惶了起来，噙着泪，抢白说：你们胡家的恩德比天大，赐赠了这么一个庄院，我们搬出来还不行么？哦，就算施恩望报，也不能在半夜三更来抄家吧？梵义松开膝盖后，门板咔嚓一下闭上了，喷出来一股新鲜的油漆味。梵义立时恍然了，原来沈破奴一家早就乔迁了过来，与胡家隔墙为邻、毗连成伴了。

这下子，可真把菩萨得罪深了，梵义灰溜溜地退出了巷道，迎面碰上了一个过去的伴当。对方调侃问：哎呀，在溜哪个寡妇的门，偷哪个丫头的肚兜呢？梵义当即火了，想送上一拳，但立刻平静了下来，端起了肩膀。梵义回说：抓贼哪，最近不太平，你也留个意吧。

梵义不知道的是，大约二十天前，沈破奴全家就搬迁了过来，入住在了党河边的这个新宅院里。事前，沈破奴夫妇提着三盒子礼当，去拜望了胡白氏，说明了来意。胡白氏听罢就笑了，宽释说：这是老东主病前就定下的，其实你也花了不少的银两，如今庄院归了你，你说几时搬，就几时搬吧。原先城外的那一座旧宅，被沈破奴提前打了出去，收了房主的大半款项，悉数花在了这里。最近房主催赶着，让前任腾空院子，沈破奴亦是莫可奈何，才硬着头皮来央告。胡白氏的决断，令沈破奴一下子解除了心理上的负担，两口子说了几麻袋的好话，感恩，再感恩的。女掌柜再三叮咛，一定要热闹，搬家的当日，让人放鞭炮，去挂红，做一顿捞面的筵席，喊邻舍们来恭喜，顺便也认识一下你们沈家。万万不可，鞭炮放不得的，更不能挂红，筵席也免了，老东主在高房子上躺着，万一惊煞了病情，谁都吃不消的。沈破奴说到做到，只用了一天的工夫，便举家而来，让那一座新砌的炉灶，漾起了一日三餐的烟火，一切都悄寂无声，鲜为人知。这天，梵义回到了高房子里，透过牛肋巴窗子，窥望着沈家的院子，一直站到了半夜。

梵义愣怔的身影，同时也被对面的沈破奴捕获了，后者拈了拈短须，快慰地笑了出来。当天晚上，沈破奴又是切药材，又是制丹丸，忙碌了一整夜。天亮后，沈破奴草草洗漱完，又接着去了世兴堂坐诊。沈戴氏蹊跷地问儿子性真：你爸咋了，一晚夕连眼睛都没合一下，还这么精神的？性真慢慢地踱了过来，贴耳说：妈，我又尿了一炕。

第二次冒犯性元，是在一个公开的场合，让她下不了台，负气而去。

每念及此，梵义悔恨得就像一盘磨石，沉重不堪。自打头天夜里，性元撂挑子不干后，连续三日，高房子里乱象纷呈，胡家上上下下哀鸿一片，分明把病看在了少东主的身上，怨怪梵义将性元撵走了，末日将临。事实如此。胡恩可虽然陷入在了无觉当中，但心里认人，别的人一旦将汤勺搭在他的嘴边，喂同样的饭食时，他就是不张口。梵义不行，梵同未遂，即便是胡白氏亲自来伺候，病人的牙齿也咬得很紧。偶尔，胡恩可的眼角上垂着泪水，揩掉一次，又生出来一大片，鼻脸上总是敷着一层泪光，神色黯淡。更吊诡的是，胡恩可不吃不喝，但排泄起来却十分频密，一会儿拉了，一会儿尿了，弄得人狼狈不堪，屋子里犹如一座夏天的茅厕，气味恶劣。胡白氏在一旁参谋着，兄弟俩粗手笨脚，竟然连一张尿褯子都垫衬不好，四处污迹斑斑的。因为下体里经久潮湿,褥疮很快就扩散了,皮开肉绽。脓血沾在手上,梵同跑出去呕了好几次,几乎把肠子都快吐了出来。无奈之下,母子们立在病榻前,一边求告,一边观察,却见胡恩可一直不错眼珠子,始终盯视着对面墙上的对子,若有所思。胡白氏哭了,嗔怪说:你们两个小贼把活菩萨气跑了,胡家的这个摊子收拾不住了,干脆把你爸和我活埋了吧,省得泼烦了你们。惟有一愿在,能呼观世音,梵义默念完了对联,恳切道:我去问问性元,让她教一教我吧。

那天,恰好是夏考。

在乡学的门口,梵义瞭见总教拔长了脖颈子,一直在跺脚。问了性元,总教立马满面威棱,反问说:你问我呀?我还想问你哪。原来,临开考前,性元急死慌忙地跑去请假,不多请,只说需要半个时辰,然后一道烟地出了门。岂想,现在过去了快一个时辰了,性元还没回来,总教自责不已,再三叨念,这可咋给世兴堂的沈先生交代呀。梵义问:性元临走前说了啥,好歹有个蛛丝马迹吧?糜子,只说了糜子,答复道。糜子?梵义一头雾水,顺着总教指示的方向,撒腿便跑。

不承想,沙州城内早就乱成了一锅粥,人头攒动,漫天飞雪。

不是腊月里的雪花,而是苞谷粉、青稞粉和洋芋粉,尤以小麦粉最多,扬撒在天上,形成了一幅幅白色的帐幕,连日光都被遮蔽了。平时省吃俭用的敦煌人,在这一天里慷慨地揭开了粮缸,将白面掬出来,扛起了麦粉口袋,一边嬉闹,一边抛撒出去,企望着沾吉。早些年,望果节还只是祁连山一带土著人的习俗,一入了夏末,那些高寒地带的庄稼开始拔节灌浆,陆续成熟。他们相信,果实的饱满,气候的庇护,收秋时的祥瑞程度,一定是由脚下这一片黑色的土地所掌握。于是乎,在望果节的这一段日子里,他们从寺院里请出了行像和佛卷,虔敬地行走在庄稼地里,雀跃着,祈祷着,一手扬撒着纸符,另一只手让天空下雪,看着白色的帐幕慢慢落了下来,将麦粉施舍给了土地,以求天降吉祥,恩赐四方。也不知从哪一朝哪一代开始,这一习俗传入了关外三县,渐渐地演变成了一个当地的主要节庆,延续不辍。在敦煌左近,望果节的一切事宜,均由文和事老协会在操办,程序缜密，仪式繁杂，令城外二十三坊的每家每户都不敢小觑，更不想缺席。沾吉的愿望，乃是人的天性。眼前的各个街道上，人们全都白了，表情上披雪，排起了一条条长龙，等待协会的铜锣一响，然后去土地庙里祭拜。

梵义并不例外，趸过几条街后，白鼻子白脸，白衣裳白裤，全然换了一个样子。玉皇阁的右首，原本是一家纸火铺，最近换了掌柜的，经营成了烟叶店，出入的均是一些吃烟客。梵义路过时，瞭见了一个五官干净的人，牵着马，架着行囊，好像是从远路上刚刚归来，神色疲沓。再一瞧，梵义认了出来，这家伙不是旁人，居然是沙州城里有名的连公子。几乎有半年未曾谋面，连公子头发长了，瘦削了，颊脸上也塌了下去，颧骨凸出，但气息上仍旧是一只破喇叭的状态。果然，连公子在烟叶店门口停了马，打了一记呼哨，一长两短。不一时，另一个五官干净的人，从里头应声跑了出来，双双蹲在了廊檐下的阴凉里，谈说起来。梵义也认得他，丁荣猫，赫赫有名的义庄大管家。

天空继续下着雪，望果节的人越来越多，梵义的脸上足足落下了一斤麦粉。虽然今年遭了灾，敦煌一带歉收，但忆及党河之畔家里的那些田地，那些果木，梵义也不想擦脸，仰起头，期冀着给来年一个好兆头。在乌泱泱的人群中，那两个五官如素的人煞是扎眼，梵义的脊背上骤然一冷，似乎嗅闻到了一种近在咫尺的危险，忙蹒跚了过去，挨着连公子蹲下了。货呢？丁荣猫伸手讨要，又厌倦地说：呃，警告过你许多次了，你跟我是单线联系，干么还这么招摇，知不知道人多眼杂的道理？快把货给我。连公子盯着日头，鼻涕淌了下来，转瞬打了一个响亮的喷嚏，人也就醒转了。连公子递上了一只小皮囊，丁荣猫解开束绳，手探摸了进去，用指甲皮抠出来一小撮膏状物，放在舌头上咂了咂。猫哥，你干脆不知道，现在马鬃山一带的土匪比沙子还多，我这一趟能活着回来，简直跟做梦似的。连公子抱怨道。呃，这次的这个稍微欠了一些火候，里头掺杂了杂质，味道不太地道。丁荣猫啐掉了舌头上的东西，重新扎好了束绳，塞入怀中，打算抬屁股离开。连公子慌忙拉拽住了对方，哀恳说：我这一趟去了北疆，一共被土匪们绑过三次，最后一次，我还差点被他们劁了，做了太监。丁荣猫失笑了出来，讥诮说：要不要我摸一下你的裆，看看你那三两糟肉还在不在？连公子蹲不住了，单膝跪地，求告说：哪怕卵脖子被割了，我也是猫哥你的太监，实在不容易呀，我这回脱了好几层皮，我只想再要一笔钱。这句话像一块冷冰，丁荣猫面色一紧：狗儿子，前头就给过你一大笔钱，结果你捎来了一包次品，我倒没发火，这次你还给我点炮呀？又沉吟道：虽说现在的烟膏十分紧俏，有价无市，贵得离谱，但你是我专门派出去采买的，莫非还要讹我一手？连公子觉得被误解了，忙释解道：猫哥，俗话说，若要知道，经过一遭，我这番能活着回来，才想起自己起码还是个男人，还没尝过女人的滋味哪，我就想找一个正经人家的女子，这需要花钱的。孰料，丁荣猫笑喷了，捂住肚子说：你看准的下家是谁？哪个巷，哪条街，城外哪个坊的？我去做媒保婚，成全了你。见连公子频频摇头，说不出个子丑寅卯，丁荣猫便料定他在撒谎，一切都是子虚乌有。丁荣猫指了指身后，揶揄说：店里倒是坐着一个正经人家的女子，如果我没看走眼的话，她应该是世兴堂沈先生家的千金，你去问问，大概多少钱可以遂了你这只破喇叭的心愿，我还真想剜下一块自己的肉，施舍了你。梵义骇然极了，身上一下子开了锅，血脉偾张，拳头也攥得嘎巴乱响。但是，目下的梵义已然与往日不同，身为急递社的当家人，他心中格外理性，也知道震怒即是悬崖，所以梵义依旧沉静如水，款款地圪蹴在阴凉下，耳食着身畔的一切。

这一时，连公子却笑了出来，坦言道：猫哥，我干脆跟你做一笔买卖吧，我这个货太稀缺了，就算你拿着金条，问遍了河西四郡，或许也采买不到的。望果节的人们尚未开拔，继续抛撒着麦粉，视野中一派迷蒙。连公子的气焰，令丁荣猫想起了小人这个词，心下一凛。但丁荣猫毕竟历练太久，机心深厚，遂避其锋芒地说：太吵了，身上都快白了，大少爷还在里头等我，下回再议吧。言罢，趄身而去。连公子眼见着机会将要错失了，忙攀住了丁荣猫的肩，苦求说：好我的猫哥，你也不问一问，我身上究竟是什么宝贝么？哼，连公子你个贼儿子，你别以为你现在说了软话，我就忘了你以前打鸣的勾当了，有屁就放，我只听你三句话。丁荣猫掸着身上的麦粉，下了最后的通牒。不料想，连公子的头一句话，短得只有三个字，乜斜着眼睛说：花花子。丁荣猫的手停下了，稍一愣怔，忙扶住膝盖，原回蹲在了墙角下，张开了耳朵。梵义心猜，这一定是机密的一刻，暗中挪了挪脚，挨在了连公子的旁侧。

花花子，你竟然有这样的有利植物呀？丁荣猫探问。连公子点头，低语说：不多，也就半把左右的样子，差不多是我用命换来的。嗯，你算是个有心人，这一趟也有福报，居然从马鬃山的北面，从土匪的老窝子里弄来了花花子，呵呵。话虽如此，丁荣猫仍有疑惑，不见到实物，宁信其无。连公子却宽释了下来，喋喋地说：猫哥，与其带着自己的血汗钱，一趟趟地去土匪的老窝子里重金采买烟膏，不如咱们自己种养。呃，俗话说，隔山的金子，不如到手的铜，说不定逢上了好年成，有利植物哗啦啦地长势良好，自己吃不完的还可以另卖，全敦煌独此一号，价钱由咱们来定。一头热，一头冷，丁荣猫始终哑默着，让这一只破喇叭聒噪不停。

据连公子绍介，他在回返的途中，昼伏夜行，一路上小心极了。不料却在翻过了万里墙城的南侧，自以为逃离生天时，因多贪了几杯酒，泥醉在了一家土匪开的野店里。前两次被绑，土匪们强逼他入伙，要去杀人，要去劫掠商团，但连公子自有一套把戏，偷偷咬破了口舌，声称自己害了肺痨病，命在旦夕之间。土匪们见他嘴上流着血水，也就信了，一脚踢走了他。这回醉倒在了野店里，连公子又被绑了，但这一帮土匪更换了章程，风格迥异。他们一不搜身，二不打骂，索取的只是这些肉票的劳力。

万里墙城的南侧，原先种植了大片的苜蓿，产量颇丰，价格不菲，供东来西往的商团和骆驼队购买，也算是一块富庶之地。后来被土匪们占据后，统统铲平了，撒上了一种从俄境一带走私过来的花花子。花花子，或者说罂粟花，乃是一种深刻的禁忌，一般人不敢提及，当然也无从提及，因为鲜有人能亲眼看见一回它的真面目。河西四郡的老话说，佛爷好求，花花子难见，便是这个道理。与此同时，在俄境线上徘徊的红毛商人们，为了垄断鸦片贸易，对花花子的种子严加控制，防范得水泄不通。几乎每一天，都有一些不轨的行商和游击被就地枪杀，尸骸丢在了荒凉的驿道或口岸边，变成了一丛丛白骨。近些年来，匪祸纷起，割据了马鬃山以北，形成了一幕幕拉锯战。为了壮大各自的实力，土匪们也开始摸索着种植起了花花子，并对这类珍贵的种子管控得愈加严厉，不仅学来了红毛商人的惩治手段，而且有过之无不及。回返的路上，连公子在一家客栈外，觑见了一堵骷髅墙，大大小小的几十颗脑袋齐整地码放着，五官中灌满了风沙，骨头也被晒黄了。连公子吓瘫了，究问之下，才打听出这是一门家族的骷髅，且皆为女眷。原来，这门人去岁时携雏将孺，坐着十几辆马车，乌泱泱地去了北部的顶黑山，借口要探望一下远房亲戚。折返回来时，入住在了这家客栈内，看似一切都顺遂无恙，欢天喜地的。不料想，土匪们随后便像一股春季时的罡风尘暴，平地而起，从荒漠大滩上席卷而来，包抄住了客栈，一根绳子绑了蚂蚱似的，拿获了所有的人。土匪们搜寻遍了，也没发现一丝异样，但女眷们高耸的发髻，惹起了他们的注意。果然，在一个老妇人束紧的发丛中，土匪们查获了零星的花花子，犹若虱子和虮子一般，趴在头皮上，形迹隐蔽。土匪们嫌麻烦，干脆砍下了女眷们的头，拎住脑袋，在一张牛皮上抖来抖去，总共收集到了一两半的种子。女眷们被害后，这一家的男将们被悉数掳走了，当了苦役。

　　连公子也被掳走了，三天后酒醒过来时，土匪交给他一把木锨，让他去松土，去护苗，去把天上的雀鸟喊开。连公子是沙州城里的一介浪荡子，不识稼穑，五谷难辨，沦落到了这个境地后，也就只好以泪洗面，乖乖地认命了。有一次，连公子踩折了一棵秧苗，土匪们见状，立马撂翻了他，剥开裤子，扬言要劁了他。土匪们的理由很简单，你坏了罂粟的浆果，我就割了你的人果。人果？连公子挣扎说：我不算有利植物，我身上哪有什么果子呀？土匪们哈哈大笑，告知说：人果就是你的锤子，你的两颗卵脖子，让你变成一介宫里的太监。不愧是一只有名的喇叭，在这个危急的关口上，连公子灵感突现，决绝地说：太监是跟着皇上混的，假若皇上身边站着一个裆里没肉的下人，一个裆里没肉的残废，说出去的话，皇上他老人家也没面子哟。这句恭维话立时奏了效，土匪头子果然像陛下一样大度，马上开释了连公子，赏了他一碗羊肉吃。一入夏，那些疯狂的罂粟花田上馨香四布，蜂飞蝶乱，连公子奔行其中，用他的破喇叭驱赶着鸟雀，效果惊人。土匪们觉得这个家伙太勤勉了，也就放松了警惕。殊不知，连公子在奔跑的过程中，暗中规划着逃跑的路径，并在不同的地点，事先埋下了水囊和干粮。

终于，机会来了。一天夜里，一支长期觊觎这片罂粟花田的甘州匪帮，从十七泉出发，长途奔袭，双方展开了火拼，纠缠难解。连公子趁乱逃跑了，逃入了罂粟花田中，为防止土匪们追击，他又将一桶火油泼洒出去，在身后形成了一堵高大的火墙，掉头一路南下。这个季节上，罂粟熟了，茎叶饱满，有的已经割完了浆，花籽正在结荚。火舌铺卷过来时，满耳中皆是炸裂的声音，拂荡着一股股奇异的香味。连公子心生不舍，用手捋下来了半把花花子，揣在了怀里，再也不敢回头，一口气逃了出来。连公子酸楚地说：猫哥，就这半把花花子，还是我用命换来的，骗你的话，我连某人就是一头牲口。丁荣猫道：我信你的话。

虽说两条腿早就蹲麻了，但梵义仍旧张着一副白脸，佯装瞌睡，仔细谛听着这些骇人的细节。梵义暗忖，眼前望果节上的这一番热闹，不过是人世上的一些幻象，而身旁这两个家伙的机密谈话，才是敦煌的核心秘密之一。丁荣猫哀叹一声：可惜了你这半把花花子，有了等于没有，顶多就像鸣沙山上的沙子，永远也发不了芽。连公子的脸一下子黑了：猫哥，我姓连的是一头牲口，这不假，但你也不能作践我拿命换来的花花子吧？即便在红毛商人的那一边，一粒种子好歹也值一颗金豆子哪，我偏不信这个邪。丁荣猫款然一笑：你个贼娃子，你可别忘了，敦煌的天下除了县府而外，还另有文武两个协会，县府可以睁一眼闭一眼，但协会里的那一帮刀斧手爷爷，眼睛里却揉不得一粒沙子，一个个可都是开封府公堂上的黑脸包公。哦，的确，那两个杂种协会就像文武双庙，我平时不拜，但也不敢去招惹。连公子附和道。这么着，丁荣猫趁机说：不拜，也不惹，更不能昧着他们，干一些犯法的罪孽，比如你刚才的话，弄不好，就跟运三一样的死法。

运三的死,曾经在关外三县轰动一时,至今仍在敦煌的田间地头上流传。尤其到了开春,地里开始撒种子后,毗邻的农户们总要相互提醒,仔细你的手,别把运三撒了下去,到头来拿你去喂了党河里的鱼鳖。在敦煌,运三是一个神秘而漆黑的切口。

光绪二十七年,敦煌县令乃湖南沅江人氏邬绪棣,监生出身。这县令天生羸弱,一副病胎子,一到了任上便水土不服,手脚瘫麻,连一支墨笔也抓不住。无奈之下,只得将一应公务和盘交给了随身带来的师爷,衙门照开,讼案照理,巡察照旧。师爷悉心地打理着这一切,县令自己则躲在幕后,落了个无上清凉。师爷姓陈,名运三,安徽人氏,自打服属了邬绪棣以来,便忠心耿耿,从无二心。见县令沉疴在身,一日日地落寞了下去,运三的心里起了火,四处央告,寻求偏方。也就巧了,在一次外出巡察当中,师爷路经了靖远坊,见一位江湖郎中正在拔牙。牙疼不是病,疼起来不要命,张嘴拔牙的是一个老妪,满口淌血,让郎中的钳子和凿子在口腔中横行。师爷立在一旁,非但看不见老妪的痛苦,相反却见她眉开眼笑,仿佛得了大解脱似的,脚下扔满了狰狞的碎牙。事毕,师爷虚心讨教这其中的关窍,郎中释解说,其实人世间最好的药,莫过于罂粟膏了,包治百病,手到病除。师爷报恩心切,遂将郎中延请到了衙府内,让他给县令摸脉,给恩主开方。果然,县令嚼吃了郎中递上来的一疙瘩罂粟膏,又服了专门配制的药丸之后,一下子活转了过来,判若两人。悲哀的是,如此良好的局面,仅仅维持了数日,县令却再一次沦陷在了凄苦当中,浑身浮肿,鸡皮蛙脸,连鞋子也穿不上了。师爷磕头的心都有了,哀告再三。郎中却道:其实,方子没变,吃药的次数也没减少,只是缺失了一味药,让这一番疗程打了折扣,这一味药便是罂粟膏。师爷倾囊而出,将全部的银两堆在了桌案上,催他去采买。岂料,郎中笑说:这些膏子是我从内地带来的,已经一干二净了,要想在这关外三县找见它,简直比登天还难。究问原因时,师爷方知,敦煌当地的文武和事老两个协会,早已在上上一辈人的光阴里,将花花子、罂粟以及成品烟膏,列入了五毒之首。显见,当时的人们受其所苦,怨恨太深。后来，身为异乡客的师爷，还抽空查阅了二十三坊的乡规民约，愕然发现，文武协会对涉猎鸦片的犯事者，一律严惩不贷，手段凌厉。轻者，罚没族籍，剃发为奴，在本坊内讨百家饭，穿百家衣，等同于一介乞丐，且不得越雷池一步；重者，在本家祠堂内，供奉三牲，申告先人，要么抽了他的脚筋，要么打断脊梁骨，下半辈子像一只狗似的，由坊内的亲戚逐家豢养，去吃嗟来之食。不过，师爷亦有疑惑，既然如此的结界森严，郎中的身上何以揣着一包罂粟膏，又在大天白日里公然施用。郎中颇为自负，夸口说：我是一名游医，野鸡无名，草鞋无号，况且那些七老八十的乡绅和耆老，我也看过他们的病，对我当然是睁一眼闭一眼了。例如，那个老妪让坏牙疼破了脑子，当场就摘下了手指上的金戒子，三只戒子，我便超度了她。郎中还透露，虽说文武两个协会那么替天行道，但罂粟作为一味药，去搭救天下苍生的话，他们还是会网开一面的。这是闲章。当时的师爷，心窍中一定塞满了猪油，务请郎中想方设法，也要弄到一些罂粟膏子，让县令脱离苦海。郎中姓虞，浙江湖州人，忙修书一封，求告家里的亲戚。转过年，一包优良的罂粟花籽，便寄达了敦煌境内。

打开种子包袱后，师爷运三却留了意，这么一小撮，如果吃毕的话，还得下话求人，干脆以种养医吧。于是，师爷分出了一半，播撒在了县衙的花园中。

光绪二十八年，敦煌旱魃肆虐，党河枯竭，开春时撒在田里的作物种子纷纷石化了，唯独衙府中的那一畦秧苗，像菩萨点了甘露一般，格外健硕，人高马大的。在荒年将临的光景中，文和事老协会的领袖们，除了去莫高窟上香献供外，还卜了卦，问了天象，一度禁绝了成年男女的性事。最终一致认定，这一年泥壤中的所有脉气，被一种莫名的地精吸纳了，剥夺掉了。很快，秘密从县衙中泄露了出来，地精不是别的，原来是花园中生长出来的罂粟。文和事老协会有了结论，将后续的补救措施移交了出去，一天敲三次鼓，敦促武和事老协会抓紧承办。

事发当夜，师爷运三和虞郎中正坐在花园边，一边品茗，一边嗅闻着有利植物暗香迤逦、吹袭而来的汩汩气息。运三感喟说：只听闻敦煌乃是一片佛国圣土，飞天散花，菩萨降露，娘了个屁，今天才算是开了眼界，这一切都拜罂粟花所赐。虞郎中谄媚说：我不拜罂粟花，我只拜你，师爷你才是我再世的父母，让我在敦煌落下了脚。不承想，平地生雷，天降霹雳，一伙子习拳练武的银发之人，手执炬火，破门而入，将两个人团团围住了，又用一根牛皮绳子捆扎后，强行掳走。当差的衙役和捕快大多是敦煌子弟，见此情状，不仅不去拦挡，还相争着上去，将花园里成片的罂粟花砸成了一座大染缸，彻底刈除干净了。

或许，奇迹也不是别的，只是一些祈愿在破土，在发芽。

罂粟花被根除的次日一早，敦煌的天空便阴了，先是牛毛细雨，接着天就破了，倾盆而下，板结的泥壤终于松了一口气，党河水也暴涨了三丈有余。文武两家协会联署签名，共同向敦煌县令邬绪棣发去了一纸处置决定，按二十三坊的乡规民法论，凡私藏鸦片者，抽筋断脊，而如此大面积的种植罂粟者，无疑已是死罪。出人意料，三天之后，邬绪棣便抱着一只药罐子，坐了一顶轿乘，亲自拜访了文武两个协会的驻地。邬绪棣不仅批准了死刑，还口头嘉奖了协会上下对这一方水土的倾心守卫，对乡约村规的严格恪守。当年的中秋，邬绪棣还给参与此事的六十岁以上的会员，捎去了一盒火腿月饼。乡绅耆老干脆没舍得吃，一直供奉在了案头上，迄今仍在。至于邬绪棣所言，他要将这一桩义举奏报兰州，禀告朝廷，申领一块金字匾额的事，随着他一年后被革职回乡，也就不了了之了。不过，邬绪棣在临走前还是道出了自己的心病，委婉地说：死罪归死罪，但不要让他们太疼。

一名狱卒恰好是虞郎中先前的病人，闲章中，后者已经预感到了不妙。虞郎中是后半夜里吊死在梁上的，临终前，他在土墙上刻了一行字：抱憾敦煌，愧对河西。师爷运三瞥见虞郎中的尸首被抬运出去时，明白死期将至，忙索来了一套笔砚，先写下了一封忏悔信，再拟定了一份申告书。师爷运三自请沉入党河，好让他的魂魄顺水而下，一路东归，去慢慢接近自己的故土。讽刺的是，党河拒绝了他的一厢情愿与孩子气，因为党河由南向北，一路消失在了沙漠深处，有头无尾，渗入了地下。文武两家协会本来还担心手上沾了血，见此申请，忙借坡下驴地应允了。到了行刑的那一日，党河两岸人山人海，师爷运三跪地磕完了头，打算跳入河水之前，却忽然提出了一个奇怪的要求。运三恳请说：赐给我两块祁连山的青石板吧，绑在我的脊背上，让我一沉到底，再也不要漂浮上来。乡绅们不答应，耆老们也心生不忍，运三却倔强而顽固，冲着广袤的河流两岸，以及破衣烂衫的庶民百姓，吼喊说：苍天呀，我其实就是一颗恶种子，我今日沉落下去，就让我在敦煌，在甘肃的土地上永世不要发芽，不要结果。末了，师爷运三又发咒说：将来的人们呀，谁想往脚下的地里撒一粒罂粟花籽前，谁就大喊一声运三吧，因为我陈运三就是殷鉴，就是他的索命鬼。

很快，师爷运三便遂了愿，两块沉重的大石板裹挟着他，栽进了党河水中，甚至连一个浪花也不曾溅起。

连公子和丁荣猫汗漫滔滔，互相佐证，谈议完了这一折子古今，停下了话头。这时，沙州城内鼓号齐鸣，参加望果节的队伍开拔了，街道上渐渐荒疏了下来，被大群的土麻雀占据了，啄吃着地上的食物。丁荣猫抱怨说：本来跟你只说三句，结果说了一麻袋的话，够了。连公子见买卖快黄了，忙哀告说：猫哥，是这，这半年来我替你跑腿，替你采买烟膏，没了功劳也有苦劳呀，这回我也不多要，你拔一根汗毛，就够我吃一年的了，你看着给吧。说着话，递上了一只巴掌大小的皮囊。梵义窥见，这不是一般的皮囊，掐金边，走银线，束绳上吊挂着彩色的丝穗，相当稀罕。丁荣猫接住了，攥在手心里，揉搓一番，便明晰了里头的内容，忙揣入了怀中。而后，丁荣猫也摸出了一只布囊，回赠给了连公子，仔细道：我最近也不太宽裕，你将就一下吧，有情后补。言毕，掉头而走，趋入了烟叶店内。

连公子松开了表情，仿佛这一场对谈，乃是生命中一道最重要的门槛，此刻好歹迈了过去，得了善果。这么着，连公子解开了那只布囊，却一刹那瘫坐在地，如遭雷击，惊得面色黑沉，哑口失语。梵义抬眼一瞧，见里头横着一把明晃晃的锥子，大号锥子，却也不知道其中的意味。但连公子随后的一系列怪异举止，分明告知了梵义，在沙州城乃至敦煌的浮世表象下，还埋伏着另外一些隐蔽的势力，一些盘根错节的恩仇与故事。这是给梵义的一堂大课，无心之际，他竟然轻而易举地获取了。连公子当即吓傻了，扔掉了烫手的锥子，连滚带爬，鹞子一般地跳上了马背，然后像一道烟似的，被风吹走了。梵义拾起了锥子，定睛一瞧，简直太普通了，哪个皮货店里都有售，不值钱的，于是也扔了。直到半个月后，梵义护送着郭弦子夫妇，将他们安顿在了莫高窟的当夜，在梵义的苦苦哀求下，郭弦子嚎哭了一顿后，方扯下了笼盖在头上的面巾，露出了他的那一张破鼻子烂脸。那一刻，梵义忆及了望果节上的那一把锥子，冥冥当中的关联，令其一下子恍然了，心底里陡然滋生出了一股强悍的敌意。同样，在此后这一世人们的光阴中，这种敌意步步为营，枝繁叶茂，却也是隐秘而乖张，犹如一股股潜流，骁行于敦煌的大地上。这是后话。

梵义知道，此刻，性元就在身后的烟叶店里，性元绝不能吃亏。梵义起身，张着一副大白脸，趸了进去。

性元是在半路上改了主意的，从乡学里告假出来，本来想去关帝庙后头的麻石街，跟一个早就辍学的同窗谈糜子的事，不料却在望果节的人群中，一眼瞥见了义庄的索朗。索朗不是一个人，前面有一个管家模样的引路，屁股后面还缀着一个小妇人，妇人怀里抱着娃娃。店面不大，头顶的梁木上挂满了烟叶子，谁想吃，谁就搓下来一把，要么用烟瓶，要么使烟枪，吞云吐雾一番。过完了瘾，烟客们在柜台上撂下一两枚麻钱，便各回各家，各抱各妈去了。性元迅速忘掉了糜子这件事，见了索朗，心里却翻开了另一册书，包括夏考什么的，已经退居其次了。性元也尾了进去，落座在了角落里，一口气没上来，险些晕厥了过去。望果节的男将们蜂拥而入，一边咂烟，一边提升精神，静候着仪式开始。店里头像是着了一场大火，烟雾结着疙瘩，在头顶上翻来滚去，几乎能将一群牛呛死。果然，那个婴儿最清白了，受不住这样的磨折，尖声哭了出来。性元捏住鼻子，瞭看了过去，见索朗暴躁地发了火，勒令旁边的小妇人赶紧收拾住娃娃的哭声，不要添乱。小妇人沮丧着脸，撩开了衣襟，将娃娃的头塞了进去，也不知是在防呛，还是在喂奶，总之悄静了许多。性元明白，自己是输了理的，等一下上去胡搅蛮缠时，围观的人越少越好，否则影响太大。这么一思想，性元倒也不急了，喊来了一碗茶，慢慢啜饮着。蹊跷的是，索朗并没有买烟叶子，也不抽吸，他心神不宁地兀坐着，不时地去跟管家窃窃私语几句，好像在等人。性元还发现，在那个管家模样的人面前，索朗的样子很厌，一脸的谄媚，完全不合义庄大少爷的身份。

　　这日晌午，沙州城内响起了一阵阵鞭炮和锣鼓，细君哭嚷着，宫法麦干脆抱不住了，遂闪出了义庄的后门，打算进城去看热闹。偏巧，刚刚喜欢上赌博的索朗，打了一夜的牌，输得只剩下了一件裈子，在街上迎面碰见了奶妈和女儿。宫法麦惊喜道：大少爷，细君大了，真的长大了，昨晚夕她开口说话了。索朗对此不感兴趣，怏怏地说：草驴大了也会叫，过了端午，癞蛤蟆也能喊，这没有什么意思。为了印证自己的哺育之功，宫法麦逗引着细君，让娃娃发一次声。果然，细君很配合地嚷嚷了一声：妈，妈妈。细君的小声嗓很含混，但落在父亲的耳朵里时，却见字如面，清晰若墨。这一刻，忆想起自己的狼狈，以及对宫法麦的亏欠，索朗顿时被女儿的这个发音感染了，内里潮起了一股温情的汁水。索朗又逗引了一番，细君这回更清晰了，妈妈妈妈的，嘴里嘟个不停。宫法麦感觉在喊自己，噙着泪，美美地亲了一口娃娃，在细君的颊脸上，留下了一枚痕印。索朗也不由分说，上前拥住了她们，左一口，右一口，亲完了大人和娃娃，好像一晚夕的晦气荡然不见了。索朗心情好，款然道：走，我带着你们浪走，去沾一沾望果节的福气吧。转悠了两条街，也没浪出个什么名堂，索朗忽然发晕，一把扶住了旁边的墙，浑身累赘地坐了下来，一直在干呕。宫法麦吓坏了，瞅了瞅街边的店铺，竟然是义庄名下的一家羊毛毡铺子，忙进去喊人。不因别的，瘾犯了，索朗明白自己的病根在哪里，病根就在烟膏断顿了，差不多有五六天的时间，心里急得好像窝藏了一群猫崽子，将肠子和肚子全都抓烂了。丁荣猫恰巧在铺子里，闻声跑了出来，将索朗的脑袋夹在胳膊下，拖到了僻静处。索朗哀求说：猫子哥，我的骨头上爬满了蚂蚁，我痒死了，看在换帖的分上，要么你给我一口烟膏，要么你攮我一锥子，让我去黄泉路上清静吧。人多眼杂，丁荣猫也没数落这一坨扶不上墙的烂泥，只道：你乖乖跟着我走一趟，兴许今天就能解了你的馋。又思忖一下，叮嘱宫法麦说：你跟住大少爷，他现在只听你的。这么着，一行人进了烟叶店，枯坐了半天。丁荣猫当然有把握，连公子托人捎来了话，指定今天在烟叶店里见面，索朗也算是瞌睡碰上了枕头，口福不浅。烟气熏人，眼睛里好像灌进了辣子面，索朗误以为管家带他来吸普通的烟叶子，情绪灰败，将世上的好话都说尽了，还不见动静。在烟膏这件事上，丁荣猫始终占据着上游，唯有如此，才能捏住大少爷的命脉，令其听任摆布。后来，店外传来了连公子的呼哨，一长两短，丁荣猫起身离席，一走就是大半个时辰。索朗被困倦和烟瘾攫住了，哈欠连天，鼻涕眼泪一起往下淌，末了，竟然还趴在桌案上，扯起了呼噜。望果节的仪式开始后，烟叶店里的瘾君子们差不多走光了，丁荣猫复又回来，将一只皮囊交给了索朗。性元瞭见，索朗打开了束绳，鼻脸凑了上去，贪婪地抽吸了几下。登时，索朗的表情亮了，像在磨石上擦过的那样，眉开眼笑。

时机到了，性元端着茶碗，移步过去，坐在了索朗的对面。

索朗咂摸着一疙瘩烟膏，宫法麦在哄唆着细君，丁荣猫则拿着一只干净的瓷碗，掰开了核桃状的罂粟壳，将花花子悉数收集在了里头，一粒一粒地检索着。一个乡学的女生面呈怒色，唐突而至，自然引不起诸人的在意。花花子像针尖那么大，黑褐色，饱满，圆润，大概只有半把左右的分量，勉强能遮住碗底。想起先时的一幕，连公子见了锥子之后的屁滚尿流，丁荣猫简直快失笑了出来，心里又嗔骂说：你个姓连的贼娃子，想跟老子玩阴的，只怕你还嫩了些。众人的无视，惹起了性元的极大不快，敲了敲桌子，准备开腔。岂料，丁荣猫沉吟道：贵为世兴堂的女公子，敦煌乡学中的优良人才，应该是一尘不染，高洁自傲，怎么会出现在这么一个腌臜的场所哪。性元几乎快被噎死了，迎头碰壁，再也没有比这个更难堪的了，事先酝酿好的一肚子的说辞，也被打乱了算盘。性元涨红了脸，语无伦次起来：哦，原先你认得我呀，当然，你肯定认得我，这样咱们就可以直截了当一些，别绕弯子了。丁荣猫瞭了一眼，黄口小儿的话，真是不知深浅。目下，丁荣猫心里泼烦，只想赶紧结束这个插曲：我知道，沈先生不好意思出面，所以派了女公子来，不过嘛，你回去转告令尊一声，剩下的尾款，大少爷一定会在合约期内如数奉上，但现在还不是时候。性元慌乱极了：哦，不对，我爸并没有派我来，这是我个人的主意，你别扯上他和世兴堂。丁荣猫轻蔑一笑：实话说给你知道，我虽然只是义庄的一个下人，一个跑腿的，但在关外三县，在敦煌，在整个沙州城，能入我法眼的也不过区区两位大人，一个是义庄的老东主，另一个则是令尊。我不明白的是，既然合约的期限还早，沈先生都没有催款，你干么半道上来抄家呀？这个插曲，本来就是性元心血来潮的产物，此刻被轻易地戳穿了，便一下子知道了管家的厉害，词穷，理又屈，一连饮下了一大碗茶水。伙计提着开水过来，续满了，汤面上出现了牡丹般的花纹。这时，性元哀恳道：求你们了，把小校场的房舍和院子退还给我家吧，不卖了，我们打算原搬回去住。哦，扶惯的拐杖，使惯的丫头，住惯的院子，我想这也是我爸的心愿吧。闻听此语，一直陶醉在鸦片烟雾中的索朗，啪的一拍桌案，呵斥道：说得倒轻巧，沈破奴是在放屁嘛。

　　梵义挨着柜台坐，也被性元的话震惊了，觉得她有些过分。再一思想，梵义便大包大揽，将这一切都归罪在了个人的头上，没有自己的冒犯，性元绝不至于生出别念，要搬离胡家坊的新宅院。性元接续道：大少爷，你剩下的房款尚未付清，说明这一笔买卖还没有成交，干脆，你在沙州城里另择一个院子吧，我让我爸给你退钱，退了定金？义庄的大少爷被这句话小看了，攥着那一只皮囊，像攥着自己的命，一时怔忡。不久前，索朗从爹老子那里偷窃了一大笔钱，但为了吃烟膏，只好亏欠了沈先生，将其中的一大半，交付给了管家，不想断了顿。丁荣猫料想不妙，接住了话茬，反诘道：也好，既然世兴堂想毁约，那毁约就要有代价，贸易场上的人，不能就这么含混过去吧？性元不谙生意，问代价是什么。丁荣猫抿笑说：罚上十倍八倍的，恐怕也难为了沈先生，以后大少爷也不好做人，干脆就三倍吧。沈先生早上还钱，大少爷下午就退房，绝不二话。性元腾地立了起来，质问道：这分明是讹人，哪有这么算筹的，你的算盘念的是哪一门子的经？索朗依旧亢奋着，附和道：义庄是一张金字招牌，义庄的头上从没有过赖账这一说。不过么，人有三急，屎尿急，入洞房急，女人生娃娃时，当家人心急。真不巧，现在却另有一急，钱打住了我的手，我一时半会也付不清世兴堂的款子，你就算掐死我，我也要从坟墓里爬出来，给你这个漂亮的丫头点香磕头了。

如此放肆而轻佻的话，形同于一种挑衅，也准备给这一幕争执画上句号。梵义恶从胆边生，腾的一下站了起来，瞅准了墙上挂着的那一把烟刀，打算动手，不承想，却听见了性元在哈哈大笑。性元的笑无缘无故，让一桌子的人狐疑不堪，煞是费解。笑毕了，性元指着说：亏死你索家的先人了，一味地赖账不还，却有钱在这达吃鸦片，也有钱买花花子，拿旁人当睁眼瞎呀？这么一锅烩的詈骂，索朗立刻不干了，刚要动粗，却被丁荣猫硬生生地压服住了，一个劲地翻着白眼。丁荣猫老练道：女秀才，你可不要栽赃呀，这其实是油菜籽，并不是你嘴里头说的花花子。性元已经占了上风头，样子得意极了：哼，骗鬼的话，却骗不倒我沈性元，你这个花花子摘下来以后，一定捂在了身上，现在已经发了霉，变了质，其实治不了什么病的。咦，听你的口气，那你以前就认识花花子了？丁荣猫深渊般地问。性元心无城府，一览无余地说：当然，世兴堂里先前也有一点花花子，不过灵台坊的老财东王世斌前年发了急症，全都用在了他身上，这才保住了命。丁荣猫哀声一叹，沮丧道：女秀才，何以见得我的这些花花子就发不了芽，结不出果呢？这一时，性元举起了手中的茶碗，将一线茶水注在了对面的碗里，剖析说：谁都知道，粮食打下来了还要晾晒，还要扬场的。喏，你瞧瞧，你的花花子都浮了上来，可能是秕的，恐怕也糠了吧。丁荣猫骇然失色，急忙将碗打翻了，茶汤泼了一桌子，只抢救出了为数不多的一点点花籽。

丁荣猫的手在身上探摸着，却找不见随身带来的那一把锥子。

梵义一个箭步奔了过去，迅速锁住了性元的两臂，嚷叫说：沈性元，今天是乡学里的夏考，你无故脱逃，总教让我来喊你，你现在回去参加考试还来得及。性元挣扎着，看不清梵义的五官，但从嗓音上判别了出来。性元刚要喊出梵义二字时，却被后者拦腰抱起来，一道烟地跑出了烟叶店，徒留下了身后的一团咆哮声。

一直跑到了玉皇阁后面的雷坛街，觉得安全了，梵义才将性元放了下来。

性元兴奋着，羞臊着，愤怒着，后来突地上来，给了梵义一个抽脖子。梵义也不恼，讥讽道：女秀才，你这是去谈糜子呀，还是专门去使坏的？你差一点糟践了人家义庄的花花子，还险些挨了打。依我看，恐怕是你课业太差了，逃避考试，才找了这么个借口。这一时，性元慢慢收住了表情，肃穆地说：胡梵义，你该管的应该是急递铺里的那位孔大小姐，我跟你一碗水的关系也没有，拜托你少管闲事，快让开。梵义不让，张臂拦住了性元，哀告说：大小姐，请你千万别乱点鸳鸯谱了，这话要是让苏食叔听见了，肯定会吃醋，他非敲碎我脚上的孤拐不可。性元不愿听这些苍白的释解，也没有耐心，伸手拦下了一辆车轿，跳将上去。车轿驶远了，梵义颓丧地转身，却在街旁的一家镜子店里，瞭见了自己的那张白脸。梵义自责说：白脸的奸臣，白脸的曹操，这下里外不是人了。梵义将唾沫啐在了手心里，一边走，一边擦，五官上立刻五迷三道了起来。

与性元关系的转圜，大概是在三伏末期的某一天。

梵义在莫高窟安顿下了郭弦子夫妇，又逗留了数日，回到胡家坊后，样子怏怏的，神色诡秘，也不知他在忙碌些什么。高房子上的情况业已回归了正常，弟弟梵同私下里相告，性元不请自来，再次荷担起了伺候爹老子的责任，只不过身上还置着气，每回料理完毕，便不吭不哈地出了门，跟家里的任何人也不打招呼。梵同还讲，夏考的成绩公布了，乡学的门口张了一面大红榜，沈性元位列次席，各科的总分加起来是第二名，简直轰动了沙州城。令人费解的是，乡学的总教派出了几名送信人，又是敲锣，又是打鼓，捧着大红喜帖去了世兴堂，却遭受了一场意外的冷遇。

这些日子，世兴堂一直关门歇业，不接待病患，沈破奴开了一条门缝，将喜帖取走了，态度格外冰冷。照理说，纳喜的一方要给送信人回馈赏钱，或多或少，不过是个分享的意思罢了。不料想，沈破奴打发了伙计出来，每人一罐山楂膏，说是世兴堂自酿的，让大家开胃。梵义哑默地听完了，见弟弟一脸愠怒，便心知梵同的屁股，已然坐在了性元的一方，分明是在挞伐自己。末了，梵同还怨怼说：你一走，急递社就成了一盘散沙，游击们各干各的，连个鬼影子也不见，孔执臣那里的包裹码成了山。可好，现在你前脚进了门，蒋斧他们后脚就回来了，演戏演得比六合班的还精彩。针对这个问题，梵义只撂下了一句话：我吩咐他们的，你不知道最好。又叮嘱道：天太热了，干脆你去喊他们来家里，一起吃瓜吧。

敦煌绿洲深嵌于沙漠与戈壁之间，日照炽烈，瓜果旺盛。一入了夏末，连空气中都仿佛漾荡着一种糖分，让人的眼皮子粘连在一起，陶醉不醒。从自家的沙地里拉来了半车西瓜，滚落在胡家的院子里，游击们也不装假，散漫地蹲在地上，一拳砸开一只，捧住了就啃。胡白氏早就酵了一缸面，生发出来后，亲自用碱，亲自站在锅头上，烙了一大堆的鏊饼。这还不算，胡白氏又用开水浇面，擀开后，撒上了葱花与胡麻渣子，烙出了十几张烫面饼子。家里没这么热闹过了，罩在头顶上的那一层寒霜，如今化了，像一场梦似的。游击们一手吃着饼子，一手啃着瓜瓤，鼻脸上贴了一块红布似的，嘻嘻哈哈，说笑不止。胡白氏躲在窗户下，瞭看着外头的热闹，忽然间鼻酸了起来，落下了泪。不为别的，原因只有一条，因为三儿子梵海不在，恐怕……胡白氏不敢多想，也不愿坏了大家的情绪。

黄昏落下了，一阵巨大的清凉，被风吹送着，从疏勒河和万里墙城的方向上拂来。这一时，梵同做了知客，给这个让鏊饼，替那个砸西瓜，令游击们的饱嗝冲天而起，吃瘫在了地上。逡巡了一圈，梵同特地挑了一只黄瓤的西瓜，单独搁在窗台上，叮嘱卡利班，等一下捎给孔执臣，让她也饱饱口福。先时去城里请人时，孔执臣不出意料地婉拒了，她身上挂着孝，当然也不能勉强。渐渐地，梵同不悦了起来，因为他发现，哥哥梵义始终坐在堂屋中，找每一个游击单独谈话。这个出来，另一个进去，游击们的脸上挂着一种神秘难测的表情。梵同上了心，知道自己被排除在外了，却也佯装不觉，另觅他途。梵同有他自己的窍门，那就是嘴甜，嘴一甜，世上的人们都会买他的账。

李无亏谈毕了，拿着瓜皮，嘴一咧，疼得钻心。梵同讶异说：哎哟，你的手开了这么大的口子，蜇得疼吧，咋破的？李无亏道：抬木头时，不小心被钉子剌的，好多了，前几日还能看见骨头哪。什么木头呀？追问道。李无亏慷慨说：樱桃木，从肃州运来了一批，居然一分钱也没花。呵，少东主的面子可真大，我带着一封他的亲笔信，直接去了肃州的洪门，洪皮海可不是谁想见就能见的，但他见了我很亲热，二话不说，便筹集了一批樱桃木。梵同再问时，李无亏警觉了，抓紧跑去洗手了。昆莫的头发太长了，浑身都是坏味道，梵同捏住鼻子，揶揄了几句，催他赶紧去澡堂子一趟，别恶心了人。昆莫道：可不是么，这些天忙得屁淌，先是把秦川墨笔店的文房四宝都买光了，而后又买光了关外三县的每一家店，连人家库存的咸丰年间的墨锭也一个不剩，我这身上不叫臭，应该叫墨香。梵同道：你会写个人的名字么，你文盲透顶了，买那么多舞文弄墨的家当做什么？昆莫吞了一口鏊饼，再也不言传了。梵同心猜，一定是梵义事先封了嘴，警告了他。西瓜就酒，越吃越有。茹老二和项楚一向是紧密的联手，狗皮袜子成双，须臾不离，谈完话分别出来后，又凑在了墙角下，拿着一只巴掌大的白锡酒壶，你一口，我一口。梵同偎了过去，一家喊了一声哥，顿时热络了起来。项楚问：你那里死了几个人？一十七个，你呢？反问道。项楚道：我比你多三个，但我手上死的都是一些穷汉酸妇，寡妇光棍，没几个亲戚去祭奠，所以唐纸也比你的少，少东主肯定夸你了吧？茹老二约略得意一番，咒骂说：当时已经三伏了，天气太大了，稍微上了年纪的人，肯定熬不过这个酷暑，少东主让咱们加紧收集，唐纸多多益善才是。唐纸，这个陌生的词，一下子嵌在了梵同的脑子里，异常尖锐，且充满了诱惑。梵同去了一趟灶房，给酒壶里灌满了苞谷酒，倏忽间让他们打开了话匣子。项楚道：指不定那些发黄轻脆的纸页子，是当年唐明皇和杨玉环的手纸，现在倒好，敦煌人把他们烧在了灵棚里，祭奠了亡灵，也算是还了莫高窟一个干净，省得惹起佛祖的脾气，降下不祥。茹老二附和说：也是，庙里的黄表纸卖得那么贵，谁舍得烧呀，千佛灵岩上的窟子里，尤其是藏经洞中的唐纸，一抓一大把。唉，要不是莫高窟路途太远，你我也不用跑葬礼，装孝子，偷人家丧主们的唐纸，来去折腾了。项楚的舌头大了，怨怪说：前些年，敦煌人每去烧一次香，便从莫高窟抱回来一大捆纸页子，早就把千佛灵岩给偷空了，你去了也白去，因缘不够。可偷回了家，那些人平时又舍不得用，莫非一直预备着家中死了人，给亡灵送零花钱呀？茹老二颇为自负，灌了一大口酒：老弟，我比你收集的唐纸多，不是因为我多装了几回孝子，多磕了几个头，我是另有管道的。什么管道，难道你尻子里藏了别的闪电，一直瞒着我？项楚追问。茹老二便也不隐瞒，直言说：死人的事，那是隔三岔五，但唐纸出现最多的地方，却是在裁缝店和靴子店。为啥么？原来裁缝用唐纸剪衣服样子，靴子匠也用唐纸剪鞋样子，他们的柜台下头塞满了唐纸，就看你有没有办法，将干净的择出来，交给少东主了。项楚立时恍然了，敬给对方一口酒，称赞道：你嘴上开过光，这下你的确开示了我。梵同趁机叨念说：唐纸唐纸，唐代的写经纸，你们这是要开窟，还是要办法会？这个关节上，两个人互视了一眼，闭口不言了。梵同明白，他们的嘴上挂了几重锁，而钥匙就掌握在哥哥梵义的手中。闲等了片刻，见卡利班谈完出来了，梵同又粘了上去。梵同跟卡利班年岁相仿，心里头自然有一份格外的亲近感。果然，卡利班率真地回答说：这些日子可把老子跑死了，鞋子破了两双，马也换了两次掌，幸亏在三危山的王家坝，将许岩楷那个老匹夫截住了，领回了沙州城。梵同对这个名字太陌生，探问再三。啊，你连许岩楷也不知道么？不过也难怪，你是乡学里的读书郎，世面见得少嘛。卡利班先是惊诧，而后又绍介说：许岩楷乃是敦煌一带鼎鼎有名的彩绘高手，原先开了一家棺材铺子，后来失了火，一贫如洗，打算回王家坝去养老，从此不再出山。画棺材的？梵同越发堕入了一团迷雾，究问说：你去找一个画棺材的，你死了爹，还是丧了娘？卡利班天生就是孤儿，反正也不恼，恳切说：这是少东主交给我的任务，我只负责找，至于许岩楷将来描画什么，那是少东主的决断，我可不能随便打听。毕竟年轻，还能说在一搭里，卡利班不经意地透露，此番少东主将急递社的成员们撒出去，各走一线，各有各的任务，但是必须背对背，谁也不可窥视其他伴当的细节，这是禁忌和法条。末了，卡利班抱拳哀告：梵同，求你别再问我了，我已经背上了惩牌，我还想再多立上几功，将惩牌换成劝牌，将来扬眉吐气一番哪。见对方的嘴巴里砌起了一堵墙，梵同便知难而退了，煞是灰败。蒋斧是最末一个出来的，他跟梵义谈得最久，肩膀也耷拉着，心事很重的样子。蒋斧撇下众人，出了门，开始收拾马肚带，整理鞍鞯。梵同有些怵他，但又忍不住好奇，拐着弯子，求问蒋斧前一向的踪迹。蒋斧立马拉下了脸，训斥道：你个小贼，一天至晚鸡皮蛙脸的，没个正经，你跟少东主是一母所生，你怎么就不学学你哥，做一个纯明精良的人呀？梵同撞了南墙，一下子规矩了，又涎着脸说：我不过是替孔大小姐问问，急递铺里的邮品快码下不了，总不能砸了牌子吧。蒋斧笃定道：这个不必操心，投邮的人再多，也跑不过急递社的马蹄，今晚夕大家全都歇息了，明日一早，各奔西东，贸易的事当然来不得半点的马虎。

　　暮色犹如一层漠漠的蛋清，落在了党河两岸，落在了胡家坊的上空。梵同忽然觉得，自己跟这些伴当之间，有了一种似是而非的隔阂，好像他们统统藏在了暗处，自己却像一个傻瓜似的，站在了明亮里。正在失落时，一个伙计跑了出来，喊梵同快去堂屋里说话。梵同一根箭似的跑了进去，内里潮起了一股小小的激动，阿弥陀佛，当哥哥的总算没撇下自己，给弟弟难堪。

　　岂料，进了堂屋，梵同瞭看过去时，却没有见到想象中的那副景象。梵义并不曾像个敦煌的老财东那样，七老八十地端坐在椅子上，一手拿着烟杆子，一手捧住盖碗茶，玉皇大帝一般地训话。恰相反，梵义站在墙角根里，背对着弟弟，正在尽情地撒尿。尿桶子里有打鼓的声音，时紧时密，绵长不息。自打回返后，兄弟俩各忙各的，还没有凑在一起单独说过话，梵同觉得这是个机会，忙巴兮兮地喊了一声哥。梵义问了弟弟这些日子的近况，梵同潦草地应付着，只报喜，不报忧。哦，你尻子上的伤疤好些了么？你最好记住那几鞭子，别再吃惩牌了，否则我心里……梵同明白，哥哥的欲言又止，说明他心中有一本明账，却又碍于当家人的身份，不便挑破。梵义又问：听说鸣山书院的丰鼎文先生，将你和陈小喊从哈密捎来的那一包袱东西，完全辞退了。那些佛经、文书和卷子，你们是如何取得的，又是如何带回了敦煌，你仔细说来听听。梵同遵命，简略地讲述了一遍经历，暗忖道，哥哥一定跟孔执臣见了面，也一定审查了那一包东西，所以丝毫不敢妄言，如实道出。梵义尿毕了，在脸盆里净了手，弟弟赶忙递上了手巾。陈小喊呢，那个爱瞌睡的家伙在干么？梵义探问。梵同对这个名字格外敏感，一时黯然了下来：他还能干么，天天在客栈里梦周公哪，一点出息也没有。梵义呵呵一笑：不是没出息，其实他的身上有一种迷药，迷药不除，他就始终醒不过来。这句话深具禅机，梵同哑摸着，见哥哥落座在了椅子上，便也不客气，假在了旁侧，撒娇似的攀住了梵义的肩。梵义旧话重拾，叮咛道：哈密王城的恩情切记不能忘，这次有赖于他们的襄助，这些莫高窟的卷子失而复得，的确是一桩无上功德，虽说哈密的甜瓜天下有名，但敦煌的西瓜也不错，你抓紧去西门外问问，求助一下赴口外的商团，务必给哈密王城捎上一批瓜果，略表一番心意。梵同心里答应了，嘴上却辩白说：丰鼎文山长判定那些卷子是赝品，既然是假的，伤了我跟陈小喊不说，岂不是也要伤了口外那些朋友的情分嘛，干脆我换个说法，不说鸣山书院寄的，就说是我跟陈小喊的一点意思吧？这一时，梵义机深莫测地说：读书人有时候自负过了头，便以为自己坐拥天下，无所不知。可能正相反，不是那些卷子和文书落满了灰尘，而是他们自己的眼睛里结出了蛛网，生了锈病。梵同犹记得丰鼎文扔出来的那一个笤帚疙瘩，也记得屁股开裂时的疼痛，对哥哥这一句携针带刺的话深表赞同，仿佛解了自己的恨，消了个人的怨怼。梵同从怀中掏摸了半天，将哈密王城赠予的那一块镀金的腰牌，递给了哥哥，并扼要地说明了来历。梵义定睛一瞧，突然间大喜过望，感喟道：此乃黄金符券呀，真是上天助我，佛祖显圣了。梵义惊颤着，好像被雷电打了一鞭子，半天也稳静不下来。哥，区区一块腰牌，看把你给激动的，还没见过你这么兴奋过。梵同故作轻松，不外是为了探听一下他们的秘密。果然，梵义恳切道：瓜娃子，有了这一张黄金符券，咱们急递社向西的大门就打开了，路也就彻底通了，这口气便可以纵贯甘新一线，从此再没有遮拦了。梵义的激动由衷而热烈，褒扬道：好我的弟弟，这下子你建立了不世之功，凭着这一张黄金符券，你差不多可以换来急递社的十块劝牌，真是功莫大焉。趁着哥哥高兴，梵同却横生枝节地说：我啥都不要，一块劝牌也不要，我只求你一件事。梵义一凛，猜出了弟弟的吊诡与顽劣，却也没能猜出梵同下面的话。梵同哀恳道：

"哥，求你了，你快去沈家的院子里，给性元姐下个话，服个软吧。"

梵义大怒："你是来当说客的？"

"性元姐也不容易，一面在乡学里念书，一面还揪心着爹老子，照顾得井井有条。这些事，你我做儿子的，谁也没有办到。"梵同既然说开了，便不愿隐瞒，直言道，"性元姐是咱胡家的现世菩萨，如果你枉对了她，敦煌人都会戳咱们的脊梁骨呀。"

"闭嘴，站规矩了。"梵义喝令说，"你现在在对东主讲话，你明白么？"

梵同莫可奈何，依言站住了，规矩地放下了手，脊椎中像插了一根梁木似的。这一瞬，梵义也忽然变了样子，气态雍容地落座了下来，像所有敦煌上层的老财东那样，高高在上，不怒自威。梵义的连番训斥，让梵同渐渐地意识到，对面的此人，已不再是单纯的兄长身份了。不错，目下的梵义，乃是结社邑义之后的首领，乃是急递社唯一的东主，身上散发着一种无形的气场，寒光威慑，开始令人畏惧。梵同垂下了头，将后续的话，统统咽在了肚子里。梵义款坐着，历数着梵同的不是，左挑鼻子，右挑眼，横竖都是弟弟的过失与不可教化。梵同唔摸着这些话，明白梵义的这些论断，不唯是一个胞兄的抱怨，更是他身后的那一个神秘组织的苦口婆心。对，那个组织就是急递社，一帮强悍的游击，一群快马，他们心中装着一张地图，脚下踏着烟尘，已然廓开了河西走廊的一角天空，即将开疆斥土，大有作为。梵同频频称是，一再领受着梵义的训诫与呵斥，心知，在自己和哥哥之间，业已出现了一道鸿沟，划开了彼此。梵同肃穆地聆听着，忽然觉出了一丝寒意，一种隐约的孤单感，生怕被急递社抛弃，被那一个组织拒之于外。这么着，梵同驯服了下来，释解说：

"哥，我刚才……"

梵义纠正道："叫少东主。记住了，以后除了在爹娘老子跟前喊哥之外，你必须改口。"

"嗯，少东主。"梵同立时改了口，样子愈加虔敬。然而，内心虽然服属了，但少年的血勇依然催迫着梵同，去一吐为快，去辩白一番："性元姐有恩于胡家，还望少东主三思，千万不要辜负了她。谁都能看出来，性元姐喜欢你，你也……"

"放肆。"梵义再次动了怒，驳斥道，"性元她殷勤，她细致，这不假。性元她照顾家父，忙前跑后，的确花了不少的心血，这也不假。但是有恩于胡家，难道就要绑架我，勒索我，让我一直低三下四么？"梵义危坐着，扔下了盖碗茶："说到底，性元的那些行为，不过是一个小女子的把戏，沈家有沈家自己的算筹，我一眼就可以看穿。"

梵同愕然了："少东主，我奉劝你一句，你可别错失机缘，将来后悔不迭呀。"

"怎么讲？"

"除了爱，不会有别的去定义你，定义我们每一个人。"梵同清楚，兄弟俩的此番对话与交锋，将会是最后一次，以后永远也不会出现类似的契机了。梵同有些伤感，唏嘘道："我们生而为人，从小就仰承着苍天和父母的爱，现在长大了，也必须施舍出自己的一份爱，去普济他人。因为只有爱，才能定义一个人。"

"黄口小儿。"梵义不屑道。

梵同截铁地说："少东主，你千万别顾忌那一张黄金符券，也别碍于我是你弟弟，便纵容了我。倘若我冒犯了你，你就直接给我惩掉吧。"

"呃，是这，"果然，梵义亮出了最后的底牌，蹒跚上来，抚住了梵同的肩，"我思想了好久，已经叫人去乡学里，给你办了退学手续，你不必再为念书纠结了。"梵同虽有准备，但如此唐突的现实自天而降，横陈眼前，仍免不了一阵惊悸，万般骇然。梵义又道："退学之后，家里的各项贸易，店铺里的买卖和地里的活计，由你来全盘打理，你也该历练一下了。记住，我一般不会过问，除了替你拿拿主意之外，你要习惯自己一个人去决断，去荷担。"梵义抽身而退，撂了挑子，令梵同蓦地想起了樱桃木、唐纸、笔砚、彩绘高手许岩楷等细节，遂冷笑说："少东主，你都懒得给我发惩牌了，是不是我已经被急递社开除了？"

"不，应该是你主内，我主外。"

梵同恓惶开来："我知道，我被你打入了另册。"

恰在这时，庭院中传来了一声轰响，接着是一个女人的哀叫。

听声辨音，不会是旁人，应该是性元。梵同抹着眼泪，疾步出门，却在半途中又折转了身子，簌簌簌地去了墙角，拎起了尿桶子，踅出了后门。光线暗沉，一派昏暝，梵义怔忡地坐着，貌似冷漠，但一团火油般的汁液，卡在了嗓眼中，让他的心里潮起了一片温意，无法安澜下来。梵义清楚，只有这种决绝而冷酷的手段，才能将弟弟遮护在身后。否则的话，什么精良，什么纯明，一切皆是虚空的妄议。梵同收拾完了尿桶子，复又进来，穿堂而出。临出门前，梵同狠狠地跺了一脚，冲着梵义的方向，轻蔑地哼了一声。时隔多年之后，梵同忆想起曾经的这一幕时，方彻底醒悟了。原来，这是哥哥精心算筹的一步棋，亦是梵义盘磨了良久，仔细筹谋出来的一套计划。非如此，日后叱咤于河西走廊一带的急递社，横行于甘新大道上的快马游击们，便不会留下一则深广而惨烈的传奇，一直暗香涌动，在民间传诵，承继不绝。这是后话。

见梵同消失后，梵义也起身，整衣理冠，携着一股少东主的气息，款步出门。

此时，糜子垫跌落在了地上，竟然砸碎了一只西瓜，吓得旁边的游击们一愣神，又抢了过来，扶起了几个七仰八叉的人。性元的腰闪下了，一个劲地哎哟。梵同忙搀住了她，究问原因。性元一手揩汗，一手叉腰，咧了嘴说：可真没料到，这张糜子垫居然比一头牛还重，害得几个小伙子都吃了跟头，真是难为他们了。糜子垫，干么用的？梵同问。性元给了梵同一个抽脖子，嗔怪道：没天良的，你跟梵义都是一路货，逐天在外头打秋风，连你爸的生死也不闻不问。或许，恰是因为这一句话，让刚刚迈出了门槛的梵义，迅即收回了脚。此后，梵义蹲在窗户下，耳食着家中的一切，犹如在听一幕戏。

性元像个女主人似的，喊那几个彭家勇编织店的伙计赶快歇缓下来。卡利班砸开了几只西瓜，拿来了鏊饼，让这个，请那个。一时间，周遭响起了一片沸腾的喉咙声，像在过年。梵同照着吩咐，拿上抹布，将糜子垫上的几块污渍仔细擦净了，端详再三。糜子垫足足有一拃厚，表面金黄，用一种特有的细麻绳编织而成，井然有序。性元的一个同学因为家贫，上半年辞了学，回到了祁连山里的老家，一边务农，一边打猎。有一回，同学带着猎来的麂子，来沙州城里贩卖，被性元邂逅了。性元央求他，下一趟来的话可否捎一车糜子秆，自己要打一副床垫。敦煌遍地炽热，但糜子性寒，只生长在祁连山的阴坡上，产量也不大，一般人不爱种植。糜子秆除了捆扎笤帚和扫把外，主要的用途是生火做饭。同学也颇为实诚，居然拉来了三马车，照着性元的意思，统统卸在了彭家勇编织店内。傍晚时，性元去办了交割，又请了店内的伙计们相帮着，抬进了胡家坊。孰料，一根根轻薄而脆弱的糜子秆，编纂在一起后，分量却格外沉重，堪比一块大磨盘。性元绍介一番，说这种糜子秆编织的床垫，一是透气，病人不会害褥疮，身上干干爽爽的，舒适极了；二者，糜子本质阴冷，随时能将病人的体温杀下来，不容易发烧。梵同感激地听着，见性元龇着牙，咧着嘴，表情上痛楚万分，显然是腰伤得不轻。性元倒也不在乎，声称等一下回了家，贴上一块狗皮膏药的话，问题不大。梵同巴巴地偎着性元，恭维说：姐，你就是胡家的现世菩萨，我这辈子一定天天给你烧高香。性元闻听，在梵同的额顶上凿了一个栗子，嗔怪说：唉，你跟那个大贼一样，你俩就是一对卖嘴的货，可千万别给我灌米汤了，再灌的话，说不定哪天被你们兄弟俩卖了，我还帮着你们数钱哪。堂屋的窗户下，梵义几乎失笑了出来，自责道：梵义你个大贼，你个大贼。或许，正是因为这一个略显亲昵的辞藻，让梵义迅速分辨清楚了，性元并没有置气，这一段时日中，性元的所有火气和冲撞，不过是一个姑娘家的醋意罢了。梵义起身，又重新整理了一下衣裳，拿定了主意。

　　有了游击们的搭手，糜子垫很快就被送进了高房子。在性元的吆喝下，病人被裹在被子里，抬将起来，又将垫子稳妥地铺在了炕上，大小适宜，满目生辉。后续的一切，性元包揽在了个人的身上，将不相干的人统统撵了下去，闭上了门。胡白氏仍不消停，连着擀了五张子长面，还勾了臊子汤，揎了一大碗腌好的咸韭菜，让梵同喊大家来吃夜饭。游击们早就吃饱了，但拗不过女主人的热情，只有用饱嗝证明再三。胡白氏轻斥道：天黑前放走了客人，一定是有罪的，你们可别让胡家背上这么一个坏名声呀。好在，管家苏食一进门，游击们便乖乖听话了，纷纷端起饭碗，蹲在了房檐下，一个比一个咥得欢。灶房里清静了下来，苏食一边吃面，一边说：嫂子，我斟酌了半天，觉得必须说给梵义知道，全部说知道，毕竟他现在当了家，不能瞒他。胡白氏婆娑着泪水，点了点头。苏食隔着窗子，瞭见梵义上了高房子，沉稳而缄默的背影，简直像极了老东主。

这个晚夕里，梵义上到了高房子，但并没有推门进去。

无限的夜色砌在了天空，犹如一块巨石，纯净，透明，毫无杂质。不远处，党河之畔的秋田上，吹袭来了一股股成熟的气息，预示着这一年的劳作，接近了尾声。虽说上半年遇上了灾情，敦煌二十三坊的人提心吊胆了一阵子，但补种下去的作物，还能勉强填上亏空，不至于出现太大的饥荒。梵义兀立着，贪婪地嗅闻着这一种甜香的泥壤味道，甚至能辨识出哪一些是瓜果，哪一些是苞谷，哪一些又来自地里的洋芋。我佛慈悲，梵义轻念着，仰首窥视着头顶上深广而无垠的天际，猜度说，上佛就端坐于高处，悲智双运，广拔众苦，让人世上的光阴，再次走过了一道颠扑的轮回，有惊无险了一趟。感喟毕，梵义偎在了牛肋巴窗子上，目光探摸了进去，竟愕然地发现，性元的眼泪淌了一地。

性元相信，病人虽然耽溺于无知无觉当中，但他一定有另外的一套感受，知道自己被抬举了，被呵护了，也被安妥地归置在了这一片温煦的光晕中。这不，胡恩可惬意地躺在糜子垫上，面呈微笑，纹丝不动，一直盯视着对面墙上的那一副对子：惟有一愿在，能呼观世音。

将闲杂人等撵走后，性元给病人喂完了流食，净了面，又在他易于湿热的隐秘部位扑了粉，防止褥疮迸发。歇下手后，性元并不打算回家。夏考过后，一个漫长的收秋假期已经开始了，无课本可念，无课业去做，完全是一种放了羊的状态。要命的是，性元不愿去面对父亲的那一张脸，更不想听见他整日整夜的哀叹。那种心荆肉棘的哀叹声，仿佛一辆马车散了架，仿佛一盘磨石被震碎了，也仿佛一口窨塌了，让整个一座新宅子，沦陷在了一份莫名的惊恐中。夏考的成绩出来后，性元名列第二，这是沙州城乃至敦煌前所未有的事例。表彰年会上，总教欣慰极了，特地将自己收藏了半生的一套《新集文词九经抄》，当众奖励给了性元，另外还披了红，放了鞭炮。岂料，乡学去报喜的那一日，沈破奴回赠给几位学工的，居然是一罐子山楂膏。消息放出来之后，性元的脸上简直挂不住了，径直去了世兴堂，打算讨要一个说法。父亲不在，伙计们相告说，世兴堂已经歇业了数日，病人们天天来挂号，来求诊，却都失望而去，沈先生也不知咋的了，无心于此。性元回了家，耐下性子等，直到后半夜时，父亲才踉跄地归来，一身的酒气，头脚上下没一块干净的。沈破奴一向克己慎独，从不沾烟酒，目下出现了类似的苗头，一定有异常的缘故。性元又跑去问母亲。沈戴氏一边熬醒酒汤，一边敷衍道：人是吃五谷杂粮的，难免会有个天晴天阴，你不必牵心他，过了这几天，他比谁都稳静。弟弟性真又长了一岁，自打搬进了这个宅院后，身体旺盛了，欢实得就像一只兔子。性真天天攀爬上梯子，喜欢坐在房顶上，瞭看远处的党河水，看一些奇异的水鸟，起落无常，时时带给他一些莫名的惊诧。性真坐在屋脊上，居高临下地给姐姐透露说：爸爸在哭，妈也陪着一起哭哪。

那天刚麻麻亮，性真跑出去撒尿，一脚踩滑了，重重地摔落在了地上，疼得大叫。全家人闻声出来，却见院子里扔满了鱼头、鱼杂碎、鱼鳞什么的，恶臭扑鼻。苍蝇结成了团，让人的眼睛里时时发黑，要命的是附近的十几只野猫翻墙跃瓦，前来吃席的一样，干脆不害怕人。沈戴氏詈骂说：丧了天良的，要杀要剐，你给一句明话吧，别这么偷偷摸摸地咒人，还把你家八辈子先人的烂杂碎扔了进来，败坏我家的风水。沈破奴呵斥道：够了，你少说几句吧，他胡家大大还在高房子上睡着哪，别惊扰了老东主。性元惊愕地发现，父亲真的输掉了这一口气，逆来顺受，乖乖地拿起了笤帚和簸箕，将院子打扫干净，又吆喝妻儿们回去歇息，好像这一幕并不曾发生过似的。另一桩事更加恶劣，事发之后，性真绝食了三日。大清早的，沈戴氏做了荷包蛋，一人一碗，搁在了饭桌上。这时，胡家坊内传来了卖炭的吆喝声，沈破奴让儿子去开门，要称一百斤。不是煤炭，而是祁连山里的红松烧制的上品木炭，无烟，无硫，火力温和。世兴堂的部分药材要用火焙，尤其到了收秋季，最怕的就是霉烂。性真依言去开了门，却在门开的一瞬间，鬼一般地尖嚎了出来，举着手，呕吐不止。其他人抢了过去，叫魂似的搀住了性真，不明白究竟咋了。事情很快便明晰了，沈家簇新的大门上，半夜里被人泼了粪汤，抹了大粪，沤臭难闻。性元恶心极了，拽上母亲和弟弟，一股脑地躲入了后院的柴房中，死活也不肯出来。整个上半天，沈破奴始终哑默着，不怒，不嗔，不急，不怨，埋头去党河边挑了几担子水，将门板擦得一片透亮，比先前更光鲜了。后来，沈破奴还找见了半罐子黑油漆，膏了排笔，在左右两扇门板上各写了一颗墨字：沈氏。门扇合上后，沈破奴定睛审看着，颜体，大约半尺大小的体量。有一根笔画太浅了，沈破奴又追补了几笔，不免得意了少许。沈破奴对妻儿们释解说，这就叫指名道姓，冲着我沈家来的，可千万别连累了隔壁的胡家，干扰了老东主的病情。对父亲的这等糨糊逻辑，性元简直头皮发麻，直言道：干脆原回以前的那个老窝吧，那达虽然破烂，虽然偏僻，可从来没发生过如此牛鬼蛇神的怪事。沈破奴哀叹道：回是回不去了，我也知道金窝银窝不如狗窝，可是院子已经打掉了，无力再赎回来了。性元的怨怼一下子扩大化了，嚷叫道：所以么，天下没有白吃的赏饭，胡家赏给了沈家这一座新宅院，肯定也有他们见不得人的原因。闻听此话，沈破奴抬起了右手，一个巴掌扇过去时，却被沈戴氏拦挡下了，女人的胳臂上顿时出现了一枚红手印。沈破奴呵斥道：哼，胆子大的病犯了，放下饭碗就想砸锅倒灶，你的书念进狗肚子里了，你还知道守义么？知道报恩么？可见，你那个所谓的第二名，完全是滥竽充数。性元凄笑说：连着发生了这么多的蹊跷事，不能不让人怀疑，要么是风水作祟，要么是世兴堂在外结了仇，要么就是这个坊的人在排挤异姓，暗地里要驱逐咱们吧？孰料，沈破奴款然一笑：真的，没啥大不了的，我只当这是佛头泼粪，九九八十一难当中的一例，这不过是在试炼沈某人罢了。性元嘀咕说：唉，可惜了，可惜阁下不是取经的唐僧，阁下只是一个糊涂匠，被人家的小恩小惠收买了。这一刻，沈破奴闻听了这句话，面色一紧，抬屁股走掉了。为了这一句糊涂匠，性元后悔得真想吐血，尽量避免跟父亲打头碰面。当然，即便碰上了，沈破奴也不吭气，仿佛性元根本入不了他的法眼。

忆想起这些泼烦的琐事，性元的眼泪再也收煞不住了，一面叨念着，一面放任自己，不如美美地哭上一场，或许反倒会轻松。讶异的是，在性元淌眼泪的这个过程中，病榻上的胡恩可竟然也有了一种感应，寡淡着表情，耷拉了眼，一滴浑浊的液体挂在了脸上，好像在分担着性元的哀戚。性元捧住了病人的脸，追切地问：胡大大，你失笑我了，你肯定在笑话我，对吧？追问像一道水，渗入了流沙，没了回音，但病人滚落下来的泪滴，又像是一番首肯。性元开怀了，觉得这么些日子的付出，终究得来了回报，不由得雀跃起来。梵义立在窗外，目睹了这些情状，心里突地潮起了一股温意，既有感激，当然也包含了愧疚。梵义心说：这个门实在太难开了，如果自己唐突进去的话，性元照旧会给冷脸，让自己下不了台；可倘若碍于面子，丧失了这一次的良机，不去当面道一声感谢，自然也不是胡家长子的应有作为。就在这两难之间，天老爷穿针引线，降下了契机。一只硕大的金蛾子，飞上蹿下，始终萦回在病人的头顶上。性元讨厌极了，从身上摸出来一块白手巾，扑打着，追撵着，试图要赶出窗外去。蛾子在空气中挣扎着，翅膀上落下了一些琐屑的金粉，在漠漠的灯晕中，扩散开来。终于，蛾子靠近了窗边，就在它夺身飞出那几根牛肋巴木头的一刹那，梵义的手自天而降，准确地将其夹在了手指间。蛾子扑闪着，命在旦夕，一声声凄厉的呼救，仿佛只有性元才能听见。性元扑到了窗口上，抬头一瞧，厉声说：

哦，你个大贼，你干么要偷看我？

性元折转身子，一道烟地出了门，追将过来。在高房子外的平台上，性元站定了，气鼓鼓地逼视着梵义，隆起的胸脯一起一伏，风箱似的。梵义汗颜道：好我的姑奶奶，又动了你哪一根香头子了，这么不饶人的？性元一指，催逼说：你放了它，马上放生，快。梵义却不急躁，举着指间上被禁锢了的金蛾子，戏谑说：乖乖，那么白的手巾，你也不惜疼，当成了烂抹布一样在使。性元大步而来，喝令说：快放生了，它的肚子里怀了子，千万别坏了天良。梵义这才反应过来，手伸出了栏杆，轻轻一松，将金蛾子送入了浩渺的夜幕中。

孰知，金蛾子并不曾萧然而走，消失了片刻后，又被一阵风席卷了过来，在两个人的头顶上盘桓了一遭。最终，金蛾子在牛肋巴窗户前，蘸了一点点灯光，滑入了空气中，向党河的方向上急速而去。梵义靠在了性元的身畔，一起扶住了栏杆，目光迢递，凝望着敦煌的这一派沉沉夜色。金蛾子一直在烁闪，翅膀发光，好像刚才盗取的那一星灯光用之不竭，画出了一根迤逦透明的轨迹。这么着，金蛾子飞下了高房子，飞过了胡家的一畦菜田，跃过了后墙，直接飞入了沈家的新庭院。

沈家的窗牖上灯光依稀，一片静谧，金蛾子并没有逗留，翻过了廊檐，越过了屋脊，一下子跳进了后院中。恰在这一刻，性元发现，自己家里的柴房失火了。火焰像一个巨人，腾地站了起来，伸出了无数双手，撕扯着夜空。天空的衣裳几乎快被扒光了，凌乱，褴褛，纷扬而下。性元怔忡着，搞不清究竟是金蛾子点燃了那一堆柴火，抑或是那一丛烈焰，吞没了金蛾子，让它飞身投入，香消玉殒。性元一味地流着泪，瑟瑟不已，只听见梵义狂呼着高房子下的游击们，催喊着梵同，让大家抓紧去扑火。沈家人也被惊动了，鼠窜出来，站在院子当中，无助地观望着。梵义一把揽住了性元的脑袋，将其抚在了怀中。梵义的手分明感知到，性元的体内埋着一块寒冰，黑色的寒冰。

"又来欺负我家了，天老爷呀。"性元恓惶道。

梵义狐疑："谁？谁来作孽了？"

"不知道，真的。"

好在人多势众，离党河水也不远，柴房内的火迅速被扑灭了。性元恍惚着，晕眩不已。梵义接过她手中的白手巾，仔细揩拭了性元鼻脸上的泪水，安慰再三。性元犹在迷蒙中，车轱辘似的话喋喋不休："又来欺负我家了。有本事，你们去大闹天宫呀，别欺辱一个可怜的郎中。"稍后，梵同气喘着跑上了台阶，对梵义耳语说，此乃歹人们纵的火，一共有三名，行动像鹞子，一眨眼便逃出了胡家坊，干脆没追上。夜风中，一股股呛人的烟气吹卷了过来，性元开始剧烈地咳嗽起来。梵义不再犹豫，捧住了性元的脸蛋，仔细说：性元你放宽心吧，我胡梵义发誓，侵害了沈家，就等于侵害了胡家。谁欺辱了你，谁就冒犯了我跟弟兄们这一世的结社邑义，我会倾巢出动，一个活口也不留，决不留。

对这些慷慨之词，性元尚在懵懂当中，难解其意，但性元的确听见了一份誓语，一种承诺。性元扑进了梵义的怀中，贴住对方的胸膛，摩挲着，一下子觉出了男人的火烫。高房子下的人太多，梵义轻轻地推开性元，让梵同率着她，快去灶房里喝水，别把嗓子咳坏了。

快子时了，梵义身披重露，一直苍凉地站着，脑子里乱云飞渡，头绪万般。一撇头，梵义瞭见管家苏食立在旁侧，不由得暗自一凛。苏食是几时来的，梵义竟然没有察觉到，但个人心中的这一丝惊悚，却分外强烈。苏食开口说：

"少东主，乱象已经来敲门了。今晚歹的火灾，恐怕是一次警告。"

梵义道："呃，你不妨明说。"

"是这，"管家苏食从身后取出了手，将一只包袱呈递了过来，语气凝重地说，"梵海失踪了，大约七天前没了音讯，那时你还在莫高窟。这是一块狗头金，梵海留下的。"

"狗头金？"愕然道。

卷二十

　　胡锅子本是肃州的饮食，在沙州城开了第一家店面后，生意一直不太景气。意外的是，义庄的老财东索敞吃过一回后，竟欲罢不能，口舌上了瘾，见天便来光顾一趟。胡锅子就设在火神庙的附近，不能说这一锅汤就收摄了索敞的魂魄，其实隔着窗户，瞭看不远处仓鼠街上的动态，则是他的另一份使命。锅子端上来了，热腾腾的，索敞掰碎了一根麻花，泡在汤里，一股醉人的气息便直冲天顶。索敞不想吃独食，一再叨念，呃，要是娥娘在就好了，娥娘坐在桌子对面，喂她一勺，再喂她一勺，这个秋季就全美了。

　　天气凉却下来时，这种胡锅子不仅能发热发汗、贴膘、补气，还馈赐给了索敞一种锥心的思念。索敞觉得，思念或许就是汤水里头沸腾的胡椒粉吧，一边辣，一边却令人长太息，大呼过瘾。这不，靠墙角的那一桌席上，几位衣饰鲜亮的乡绅耆老，正在谈议着胡锅子的来历。有人说：之所以谓之胡锅子，乃是几个朝代前，一度占据了河西走廊的胡人们留下的饮食。胡人善战，在征战的间歇中，匆匆将头盔倒扣，下面生火，里头填装上一些干粮，一锅烩了之后，粗糙果腹，简便易行。这话引起了另一个人的不满，驳斥道：三坟五典，八索九丘，哪一页纸头上写着这是胡人所创？究其源，莫高窟的壁画上，其实早有胡锅子的形象，那便是敦煌一带的羊肉锅子。不料，此番言论就像伙计们往炉膛里添了一块木炭，立刻溅起了一蓬火星，引得众人挞伐不休。又有人道：这胡锅子的神仙味道，恰恰来自胡椒的点化之笔，没了胡椒，它只不过是一锅鸡汤罢了。又反问：胡椒从何而来，胡椒不正是胡人们从波斯国带来，从西路上捎来的么？一刹那，双方攻讦不断，势如水火。这么着，落了下风的乡绅啪的一下扔掉了筷子，立起身来，怆然泪下，决绝地说：老朽身为大汉民族的儿郎，又背着先人们的血债，宁学伯夷叔齐，耻食周粟，难以跟大家在一张桌子上磨牙，我先行告退了，祈望诸位多多宽谅。一众耆老赶忙拢了过来，连扯带拽的，央请他不必介意，往事都老了，曾经那一世光阴里的恩怨，早就在那一世里了结了，何苦念兹在兹的。乡绅却一点也不通融，慨然出门，高吟说：上马击狂胡，下马草军书，老子去矣。

如此心高胆烈的人，让一旁吃喝的索敞也刮目三分，不由得透过窗口，深望了几眼。恰在此时，索敞瞭见了那个眉目俊秀、一身骁勇的少年，骑着一匹快马，从街头闪逝而过。索敞忙拔长了脖子，外探了一番，却再也看不见了对方的影踪。少年不是别人，乃是不久前去义庄还马的梵义，那个来自胡家坊的少东主。梵义的形象，令索敞再一次想起了那个在关外三县渐渐隆盛的传说：河西司马。不过，这一念头迅即湮灭了，消泯了。索敞吞食着芡粉过多的鸡汤，捞起了面筋和粉皮，忽然忆及了那名乡绅刚才的话，上马击狂胡，下马草军书。哦，狗屁的河西司马，梵义不也姓胡么，跟眼前的这个锅子是一样的姓，无非是一碗发汗发热的汤汁罢了。索敞失笑了出来，一勺浓汤洒了。

喊了伙计，拿来了一壶水，索敞蹲在门外头，洗了半天胡子。揩净后，胡子蓬蓬勃勃的，仿若雪后的芦荻，一片霜白，迎风而拂。街面上的一群稚童，追撵着货郎，巴兮兮地看着新鲜。货郎立在了索敞的身畔，将担子支在地上，摇着拨浪鼓，吆喊说：半年庄稼半年跑，半年不跑吃不饱。卖乖了一番，又继续道：一买扎花针，二买花手巾，三买上胭脂四买上粉，五买梳和篦，六买花头巾，七买三环子和顶针，八买丝手帕，九买花线绣荷包，十买上扣线肩胛上挂。趁着心情好，索敞各样挑拣了一套，付了钱，接过货郎打好的小包袱，揣在了身上。既然找见了由头，索敞便不再犹豫，踱过了街道，朝着仓鼠街口款然而去。索敞笃信，娥娘会喜欢的，因为货郎刚才说过，这是从江南的苏杭一带进的货，光看那个颜色，便知道价钱不低。一想到娥娘的身上，穿了一件花线缝制的衣裳，索敞便暗自激动了起来，甚而觉得裆里也热了,有一种火烫的犯罪感。

俗话讲,人算,不如天算。

索敞进了仓鼠街,还没走出几丈远,却见右侧的围墙下,腾地站起来了两个人。日头很好,他们本来笼着袖子,圪蹴在墙根下晒太阳,听见动静后,原先的泥胎相,突然变作了恶煞一般。一左,一右,两个人拦住了索敞,催请他掉头,切莫入内。索敞讶异地打量着对方,从穿衣戴帽上看,无疑是乡绅或地主,再从年龄上判别,几乎比自己还老,老了差不多一倍。这么着,索敞不便发火,抱拳一揖,探问说:大路朝天,各走一边,莫非我打扰了二位的清梦,败坏了你们的财运?对方不语,只是进逼着,让索敞乖乖地退出了仓鼠街,荒凉地站在了路口。索敞不甘心碰壁,问说:仓鼠街里究竟发生了什么,我一介素人,既不偷,也不抢,干么像防贼一样地防我呀?对方答:你也别多心,这里头是中华民国敦煌县府的火药局,一向禁绝烟火,禁绝行人,并非只跟你过不去。闻听此言,索敞释出了一口浊气,仰首问天,自语说:天下易主了,只不过是换了一副新油漆的牌子,可仓鼠街还是仓鼠街,火药局仍是火药局,一切皆是旧的,连墙头上的草也锈黄了。这一时,巷道尽头的槐树上,突然腾升起了一团黑雾,又瞬时飘散了。索敞仔细一瞧,原来不是黑雾,却是一群乌鸦,在地上投下了一坨坨阴影。索敞笑说:二位,这火药局鸟去得,干么人去不得?对方肃穆地说:的确,鸟去得,偏偏你去不得,因为你不是鸟。索敞明白自己被绕进去了,玩笑说:你咋知道我不是鸟,因为我没有翅膀么?岂料,对方截铁地说:你不是鸟,你是义庄的老东主。

偏在这个关口上,从火神庙的东西街道上,乌泱泱地奔来了两拨人,将索敞围在了中央。索敞脱身不得,惊颤地扫视了一圈,竟发现周遭皆是一些七老八十的乡绅耆老。不错,刚才在胡锅子店里吵架的那几个人也在,连那个扛着货架子、游街串巷的货郎,居然也摇着拨浪鼓,在一旁兴风作浪。索敞萧瑟地瞥望着,暗忖道,原来这些匹夫早就埋伏在了这一带,这些老贼事先已经封锁住了仓鼠街,只等着守株待兔,关门打狗了。一想到对方在暗处,自己无辜地站在明处,竟然像一个戏娃子那样，被人瞅了个一清二楚，索敞的脊背里，登时孵出了一层冷汗，浑身的血不流了，血似乎停了下来。遍地贼人，当初听说中华民国业已陷入了内乱，军阀割据，狼烟纷起，索敞还不以为然。目下，这些老匹夫对自己施加出来的手段，令索敞深信，中华民国的确乱了，敦煌也概莫能外。倏忽间，人群豁开了一条罅隙，索敞瞭见，那个该死的陇西坊的李豆灯，踅出了一顶轿乘，迎面而至。索敞率先发问：

"哦，原来贵协会的神仙们在此聚众秋游呀？"

李豆灯虚了一礼："老东主，气色真好。"

"实话说吧，刚才还不错，但此刻在下的心情，差得就像一张黄表纸，幸亏你来了。"索敞阴郁着，不打算客套，"是这，我刚吃完了胡锅子，闲来无事，便在这附近溜达，也好消消食。不承想，贵协会的这几位神仙哥哥，偏偏封了我的路，断了我的方向。呵，这大天白日的，地是民国的地，街是县府的街，也不知从哪达窜出来了几匹野狗，绊住了我的脚。"

"因为此路不通，怕老东主耽误了自己。"李豆灯道。

索敞一笑："路明明开着，你千万别讲夜里的话。"

"嗯，路的确开着。不过，老东主或许还没发现吧，这是一条死路。"

"死路？"

"对，死路，走到了头，老东主你也找不见出口。"李豆灯须发澎湃，面露威棱，将手中的一根拐棍戳打着脚下，决然道，"这条街名叫仓鼠街，多几个老狗来逮耗子，恐怕也不算造反吧？"

"咱们都这么老了，阎王随时会来领人，谁先谁后，不就是一个死嘛。"

"老东主此言不虚，的确就是一个死。"李豆灯担纲着文和事老协会的首领，一向强势惯了，似乎此刻就是一座宣喻的课堂，不肯罢席，"死也有成百上千的方式，有的人死得磊落，死得典范，死得让后世景仰和追怀。不可讳言，有的死却很鬼祟，很小人，坏了敦煌的风气，也坏了关外三县的乡约村规。对这后一类，本协会的全体成员断然不能姑息，须严防死守，大狗小狗全都上了街，铺下了一张天罗地网。"

索敞知道彼此杠上了，但又不甘心落败："那么，我要说我去仓鼠街，走一趟亲戚呢？"

"呃，老东主莫非爱上了女红，要去学绣花？"

"笑话。我一天到晚都在研习圣人和先贤们的锦绣文章，哪有什么工夫去过问针头线脑，那不是丈夫所为。"索敞明白，没有秘密可言，自己的一举一动，其实早就被窥破了，被一张无形的大网，拿获在了大庭广众之下。这一霎，尊严也犹如一场不幸的雪，化得一干二净了。索敞维持着最后的一点镇静，掏出了怀里的小包袱，当众释解道："不过哪，我刚刚买了一些女红的东西，家里的孙女细君眼看着快一周岁了，这不是要让娃娃抓周嘛。"

李豆灯赶忙抱拳："老东主，多有得罪了，这都是误会。"

恰在这时，索敞偶然瞥见，一个戴着月白色头巾的女人，从仓鼠街里趔了出来，径直地往火神庙的方向上走去。女人高挑着腰身，挎着一只包袱，背影生动而干净。索敞从女人甩动的胯上，一眼认出了对方，忙在心里追喊了一声娥娘。李豆灯的这一句道歉，让双方最终没有撕破脸皮，各让了一步，各下各的台阶。索敞厌倦地说了一声告辞，一把拨开了人群，款步走了出去。走出去许久之后，索敞才意识到了疼，忙松开了握拳，发现手心里已是血流如注。刚才太紧张了，手也攥得太牢，包袱里的几根针扎了出来，刺在了肉里。

不过，这些皮肉之苦，很快就被索敞挥之而散了，徜徉在脑海之中的兴奋，就像这敦煌秋天的晴空一般，浩大，深广，分明泌出了一种陶然而醉人的气息，令人忘怀。索敞尾在了娥娘的身后，不疾不徐，也不愿惊动了对方，只是一味地跟着，心里便踏实了许多。这么着，一前一后的两个人，穿过了员外街、打铁巷、沙夘楞巷、坝口街，又绕过了守备署和草场，趔入了一条僻静的街道。索敞愕然地发现，娥娘埋着头，一门心思地钻进了旁边的车马店。索敞登时着了火，撒腿追了上去，伸手一扣，抓住了娥娘。索敞央求说：

"这么个龌龊的地方，娥娘你不能去。"

女人一转身，却不是娥娘。

"对不住,我眼花了。"索敞收回了手。

这一时,陈小喊正在气头上,无处发泄。

同样发怒的还有梵乂,内心像一座崩塌的山体,乱石翻滚,灰飞烟起。但梵乂已经有了一番历练,知道震怒即是悬崖,只会坏事,绝无一丝一毫的帮助。梵乂强忍着眼前的羞辱,表情上继续砌着笑,殷勤地巴望着对方,求告再三。陈小喊靠在炕墙上,跷起了二郎腿,哈欠不断,意思是说,这场谈话结束了,请自便吧。万般无奈之下,梵乂使出了最后一招,将包袱搁在了炕上,解开来,掏出了一大块金疙瘩。梵乂道:就是这块狗头金惹的祸,小喊兄弟,拜托你再辛苦一趟,将它尽快送还给朱十三,请他高抬贵手,好歹把梵海赎回来吧?狗头金颜色烁闪着,呈疙瘩状,成色一流,少说也有二斤半。岂料,陈小喊伸出脚,原将金疙瘩踢了回来,倦怠道:少东主,你说得倒轻巧,朱十三可是有名的土匪把子,杀人不眨眼的。哎哟喂,我这一趟去,险些连自己也报销了。见游说不成,梵乂的身上开了锅,满头是汗,眼泪也下来了。梵乂恓惶地说:小喊兄弟,你是知道的,梵海自小就残了一条腿,不比我和梵同,在我爹娘老子的心里,梵海才是胡家的宝贝疙瘩,一向偏护着他。呃,这回要是,要是让我妈听见三儿子被土匪绑走了,我有十成的把握,她老人家的寿数也就到头了。这一句掏心挖肺的话,已经卑微到了极点,设若不是走投无路了,万难从梵乂的嘴里说出来。但是,陈小喊仍不吐口,翻着白眼道:姨娘真是个大善人,姨娘替胡家积攒了天大的福报,要不是她收留了一夜朱十三的人马,还赏了一顿捞面的话,梵海恐怕早就被剁下了脑袋,当了土匪们的尿壶了。一瞬时,梵乂的眼底里彻底黑了。

眼底里发黑的时刻,车马店的这间大炕房也黢黑一片,有人站在门端里,遮住了日光,轻喊了一声:小喊哥。听见声音,陈小喊突然变了样子,一骨碌爬起来,跳下了炕,连鞋也来不及穿,便一头抢了出去。末了,一个戴着月白色头巾的女人被拽了进来,陈小喊用袖子揩净了炕头,延请她坐下。梵乂料想不方便,起身欲走。陈小喊却绍介说:少东主,她叫辛仗和,杂庄的住户,来送衣裳的。梵乂瞭看了过去，见女人羞臊地挂着一坨红晕，团脸，鼻脸上下充满了祥瑞，无风尘之气，一定是良善人家的女子，便也不再多想。

辛仗和摊开了包袱，逐一拿起了衣裳，揶揄说：小喊哥，你是穿裤子呢，还是在吃裤子？你瞧瞧，屁股上都破了洞，我衬了垫布，全部缝结实了。陈小喊搔着头皮，像个乖巧的娃娃那样，汗颜道：我一个骑马的人，最费的当然是屁股上的这两块布了。辛仗和撇嘴说：哼，你还没长大，跟个七八岁的娃娃一样，口袋里揣着弹弓，半口袋的石子，你以为你是天王老子呀？陈小喊辩白说：我是个瞌睡虫，你骂得对，我肯定没出息。梵义在旁边立着，一边听着这种浓重的秦腔，一边思忖道，真是一物降一物呀，谁能料到，平日里骄慢自负的一个游击，见了这女人，居然如此的服帖，如此的规矩。果然，陈小喊更孽障了，捧着辛仗和的手，吹了吹气，惜疼地说：哎哟，你的手都皱了，应该抹一些羊油呀。检查完了这一摞衣裳，辛仗和道了告辞，说还要去另外的几家。陈小喊落怜地说：我最近手头紧，都被亲戚朋友借去了，这回的账，你还是继续挂在我的户头上，将来一总结付吧。梵义这才恍然，原来辛仗和是一个洗衣妇。辛仗和站在门端里，讥诮说：不急呀，要不是靠你的那几个零碎钱，我跟我爹早就饿死了，你还是管好你的饥饱吧。这一时，陈小喊骇然道：

"仗和，你流血了？"

对方一愣，目光在自己的身上搜寻着，狐疑不堪。

"喏，就在你背后，你脊背上有一个血手印，你究竟咋了？"陈小喊扳住了她的肩，又冲着梵义说，"少东主，你来见证一下。瞧瞧，血还是湿的，这五个爪子。快脱下来，快。"也不顾忌对方是女儿身，陈小喊撕扯下了她的罩衣，幸亏辛仗和另穿着一件薄棉花的秋衣。

"刚才有人认错了人，拽了我一把。"辛仗和羞臊道。

"谁？哪个狼吃的，敢这么干？"

辛仗和道："义庄的老财东，我认得他。"

"天哪，原先是那个老花痴。车马店里的人最近都在疯传，说那个棺材瓤子最近犯了病，见了女人就撅尻子，见了寡妇就翻墙，要不是敦煌的文和事老协会盯防的话，这沙州城里的母鸡恐怕也要遭殃的。"显然，陈小喊气坏了，找来了火具，一把火点了，当即将那一件罩衣焚毁在地上，又啐着唾沫说，"恶棍，伪君子，他根本不是认错了人，他用了血手印，分明在给你施咒，在拿你的魂，你差一点就被他捉了去。"辛仗和瑟缩着，眼下丢了罩衣，好像让她寸步难行，出不了门似的。陈小喊慨然道："旧的不去，新的不来，我给你扯几匹料子，上好的绸缎，美美地给你做几身衣裳，让你在沙州城里着实光鲜一下吧。"陈小喊浑身摸了一遍，却是身无分文，连辛仗和都失笑了出来，梵义也笑了。

梵义出去了一下，转瞬又领着管家苏佥进来，叮嘱说：叔，把你身上的钱掏出来，有多没少，全部掏光，一角钱也别留。苏佥纳罕道：少东主，这笔钱可是买青储饲料的，入秋了，一天一个价，再不买，牲口冬天可就难过了。当着陈小喊的面，梵义接过了管家手中的半包袱大洋，款款塞在了辛仗和的手里。梵义嘻然说：小喊兄弟的洗衣钱，包括烧掉的这一件裉子，统统都算我的，拿上吧。再者，听说徐尺子裁缝店的手工不错，样子新式，眼看着快到中秋了，你提前去挂个号，或许还能赶得上过节。辛仗和惧生，一味地低下头，手脚局促。陈小喊却像灌了几口生气似的，面呈红光，督促道：拿上吧，这是少东主的一点心意，别驳了面子。辛仗和愧疚道：太多了，我本来想挣一点零碎钱的，你们倒赐了一座金山银山，我消受不了。梵义笑说：其实哪，人生在世，无非吃穿二字，依我看，洗衣服不如做衣服，做衣服更不如穿衣服，干脆你将这后两项协调起来，一肩挑上，开一家辛仗和裁缝店吧。辛仗和一直忸怩着，陈小喊劝慰说：对对对，你一定要听话，少东主的嘴可是佛祖亲自开过光的，说啥成啥，以后你们父女俩就躺着吃吧。谁也不曾料到，梵义的这一句无心之语，却在日后成就了一个关外三县的面食名厨，而不是一介小裁缝。

闲话休说。见辛仗和应承了下来，梵义又对苏佥交代，一定要让他将辛仗和护送到裁缝店，选完料子，量完体尺后，再送去杂庄的家中。身上带了这一大笔钱，狗也会嗅见腥味的。临走前，梵义附耳一番，苏佥一顿点头，主仆二人好像在敲定一桩机密。

不一时，大炕房内阒寂了下来，陈小喊坐在门槛上，让脊背晒着日头，笑意泛滥，仿佛自己是全沙州城最幸福的主子。梵义瞭望着窗外，思想说，但凡是一个人，但凡是一具肉身，总会有破绽和软肋的，仇恨便是破绽，爱就是软肋，没有谁是一尊金刚不坏之身。梵义笑了，心在笑，颜面上却寂静如水，无一丝一毫的涟漪。目下，趁着这个不合群的游击心情不错，梵义便道：小喊兄弟，不如你挑一个好日子，我陪你去一趟杂庄，了结了你的心愿吧。杂庄，去杂庄干啥？游击问。梵义玩笑说：照敦煌的规矩，我备上四盒礼，再带上一块上好的白猪肉，你披上一条红被面，乖乖地骑在马上，跟我走一趟，我好去杂庄给你提亲呀。陈小喊一怔，泥胎似的：给我提亲呀，少东主，你只怕是笑话我吧？我一个吃了上顿没下顿的落怜人，头上连一片瓦都没有，谁肯把姑娘送进我这个寒窑呀？梵义嗔怪道：你个小贼，你和梵同一个臭德行，自轻自贱，你们以为自己是寒窑，是扶不上墙的一坨烂泥，但在我的眼睛里，你们的心是赤子，浑身的每一根骨头都金贵，堪比这一块狗头金。陈小喊抢了过去，兴奋道：少东主，你真的这样看我？在你心里，我跟梵同弟弟竟然一个尺码，一样的质量？梵义笃定地点了点头，认可了刚才的判断。岂料，陈小喊立马掉下了脸，叨念说：我知道，少东主你在给我灌米汤，无非是想说服我，让我再去一趟朱十三的土匪窝子，把梵海给赎回来。

"可惜了，你这达没米汤，我还真口渴了。"

"少东主，你给我说了一麻袋的好话，又惜疼我，拿我当梵同一般对待。刚才你给辛仗和的钱，足够胡家油坊一年的开销了。这些情，我看见也听见了，我全都知道。"陈小喊负疚太甚，哀恳说，"我对不住你，我身上另有一件要紧事，等办完了，我再去找朱十三吧。"

"不必了。既然梵海盗走了土匪们的狗头金，他活该，是杀是剐，死生有命。"

陈小喊急了："他可是你亲弟弟，你别忘了。"

"一母生九子，命数也各自不同，就看梵海他自己的造化吧。"梵义脱了鞋，盘坐在炕上，在炉子上熬起了罐罐茶，兀自啜饮开来，"小喊兄弟，我陪你，咱们一道等天黑吧。"

"天黑了做啥？"不免有些惊惧。

"嗯,天黑,自然有天黑了的道理。"

茯茶的汤,尤其是第一道,酽得就像当年张芝墨池里的墨汁,让一肚子的肝肠都在叫苦不迭。事实上,梵义的心,比茶汤更苦,却又难以排解。身为长子,梵义很清楚,这一桩连计谋百出的苏食都无法解决的大麻烦,如今单独摊在了他个人的头上,等着他去化解,去排除。那日晚夕,沈家的大火刚刚被扑灭,管家苏食便拽上他,反锁了堂屋的门,把灯全点上了。灯光下,那一大块金疙瘩沉重而饱满,犹若盘绳,反倒不像是一笔财富,而是这个人世上最大的祸端,充满着不祥。苏食坦言:梵海这一回恐怕是凶多吉少了,我拜了庙,烧了香,还联络了沙州城跟敦煌二十三坊,拜托了曾经和北边的土匪们有过交往的买卖人,却找不见朱十三的一丝迹象,现在完全断了线索,幸亏你从莫高窟回来了。梵义闻听之后,立时急出了一身的病,死的心也有了。梵义一再往坏里想,倘若这个身疾心烈的弟弟有个短长,高房子自然就是爹老子的灵堂了,娘老子的寿数也将走到了尽头。同时,一种锥心的愧疚感攫住了梵义,自己平素里对梵海疏于管教,缺乏疼爱,以至于酿成了今天如此巨大的惨祸。梵义抑制住情绪,不愿意波及苏食,唯恐这个勤勉的管家也乱了方寸。梵义探问道:

"土匪们打算请财神,所以绑了梵海?"

"不,少东主,照我的分析,梵海盗走了朱十三的狗头金,所以才被土匪们绑走了。"苏食的冷静像一块镇纸,接续说,"错就在梵海的身上。梵海不是财神,朱十三也没请他,更没有勒索赎金,只不过想让他乖乖地吐出来,一别两宽罢了。"

梵义抢白:"那就去赎呀,一手交狗头金,一手把梵海领回来。"

"好我的梵义,现在提着猪头,也找不见庙门呀。"

"土匪来口信了么?梵海的安危呢,会不会吃了苦头?他本来就不囫囵。"

苏食哑默着,率先落下了眼泪。

那几日天气大,胃口不佳,头脑也一直昏沉着。胡白氏站在案板前,打算做一顿酸汤旗花面,揭开面盆时,才想起响午发了一坨面,已经酵开了花,再不做的话,肯定就馊了。刚要揉面,胡白氏的手被硌疼了，拨拉开一瞧，竟是一块白石头。恰好苏食进来喝凉水，接过石头，花了三瓢水的工夫，才洗刷干净，当即就吓瘫了。苏食也走南闯北惯了，但像这个分量这个成色的狗头金，却是头一遭见到，即便放在整个敦煌，甚至整个河西走廊，也是绝世稀罕的东西。胡白氏只是摇头，一问三不知。苏食追问急了，胡白氏这才想起来，说她先时打盹的时候，瞭见三儿子进过灶房，后来胡家坊的傻子海燕在门外头勾魂，便急死慌忙地出去玩了。海燕并不是一个女的，裆里也有肉，小时候脑子很灵光，后来不小心被门板夹了，夹扁了，一下子傻掉了大半截。一个是扁头，另一个瘸了腿，梵海和海燕便走得很近，等于是焦赞和孟良，一双离不开的狗皮袜子。苏食在涝坝旁拦住了海燕，恐吓没用，遂塞给了一疙瘩冰糖。冰糖撬开了海燕的嘴，这才供述说，他之所以去喊梵海玩，乃是受了坊内的半脸汉胡程程的唆使，还亲眼看见，梵海被一帮人装进了麻袋里，让一匹骡子带跑了。半脸汉是二流子的意思。苏食闻听后，心里立刻抓了狂，骑马而去，直接用一根鞭子，将胡程程从钓鱼的河岸边锁拿了回来，吊在了树上。半脸汉却交代说，那些绑架了梵海的人，还是他在胡家的院子里认下的，误以为双方是亲戚，在闹着玩哪。当时女掌柜做了一顿羊肉臊子面，招待一群骆驼客，他也蹲在人群中，趁机咥了一碗。半脸汉又道，对梵海动武的人曾提起过一个名字，好像叫朱十三。

问了一圈，重又回到了原点，苏食发现，女掌柜的脸肿了，脚也肿了，干脆下不来炕。这块狗头金不是金子，倒像是一桶火油，一罐子毒药，随时会发作。胡白氏哭完后，才忆想起来了，绍介说，的确在一个下雨天，家里收留过一支自当金山口下来的骆驼队，据闻对方是从柴达木一带逃生的，挂伤带彩，所以就发了善心，收留了对方。那一夜，三儿子梵海情绪败坏，嫌骆驼粪难闻，嫌驼工们身上臭，嫌丢人，疯狗一般地乱咬乱骂。骆驼队是次日一早开拔的，人一走，梵海也便恢复了原状。苏食笃信，狗头金恰恰是骆驼队的东西，被梵海盗走了，后者竟也不曾觉察，懵懂地离开了沙州城。又往深里一想，一支能吃赏饭的骆驼队，居然带着如此罕见的一块金疙瘩，绝非那么简单，一定也是非抢即盗，手脚不干净。至于骆驼队的人杀了个回马枪，只绑走了梵海一个人，而没有掘地三尺地抄胡家的院子，甚至连一封口信也不曾留下，苏食想破了脑袋，也寻不出一个结论来。梵义不在，苏食干着急，没办法，此事一直延宕着，荒凉了几日。

待梵义从莫高窟回来，知道了这块狗头金的来历后，同样束手无策。沈家的火扑灭了，性元也被送走了，梵同敲门进来，一眼瞧见了金疙瘩，同样大惊失色。梵同刚从娘老子那里得知了弟弟失踪的事情，讶异道：提着这么阔气的猪头，却找不见庙门，谁信呀？思想再三，梵同出了一个主意，还是去车马店里会一会陈小喊吧，或许他有另外的好点子。因为结社邑义的事，梵义对这个浪荡子不存好感，也懒得抬屁股。梵同却释解说：普天之下，尤其在河西走廊、关外三县和甘新大道上，再没有比陈小喊更精明更老练的游击了，别看他一天至晚，在车马店的大炕上睡觉，其实眼睛一直睁着，从来就没闭上过。的确，穿梭于车马店的人五行八作，三教九流，一入了晚夕里，来路迥异的客人们便蜷在炕头上，率性地谈话，彼此交换着路途上的各色情报，各式动态，并依此修订自己的行程和方向。梵同又夸张道：陈小喊的耳朵不能算耳朵，简直就是废话和屁话的筐子，每天晚上都能装满几大筐，然后在白天里逐一甄别，慢慢消化，再挑拣出个人所需的，为其所用。这么讲的意思是，陈小喊的那个肚皮里，始终藏着一幅最新最全的舆地图形，也揣着一份随时更新的机密动态，又从不与他人分享。闻听此语，梵义的眸子突地亮了，忙吩咐苏食去备马。事实上，这一刻在梵义的心目中，弟弟梵海的失踪，业已退居其次了。为急递社的长远前景计，梵义下了死心，无论花多大的代价，多么不堪，一定要收服这个桀骜不驯的游击，将其磨砺成一把锋利的刀子，一介金字招牌式的快马急递。临出门前，梵义悄语说：

"你抓紧去办那件事吧，要快。"

"哥，不，少东主，"梵同心下大喜，快慰道，"你终于松口了，太好了。"

梵同率着大家，去了车马店，陈小喊照旧睡在大炕上，鼾声大作。梵义没上当，知道他醒着，欺瞒世人，实则在偷偷地擘画着自己的大计。陈小喊的确对梵同另眼相看，后者只喊了一声，他便翻身坐起，怨怪说：秀才，我还当你卸磨杀驴，过河拆桥，早就忘了哥哥我哪。梵同捂住了鼻子大叫：哎哟喂，你身上就像一座大粪坑，你在豢养虱子，还是在沤肥呀？陈小喊道：没办法，我去过澡堂子，但没一家接收我，嫌我太浪费水了，怕他们亏本。呵呵，你拉不出屎来，竟然怪茅厕，澡堂子不接待你，党河上又没有盖盖子，你可以去党河里洗嘛，梵同揶揄道。那倒也是，不过哪，我洗那么光鲜白净又有什么用，反正还是要睡觉的，不如不洗，晚上将我旁边的人统统熏死，也就不害怕他们挤我了，陈小喊坏笑。那好吧，等你想洗的时候，我免费送给你三块土胰子，再送一把猪鬃刷子，你把垢痂全都剐下来，运到地里去当肥吧，梵同讥讽说。

闲章了一番，众人肃静下来，梵义便将三弟失踪的前后经过，如实相告给了这名游击。陈小喊闻听之后，几乎骇得下巴都快脱了臼，失声说：这个贼娃子梵海，他哪怕惹了佛祖，惹了玉皇大帝，这都可以去补救，他干么偏偏要惹朱十三呀？朱十三是什么人，碰到他就得死，动了他便得亡，手底下根本不留一个活口。又仔细绍介一番，这朱十三是近年来崛起的一股新式土匪，与旧势力不同，他们不占地盘，不养闲人，不劫掠商团，更不勒索敦煌境内的任何一个庄院，唯独盯紧了在南部的祁连山或北边的马鬃山、龙首山一带挖矿的金客子，只干大票，一票可以吃三年。一旦得手后，土匪们便化整为零，蛰伏在河西四郡中，出手阔绰，吃喝无度。待告罄后，只等首领的一个口信，便再次啸聚在一起。所以说，朱十三的这一哨人马，犹如风中的流沙，根本上无迹可寻，来去无踪。这一个个字词，好像刀子剜肉，梵义觉得自己似乎被凌迟处死了，再也没有了生还的冀望。梵同探问说：如果能把这一块金疙瘩璧还给朱十三，他没有一丝损失，岂有不开释梵海的道理？陈小喊冷笑道：呵呵，即便还了回去，但你摸过了人家的脉，薅过了人家头上的毛，这一肚子的气，也足以将梵海剁成肉泥，因为朱十三的手上从不留活口。梵同也幻灭了，巴兮兮地盯望着兄长，盼梵义拿个主意。梵义喟叹说：眼下最要紧的是，谁认识朱十三，在哪达可以找见他呀？

这个关口上，陈小喊抽了自己一耳光，抽得很响。

陈小喊悔恨地说：我这辈子干的最亏本的一件事，便是认识了胡家坊的胡梵同，唉，我想跟他吹灯拔蜡，割袍断义吧，却又舍不得这一世的情义，我完蛋了，我不能好好地睡上几天了。见众人纷纷狐疑，陈小喊又坦言说：我认得朱十三，兴许我可以去一趟，至于能不能把肉票赎回来，那就看梵海个人的造化了。三天之后，你们来这达听我的消息吧。梵同大惊：小喊哥，你怎么认识这个土匪把子的？万一你去了，也被朱十三剁成了肉酱，以后我去哪达给你上坟，替你烧纸，为你念诗词呀？陈小喊换完了装束，穿上了马靴，恳切说：够了，有你梵同这一句情义十足的话就够了，算我没认错人，没有白白结交你一场。倘若三天过后，我不在车马店的话，你就拿着这一件旧衣裳，去西门外的路边烧掉，给我送一送寒衣吧。梵同突然哭了，扑上去攀住了这名游击的肩，叨念了两句袁枚评价前明陈佐才的诗：壮士从来有热血，秋深不必寄寒衣。陈小喊却也不理睬，径自出了门。

岂想，陈小喊策马跑出去了一段，复又拨转回来，伸出手，煞是腼腆地说：诸位，借我七块铜板吧，只要七块，我以前借过朱十三的钱，这是个不错的理由。苏食掏出银元，陈小喊拒绝了，死活不要，害得管家去闹市换零钱了。原来，朱十三的人马有一次路过沙州城，在这家车马店里打尖，当日夜里，土匪头子偏巧就睡在了陈小喊的旁边，双方不免有了交往。朱十三虽然老矣，但天生鹰眼，一下子就窥破了这名游击的身份，当即生出了惜才之心。陈小喊没有入伙，婉言谢绝了，正像他当初拒绝了急递社的邀约那样，宁肯在大炕上睡觉。朱十三并不强迫，只给陈小喊留下了一个联络地址，期盼着他日后回心转意。次日天明，朱十三临退店开拔时，洗衣妇辛伎和来车马店里送衣裳，陈小喊分文皆无，照例要挂账，朱十三代他支付了。陈小喊骄矜道：七个铜板，这真是一个不错的理由，虽说少，但谁会杀掉一个还钱的人呀，除非他是个疯子。梵义失色说：哎呀，既然连七个铜板都要还，那这一块金疙瘩真的就是噩梦了，你干脆捎给朱十三，换回梵海的那一条薄命吧。陈小喊坚辞不从，声言说：如果我此番带上这一块狗头金去，我跟梵海真的会被宰掉的，你们也就人财两空了。呃，不如先将金疙瘩扣在你们的手上，朱十三也不敢造次，这叫以静制动。苏食回来了,陈小喊揣着一把碎钱,打马上路了。至于陈小喊去了何处,这一趟的经历若何,谁也不会发问,也不敢问。

三天后的今日,梵义抛开了一切,早早地来到了车马店,坐在炕头边,静候着这名游击醒来。整个上半天,陈小喊就像一具尸体那样,除了鼾声之外,对人世上的事情不闻不问。显然,这一趟出行,耗尽了游击的全部精力,梵义虽然着急,但惜疼之心,还是让他的内里潮起了一阵阵的感激,暗自将陈小喊以兄弟视之。后来,陈小喊被一泡尿憋醒了,打发完尿之后,又要睡觉,却被梵义拽住了。陈小喊含混地说:一切都无恙,我去还完了七个铜板,也亲眼见到了梵海,梵海浑身都囫囵着,那一条短腿也没有长长,还瘸着哪。梵义急成了一捧灰,探问说:小喊兄弟,究竟怎么个好法呀?朱十三既不开释肉票,也没捎来口信,索要这一块金疙瘩,我的心悬吊了这么久,对方究竟打的什么牌,求你说给我知道吧?这一时,陈小喊方说:朱十三也算一个有情有义的土匪把子,念在令堂的那一顿赏饭上,根本就没有难为梵海,也绝口不提狗头金这一茬事。又卖弄说:这个姓朱的家伙,请我吃了一根羊腿,喝了一壶苞谷酒,然后就把我撵走了,干脆不给我面子,让我空手回来了。赏饭,什么赏饭?梵义急迫地问。陈小喊笃定道:令堂真是一尊活菩萨,倘若没了当初的那一饭之恩,朱十三绝不会善罢甘休的。又拍着腔子说:少东主你尽管宽心吧,我敢拿性命作保,胡家的三兄弟当中,绝不会少了其中的任何一个。

秋季的暮色像一道洪水,突然间漫流了过来,淹没了门窗。梵义放下了罐罐茶,起身下炕,将自己的那一件罩衣,披在了陈小喊的身上。游击纳罕了:

"天黑了。少东主,这是要去……?"

梵义答:"有些事情,最好在夜里办吧。"

踅出了县牢的后门,穿过一片菜田,便到了张芝墨池左近。

张喜群指着远处,催喊说:你去洗一把脸吧,洗干净了,别让人以为你是罗刹鬼。黄侍郎应命,簌簌簌地走了,不一时,又浑身精湿地回来,站在原处,哈哈哈地开怀大笑。笑毕了,黄侍郎哽咽道:奶奶的，我一直以为这池子里灌满了墨汁，水是黑的，今晚夕才知道和天下的水没有两样，水是清白的。张喜群不解，问说：天下的水都是白的，你何故这样大惊小怪，吓老子一大跳呀？黄侍郎坦言：这七八年来，我真的觉得张芝墨池应该是黑的，就像我的冤屈一般，等不到澄清的那一日，现在看来，只怪我性子太急，壳子也不硬。张喜群恍然了，劝慰说：这下你就明白我器重你的原因了吧？嗯，等你将来出狱的那一天，我给你在彭家靴子坊订一双新鞋，把旧的扔了，以后走新路，做一个合格的汉子。黄侍郎突然下跪，认真地磕了三个头，哀告说：班头，往后你就是我的佛龛，天底下再也没有值得我朝的庙、供的佛了，我这一世里只拜你。张喜群一把拽起了对方，嗔怪说：瞧瞧，你洗了半天脸，也没洗干净，就像狗舔过的一样，真是糟践了张有道大人的一番好意。黄侍郎尴尬不已，摩挲着鼻脸，不知道究竟哪一坨脏了，打算再去洗一趟时，却被张喜群扣住了腕子：算尿了，等一下再好好洗吧。路过墨池时，张喜群窥了一眼，发现水的确是白的，不是墨汁。当差了这么久，这个简单的问题也曾经困扰过张喜群，不承想，目下竟被一个吃牢饭的解决了，不由得心下一喜。

张芝者，一代草圣，东汉敦煌郡人氏，时人赞誉其文为儒宗，武为将表，深受天下赏识，有张有道之谓也。相传张芝家有衣帛，必书而后练，临池染翰，水为之黑，遂成一方墨池。张芝以行、隶见长，尤精草书，其书体一笔到底，连缀不断，精劲好绝，俨若惊蛇入草，又似飞鸟入林，后世赞誉为：一笔飞白。孰料，沧海桑田，光阴迫急，后来这一座墨池渐渐地湮灭在了荒草乱冢之中，又加之战乱频仍，普天凋零，终于被世人忘却，无人铭记。大概到了唐开元四年，敦煌县令赵智本博览经史，寻诸古典，各检古迹，终于寻获了墨池遗址，且在池中发现了一方石砚，长二尺，宽约一尺半。县令见状，丝毫也不敢怠慢，联袂了关外三县的各家书院，各路乡绅，重新修葺了墨池，并构庙塑像，勒石刻碑，一时间成了敦煌一带颇负盛名的景仰之地。遗憾的是，到了举国共和的今日，张芝墨池竟一寸寸地缩略成了巴掌大小的一汪池水，不复前朝旧时的体面，反而卑微土气，蜷卧在道路的一旁。偶尔，这个地址还逗留在敦煌人的嘴头上，大多是一些比拟之词。诸如，天黑得像张芝墨池；这匹马的毛色，像从张芝墨池里捞出来的一样；这娃娃的眼睛，恐怕是张芝墨池里的水点染的云云。窥破了墨池的这一机密后，张喜群脚步高迈，好像每一步都踩在了天上，腾云驾雾一般。黄侍郎在后面叫喊着，追撵着，张喜群头也不回，仿佛拽着一匹肮脏的土狗。张喜群思忖道，一旦今晚夕顺利过去，自己也就彻底解脱了，一个崭新的县警，也将出现在沙州城内，彻底有了归属。

目的地不远，见时间尚早，张喜群特地多绕过了几条街，慢慢地被街上的喧哗和吵闹声撩拨起来。开始收秋了，上半年的天灾带来的困惑，并没有蔓延下去，沙州城内外，照例沉浸于一种迟来的喜悦当中。这种喜悦，带着旧历的颜色，仿佛土地劳碌了整整一年，也该到了放纵与狂欢的季节了，人也不例外。路过一个杂货摊子时，黄侍郎悄声问：班头，你带家伙么？家伙，带什么家伙？张喜群反问。黄侍郎老练地说：此番我跟着班头你去抓潜入沙州城的土匪头子，不带家伙，如何能逮住他？见黄侍郎挑选了一把砍刀，两颗铜锤，等着自己去付账，张喜群霎时不悦了。张喜群拿掉了对方手中的家伙，只买了一根牛皮绳，一沓桑皮纸，坦承说：有这个就够了，区区一根小杂毛，何苦要大张旗鼓嘛。黄侍郎一番骇然，惊诧道：班头，你给我介绍了大半天，说这个悍匪能上天，会入地，精通奇门遁甲，难道一沓纸、一根牛皮绳就能将他拿获，让他乖乖伏法么？如此艰涩的疑问，张喜群的确没考虑过，当初将黄侍郎从县府的牢狱中提出来时，需要找一个堂皇的理由，所以他才吹了牛，尽情渲染了一番。张喜群当即拉下了脸，掉头走了，知道这个囚人绝不会遁逃，只会像一匹土狗那样，尾在自己身后。

县府的警员本来就人手不足，一入了秋，几乎有大半告了假，回各自的地里忙乎去了。可即便不是这个季节，县警们外出办差时，也会申请一张提单，去县牢里借人。天下共和之后，原先的捕快们纷纷换上了民国的制服，谁都想吃独食，想在新任县长的跟前，争一个头脸，所以都是独立办案，宁可去找囚犯帮衬，也不愿与同行分享。囚犯们也是各有服属的，谁是谁的人，一般不会越界。囚犯们热衷于这个机会，除了可以放风，抒发一下憋屈外，且能找到各自的靠山，在荒凉的囚禁生涯中，以此作为一桩资本，让日子好过一点。近一段时日，张喜群扔掉了原先用惯的那一根拐杖，只借黄侍郎，出去抓过三次贼，破过一次命案。对黄侍郎这样的惯犯来讲，出入县牢，差不多等于是住店。唯一的兴奋点，便在于结交了张喜群这位刚刚晋升为班头的人，好像他自己也沾了吉，脊梁骨硬了不少。在黄侍郎看来，这个脑筋多少有些呆滞的警员，迟早会在敦煌县警署的天地中大有一番作为的，这倒不是张喜群多么有钱，多么玲珑八面，而是在他的身上，有一种黑暗的力量。这种力量到底是什么，黄侍郎竟也懒得究问，只是凭着个人动物般的嗅觉，隐约地感知到了一二分。夜饭后，黄侍郎被提出来时，问这一趟是去抓贼，还是去起赃。闻听是去拿获一个土匪头子，黄侍郎的心立时热了，裤裆里也漾荡着一股睾丸之气。

相跟了一阵子，张喜群忽然问：侍郎，你给我掏掏心窝子，你这个贼犯过的最恶毒的罪孽是什么？别说那些偷鸡摸狗的，我的耳朵不想听。以前县警也这么问过，黄侍郎当然卖弄过不少，还博得了张喜群的阵阵快意，但目下对方问及了最坏的勾当，仍然让这名囚犯暗暗一凛，嘴上立刻挂了锁。哦，今晚夕是去抓土匪头子，胆子是第一位的，你若是害怕的话，尽可以回去，张喜群激将道。黄侍郎急了：班头，我可是杀过人的，我的手不会发抖。县警呵呵一声：杀人谁不会呀，我至少杀过一个拒捕的亡命徒，一根铁链子打过去，把他的脑袋都砸出屎来了。黄侍郎明白，人敬我一寸，我该还人一丈，遂说：那我不一样，我杀的是一个月子娃，还在吃奶哪。这么着，黄侍郎打开了肺腑，绍介再三。原来，有一回黄侍郎在夜里赶路，赶累了，便在一座打麦场上睡觉。后半夜时，一个妇人抱着娃娃出了门，在场地上转悠，哄唆不止，嘴里还叨念着天皇皇，地皇皇，我家有个夜哭郎，过路的君子问三遍，一觉睡到大天亮。黄侍郎自然不是君子，被那个嚎哭的娃娃吵醒后，当即大怒，一把夺将过来，掷了出去。月色撩人，瞭见那个惊愕的女人姿色娇媚，身材端方，已经逃窜出去的黄侍郎复又折转回去，扼住了女人的脖子，将其撂翻在了麦垛当中，实施了奸淫。事毕，黄侍郎仓皇而逃，这才看清，刚才那个啼哭的婴儿，早被摔死在了碌碡上，脑浆四溢。黄侍郎奸笑道：那个月子娃死了，女人也一定不得活，这是明摆着的道理。张喜群却说：杀女人和娃娃，那不算本事，既然你的裆里挂了三两男人的肉，就应该打虎驱豹，干三碗不过冈的壮举才是。黄侍郎不甘人后，吹嘘说：我曾经一把火点着了马厩，烧死了几十匹阿尔金的长行马，这种马太金贵了，一点也不输给虎豹，骗你我是锤子。县警道：我信你。

或许是吸了一口凉风吧，张喜群的牙疼犯了，好像齿缝中扎了一根针，火辣辣的。县警道：我没干过坏事呀，谁在报应我？黄侍郎不解地说：我从不相信什么报应，其实天上没有佛陀，地上也没有恶煞，只有人才是世间的一个大精怪，什么事都能干出来。张喜群发现，一旦开口，人也就忘了牙疼，遂问：假若有来世的话，你乐意投胎成什么？你实话说。黄侍郎被这个艰深的问题绊住了，思忖再三，恰巧看见了路边的一个麻花摊子，失笑说：那就让我投胎成一只油锅吧，下辈子吃香的，喝辣的。另外呢？再问。呃，投胎成一只蒸笼，一床棉絮，一家酱肉铺子，或者旁边的这个锅盔店都行，但千万别让我下一世里做铁锨、筐子和拾粪的铲子，我不是那一块下苦的料，黄侍郎恳切道。张喜群举起手中的东西，探问说：侍郎，你想不想投胎成一张桑皮纸，让人们在上头描描画画？也行吧，至少一张纸活得轻松，不像拾粪的铲子那么龌龊。黄侍郎应答完，反问说：班头，下一世里你最喜欢投胎成什么？你开一开金口，让我先知道一下。张喜群停下了脚，认真地说：其实，我最想转世成一碗水，浇给你，把你的鼻脸洗干净。闻听此言，黄侍郎噙住了眼泪，恳切说：班头，你真是我的再造父母，我一辈子都会服属你的。

岂料，张喜群却不接茬，瞥望了一眼旁边的朱娃子锅盔店，黯然道：刚才说的不算数，因为我不是金口，我现在该让朱娃子赔我一颗金牙才是。原来，县警在七天前外出办差时，买过这家店里的锅盔，不承想，吃了没几口，却被硌掉了半颗牙，竟然还从嘴里摸出了一枚多余的石子，淌了不少的血。目下，既然张喜群邂逅了这个冤家，不去讨个说法的话，自己也过意不去。这么着，张喜群几乎忘光了自己的使命，口腔内针刺般的疼痛，催逼着他要发疯。侍郎，你现在去把这个店砸了，统统砸烂，老子不想要金牙了，张喜群唆使道。黄侍郎一怔：班头，不是去拿土匪头子么，怎么就换了主张了？嗯，土匪倒在其次，等一下直捣他们的窝子，你先去替我复了仇，解除了我的牙疼再说。见对方仍在犹疑，张喜群又道：小心老子拔了你的狗牙，陪我一起疼，快去。黄侍郎拾起了地上的烂砖，拔地而起，一个蹦子冲进了锅盔店。

这一时，锅盔店内充斥着嘈杂声和劈剥声，好像柜台烂了，炉子倒了，案板翻了，连头顶上的仰衬纸都被撕扯了下来。张喜群扶住了墙，觉得先时被牙疼攥住了的脑筋，渐渐复原了，醒转了过来，代之而起的是一种弥漫的快感。

但是，这种兴奋并不曾持续很久，因为锅盔店内出现了一种空旷的宁静，好像敦煌六合班的艺人们走光了，只剩下了荒凉的戏台。前一阵弄丢了半颗牙，假如现在再葬送了一匹狗的话，这肯定不是一桩划算的事情。县警恢复了理智，趋身进入了店内，瞭见掌柜朱娃子拿着火具，刚刚点着了油灯。果然，锅盔店已经被砸毁了，桌椅板凳横陈着，一地的狼藉。要命的是，几十个刚刚烙好的锅盔扔在地上，让县警干脆下不去脚。瞥见了县警，朱娃子惊喊了一声，委屈道：爷，你来得正好，我一个小买卖人，也不知得罪了谁，我死的心都有了。县警训斥说：而今是中华民国了，有什么冤屈，国家说了算，国家会为百姓撑腰说话的。朱娃子反驳道：哼，满街都是国家的标语，国家的当，老百姓上的还少吗？县警恼恨至极，示意朱娃子赶紧闭嘴，后来终于在柜台后头的角落里，发现了黄侍郎。

不幸的是，黄侍郎正躺在地上，有一只脚踩住了他的鼻脸，让他的五官扭曲，表情涣散，想喊也喊不出来。顺着那一只脚，县警慢慢地望了上去，竟看见了一个标致的少年人。一瞬间，县警的气消了大半截，心里失笑说：侍郎，你真是活该呀，你惹谁不好，偏偏撞上了义庄的人，你就自认倒霉吧。

这么着，县警公事公办地说：这个货干脆交给我吧，我来接手，把狗日的弄进县牢里去，让他知道一下国家的厉害。少年人收回了脚，款然一笑：就是，对这种地痞无赖可不能放纵，应该叫他明白王法还在。唉，只是可惜了我订购的这六十个锅盔，等于好好的酥油，被这个恶狗舔了几口，令人龌龊。县警发现，黄侍郎瘫软地趴在地上，无声地哀嚎着，似乎脊梁骨被打断了，颊脸上有一枚清晰的鞋印子。县警相帮着，和少年人拾起了地上的全部锅盔，吹掉了上头的尘灰，逐个放在了一只干粮口袋中，扎上了束绳。县警问说：你这是要出门吧，看来这一趟不近，足够你吃一路的了？少年人坦言说：不错，我这一趟要过河西，过黄河，去兰州城。县警愣怔了一番：兰州城，那么远呀？你是去谋差使呀，还是做贸易的生计？不，我已经考上了甘肃武校，秋后就要开学了，我一天也不能耽误，今晚夕就要走，马上就走。少年人心无城府，将干粮口袋扛在肩头上，准备停当了。这一时，县警突然悲戚了起来，觉得这样一个凡俗的秋夜，因为有了一场无辜的别离，心中潮起了一份别样的滋味。岂料，县警刚将少年人送至了门口，却见对方折转过身子，凝重地说：

"差爷，我求你一件事吧。"

县警点头。

"是这，我已经来不及了，这里有两封书信，"少年人掏摸了出来，递给了县警，"麻烦你辛苦一趟，一封交给义庄的老掌柜，另一封送给乡学的沈性元，就说我去了省城兰州。"

"哦，你真是难肠住我了，可以不走么？"

"不，我非走不可。"

"敦煌这么大，关外三县的天空寡落落的，需要你这样的鹞子和鹰。"其实，县警的心里格外明晰，这一幕辞别在所难免。只不过眼前这个俊朗的少年，让他蓦地想起了性元，替性元惋惜，感觉性元即将失去一个优良的伴当。又道："在家千日好，出门一时难，现在中原一带军阀割据，天天打仗，想必省城兰州也好不到哪达去，你不如留下来。"

少年人躬身一揖："差爷的美意，索乘心领了，只是敦煌太小，我觉得太憋屈。"

"敦煌太小？哼，这简直是一个笑话。"县警一哂，犹如受到了冒犯，回击道，"说敦煌太小的人，应该去莫高窟看看，光千佛灵岩上的那些窟子，少说也有成百上千，一座窟子里起码也有十几尊菩萨和佛像。假如神仙们站在天上的话，我估计，天空也不够用。"

"可惜的是，菩萨和佛陀早就闭关了，不问人世上的苦难，尤其不愿救赎地上的苍生。"

县警讶异地说："仔细你的话，别乱语三千的。"

"所以，既然菩萨和佛陀都撒手不管了，躲在天上，躲在窟子里，那每个人更应当有一份自救的心，更要行动起来。"少年人换了肩膀，重又扛好了干粮袋子，"再说了，我天生就是属核桃的，需要砸开了才能吃，需要一份锤炼。"

"嗯，你的确是一颗核桃，听不进人的好话。"

"谢过差爷，拜托了。"

天空暗沉，一些凌乱的雨滴已先期抵达，但头顶上的黑云越发麇集，仿佛秋天非要用一场冷雨来说明。县警立在了门端里，瞭见少年人仓朗朗地出去，从附近的树下牵出了一匹马，翻身而上，塑在了马背上。马是黑色的。或者说，马本来是别的颜色，但从黢黑的夜里牵出来之后，马就成了现在的样子。少年人唇红齿白，款笑了一下，远远地道了别，拨转马头，遁匿在了长街的尽头，往东门外驶去。这一时，县警眺望着对方高头大马、锦衣云帽的样子，忽然有了一种鼻酸。县警对自己的这种情绪颇为惊诧，不过是萍水相逢，何故会滋生出一份留恋、一种不肯舍离的感觉呢。思想了片刻，县警这才醒悟了过来，原先自己太窝囊，自己的生活不过是连毛带草，不值一提罢了。

这么着，县警将两封书信认真地揣入了怀中，仿佛荷担着一个人的性命与托付。县警回到了店内，给掌柜朱娃子搁下了一些零碎钱，算是赔付了损失。末了，县警拉拽起了黄侍郎，朗声道：走吧，别瞌睡装死了，现在咱们去抄土匪的窝子。黄侍郎捂住了脑袋，哎哟不止，懵懂地跟出了门，上了一辆张喜群雇来的车轿。

车轿在街道上颠簸着，快散了架的样子，慢慢驶出了闹市，往僻静里走去。

黄侍郎蜷卧在车厢里，哀叫不停，歉疚道：班头，我对不住你，我没有砸掉锅盔店，倒叫你赔了钱。张喜群却也不在乎，宽慰说：我惜疼的其实是你，但刚才你应该避其锋芒，不要硬碰，等查实了那个贼的来历之后，咱们再拾掇他也不迟，你太冒进了。雨越发大了，落在了车篷上，有一种炒豆子的感觉，也让人的内心烦躁不堪。黄侍郎呻唤说：这狗日的也不知是什么路数，飞过来几脚，我的肋巴骨断了，恐怕脑子里的屎都被打出来了吧。张喜群阴鸷一笑，忙点了油灯，照了几下，劝慰说：瓜娃子，你是蹲县牢太久，可能蹲傻了，人的脑子里怎么会有屎，人的脑子里一般都是白脑浆，没别的。见对方犹在哀嚎，张喜群沮丧道：今晚夕诸事不顺呀，一出门就碰上了这个甘肃武校的家伙，武校是培养革命军的地方，难怪他有那么两下子，侍郎你就认命吧。黄侍郎附和说：也是，今晚夕可能是我的一个坎，猫鬼神已经缠住了我，等一下拿住了土匪头子，班头你宽谅给我一个时辰，我好去庙里供一趟香。张喜群却推宕说：不，你脸上有鞋印子，等事情罢了，容我帮你把脸洗干净了，你再去庙里吧，否则的话，神佛也不知道是谁送的供养，万一记在了旁人的头上哪。这时，草场到了，四下里阒寂一片，张喜群率先跳下了车。
　　草场是雍正六年设置的，主要为县衙和周遭的巡防营储备饲料，提供给养。草场地处沙州城的东南向，一个死角，在这么一个阴冷的雨夜，连一声鬼叫也听不见。往昔里，一遇到灾年时，县衙便会在这里搭建赈灾院，无非是几座泥坯房，一个倾圮的庄院。果然，张喜群率着黄侍郎撬开了院门，贴近房门时，瞭见里头灯光绰约，一阵浓郁的酒肉香破窗而出。黄侍郎轻蔑道：狗日的，死到临头了，还这么享福，吃的居然是卤猪头呀。张喜群回说：这可能是朱十三的最后一顿了，他姓朱，一辈子就爱吃个猪头肉，你先闯进去，拿住他。闻听此语，黄侍郎骇了一跳：你说什么，朱十三在里头？你可从没说过来拿朱十三的呀？事实上，县警也没有见过朱十三，只不过在平日里当差时，常听同僚们之间磨牙，说关外三县最近兴起了一股新式土匪，手段毒辣，不留活口。目下，张喜群随口提及了这个名字，却见对方生出了畏惧之色，忙催逼道：你先闯进去，进去了再说。

黄侍郎跳起一脚，门板突然塌落了，而后蜷紧身子，一道烟地扑了进去。张喜群贴在后头，等进了门之后，双双钉在了地上，愣怔不已。

想象中的一幕并未出现，既没有酒，也没有卤猪头，只有一个上了年纪的人，盘坐在炕桌旁，对着一盘棋发呆。张喜群两股战战，蓦地趋前一步，脚后跟磕碰了一下，立定端正，抬手敬了一记标准的新式军礼。张喜群声嗓洪亮，吼喊道：县长大人，属下张喜群前来报到，听候指令。这一时，县长慢慢地收回了目光，摘下礼帽，掏出兜里的怀表觑了一眼。县长怨怪道：哎哟，简直泼烦死我了，我本来想趁着这么个清静的雨夜，把朱十三留下的这个残局下完，刚刚才有了破解的苗头，却被你们给搅乱了，真该死。黄侍郎闻听对方是县长，便不敢多嘴，规矩地立在了墙根下，心跳得像一只兔子。这是黄侍郎头一次面见县令一级的官员，不免兴奋，也忍不住偷窥了几眼。张喜群失声道：朱十三的棋呀？属下得到线索后，就是来缉拿这个土匪头子的，他人呢，朱十三在哪达？县长干咳了几声，下了炕，脚在探摸着鞋子，不屑道：呃，难怪政令不畅，法度松弛，像你们这个样子，想趁热吃一泡热屎的话，也没人拉给你们。又道：朱十三刚才已经被拿获了，我亲自带人来抓的，已经押往了县牢，明日开审，老子一定要赠他一颗铜豌豆，开了他的脑瓜。

一席话，让旁边的黄侍郎痛悔不已，眼睁睁地看着机会错失了，大有江山尽弃之感。黄侍郎忍不住插嘴：大人，听说这朱十三身有六臂，项上三头，你可得仔细提防着他，恐怕一颗铜豌豆是不够的，至少要三颗才行呀。县长抬了抬眼皮，用目光垂询了一番张喜群。后者忙绍介说：此乃县牢里的一介囚犯，姓黄，名侍郎，因为事情急迫，人手不足，所以临时借来的帮手，这也是警署里的惯例，打了条子的。县长呵呵一笑：黄侍郎，黄门侍郎，你在哪一座宫门里当差呀？怎么就蹲进了敦煌的大狱，还如此的壮怀激烈呢？让大人见笑了，如果大人欢喜的话，还盼大人赐给罪人一个新名字，好让我光宗耀祖，再世为人，黄侍郎乖巧地说。县长也不客气，首肯说：不错呀，能洗心说明天良未泯，欲革面，也证明了人性犹在，在下也就不揣冒昧了，给你赐一个重新做人的新名字吧。

突然，县长指着黄侍郎，讶异地说：哎哟喂，你看你，你脸上有一个鞋印子，让我怎么斟酌，怎么给你敲定出一个得体的名字哪？快去洗了吧，洗干净了。张喜群应命，拉拽着黄侍郎一起出门，站在了院子里，发现雨下得乱七八糟的，澎湃了不少。

孰料，竟不是一般的洗脸，而是一幕庄重的仪式。

张喜群搬出了一张条凳，搁在了露天地里，又扳住了黄侍郎的肩，让他款款地躺在了上头。临躺下时，黄侍郎瞭见县长立在廊檐下，笑得很和蔼，也很深沉，遂将满腹的疑惑消化在了肚子里，充满了信任。张喜群掏出了一根牛皮绳，仔细地将黄侍郎反绑了，绑在了条凳上，打上了死结。你看你，脸上真脏，好像这个鞋印子是从娘胎里带来的，长在了肉里，我得认真地给你洗一下了，张喜群叮嘱说。黄侍郎感恩道：班头，等我的脸洗白了，大人再给我起一个优秀的名字，我要好好地跟着你干，绝无二心。张喜群拿出了一沓桑皮纸，揭下来一张，周正地覆在了黄侍郎的鼻脸上，好像替他戴上了一副面具。这么着，张喜群舀来了一瓢水，满满地含了一口，扑哧一声，喷在了桑皮纸上。桑皮纸塌了，出现了一张模糊的五官，鼻子是鼻子，眼睛是眼睛。黄侍郎含混地问：喷水做什么？我快喘不上气了，我有些憋闷。哎哟，你个瓜娃子，我这是在用雨水给你洗脸，我爹娘老子还没享过这样的清福哪，你快消停吧，张喜群一边应答，一边又覆上了一张桑皮纸，照旧喷上了一口水。黄侍郎的嘴巴张合着，喘息不止，犹如一条扔在党河岸边的鱼，挣扎着，身子一直在扭曲。又苫上了一张纸，加重了水分后，黄侍郎再也熬煎不住了，嘟哝说：好我的大人，好我的班头，这哪里是洗脸么，这是在要我的小命，我快断气了。

恰在这时，赈灾院的门开了，一前一后，走进来了两个戴草帽的人。黢黑中，草帽下的脸庞煞是冷峻，不怒自威，仿佛比这个凉夜还要肃杀几分。县长慌忙迎了过去，轻喊了一声少东主，却被对方一下子阻止了，示意他们继续，不必拘礼。末了，两个人立在了廊檐下，闻听黄侍郎再次嚷叫说：求大人开恩，求班头饶命，这个脸我不洗了，我想回去蹲大牢。县长抚慰道：

"你个小贼，洪武皇帝就是这么洗脸的，你可别狗肉上不了台面呀。"

黄侍郎喏嚅说："朱元璋也这么洗脸？"

"嗯，这叫贴加官。"张喜群又苫上了一张桑皮纸，将半瓢水泼了上去，释解道，"洪武皇帝是个麻子脸，他发明了贴加官。这个法子灵，别说鞋印子了，就连麻子也能悉数拔掉，你悄静些吧。"

"呵呵，我跟皇上一样的福气，班头那你快洗吧。"黄侍郎恳求道。

"当然喽。"

张喜群不再啰唆，将剩下的桑皮纸，悉数覆压在了黄侍郎的鼻脸上，又接了一瓢地上的雨水，兜头浇了上去。湿透的纸张，犹如一块水淋淋的生牛皮，截断了黄侍郎的气息，只见他的胸腔起伏着，好像一只擂了半天的鼓，却发不出一丝声音。县长蹲了下来，对着黄侍郎的耳朵吼喊说："哎呀，有了有了，你的名字想妥了。"

黄侍郎僵硬着，似乎在等待答案。

"干脆，你以后就姓匡吧。"

哑默着。

"哦，你以后就姓匡吧，匡扶正义的匡。"县长伸出了一根指头，在黄侍郎的胸腔上，认真地画了几笔，"单名一个随字，匡随。"县长使了个眼色，张喜群领会了，将一沓桑皮纸款款捧起来，让黄侍郎吞了一口空气。县长再问："侍郎，你觉得这个新名字咋样么？"

"不咋样。"

县长一怔："怎么说？"

"因为，我以前一直叫匡随，这个名字太晦气了。我后来打算吃牢饭时，杀过一个叫黄侍郎的人，便借用了他的名字，活到了现在。"匡随一连吞了几口空气，一瞬时活转了过来，开始拼命挣扎。张喜群不打算给他这个机会，忙将手中的桑皮纸重新捂了上去，又一不做二不休，将囚犯的脑袋夹在了裤裆里，稳稳地坐下了。县长怅惘道：

"你真的该死。"

"的确。"

匡随道完了自己在人世上的最后一句话。

"哎呀,土匪跑了,没抓住朱十三,结果还赔上了一个活生生的黄侍郎。我这就带着尸首去县牢,把借人的账给销了吧。"张喜群唷叹完,挪开了屁股,揭掉了那一沓桑皮纸,将匡随的那一副完整嘴脸,呈现在了众人的面前。这一时,张喜群躬身一揖,复命道:"少东主,小喊哥,苏食叔,你们都过来验尸吧。这个贼的确是匡随其人,我二棍子决不会辜负诸位的重托。再说了,我乐意加入急递社,现在有了这一份见面礼,我也就踏实了。"

梵义肃穆道:"小喊,你过去认一下你的仇人吧。"

"不必了。我没有一天忘掉过这一张罪恶的脸,我被这一桩仇恨磨折了六七年,现在他虽然没能死在我的手上,但我也知足了。"陈小喊摘下了草帽,浑身战栗,眼含热泪,截铁地说,"此番急递社替我复了仇,我当然也要给兄弟们一个接纳我的理由。待我去一趟万里墙城的北面,给爹娘上了坟,告慰完父母,我就去找土匪朱十三,一定把梵海领回来。"

"小喊兄弟,有劳你了。"

"少东主!"

陈小喊突然单膝跪地,抱住了梵义的腿,哽咽不已。

殊为遗憾的是,大约一个月后,陈小喊孤身一人,从万里墙城和马鬃山一带返回时,带来了一个令人锥心的消息。胡家的三儿子梵海,业已被新近崛起的土匪头子朱十三,张灯结彩、大摆筵席地纳为了义子,成了这一股黑暗势力的二号人物。除了这一则惊天的噩讯外,陈小喊还带回了那一块狗头金。用朱十三的原话讲,胡梵海值这个大价钱,双方就此一别两宽,于这一世的光阴里最好不再相见。

在严密封锁了这个消息后,梵义的心头,渐渐地结出了一块疮疤。梵同亦如是。

卷二十一

与李豆灯和解的唯一一次机会，竟归于失败，这让索敞黯然神伤。

天色将明时，索敞早早地下了炕，知道今天是个好日子，不容拖宕。妻子索柳氏跪在炕上，翻箱倒柜了一通，从柜子里挑拣出了一套新衣裳，嘱咐老掌柜换上。羔子皮的小背心，毛质细腻，柔软光滑，手指抚过去时，竟有一种格外的暖意。下身也穿了一件薄棉裤，索柳氏绍介说，这个用的是新疆的长棉，差不多有一斤半，至少不会让膝盖受寒。索敞一辈子不事稼穑，当惯了甩手的掌柜，却不知为什么，偏偏患上了老寒腿的毛病，稍不注意，便不良于行，两个关节上好像各揣了一块寒冰似的，疼痛入骨。袜子也是新羊毛织的，带着膻腥气。一双靴子，前天刚刚从彭家靴子坊取来，尚有些夹脚，估计穿几天就踏实了。索柳氏蹲在地上，相帮着丈夫穿毕了抿裆裤，又用一丈左右的腰带，缠了三圈，掖稳妥了。索敞怨怪道：太热了，我身上开了锅，汗都下来了。妻子却说：十单不如一棉，十棉不如腰里一缠，热乎了好，总比你头痛脑热的强，况且今日里要去莫高窟，三危山的那个山口子上风厉，是个鬼都站不住的地方呀。索敞坐在炕头上穿鞋，不悦道：哼，不去开元寺了，已经让人给印光法师捎了话，辞了那边的法事，今天只去北面一趟，很快就把事情办了。不去了，那你究竟去哪达给细君抓周呀？开元寺可是最灵验的，半个月前就托付了印光法师，总不能在佛跟前撒谎吧？索柳氏惊问道。穿了半天，索敞也没穿上，索柳氏拿过去，竟从鞋窝子里掏出了一把麦草，原来是楦靴子用的，也难怪了。

许久了，夫妇俩都没像今天这样仔细地说过话，索敞便有了认真的念头，探问说：你告诉我，细君究竟是谁生养的？谁生养的，当然是大儿子了，你这个话问得怪，让我的脊背里发毛，妻子道。索敞蔼然地说：这么着就对了，既然细君是那个大贼生养的，那么抓周的事，也就遂了他的愿望吧，我不过是一家之主，充个门面罢了，一切由他说了算。穿完了一只，索敞踮着脚，金鸡独立地试了试，颇为愉悦。又道：开元寺的法事取消了，那个大贼另外找了一个灵婆子，据说也很灵验，方圆几十里的人都去求签，我答应了他。索柳氏立时闭上了嘴，明白自己在白费唾沫，又抓起了另一只靴子。这个空隙里，索敞发现妻子的头发花白了不少，蓬乱着，好像扔在地上的那两团凌乱的麦草，有一种说不出来的心酸。唉，你也老了，这人世上的光阴禁不住过，一眨眼的工夫，你跟我都白了头，连细君也快一岁了。索敞喟叹着，用手托起了妻子的下巴，瞭见对方婆娑着眼泪，嘴角抽搐不停，颊脸上也布满了一层暗癍和黄锈，忙问咋了。索柳氏啜嚅着，含混不清，后来在追问之下，恓惶地说：昨晚夕我梦见索乘了，一个人寡落落地站在街道上，像个没娘娃一样，一下子就把我给疼醒了，现在心口窝子上还怦怦怦地乱跳哪。闻听此话，索敞勃然动怒：那个小贼娃子，他还有脸回家呀，他偷了我一袋子的大洋，恐怕早就在外头挥霍一空了。哼，只要他敢进这个门，老子就敢抽了他身上的筋，打折他的腿，养他一辈子。索柳氏哇的一声嚎哭了出来，枕在丈夫的膝盖上，哀告说：你别这样咒娃娃，他出门在外，活人也不容易，身上一定扛着天大的难肠呀。索敞的膝盖湿了，便不再作声，但心中升起了一团阴云，阴云比一盘磨石还重。

这日晌午，索敞先去给母亲请了安，问了问吃喝和睡眠。索佟氏衔着烟杆子，刚吸完一锅，又在填另一锅。索敞哀告说：你的气管不好，天气也凉了，万一肺上出现了毛病，这一冬天就难过了，你少抽为妙吧。母亲翻着白眼，顽劣地说：我这样子抽，其实是在联络你爷爷，给你爷爷发了消息，让他抓紧给阎王爷说一声，快把我领走，人世上的饭我再也吃不动了。显然，索佟氏在说胡话，也认错了人，让索敞一时间瘆得慌，忙撩起了门帘。门帘挑起的一刻，一大块光斑仿佛白石板似的，栽在了地上。索佟氏觑见是儿子，又说：烟草是补气的，《本草》上也写明了，你快来把这个抽上，提提神吧。索敞借口去查阅《本草》，离开了那个充斥着酸腐气息的房间，一口气跑进了前院内。

这一时，管家丁荣猫正在备车，见了老财东，忙问：天凉了，干脆带个炉子吧？你一路上烤手。索敞却道：哎呀，怎么是蓝呢子的轿厢，红的呢？管家怔忡一番，瞭见老财东的颊脸上，带着夜晚的痕迹，便料想他一夜不踏实，回说：老东主，你八成忘了吧，又不是过寿，也不是娶新媳妇，干么要装红呢子的轿厢呀。索敞背了手，绕着车轿兜了一圈，笃定道：

"义庄许久没这样喜庆过了，细君今天去抓周，就破例一次吧。"

管家也痛快："好吧，我照办。"

"嗯，再说了，今个天是八月十五，等抓完周回来，夜里大家一起赏月，一个也不能少。"索敞仰首看天，秋日的天际，有一道深邃而蜿蜒的弧度，布满了凉意。又问说："中秋节的点心和瓜果都齐备了吧？另外，替我准备一些零碎钱，我晚上要发红包。"

"你快去宽处喝茶吧，别操心了，有我在哪。"管家哀恳道。

"猫子，你脸上的伤？"

管家咧笑，表情像一块被压扁了的咸菜："不打紧，幸亏没伤着眼睛，让我成独眼龙。等一下送完你们去抓周，我得去一趟世兴堂，换一换药。"

"抓紧才是，千万别感染了。"叮嘱道。

昨日午后，义庄的老财东正在打盹，院门外忽然嘈杂一片。索敞踅出了门。他愠怒的样子，并未让左邻右舍住上嘴，他们一个个像老鹄似的，谈议着党河里发生的一桩奇迹。闻听了半晌，索敞方醒悟过来，原来有人捕获了一条大鱼，沙州城和敦煌二十三坊的人们在两岸围观，热闹极了。掩上门，索敞偏偏静不下来，瞌睡也没了，对一条鱼的向往，令他熬到了下半天，几乎快气馁了。恰好丁荣猫回来，也是一副诧异万分的模样，描述说，捉到的那一条鱼起码有一个人的双臂长，红颜色的，每一片鱼鳞都比麻钱还大。索敞采信了管家的说法，原本是一个深居鲜出的人，却急吼吼地骑上了马，让丁荣猫在前头引路，打算一睹稀罕。

入了秋，党河就到了洪水泛滥的季节，整个河面宽了差不多有半里地，浑浊的泥沙裹挟着枯木和落叶，仿佛一个醉汉从山顶上滚落了下来，皮开肉绽的样子。敦煌话讲，若要知道，经过一遭，待索敞站在了山呼海啸的党河河滩上时，这才发现管家太吝啬了，牙齿上根本没有膏油，对这条鱼也显得太刻薄了。关外三县的人不会做鱼，也很少去吃，但索敞是见识过党河里的鱼鳖的，不外是一些灰老鼠似的生灵，啃着泥沙，在水里栖身罢了。眼前，当几个赤条条的精壮汉子，用石块砌出了一座低坝，将大鱼困在了滩头上时，索敞的目光一瞬间亮了，兴奋莫名。

在索敞看来，这条大鱼披着一件火焰色的袈裟，脚穿登云靴，头戴玲珑帽，好像法会已毕，一介刚刚从法台上走下来的高僧，气喘吁吁，精疲力竭了似的。日头下沉了一寸，光线从鸣沙山上拂荡而来时，这条大鱼通体红亮，熠熠光华，又仿佛一整块从天堂里伐下来的红宝石，布满了流水式的波纹。那几个捉鱼的汉子歇缓够了，有的执斧，有的带刀，扬言要将大鱼剁砍了，捎回去打牙祭，晚夕里对月畅饮，提前过一个滋润的中秋节。索敞立时急了，忙打发管家去询问，究竟得多少钱，才能赎下这条大鱼，免遭杀身之祸。丁荣猫问完后，伸出了一个巴掌，意思是五块大洋，比买一头牛的价格还贵。索敞眉头也不皱，将钱袋子悉数交给了管家，让丁荣猫抓紧去放生。

义庄的善举，顿时博得了众人的欢呼，大人娃娃们蹚着水，蜂拥着拢了过来，争相目睹这一幕慈心善事。那一刻，索敞当仁不让地成了焦点，听见赞誉和溢美之声，犹如党河里的一排排浪花，拍打着，匍匐于自己的脚下，膜拜不已。很有几个年头了，义庄随了老掌柜的脾性，悄然为人，低调内敛，几乎快被人忘却了。即便前一向诸事泼烦，家中出现了一些不堪的事例，闹得沙州城内外风言风语，让门头上的那一块匾额也逊色了不少，但眼前的盛况，令索敞深信，义庄的颜面仍在，底子还厚，乡邻们依然记得索氏一门的万般恩典，这一支势力依旧是强门豪族，不曾衰败。念想至此，索敞傲然地仰起了脸，像一只头羊那样，盯望着自己亲手擘画的这一场大戏。丁荣猫游说了一番，那几个捉鱼的汉子也相当痛快，一手拿钱，另一手拆除了石块，几铁锨下去，很快便挖开了一道沟渠，推送着大鱼游了出去，一刹那淹没在了湍急的河水中。

索敞吁了一口气，叨念了一声阿弥陀佛，知道鱼在最深处的水里磕头，在涕零不已。

岂料，过了没一杆烟的工夫，捉鱼的汉子们又开始雀跃，开始尖嚷，一个个鬼祟了起来。索敞瞭见，泥浆色的河面上，竟然出现了一角红色的鱼鳍，尾巴甩打着，径直地游了回来，又窝在了先前的那一片浅滩上。索敞的心暗沉了下来，一再嗔骂，不识抬举的畜生，难道你非要进油锅，塞人的牙缝，让人把你的骨头全都剔出来，你才会甘心吗。丁荣猫也不干了，上去跟捉鱼的汉子们戗了起来，一方单薄，另一方人多势众，险些动起了拳脚。对方辩称，明明放了生，这么多的眼睛看着它游走了，但它自己又游了回来，那就怨怪不了我们了。丁荣猫一头怒火，争辩说：我花了五块大洋买下了它的命，快些闪开，我有权处置它，跟你们八竿子也打不着了。天杀的，也不知对方是从哪达冒出来的一帮子杂种，逞凶斗狠，手脚凌厉，让丁荣猫连吃了几个跟头，湿漉漉地从水里爬将起来，眼珠子都红了。对方声称，五块大洋买的是刚才的鱼，现在要买的话，再涨两块，一共是七块。见此情状，索敞喊住了管家，喝令说：不就是钱么，用钱能办的事，不在话下，猫子你快给他们，别费唾沫了。丁荣猫依言，将钱袋子掏空了，委屈地上了岸，挨着老掌柜站下了。捉鱼的汉子们并没有食言，照着刚才的办法，再次放了生，大鱼消失不见了。

党河的水面上，那些紊乱的涟漪，仿佛谁也辨识不了的一大卷经文，漫漶着，蝉联着，往下游里倾泻。也就怪了，在那一帮杂种的吆喊声中，红宝石一般的大鱼，又一次去而复返，趴在了浅滩薄水当中，张合着嘴，乱语三千。

索敞恼恨无比，犹如被人当众扇了几个耳光，痛斥道：你们这是搞什么把戏，算抢劫，还是在讹人？几个捉鱼的家伙开始不吱声了，有人还骑在了鱼脊上，做出抽鞭子的姿态。哦，那就讹吧，看你们的耐心大，还是我义庄的大洋多，索敞气炸了，吩咐道：猫子，你这就回家里去，好歹把我的钱柜子拉来，我倒要瞧瞧，一帮吃屎的，能奈何了我这个拉屎的吗？管家哀告说：算尿了吧，党河里扔石头，多少才是个够呀，就算把咱们义庄整个填进去，水不是照样还在哗哗哗地往下流嘛。

倏忽间，麇集的人群喧哗开来，一阵响锣过后，陇西坊的李豆灯率着文和事老协会的乡绅与耆老，漫下了坡岸，乌泱泱地拢在了索敞的附近。李豆灯怕是患上了伤风感冒，一面打喷嚏，一面攥住了义庄老掌柜的胳膊，制止住了纠纷。索敞犹记得不久之前，自己跟这些七老八十的神仙之间的过节，此番不期而遇，突然生出了一种和解的念头，忙躬身一揖，问了吉祥。彼此礼毕，索敞表情夸张地说：诸位贤达，目下正是秋高气爽的季节，宜于登高，宜于望远，这样对身体有百益而无一弊呀。是这，改天我义庄做东，邀约大家共同去爬一趟鸣沙山，看北雁南下，听古刹钟声，而后再去一趟红门楼，大家吃一顿百叟宴吧。不承想，李豆灯伸出了手，做乞讨状，哀恳说：老东主，我等就是来化缘的，你不如舍掉这一顿百叟宴，直接把现钱赏给我们吧。

"化缘？呵，这玩笑可开不得，在下岂敢佛头动土呀。"

"不错，我们正是替佛陀和菩萨化缘来的，求老东主施舍出一些，也好抓紧缝制一批佛衣，送到莫高窟去。"洵不虚言，秋深送佛衣，此乃关外三县的民俗，敦煌尤盛。李豆灯又道："看样子，今年又是一个寒冬，千佛灵岩上的菩萨和佛像们，往后的日子一定难过，所以必须提前披红挂衣，为沙州城和二十三坊求得一个吉兆。"

索敞登时锁住了表情，冷然道："抱歉，我设的是人间的酒宴，你却在谈玄弄虚，指天说地。如此看来，咱们真是两股道上跑的车，诸位的路宽，我尽量往窄处走吧。"话很委婉，却分明是一种拒绝，不容置辩。

"老东主的大洋可以往党河水里撒，偏偏就忘了供养？"李豆灯道。

"哼，那些大洋是义庄的，每一块都姓索。"

李豆灯讥诮道："的确姓索，但大洋上却闻不见一点点义字的味道，相反……"

"嫉妒罢了。"截住了话头。

"老东主，你尽可以斗你的富，炫耀你的钱财，在下却不想跟你逞口舌之快，争一个高下。"李豆灯理冠整衣，虚上一礼，笃定地说，"你瞧瞧吧，这党河的两岸站了上百个子弟，一个个都是面朝黄土背朝天的农家少年，全是属鸡的命，也是在土坷垃里刨食找吃的贱命。试问老东主，你刚才这么胡乱撒钱，连一个响声也没有，那么从今以后又该如何教化他们，让他们惜疼五谷，珍视劳作，孝敬爹娘老子，去一心维护沙州城和关外三县的乡约村规，以及老辈子先人们传下来的朴素民风呢？"文和事老协会的首领咄咄逼人，言毕了，又却后几步，朝着义庄的老掌柜弯下了腰，鞠躬再三，叨念说："老东主，索氏一门向来是敦煌的典范，治家有方，父慈子孝，人人艳羡，堪比莫高窟中的金刚不坏之身。老朽今天当面奉劝一句，错一步，将来会步步错下去的，还望三思呀。"

"言重了，在下也不知道究竟错在哪达了？"索敞虽然心中灰败，但碍于乡绅和耆老们在侧，又有那么多的子弟在场，遂耐下了性子，释解道，"我一片苦心，打算买了放生的，不料却惹了众怒，让诸位大动肝火。是这，我下下一世的后人叫细君，虽然是个扎花的，可我也视若掌上明珠，从没有过男尊女卑的轻贱。哦，细君快一岁了，明个天就要去抓周，我刚才许了愿，将这一条放生的鱼许给了她，我只想讨一个好彩头，却让诸位失望了。"

"原来这样呀！"李豆灯一怔，颊脸像烧红的烙铁，"可是，老东主你也放生不了它。"

占了上风，索敞便傲慢了起来。

"老东主，你且听我说。"事情机密，加之周遭人多眼杂，李豆灯蹒跚了过来，附耳道，"咱们敦煌百姓自古以来跟官府就是两张皮，不合作，不曲迎，但也不能撕破了脸皮，引来祸患。你瞧瞧，那几个捉鱼的家伙，大多是南方口音，善游水，一个个都是浪里白条。他们可不是路人，他们恰恰是革命军的兵士，在这里设了计，挖了坑。你以为那条大鱼不愿意偷生么，你错了，只因为鱼的身上拴着一根细绳子，脱逃不了。我劝你趁早收手吧，纵然你义庄富可敌国，想必也填不满这个无底洞吧。"

索敞狂怒了："革命军又能怎样？他们狠了来薅老子的毛呀，我不信就没了王法。"

"问题是，这天下偏偏就没有王法。"

"哼，那就用钱说话。"

"老东主，没有王法，但至少佛法尚在，报应犹存，算筹着世上的一切因果。"劝慰道。

索敞蔑笑："妇人之见，倘若我见佛杀佛，遇鬼杀鬼呢？"

"可惜了，你又错了一步。"答复道。

索敞当即放弃了争论，张开了葱白的指头，将一枚硕大的金戒指，慢慢抹了下来，递给了管家。丁荣猫即刻会意，主弱奴贱，自然也不愿意咽下这一口恶气，耸着肩胛上去了。革命军的兵士们玩累了，除了明晃晃的大洋，现在又拿到了另一笔意外之财，遂将一根不起眼的细绳子，交给了管家，由他去做主。众目睽睽之下，丁荣猫趴在了鱼肚下，用牙齿咬断了那一根细绳子，搬开石块，将大鱼推送了出去。泥沙翻滚，水势强劲，就在大鱼即将被淹没的一刹那，又仿佛突然间吞下了一口生气似的，腾空跃起，锋利的尾巴豁喇一声，击打在了丁荣猫的颊脸上，跳进了湍急的河水中。管家哎哟一声，捂住了鼻脸，鲜血像一根根殷红的绳子，掉在了河中，迅速涸开了，染红了一大片水域。

索敞并不在意管家的生死，目光凝望着宽阔的水面，瞭见那一块巨大的红宝石，半隐半沉，起伏无定，最终供养给了这一条敦煌的母亲河。那一时，索敞的眼中储满了热泪，蓦地忆及了索氏一族的不堪身世，以及上几辈子老先人留在敦煌的壮烈传说，不由得抽心一烂，暗自发颤。管家的血水浮现在河面上，丝丝缕缕的，渐渐地漫溘成了一幅清晰的图景。在索敞看来，它不是别的，它就像一件流逝的血衣，一册以生换死的法帖，现在终于被党河没收了，包括笼盖在义庄头上的一切厄运，也该告毕了。

念想至此，索敞的膝盖一软，跪在了河滩上。李豆灯见状，也率着文和事老协会的耆老与乡绅,齐刷刷地拢了过来,好像在声援。索敌不肯为伍,全然沉浸在了自己的心境中,对着广漠的秋天,对着接天壤地的党河水,认真地磕下了一个头。索敌默念说:

"天老爷,你又接纳了义庄的一件血衣,你够本了。"

李豆灯劝慰说:"索兄,已经放生了。"

"哦,这是天老爷在开示我,不孝的我,现在做到了。"索敌兀自不顾,思忖说,"求你收下这一件血衣吧,让它去宽展处活人,去明亮里逍遥,再也不要来敲义庄的大门,我怕了,我真的怕了。"

离开党河很久了,甚至穿过二十三坊,回到了义庄的家里后,索敌还在为刚才的那一幕惊悸不已,又暗自叫绝。怪道的是,这一日,索佟氏竟也有些回光返照,端着半碗苞谷糁子,站在后院里喂鸡,眉眼明亮,一句胡话也不讲。索敌生怕母亲有个什么闪失,一把抱住了她,抱进了堂屋,摁在了椅子上。索敌打来了一盆子热水,拆下了索佟氏的缠脚布,将三寸金莲泡在了汤水中,仔细地搓洗了一番。母亲捂着脸,一个劲地哀告:羞死了,羞死我了。

与李豆灯和解的机会泡了汤,索敌虽然惋惜,却也不后悔。

坐在堂屋中,丫鬟端来了早食,一海碗热乎乎的羊汤烩菜,索敌一边掰碎鏊饼,泡在里头,一边瞭看着门外。管家喊来了伙计们,将蓝呢子的轿厢撤下后,又装上了红呢子的。日光下,义庄的庭院内,突然焕发出了一种无法言传的吉祥。刚才管家的话有误,除了过寿和娶新媳妇之外,红呢子的轿厢还可以供佛。每年到了佛诞日的这一天,义庄的红呢子车轿载着佛像,要么去莫高窟膜拜,要么加入沙州城的行像队伍中,总归是一道令人啧啧称奇的风景,也让索门频频出尽了风头。每想起这一点,索敌便格外踏实,知道义庄的根子很深,根须广布,荫蔽关外三县,一般人实难撼动。

这一时,儿子索朗抱着细君进了门,粉白的娃娃,嘴里叽里呱啦的,内容不明。索朗催喊说:叫爷爷,爷爷给娃点朱砂。细君尚不知道阳世上的礼仪,小嘴吧嗒着,盯住了那一只海碗。索敌吮净了筷子,蘸了一滴羊汤,喂在了娃娃的嘴皮上。细君哇的一下哭了,好像这种陌生的液体刺激了她,让她不快。索朗释解道:爸,你快吃你的，别凉了，细君早上吃饱了奶水，她这是撒娇哪。索敞吸溜着，身上慢慢地出了汗，转而说：你到底听了我的话，把奶妈子留住了，让娃娃美美地吃吧，义庄是吃不穷的。这日晌午的索朗也喜气万分，煞是开怀：对，让细君吃到七岁八岁，吃到十几岁都行，爷爷说了算，让爷爷把老底子全都拿出来。末了，索朗蹲在了爹老子的旁侧，让细君站在自己膝头上，一挣一挣的，像个旱獭。索朗自语说：那个灵婆子，可真不是一般的人，她一没有法器，二不设坛城，只要你在她跟前一站，她就能看透你的前生，也能子丑寅卯地说出你的后世，一张嘴上天入地，驱灾辟邪，挂号的人几乎排到了明年的下半年。一旦开了腔，索朗便恣肆漫流了，越说越亢奋，全然没有了平素里的孱弱与腼腆。又绍介说：临洮坊里的一个穷后生，夏天时得了一种莫名的异症，明明站在了大太阳底下，地上却没有影子。一个人丢了影子，等于失了三魂，丧了六魄，把他自己吓了个半死。没了辙，这个后生就去问灵婆子。灵婆子见他落怜，也就起了惜疼之心，当着很多人的面，让他站在了日光下，替他疗治。结果，灵婆子发现了病因，脱下了这个后生的鞋子，用一把菜刀剁烂了。奇怪的是，剁烂的鞋子竟然淌出了血水，流了一地，还冒着热乎乎的气息。后来血淌完了，影子也突然出现了，跟在了后生的尻子后头，甩也甩不脱。这个后生承认，鞋子是他在红柳堡子一带捡来的。这么着，灵婆子便断定，一定是一个过路的人遇了害，被人杀了，葬埋在了戈壁大滩上，将冤屈灌输在了鞋子里，于是这件事就了了。

讲完了一件，索朗犹不罢休，开始讲第二件。

话说沙州城里有一个小铁匠，买卖兴隆，手艺一流。也不知犯了什么太岁，有一段日子里，他抡起锤子打铁时，锤子自己就跑掉了，每每打偏，根本落不在砧子上。这倒也罢了，要命的是锤子好像长了眼，不是砸了铁匠的指头，就是敲了他的腿，让他生不如死。这么着，灵婆子在一个有月亮的晚夕里，跟着铁匠来到了他家的祖坟上，发现一对老夫妻蹲在地上，一边用锤子砸着墓碑，一边叫骂。灵婆子一点也不惧怕，上前去究问原因。那个男将说：我活着的时候养下的那个狗儿子，竟然连老子的名字也刻错了，老子正在改正，改回来。

灵婆子回说：这么辛苦的，你也不必改了，你们赶紧去坑里歇缓吧，我去一趟阳间，让你的狗儿子重新立一块便是了。半个月后，新的墓碑栽上了，铁匠铺子也就恢复了正常，锤子是锤子，砧子是砧子，这事也便了了。索朗笃信，既然灵婆子身具如此巨大的法力，有关女儿细君的抓周一事，肯定也不在话下，绝对会有一个满意的结论。

对这些怪力乱神之语，索敞一向排拒，不以为然。但目下的良好氛围，分明让索敞觑见，父子之间曾经有过的隔阂，正在索朗的喋喋当中，无形地消弭了，归于愈合。索敞乐见此事，儿子毕竟是儿子，打断了骨头连着筋，没有揉不开的疙瘩，也没有化解不了的仇怨。讲毕了，索朗余兴未消，从怀中摸出来了一只玉石扳指，哀恳道：爸，这是你上回送给细君的，她一个扎花的碎娃娃，消受不起这么大的福报，还是你戴上吧。索敞让羊汤呛了一口，婉拒了，故意变色说：咋了，送出去的东西，哪有拿回来的道理，你让我这个当爷老子的脸面往哪达搁？索朗还要让，索敞干脆说：呃，你自己戴上吧，将来等细君大了，到了出阁时，你再给她当嫁妆也不迟。这句话就像一声炮仗，惊得索朗目瞪口呆：爸，这可是咱义庄当家人的信物呀，旁人没有资格，关外三县的人谁不知道，见了这个扳指，便等于见到了你。山要开路，水要让道，就算送进了典当铺子里，起码也可以抵押到一百两黄金吧。索朗央告说：唉，儿子德行浅，服不住这个，还是父亲你继续掌舵吧。

礼多人不怪，如此谦逊而虔诚的道白，让索敞顿觉眼前这个晴明的早上，人世祥瑞，万物有义，一切都像头顶上这一片深蓝的天空那般，泌出了一种难以言传的恩情。索敞搁下了碗，揩净了嘴角，理了理胡须，一把拽住了儿子的胳膊，直接将玉石扳指箍在了索朗的大拇指上。索敞叮嘱说：让你戴，你就乖乖地听话戴上，反正这个家，这么大的一座庄院，迟早都是你的，你就提前温习吧。转过身，索敞接住了细君，叉住了娃娃，哄唆说：快来拔爷爷的胡子，乖，来给爷爷尿一泡吧，爷爷的嘴干了。

丫鬟端着小碟子进来，上头是一摊泥浆般的红曲。索敞拿起了筷子，筷头蘸了一滴，先在细君的眉心上哈了一口热气，而后稳稳地印了上去。佛要金装，人要衣装。一刹那，细君粉白的脸上，好像开开了一只天眼似的，娃娃也乐得咯咯咯地乱笑，一个劲地扑腾。索敞觉得，有了这一枚所谓的朱砂痣，细君俨然就成了一位和平童子，一个良好的媒介，让自己跟儿子的关系成功转圜了，功莫大焉。这么着，索敞赏给了细君一记亲吻，这一个美好的月圆之日，就此拉开了幕布。管家过来催促，说车轿和吃食都已经预备妥了，炉子也抬上去了，尽快赶路吧，早去早回。临上车前，索朗还拿来了一块羊毛毯子，让父亲护住膝盖，别着了凉。索敞瞭见，红呢子轿厢的门帘上，用金线绣出了一颗硕大的汉字：义。此乃义庄的标识，亦是索氏一族代代演义下来的一枚徽章，一旦走入了沙州城中，走在了敦煌的地界上，山川为之增色，天空也将抛撒下馨香的花雨。坐在车内，驶出了义庄的大门，索敞觑见，一辆灰黑色的车轿跟在了后头。无疑，那是细君和奶妈的专属，而索朗和丁荣猫各自骑在了一匹高马上，一左一右，护持在自己的身边。

按着佛诞日行像的规矩，索家的这一支队伍来到了西门，围着沙州城转了三圈。礼仪毕，车队北向，穿过了皋兰坊和靖远坊，又绕行了米家堡子，在一家腰站的水井旁，给牲口饮了水，喂了饲料，歇缓了一段。重新上路后，车子明显地稳静了许多，颠簸少了，路旁的一些树枝刮擦着车篷，发出沙沙的声响。索敞心猜，一定是上了甘新大道，否则没这么平坦，也没这么多的树木。至于上了甘新大道之后去哪里，灵婆子又在何处，索敞不想操心，也不愿过问，那都是儿子的计划。沙沙沙的声音越发激越了，索敞忍不住好奇，撩开了窗帘，忽然间一种悲秋的情绪攫取了他，令他情难自禁。

果然是炉渣和碎石铺就的大路。两旁间，高大的左公柳和新疆杨婆娑着，枝条透迤，满目苍凉，可以隐约地瞭见远处的戈壁大滩，飞驰的风滚草，以及地平线上疙瘩状的风。因为身处郊外，毫无遮挡，杨树的叶子已经率先枯黄了，而左公柳迎风的一面金黄，另一面则肃杀着，叶片上结了一层蜡，生气皆失。这个季节上，从万里墙城和马鬃山一带拂来的罡风，犹如一只看不见的巨大纺锤，一丝一缕的，抽走了人们身上的温度，让人料峭，让人的牙齿间咬住了一份惊颤，开始慌乱。索敞忆想起了小时候，自己在私塾里读过的一首诗词，不由得叨念了出来：城外春风吹酒旗，行人挥袂日西时；长安陌上无穷树，唯有垂杨管别离。叨念了三遍，索敞撂下了帘子，伸手烤火。

火略微灰败了，旁边有一个木炭匣子，索敞扔了几块。祁连山的红松烧制的木炭，无烟、无味，火势强劲，一瞬间漾荡出了一种凝重的温暖。看见了红炭，索敞立时想起了那一枚朱砂痣，开始揪心细君的冷暖，忙喊停了车轿。一问之下，后面的轿厢里果然没备炉子，管家疏忽掉了。索敞当即说：让奶妈跟细君一趟子过来，坐在我这达，别冻坏了娃娃。儿子索朗答应了，刚要照办，却见丁荣猫拨转马头，拦在了前头，不许这样。管家断喝道：不能乱了规矩，哪有一个下人跟老东主同车的道理，这要是传了出去，敦煌人不戳索家的脊梁骨还怪了。索朗哀告说：太冷了，这个风能把下巴吹掉，让奶妈抱着娃娃烤一下火，哪个规章条陈里不准许呀？管家明白自己反应过度了，跳将下来，打算将炉子拎过去，搁在后面的车上。岂料，索朗也不允许，因为爹老子的关节不好，万一受寒的话，旧疾复发，谁来担当这个罪孽。管家面若冷铁，牙齿很硬，始终不松口，总之不能让一个奶妈子上车，跟老掌柜平起平坐。索朗见哀恳无果，登时恼怒了，斥责道：猫子哥，你也别忘了，你自己就是一个下人，跟她一样吃的是义庄的俸禄，活的是索家的精神，别癞蛤蟆小看了蝎虎子。闻听此言，管家的脸霎时白了，一种失败的表情，让他迎风咳喘了起来：对，大少爷，我就是下人，我就是奴才，但奴才也有奴才的本分，这个口子我不能开，奶妈子不能上车，除非你辞退了我。

索朗二话不讲，一鞭子抽将过去，打在了管家的颊脸上，恰巧揭开了前一天的疮疤。鲜血像一脸盆水，泼在了丁荣猫的鼻脸上，衣服上也湿透了。管家忍着疼痛，仔细抬望了一眼，终于放弃了：大少爷，怪我多嘴，你就宽谅一个奴才的冒犯吧。末了，管家蹒跚了过来，对着索敞说：没事的，血就是用来打架的，等一下送完了老东主，我就去世兴堂里包扎一番，回程的时候就不陪你了，你千万小心。索朗对这一鞭子并无愧疚，丢下管家，径直走到了后面，将奶妈和细君领了下来，支起了脚凳，直接塞入了红呢子的车轿内。

在这一番争执中，索敞自始至终也不曾开口，仿佛一个局外人似的，瞭看着窗外的一切。一方是儿子，另一方是义庄所倚重的管家，手心手背都是肉，偏袒哪一个，势必要伤及另外一个，只有作壁上观，糊涂过去罢了。

　　车队再次启动了，索敞别住了窗帘，将罡风拒之于外，轿厢内忽地升了温，一团和气。索敞记得，奶妈姓宫，叫法麦，此刻包着一块头巾，浑身臃肿地坐在对面，怀里搂着细君，不吭不哈的。一路上，宫法麦始终埋下了头，像一个正规人家出身的女子，懂得礼数，不敢造次。细君先时还睡着了，现在有了暖意，仿佛冬眠过后的一只幼兽苏醒了，爬来滚去的。索敞心情大好，开口问：小东西，给你做了这么大的排场，你今个天到底要抓针线包，抓胭脂盒，还是想抓书本呢？细君一脸无知，对这些问话充耳不闻，嗷嗷嗷地乱叫。索敞捋着胡子，开怀说：哦，爷爷有一个建议，你最好去抓书本吧，将来做一个女状元，考到兰州城和西安城，要么考到北平，给咱们义庄挣一个脸面吧。宫法麦扑哧一下笑了，很短促，及时收煞住了。炉火正旺，索敞拿出了铁罐子，注了半截子水，开始熬茶。茶汤滚沸后，轿厢内弥漫着一股股蒸气，似乎更热了。索敞除下了外套，挂在钩子上，回头叮咛说：你也把外衣脱了，小心等一会下了车着凉，这个鬼天气，必须仔细对付才是。奶妈或许误解了老掌柜的话，只给细君脱下了外罩，忘了她自己的，继续牵扯住娃娃，怕她有个闪失。索敞嘱咐说：大人一定要当心，大人万一头痛脑热的话，奶水也就作废了，不能传染给娃娃。宫法麦哦了一下，低眉耷眼的，又系紧了头巾，在下巴里绾了一个结。薄暗中，索敞倒了半碗茶汤，举在嘴边，吸溜吸溜地喝将起来，惬意地看着细君，也不知窗外的世界，究竟起了什么样的变化。

　　兴许是这种喝茶的声音，诱惑了细君，勾起了她的饥饿。娃娃忽然疲沓开来，不想玩了，一骨碌跌在了奶妈的怀中，吧嗒着嘴。宫法麦也不害臊，解开了襟前的纽襻，将细君的头塞了进去，让娃娃叼住了乳头。这一霎，索敞分明觉得，有一坨羊脂般的白光倏忽一闪，又迅即熄灭了，快得让人来不及思想。索敞别过了头，尽量保持着一种应有的距离，一份老财东的自尊，加之喉咙里一阵阵焦干，只有服下了手中的茶汤，方能让身心稳静下来。路上单调，摇晃的车轿，带来了一阵阵困倦，让索敞陷落在了昏黑中，唏嘘不已。索敞自语说：唉，人活着真是不易呀，一眨眼，自己这一世的光阴眼看就要过去了，落得个一贫如洗，将要破产关张的地步了。饮了一口，又暗自喟叹道：其实我以前也富过，手里头有大把大把的好日子，但当初不懂得惜疼，撒钱一样地乱花，老了老了，这才明白，一个人的花销是有前定的，多不了一分，也少不了一角。瞥望了一眼，见细君仍像个幼兽一般，贪婪地吸吮着，索敞感喟说：我只觉得大儿子前天还在吃奶，二儿子昨天在吃，你看看，到了今个天，隔辈的细君竟也这么大了，到了抓周的年岁了。唉，这人世上的光阴呀，连毛带草的，真是不值钱了。

事实上，连索敞自己也不明白，究竟心里的哪一块暗疮掉了，惹起了如此喧哗的回忆和絮叨。一派昏暝中，索敞只想继续讲下去，掏心挖肺，将这一生的跌仆和感慨悉数道出，一吐为快，不留下任何的遗憾。尤为重要的是，索敞对眼前的这个奶妈子，似乎有一种天然的信赖，知道对方只是个下人，对方也伤害不了自己。没错，宫法麦就像一尊静谧的瓷器，即便填满了三千乱语，一世的烦恼，也绝不会发出半句抱怨。索敞耳食着细君的吮吸声，想象中，一股股乳白而温烫的奶水，自宫法麦的身体里涓流而出，灌输在了娃娃的口腔内，仿佛一片薄瘠的田地里，落下了一场清明过后的春雨，即将鹅黄浅绿起来。末了，索敞作结道：其实吧，世上的人们只有一个属相，你属羊，我也属羊，大家都属羊，天老爷站在头顶上，时刻牧养着我们这一群羊，谁也逃脱不了的，这可能就是命，命吧。

细君吃毕了，依旧卧在宫法麦的怀中，懒洋洋的。索敞伸了手：来，我抱一抱，你歇缓一下，你丢个盹吧。奶妈撩开衣襟，将娃娃抱了出来，递给了老财东。不巧的是，一枚纽襻崩掉了，吓得宫法麦猛地按住了胸口，跪在地上探摸了一番，最后也没寻见。宫法麦蜷缩在轿厢的一角，喘息着，继续埋下了头。索敞猜度，奶妈的脸一定红透了，红得像凉州一带特有的猪大肠辣子那样。这一时，索敞盯望着奶妈滚圆的胸脯，臃肿的坐姿，蓦地问：我见过你吧，你来义庄快一年了，我也没请你吃过一顿饭，我失礼了。宫法麦哑默着。索敞迫切地说：我好像在哪达见过你似的，等今个天的事情了了，我在义庄专门为你设宴。

突地，车轿刹住了，里面的人猛地一晃，细君也被惊醒了，尖哭了出来。索敞一手抱着娃娃，一手撑住了车篷，幸亏没有摔倒。这个间隙，宫法麦一把接住了细君，悄声道：小心，你不会……抱字尚未脱口，车厢后面的帘子打开了，索朗吆喝着两个车夫，支起了脚凳，伺候大家下车。索敞木然着，刚才奶妈的声音，犹如在他的脑子里，打开了一扇小天窗，自己探望了几眼，却一无所获。驾车的辕马拉下了一泡粪，响鼻不断，空气中弥散着一股草料腐烂的气息。索朗道：爸，外头风厉，你抓紧进院子吧。索敞偏不急，将罐子里剩余的茶汤倾了出来，慢慢地抿着。管家也一再催请，手上拎着一张牛皮，拦挡着罡风。终于，对奶妈的那种特殊的声噪，索敞思想不出一个结论来，便将心中的不快撒在了伙计们的身上。索敞质问说：你两个是谁，怎么这么面生？儿子索朗接住了话茬，绍介说：是这，家里的老把式们一个害了病，另一个回去收秋了，他们是临时雇下的，以前也使过，你就宽心吧。管家又开始催请：好我的老东主，风这么大，你要是有个头痛脑热的话，我死的心也就有了。呵，你个贼疙瘩，你的脸上还在淌血，别光顾着伺候我了，你赶紧去世兴堂一趟吧，千万别破了相，我自己能动弹的。一边说，索敞一边抬起了身子，趁机捡起了脚下的那一枚纽襻，揣在了身上。纽襻是宫法麦刚刚落下的，虽然只有一根指头那么长短，索敞却觉得，它简直就像个人身上的一根肋巴骨，让自己蓦地有了底气，可以去直面一切。索敞理冠整衣，掸了掸肩上的细尘，低首跨了出去。

站在了车后的脚凳上，索敞突然变色，喝问说：怎么了，绕了一趟甘新大道，干么又回到了沙州城边上，这究竟是哪达呀？眼前，一堵高大危峙的城墙横亘着，墙面上爬满了各式各样的植物，在这个季节里萧瑟异常。城墙的拐角顶上，坐落着一座角楼，破窗烂牖，油漆剥落，只有一大群老鸹缭绕着，好像在说人间的坏话。胡同很逼仄，仿佛一根细长而蜿蜒的鸡肠子，紧贴着错落有致的一座座庄院。周遭阒寂一片，风像一个无形的人，在眼前踉跄不已。索朗释解说：爸，那个灵婆子的生意好，半途中听说她到这家来作法，所以我当即掉了头，追了过来。索朗表情磊落，一直玩转着大拇指上的玉石扳指，后来跟在奶妈的身后，径自进了旁侧的这一家院门。管家拎着牛皮上前，遮护着老财东，索敞示意不必了，催他赶紧去世兴堂治疗，千万别破了相。这一时，管家哽咽开来，哀告说：老东主，你别撵我走了，让我再伺候你一阵子吧，最近沙州城里风声紧，人们都在疯传，说一个叫朱十三的土匪把子进了城，不是杀人，便是请财神，闹得人心惶惶的，我只揪心你。闻听此语，索敞的内里潮起了一股感动，抚住了管家的肩膀，劝慰道：瞧瞧，你嘴里又不打粮食了，这么大的个人，莫非要像细君那样哭鼻子？不承想，管家真的落下了泪，鼻脸湿湿的，恓惶不止。索敞慨然道：猫子，你来义庄的年头太短了，你真的不知道索家的底细，哦，凭着我老辈子先人们的功德和施舍，别说是几个打劫起哄的蟊贼了，纵然是前朝的府衙和官兵，包括目下所谓的革命军，也不敢对我说三道四，来戳一根指头的。是这，你就早早宽下心，骑上马抓紧去吧，我看着你走出了胡同口，再去帮娃娃抓周也不迟。迟滞了一番，管家的身子有些发软，忙扶住了旁边的砖墙，暗自神伤。丁荣猫道：

"土匪们已经请走了一位财神，赎金是一块狗头金。"

索敞一怔："财神是谁？"

"一个不值钱的瘸子，废人，猪嫌狗不爱的东西。"管家为了强调自己的话，渲染说，"老东主，胡家坊的胡恩可你也认得，财神恰恰是他的三儿子梵海。你想想看，一个瘸子都能开价这么高，我跟着你出来，不得不提防呀。"思忖了一番，又补充说："这件事本来是保密的，走漏消息的也是他们坊上的一个瓜娃子，平时跟梵海是狗皮袜子，前两天被朱十三的人灭了口，吊死在了胡家坊的牌楼上，算是警告吧。"

"哎哟，那胡家的老东主怕是不得活了，寿数也该到头了。"索敞惋惜道。

管家说："谁也没见过朱十三，只有他找你，你却看不见他。"

"不，猫子，问题不是这。"索敞盘磨着，谨慎措辞，"问题在于，就算把胡家的人全都活剐了，连皮带肉地卖掉，骨头熬成了精油，也绝对炼不出半根金条来，遑论是一块狗头金了。我估计，胡家过不了这个坎，我得抽空去看看。"

"老东主，你别蹚这个浑水，这跟义庄无关。"

"住嘴，你青皮寡脸的，你懂个什么。"这一时，角楼上的老鸹群东移了过来，飞上掠下的，聒噪不止。索敞的嗔怒，既是对丁荣猫的不悦，也是朝着这一群黑衣行者的发泄。停顿一番后，索敞再次叹息道："其实哪，我最明白了，胡家根本没有钱。唉，世兴堂的沈破奴倒是占了便宜，已经搬入了那一座新宅院，可惜胡恩可许诺给我义庄，要在千佛灵岩上打一座家窟的话，恐怕要成了无头的账，死无对证喽。"

管家仍插嘴："另一种可能，就是与胡家结了仇，朱十三专门来打他们的算盘。"

"结仇？"

"老东主，你再仔细想想，倘若是土匪请财神，专门为了讹钱财，干么不绑一个囫囵人，却偏偏请走了一个瘸子呢？"管家心思缜密，剖析说，"但凡要对仇家下手，一般会软处取土，不是剜心，便是断肠，梵海自小就是他爹娘老子的一块心病，这个药下得重。"

索敞失声道："惹祸的，一定是河西司马。"

"河西司马？"

丁荣猫哑摸着这个名字，印象深刻。

主仆二人谈不下去了，一名伙计出来，延请老财东尽快，说抓周的典礼即将开始，灵婆子早就泼烦开了。管家解开了缰绳，纵身上了马，盯望了一眼老财东。管家问说：老东主，你最想让细君抓到什么，将来做什么样的人？这一句问话，几乎难倒了索敞，怔忡说：我这一辈子最见不得的就是血，你看你，你像个红脸关公似的，就差一把青龙偃月刀了。怪道的是，昨天的那一条大鱼是红的，今早上给细君点的朱砂痣是红的，坐的轿厢是红的，烤的炭火也是红的，这几晚夕我做下的梦更是血光四溅，场面不祥，我不明白这究竟咋了。这一世的光阴里，我命犯血色，够了，真的够了。所以说，我只盼着细君听话，最好能抓上针线，将来做一个月白风清的人，也就不枉了我对她的一番惜疼。管家矮下身子，在马背上鞠了一躬，拜忏道：对不住了，让老东主你受惊了，我这就去把脸面修复好，等一下来接你吧。言毕，管家拨转了马头，一道烟地跑出了这一条幽闭的巷道。

伙计在前头引路，索敞埋下头，尾在身后，跨过了门槛，听见门扇嘭的一下，当场锁闭了。想象中，灵婆子所到之处，应该是人声鼎沸，前呼后拥，生意热闹极了，但这样的景象并未出现。索敞觑见，这一座干净而素朴的院落，除了静谧，甚至有一种蚀骨的荒凉，好像许久都没有人气了，急需要一场巨大的喧哗和惊险才可以填满，也才能配得上今天的仪式。伙计将老财东引入了堂屋，安顿他坐下，稍事歇息。另一名伙计捧着茶盘过来，在茶盅里搁了茶叶、桂圆、葡萄干和冰糖什么的，又注了开水，奉给了老财东。末了，两名伙计一左一右，端立于两旁，夹峙住了老财东，哑默不语，犹如佛陀身畔的弟子阿难和迦叶一般。

索敞并未深想，腰杆子挺直，气度雍容，表情上弥漫着一种浅浅的笑意，尽量保持着义庄的当家人应有的风范，绝不容他人小觑。稍顷，索敞问说：大少爷呢，他去了哪达，怎么不见他的面？旁侧的人答道：灵婆子正在后院里作法，义庄排在了下一轮，大少爷正在布置仪式，等一下会来给你请安的。又问：怎么听不见娃娃的哭闹了，细君呢？快抱过来，让我跟娃娃亲热一下吧。伙计回说：娃娃早就睡熟了，有奶妈子照看，你就别扯心了，快喝茶吧。其实，这一早上，索敞早就喝饱了罐罐茶，茶瘾过完了，脑子里格外清醒，真不愿意再泼烦自己了。然而出于礼貌，索敞仍然端了起来，吹了吹茶汤上的干玫瑰，轻啜几下，品咂了一番。果然，这种大路货俗不可耐，味道寡薄，气息轻佻，不如茯茶那样力大势沉，可以让人滋生出一种生无可恋的快感来。索敞抿笑着，喝完了一水，伙计又沏满了，多搁了一块冰糖。门端外，刚才角楼上的那一群老鸹终于疲累了，纷扬着栖落了下来，站在庭院中，好像一伙子从黑夜中挣扎出来的家伙，唉声叹气的。或许，近些日子见惯了太多的血色，索敞忽然觉得，眼前的漆黑，才是一种真实而贴切的暗示。

这一霎，索敞手上的茶盅突然掉了，摔烂在地上。

索敞猛地捂住了自己的咽喉，身体塌方了似的，瘫在了椅子上。疼痛像一把看不见的针，密密匝匝的，扎在了咽喉中，令索敞身体内的生气一泄而空，再也支撑不住了。转瞬，这一把尖针又变成了一块烧炭，顺着喉咙滑将下去，直抵肺腑，骤然间燃起了一片燎原大火，接天壤地，几乎要将索敞烧成了一捧死灰。索敞明白，这一具沉重的肉身现在漏洞百出，覆水难收，再也无法收拾起来了。但索敞犹不甘心，挣扎了几番，将残存的最后一丝气息积攒了起来，趔趄地问：

"是灵婆子给我作法了吧？"

"不，是哑药。"

"那你们是朱十三的人了，想请我去当财神？"再问。

"抱歉，现在是大少爷说了算。"

在索敞栽下去的那一刻，门外庭院中的黑老鸹们受了惊，扑棱棱地飞将起来，乱羽纷呈，让天空猛地暗沉了一寸。索敞瞥见，儿子索朗的那一张嘴脸短暂地出现在了窗口上，一边探望，一边阴鸷地咧笑着。索朗玩转着大拇指上的玉石扳指，玩毕了，认真地箍在了指根上，悄悄闭上了窗户。

傍晚前后，当索敞再次睁开眼睛时，发现自己身陷在了一座地坑中，深达数丈。索敞想喊，却发不出一丝声音，只有仰首问月，抢天哭地罢了。是时，一轮又一轮银子般的光辉，照耀在了沙州城，照耀在了关外三县，以及秋风吹拂的万里墙城与河西走廊沿线，仿佛人世上默然运行的无数个天命那样，一切都鲜为人知，全无征兆。

自此，长达十余载的囚禁时光，降临在了义庄老当家人的身上。

这天夜里，月亮也被惊吓了，月亮像一盏白灯笼，被天空提在手上，无辜地照临着党河两岸。咆哮的河水中，一辆红呢子车轿倾覆着，颜色刺目。驾车的辕马早已溺毙，尸首浸泡了之后，这牲口几乎壮硕了一倍，被牛皮挽具拖拽着，随时都有滑脱下去的可能。

梵义跪在牛皮筏子上，一手打着火炬，一手攥住了白蜡杆子，这里戳一下，那里搅腾一遍，不错眼珠子，认真地查勘着党河的底细。除了砾石，河床的底部均是板结了的粗砂，上头覆压着一层湿滑的河泥，令梵义危险至极，时刻会被抛下来。身后，上下精湿的弟弟嚷叫说：筏子漏了，漏得很厉害，这可咋办呀？舀是舀不完的。梵义挥着火炬一照，果然，牛皮筏子里的积水，足足有半尺厚了，河水还在继续往内灌涌，筏子也不像先时那么灵便了，身子滞重。梵义催喊道：别用手舀，快把鞋子脱下来，用鞋子舀。梵同嘻然一乐：这倒是个好办法，我偏就不信，我制服不了它。言毕，梵同脱下了自己的大号鞋子，舀一窝子，又舀一窝子，迅速倒在了筏子外，干得十分欢实。

这一时，梵义又发现了新的危险，火炬烧到了中途，开始冒油了。着火的油滴溅落在牛皮上，一烫一个洞，快得像热刀子切酥油。敦煌一带的火炬，大多是皮革和乱麻缠裹的，临到了使用前，都要在火油桶子里蘸一蘸，不仅耐久，火力也强。火油亦称黑油，另一个名字叫石油，来自玉门镇老君庙的地底下，价格不贵，常年有火油贩子们在四处兜售。无奈之下，梵义将火炬按在了水中，熄掉了。梵义交代说：再去前头找找吧，前头是一个回水湾，幸亏月亮还亮着，义庄的老东主也许命不该绝呀。

党河的右岸上，急递社的一干成员，分别拉扯着两根粗麻绳，一根牵住了筏子的头，另一根拽住了筏子的尾，松紧适度，听凭着梵义的手势。这一季，党河上游肯定下过不少的暴雨，临近沙州城外时，河面突然像一捆打开的铺盖卷，再也合不上了。广漠的月亮光下，胡家坊的牛皮筏子，犹若一片惊颤而单薄的枯叶，一忽儿消匿了，一忽儿又隐现出来，让蒋斧诸人的身上开了锅，惊魂不定，又须臾不敢马虎。卡利班眼尖，拔长了脖颈子，催喊说：快快快，往前头拉，梵义已经发令了。蒋斧瞭望过去时，果然看见梵义举着白蜡杆子，一再示意。前一根绳子用来赶船，后一根则是掌舵的，以防被河水冲跑了。岂料，岸边上看热闹听笑话的人，比星星还繁稠，让人干脆下不了脚。卡利班一下子火了，肩上背着绳子在赶船，大声嚷骂说：好狗不挡道，好狗不挡道，谁挡了爷爷的道，爷爷的蹄子可不认人。纵然骂了一路，卡利班的唾沫几乎快干了，但服帖他的人很少，更不愿挪脚。这么一个难得的月圆之夜，义庄的老掌柜居然连人带车马，倾覆在了党河中，迄今活不见人，死不见尸，没有比这个事情更大的意外了。敦煌二十三坊的乡邻，包括沙州城内的行商坐贾，纷纷丢下了月饼和瓜果，也忘了给月亮献供，齐聚在河岸上，谁也不肯错失这个机会。暮色沉降时，希望像扔进了河里的石头，一个个破灭了。目下，连月亮都深一脚浅一脚的，走过了凉州、甘州和肃州，孤独地站在了敦煌的头顶上，义庄的老掌柜却仍旧下落不明，这不免令眼前的秋夜，如同一只失手打碎的净瓶，坏了人间的念想。人们一半忧心不已，一半叨念着义庄的种种好处，甚至有一小撮耄耋老者，当场跪在了滩涂上，说起了古今。慢慢地，人们嘴里的闲章，逐渐衍变成了一些怪话和迷信，一传十，十传百，很快就风靡了整个右岸。

或曰，义庄的老东主昨日里善心大发，花了大价钱，放生了一条大红鱼。事实上，那根本不是鱼，乃是东海的龙王爷幻化来的，在微服巡游，一不小心失了足，被革命军的兵士们拿获了。显见，为了感激索敞的恩德，龙王爷今天拦住了他，请他吃席去了。或曰，是龙王爷不假，但拦住老财东并非请他去吃席了，而是龙王爷要索回自己的车辇和龙驹。明摆着，那一辆红呢子的车轿，不是一般人能降服住的，孙猴子那么大的本事，也对龙王爷忌惮三分哪。事发时，有一个麻眼的老乞丐，恰巧在河边喝水吃馍馍，也过来帮腔道：骗你们不是人，我眼睁睁地听见了，豁喇一声，党河水破了，从里头跃起了一头怪物，一口将老东主吞吃掉了，连骨头也不吐，后来怪物又匿身在了水中。旁侧的人问：你一个瞎子，你怎么就判断出是一头怪物呀？麻眼嘻然道：乖乖，你脸上有一道抓痕，恐怕是昨晚夕梁寡妇家的猫划下的吧？这人慌了，捂住脸不见了。这些怪话和迷信，好比麦草点着的火，燎原在了月夜下，迅即就被李豆灯获知了。李豆灯拍案而起，对着身畔的耆老和乡绅们断喝说：散了吧，你们各管各的坊，哪个坊的再敢胡说八道，嘴里不打粮食的话，等这件事了了之后，我非去砸锅倒灶，拆了他们的门楼不可。

事发突然，一切都令人猝不及防。

下半天时，李豆灯正在陇西坊的家里掰苞谷，门一响，义庄的大少爷扑了进来，猛地抱住了他的腿，尖嚎不止。哭了半晌，索朗方释解说，他爹老子乘坐的车轿，在党河边颠覆了，连人带车马被洪水裹挟后，已经冲到了下游的天水坊一带，幸亏被石头卡住了，目前情势危急，所以来央告李豆灯，哀求他即刻召集人马，前去救援。李豆灯大骇，用苞谷棒子敲了一下索朗的脑袋：老东主呢，你爸如何了？索朗蓦地跪在了地上，绝望地说：搜遍了车里车外，我爸连一个影子也不见，我现在连死的心都有了。李豆灯逼问：这一阵子党河里发了洪水，你爸究竟犯了什么病，居然让车轿驶到了岸头上，这不是找死么？再说了，你身为人子，干么也不劝阻他？索朗凌乱地释解了一番，称今个天去给闺女抓周，返回的路上，他爹老子瞭见秋色连绵，景致大好，于是让车轿驶上了党河岸边的滩涂地，打算游玩一下，不承想……娃娃呢，车里另有谁？李豆灯再次追问。索朗道：娃娃和奶妈均无恙，幸好坐在了后面的车上，但是和爹老子一起失踪的，还有家里的两个伙计。李豆灯喟叹说：哎哟喂，整整三条人命呀，党河这下子作了孽。李豆灯让五个儿子停下了手，叱令道：赶紧点烟，抓紧去敲锣，让二十二坊的当家人朝我集合，一刻也不许耽搁。

  在这一届的文和事老协会中，陇西坊属于总坊，李豆灯当仁不让地挂帅，总绾各项事宜，各坊间唯他马首是瞻。三个儿子带着铜锣和响锤，出去敲打了，另外两个将掰完的苞谷棒子堆成了山，灌了火油，扑的一声点着了。黝黑的烟柱挂在了天上，像一匹长练，纵然百里之外，也会一目了然的。响锣，再加上烟柱，此乃重大事件的特急信号，约莫有七八年都不曾出现过了。然而，李豆灯早就等不及了，救人一命，须臾之间，忙唤来了伙计，将一套桌椅搬到了党河岸边，坐镇指挥。很快，各个坊的耆老和乡绅聚齐了，商议之后，拿出了一个紧急方案，分派下去实施。其实，这一个方案也无新意，李豆灯抱着最坏的打算，将事发地点下游的河段划分了，每个坊承包一截，抓紧打捞。当着索朗的面，李豆灯并未说出打捞尸体这样的话，但谁都意会了，不能让义庄的老财东死无葬身之地，起码要捞上来，葬埋在索家的老坟内吧。

  黄昏像一根颀长的孝布，从河西三郡的方向上吹拂而来，罩在了党河的两岸，天色开始慢慢黑了下来。见希望渺茫，一切都无能为力时，索朗突然跪下了，磕了一地的头，又让管家拿来了香烟烛火和冥亡钱，当即点着了，开始了祭祀。索朗一跪，丁荣猫也跪下了，奶妈尾在了身后，率先饮泣了起来。只有怀中的细君酣睡着，仿佛人世上的事情与己无涉，哪怕失踪的是自己的老先人。岂料，索朗刚焚了几张纸，哭也没哭疼，李豆灯却气冲冲地踱了过来，撩开罩袍，一顿乱脚便将香火踩灭了。李豆灯喝令道：不许烧，谁叫你这么哭丧的，还有没有体统？索朗涕泗横流，哀告说：我爸身上没带钱，万一去黄泉的路上被小鬼们拦住了，少不了遭罪的，让我先给爹老子送上一笔花销吧。李豆灯审视一番，逼问说：谁说你爸下世了？你这么迫切，真让我疑心你先前的话，别以为你现在戴着老东主的这个扳指，你就可以当义庄的家。索朗的气焰，一霎时消泯了不少，却又挣长了脖子，反驳说：车翻的时候，我亲眼看见我爸被水冲走了，我嘴里但凡有一个字的谎言，那就请天老爷扔斧头，干脆劈死我算了。偏偏这一时，细君可能尿下了，呜咽地哭将起来。索朗的气没处撒，只好拣软柿子捏，一个箭步冲了上去，薅住了娃娃屁股上的肉，拧了几把。索朗叫骂道：你个小克星，小丧门星，你先前克死了你娘，现在又让你爷爷生死不明，我真想掼死你。细君痛彻地尖哭着，但索朗一直不肯丢开，险些让奶妈脱了手，将娃娃摔在地上。宫法麦忽然急了，护犊心切，一口叼住了大少爷的胳膊，咬住不放。索朗一把攥住了奶妈的头发，抬手便是几个耳光，嗔骂说：你个娼妇，你再多嘴的话，小心我敲烂你的狗牙。宫法麦哀叫不已，幸亏管家跑了过来，强行分开了双方，才让奶妈死里逃生，但大半个脸早已红肿了。不承想，索朗的枪口又对准了丁荣猫，一拳上去，管家的鼻血哗地淌了下来，开成了一座染料店。索朗怒斥说：你一个下贱的麦客子，要不是端上了索家的饭碗，你能人五人六么？可倒好了，你们现在都想吃里爬外，一个个替外人说话，难道义庄的人全都死绝了么？

　　义庄的这一场内讧，甚至比敦煌六合班的折子戏还精彩。党河两岸的看客们，犹如秋叶一样地纷扬过来，谁也不想错失这一幕热闹。眼前，一向威冷而神秘的义庄，那个传说中的索氏一门，竟然也像一尊皲裂的器皿，出现了罅隙，让人们得以窥见它的内部，洞悉它的狼犺与不堪。这么着，人们的嘴里又生出了更多的闲话和迷信，谣诼不断，再次传入了李豆灯的耳中。李豆灯发了火也不管用，一点点地气馁了。薄暗中，各个坊的首领老眼昏花，谁也认不清自己的人，后来也就偃了旗，息了鼓，任由义庄的大少爷站在河滩上，一个人跳着脚开骂，像一幕独角戏。人群越挤越多，李豆灯的那一张桌子几乎快被掀翻了，人也摇曳着，几乎快窒息了。

　　这个关节上，突然传来了一阵密集的枪声，人群豁开了一条孔道，一支革命军的马队趄趄然地扑了过来，控制住了局面。

　　骑兵们各擎着一支火炬，马队逡巡了几趟，形成了一个圆弧状，将文和事老协会的诸位首领，圈禁在了当中。李豆灯支好了桌案，心下大骇，但表情上仍旧维持着一种稳静，知道革命军来者不善，八成是来问罪的。不一时，人群中又飘进来了几匹马，其中一匹枣红色的高马上，坐着驻防营的营长娄炳承。

　　一见娄炳承，李豆灯当即松了一口气，款款立了起来，先自抱拳致礼，说了几句吉祥的话。娄炳承，甘谷人氏，少时在家务农，荒凉度日。及长，经由参加了同盟会的舅舅介绍，考入了一所新式步校，响应革命。毕业后，娄炳承仕途顺利，一路西行，而今驻防在了关外三县，贵为营长，受肃州驻防团的节制。大概十天前，娄炳承带着副官，一身便装，辗转打问到了陇西坊，求见李豆灯。亮明了身份之后，李豆灯心肠火热，马上置办了一桌酒席，款待了对方。席间，娄炳承开口央告，大倒苦水，声称驻防营最近的日子难过，中央拨付的后续给养与辎重迟迟不到位，现在天气渐渐凉了，兵士们还是单衣单裤，仗着年轻御寒。尤其是到了晚夕里，温差巨大，罡风肆虐，已经撂倒了一大批站岗放哨的人，不是伤寒，便是高烧，实在是将就不下去了。娄炳承还透露说，逃兵也有几例，那些江南出身的兵士，最耐不住边地的气候，带着枪支和弹药就跑了，一旦在肃州一线被逮捕，统统枪毙，概不宽赦。听完了客人的絮叨，李豆灯大致猜出了八九分，问说：此番你是来找我个人帮忙，还是专门寻求文和事老协会的资助？对方答：两者皆可。又问：从文和事老协会的角度上，你需要多少件皮袄，多少双毡靴？营长思忖后，保守地说：大概二三十件就够了，先保证夜间执勤的战士吧，此乃当务之急。李豆灯道：哎哟，这话说出去太伤脸了，也不是本协会应有的风范，干脆给你一百件吧，容我三天之内备齐，再一发送到兵营里去。又补充道：新皮袄不热，老衣裳才像炕，我这一百件不全是新的，但绝对保证干干净净，一无破绽，二无虱子和虮子。末了，李豆灯又讲：从我个人的角度上，我送你们一人一件细羊毛的夹袄吧，原本这是为我几个儿子新缝制下的，看你们的体量和尺码差不多，千万别客气了。

临别前，娄炳承的脚后跟一磕，立定后，恭敬地致了一记军礼，久久不肯放下。娄炳承说：老先生，我代表国家感谢你，代表各位战友的父母家人，铭记你的这一番恩德。李豆灯却拦挡下了：且慢，劳驾国家来感谢我，那老朽的罪孽可真就大了，这个不敢当，实不敢当。娄炳承慷慨地说：共和之国家，倘若每一个人都能像老先生你这样，何愁天下不定，我中华国开不了太平之盛世。

此后，李豆灯将五个儿子派遣了出去，打着自己的旗号，分别在二十三坊内劝募。

次日晌午，党河岸边便出现了一座小山，半新半旧的皮袄和毡靴纷至沓来，比预想的还要踊跃。陇西坊的女人们也被动员了起来，缝补之后，又在河水中逐个淘洗干净，晾晒在了石头上。那两日，党河的滩头上一片羊脂白，羊毛晒干后，竟如一朵朵蓬松而硕大的白花，煞是耀眼。择了一个后半夜，李豆灯率着儿子们，赶着几辆大车，将御寒的衣物和毡靴，送进了驻防营。又趁着公鸡打鸣之前，悄然回到了陇西坊，一切都干得滴水不漏，毫无破绽。自始至终，李豆灯之所以缄默异常，不愿意透露这些东西的用途和去向，当然是因为文和事老协会的那一条古老的禁忌使然。协会创建之初，先贤们就立下了一则规矩，官民永远是两张皮，各端各的碗，各吃各的饭，绝对不能在同一个锅头上纠缠。此刻，娄炳承率着人马，荷枪实弹地闯了进来，分明是这天夜里的惊变，让驻防营产生了某种警觉，唯恐民众聚集闹事，所以才发兵而至。

这一时，见李豆灯先行问候，一脸的客气，娄炳承立刻下了马，端正地敬了一记军礼。娄炳承问说：老先生，这么好的月亮光，这么好的秋夜，敦煌人不在家里赏月，却成百上千地纠集在这里，难道这是个风俗？哦，倒也不是什么风俗，只因为今日下半天时，义庄的老财东驾车经过河滩时，不料发生了重大的意外，打捞到了现在，竟也没个什么结果，令人焦心呀，李豆灯如实相告。这一番言辞，让娄炳承立时松开了表情：难怪了，我先前得到的情报有误，居然说敦煌的几座坊因为争地，双方约定在这里械斗，边防不靖，则国家不宁，所以我就赶过来了。

李豆灯瞭见，娄炳承一身戎装，但领口处露出了一圈细羊毛，料想自己赠予的那一件小夹袄，一定就穿在他的身上。倏忽间，李豆灯突然心窍大开，忙作揖道：老朽有一件事紧急相求，万望营长能出手相助一下？老先生，你尽管吩咐吧，娄炳承答。是这，昨日里你的手下在河里头捉鱼，我亲眼见下的，他们一个个都是浪里白条，出水的蛟龙，不比我们本地人，天生就是旱鸭子，一碗水就能呛死。李豆灯先恭维，后求请：营长，可否将那几个江南来的兵士借来一用，趁着这个不错的月亮光，去河里头打捞一趟，虽说死生有命，可万一有个奇迹呢？娄炳承的脸色垮了，摸出来一根纸烟，叼在了嘴上。副官找来了一支火炬，很夸张地点着了烟，娄炳承一味地抽吸着，半天也不吭气。

偏偏在这个节骨眼上，一旁的索朗挣开了革命军的警戒线，疯狂地冲了过来。索朗指着李豆灯，情绪败坏地说：你个老贼，我爸明明已经被党河水收走了，已经上了路，你还这样的不罢不休，惊动他老人家的亡魂，你到底安的什么心肠？你摆的什么坛场？依我看，你才是整个敦煌最大的妖孽。副官拦住了索朗，任凭对方踢打，始终不曾还手。李豆灯气血攻心，瞭见几个儿子跃跃欲试，几乎快爆炸了，忙用目光制止住了，休得无礼的意思。李豆灯释解说：老东主遭遇不测，这是谁也不愿看到的局面，令人痛心；可眼下，活着要见人，死了要见尸，你生为人子，不去河里搭救，却急于发布噩讯，忙着烧纸祭奠，我倒想知道你的心肠、你的坛场是什么？索朗虽然语气激愤，但他的一双手却心平气和，一直在把玩着玉石扳指，仿佛那才是命根子，才是根本。这一切，均被李豆灯收入了眼底，疑窦丛生，可是又找不出任何的蛛丝马迹。索朗冷笑了一番，尖声道：整个敦煌，欠我索家的还少么？我的先人们穿上了血衣，捐出了性命，不是被官府剖心，便是让衙门斩首，可你们一个个都活得好端端的，现在却忘掉了义庄的好处。此言一出，李豆灯忽然泪水敷面，伏在了桌案上，哭了一遭。稍顷，李豆灯艰难地起了身，抬望着头顶上的月亮，笃定道：义庄的恩德，就像这清白的月亮光，照在每个敦煌人的身上，谁也没有忘，也不敢忘。但是，你身为义庄的接班人，断然不能这么红嘴白牙，满口喷粪，玷污了百姓的情分。末了，李豆灯指天发誓：我的这些话，月亮也听见了，等一下月亮一定是红的，月亮也会哭出血来。大少爷，假如月亮不红的话，我跟着你去义庄的祠堂，我来当索家的孝子吧。

　　索朗显然被激怒了，趁乱脱下了鞋子，扔向了李豆灯，又用肩膀撞开了副官，龇牙咧嘴地扑向了对方。这一时，娄炳承发了令，骑兵们朝天放了一排子枪。枪声刺耳，一刹那撕破了夜幕，惊得月亮也跳了几下，匍匐在了头顶。娄炳承身手利索，遮护住了李豆灯，对着索朗的面门来了一枪托子，将其击倒在地。索朗狗一样地趴在河滩上，口鼻中喷血，诡笑说：我的门牙，我的门牙呢？寻摸了半天，索朗也没找见自己的牙齿，满手上攥着碎石子，笑得更凶了，也更加瘆人了。娄炳承实在气不过，喝令副官马上将索朗绑了，拉回兵营里去，美美地治一下他的病，灭一灭他的气焰。

　　当着列位耆老和乡绅的面，李豆灯血勇地说：千万不可，你们都是带枪拿刀的人，吃着国家的俸禄，口衔天令，来这里是防边的，切莫插手地方上的事务，此乃我敦煌的家事。娄炳承收起了枪，狐疑地盯视着，万般不解。李豆灯道：不管咋样，大少爷索朗毕竟是咱敦煌的儿子娃娃，国有国法，家有家规，即便他现在失心疯了，也有文和事老协会替他托底，给他寻方问药，营长尽请放心吧。呃，天也不早了，夜太凉，诸位还是请回吧。娄炳承本来就不打算蹚这一道浑水，见此情状，遂就坡下驴地说：在下原本还想派几个兄弟下河，帮着打捞一番的，但是刚刚见了这个次品的货，我觉得太不值了，告辞了。

言毕，娄炳承翻身上马，像来时一般迅疾，转眼便消失无迹了。不送！李豆灯悄然送出了这一句后，方知道自己的身上早已开了锅，汗下如浆，遂慢慢地收回了失散的心魂，清晰地瞭见了月色下的党河两岸。在这个惊变的中秋之夜，李豆灯截铁地说：

"义庄的老东主还在，还活着，除非让老朽亲见了他的尸身，我才死心。"

索朗仍在找牙，膝行过来，抱住了李豆灯的腿。

"是这，"李豆灯的目光逡巡一遭，吼喊说，"只要找不见老东主，不论是生人还是尸首，他都不能算是亡人，义庄也不可烧纸，不能祭奠，更不许摆设灵位。一日无功，那就等他三年五载，十年八年。人世上的一条命，不能就这么草率了，必须要一张白纸黑字的结论。"

门牙掉了，索朗喷着气息，却说不出话来。

"我的这些话，自然也是本协会的判断，各坊周知吧。"作结道。

像一种冒犯来临了似的，河岸边突然炸了群，人们纷嚷着，找见了，找见了。李豆灯不敢怠慢，忙率着文和事老协会的一干人马，在火炬的光耀下，踉跄地奔到了下游的一处回水湾旁边，打问究竟。

清癯的夜风中，梵义举着白蜡杆子，一忽儿撑船，一忽儿向岸上示意，指示方位。急递社的成员们，分列两厢，卡利班和蒋斧各自领头，扛着前后两股子绳子，慢慢地将牛皮筏子拉拽到了岸上，稳妥地停在了河滩地带。歇缓了一下，梵义和梵同犹如两只矫捷的鹞子，跳下了筏子，又督促卡利班诸人扛来了一扇门板，将一具肿胀的尸体搬下来，款款地搁置在了上头。急递社的人没有一丝喧哗，轻手细脚的，好像对亡灵充满了敬意与哀伤，不能去亵渎。蒋斧摸出了一张黄表纸，仔细苦在了死者的脸上。李无亏和昆莫脱下了外罩，一件覆在了身上，另一件盖在了腿上。至此，亡灵和这个明月沸腾的人世间，彻底割断了牵扯，失去了联系，完成了一次真正的舍离。

急递社的诸人马不停蹄，立刻拆下了筏子上的十几根梁木杆子，将一张庞大的牛皮摊开在地，横竖对折，认真地包卷了起来，捆扎停当了。在这一系列的动作中，各成员分工明确，井然有致，配合默契，好像拥有同一双手似的。末了，大家拢住了梵义，听候少东主的吩咐,一个个都是恭敬而耐心的表情。在河滩的另一侧,义庄的大少爷蹲在水中,一边洗刷着嘴里的血水,一边训斥着管家,而奶妈搂着细君,瑟瑟地站在风中。这一刻,娃娃的哭声,像一只碗碎了,十双手再也拾不起来那样。显然,索朗对刚刚发现的这一具尸首毫无兴趣,如果往深里一思想,等于对他爹老子的生死不闻不问。孽障呀,李豆灯的内心暗吼了一声。

事实上,这高下立判的两种情状,一方面让李豆灯心念如灰,禁不住替义庄的老财东惋惜,似乎也勘破了人世上所谓的血脉与亲情,并进一步质疑起了索敖真正的死因。但另一方面,当李豆灯直击了胡家坊的一对亲兄弟,率着一群少年人,置生死于不顾,浪里来,水里去,做着有情有义的课业时,他的心里潮起了一种苍老的激情。不错,在李豆灯的眼中,这是一股年轻的力量,新生的果敢,要说他们是豹子,那就是豹子,要论他们是鹞鹰,他们便是鹞鹰。李豆灯思想,一辈人有一辈人的光阴,眼下自己这一辈尚未凋落,天可怜见的,也不知在哪一个时辰里,这敦煌的土地上,竟然呼啦啦地冒出了这么一茬子人,如此英勇慷慨的一群俊朗少年,明晰地站在了自己面前,仿佛横空出世一般。与此同时,李豆灯也分明确信,此乃一股异己的势力,野生的呼啸,他们没有任何的服属,天不惧,地不怕,犹若一把刚刚打制出来的刀子,需要淬火,等待开刃,才可以一试风霜,有所报偿。

身为当家人,李豆灯渐渐明白了过来,这一群少年,其实跟文和事老协会是两股道上的车,是鸿鹄与燕雀,也是蛟龙和鱼虾,不可同日比拟,更不能放在同一张桌子上去论尺码,道短长。倘若还有一点点欠缺的话,李豆灯思忖,那或许就是梵义诸人尚未经过鲜明的磨洗,历练不足,翅膀还轻,经验还嫩。然而,年轻从来就不是一种致命的病。相反,唯其年轻,才可以化毒为药,让身心天开地阔,一派澄净。

一念至此,李豆灯的心中,蓦地失笑了起来,笑得眉飞色舞,四脚朝天,几乎快陶醉了过去。在这一个深沉广漠的月夜,因为窥破了如此核心的天机,敦煌的奥义,李豆灯突然滋生出了一种巨大的宽容心，一番疼爱，一幕敬意。李豆灯仰首望月，暗自盟誓，在自今而后的一切光阴中，不仅要守住这一项机密，也要用自己的余生去庇护这一群少年，替他们牵马拽镫，为他们结筏筑桥，开前面的路，蹚前头的河，哪怕将这一把老骨头捐了出去，也宁死不悔。这一刻，见梵义抛下了众人，端直地小跑了过来，李豆灯赶忙肃穆了表情，目光热烈地迎了上去。

"李家叔父，你受累了。"梵义躬身一礼。

李豆灯抱拳："少东主，受累的是你们，我全都看在了眼里。"

"事情不妙呀。"

"且慢，先休说。"见梵义在夜风中瑟瑟战栗，李豆灯忙吆喝周围的人，"快拿酒来，让少东主暖一暖身子。另外，把我的那一张桌子劈了，架一堆火。"

黑烟挂在天上，响锣传遍了城外二十三坊时，乡邻们涌出了各家的庄院，站在河滩上看热闹。蜗居于大漠戈壁之上，虽说有一条河流穿过绿洲，但敦煌人大多不识水性，一个个束手无策。下半天时，梵义带着弟弟，去了自己家的一片洋芋地，挖了七麻袋后，结束了今年的收秋。回胡家坊的路上，梵义邂逅了李豆灯，以及一路上嚎丧的索朗。问清了缘由后，梵义让弟弟抓紧去一趟沙州城，将急递社的成员们统统喊来，一刻也不许拖宕，他自己却返身奔向了党河。急递社的成员，比一般人都多长了四条腿，当蒋斧诸人策马而至后，这一股异己的力量，立刻脱离了李豆灯的掌控，根本不在他的算筹之内。人是梵义的，擘画也归梵义。一群骁勇的少年人，风一般地拉开了阵势，开始向党河要人。

很快，急递社的干将们，唱着号子，用绳子将义庄的那一辆红呢子车轿，拖拽着拉上了河滩。一只轮毂爆了，另一只沉在了河底，驾辕的大马早已溺毙，伤口还在淌血，似乎是被河底的砾石开了膛，破了肚。梵同和卡利班跳进了轿厢，不一时，便抬出了一具尸首，款款地搁在了沙地上。李豆灯拽着索朗，一溜烟地跑过来认尸。索朗捂住了鼻子，只撂下了一句话，他不是我爸，这是雇来赶车的伙计，而后便蹲了下去，吐天哇地的，恶心了一阵子人。其实，也没什么需要去辨认的，躺在地上的尸首，五官几乎破碎了，好像被铁匠铺子里的大锤迎面砸过一样，成了一张软柿饼。梵义警醒地盯视着，思忖道，一个赶车的伙计，为何会死在掌柜的轿厢内，况且这么结实的车厢，老财东即便溺亡了，尸首也不至于下落不明，留下如此大的疑惑吧。想归想，梵义却并不声张，让梵同和卡利班抓紧回一趟家里，将牛皮筏子拉来，打算泅渡到河道的中央，再去寻摸一趟。

在关外三县，行商坐贾们大多备有筏子，小的用羊皮，殷实人家才用得起牛皮的。筏子拉来了，已经有好些年不用它了，干涩，皲裂，打开后已经不成样子。幸亏梵同带来了一桶子胡麻油，一干人相帮着，用抹布仔细地擦了上去，浸润了一遍。也就怪了，上了胡麻油之后，牛皮软塌得就像一张纸，颜色透亮，韧劲十足。大家在下端套上了六根杆子，田字状，又在上边绑起了四根，口字状，将筏子捆扎完毕，放入了水中。蒋斧断然拦住了梵义，不许胡家的兄弟俩登船，说水大浪急，太危险了。梵义却不在乎，翘望了一圈岸上的乡邻们，见大家都在巴兮兮地盯看着自己，便明白没有了退路。梵义笃定道：是不是儿子娃娃，就看这一趟了，我偏就不信，党河上盖了盖子，我胡梵义揭不开它。蒋斧诸人撤了下来，将两根长长的麻绳拴在了筏子的头尾上，远远地牵掣住了，这才宽下心来。

此刻，梵义灌了两口酒，烤了火，缓了过来，将救援的细节悉数道出，讲给了李豆灯和列位耆老乡绅。梵义说：这也是个伙计，两个伙计都死了，好在这一个的鼻脸还在，将来能让亲属们来认领。李豆灯唱叹道：可惜了，不会有人来认领的，临时雇来的帮工，从衣着相貌上看，想必是路过敦煌一带的下苦人，我这就安排人手，送去化人场吧。或许，梵义被一种深切的悲情攫取了，噙着泪说：他们才十七八岁的样子，按说车翻时，应该利索地跳下来，不至于丧了命。李豆灯吞了一口烈酒，却不下咽，而是喷在了柴火堆上。火焰像一个巨人，突然从里头跃出来，站在了半空中。李豆灯沉痛地说：天知道。梵义偎了过去，悄语说：

"这个伙计是被勒死的。刚发现时，他的脖子上有一根绳子。"

"不，"李豆灯突然伸手，一下子捂住了梵义的嘴，制止住了。停顿了半晌，李豆灯仔细说："少东主，你最好什么也没看见，你就到此为止吧。你刚才想说的话，一定要烂在肚子里，彻底烂掉。你记住，一个儿子娃娃成熟的标志，就是要学会守秘。"

梵义急了："可我明明看见了，我就不能不管。"

"你千万别插手。义庄的这些事，交由本协会来料理，只要老财东索敞的尸身一日不见，索朗便不能举丧，更不可能登堂入室，去做义庄的当家人。"李豆灯根本不剖析原因，只道出了结论，"少东主，你快走吧，党河里的泥沙太多，别弄脏了你的鞋子。"

"我不怕。"

"听着，敦煌的地盘够大了，敦煌的这个天，也够高了。"李豆灯将残剩的苞谷酒，全部浇了下去，那个火焰般的人，飞升而起。李豆灯截铁道："假如我没有说错的话，河西司马就应该去旷野里驰骋，去高天上撒野，而不是像现在这样婆婆妈妈的，简直泼烦死老朽了。"

梵义愕然，惊在了地上。

恰在此时，一匹快马从河岸上狂奔而来，停在了梵义跟前。管家苏食滚鞍下马，簌簌簌地跑将过来，附耳低语了一番。梵义犹在震惊中，但苏食的话，又像另一块被伐倒的碑石，迎面砸了下来，令其猝不及防。不作他想，梵义忙躬身一礼，辞别了李豆灯和诸位耆老乡绅，跳上了苏食的那一匹坐骑，扬长而去。

拨转马头的一霎，梵义瞭见，整个月亮都红了，红得像血。

卷二十二

印光法师的突然造访，比头顶上的月亮出血，更让人意外。

梵义策马跑了一程，已是大汗淋漓，不由得慢了下来。管家苏食骑着另一匹马，追撵而至。苏食一番绍介，说约莫吃夜饭时，家里的门被叩响了，丫鬟去应门，见一老一少站着，手里捧着食钵，便以为是坊外的乞丐。收秋前后，自新疆和河西一线跑来的乞丐不在少数，敦煌人少粮多，容易活命，谁也不嫌弃谁。丫鬟从灶房里端了一碟子馓子和油饼，又单另装了一袋子葡萄，交与了对方。刚要闭门，却被胡白氏发现了，硬是将两个人喊了进来。胡白氏依旧是一贯的说辞，在黄昏时放走客人，一定是一桩罪孽，胡家没这样的门风。这么着，丫鬟将饭桌摆在了廊檐下，支好凳子，礼让着客人们坐下。胡白氏喊了一下午的嘴干，丫鬟便做了酸汤面，又炒了包心菜和番瓜，拌了凉菜。另一张桌子上，码满了月饼和瓜果，还摆了香炉，当然是供给月亮的，眼下时辰尚早。岂料，热腾腾的酸汤面上了桌，客人们却并不动弹。胡白氏急了，催喊说：再不吃的话，面就软塌了，抓紧动嘴吧。年长者却说：还差一个人，等他来了，一块吃吧。谁，还差谁？胡白氏不明就里。对方说：还差胡梵义，梵义不来作陪的话，这清汤寡水的一碗面，让我实在难以下咽呀。胡白氏呆住了，审视再三，将对方打量了好几遍。

这么着，年长者除下了帽子，露出了僧侣的本相，冲着女掌柜弯腰一礼，喊了声嫂夫人。胡白氏借着油灯的亮光，当即认出了对方：印光，你是开元寺的印光法师呀？印光却谦逊道：哎呀，这个院子里没有什么法师，只有一个做和尚的弟弟，八月十五不请自来，来给嫂夫人请安的。胡白氏揩着眼泪，喜悦极了，忙让丫鬟撤走了寒酸的饭食，又问印光想吃点什么。印光亦不客气，回了家似的，直脱脱地说：反正要劳苦嫂夫人下一趟灶房，那我当然想吃肉了，最好是大鱼大肉，老规矩。胡白氏请对方自便，稍事歇息，又唤来了管家苏食，催他抓紧将儿子从党河边喊回来，快来陪陪客人。这么着，胡家坊的烟囱里，又漾起了一股柴烟，大有添酒回灯的架势。

闻听了这些，梵义一方面内心温热，觉得法师的造访，一定给胡家带来了佛雨法露，没准对爹老子的病状，有一番特殊的加持与勉励。但另一方面，梵义又疑惑不断，开元寺的住持乃一介高僧，化外之人，长期修持在莫高窟的那一片谷地里，甚少出门，遑论现身于凡尘人世。前不久，梵义送郭弦子夫妇去了千佛灵岩，本该当即回返的，却被开元寺叫住了，勾留了数日，也曾跟印光法师私下里密会了几次。这是一桩机密，除了僧俗二人外，无人获知。当初见面时，梵义从未听法师讲过，不日将有一次沙州城之行。梵义盯望着天空中殷红的月亮，心事浩渺，暗自思忖说，这么一个吉凶莫测的晚夕，法师突然前来，一定有他不可推却的道理。但是究竟发生了什么，让法驾不辞劳苦，从远路上颠沛而来，这着实是一件令人头痛的事。苏食原本是一个稳重之人，此刻却一直喋喋不休，追问说：这个老和尚真的要吃肉么，这不是破戒么？梵义答：非名山不留僧住，是真佛只说家常，法师究竟破不破戒，等一下你就明白了。

刚入胡家坊，梵义便规矩地下了马，怕招来责骂，轻手细脚地进了门。这一时，法师也刚巧从高房子上蹾下来，想必探视完了病人。法师，你咋来了？梵义轻喊了一声，遂抢上前去，扑在了客人的怀里，用额头触碰了一番印光身上的佛衣，算是沾了吉。梵义草率地说：法师，我给你行个礼性吧。孰料，摸遍了浑身上下，梵义一干二净的，竟连一角钱也没有。印光攀住了梵义的胳臂，制止住了对方，朗笑道：少东主，给你道喜呀。

未及说破，胡白氏率着丫鬟，早已布了一大桌子菜，招呼大家动筷子。印光和女掌柜坐在了上首，梵义自然是末座，中间夹着开元寺的小僧拖音。在莫高窟的几日，拖音随侍左右，照料着梵义，彼此并不生分。果然，七碟子八碗的，皆是大鱼大肉。印光一手揽住胡须，一手运箸，大快朵颐了起来。拖音本质上腼腆，此番见了住持的这一副饕餮相貌，简直骇然极了，觉得师父走出了莫高窟之后，换了一个人似的，居然还乱语三千，荤素不分，不再持戒了。胡白氏老认错人，一会儿喊梵义为拖音，一会儿认拖音是梵义，不停地替后生们夹菜递馍，叨念着阿弥陀佛，喜不自禁。印光道：再来一块红烧肉，哦，炖肘子也不错，烂透了，适合老衲的牙口。一边说，一边往口腔里填塞着食物，全然没有了往昔的岸然与持重，反倒轻浮而喧哗。稍顷，印光又嚷叫：快给我一块鱼肉，那一根猪尾巴卤得有力量，你们别动，老衲等一下用它来磨牙。薄暗中，梵义心里失笑不已，眼前的一切，再一次印证了爹娘老子的话，印光在别处是高僧，乃大德，但是一入了胡家的门，便脱却了佛国圣界的形状，堪比一个自家兄弟。虽然不谙详情，但梵义约略知道，父亲跟印光属故交，彼此间有一种很深的情分。否则，父亲也不会在每年的腊月里，冒着风寒，驱车去一趟莫高窟，专门探视对方，以至于去岁突遭厄运，险些将个人的性命都搭上。念想及此，梵义也山呼海啸地吃喝了起来，呼应着印光，依次叨念着一些荤腥的菜名。只可怜了身畔的小和尚，埋下头去，将一只热馍头掐碎了，也不肯下咽。

　　末了，印光吃毕，打了一个深长的饱嗝，肃然地说：这下你爸满意了，他解了馋，我也该办正事了。梵义讶异：我爸咋了，法师你？印光拍着肚皮道：老衲刚才去了一趟高房子，答应了你爸，要替他美美地吃一顿，唉，拿人的手短，吃人的嘴软，我不能不代他做一回你们胡家的主了。显然，胡白氏早就知道了底细，抿着嘴，一味地在笑。梵义回过了神，明白这是一场鸿门宴，却也奈何不得，遂揶揄说：法师，但说无妨，你这一趟出关，何必要假托我爸的名义，冒充他老人家的信使呢？印光发笑说：老衲不但是令尊的信使，另外还担当了世兴堂的说客，今天这个日子真不错，趁着月亮好，咱们就打开窗子说亮话吧。是这，老衲此番专程来胡家坊，就是来给少东主你和沈破奴的女公子牵线做媒的。我刚才在病榻前，也给老东主绍介了一番，他点头答应了，一切照我的意思办。

梵义的身上一下子开了锅,赧然无比。胡白氏噙着泪,张看着透亮的夜空,语无伦次地说:菩萨下凡了,我胡家烧了高香了,我明早上就去朝佛,去磕一百单八个头。印光绍介说,前不久,世兴堂的沈破奴专门去了一趟开元寺,央请法师出面,玉成这一桩婚事。法师熟知这两家的门风和底细,又当即问了一双儿女的生辰八字,卜算之后,便痛快地应承下了,挑了今天这么个日子,衔命而来。印光果然不负所托,拍板说:少东主如今主持着胡家的大小事务,一天至晚在敦煌的世面上奔波,假如身后没个家室的话,旁人还只当他是一个娃娃,牙不硬,话不实,这是其一。其二,老东主玉山颓倒,缠绵病榻已经快一年了,吃了不少的方子,喝了无数的汤药,迄今也没有一个实质性的好转;这一门亲事,说不定还能冲一冲晦气,让胡家自此拨云见日,有一个优良的气象。嗯,至于性元那个女娃子,老衲就不必多言了,一方面跟少东主是青梅竹马,知根摸底,另一方面,性元又是女东主口中的活菩萨,早就入了嫂夫人的法眼。胡白氏终于哭了下来,泪水湿襟,用指头戳着儿子,催梵义赶紧起身致谢,不得无礼。印光笃定道:依老衲看来,这一桩婚事宜早不宜迟,反正是一前一后两个庄院联姻,不如收完秋之后,择一个日子迎娶吧,不必繁文缛节,走那一套虚妄的礼数了。此刻,结论已经确凿地摆在了桌面上,铁板钉钉。梵义慢慢地将心魂收束了回来,知道自己的脸,其实比天上的月亮还红。

巧合的是,院门一响,性元拎着半桶子药汤进来,身子趔趄。

见胡家来了生客,性元颇显尴尬,话至嘴边,忙咽了下去。胡白氏紧着跑了过去,依次绍介一番,说这是开元寺的印光法师,这是拖音,他们二位跟沈先生也有交情。性元鞠躬行礼,说了几句吉祥的话,声音小得像蚊子。胡白氏挥着泪,喜悦地说:性元你瞧,供给月亮婆婆的瓜果和月饼都在,谁也不敢动,单等着你来开张哪。性元羞赧了一番,方开了口,原来她爸沈破奴最近又寻获了一张偏方,照方下药,她妈花了一下午的工夫,用烧红的瓦片,焙干了龟壳、蝎虎子、蜈蚣和蛤蟆皮,碾碎成粉末,这才熬煮成汤,催着她过来给老东主泡脚。性元转述了沈破奴的话,今晚夕是阴历十五,天心月满,阴阳平均，这种药汤或许能将病人体内的毒素逼一下。印光法师首肯了这一说法，怕药汤凉了，给梵义递了个眼色。显然，供奉月亮的事退居其次了，一切以病人为重。梵义早就巴不得离开，抢上前去，匹手提起了木桶，一道烟地上了高房子。性元尾在了后头，追撵着，一路嗔怪说：你个大贼，仔细你的蹄子，别把汤洒了。

月夜下，印光法师和胡白氏相视一笑，心里像各自揣了一块明镜似的。印光感喟说：胡家的福报大了，嫂夫人，你就把心装在腔子里，歇缓下来享福吧。胡白氏叨念着佛号，好像夜空之上站着一尊神祇，需要膜拜，需要感恩。这一时，印光的表情突然敛住了，格外凝重，归位于一介僧侣的身份，似乎先时的那些颠顶与轻佻，不过是一些戏外之戏，现在已经一风吹净了。印光两手合十，拈着一挂深紫色的佛珠，不再言传。小僧拖音轻语说：师父，时辰不早了，恐怕天气有变，咱们还要连夜回莫高窟哪。印光斟酌一番：不着急，先让那一对神仙眷侣尽尽孝，过个中秋，等一下再请少东主出门，去安静处说话吧。

将爹老子的脚泡在了药汤中，梵义搓洗了一阵子，便被性元轰开了。

性元嗔怪说：你这是在熟牛皮呀，还是在钉马掌？看你这么草莽地下手，简直就像一个粗野的武夫。性元接了过去，仔细示范了一番，不是叩穴位，便是按摩经络，手法凌厉，不愧是世兴堂的嫡传。梵义仍带着刚才的羞臊，完全服帖了，性元指东说西，让其打下手，梵义利索得比猴子还快。性元问说：哎哟，长这么大，我还是头一次看见月亮发红，红得让人心慌，莫非这是个凶兆？梵义踱到了牛肋巴窗子前，瞭看了一番党河边，对面依旧火光烁闪，人影幢幢，便料想急递社的伴当们，一定还在忙碌，未曾歇息下来。其实，梵义个人也狐疑不解，甚至猜度，今晚夕敦煌头顶上的这一轮血色月亮，已经将二十三坊和整个沙州城，陷落在了一片惊恐当中。但眼前这个奇崛的月亮，究竟意味着什么，梵义也是一头雾水，难以判别。梵义心疼性元，毕竟是一介女子，胆子小，忙顾左右而言他了。很快，药汤就凉了，性元擦干了病人的脚，安顿老财东睡稳妥了之后，自己已是热汗蒸腾，喘息不定。

梵义蓦地发现，爹老子的嘴角上，挂着一枚笑纹，笑得那么开心，那么从容。梵义指给了性元看，性元也是开怀不禁，犹如自己第一次押了宝，终于押对了。梵义潮起了一份感动，在他幽深而缄默的内心当中，早已将高房子上的这一幕奇迹，归功于了性元。不错，敦煌有佛，天上有菩萨，但长期的病榻之畔，需要的却是一种笃信无疑的人工。这一刻，梵义终于松了口，心里答应了印光法师，应承下了这一门婚事。梵义不免激动，赶紧倒了半碗开水，吹了半天，才放心地递给了性元，顺便用袖子揩了揩对方额头上的汗珠。

四目相对时，梵义挑破了话题：性元，今天这个日子，你应该穿一件小花袄，让我记住你才是呀。性元一怔：今个天，今天是啥日子，不就是中秋么？梵义抚了抚性元的脸蛋，蔼然道：沈先生真是面子大，居然搬动了开元寺的大住持，走出了山门，前来胡家坊提亲说媒了；想必，这样天大的面子，在敦煌的地界上，唯独世兴堂一例了。什么？性元愕然一惊，像被雷电击中了似的，手里的碗掉落下去，尖叫了一声。性元追问：我爸让老和尚来提亲，提什么亲，给谁提亲？梵义抿着笑，误以为这只是女子的羞涩，忙伸手揽住了性元，将其拥在了怀中。梵义附耳道：下面的老和尚还敲定了日子，收秋后，至多在腊月里左右，要让你沈性元坐上八抬大轿，进胡家的门，挂胡家的户头。岂料，性元身子一挣，揉开了梵义，蓦地哭下了。哭声压抑，嘴上絮叨，仿佛有一万个不情愿似的。哭了半晌，性元方说：我爸急着把我嫁出去，这么撵我走，他一定是走投无路了，他到了绝境，他只想着给女儿找一条活路，放生我。性元的这一番话，犹如心荆肉棘，甚至比一地的碎碗碴子还危险。梵义再次拥住了性元，一边哄唆，一边究问其中的原因。性元哭噎道：不知道，我真的什么也不知道，我只是一种预感，世兴堂或许站在了绝路上，我爸只有攀住了你们胡家的高枝，才能在这一世里活人，也才能在敦煌站得住脚。面对这样无助的哀告，梵义嘴上不语，心中却出现了一只拳头，捏得嘎巴乱响。

恓惶中，梵义瞥望了过去，瞭见病榻上的爹老子依旧挂着笑，一切都心知肚明的样子。此刻，胡恩可像一具静谧的凡胎肉体，也像一尊瓷器，将人世上的万般尘嚣、哀怨与离愁，统统敛了进去，却没有发出一丝回声。梵义循着父亲的目光，突然发现对面的白壁上，多了一件东西。惟有一愿在，能呼观世音，在这一副对子的当间，来自开元寺的印光法师，又用墨笔写下了五颗字。粉红色的绫子，端阔的颜体，梵义暗自猜想，装裱得如此精美的这一幅卷轴，一定是印光法师刚才挂在高房子里的。梵义搂住了满腔子哽咽的性元，默念着：

久坐衲衣寒

关门的一霎，孔执臣手上的灯苗，弯了弯腰。

印光法师立在庭院的槐树下，哑默着，似乎对眼前这个挂着孝带的女人并不诧异。或者说，梵义对孔执臣简单的介绍，多半来自他个人的信义，印光如果再追问的话，便显得多余。昏黑中，印光除下了帽子，脱掉了外面的那一件寒衣素服，只穿着一身冰凉的袈裟，令其法相凝重，眉头深锁。梵义催喊：执臣，天气凉，你快率了法师进去，别耽搁。孔执臣相搀着，立刻照办了。

此后，梵义和拖音兀立了半晌，耳食着街面上的动静，听见人渐渐地稀了，偶有车马的驰骋声。刚才印光吩咐过了，一切以机密为重，所以目下还不能开门。辞别胡家坊时，印光借口要对梵义有话讲，胡白氏满口答应，跐着小脚，送出了门。走出不远，拖音将鞭杆子交给了梵义后，跟印光法师上了车轿，听凭梵义驾车进入了沙州城，在城内左兜右转的，却一概不问。孰料，那个时辰上，在党河边看热闹的人们陆续回返了，这里一堆，那里一群，兴奋地谈说着义庄的老财东不幸罹难的场景。仿佛这个噩讯是一块冰糖，让大家的嘴里经久回味，上瘾了似的。到了守备署附近，梵义方停下车，观望了一番，才将师徒二人延请入内。

印光之所以如此戒备，寒衣素服地出现在世面上，多半是因为法师的名头太响，几乎大半个敦煌的人都去过莫高窟，聆听过他的法会。目下，梵义只猜到了这一半，但另外的一半，很快就会揭晓。在以后的光阴岁月中，梵义始终铭记着这个奇崛的夜晚，没齿难忘。每当忆想及此，梵义都会血脉偾张，舍身伺命，以一番烈士的心情，去完成一桩暗无天日的志业。因为恰恰是从这一天开始，莫高窟有福了，敦煌也有福了。

门外，几个碎娃子在点炮仗，一惊一乍的，令人出汗。

急递铺里的这一棵大槐树，落叶纷扬，肃杀声起，开始伸出了一些遒劲的枝条，支撑住惊颤的天空。见拖音寡着脸，表情瘦削，梵义道：忘了告诉你，刚才的那一桌大鱼大肉，其实是豆腐、粉条、洋芋和麦粉做的，师父并未破戒，可惜你还饿着肚子哪。拖音合十，善哉了几声，笑说：我也忘了知会你，今晚夕的月亮变色，红得像血一般，但它并不是什么噩兆。呃，不是噩兆，那又是什么？我自小至大还没碰见过这么诡异的天象。梵义究问。拖音口气淡漠：的确，秋天里刮特大尘暴，在敦煌也是一件稀罕之事，只可惜月亮太无辜了，月亮被天上的沙尘弄得灰头土脸，身世不清也不白。梵义懵懂，咂摸着这一句话，对方似乎在开示，又似乎在责难。这一时，在小僧拖音的脑海中，出现了上半年在胡家坊留宿的那一幕情状。那是春季，大地刚刚复苏，一场剧烈的罡风席卷着沙尘，吹开了花木与人心，替整个关外三县换上了一副新的表情。而有关诅咒的经文，有关黎明之际，自己在党河之畔悄悄焚毁的那些灰烬，拖音并不愿多想，更不愿提及。因为，眼前这一场荒凉而坚硬的秋天，令拖音骤然觉得，生命大不易，生命不过是两场吹刮而来的尘暴当中，一头喘息而惊恐的小兽，迈过了这一季，这一世，接着寂灭，接着轮替。这种刹那间的顿悟，犹若一丝看不见的电流，击穿了小僧，让拖音了然一笑。拖音道：少东主，现在恭喜你也不迟吧，唯独遗憾的是，胡家坊大喜的那一日，我不能来凑热闹了，讨不上你的一杯喜酒。梵义发现，小僧的眼底里，忽然起了火，有一种透明而灼亮的物质，格外醒目。梵义点头，慨然道：我欠你一杯水酒，今年还不上，将来一定会奉上的，我发这个愿。拖音交代说：少东主的婚房，可能就是你现在的睡房吧，我借宿过一夜，真的很干净，风气清白；再者，窗户外面便是党河水，水生万物，少东主一定要仔细守住呀。梵义不谙这些说辞的实质，戏谑道：见过咱俩的人都说，你长得像我，简直是同一个模子里雕塑出来的。拖音答：的确，我长得像你。梵义反问：你干吗不说我胡梵义长得像你，并非你像我？拖音道：那你怎么就断定，我不是你胡梵义，不是另一个你？于是乎，两个人争执再三，各不相让。

鞭炮停歇之后，守备署一带悄静了下来。出了门，梵义将拐角处的车轿赶了过来，拖音撩起帘子，开始卸货。午夜时，万户阒寂，梵义只听见自己的心在狂跳，不可遏止。起初，印光法师说有一批东西，需要寄存在沙州城内，梵义没有多问，也不觉得有什么了不起。当拖音站在车上，将一件件包袱搁在了对方怀里，梵义一趟趟地往里头输送的过程中，便渐渐明白了，此乃一笔宝藏，难怪法师会那么谨慎。搬了约莫小半个时辰，结束后，拖音从车上跳了下来，梵义照旧将车轿赶回去，藏在了僻静处。

关门落锁，梵义一把拽住了拖音的僧衣，激动地说：法师终于信任我了，我知道，提亲说媒只是一个幌子，说给莫高窟的耳目们听的，这里才是法师真正的目的地。拖音抿着笑，好像答案都让对方一口气道完了，自己也无话可讲。梵义揭开水缸，舀了半瓢水，狼吞虎咽地灌了下去，煞是解恨的样子。梵义喜兴道：哎哟喂，我前一阵子去了莫高窟，好说歹说，几乎浪费了十麻袋的话，法师就是不吐口，不应承。真想不到呀，法师今晚夕突然找上了门，我有预感，法师信赖上我了，一定有托于我。梵义拽上拖音，相率而入，进了急递铺子内，突然间伸手不见五指，昏黑一片。

俄顷，梵义摸见火具，点了灯，待光亮缓缓升起来后，屋子内却是空无一人。拖音骇然一惊：师父呢，师父人在哪？梵义倒也不急，踱上几步，揶揄说：哼哼，师父远在天边，近在脚下，当初在莫高窟时，我就讲过一百遍了，这里安全无虞，人神不知，偏偏你们不相信，那现在就让你开开眼吧。言毕，梵义转动了一个机关，但见几排码满了急递包裹的货架子，訇然离开了墙面，打开了一条孔道。拖音愕然，但好戏还在后头，梵义领着他，抱着一大捆包袱，隐身入内，原来里面是一堵夹墙。夹墙上开了一扇门，两个人前后脚进去，又沿着梯子，慢慢地下到了庭院之下。梵义转动了另外一个机关，拖音猜想，上面的货架子一定复归原位，了无痕迹。这么着，又走了十几步远，拖音听见了师父的咳嗽，忽然发现亮若白昼，自己已然置身于灯火丛中。

这是一间密室，深嵌于整个敦煌的地底下。地表之上，月亮如血。

本来，这里是马院的地窖，专门储存一些尚未干透的皮革，阴干的皮子，品质才是上乘。大小地窖统共有三间，随着胡家车马挽具店的生意好坏，有时候启用，多半时候则弃之不顾，鲜有人操心。焉支山下的孔执臣到了敦煌之后，梵义决定修葺马院，这才第一次钻进了地窖，发现墙体垂危，地面渗水，简直成了一个老鼠窝。那一时，梵义已经想到了急递社的将来，便立志重修地窖，将其改造成一座密室，以备他用。梵义筹划缜密，怕走漏了消息，便给舅舅捎了一封信，舅舅迅速带着一帮表兄弟来了。果然，这一支精良的施工队训练有素，大门不出，二门不迈，只留下几个人在院子里换瓦、粉墙、修补门窗，其余的大部分人则像鼹鼠一般，在地底下掘进。按梵义的意见，三间地窖打通后，又用炼砖砌了墙，用一抱粗的三根梁木做了支护。舅舅不愧是个老匠人，在夹墙内盘了一根烟囱，下达密室，有利于通风和干燥，而烟囱口则掩蔽在了大槐树下，让人难以察觉。这一桩工程动念快，完结得也早，又经过了一个夏天的晾晒，俨然成了一座稳固的地下堡垒，冬暖夏凉，清吉宜人。孔执臣入住之后，梵义并未第一时间告知对方地窖的存在，因为拿捏不住，也因为担心与煎熬。待一段观察期过了，急递铺的贸易越来越大，加之梵义发现了藏经洞的破绽之后，知道情势危急，倘若再不抢救的话，自己将会是敦煌的千古罪人。于是，梵义将个人的心愿和计划，悉数说与了孔执臣，意欲争取她，拉她结盟。不承想，这位家学深厚的孔大先生的女公子，竟然也早有此意，当即跟梵义一拍即合，无一丝一毫的异见。那一霎，梵义眼含泪水，冲着孔执臣鞠了一躬，心热得说不出一个字来。梵义引着孔执臣，下到了密室内，打火掌灯，四下里指给对方看。末了，孔执臣偎过来，轻轻地抱了一下梵义，哽咽道：

"少东主，你和敦煌收留了我，这下子我的心终于安静了。"

梵义答："这是你的家，这一世的家。"

"不，这是你替我开的一座佛窟，一所赞堂，我此生知足了。"孔执臣终究没有哭出来，灿然道，"蒙上佛眷顾，我以后就在这里，虔敬地做供养的课业吧。"

灯光下，印光法师谈兴正浓，犹未作罢。一僧，一俗；一介化外之人，一位凡间女子；一个铁衣袈裟，一个孝带在身；一个口灿莲花，另一个扪心倾听。眼前的情状，让梵义深信，开元寺的大住持正在替这一座密室宣谕，正在弘法，正在加持，难怪今晚夕的灯火，显得如此缠绵，也如此静谧。梵义和拖音伺立一旁，不敢打扰，忙支起了耳朵。

孔执臣又奉上一盏茶，印光接续道：刚才老衲所讲的这些，前一向在莫高窟时，同样也给梵义全本说过，少东主应该不会忘却。概而言之，藏经洞的发现，业已是莫高窟迈不过去的一个坎，也是整个千佛灵岩天大的劫难，尤其今年为甚。每念及此，老衲都是五内俱焚，肝肠寸断，恨不得这一双眼睛里能哭出血来，以血供佛，以泪止伤。印光停顿下来，恓惶了半响，又忽然莲花一笑，开心道：莫高窟的确太逼仄了，太挤了，那么多的窟子，那么多的龛笼，那么多的神仙和菩萨、魔鬼与供养人，简直就像一个损坏了的马蜂窝，嗡嗡营营的，让人无法清静，难以修为。可好，梵义上次临走前留下的话，等于给老衲醍醐灌顶，让我茅塞顿开。三十六计，走为上计，所以我今晚夕唐突而来，只为了这一件事，还望你们二位宽谅。梵义尴尬，忙虚上一礼，辩白道：师父言重了，师父此番法驾光临，令这一座陋室蓬荜生辉，神佛空行，终成了一片彩缎与豆蔻之乡。今个天，法师一路上劳顿不堪，务请不要再夸奖梵义了，师父一身荷担正法，倘若有任何的吩咐，尽管示下，我跟执臣一定会照章办理，替你分忧的。说着话，梵义瞄了一眼孔执臣，瞭见对方也是一副首肯的表情，热烈无比。孔执臣接过了话茬，笃定道：法师降旨，我俱遵奉，你老人家也就不必客气了，只当自己是在开元寺里。印光听见了这一种天然的默契，恍惚中，感觉这才是一对真正的金童玉女，仿佛五百年间修下的一种缘分。不过，印光被这个尖锐的念头着实吓了一跳，心知此乃自己平生当中的头一回妄语，立刻自责了起来，怨怪个人的修持不足。眼前，一双俗世中的少年男女，面色红润，目光殷切地巴望着，印光抄起了茶碗，赶忙掩饰。

嗯，不错，坐密室如通衢，驭寸心如六马，真是难为你们二位了，印光搁下了茶碗，开腔道，老衲也未曾料到，在这沙州城的繁华之所，熙攘之地，梵义竟然瞒天过海，开了这么一处兰若之乡；不过呢，依老衲的看法，这根本不是一座密室，此乃少东主开出的一条路，或者说一条善道，也是你我这一世里需要去供养的福田。梵义一凛，本来重修地窖，不过是一种隐秘的冲动，一份稀薄而模糊的愿景，可目下经由印光法师的金口一讲，竟然超拔到了如此的高度，如此圣洁的地步，也是自己料想不及的。印光感喟道：唉，这敦煌的土地，原本是上佛加持过的，但我中华国运多舛，变乱纷起，外强凌弱，中原一片焦土，至今犹不停歇。在这样的一个末法时代，莫高窟当然也是在劫难逃了。其实，劫难并不可怕，因为这世上的一切都如同梦幻泡影，如露亦如电，全似幻象。但唯一可怖的，只怕是人们在这一场大变局当中，纷纷生出了厌离之意，丧失了笃信之心。这不，一想起天下分崩，散若流沙，老衲便如坐针毡，因为走投无路了，我才破例走出了山门，进了沙州城，前来求告少东主了。印光合十，冲着梵义虚了一礼。梵义稽首，哀恳说：

"法师，你就吩咐吧。"

印光目光逡巡，截铁道："一旦发了愿，这一座沙州城地下的佛窟，将要闭关静修，结界森严，除了在场的这几位，概不与外人道。我事先声明，这虽然是一桩有情的业行，但也是一件天大的苦差事，说不定会让大家守护到白首之年，也可能没个尽头。"这一时，四壁间香氛缭绕，三洲感应，连澎湃的灯光也布满了摇曳的力量。

"师父，我应许下了。"梵义答。

孔执臣道："照师父的话，在这里度一切有情，利益今生来世吧。"

拖音口诵佛号，弯腰一揖。

"嗯，那么好吧，贫僧与你们三位少年俊杰，让我们一道披挂起无上慈悲的坚忍甲胄，在黄金的仙途中，结成金刚伙伴的关系吧。"印光汗水涔涔，一袭袈裟也湿透了，贴着肌肤，隐约中露出了一副清癯的骨骼。印光畅想说："将来，在这一座石窟中，在兰扎经卷堆起来的山上，一定是佛尊的宝座，也一定是我们大家的福德与证悟。"法师吐气若兰香，仿佛给炼砖箍就的这一道弧形的穹顶，开了光，降赐了祝愿。

梵义求请说："法师，请给这个陋室，赐赠一个名号吧。"

"伽蓝。"

印光脱口而出。

末了，印光示意了一下，拖音会意，赶忙将先前抱进来的那些包袱，依次码在了桌案上，果然是一座小山。印光绍介说：这些佛经、文书和卷子，是我从莫高窟下寺的王圆箓师父手上借来的，总计有八十九件，期限是三个月，阅毕归还。我今日里打扰了二位的中秋雅兴，只想急切地让你们亲眼看上一遭，了解一下藏经洞的底细，也好明白千佛灵岩与整个莫高窟所面临的险境。唉，一个老和尚，早就不问世事了，但是到了火烧眉毛的地步，我不入地府，谁还会舍身取义。梵义捧过来一卷，搁在了光亮处，开始解包袱疙瘩。孔执臣忽然按住了梵义的手，悄语说：慢点，金贵死了，别那么毛糙，让我来吧。梵义愧然，让开了手，也不忘揶揄一句：哦，你是拿墨笔和医书的手，你自然够格。孔执臣羞赧道：你呀，满嘴都是不打粮食的话，你想吃打呀？梵义吐了一下舌头，立时规矩下了。这一幕，印光全都看在了眼里，一面欣慰，另一面却表情复杂，乱云飞渡，一时间现出了疲倦之色。孔执臣净了手，在诸人的注目下，打开了束绳，解开了包袱疙瘩，将里头的绢帛、纸页和佛像画，仔细地捧将出来，款款放在了面前。这些秘籍，印光显然是率先看过的，熟稔于心，所以并不惊诧，只是疲沓地倚在了椅子上，有气无力地绍介着。

跟着法师的一番描述，梵义看见了这一具残卷，大概九尺长，高约一尺，全卷共有七纸，首尾皆无。残卷是浅棕色的麻纸，双面书写，均无乌丝栏，正面乃《地志》，背面首绘《紫微垣星图》，其后则是《占云气书》。梵义不擅此道，搞不懂这些诡谲而神秘的图文究竟意义何在，只知道它金贵。孔执臣却不同，像一只书蠹，趴在了桌案上，细究慢察，好像这七纸文书乃一册山河，尽在她个人的掌握之中。

这一具残卷上，《地志》文字仅存一百六十行，记述了唐代陇右、关内、河东、淮南、岭南五道，一百三十七府，六百一十四县的州、府、县名，以及去京都的里程，内容翔实而细致。观摩毕，孔执臣款款翻到了背面，兴趣陡增，眉开眼笑，因为《紫微垣星图》是彩色的图画，描绘在了两个直径约一尺的同心圆内，一行行红黑两色掺杂的圆点和圆圈，分别描述了石申、巫咸、甘德三家星象，犹如一片密密麻麻的针脚，煞是费解。另一侧的《占云气书》，大约包括《观云章》和《观气章》两部分，云气一概用彩色绘出了象形的纹路，上下两列，上列四十一幅，下列三十九幅。瞭见印光法师歪在了椅子上，恹恹欲睡，梵义对孔执臣使了一枚眼色，意思是时辰不早了，一切从速。岂料，法师肯定长了第三只眼，欺瞒不过，嘟哝说：不急，二位慢慢赏析吧，窟中方一日，世上已千年，让老衲闭目观想一阵子。孔执臣合上了这一具卷子，原样放在了包袱中，打了结，绑了束绳。梵义又单另拿来了一件，交给了孔执臣，后者照例打开了，俯身上去。不出意外，这亦是一件唐写本，属宫本性质，麻纸质地，檗黄色，装潢极其精致，纸页轻薄却韧性强，覆有光泽。孔执臣捧读了几遍，见乌丝栏一带，首题：妙法莲华经嘱累品第廿二，尾题：妙法莲华经第六。这一具卷子存纸七张，品相略好，甚至能嗅见一种残剩的墨香气息。孔执臣识读出了尾款，意思大略是：咸亨三年二月二十一日经生王思谦写……使太中大夫守工部侍郎永兴县开国公虞昶监，云云。印光法师丢了个小盹，或者说，在这一节短暂的睡梦中，法师的心魂远游了一趟，去问了卦，朝了佛，做了一番功课。待再一次睁开眼眸后，印光偷偷地觑见，在温热的灯光下，在这一座弧形穹顶的秘窟中，孔执臣和梵义肩并着肩，头挨着头，仿若一棵并蒂莲，一对栖落的天鹅，纤尘无染，天造地设。这么一思想，印光忽然发现眼角湿了，手心里也捏住了一把汗，唏嘘不止。也许，人世上的一些感情，就像这残损的卷子一般吧，唯其旧了，破了，才会明白时光急切，当初的来路一定有另外的可能。此刻，印光见证到了，但也被这一个黑暗的念头惊了一跳，忙咳嗽了一下，起身而立。孔执臣闻声，开始整理桌案上凌乱的卷子与文书，梵义忙沏了一杯热茶，奉给了法师。到底是半夜了，空气微凉，拖音解下了身上的罩衣，披给了师父。

需要额外脚注一笔的是，这日晚夕，出现在沙州城这座秘窟当中的两具唐代写本，一件是《地志》，另一件则是《妙法莲华经卷第六》，均出自莫高窟之藏经洞，目下为敦煌市博物馆所珍藏，属镇馆之宝。大概九十多年后的一个冬日，《敦煌本纪》的作者叶舟曾在当时县属的博物馆内，有幸观瞻了这两件法帖，如沐佛云慈雨，香氛缠身。是日，整个关外三县天雨雪，旱雷翻滚，霹雳声下，天象殊为奇异，难以一一描摹。此乃别话。

印光蹒跚了过来，语气沉重道：这八十九件藏经洞的宝物，通读一遍花去了我半个月的工夫，现在期限只剩下了两个多月，老衲舍不得它，更不忍心见它飘失在世面上，要么被洋大人买走，流落他方，要么让敦煌的妇人们铰了鞋样子和衣服样子，要么当冥亡钱一样，烧在灵堂，灭失一空。所以，老衲今次携卷而来，只干一件事，就是求请二位施主伸出援手，搭救莫高窟一把，也搭救敦煌一把，好在佛祖的恩泽下，全美了贫僧的最后一点心愿吧。孔执臣探问：师父，你心里肯定有了筹谋，也有了主意，你不妨直言，我跟少东主照办就是了。一时间，印光热血攻心，激愤道：嗯，老衲想请孔大小姐出手，用你那一手娟秀灵慧的墨笔字，将这些卷子与图画，统统誊抄上一遍，分档归类，替千佛灵岩留下一个底稿，也为莫高窟留下一颗心魂。誊抄？孔执臣讶异一叫，又瞥望了一眼梵义，明白法师刚才的嘱托，一定缘于这个少年的力荐与渲染，不由得面若桃花，羞涩了起来。梵义却道：师父，我以为誊抄不妥，再说对莫高窟来讲，也至为不敬，想必将冒犯了千佛灵岩。咦，看来少东主已经思想好了，老衲这就洗耳恭听吧，印光拈着佛珠，开心一笑。在孔执臣目光的怂恿下，梵义立时脱胎换骨，恢复了急递社当家人的样子，果决，截铁，一身英武。梵义笃定道：

师父，这藏经洞乃是千佛灵岩上的一座秘窟，与其他的明窟一样，属于莫高窟，也属于整个敦煌。既然宝物发现于此，那它就归属于莫高禅林，各个寺，各位僧人，应该都有观瞻的权利，他王圆箓一个炼丹的牛鼻子老道，凭什么给开元寺的大住持设定期限？哼，依我的主见，与其让王道士将这些卷子、文书和佛经，巴结了衙门，跟洋大人换了银锭，或者飘失在外，让百姓糟践一空，还不如现在就扣下，免得流散。印光颔首，对这些话不存异议，却试问说：少东主，我曾借了王道士的光，去见识过一回那座秘窟，恕老衲眼拙，知道藏经洞中的宝物叠天垒地，成千上万，犹如恒河沙数。那么今天扣下一件，明日再扣下一件，养羊的人，到底赛不过吃羊的狼群，这总归不是一个办法吧？这一时，拖音也颇感委屈，附和说：就这八十九件，师父还打了借条，可现在期限未到，王道士便三天两头地派徒弟们来，催着还账哪。法师点头称是，悲戚地说：少东主，有借有还，再借不难，老衲身着这一件佛衣，自然不能随口诳语，自食其言。倘若这一批卷子按时还不上的话，王道士定然心生警觉，以后恐怕就会求告无门，难以借阅，你跟我也将和这一大批宝藏失之交臂，错失最后的一线机会。如此荒凉且无奈的口气，好像让灯光也黯淡了几寸，一干人哑默了起来，只听见灯花炸裂，劈剥不已。梵义心知，接下来的一席话将袭人面门，伤筋动骨，但少年的意气与血勇，仍旧让他脱口而出：

师父，容小侄放肆一次吧，我以为，千佛灵岩上大大小小的明窟与秘室，几十辈子人以来，始终暴露于流沙和旷野中，无人打理，少有维护，让莫高窟这样一座庄严的坛场，现在破败凋敝，哀鸿遍野。如此的危局，应当是包括开元寺、雷音寺、法门寺和所有禅林的惰怠所致，也是你们全体出家人的重大失职。印光立时开口，喝彩道：说得好，少东主这是在当头棒喝，醍醐灌顶，老衲受教了。梵义又道：恰恰是有了这样的惰怠，如此大面积的失职，这才给了王圆箓一个可乘之机，让他发现了秘窟，找见了藏经洞，于是出现了后来种种不堪的事例。简直太讽刺了，一个供奉太上老君的道士，一个炼丹的外乡人，居然鸠占鹊巢，将莫高窟当作了一间杂货铺子，该卖的卖，该送的送，该偷的偷。而所有寺观里的大小僧侣，除了在背地里咒骂上一两句而外，屁也不敢放，一个个噤若寒蝉，尽去做一些无关现世的课业。咱敦煌的百姓更是不识好歹，尤其这一两年来，他们知道卷子、文书和佛经可以卖大价钱，便纷纷加入了劫掠当中，不是土匪，却胜似强盗。师父，倘若我们再不动作的话，一切都将悔之晚矣，人去楼空。孔执臣怕梵义的话太重了，恐伤及住持的颜面，忙端了一碗水过去，打断了梵义。印光释解道：少东主所言极是，自打上一回你去了莫高窟，跟老衲密谈过几次后，我也一直困在愁城，反复检讨了个人。不错，身为出家人，不能单单顾及自己身上的羽毛干净与否，却忘了天下，背弃了苍生。所谓的洁身自好，其实只不过是一个脱略了形迹的遁词，无益于千佛灵岩，更无助于藏经洞当下的险境。少东主，老衲是带着一种求援的心情来的，这也是我今天唯一的目的。印光盯望着孔执臣，举手之间，竟然将傍晚前后，自己提亲说媒的那一幕，一笔勾销掉了。又道：哦，至于那个王道士么，少东主大可不必动怒，他烧他的丹炉，我供我的香火，太上老君和我佛未必不是一家子人。俗话说，要想公道，打个颠倒，王圆箓现在守着一座藏经洞，寸步不离，私下里却在兜售这些宝物，可老衲也亲眼见过，王圆箓在大佛的膝下设了坛，发过愿，声称他要用卷子和文书换来的银两，重修窟子，重修他自己的太清宫下寺，所以从回忖和宽谅的角度上讲，他也有他的难处，万般的不得已吧。

梵义悉心聆听着，在恍惚的光晕中，似乎也认出了这一位高僧的懦弱与迁就。事实上，这种懦弱不仅仅是一份避世的态度，更来自对方内心当中深刻的无奈，回天无力，所以一任落花流水，白云苍狗。但是，作为煊赫一时的开元寺的大住持，印光在话里话外，对道士王圆箓的这一番明显的迁就，仍然让梵义百思不得其解。梵义暗忖，一定有别样的缘故，别样的因果，就像今晚夕这一场突然的尘暴，将敦煌掩蔽在了黑夜当中，难以究问罢了。

据《敦煌市志》记载，清光绪二十六年，庚子鼠年，亦即公元一九〇〇年六月二十六日，莫高窟道士王圆箓，率人"以流水疏通三层洞沙"，秘室始现于世，并谓之"藏经洞"。室内满贮有关宗教、历史、文学、艺术、社会文书、绢画、刺绣、法器等各方面之重要文献资料约五万余件,被誉为"中古时代的百科全书"。文字有汉文、藏文、梵文、于阗文、龟兹文、粟特文、突厥文等,汉文最多,藏文次之。内容除大量佛经、道经、儒家经典之外,另有史籍、诗赋、小说、民间文学、地志、户籍、账册、历书、契据、信札、状牒等。这批材料中,最早纪年是苻秦"甘露之年"(三五九年),最晚为南宋庆元二年(一一九六年),延续时间长达十二个世纪,珍藏了从十六国、北朝、隋、唐、五代及宋朝的历代文书。如此内容丰富、卷帙浩繁的历史文物,成为中国文化史上的四次大发现之一(另有古文经书、《汲冢竹书》和殷墟甲骨文),亦堪称二十世纪人类文化史上的一次重大发现。自藏经洞文物流传于世后,一门世界性的显学"敦煌学",由此形成。

梵义探问说:所以,师父就想到了誊抄这个策略,让执臣用她的墨笔,一页页地抄写下来,留下一份样稿,保存一套底子吧?印光长吁了一口气,宽释道:少东主说得对,除了誊抄而外,似乎也没有更好的法子了。只是,只是劳苦了孔大小姐,此后要让你夜以继日,青灯黄卷下去了。孔执臣未及开腔,梵义却道:照师父的意思,执臣抄写完毕,这些善本原件还是要归还给王道士,借一批,抄一批,如此循环往复下去了?印光笃定道:也只好这样了,能多抢救一页纸,一卷经,便能为莫高窟多积攒下一份精气神,留给后世,有待来日。闻听此语,梵义却哈哈哈地大笑开来,笑得狼亢、顽劣与不屑,令在场的两位僧侣一头雾水,莫所适从。笑毕了,梵义方说:师父,再容小侄放肆一次吧,师父刚才的话,未免太书生气,也太君子了,既然王道士做贼寇在先,那么对付一个贼寇,何必去讲温良恭俭让之道,又何必礼尚往来,干那一套虚妄而无谓的把戏呢?印光料定,眼前的这名少年,一定早就有了他个人的主张,他自己的算筹,忙问:少东主,你有何良策,让老衲了却了这一桩深重的心愿?梵义抛下了他们,径直踅到了孔执臣的身畔,将一只手搭在了后者的肩上,用表情询问。孔执臣红着脸,一再摇头,对梵义的建议表示反对。梵义却道:执臣,你放宽心吧,法师又不是外人,再说了,丑媳妇迟早要见公婆的,让法师鉴定一下,以后你的心里也就有了一把尺子,可以放开胆子干了。孔执臣踟蹰着，犹疑不定，但又拗不过梵义的暗中使劲，被推送了过去。不一时，孔执臣捧着一只包袱过来，搁在了印光的面前。

拖音轻缓地打开了，原来也是一卷发黄的纸页，斑驳，古旧，布满了细尘。

印光一时愕然，扫视了一眼这一双男女，突然迫不及待地抄在了手上，展示在眼前。印光潦草看了几眼，便断定道：此乃藏经洞中的东西，应该是《三界佛法发愿法》的写经，一定是！少东主，但不知这一份卷子，你是从哪一条路上获得的，又是哪一位神仙给了你这么大的福报？梵义抿笑着，不慌忙答复，惹得法师捧住了卷子，浑身惊颤，好像看见了佛祖本尊似的。末了，梵义接过孔执臣送来的另一份，徐徐展开，呈示给了法师。印光移步过来，只瞄了一眼，便钉在了地上，一时间魂飞魄散。

桌案上，两份《三界佛法发愿法》的写经卷子并列着，无论是纸张、墨迹、字体、颜色和规制大小，几乎一模一样，难以辨识。印光从惊愕中抬起头来，简直不敢相信眼前的事实，却又无法究问。见时机到了，梵义方绍介说：师父，这两份卷子当中，其中有一份是执臣昨日里摹写的，我不能说它惟妙惟肖，堪称上品，但至少可以乱真，一般人绝难分辨出来。印光沮丧极了，嚷叫说：不可能，决不可能，这两份卷子一定都是出自藏经洞的，在秘窟中藏下同一个人的几套抄经本子，这并不稀罕。梵义反诘道：但稀罕的是，同一份卷子上的墨字与笔画，几乎一致，就连纸面上的水渍、污点和香头烫破的瘢痕，也如出一辙，毫无异样。印光审看着，刚才梵义的话，逐一获得了验证。印光问说：少东主，这两张卷子用的都是旧纸，又如何释解？梵义答：的确，这都是唐纸，这些空白的唐纸，大概也是从莫高窟流失出来的，幸亏它们没有被糟践掉，我花了不少的钱，从沙州城和各个坊内收购得来的。这分明是旧墨，你又如何释解？追问道。梵义答：找这种墨锭并不难，鸣山书院里还藏着不少乾隆年间的墨锭，山长丰鼎文连一角钱也没要，慷慨相送了。印光沉吟良久，终于道出了盘磨在个人心中最大的困惑。印光逼视上来，问说：

"这件卷子,少东主你是如何到手的?"

梵义慨然道:"半路截下的。"

"嗯,记得在莫高窟时,少东主曾对我说过,这一座挂着急递铺招牌的店面,是你们这一帮精良的少年秘密建立的。老衲今日眼见为实了,知道你们走在一条善道上,开始修为,从此弘法,我心中着实欢喜。"印光的表情上,满是嘉许,犹若一朵盛开的莲花,"假如我猜得不错,有人来急递铺投邮这一件佛经,被你和执臣二人截留了下来,又誊抄了另一份。"

"确是这样。"梵义答。

"那就是说,将来不管有多少人来投邮宝藏,你们都打算截停下来?"印光追问。

梵义道:"中原一带战事已起,河西的官路早断了,恐怕也只有急递铺这唯一的管道。"

"哦,纷纷五代乱离间,一旦云开复见天。草木百年新雨露,车书万里旧江山。寻常巷陌陈罗绮,几处楼台奏管弦。人乐太平无事日,莺花无限日高眠。"印光吟哦了一番,不禁感慨说,"常言道,宁做太平狗,不当离乱人。在眼下的时局中,有了你们一帮少年人这样的供养心,也算是莫高窟之幸、敦煌之福矣。但不知誊抄出来的这些卷子,少东主打算如何处置?"

"釜底抽薪。"

"什么?"印光身子一震。

"师父,少东主的意思是,"孔执臣款然过来,虚上一礼,接续说,"佛祖的,必然要还给佛祖,敦煌的,一定要留在敦煌。执臣摹写的这些文书、佛经和卷子,不管是赝品也好,还是新式的写经也罢,几可乱真,连法师刚才都走了眼,一般人更是难以辨识。所谓的釜底抽薪,便是将真的留下,让执臣伪造出来的这些墨字纸页,统统流传出去,生起一堆虚妄的火,混淆于世,争取一个抢救的机会。毕竟,急递铺干了这样的贸易,买卖双方签立了契约,必须兑现自己的责任。"这一番淋漓之词,令梵义也大为振奋,踅步过去,充满信任地盯望着孔执臣,像是赞同,又像是声援。

印光朗笑："扬汤止沸，何如釜底抽薪。"

"狸猫换太子罢了。"孔执臣道。

"梵义恳请师父，千万不要否决了这样的心愿，因为第一批作伪的卷子，已经在半个月前投寄了出去，一切无恙。"梵义心知，自打结社邑义之后，急递社的这一匹快马已然启动，停是停不下来了。这一项急递社最为核心的机密，除了胡孔二人外，现在又坦白给了开元寺的大住持，不外是为了得到印光法师的首肯，获得一份认同的加持力。又道："师父，胆量是第一位的，好在小侄并不匮乏。执臣虽然是一介女儿身，却也心怀了荆轲之志。"

秘窟中，印光长久地观望着这一对少年男女，面色沉静，不为所动。

印光既不说是，亦不言否，将梵义抛来的这些问题，消泯在了漠漠的灯光中，留待了将来。不料，印光忽然一个趔趄，险些摔落在了地上，幸亏被拖音搀住了，蹒跚而来。印光盯视了一番孔执臣，轻缓地抬手，将后者头顶上的那一根孝带摘了下来，揣在了个人的怀里。印光解下自己的那一串深紫色的佛珠，亲自戴给了孔执臣，嘴里叨念了一句佛号。到了梵义跟前时，印光欲言又止，只是轻轻地抚住了这名少年的头，在梵义的额际上，贴了一下。梵义明白，这一场密会告毕了。

农历八月十五，子夜时分，一幕罕见的秋季特大尘暴，席卷了沙州城与关外三县。急递铺的庭院中，那一棵阔大的老槐树上，无数的遒枝聒噪不已，仿如一场喧哗而持久的法会，令人心悸。天地寒凉，气息呛人。梵义留下孔执臣，一个人出了门，将印光师徒二人送到了车轿旁，支起了脚凳。辞别前，梵义又扑了过去，再一次施了礼，说了吉祥的话。印光叮嘱道：少东主，我的金刚伙伴，两个月后，老衲会派人来取这些卷子的，同时再送来另外一批。梵义笃定地说：师父，梵义已经照你的吩咐，披上了无上慈悲的坚忍甲胄，你就宽心去吧，一路上安稳。印光上了车，落下了帘子。

黢黑中，梵义掉头，去前头跟小僧拖音道别。岂料，拖音突然哑默地哭下了，攀住了梵义的胳膊，泪水潸然。拖音哽咽地说：少东主，师父恐将不久于人世了，师父今日里拖着病体来看你，八成这是最后的一面。梵义按住了心悸，问说：大概还有多久？拖音道：长则三年，短则半年，像师父这般的功德与法力，他自己应该最知道个人的大限了。或许，梵义的眼睛被沙尘迷住了，昏暝一片，只闻听小僧告诫道：

赶紧！

头顶的挡板霍地打开了，日光像一块冻结的水银，碎在了地坑里。

索朗整理了一番地坑周围的枯枝、麦草和柴火棒子，辟出一条孔道，以备他用。末了，待索朗站在地坑旁，瞭看下头时，见爹老子蜷缩在一角，露出了锈黄色的牙齿，一味地痴笑。地坑幽深，砭人肌肤，这个季节的潮气能拧出一把把水来。好在完工之后，索朗料知不妥，便采取了补救措施，往里头扔了一张狼皮、一张生牛皮、一件皮袄和一床棉被。目下，这些隔潮防寒的东西，不是衬在爹老子的尻子下面，便是穿在了义庄当家人的身上，没一件多余的。索敌的鼻脸煞白，好像被石灰水粉过的那样，痴笑中布满了一种谄媚的表情。儿子索朗并不在乎这种讨好，解开手中的袋子，摸出了吃食，一疙瘩，又一疙瘩，节奏均匀地丢了下去。索敌接住头一个时，问也不问，直接塞入口腔内，滑进了肚子里。到了第四个，索敌方缓过劲来，讶异道：肉的，猪肉胡萝卜包子呀，可惜有些馊，盐重了，你妈这个该死的货。听见爹老子开始打饱嗝，索朗停下了喂食，用一根麻绳吊住了水囊，缓缓地缒了下去。索敌灌了一口水，漱了漱嘴，喷在了地上，而后才慢慢地啜饮开来，行止之间，依旧携着义庄老财东的那一番不俗气派。

这一日的下半天，索朗是专门来送吃喝的，现在结束了，便百无聊赖起来。

索朗坐在坑口上，从怀中摸出了一杆烟枪，认真地填上了指甲皮大小的一枚烟泡，打着火具，抽吸了起来。爹老子在下头嘀咕道：前些日子的那一场尘暴，着实太恐怖了，沙子要埋人呀！哎哟喂，天老爷是明眼人，天老爷一定知道，这人世上有了磨盘大的冤屈，所以才动怒了吧。今次的这一批烟膏相当不错,当然价钱也贵,吃在嘴里时,索朗舍不得吞下去,让它漾荡在唇齿之间,用舌尖撩拨着,搅动着。一种醇厚而绵长的气息,慢慢地渗入了血液中,产生了一丝微醺。中秋之后,管家丁荣猫歇缓了几日,养好了伤口,复又回到了义庄。老财东的失踪,令妻子索柳氏美美地哭死过去了好几回,待醒转后,拿着一袋子大洋,包下了净土寺一个月的祈祷法会,吃住也在寺里,由家里的丫鬟们左右照应着。母亲索佟氏却被别的事情绊住了,大白天的,净说夜里的胡话,声称一只黄鼠狼告诉她,要来家里捉母鸡。索佟氏跐着小脚,拎着抽子和剪子,站在了鸡窝前头,样子俨然是秦叔宝或尉迟敬德。索朗头疼极了,坐在堂屋里学着喝罐罐茶,丁荣猫闪身进来,将一块烟膏立在了桌案上。索朗抽吸了头几口,便知道是细粮,乃上品好货,自己以前吃过的那些不过是杂粮罢了。问了价钱,居然贵了三倍半,索朗也不计较,迅速将钱交给了管家,又预订了下一趟货。

喷吐中,索朗玩转着指头上的玉石扳指,瞭见敦煌的天蓝得发黑,一切都像这角楼下的地坑,深不可测。爹老子又絮叨说:自古而今,有人被罢黜,就一定有人龙袍加身,弦索不断,阔阔气气地登基上朝,左文臣,右武将,分列两厢。那样的大阵仗,那样的戏本子,其实哪一个朝代里都上演过,不稀奇。唉,真应了那句老话,人是一疙瘩肉,实在看不透。地坑里的这些絮语陈词,丝毫引不起索朗的关注,在这位大少爷的眼中,爹老子不过是一只困兽,牙齿还在,胃口还好,一旦纵身上来,放虎归山,自己就会被对方撕成一堆肉片,连一粒骨头渣子也不剩。果然,吃饱喝足了的索敬,在地坑下头徘徊着,踱着碎步,絮叨说:猫子,我日你先人了,你是我雇下的管家,但在紧要三关的时候,你却把我给扔下,让我喊天天不应,喊地地不灵。这么着,索敬蓦地拉开了哭腔,嚷叫说:我知道你丁荣猫,你忠心,你能干,这下子你可寻不见老东家了,你心里一定空荒得很,你肯定哭过了好几回,你还给我点了香火,烧了冥亡钱。

这一锅子抽毕了,索朗再次填上了新的烟泡,一口下去,力道更足,也更冲鼻。当初开挖这一座地坑时,丁荣猫心思缜密,怕土石会塌方下来，便买来了九马车的炼砖，一砖到顶，箍在了四壁之间。后来，又担心猎物会攀爬上来，所以用拌了米汤和麻头的紫泥抹了三遍墙壁，现在光滑得像一面铜镜，连一只蚂蚁都站不住脚。地坑挖好后，在上面布置伪装时，索朗跟管家再次起了争执。索朗怕爹老子被闷死，建议在上面罩一个芦苇编织的席子，既能透气，又可以遮人眼目。但丁荣猫不干，连夜将义庄前不久解下来的红松板材拉来，还设计了一套轨道，将挡板铺了上去，方便开合。丁荣猫体恤老掌柜，知道索敞爱吃独食，平日里拉屎撒尿，也有专门的一间茅厕，所以特地买了一口平底的缸，安置在了坑里头，旁边堆着一些草木灰和炉渣，有利于清洁。索敞张着脸，瞭望着远处城墙上的角楼，听风辨音，确定方位。索敞笃定道：这是在城外的西北角吧，像这个地段的价钱，比沙州城里的起码少上一半，便宜许多。呃，我丢失的从青海那边挣的那一袋子银元，应该够了，买下这一座庄院绰绰有余。这一时，索朗将一口烟喷在了空中。刚开始，烟带像一条蛇，慢慢蠕动着，而后又幻化开来，变成了一枚枚蝌蚪，在眼前游动着。索朗思忖，这人世上的事其实也很简单，不过是一物降一物罢了，就像这些恍惚的小蝌蚪，一定是被这一条蛇排泄出来的，自生自灭去了。索敞蹒跚累了，一屁股坐在了狼皮上假寐，又叨念道：对细君抓周的这件事，我的意见是不求金，不求银，只要娃娃能抓住一些针头线脑，等将来长大了，能过上平实的日子就好。其实呀，什么大福大贵，山珍海味，都抵不上布衣暖，菜根香。岂料，细君的话题就像掉下来的一粒火星子，令索朗立时炸了。索朗断喝道：老东西，嘴快夹紧，仔细我三四天不来，断了你的口粮。索敞巴兮兮地盯望上来，哀告道：大少爷，老朽自始至终都不敢提及你的名讳，小心维护着你的地位，你只当我这是在胡言乱语，千万别气坏了你的身子骨呀。类似的求请，让索朗听出了一种讽刺，一种潜在的不服帖的抗议。索朗腾的一下站起来，指着后院的门端说：老东西，你信不信，外头的林子里有几座荒坟，我随便挖开一座，就能将你填埋了进去，让你跟他们去做伴当？地坑中，索敞抱拳一揖，相告说：大少爷，老朽自打被囚禁的第一天开始，就跟院子外头的这几个孤魂野鬼做了伴当，彼此熟悉得不得了，你要不要见识一下呀？呵呵，这么些日子来，有赖于野鬼们的热情，野鬼们不嫌不弃，不分白昼黑夜地跟我说话，我才没有疯掉，我才慢慢地活了下来。闻听此语，索朗的头发干脆奓开了，脊背上孵出了一层鸡皮疙瘩，锥刺似的。这么着，索朗扛过来了一架梯子，放入了地坑中，吆喊说：你上来吧，上来轻松一下。

索敞撅起尻子，乖顺地爬了上来，又尾在了儿子的身后，穿过柴火棒子、枯枝和麦草围堵的那一条孔道，进入了前院。索敞蹙住鼻子，嗅了一嗅，闻到了一股浓烈的药草气息。果然，右侧围墙下的那一根晾杆上，挂着一丛丛霉变的植物根茎，颜色发乌，八成早就坏掉了，丧失了药用价值。索敞跟着儿子，不错脚步，生怕自己的一点点闪失，立刻招来对方的一阵疾风暴雨、一顿暴力。这时候，索朗摸出了一把钥匙，打开了堂屋的门，回头说：快进去吧，小心着了凉。索敞依言，跨过了门槛，忽然间眼底里一黑，嗅见了一股陈腐的灰尘味道。不必问，这个房子久无人气，椽子和四壁之间挂满了飞扬的尘索，窗牖破损，各处漏风，空气就像一块放坏了的豆腐，令鼻子一紧。儿子扯拽着索敞的袖子，将爹老子带到了厅堂的中央，站在了一只夸张的新柜子跟前。索朗照例拿出了钥匙，打开了柜门，叮嘱道：进去吧，里面安静，外头简直太吵了。索敞盯看了一眼儿子，痛快地说：哎，我这就进去了，大少爷你不必费心。

柜门大概只有小臂那么宽，索敞侧下身子，收腹缩胸，将自己变成了一张纸似的，款款喂了进去。儿子关闭了柜门，插上销子，又认真地落了锁，将钥匙揣在了身上。索敞藏在柜子中，漆黑一团，挺了一番脊梁骨，伸了几下脖颈子，却发现柜子不够高，自己完全被匿在了里头，不得不躬身弯膝，仿佛一只被拉紧的弓弦那般，煞是吃力。忽然，柜子上开了一扇窗户，一块茶盘大小的光亮扑入进来，让索敞挨了一记老拳似的，闭了闭眼。待适应之后，索敞趴在窗口上，瞭见儿子站在外边，一个人孤独极了，不由得惜疼了起来。索敞笑说：大少爷，这可真是请君入瓮呀，柜子原本是我花了钱，请印经院的匠人们打下的，不承想，现在倒用在了我个人的头上，真是太讽刺了。儿子纠正道：不对，你原先想做一只柜中柜，藏你的金银珠宝，但后来我让匠人们改了一下，装一个大活人也没啥问题。咦，大少爷的意思是说，那兄弟两个，一开始就被你收买了，暗中服属了你？索敞问道。儿子竟有些不耐烦，嗔骂说：你个老贼，钱的话，谁都能听懂，即便老成了棺材瓢子，他俩也一样爱钱。索敞后悔极了，恨不得掐死自己，心知儿子的火一旦被点着的话，势必将燎原开来，殃及一切。索敞忙释解说：大少爷，老朽认输了，不是老朽运气不好，实在是我技不如你，你就宽谅我吧。俗话说，新茅厕也有三天的香，况且是一只柜子哪，上面涂刷的油漆，分明有一种异样的清香，让索敞煞是惬意。这一刻，儿子将一盏灯台举了过来，挂在柜子的檐角上，用火具点亮了。在熹微的光芒中，儿子叮咛说：你最好别动弹，万一把灯台打翻了，点着了油漆，你肯定就会被火化了，化成一堆死灰的，那样划不来。索敞愉悦地应承下了：大少爷，你去宽处喝茶吧，我保证不动弹，老朽连一个屁也不会放的。

恰在此时，院门外传来了一阵激烈的争吵声，不像鹞子和鹰打架，也不像麻雀炸群。声音灌输在了柜子中，甚至有一种放大的效果，清晰无比。索敞辨识了出来，原来是一帮碎鬼正在巷道中吵架，各说各的不是，一个个都是有理的大爷，非要争个上风头不可。视野中，儿子忽然有一丝惊恐，赶紧锁闭了堂屋的门，他自己也消失不见了。昏暝中，唯有一灯如豆，照着这一具新鲜的柜子，照着小窗口内索敞的鼻脸，四下里一派死寂，犹若暗夜。

俄顷，义庄的奶妈姗姗而来，站在了柜子前，一副寡落落的表情。

这一霎，索敞的身上突然开了锅，汗下如浆，忙探出了一只手，想抓住对方。索敞失了三魂，丢了六魄，喋喋地说：娥娘，娥娘你怎么会在这达？你是咋来的？奶妈并不接话茬，始终肃穆着表情，一只手递来了两颗丹丸，另一只手端着水，哄唆说：老东主，快把这个药服下去吧，等一下，你就会好受一些的。索敞咧着笑，再次追问：呃，你实话让我知道吧，你究竟是仓鼠街上的娥娘，还是那个给细君喂奶的宫法麦？奶妈不回答，一直瑟瑟着，仿佛在附近的阴暗处，潜伏着一头危险的豹子，随时会扑将上来，扼断她的脖子。奶妈催促说：老东主，外头太吵了，吃了这个药的话，你什么也听不见，你安安心心地睡一觉吧。索敞自然不肯，从怀中摸出了一只纽襻，扔了出去，好像它是证据，又一味地追逼说：那么，那就让老朽猜一下吧！是这，在义庄时，你叫宫法麦，到了仓鼠街的话，你就是我的娥娘，我猜得不错吧？在这样一个机密的时刻，奶妈淡漠地点了点头，送上了水和药。索敞接了过来，迅速吞服下去，声音湿漉漉地说：哈哈，索朗你这个狗儿子，你这个逆子，你现在终于输了，全部都输光了，因为我有了娥娘这个伴当。

由此，在悠长而单调的囚禁岁月中，义庄的老财东彻底悄静了下来，并获取了一份别样的踏实与满足。这一座僻静的庄院，成了索敞的囹圄，亦是他一个人张灯结彩的舞台。

卷二十三

院门外，性元携着梵同，早就跟一帮子马警吵成了一团，各不相让。

性元显然是带着一肚子火来的，发泄完后，从马车上抽下了一只板凳，拦腰坐在了张家的门槛上，阻止对方继续搬家。二棍子心知，这个世兴堂的千金又在积攒力气，等待下一趟的发作，这么一想，他的头皮就麻下了。见辩白无果，二棍子便将毛病看在了一旁的连公子身上，赳赳然地冲上去，在对方的脊背上来了一脚。连公子本来打算置身事外，左右两手各薅住了一只大羯羊，怕牲口逃脱，冷不防挨了这么一记重创，当即就委屈了。班头，你可不能走火呀，即便是家里的一条狗，狗也有户头的，虐待不得呀，连公子哀告。二棍子恰在气头上，干脆听不进去话，一把解开了身上的皮带，劈头盖脸地抽了下去。连公子也不是吃素的，一个蛤蟆跃水，钻在了羯羊的肚腹下边，避闪开了，满耳中只有疼痛的咩咩声。过了大半天，连公子才从羊群中露出了半张脸，做证说：你们大家都听着，这两只羊正是张班头的，张班头临时抓差，支使我去一趟苦艾街，想把羊给卖了，换成现钱的。闻听此话，性元哈哈哈地大笑，笑得眼泪也淌了下来。梵同挖苦说：二棍子，你真是贼喊捉贼呀，你辩白了大半天，结果让这一只破喇叭脱掉了你的裤子，暴露了你屁股上的屎。二棍子灰败不堪，目光逡巡了一圈，幸亏同僚们都在院子里喝茶，无人听见。

天光下，二棍子盯望着性元，目中有一丝畏惧，亦有一种火辣辣的倾慕。

性元此番打上门来，实在出乎二棍子的意料，羯羊只不过是个借口，真正的苦衷，才是背后杀人的刀。今日乔迁，消息走漏后，同僚们也不客气，纷纷前来相助，让班头的脸上煞是光彩。为了酬答同僚们的盛情，二棍子早早就在红门楼订了一桌夜饭。岂料，搬迁刚进行了一半，却平地生雷，性元吆喝着两只硕大的羯羊，三七不问，呼啦啦地闯进了院子里。不待二棍子开口问好，性元一把揪住了对方的耳朵，将其扯拽到了墙角里，动弹不得。

事实上，毗邻而居了这么久，二棍子没有形成多少优良超拔的品质，反倒养出了一种病。这种病只有一个症状，一旦见了性元，二棍子便像缺了油的灯，撒了气的胎，跑乏了的牲口，气焰全无，只有乖乖地听凭对方的发落和摆布，现在自然也不例外。二棍子谄笑道：性元，你们沈家前脚搬走了，张家也是秃子借了月亮的光，我后脚也要搬家，你今天怎么来了？性元涨红了脸，抢白说：我咋来了，我看你是明知故问，我今天专门来治你的病的。世兴堂的大千金一向温雅知礼，却唯独对这个从小玩到大的伴当颐指气使，戾气十足。可怜了这个县警，一再歉疚道：哎哟，我爹娘老子唠叨过好几回了，让我率上他们，去胡家坊的新宅子给沈先生贺喜的，只怪我懒病犯了，一直拖宕着，现在可倒好，你先来治我的病了。性元阴郁着：你个小贼，你真是瞌睡装死呀，沈家的新宅子你去得还少么，你半夜里偷偷摸摸的，不是往院子里扔脏东西，便是在门扇上抹大粪，你居然连柴草房也一把火烧了。说着话，性元的眼泪哗地下来了，挂在鼻脸上，好像一座水帘洞似的，又道：前几次，我只当你是风气犯心，迷了心窍，不予以追究，不承想，你却变本加厉，在中秋节的下半天，居然钻进了沈家的灶房，将一窝死老鼠扔在了铁锅里，那我问问你，天下四大恶究竟是什么？二棍子懵懂极了，回说：这个我知道，一个是挖别人的祖坟，一个是踢寡妇的院门，一个是咒旁人的子孙，再一个，嗯……性元接续道：刨邻居的锅台，这第四个正是你的功德，你赖都赖不掉的。

当面鼓，对面锣，这一桩桩骇人听闻的勾当，着实难坏了这个年轻的县警。二棍子心中盘磨了一遍，迅速撇清了个人，一脸清白地说：性元，我脸色发黄，你总不能断定我刚刚吃过屎吧？我在县署里天天当差，起码有四五年了，我也没去过胡家坊一带，沈家的新宅子大门朝哪边开，我至今还不知道哪。性元松开了二棍子的耳朵，讽刺道：哼，你是刀子来了棉花接，在我跟前故意示弱，一味地装可怜，其实除了你，我还真想不出另外的人选。二棍子揉着耳朵，探问说：俗话讲，捉贼捉赃，捉奸捉床，性元你把这么一大盆子屎泼在了我的头上，你总得拿出一个证据来，让我服帖吧？性元揭发说：你以前上过房，揭过瓦，一双贼眼睛不老实，你还当我不知道呀？这一时，县警快慰地说：性元，你可不像你妈生下的，你真不是个人。见对方的耳光迎面而来，二棍子忙补充说：你呀，你简直就是桃树顶上结的小桃花，也是千佛灵岩的窟子里供养的菩萨，我能不偷看你嘛。

院子里，两只大羯羊逃窜了半天，终于被桌子绊倒了，梵同趁机捉住了一只，连公子也捉住了一只，拴在了大门外。羯羊们知道自己大限将至，叫得比狼还难听。这是两个活证据，性元诡笑着，二棍子便开始慌了，但虚荣心和窘迫，又让这名县警保持着表面上的镇定。性元挖苦说：偷鸡摸狗，下三烂的货，你嘴里没个实话，让我如何信赖你？二棍子思忖一番，艰难地说：性元，其实咱们是一伙子人，一个社里的，你可千万别窝里斗呀。性元突然警觉了，探问道：一个社的？什么社，你现在把话说开？瞭见附近无人，二棍子哀告说：既然急递社接纳了我，我成了大家的伴当之后，我就马上改掉了偷偷摸摸的毛病，否则我会吃惩牌的，性元你就相信我一次吧。

急递社！这三颗字一经说出，就像在性元的心上扎了三锥子，血是看不见的，但身上的气息，开始一泄而空，有了一种虚妄和失重的感觉。性元猜度，在胡家坊，在沙州城，甚至在整个敦煌，自己显然被孤立了，也被一个无形的团体拒之于外。

这么着，性元一下子恼了，拦在门槛上，中断了张家的乔迁工程。

将近大半个月前，张喜群正在县牢里当差，忽然接获了一封口信，让他紧急去见县长。县长马仲选，甘肃河州人氏，廪生出身，快人快语，一腔子的磊落与豪气。见了张喜群的面，马仲选捶了县警一拳，喟叹说：尕娃，这下子你把天捅破了，兰州城都知道你了，《劝业公报》的主笔捎了信来，还专门打问你哪。张喜群害怕了，究问原因，马仲选却不慌忙回答，换上了便服，率着他出了门。

在县府门前的广场上，车马喧嚣，人头攒动，沙州城的百姓争睹着满墙的求请书，地上扔满了鞋子和帽子，不亦乐乎。年轻的县警认不得多少字，但对自己的名字却默会于心，此时瞭见大大小小的纸张上，几乎都是张喜群这三颗大字，一下子就毛了。马仲选徜徉来去，一路看了个遍，末了夸赞说：哎呀，真看不出来，你这个尕娃平时是一个蔫人，到了紧要三关时，顶得上一颗天雷。又道：你瞧瞧吧，这都是沙州城和城外二十三坊的百姓，轮番给你贴的表彰信，大家为你披红，给你挂绿，纷纷在替你请功。当然了，你也给老夫的脸上搽了粉，装了金，我改日再给你作揖，专门嘉奖你吧。县警的茫然，让马仲选误认为这是一份谦逊，一种与他的实际年龄不相匹配的涵养，于是更加赏识了。马仲选在前头开道，礼让着张喜群，一路将其引到了县府右侧的戏台下。

这么着，张喜群瞧见了敦煌最著名的那一只破喇叭，正在眉飞色舞，唾星四溅，讲述着一名杰出的县警和悍匪头子朱十三，于沙州城内遭遇的血腥一幕。毕竟是连公子，好像牙齿上膏了油，舌头上开过光，手里张着一把扇子，仿如一介说书先生，一时间惹得众人喝彩不断，捶胸顿足的。在聆听的过程中，年轻的县警并未觉得故事中的那个张喜群就是自己，反倒像是南侠展昭再世，可以收五鼠、定军山、平襄阳，跟个人没有一根毛的关系。临到了终章，连公子啪地合上了扇子，做哭泣状，痛诉道：哎哟喂，可怜了张班头带去的黄侍郎呀，竟遭了朱十三的暗算，殒命当场，含笑九泉。不过哪，咱沙州城的好汉张班头，虽说也虎齿崩落，脏腑寸裂，昏厥在地，但他替天行道的一番豪举，终究感动了天上的金刚大力士，一座金钟罩自天而降，笼盖在了张班头的身上，将大英雄庇护住了，得以生还。呵，再说那可耻的土匪头子朱十三，连爬带滚地逃出了沙州城，遁匿在了寒天冷地的北部大滩上，与狐狼野鬼做伴去了，日后恐怕再也没有力量，犯我敦煌，扰我百姓了。

在沸腾的掌声中，县长马仲选老泪纵横，情难自禁，但碍于自己的官方身份，始终不曾登高一呼，将身边的这位英雄县警及时地推介出去。那一霎，张喜群偶然瞥见了急递社的苏食，闪了一下，立刻消失不见了。戏台上，连公子自如地拿捏着节奏，一下子将说书的气氛推到了极致，作结道：诸位父老，还真应了诗仙李太白的那句话，事了拂衣去，深藏功与名。话说这张班头醒过来之后，简单包扎了一番，竟一语不发，当天夜里，他又默默地回到了县牢值更去了。试问，天老爷在上，这偌大的敦煌，尔等不去为好汉张班头请功，难道要让英雄既流血，又要流泪不成？连公子的慷慨演说，犹如一根霹雳般的鞭子，催撵着众人蜂拥而去，将县府的大门围堵得更死了。张喜群撇下了县长，一直在广场上寻望着，却再也没有发现苏食的影子，不免伤感了一番。

事实上，在内里深处，张喜群明白，这一切都源自少东主的主意，也是急递社替他自己设置的一道防火墙，一幕坚固的屏风，一场大戏。那天夜里，当这个看似懦弱而恍惚的年轻县警，带着黄侍郎的尸骸，前去县牢里销账时，梵义便叮嘱道：兄弟，你宽心去吧，往后你身边没有麻烦，头上不顶乌云，你尽管往宽处活，往明亮里看，整个急递社都是你的上马石，也是你的金銮殿。日光下，张喜群忆想起这些琐碎的细节时，禁不住心中一热，知道自己从此靠住了半座祁连山。祁连山亘古地沉默着，这个年轻的县警也决定守秘下去，独自消化这一份特殊的信赖和温暖。

岂料，喝凉水也须防着塞牙，何况是升迁。

这事过了没多久，张喜群又被唤到了县长的议事厅，另外还有一群同僚，眼神中已经将其打入了另类，风凉的风凉，挖苦的挖苦。不承想，马仲选签署了一纸调令，将马警班的班头田虎子跟张喜群对调，并立刻生效。清末时，田虎子便是关外三县有名的捕快，现在穿上了警察制服，仍旧是一员悍将，令贼寇们闻风丧胆。谁都清楚，县牢是一个清水衙门，天天跟犯人们打交道，身上晦气得很。而马警则是一桩肥差，吃香的，喝辣的，游走各处，没有人不买面子。师爷诵读完了命令，一人一份。田虎子接过自己的，咔嚓立正，给马仲选敬了一礼，掉头赴任去了。擦身而过时，张喜群从对方的眼底里窥见了一把刀子，心下一凉。这把刀子虽然静默着，但张喜群知道，一旦出了鞘，开了刃，它就会吃肉喝血，叫自己尸骨无存的。马仲选接着又签发了一道命令，将马警班抬升了半格，由班改为队，成了马警队，张喜群自然是队长。出头的椽子先烂，原本均是班头，皆为中华民国效力，这下子张喜群出挑了，一马当先，将这个层级的同僚们全部得罪光了。唯一庆幸的是，田虎子乃一介酷吏，对属下也吃干榨净，当张喜群走进马警队时，一帮警员得知头上的活阎王不见了，欢呼雀跃，直接将新上司拦腰抱起来，抛向了空中，以示友好。张喜群压得住，一再叮嘱说：还是喊我班头吧，喊班头让人舒坦。

真的，也不知走了什么样的狗屎运，反正好事频频。隔日，师爷亲来了一趟，传马仲选的话，着张喜群即刻入住县府旁边的公家大院，并非只他一条光棍，还须将爹娘老子一起接过去，待在同一个屋檐下。这是待遇，亦是马仲选的高明之处，一来省却了属下们的奔波，可以勤勉尽职；另一个，家眷们天天在县长的眼皮子下晃悠，俨然成了变相的人质，凡大小事情，班头们莫敢不从。搬家的前一夜，张喜群去了红门楼订饭，交了订金。甫出门后，饿得前心贴后背，张喜群想买一块油糕，一个葱花饼，却发现囊中告罄，连一角钱也摸不出来。无奈，张喜群只得回家，家里好歹还有一口剩饭。

不料想，刚走到了徐尺子裁缝店门口时，一匹快马杀了过来，拦住了他的脚，气势很凶。不待张喜群发作，骑马的汉子殷勤地喊了一声二棍子，人也跟着跳将下来，鼻脸上挂着喜悦。灯下一瞧，张喜群认出了游击陈小喊。

急递社的成员陈小喊，日前跑了一趟远路，去了万里墙城和马鬃山一带的老家，方才返回。简叙了一番后，这名游击动作麻利，从马脊上卸下来一只长条口袋，竟从里面拽出了两只大羯羊，立在了县警的面前。羯羊颠簸了一路，惊魂不堪，此时才吸上了人世上的一口真气，忽地醒转了，咩咩咩地叫唤开来。陈小喊抓住了县警的手，携着对方在羊的身上乱摸，嚷叫说：看看这个膘，这个肥实，呵呵，足够张家的叔父和姨娘吃一个冬天的了。又绍介说：目下北疆已经进入深秋了，正是宰牲的季节，所以挑了这么两只，特地送给县警的。张喜群心知，这个烈火心肠的游击有情有义，一定念着自己的好，所以才风尘仆仆而来。不，我不能要，我心领了，县警婉拒道。陈小喊一下子火了：二棍子，这不是偷的，也不是抢的，我花了十天半月替别人盖了一座马厩，凭力气换来的，你别以为我当了贼。张喜群坚辞不就，几次三番地欲跑，均被游击一把揽了回来。没了辙，陈小喊便拉下脸说：二棍子，你是不是想吃惩牌了？实话让你知道吧，这也是少东主的意思，梵义让我来的，你胆敢不从么？张喜群仰看着夜空，仿佛天是白的，星星上挂满了祥云。张喜群抓住了羯羊身上的绳子，哀恳道：你别乱嚼牙齿，少东主看得起我，我笑都来不及哪。

  是夜，这个幸福的县警步伐高迈，穿过了沙州城，尻子后头跟着两只肥硕的大羯羊，仿佛是自己的焦赞与孟良，蹚出了西门外。早起后，在同僚们登门之前，张喜群忽然心念一动，觉得晚上红门楼的那一桌饭钱终于有了着落，忙吆赶上羯羊，打算去一趟苦艾街。出了巷道，在西门外，张喜群恰巧碰见了连公子，少不了说一说闲章。连公子释解说：今个天是农历初一，我天不亮便去了一趟净土寺，果真抢到了头一炷香，这不，好事便在眼前了。张喜群一番狐疑：什么好事呀？看把你给高兴的，简直屁都快淌下来了。嗯，差爷贵为马警队的队长，又是我在戏楼上说书颂扬出去的一介好汉，你现在一不骑马，二不持枪，却率着两只大羯羊去城里头巡逻，这话说出去，恐怕就难听了，连公子要将道。张喜群红下了脸，似乎心事被窥破了，一时发窘。连公子又道：看差爷的方向，一定是去苦艾街的牛羊肉市场吧，不如这样，我乐意替班头跑一趟腿，把羯羊卖了，下午一定把钱数给你。

  对沙州城里这只著名的破喇叭，张喜群并不陌生，因为连公子也是县牢里的常客。

  以往，连公子倒是没有大的罪行，吃亏就吃在他那一张破嘴上，不是被赵家告了，便是让钱家扭送了进来，禁闭上几日，又去了街道上煽风点火。但是，因了连公子的那一幕说书，张喜群对其不免滋生出了一番好感，且暗自猜度，苏食一定给了他唱本，而唱本肯定是少东主亲自撰写，又仔细敲定的。见县警迟疑，连公子道：差爷，我觉得你看不起我，区区两只羊，我就能试出人心。县警一时尴尬了，忙道：大清早的，你又刚刚烧了头香，千万别讲晦气的话。连公子口才绝佳，释解说：哼，沙州城的人都嫉恨我，说在下是三姓家奴，这的确不假，问题在于，具体是哪三姓，这还得看我连某人如何下注了。俗话说，时也，运也，命也，就眼下的运势来讲，索家仍占据着敦煌的头牌，别看义庄的老掌柜横死在了党河水里，但瘦死的骆驼比马大，义庄地底下的金银财宝，估计比整个凉州城里的钱庄还多。索家算一姓，我甘愿为奴。另一姓，当然是胡家坊的胡恩可了，虽说老财东目下是一个活死人，但他躺在那里，本身就是一块神主牌，况且他的那一双儿子，大的像蛟龙，小的似虎豹，绝不是久居人下之人。差爷，实不相瞒，我连公子属鸡，天生就是在地上刨食吃的，在下也打算服属了胡家，给自己求一个好前程。

连公子的话，犹如一场席地而来的劲风，一下子廓清了张喜群眼睛里曾经的迷障，让他一瞬间认清了沙州城和敦煌的人间山水、运程起伏，以后将裨益无穷。张喜群像吃了一把仁丹似的，犹不过瘾，探问说：那第三家呢？哦，差爷就是第三家呀，在下也准备做张家门下的一匹狗，但凭班头的使唤，连公子快慰道。张喜群咧笑：你个奸贼，你别给我戴高帽子，灌米汤了，人家都说我脑子里缺一根弦，你姓了我的姓，那让我姓什么呀？连公子打开了扇子，扇面上有一行字，无事去静坐，忽闪忽闪的。连公子回说：差爷你不是缺一根弦，而是缺了七八根弦，但你天生就是一员福将，堪比程咬金和牛皋。要紧的是，你背后站着贵人，一伙子贵人，你将来不是县长，便是署长，这句话兑现不了的话，我连某人宁可再上一次戏楼，不用说书了，我当众吃屎。

话已至此，张喜群突然警觉了，知道连公子阴险至极，在试探，在诱供，在逼问，这分明是冲着急递社和少东主来的。张喜群赶忙松开了绳子，将两只大羯羊交给了对方，哄唆说：不管贵贱，卖了就成，劳苦了连公子，多谢。舌头上另有一句话，本打算邀约对方晚上一同去红门楼，张喜群想了想，硬是忍下了。

这一切，活该要犯在性元的手上，被当成一桩铁证，问罪而来。

在党河之畔的家里，性元终于受不了母亲沈戴氏的悲戚，更见不惯父亲吊丧着脸，便决定去一趟警察局，解决掉眼前的危局。但是，一念及牢狱，那些想象中的惨叫、镣铐和囚笼，性元不由得心生恐惧。性元放眼望去，偌大的敦煌，也就只有梵同弟弟可以依赖了，于是找见了这个少年，和盘托出。梵同眉毛也不皱，当即尾在了性元的身后，一口一个嫂子的，煞是亲热。路过世兴堂时，性元悲哀地说：你瞧瞧，歇业的牌子都快晒白了，我爸却一直在怠工，也不知父亲的心里到底是个啥想法？诊所门口，一些病人徘徊着，还搭在窗缝上往里窥视，看也看不出什么名堂来。梵同附和道：你家里的那些乱象，一定是有根由的，假如真是二棍子干下的，我今天就敲碎这个贼的脑壳，但如果不是他所为，那么还得请二棍子带上马警队来一趟胡家坊，驱一驱邪祟，起一个震慑的作用也好。梵同又介绍，最近一段时间以来，沙州城和敦煌二十三坊的人们都在传言，说那个半脸汉二棍子，居然成了县长马仲选眼中的大红人，要风得风，要雨得雨，咱们今天正好去见识一下吧。

刚拐过了马王庙，斜刺里冲过来了两只大羯羊，连公子跟跄地拽着绳子，目光搁在了性元的胸脯上。梵同讥诮道：这是偷的，还是养的？连公子一向对胡家有巴结的心，见梵同主动开口，忙答复说：不是偷的，也不是养的，专门是卖的。梵同嘻然，揽住了绳子，当即说：那我买下了，两只都要。孰料，连公子却冷下了表情，拒绝道：不卖，真的不卖。

管家苏食已经在紧锣密鼓地安排梵义的婚事了，采买是第一位的。梵同跟着苏食，去了几趟苦艾街的牛羊肉市场，却连一根牲口毛也没见到。虽说在关外三县的牧场上，宰牲节刚刚落幕，但今年的春节早，眼看着就要进入腊月了，商家们一起抱了团，囤积居奇，等着价钱飞涨。连公子也在打他个人的算盘，半路上卖掉，价格将被杀掉一半，除非脑子瓜了。双方饯了半天，谁也不让步，连公子只好道出了原委，承认这是马警队队长张喜群的羊，他自己只是个捎客，不过想挣一点跑腿钱罢了。闻听此话，性元哈哈哈地大笑开来，快意道：我刚想抓这个贼哪，他倒先栽在了我的手上！走，看我不拾掇他才怪了。

此刻，性元郁闷而尴尬地坐在门槛上，一时间下不了台。

二棍子既不承认这两只大羯羊是贪污来的赃墨，也否认了沈家新宅子里的乱象乃自己所为，样子无辜极了，却也舍不得性元生气下去。二棍子忽然想起了什么，去了去，转身回来后，拿着一封信，讨好地说：这是义庄的二少爷给你的信，我差点忘了。性元接了，却没打开，沮丧地说：我现在谁也不信，谁都在欺骗我，我的心凉了。这天，性元打出的一组拳，显然打在了棉花垛上，不仅伤了个人的颜面，还险些闪了腰，退无可退。突兀的是，从这个自小玩到大的伴当嘴里，性元获知了急递社的存在，先时带来的所有问题与不快，几乎统统消失了，不重要了，急递社俨然成了头等重要的课业，一个亟待去破解的难题。性元天生好奇，没有什么能难得住她的，狡黠一笑，问说：梵同，我现在是你的啥？姐，当然是姐，梵同答。将来呢，将来又是啥？又问。梵同咧笑：过一阵子就是嫂子了，到时候你不再是沈性元，该喊你胡沈氏了。性元进一步究问：俗话说，长兄如父，下一句怎么讲？梵同接续：长兄如父，长嫂自然如母了。旁侧里，年轻的县警听见了这一番对话后，简直不敢相信个人的耳朵，尻子一松，蹲在了地上。二棍子羞臊极了，觉得自己的这张脸，像一口烧红的铁锅，马上就要炸了。言毕，梵同方明白这是个大陷阱，却已经来不及了。果然，性元笃定道：既然长嫂如母，那我问你，你要实话让我知道，别瞒着我好么？

院门外，两只肥硕的大羯羊挣脱了绳子，发足往巷道口跑去，仿佛旷原上的风滚草，一道烟似的。在连公子看来，那根本不是两只羊，而是两锭白花花的银子，岂容撒手，于是一路狂奔，追撵了上去，错失了身后的这一幕机密。见梵同点了头，性元便问：你跟二棍子是一伙子的人，你们都是急递社的伴当，对吧？梵同一怔，犹如被一颗钉子，钉在了地上。性元说：如果我没猜错的话，你哥是挑头的人，这一切都是梵义的主张和筹谋，连那个焉支山下的孔大小姐也在列，只单单瞒住了我一个人？梵同不说是，也不言否，用仇恨的目光逼视着二棍子，分明觑见对方脸红了，心虚了。这一刻，性元可能看见了自己此生的命运，一种无助且无力的预感，顿时攫取了她。性元潸然道：结社邑义，必定就是跟官府作对，我本来想嫁给一个踏实过日子的人，我不想陪法场，我沈性元也陪不起。

这话一脱口，性元便知道不需要答案了，起了身，朝原先的旧院子走去。

怔忡了片刻，梵同突然一耸肩膀，豹子般地扑了上去，将二棍子骑在了裆下。梵同的拳头犹如一阵雨点，劈头盖脸地落下了，直接将县警的鼻脸开成了一座染房。意外的是，二棍子既不抵挡，也不躲闪，一任梵同凶恶地发泄了出来，将浑身的暴力全部使光了。梵同打累了，逼问说：你个狗日的，急递社跟你沾了什么亲，带个什么故，你干么这样佛面剥金，迎头泼粪？县警惨笑着：秀才，你这样子打我，让少东主知道的话，你一定会吃惩牌的，相反我却能拿到一块劝牌。如此机密的内部术语，从这个县警的嘴里说出来，令梵同愕然不已。梵同忽然忆及了一桩旧事，诘问说：二棍子，上回我央求你，安排陈小喊跟他的仇人匡随见个面，对质一下当年的恩怨，结果如何了？县警挣扎着站起来，抹了抹鼻脸上的血水，红彤彤地说：少东主有过交代，这件事与你无关，我也不会告诉你，得罪了。梵同张看了一眼空旷的巷道，其实没有风，但脊背上很冷。

另一厢，性元叩开了大门，看见是宫法麦，得知对方是义庄的下人，细君的奶妈。

宫法麦表情镇定，站开了，礼让着性元进去，又仔细地关门落锁。旧地重游，院子里的一切都那般熟悉，甚至空气中漾荡的一股股药香，也像缠绵的小兔子，攀附在身上，有一种亲切的记忆。但性元没有心情，更不想四处观瞻，打扰了宫法麦的清静。事实上，性元只是来借道的，慢慢地穿过了庭院，绕过了堂屋，一直趋到了后院里。瞭见地上堆满了大量的麦草、枯枝和柴火棒子，性元叮嘱说：仔细这些东西，天干物燥的，万一有个事，那可就麻烦大了。宫法麦感激地点了点头，相跟着过去，见世兴堂的千金打开了后门，道了辞谢的话，然后埋下头径自走了。半晌后，宫法麦弯下腰，从地上捡起了一封书信，揣在了身上。大概三年之后，义庄的老财东偶然阅读到了这封信，这才知晓了次子索乘的具体下落，但那时候早已物是人非了。

折转过身子，宫法麦刚走到了灶房旁，门帘一挑，索朗闪了出来。

索朗的手中攥着一把菜刀，缓慢地松弛了下来，冷然一笑。索朗喟叹道：天老爷，今天真不是杀生的日子，你饶过了沈家的女子，也饶过了我，我给你磕头。索朗扔下菜刀，突然拦腰抱住了宫法麦，掉头进了灶房，将奶妈安顿在了宽展的案板上，开始剥衣服。昏暗中，索朗哀恳说：让我日弄一下吧，我身上开了锅了，我快让烧死了。

婚礼的前一日，梵义彻底变了卦。

管家苏食张罗着这一切，井井有条，按部就班，大小事情看似无虞。提前半个月，苏食便给天水坊的毛平钧下了帖子，邀他出任总厨，掌管所有的饮食。毛平钧跟老财东胡恩可乃故交，一听是少东主的大婚，当即就答应了。在关外三县，毛平钧的厨艺当属第一，自光绪年间起，但凡县衙里来了过路的贵客，便会有一顶轿乘衔命而出，接了他去掌勺。遗憾的是，毛平钧喝了一辈子的冷酒，到了晚年，手却抖得不成，后来干脆封了刀，退隐江湖。苏食不计较这个，只看重毛平钧的名头，知道这个人一坐镇，剩下的问题便简单了。果然，毛平钧出山的消息不胫而走，门下的弟子们雀跃无比，纷纷往胡家坊的方向上靠拢，包括红门楼和醉仙楼的大厨们，也不忍失去这一个尽孝的机会，一个个告假而至。毛平钧事先征询了一下胡白氏的意见，又采纳了梵义的建议，拟定了一份菜单。苏食也不输礼性，带着菜单，去了沈家的院子，请梵义的外父外母审阅。沈破奴夫妇瞭看了一眼，愧怍不止，连称太破费了，应该裁撤掉一半，方能对得起亲家的美意。苏食婉拒了，释解说，九是一个至尊的数字，两个九，九九一十八，才能衬得上少东主的身份，胡家的贸易联手们也才不会小觑。

十八碗，此乃沙州城以及敦煌一带待客的最高礼遇。毛平钧替弟子们分派了任务，各自一摊，他自己倒像一位决断官似的，一面喝茶，一面丢盹，偶尔品鉴一番，心明眼亮。婚席设在了胡家坊的祠堂内，不管是有亲缘的，抑或是外姓人家，大家抢着来帮忙。男将们开始砌神仙灶，剁肉，拉煤，支帐篷。女人们蹲满了一地，有的择菜，有的在蒸花馍馍，有的在擀长面、炸丸子。地上的十几只木盆中，发了黄花、木耳、粉条和豆芽什么的。胡白氏挥着泪，一面道谢，一面踮起了小脚，给各处的人塞冰糖，送花生和红枣，口诵着阿弥陀佛。苏食还专门跑了一趟陇西坊，呈上了红帖，邀请李豆灯大人做主婚人。李豆灯痛快地答应下了，又以敦煌文和事老协会与武和事老协会的名义，拟定了一封贺信，让苏食提前捎了回来，交给了少财东，满篇皆是锦绣之词、祝福之语。

腊月初七，阴，罡风凶烈，天地肃杀。大概下半天时，管家苏食率着一帮伙计，从乡学里借来了几十张板凳和课桌，驶出了沙州城的西门，朝胡家坊而来。不料想，梵义策马过来，截停了这一支车队，交代说，婚席和仪式全部取消了，凳子和书桌原还给总教去吧。苏食听罢，一时间哭下了。

夜黑了，待管家返回祠堂后，发现天没有塌，地不曾陷，人们都还在。厨子们做出来的各种碗坨子，按食材的不同，密密麻麻地码在了墙根下，早就被寒风冻住了。苏食旁敲侧击，究问不出一个答案，心更悬了。眼瞅着胡白氏还在忙乎，乐呵呵的样子，苏食将其拽到了僻静处，探问说：嫂子，梵义这么干，八成是悔婚吧？天哪，这要是悔了婚，胡家在敦煌还怎么活人，老东主最看重脸面了，脸是要用一辈子的。胡白氏却说：梵义现在当着这个家，你去问梵义吧。苏食的脑子里乱象丛生，一个蹦子跑进了院子里，却被眼前的一幕看呆了。

性元跳着脚，哈着手，嘴里怨怪着梵义。梵义则站在高房子上，失笑不已。见管家闯了进来，梵义催喊：叔，你快帮性元把土坯扔上来吧，她手上没力气，她这辈子只能当女秀才。苏食往上扔一块，梵义接一块，忍不住揶揄说：少东主，你明天就要当新郎官了，这么大兴土木的，你究竟是想盖一间洞房呀，还是要盘一座婚床？原来，见天气突变，梵义惜疼爹老子的冷暖，一直想改造一下牛肋巴窗子，今天倒是个机会。梵义在高房子的窗户外拆卸那几根木条时，被隔壁的性元窥见了，忙跑了过来打下手，结果越帮越忙。苏食哄唆着性元离开了，一再威胁，说前三天，新郎新娘是不应该见面的，否则一辈子苦楚，以后有淘不完的气，吓得性元直吐舌头。待高房子上只剩下了主仆二人时，苏食一边用土坯砌窗户，一边又开始追问。梵义搪塞说：你自己瞧吧，我爸躺了快一年了，我这个长子如果没高没低，大张旗鼓地办婚事，胡家的先人们可都在祠堂里听着哪，非戳我的脊梁骨不可，我不想因小失大。苏食一气恼，瓦刀错砍在了手上，嘴里直抽冷气。梵义又释解说：急递社的兄弟们全撒出去了，这个年根里，来投邮的人简直太多了，他们到现在也回不来，天象坏了，晚上的气候恐怕会更加不妙。如此浮皮潦草的话，带着敷衍和欺瞒的性质，自然过不了管家的眼睛。

很快，牛肋巴窗子就被封住了，像一堵完整的墙似的。

苏食荒凉了一阵子，探问说：少东主，我不想再打听了，你吩咐什么，苏食照办就是了。但是，不管你现在碰到了什么样的难心事，你一定不能输了自己的气，有一口气在，人就在，什么也都在。梵义苦涩地点了点头，这更加坐实了苏食的猜测，眼前这名少年的身上，一定揣着一桩难以启齿的机密，一项棘手的事情，千万不能去触碰。末了，苏食问说：你取消了婚席和典礼，性元如何看？梵义答：哦，性元毕竟单纯，她还参不透这里头的水深水浅，性元刚才也答应了我，明天一不放鞭炮，二不坐花轿，她自己走过来便是了。那你外父呢，外母呢？性元可是他们两口子的掌上明珠呀。再问。梵义咧笑说：看把你缜密的，沈先生人家可是饱读诗书的文明人，不会纠缠这些烦琐无聊的细节，我已经当面请教过了，得到了世兴堂的首肯。苏食松开了表情：这就好，千万不能让沈先生一家坐下病，也不能亏了性元。

祠堂内，毛平钧获知了这一变故后，不但不怨怪，相反却频频竖起了大拇指，连番称道。毛平钧对弟子们夸赞，什么叫孝子，少东主梵义便是一例，因为爹老子尚在病程中，梵义不忍心独自欢乐，这是发愿救父，跟古时候的卧冰求鲤一个道理，堪称典范。后来，这一番话传入了陇西坊李豆灯的耳中，亦作如是观，且被郑重地记录在了敦煌文和事老协会的功勋簿上。毛平钧师徒连夜撤离后，梵义喊来了家中的全部伙计，又央请来了坊内的男将们，开始分送碗坨子。幸亏天气寒冷,十八种各色吃食早已被冻实了,冰块一般,只需要搁在笼屉里蒸热,便是一桌酒宴。按着亲疏远近,东家三碗,西家六碗,胡家坊的人们拎着食盒,要么入沙州城,要么走村串坊,一直干到了后半夜,迅速将墙根下的那一座小山搬空了。几只狗在地上嗅闻着,默然无声。

午夜之际,壬子年的第一场暴雪狂泻而来,祠堂内外白了,敦煌也白了。

晌午时,梵义方醒来,瞭见窗户透亮,家里却阒寂无声。

新房就安置在了梵义原先的睡房。管家此前率着一批匠人,重新粉了墙,糊了仰衬纸,油漆了窗棂,甚至剐掉了热炕炕洞口上的一圈陈年烟垢,新箍了一道炼砖,简直就像一间刚刚落成的大瓦房。后半夜归家后,梵义疲累极了,仰头便睡。此刻睁开了眼,梵义突然觉得,这一天将有所不同,这一天之后,自己将要面对另外的一份课业,面对别样而陌生的日子。一种空荒的心情,逐渐占据了梵义,犹如将他一个人扔在了旷野上,始终也走不出去似的。目光蹉摸中,门扇和墙面上贴着大红的喜字,靠墙的炕柜上,也糊上了一幅幅剪纸的鸳鸯与童子。迎门的厅堂内,一桌清供简洁雅致,香烟缭绕,中间立着一尊瓷观音,是胡白氏在旧历十五的那天,从净土寺里请来的。胡白氏嫌颜色太素,寻了一块红绸子,照模画样,亲自缝了一件小佛衣,披在了塑像的身上。梵义再瞭,炕面上已经换上了新毡、新褥子枕头、新被窝,炕角旮旯里也塞满了红枣、核桃、葡萄干。一摞新郎官的行头叠放在炕头上,衣裳是徐尺子裁缝店的手艺,鞋子则是彭家靴子坊出品的,皮革的气味很大。下了炕,换到了一半,梵义便改了主意,将昨晚夕的旧衣裳重又穿上了,啃着一只苹果出了门。

天还在下,院中的积雪几乎快淹了脚脖子,高房子对面的花坛中,两株干枯的牡丹突兀地摇曳着,煞是刺目。这是紫斑牡丹,爹老子早些年从河州一带捎回来的根茎,如今发成了一棵棵树的样子,家里人异常偏爱。按说,牡丹和葡萄藤一样,要掩埋过冬,防止冻伤,可前一阵子太忙乱,竟然疏忽过去了。梵义握着扫把,在院子里开开了一条路,又将积雪覆盖在了牡丹的根部,用铁锹拍实了,不失为一个御冬的办法。

　　这一刻，院墙外的巷道中，突然爆发出一阵激烈的鞭炮声，一团黑雾漾荡着，缭绕在了胡家庄院的上空。待梵义扔下扫把，迎出了大门后，瞭见新娘子沈性元一身红衣，戴着一顶花盖头，被众人抬举着过来了。

　　梵义扑哧一声，失笑了出来。明摆着，这一幕把戏是管家撺掇出来的。梵义不让抬轿子，苏食便用一匹大红绸子，将一张条凳包扎起来，架在前后两个伙计的肩上，性元偏坐在了上面，忽闪忽闪的。梵义不许牵马，另有一名伙计走在前头，脖颈子里套着笼辔，做驰骋状。怕惊扰了爹老子的歇息，梵义事先一再叮嘱，不许放炮，不许拉弦弹索，但眼前一地的碎红，再想发火也迟了，无济于事。梵义鹅立着，一袭旧衣，冒雪顶风，简直乐开了怀，仿佛这是隔壁坊间的一场典礼，与自己毫无牵扯似的。这么着，娶亲的队伍回到了胡家的院门前，大红凳子尚未落下，性元便先自跳了下来，盖头差一点让风刮跑了。两个做饭的丫头抢上前去，一左一右，叉住了新娘子，叮嘱性元如何迈腿，如何进婆家的门。苏食点着了火盆，火顺着风的方向，一下子埋住了头，让空气中扑卷下来的雪花，发出一丝丝牙疼般的气息。性元撩起裤脚，迈过了火盆，一切都是在丫头们的帮衬下结束的，一气呵成。

　　末了，院门外的喜客们大致走干净之后，梵义觑见母亲才从巷道里趸了出来，小脚摇曳着，却很轻盈。胡白氏每走出一丈，便用手中的一把菜刀，拦腰在地上砍一下，砍出一道清晰的印痕，还不忘叨念上一句。梵义拦住了娘老子，究问这是干么呢？胡白氏咧嘴说：火盆子不管用，还是菜刀让人放心，万万不能让那些外面的邪祟，跟着性元混入家门，坏了胡家的风水。梵义揶揄道：好我的妈呀，你以前不是说性元是咱胡家的菩萨么，哪有邪祟敢去打搅菩萨的道理，你快进屋去吧，别冻下了。胡白氏并未动弹，伸手掸了掸儿子头顶和衣服上的落雪，嗔怪道：唉，有钱没钱，先剃个头了过年，你看你，今天比过年还要紧，你居然连胡子也不剃，长了一下巴的乱草。梵义探问说：妈，这下你满意了吧？胡白氏慨然道：怎么会不满意，我简直满意死了，就算天老爷让我现在闭上眼，我真是一个字的怨怪也没有。梵义也扫了扫母亲身上的积雪，知道她冻透了。

孰料，先头进了家门的性元，一眼就发现了异常。

天上刮的是乱风，游走无定，灌入了墙上的热炕烟囱中，将煤烟倒逼了进来，霎时将高房子闷成了一只烟罐子。性元一下子吓傻了，不管不顾，丢下周围迎护自己的人，跑了上去。管家苏食头皮一麻，也紧着跟了过去。门打开了，性元撩起了帘子，但见一道道烟雾，犹若张芝墨池里的墨水，一马平川地狂泻了出来，与天空中的雪花搅拌在了一起，充满了不测。苏食抓起瓦刀，将前一日刚刚砌上的土坯统统拆掉了，窗口洞开，一阵猛烈的罡风灌了进去，立刻让高房子里亮堂了半截。梵义上来时，情况已经大为好转，只有性元的鼻脸被熏黑了，毫无一点点新娘子的模样。几个人围在了病榻前，端详了半天，瞭见老财东一如既往地发着呆，既没昏厥，也无抱怨，一番置身事外的态度。梵义道：怪我，我太粗心了，差一点就酿成大祸呀。苏食哽咽说：我原把牛肋巴窗子安上吧，再钉一块能上下活动的毛毡，随时可以通风透气。性元打了水，替病人揩了脸，净了手，又督促两个男将赶紧出去，声称要给公公换尿褯子。恰在这时，胡恩可突然咳嗽了，咳了一声，又跟着咳了一声。

天哪，性元惊呼了一下，泪水满面，攀住了梵义的肩膀，啜泣开来。

假如这还不算奇迹，那么敦煌真的就没有奇迹了。这一声天赐的咳嗽，仿佛病木逢春，也好似大旱甘霖，携带着新婚的喜气，在胡家的庄院内，另外点亮了一盏灯，掘出了一口泉，让众人目睹了生之希望，以及佛光的恩遇。梵义和苏食跪在了炕头下，支起耳朵，巴兮兮地等着听第三声、第四声，却终究未能遂愿。性元撵他们快点下去，别打扰了病人，让公公好生歇息一下。性元截铁地说：够了，咳上这么两嗓子足够了，其实爸没有病，爸比谁都清楚明白，爸只是不想吭气罢了。梵义盯视着自己的女人，用手巾擦掉了性元脸上的烟灰，见她双颊红润，眼眸清纯，遂恳切道：胡家的灯没灭，灯一直亮着，这一切真是拜你性元所赐。性元捂住了梵义的嘴，制止住了对方。性元催促道：你不是要出去一趟么？快去吧，雪这么大，路上一定当心，早去早回呀。梵义答：正是，李豆灯大人还在陇西坊等我哪。

腊月初八的中午，梵义在一辆车轿内备了三套十八碗，喊上一名伙计，出了胡家坊。

这阵子更冷了，下在地上的不是雪花，而是沙子般的雪渣子，让轮子打滑。临到了岔路口时，梵义喊停了车，仔细交代伙计，让他先去一下陇西坊，再跑一趟鸣山书院，给李豆灯和丰鼎文先生各送一套十八碗，略表心意。辞别后，梵义拎着剩下的一套，拐进了沙州城的西门，又雇了一辆车，驶抵了守备署门前。

街道对面，急递铺还在营业当中，到了年关附近，来投邮的人的确很多，走马灯一般。梵义也不着急，躲在守备署的廊檐下，避了避风雪。半晌后，估摸着客人们走光了，梵义这才踱了过去，闪身入内。梵义搁下了食盒，掉头摘下了门框上的皮帘子，又将门板逐一上上，在外面挂了一块打烊的牌子。

孔执臣从偏门里进来，讶异道：少东主，你咋来了？梵义一面帮着将柜台上的大小包裹整理到货架上，一面叨念：这么冷的天，关门歇息吧，你也别累着了。哦，你不该来的，少东主，今天这个日子你应该待在胡家坊内，专心去陪新娘子。孔执臣怨怪着，忽然有了一份局促感，这里擦擦，那里抹抹，尽力掩饰着个人的不安。铺子里生了炉子，火很死，梵义重新填了炭，温度一下子上来了。梵义坦言相告，说祠堂里的婚席和典礼一概取消了，不折腾最好，何必那么招摇哪。获知这一讯息后，孔执臣简直呆住了，忙躲在了柜台后面，抄起了一根鸡毛掸子。孔执臣斟酌道：少东主，这下子你的错犯大了，你赶紧走吧，今个天，你尤其不能待在这里，不能跟我碰面的。梵义轻蔑一笑，觉得孔大小姐依旧是那个脾气，太小题大做了。孔执臣变色道：人抬人，僧抬僧，你胡梵义既然做了急递社的当家人，就应该时时处处做典范，恪守规矩，堪当楷模，而不是由着性子这么乱来。呃，你看你，大婚的日子里，你丢下沈性元，丢下所有的喜客，一个人在沙州城里晃荡，又跑来敲我的门，这成何体统呀？梵义被对方的话说毛了，顿时生出了一种叛逆的心态，辩白说：我没有去处，待在胡家坊里不安生,去干五角一块的买卖又不甘心,去烧香拜佛也不是一个好日子,我只有待在这里,我的三魂六魄才踏实,也才感觉自己像一个正常人,你别撵我走。孔执臣见劝止不住,一时气馁了,忙将头巾包上,穿上了棉布的外罩,意欲开门。孔执臣道:梵义你不走,那只有我走了,我可不想助纣为虐,给敦煌留下一个千秋的话柄,我担负不起。梵义慌了,突然抢上前去,拦住了对方:

"执臣,我真的恐惧,我害怕极了。"

愕然。

"呃,你快坐下来,你先听我说嘛。"梵义扯拽住孔执臣,将其摁在了火炉旁的凳子上,却语无伦次,心里塞了一团乱麻似的,不知该如何开口,怎么述说。思忖了片刻后,梵义干脆和盘托出,一股脑地说:"执臣,我先前杀过人,杀过一个该死的家伙,一个可怕的牧羊人。我没有办法,当时我真的没了活路。"

"少东主。"哀告道。

梵义说:"当时在东巴兔,也是一个下过大雪的天气。我只不过是经过,我迷了路,结果我钻进了那个魔窟般的山洞,想避上一夜。天杀的,我就碰见了牧羊人,他好像是从阴曹地府里跑出来的一个恶煞。"梵义拿起了火钳子,捅在了炉膛中,一些火星子炸裂开来,飞溅在眼前,让昏黑的四壁间,霎时布上了一层血色的光晕。对过往这耻辱不堪的一幕,梵义真是难以启齿,去悉数袒露给他人,尤其当对方还是一位异性时。梵义本以为,这一块心上的暗疮愈合了,康复了,了结了,但这一天的狂雪与罡风,包括即将面临的婚姻,以及几个时辰之后的洞房之夜,突然撕开了旧日的伤疤,令梵义的心中,无端地涌出了一股罪恶感,一种遁逃的欲念。事实上,梵义的确没有去处,也无处诉说,如果说沙州城以及关外三县,还有一个人能体面而宽容地接纳梵义的悲哀,包容梵义的败北,分享梵义的机密,那一定非孔执臣莫属。刚开始,梵义真是来送十八碗的,想让孔执臣尝一尝毛平钧的手艺,但也不知咋了,一种倾诉的念头,忽然攫住了梵义,让梵义一时间泪下如雨。迷离中,梵义判断,这或许就是一份天然的信赖吧,一无因果,二无缘由,而对方只不过是另一个自己,不用遮掩,也不必哀求，心贴得很近，几无罅隙。于是，在这样的述说中，梵义获得了刮骨疗毒般的释然，一种与过去慢慢和解之后的空明与澄净。

"就这样，我当时迫不得已，杀了那个牧羊人。"

"呃，他的确该死。换了我，我也会替天行道的。"首肯道。

"但是……"

"不，少东主，没有但是。"孔执臣忽然扑将过来，伸手捂住了梵义的嘴，打断了这些黑暗的谈话。梵义瞥见，就在自己刚才絮叨不休的诉说中，孔执臣竟然将一根鸡毛掸子全都拔光了，一地的乱羽。有几根鸡毛拂荡了上来，掉在了炉口上，空气中充斥着一股燎焦的味道。孔执臣截铁地说："少东主，你这样干了，才不愧是儿子娃娃的冲冠一怒，也才是河西司马的快意恩仇，更是当世护法的光明作为。"

梵义攥住了对方的手："执臣，你能宽谅我吧？"

"哦，少东主，宽谅你是天老爷和菩萨的事，至于我，你真的不必在意。往后的日子还长着哪，时间才是最好的判官，你和我活在了今生今世的这一场大光阴中，一切都将有鉴别，有一册明晰的账目，所以心急不得。"孔执臣松开了梵义，眼眸中嵌着一粒粒烁闪的泪滴，忽然绽笑道，"十八碗，听说十八碗最有名了，你别舍不得呀。"

"罪过，太罪过了。"梵义道。

孔执臣赶忙拿来了蒸锅和笼屉，架在炉子上，将十八碗悉数搁了进去。等待中，孔执臣恢复了先前的样子，多点了一盏油灯，打开一册账簿，开始汇报急递铺近日的流水。梵义心知，对方的态度明显是在抵触，以防他自己再次陷落于凌乱的往事中，不可自拔。这或许就是女人天性中的慈悲与怜悯吧，因为女人和菩萨太过相似。这么一想，梵义便稍有解脱，三心二意地听着，一面听，一面捡拾着地上的鸡毛。

孔执臣介绍，进入了腊月，尤其接近年关之际，前来投邮的人几乎踏破了门槛。虽说贸易量激增，但也都是一些过水的钱，没几个挣头。像现在货架子上积攒的这些包裹，绝大多数是百姓们投寄的吃食、衣物和春节的拜帖，酒资上不去，只能分区划片，集中派送出去，将成本降至最低。鸡肋，弃之可惜，吃在嘴里又没多大的滋味，却也不能不将业务揽下来，装点门面。既然开了这么一座店铺，急递社便失去了挑肥拣瘦的道理，上门的都是客，只有笑脸迎人了，梵义判断。

这一时，孔执臣在柜台上摆出了四颗碎石子，绍介说：李无亏负责北路，马鬃山和万里墙城的那边地广人稀，投邮量也不大，费时费工，但他也已经跑了三个来回了。敦煌西侧，从沙州城延伸至南湖、阳关和玉门关，接近新疆一线，则由昆莫独自担当，两天一个往返，已经连续半个月没有歇停了。因为这一带毗邻绿洲，农田相间，庄院稠密，投邮量颇为可观，自不必提。项楚承担了南向的使命，这个区域太广袤了，一个人当两个人使，要么往东南方向，进入祁连山北麓的牧场和山区，要么走西南通道，越过当金山口，下苏干湖和托素湖，将邮品送入柴达木或祁连山南麓的游牧部落中，十天一趟，或者更久。目下的困境在于，项楚在大柴旦附近邂逅了一场暴雪，险些丧命，幸亏被一伙转场的蒙古牧民兄弟及时搭救了，还派人专门送过了当金山口，这才回到了敦煌。项楚冻伤严重，鼻脸上开了花，一条胳膊也不听使唤了。梵义道：要快，抓紧送到世兴堂去，安顿他住在里头好好歇缓上一阵子，请沈先生仔细疗治，哪怕花再多的钱，也要让项楚的身上囫囵着，一个零件也不能少。孔执臣纠正说：少东主，你也该改口了，沈先生现在是你的外父，你应该知道怎么称呼他的。梵义的脸霎时红了，似乎对这个话题了无兴趣。孔执臣接续说：事实上，项楚的确去了一趟世兴堂，但只是擦了一些药，带了一些帖，又率着一批邮品上路了。往东，包括瓜州和肃南一带的大小村落，自然归茹老二管辖，他本来就是玉门镇黄家湾的人，对那一块地盘上的猫道狗道，最烂熟于心了。不幸的是，越有把握的事情，越会出现故障。一抵近年关，河西四郡上的各路贼娃子异常活跃，茹老二在一个腰站打尖时，捆在马背上的几件包袱便不见了，气了个半死。没了辙，茹老二守在周围，踅摸了两三天，这才找见贼娃子扔掉的其中一件，原先是一套寿衣，卖不出手，而其余的邮品早就不知迹象了。茹老二悻悻地回来后，马上认领了三块惩牌，等着年终决算时，从他个人的薪俸中扣除。按照契约，急递铺给几家失主赔付了三倍左右的款项，这才息事宁人，双方各不追究。梵义补充道：有罚，必定有赏，你给项楚追加五块劝牌吧，等到了春节之前再重赏他也不迟。

嗯，至于蒋斧和卡利班二人，近一段时间，埋头专干一件事情，目下尚不知归期，孔执臣又释解说：少东主忙于大婚，我不忍打扰，加之这一桩贸易又来得十分急迫，所以我们私下里一商量，便迅速接下了，因为回报比较丰厚，急递社这一趟可以挣两匹大马。什么，两匹大马？梵义惊问。原来，玉门镇养马的大户左家，于秋天时在蒙古的法王寺牧场购买了一批马，足足有上百匹之多，却一直没有去交割。前不久，俄境一带的寒潮横扫下来后，牧民们急于转场御冬，便捎了一封口信过来。左家势大业大，不巧却碰上了一位亲房长辈下世，忙于葬礼，一时间腾不出人手来，只好央告到了急递铺，酒资是两匹大马，任意挑选。蒋斧当即高兴死了，好像一块金子扔在了他自己的脸上，让卡利班随他同去。孔执臣与左家的人签了契约，并给两名游击支付了足够的川资，连夜送他们出了北门，消失在了荒天漠野中。孔执臣道：掐指算来，他们现在应该过了锁阳城，正在去左家的路上，估计二十三日前后，也能返回沙州城，误不了大家一起过年。果然，这一桩丰厚的贸易，让梵义脸上的沉沉阴霾，零打碎敲地消失了，渐呈喜悦之色。梵义感慨说：三年不开张，开张吃三年呀，要是咱们的急递铺能这么持续地红火下去，等翻过了年天气一好，就得壮大人手，抓紧招兵买马了。孔执臣却说：我倒不盼望着一口吃成个大胖子，细水长流才叫好，我记得家父生前教诲的一句话，说宁可十年不要将，不能一日不拱卒，正是这个道理。梵义一拍柜台，慨然道：毕竟是孔大先生，梵义受教了，这一句圣贤话，堪称天下真理。

锅早就开了，蒸气四溢，弥漫在了空气中，十八碗的各色香味混杂着，但距离蒸透还早。孔执臣接续说：剩下一个陈小喊，如今真成了名副其实的游击，充当了急递铺的机动分子，最急难险重的活计，一般都归了他，旁人恐怕也胜任不了。这一向，陈小喊匹马单枪，已经干完了七八桩贸易了，前脚一到店里，后脚就离开了，顶多在沙州城里逗留一两个时辰，从不懈怠。梵义一番欣慰，问说：陈小喊现在何处，我可真有点想他了？呃，他可能过了猩猩峡，正在回敦煌的路上吧,孔执臣答。梵义一惊:陈小喊去了口外,我怎么不知?这么寒天冻地的,路上太危险了,他起码应该拉上一个伴当,相互有个照应才是。孰料,孔执臣诡谲一笑:少东主,有些琐事就不必泼烦你,下面的人料理了就行,你是掌舵的,又何必事必躬亲哪。说着话,孔执臣取出来一只首饰盒,打开盖子,搁在了对方眼前。梵义一瞧,原来是一对精美的玉镯子,雕工细腻,色泽温婉,材质大概是中上品的昆仑玉吧。孔执臣叮嘱说:待陈小喊回来,少东主你亲自将这一副镯子送给他,再不送的话,你可就输了礼性,大家都不答应的。梵义纳罕极了:笑话,给一名游击送玉石镯子,这跟给李逵送绣花针有什么区别?你们最好别戏弄我,也千万别在那个家伙的头上点火,否则有大家的好看。呃,是这,准确地说,不是给陈小喊本人送镯子,而是给他的女人,因为陈辛氏有孕在身,快三个月了。

孔执臣的这番话,犹若一颗天雷,炸响在了头顶上。梵义惊愕道:陈辛氏,有孕三个月?哎哟喂,那个贼娃子什么时候服的软,干了这么一桩像人的事呀?孔执臣突然澎湃大笑:女人是杂庄的,陕西流落过来的,名字叫辛仗和。事实上,在干掉了仇人匡随,陈小喊告假,去万里墙城的北边给爹娘老子烧纸时,就偷偷地捎上了辛仗和。跪在坟前磕完了头,发完了愿,两个人便结拜成了夫妻。一介常年在外漂泊的游击,自然也没有那么多的顾忌,能回来给急递社的门面人物孔执臣告知一声,也还算守规矩吧。梵义收下了玉石镯子,答应择机转赠给辛仗和,又不免带着一些失落,哀怨道:如今生米煮成了熟饭,陈小喊肯定自有他的一套说辞,只怪我上梁不正,也没能给他们一个热闹红火的婚席,搞得像娶了一个再醮的寡妇似的,低人一头。孔执臣劝慰说:少东主,你也别太责难自己了,大家都在埋头干事,谁也不想分神,好在现在路已经开开了,急递铺有了一个优良的开端,一切向好。

"路真的开了?"

"开了,彻底开了。"孔执臣早有预备,铺开了一卷《西北舆地图志》,用指尖梳理道,"少东主你来瞧,自敦煌往西,穿猩猩峡,过哈密、鄯善和吐鲁番,一直可以抵达迪化。这一条甘新大道,如今尽在急递社的掌握之中。照你的吩咐，陈小喊数次拜见了尊贵的哈密王，对方已经答应，口外的那一段路程，向急递社全面开放，也由他们出面襄助，利益共享。"又转向了图志的右侧，继续绍介道："少东主虽然坐在帐幕之中，但决胜于千里之外，果然算筹无遗，一切都兑现了。目下，梵同一直身在肃州城的洪门家中，切磋再三，传来的消息说，洪门的新当家人洪皮海已经答应了敦煌开出的条件，愿意设立急递社的分舵，再由洪门分舵号令甘州、凉州和红城子一线，长驱直入，直接打通兰州城。"末了，孔执臣将这一卷图志仔细地收束起来，藏在了柜台下的一只暗匣内，锁闭了机关。又道："少东主，如你所愿，也仰仗急递社的各位兄弟披风戴雪，奔波东西，这河西四郡以及整个甘新大道，如今的确是千里一脉、长风浩荡的局面。哦，菩萨有知，上佛庇佑，这一条路终于开开了。"

梵义凝望着对方，内里潮起了一股滚烫的汁水。

"往后的日子里，少东主端坐中军帐，施令于外，须万般仔细、千般疼爱这一种得来不易的大好局面，断然不能前功尽弃，更不可毁于一旦。"这一刻，孔执臣仿佛乡学中的总教，殷殷嘱托道，"执臣是一介弱女子，以后恐怕也帮不上少东主了，你就好自为之吧。"

"不，"梵义沉静地说，"没有了执臣你，这急递社一文不值。"

"我只想兑现给印光法师的承诺。"哀恳道。

"执臣，还记得我托付给你的那一方古印么？整个河西大道，整个敦煌，唯有你才有资格执掌它，其他任何人都不配，也包括我。"见孔执臣一身肃穆，出神地盯视着自己，梵义截铁地说，"你才是真正的河西司马，我离不开你，执臣。"

对方哑默着。

"执臣，你才是我的女司马，我知道。"

这一霎，孔执臣不再吱声，突然撂下了梵义，跑到了炉子旁，下了锅，揭开笼屉，将热腾腾的十八碗捧了出来，依次端在了柜台上。扣肘子、粉蒸肉、百合八宝饭、腐乳糟肉、甜面夹沙、丸子粉条什么的，一只只海碗里油光四溢，香气扑鼻，惹人馋涎。

不承想，孔执臣擦净了一双筷子，并不下箸，担在了碗沿上，却催赶着梵义，让其抓紧回家去，别再逗留了。梵义仍沉浸在刚才的心境中，不忍心这么走掉，故意戏谑说：不，等你各样吃上一口，我亲眼见你吃饱后，我就马上滚蛋。闻听此语，孔执臣肃然地回答：少东主，自打家父下世，尤其是见了印光法师之后，执臣已在心中发愿，此后终生吃素，不再沾染荤腥了。这十八碗我已经心领了，少东主你快回胡家坊去吧，性元还在等你哪。梵义的不快立刻挂在了脸上，一气之下将食盒拎了过来，打算将十八碗悉数带走，不想去冒犯一个茹素者的戒律。岂料，梵义的手被当即拦下了，孔执臣揶揄说：少东主太小气了吧，执臣不吃，难道别人就吃不得了？梵义狐疑半天，猜想不出究竟还有谁会在这个风雪之日，来急递铺子里做客，居然还要饕餮一番。孔执臣努了努嘴，示意了一下后院，相告道：许岩楷师傅在里头忙了快一整天了，十八碗留给他吃吧。许岩楷，那个沙州城里的彩绘匠人，棺材铺子的大掌柜？梵义惊问。孔执臣点头：不错，许岩楷也是少东主你开具的名单当中的一位，他不但擅长彩绘，更精于雕刻印版，因为事发太突然，执臣已经提前用上了他，比当初料想的要好，估计一天就能刻出一块经版来，简直如出一辙，几可乱真。道路纷传，这个许岩楷上半年疯掉了，还在大庭广众之下吞食了狗屎，梵义忆想起了这些碎语闲章，话到了嘴边，却也没有问出口来，生怕玷污了孔执臣的一腔美意。

大概两天之前，打了烊过后，孔执臣照例在检查急递铺当日接收的投邮品，却在一只麻布包裹内，意外地发现了两块雕版。雕版古旧斑剥，一块残损了，另一块严重皲裂，但分量很沉，似乎是樱桃木的质地。吊诡的是，上面铺列的一行行文字，既非孔执臣所熟知的汉字，也不是似曾相识的藏文与蒙文，而是一种奇特且华丽的字迹，无法识读。细察之后，孔执臣断定，它们一定出自莫高窟的藏经洞，去向可疑，因为收邮的地址乃是兰州城内的甘肃织呢局，一位洋大人的名讳。孔执臣犹记得印光法师的托付，当即决定狸猫换太子，遂以急递社的名义，迅速召来了隐姓埋名的许岩楷，连夜起用了他。梵义闻听了这些绍介后，踏实了许多，心知孔执臣即便不是另一个自己，也绝对堪称是左膀右臂。纵然是其他任何人，也绝难取代这位焉支山下的奇女子。

孔执臣又催说：少东主，雪下大了，天气更坏了，你快回去吧。梵义抱憾说：哎哟，我无缘一见，我也的确太碍手碍脚了，否则许岩楷师傅等一下吃了冷饭的话，你非戳我的脊梁骨不可。言毕，梵义卸开了一块门板，呼啸的寒风夹杂着雪花，一股脑地灌了进来。原来天色已经黑下了，街道上杳无人迹，空气中发出了一种嗖嗖嗖的响音，类似于冻僵的金属声。梵义刚要仄身出门，却突然折转过身子，一把抓住了孔执臣的手，捂在了自己的心口上，内里沸腾着无数的言语，竟也说不出一个字来。这一日，敦煌冷寂，沙州城也空荒着，四目相视了一番后，孔执臣赧然推开了对方，俯下身子，将空荡荡的食盒，交在了梵义的手中。末了，孔执臣叮嘱说：

"少东主，快回家去吧，家里暖和。"

"嗯，等一下你把门板上严。如果上面冷，你就去伽蓝密室里歇息。"梵义道。

"梵义，你心里的一切，执臣都懂，比谁都懂。但你千万记住，往后这样的话，还请免开尊口，不要再讲了。"孔执臣双目婆娑，那一种透亮烁闪的泪滴，又一次流淌了出来，"是这，我已经决定了，等明年清明节，待我去甘州城祭扫完了家父后，我要把自己嫁给苏食。执臣的这一点浅薄念想，还盼少东主多多宽谅，予以首肯。"

半晌后，梵义却后几步，抱拳一揖，寒凉地说："我答应你，婶子。"

壬子年，腊月初八日，夜。就在胡家坊的胡梵义提着一只食盒，踅出了急递铺的大门，迎着扯天漫地的风雪，趔趄地往西门外走去时，在斜对面张洋瓜子店的廊檐下，管家苏食突然哭下了，一屁股坐在了雪地上，哀鸣不止。苏食瞭见，从那一扇门板内扑出来的灯光，居然那么亮，那么发烫。

睁开眼睛后，梵义发现自己躺在炕上。

梵义浑身僵硬着，仿佛一块被酒精和寒冷控制了的石碑，动弹不得。这一时，梵义知道，眼睛还活着，眼睛是最可靠的伴当，从不背叛。窗台上的清油灯跳跃着，目光逡巡中，梵义瞭见了炕柜上的鸳鸯与童子，门扇和墙上的大红喜字也安然无恙。那一桌清供上，香火熄了，但灰烬的味道很大。身畔，挨着梵义的脑袋，另有一只花枕头，样子凹陷，似乎一个人刚刚离开。梵义干脆糊涂了，想不起前头发生过什么，与谁见了面，跟谁斗过酒，一切都像手中攥住的一把沙子，以为在握，其实早就流失一空了。头发在疼，眉毛在疼，每一根骨骼上长满了毛刺，似乎要将这一具皮囊戳破，变成一张作废的黄表纸。恍惚间，门开了，又闭上了，性元提着一只马灯进来，冻得嘴里直抽冷气。性元刚要吹马灯，瞥见梵义醒了，便一个蹦子跳上了炕，将马灯照在了对方的脸上，咯咯咯地先笑了一气。笑毕了，性元方说：酒是一种不要脸的水，你昨晚夕舍下了我，去跟不要脸的东西鬼混了，看把你弄得鼻青脸肿的，到头来还是我伺候你，让你像王爷那样舒坦。梵义顿生愧疚，忍着不适，伸手揽住了性元的腰肢，回忏道：酒的确是不要脸的水，我今生可能和它无缘吧，它不要脸，但我得要。

大概睡到了后半夜，性元让旁边的呼噜声吵醒了，定睛一瞧，这才反应过来，原先不在自己家里，而是在粉饰一新的洞房内。梵义的鼾声又粗鲁，又尖锐，呼啸来去。性元心知，这不光是酒闹的，那些说不清道不明的东西，才是梵义肚子里凶猛发酵的真正原因。

眼前，这个胡家坊的少年，胡恩可家中的长子，终于做了自己的男人，性元半是喜悦，半是惊悸，偷偷地落了一阵子眼泪。喜悦的是，曾经在乡学里跟梵义算得上同窗共读，一种幻想中的青梅竹马，如今修成了正果。欢喜是轻薄的，因为惊悸无所不在，纷至沓来。子夜刚过，管家苏食自己打开了院门，将梵义扛了进来，丢在炕上。临出门前，苏食居然趴在地上，用袖子擦净了脚下的脏雪，拭去了鞋印。性元急了，拦挡下苏食，不许管家这样卑微地操心。苏食灿然道：少女主，这可是洞房呀，我保证少东主的身上是干净的，我也不会带进来一点点脏东西。性元没问自己的男人何以醉成了一堆软泥，问了也白问，因为男人们是互相打遮掩的，乡学中的碎娃娃早就这么干了。苏食告辞后，性元安顿梵义睡安稳了，这没什么难的，与在高房子上照顾病人一样，驾轻就熟。花烛之夜，盯望着熟睡中的男人，性元分明知道,梵义的内心深处,一定有一块陌生的旷野,对自己锁闭了,对自己哑默了,严禁她涉足。这个念头令性元心荆肉棘,骇然不已。不过,性元很快就说服了自己,男人嘛,谁的心中没藏着小九九,偷偷地拨他自己的算盘,打他自己的粮食,这反倒是一份顾家的品质吧。目下,这个心仪已久的男人横陈着,身上的肌肉疙瘩,犹若一捆捆紧凑的盘绳,让性元感觉踏实。梵义沉重的头颅,又如一块镇纸,压住了性元的慌乱,让她在这个寒夜里不必继续独守空房。另一份惊悸,则来自对这个初夜的忐忑,毕竟是童贞之身,性元的羞涩与张皇无以复加,不知道梵义醒转过来后,究竟将发生些什么。性元从枕头下摸出了一沓白手巾,梵义送的,一直没舍得用。早上婆家来迎娶前,还是母亲沈戴氏塞给了女儿,又如此这般地叮咛了一番。后来,性元摸了摸炕面,凉了,便匆匆披衣出门,在门外的炕洞中填了锯末和麦草,接续了火,紧着回来了。听罢了梵义的赌咒发誓,性元鼻子一哼,手突地钻进了被窝,掐住了丈夫胸膛上的一坨肉。性元通牒道:不光是酒,这世上不要脸的东西太多了,你一样也不许招惹,听见了没?

事实上,正是性元的这么一掐,梵义才彻底醒来了,而前头的那些不适,显得矫情且浮浪。梵义哀告了几声,点头答应了,忙将性元一把揽了过来,往怀里塞。性元抗拒着,忸怩着,似乎刚才带进门来的寒意越发凝重了,牙齿也在打架。梵义道:快让我焐一下你,你会冻僵的,快来呀。岂料,性元仓皇地挪移了一下,意欲下炕。这么着,梵义从被窝里冲天而起,几乎赤裸裸地跃了过来,兜头抱腿,硬是将性元摁在了自己的枕头上,他自己也顺势躺在了旁侧,忽地拉上了被子,将双方捂得严严实实,密不透风。

阒寂中,彼此的呼吸打头碰脸,声息可闻。性元感觉到了,梵义就像一块烧炭,正在冒火,火星子说出来的话,每一句她都听懂了。性元的手探摸着,触到了丈夫的下巴和嘴,一夕之间,胡茬子居然孵出了许多,很硬,也很扎手。喝的是苞谷酒,我闻出来了,对吧?性元问说。梵义道:的确,我也收过秋,我死活就不明白,那些老苞谷棒子,看起来没什么名堂,但酵了酒之后,别说是我,就连一头牛也能撬翻，真是太神奇了。性元释解说：这就是学问，天底下的每一桩每一件事情，其实都藏着学问，只怕你不去究问，这就好比甘草、荨麻、金银花、黄连、蒲公英一样，平时喂牛，牛也懒得吃，但它们熬煮成汤药的话，却能治人间的百病。梵义思忖一下，夸赞说：你呀，你不愧是世兴堂的女公子，满舌头满牙齿都是学问，一张嘴便让人信服。暗中，箍紧了性元的腰身，梵义又道：这不要脸的水虽然好喝，但收秋之后晾晒苞谷，尤其是剥苞谷，却是人世上最头疼的一份苦活，谁也不愿意去干。性元不谙稼穑，一时间好奇极了，究问原因。梵义忽然厌倦了与酒有关的一切话题，避而不谈，手却摸上了性元的前襟，攥住了一枚纽襻，开始拆解。梵义冲动地说：其实剥苞谷和脱衣服一个道理，冷了湿了最难伺候，只有等热了干了，两样衣裳自己就裂开了，还不费人工。性元蓦地扼住了丈夫的手，悢然道：马灯还亮着，你快去吹灭吧。梵义回说：马灯在外头亮着，被窝里只有你的眼睛是明的，不管它。

虽然填了炕，但等着烧烫起来，还有一段工夫。

性元喟叹道：我喜欢天冷，天一冷，你就对我仔细，还能带着我去千佛灵岩上捉冰蝴蝶，可一旦到了夏天，你的心思就在外头，敦煌都圈不住你。性元的脑海中，出现了冰封的宕泉河与莫高窟，两个人策马而行，费尽周折，站了在密密麻麻的洞窟下，徜徉无比。紧随着这个画面的，则是天热之后，梵义率着一帮子游击从河西一带回来，居然没有进城，没有回家，公然住在了北门外的客栈中。当性元闻听，那一伙男将中间多出了一个挂孝的女子时，心便裂了，碎了，不由得将所有的病，看在了梵义的身上。好在菩萨施舍下了天大的美意，洒下了甘露，一切都有惊无险，走到了今日。梵义箍着女人，发愿道：咱们去年没看上冰蝴蝶，可能是气候不对，抽了空，我今年再带你去找找，我偏就不信看不见它。性元努嘴说：我不想去了，真不想去，看着你让一根绳子缒在崖壁上，我的心就提在了嗓子眼里，我害怕。嗯，尤其后来，你钻进了一座破窟子里，喊你也听不见，叫你也不吱声，我在下头简直……性元停下了话头，不愿再复述了，这些寒凉的记忆，显然不宜于这一个良夜。

梵义愣怔一番，突然惊坐起来，抬头盯看着屋顶，问说：谁糊的仰衬，我怎么不知道呀？新房的仰衬是用上好的粉纸糊下的，平整光滑，毫无缝隙，在马灯的辉映下，布满了一种高贵的腔调。性元揶揄说：你忙得周游四海，只好我来打理了，我请了南门外林经文店里的裱糊匠，重新打了檩条，先背了一层麻纸，这才将粉纸糊上去的。梵义孟浪道：你个瓜女子，事先也不知道说一声的，我原先在梁顶上搁了一个包袱，现在包袱呢？性元的表情空白一片：包袱，什么包袱？梵义忆起了千佛灵岩上的那一座秘窟，那一件偷盗而来的陈旧包袱，嘴上跌绊着，却又无法坦言相告。性元释解道：林经文店里的裱糊匠干活仔细，按着婚房的尺码和要求，将每一根梁木、每一根椽子，全部用净水擦了好几遍。再说了，我还从净土寺里请回来了几匣子经书，让匠人们分别装在了梁木上，保证家里干干净净，外面的邪祟和脏东西不敢进来，也根本进不来。梵义明白，这一层浅薄的仰衬纸，将自己跟那一只神秘的包袱隔绝了，当初没来得及查看，以后恐怕也机会难再。天命如水，一切都像是前定。梵义永远也不会知道，在开春的那一场席天卷地的沙暴中，恰恰是开元寺的小僧拖音，悄悄带走了那一包诅咒的文书，并在黎明之际，焚化在了党河之畔。那位年轻的僧侣圆通深沉，专使携愿，也由此将日后报应的恶果，嫁接在了他自己的身上，一个人去捐献，一个人在荷担，并因此拯救了梵义。多年之后，在沙州城，在关外三县，乃至河西走廊一线掀起的一幕幕腥风血雨，一场场杀戮和征伐，莫不与此有关。这一刻，见究问不出什么结果来，梵义便沮丧地躺倒了，将性元慢慢剥开，团在了怀中，覆上被子。

"你去把灯吹了吧，我怕。"

梵义附耳："灯在外头哪，灯看不见咱们。"

"哦，太热了，我刚才填了三背笼的柴草，我出汗了，你也是。"性元好像不适应，一直挣着身子，呢喃道，"窗子在响，雪一定下大了。几点了？"

"辰时吧，天快亮了。"回说。

梵义的手，此刻像一介唐突而莽撞的少年，睁大眸子，在暗夜中跑过了山岗，跃过了丘陵，一马平川地驰奔到了山脚下。喘息中，梵义停了下来，探摸着女人的脐心，感觉到了一块异物。异物是凸状的，大概巴掌大小，贴在了性元的肚脐上，梵义甚至嗅闻到了一股隐隐的药草气息。梵义讶异了，以为性元受过伤，正在疗治当中，忙不迭地起了身，扯开被子去查看。性元确实怕灯，一手捂住了眼睛，另一根胳膊遮护在了胸脯上，呈怔忡之相。梵义发现，那不过是一块狗皮膏药状的东西，颜色新鲜，温软无比，好像刚刚贴上去的。吊诡的是，那上面印着一枚神秘的画符，画符的周围是一道法轮，周围放射着光芒，熠熠不绝。梵义忽然失笑开来，问说：哎哟，好我的性元，你前世里究竟是姑子，还是一个灵婆子，你怎么还在炕上设坛作法呀？半晌后，性元方羞臊道：早上临出门前，我妈把我悄悄喊进了房子里，硬是压住我，往我的身上贴了这么一块，还让我三天之内不要揭掉，一直要戴在肚脐上，否则会招灾。梵义像灌了一锅米汤似的，怨怪说：你妈的嘴里不打粮食，说话简直连毛带草的，就这么一块破膏药，画上一道神符，难道就能驱邪赶祟，把你当一桌清供伺候呀，真是的。性元毕竟是一个女子，少不更事，且心无城府，直脱脱地说：不防别的，主要是为了防男人，防梵义你的。听罢此话，梵义发笑了，一下子抢过去，捧住了女人的颊脸，爱抚着，盯看着，又惜疼地问：好我的性元，防我，防我做什么呀？性元呼应起来，张开臂膀，攀住了梵义的脖颈子，耳语道：我妈说了，男人都是钉子，女人一过了门，就会让男人身上的那一根钉子给钉住，以后一辈子也就安生了。性元一脸的清白，无非是在鹦鹉学舌地转述罢了，又坦承道：我肚脐上的这个药，其实是我爸专门配制的，这个画符，也是我爸亲手画在上面的，三天之内有灵效，千万不可揭掉，这些莫名其妙的话，我是听我妈私下里讲的。

  灯光下，梵义的表情陷在了一片迷雾当中，难以清晰起来，狐疑道：沈先生这样子干，到底是个什么意思？外父他在算筹什么，打的什么主意？性元松开了男人，眸子烁闪，讶异地说：你个贼疙瘩，你这不是明知故问么，你忘了去年收秋的季节，你跟公公一起到我家里来，三七不问，就要给沈家赠一座新宅子的事么？梵义自然记得，但内里的详情，爹老子却不吐一字，实难探究。在这个风雪交织的新婚之夜，梵义张看着，等待着答案。性元慢慢偎了过来，样子哀戚，犹如一只鸽子找见了巢穴。性元道：

"我们家住在隔壁，钉住了你们胡家的风水，公公当初就是这么个用意。"

梵义："胡家的风水？"

"嗯，去年收秋时公公那么一说，我爸当时就猜破了，也答应下了。"性元的话，仿佛秘窟中的一卷经文，依次呈示了出来，"原先，你们胡家的墙外头是白花花的党河水，还有鸣沙山上刮下来的流沙，将运程和钱财全都冲走了，一直不能兴旺，所以需要钉住，把周围的风水钉牢靠了，才能翻身，也才能在梵义你这一辈子上光宗耀祖，显赫一世。"

"所以，我爸去央求了沈先生？"梵义迷惘道。

"不。"

梵义的手按在了女人的肩胛上，知道这一卷经文翻至了末尾。性元咧笑，纠正道：

"应该是丁先生。你外父本来姓丁，不姓沈。"

"丁先生？"

"对，姓丁。"性元璀璨地说，"钉子的钉。"

这一霎，梵义突然抱起了性元，双双摔落在了炕上。炕火肆虐着，让这一对少年夫妻的初婚之夜，犹如一座沸腾而热烈的坛场，身披了这个人世上的全部恩遇，又充满了一种年轻的好奇与欲望。梵义翻滚着，激荡着，努力让个人所有的身心和力气，衍变成一枚温良而爱恋的钉子，去钉住性元，钉在自己这一世的命数里，钉在自己未来的风水中。性元仰躺着，呻吟着，一任男人虎气豹声，将自己的魂魄慢慢地抬升了起来，摇曳不已。一种翩然欲飞的心情，像温热的流汁，在性元的身体中波来荡去，一圈又一圈地扩散着涟漪，直到云霄的尽头。迷蒙中，性元觉得自己的整个身体，开始像世兴堂里的那一座庞大的药柜，梵义立在前头，拉开了这个抽屉，合上了，又拉开了另一只抽屉，复又合上了，如此抽抽合合，循环往复。性元的鼻翼中，充斥着一股股药草般的馨香，简直快陶醉了过去。

半晌后，梵义已是汗水淋漓，头上冒烟，缓慢地直起了腰身，将旁边的窗户裂开了一条缝隙。梵义瞭见，天其实亮了，风停了，雪也打住了。整个胡家坊一带，包括远处的党河与鸣沙山，完全掩蔽在了一派肃穆的苍莽当中，没有差别，也没有任何一条歧路。视野中，这一角敦煌的天地，仿如一座雪白而透亮的宽大赞堂，穹顶高挂，四壁空空，静待着人们扪心而去，去描画菩萨，去点灯奉香，去镂刻莲花藻井，从而将人世上所有的贫寒、泪水与张皇，款款地安顿进去，求得一桩桩现世的福报。

瞥望中，梵义看见了院墙旁的那一座高房子，毛毡落下来，牛肋巴木条钉在窗户上，显得稳定而实在。念及玉山颓倒、病程绵远的爹老子，梵义的内心一阵酸楚，情难自禁。梵义忆想起来了，恰是去年收秋的那几个晚夕，爹老子率着自己，求告了义庄，拜访了世兴堂的沈家，许了一堆的诺，吃了一路的愿。当时，梵义尚蒙在鼓里，问及爹老子时，父亲只丢下了一句话：我这是在给你们铺路哪，路铺好了，以后你们自己去走，去闯。此刻，梵义醒悟了，不管是替义庄开窟造像，抑或是给世兴堂慷慨赠予一座新宅院，此乃父亲的精心算筹，也在父亲的全盘掌控当中。风水，这个高邈的辞藻，虚幻的说头，爹老子为了改变它，竟然差一点赔上了老命，如今也只不过是在苟活罢了。一念至此，梵义的眼泪收不住了，簌簌而下，思想说：我偏偏就不相信什么风水，这一世剩下的日子里，风水将是我的仇家，也是我的死敌，我笃定要去跟它搏上一命，哪怕遍体鳞伤，哪怕一败涂地。

枕头上，性元被梵义掉下来的泪滴激醒了，迷离地问：你哭了，你怎么哭了呀？梵义截铁地说：我没哭，我身上没有眼泪。言毕，梵义在女人的眉心上，狠狠地亲了一口。

大概过了半个多时辰，先是胡家坊的一只公鸡叫了，接着，门外面传来了管家苏食的轻唤：少东主，少东主你快出来一下呀。梵义昏沉着，打着哈欠，从性元的身上沉沉地爬将起来，给女人掩好了被角，又亲了一下额头。苏食还在催喊，急吼吼的口气，好像他身衔了十万火急的使命一般。梵义下了炕，穿戴齐整，开开门，闪身出去，又轻缓地掩上了，生怕坏了女人的瞌睡。岂料，性元本来就醒着，双目圆睁，从被窝里慢慢地抽出了胳膊，将手里的那一块手巾打开，仔细去瞅。

手巾原先是白的，比雪还白，但现在不是了。在手巾的中央，一块湿润的鲜血，犹如腊月天里的干枝梅，殷红，刺目，刚刚绽开了似的。这么着，性元莫名地哭下了。

门外，管家苏食迎了上来，停在一步之远，抱拳一揖：少东主，有喜了，喜从天降呀。梵义立刻恢复了素常的表情，沉静地说：昨天的喜事，今日不提也罢。苏食唎笑着，从怀中摸出来一张纸，递给了梵义，热络道：执臣让我来的，催着我必须马上面见少东主，让你亲自过目。梵义展开了，眉头一皱，瞭见是一张药方，上面工工整整地写满了各种药名与剂量，煞是费解。苏食却像一个娃娃似的，雀跃着，烂漫着，绍介说：这个方子是孔大先生临终前教执臣背会的，总计四十九味药，是开给老东主的，专门疗治风气犯心，心窍迷失。梵义愕然极了，战栗着，捧住了那一页纸，好像捧起了一个脆弱的婴孩。苏食又释解说：执臣一直忘了其中的两味关键药，简直忘死了，幸亏菩萨开了眼，她今早上才想起来，赶紧誊写在了纸上，让我来给少东主报喜讯的。梵义恍然道：

"当时在甘州，我亲眼见到的，执臣的确说不出来其中的那两样。"

苏食哽咽说："你爸有救了。"

"叔，请受小侄一拜。"梵义不作他想，撩开了袍衣，扑腾跪在了雪地上，磕下头去，"这另一个头，让我磕给执臣。不，磕给苏家小婶子吧。"

卷二十四

久坐衲衣寒。

像所有用旧的东西一样，糜子垫亦不例外，上面沾满了屎尿的痕迹，以及炕火熏烤过的呛人气息。胡恩可木讷着，微合上眼，从力气上判断，长子梵义架住了自己的肩膀，次子梵同抱住了腰。兄弟俩掌握着平衡，一前一后，彼此提醒着，将爹老子从炕上抬了起来。这一时，炕上空了，儿媳妇性元跪在下头，打算将糜子垫移除出来。要命的是，糜子垫本来就沉，加之病人在上面躺了大半年，夯成了石板似的，实难下手。梵义让女人喊几个伙计上来搭手，性元反说：今个天是啥日子，你忘了呀？性元张看了半天，忽然灵机一现，将几块压门槛的党河石捡起来，衬在了糜子垫下。滚圆的党河石恰好充作了滑轮，性元将糜子垫拉拽下来，移在了地上。刹那间，热炕的犄角旮旯里，腾起了一股股陈旧而腐烂的味道，灰尘簌簌，直扑鼻脸。性元也不计较，爬上去，用一只笤帚疙瘩蘸了水，擦洗了几遍炕面。性元自语道：高房子里还是不要让伙计们进来得好，这不光是病房，更是儿女们尽孝的庙堂，堂有堂的规矩，庙有庙的章程，让外人看见了实情，传出去不妥。这话像一句旨意，更是一声警告，仿佛性元已经在胡家划定了自己的疆域，旁人不得染指。梵同冲着哥哥吐了吐舌头，鬼脸一番。梵义也是莫可奈何，乖乖地答复说：照办就是了，今晚夕你们全都下去，去陪着妈守岁，我在这达守着爸，大家都趁机歇缓一下，明天好好过年。

火炕很烫，很快就干燥了，性元先铺上了一层厚毡，又垫了一床旧棉花褥子，再在上面苫了一卷芦苇席子。这个工夫上，梵同却执拗道：你跟性元下去，睡你们的大觉去，爹老子这里有我哪，我又不是街上拾来的，能不懂得惜疼他嘛。梵义抢白说：你个小贼疙瘩，好心当成了驴肝肺，你下午刚从河西一带回来，马都累得打哈欠了，你最好陪着妈去说说闲章，解一下她的心慌吧。梵同不从，又争执了几句。梵义忽然低下了声，威胁道：小心你的舌头，莫非你想吃一块惩牌了？闻听此话，梵同便没了辙，悻悻道：少东主，我下去就是了，千万别气歪了你的一对招子，将来给我生下一个斜眼吊睛的侄儿呀。拾掇停当后，性元站在了旁侧，指使着兄弟俩小心轻放，将病人送上了炕，款款地搁在了中央，盖上了一件长棉花的被子。悄静中，梵同又顽劣了起来，胳膊支在了嫂子的肩膀上，大咧咧地说：性元，你说我爸咳嗽了，咳嗽就证明了元气回还，那后来呢？性元怔忡着，蔑笑道：瓜娃子，咳一声就够了，要是时时咳嗽的话，就跟你这一张乌鸦嘴一般，乱语三千的，吵也吵死了。梵同喋喋地说：性元，哪怕听见他咳嗽一声，我也会觉得是我爸在说话，借了天上的甘霖，浇我心中的旱田，这个你真不懂。性元哄唆说：你快下去歇缓吧，要是爸咳嗽了，我一定叫你来听，让你知道这个人世上的菩萨并没有闭眼，还在照着咱们胡家，从不曾放弃。梵同手贱，撩拨着嫂子的鬓发，左瞧右看，发现这个新娘子并无丝毫的变化，还是那么妩媚可人，那么体贴知心。梵同恭维说：别的菩萨我不认识，我只认识一个叫性元的，她才是⋯⋯话未讲毕，性元突然折身，一把揪住了梵同的耳朵，嗔怪说：你个小贼，左一声性元，右一声性元，这性元是你喊的么？你当着爹老子和你哥的面，今天必须改口，要不然我撕烂你的嘴。梵同被揪疼了，立时搂住了性元的腰，哀告道：改口可以，但你先给我一块糖，吃了糖才叫得甜嘛。性元挣脱不得，释解道：明天是大年初一，明天给，我现在身上没带糖。带了，我知道你身上带了，梵同纠缠着，见性元狐疑不解，又戏谑说：你的舌头是甜的，舌头就是一块冰糖，快让我舔舔吧。性元哎哟了一声，脸臊得彤红绯赤，拾起笤帚疙瘩，劈头盖脸地捶了下去，梵同忙着招架。一旁的梵义抿着笑，不持立场，反正结婚三天没大小，弟弟又刚从远路上回来，由着他戏耍吧。这一时，梵同嘘了一声，讶异道：快看快看，爸笑了，爸会笑了。

　　的确，胡恩可笑了。

　　但那只是一番浅显的表情，犹如刚刚冻结的一块薄冰，危险，易碎，充满了十足的惊悸。胡恩可的目光凝滞着，打在对面的白壁上，似乎在识读那些墨字，在吟哦，在参悟，并发出了释然于心的态度。兄弟俩赶紧上了炕，拢在了爹老子的旁边，笑得比病人还开心，还灿烂。梵同哀恳道：爸，今天是除夕，你该给我压岁钱了，我候着哪。梵义也道：爸，苏食叔已经把这一年的账簿和流水都算筹完了，今年咱们家的各项贸易都不错，伙计们的分红也很肥实，正等着你过目呀。两个人絮叨了大半天，但等来的答复始终是那一幕寡落落的笑容，仿佛他倦了，他怕了，他疲累到了顶点。性元在旁边啃着一只冬果梨，不忍打搅兄弟俩的撒娇，心知像这样的温馨，在胡家已是一桩稀罕的事情了。真的，这一年的变故太大，江山易帜，皇帝下野，从中原传来的噩讯，一个比一个败坏，甚至连敦煌，包括关外三县也震荡无比。胡恩可单薄而易碎的笑容，或许契合了这一年的风水，有些踉跄，也有些麻木。央告了半天，兄弟俩从爹老子那里一无所获，不免有些失望，便悻悻地下了炕。

　　恰在此时，隔着牛肋巴窗户，后面沈家的院子里响起了一阵铜铃声。性元道：我爸在喊我，这么晚了，八成有急事吧。自从女儿嫁过来之后，沈破奴夫妇便用一只铜铃传递消息，丁零一声后，性元只需要站在高房子的平台前，喊说一番，双方算是交流了。目下，铃声奇特，声音密集，性元掀开窗子上的毛毡，支耳听了半晌，面露惊惧。性元折身出门，仓皇道：我爸喊我回家，我去一趟就回来了，你们最好悄静一些，别泼烦了病人。梵同拦住了嫂子，央求梵义说：哥，你送性元去吧，巷道里黑灯瞎火的，防个万一。梵义踟蹰着，推宕说：牙长的一段路，又不是上兰州城，快去快回吧。梵同瞭见，梵义的表情上挂着一丝厌倦，一层冷漠的外壳，一下子就火了。梵同嗔怒说：你个糊涂匠，你跟着去一趟身上能掉肉吗？趁着这个机会，你就不能给你的外父外母拜个早年呀？梵义无语，抓起女人吃剩的半个冬果梨，塞住了嘴。性元披上了棉袍，嘶哑道：我能行，这么冷的天气，一没有狐狼,二没有土匪,再说我也值不了几个钱。性元下了高房子,梵同气得用指头戳了一下哥哥,也紧着跑出了门。冬果梨吃到了后头,瓢子竟然是黑的。梵义吐光后,漱了口,蓦地发现,爹老子脸上的笑意早就不见了。

梵义不解这内里的原因,忙脱鞋上炕,盘坐在了旁侧。梵义捧住了爹老子的手,先自哀告说:爸,我知道你受罪了,你心里乱,你没看见老三,所以才给我脸色。父亲的手枯瘦着,肌肤上的青筋,好像一团纷乱的麻绳。又道:你知道的,梵海那个贼疙瘩,自小玩性大,又不合群,前一向他上了一趟远路,浪世面去了,开眼界去了,过几天准定就会回来,你就宽谅了他吧。悲情像一簸箕沙子,一旦撒出去,便再也难以拾掇了。絮叨了几句,梵义不由得哭下了,哭得连自己也根本不认识了。

除了漆黑的夜色,巷道里风平浪静,一切无虞。梵同撵上了嫂子,尾在后头,巴兮兮地说着闲章,一改先前的顽劣之态。性元道:你这次回来,我的心也就落在了腔子里,你哥有几次在睡梦里还叨念你的名字哪。身上冷,但心是热的,梵同趁机说:明天大年初一,你跟我哥要专门给我摆酒,否则我可不喊你嫂子呀。性元呼哧着,口中喷着白雾:你胖了,脸上也长肉了,你这一趟是去吃席了,还是去做客?梵同思忖了一番,回说:大冷天的,谁会对我慈悲为怀呀,其实是家里的几桩贸易,到了年根了,我去肃州收款子。性元停下身,眸子一亮:洪门的饭好吃么,洪门有没有跟你般配的女娃子,有的话,将来嫂子给你去提亲?梵同复又追撵着性元,吆喊说:哎呀,你究竟是女张良,还是女诸葛,以后还让不让人活了?天下的那一张算盘,怎么就揣在了你沈性元的肚子里,什么都一清二楚的?性元开怀道:所以么,你们大贼小贼的,千万别给我上眼药水,也别灌米汤,我见得不多,但我识得清。

不承想,刚站在了沈家的院门外,一个大炮仗突然爆炸了,声震天宇,魂都吓飞了。胡家坊的碎娃娃们纷纷从角落里闪了出来,叨念着口诀:一炸你头发,炸成光秃子;二炸你鼻子,炸成哈迷蛋;三炸你牙齿,炸成媒婆子;四炸你招子,炸成王瞎子;五炸你裤子,炸成精尻子；再炸你的卵蛋子，把你炸成一个女娃子。梵同揩了揩鼻脸，擦掉了溅过来的脏雪，将嫂子送进了门，又叮嘱道：性元你先去，我正好手痒，我今天要教一教这帮碎鬼怎么做人，一人给我背诵一遍《朱子家训》。言毕，梵同拧身跑了，巷道里传来了鬼哭狼嚎的喧闹声。

沈破奴攥着一只铜铃，鹅立在院中，目光盯视着一墙之隔的高房子，若有所思。

见女儿进来，沈破奴松开了表情，急迫道：你怎么才来呀，我都快把这个铃子摇烂了。视野中，世兴堂的掌柜已经换上了下一年的新衣，徐尺子裁缝铺的手工，利利落落的，显得瘦削而精明。那只硕大的铜铃古旧斑剥，分量十足，光一个舌头，就有鸽子蛋那么大。腊月里，沈破奴去了一趟旧货市场，本来想挑一个煎锅，却买回来了这一只铜铃，并沿用了摊主的说法，笃信它是康熙年间的一支马帮遗失在九个井一带的。当时，沈破奴嘻然说出了个人的意图，以后再也不能扯着声嗓喊性元了，一是不礼貌，二者，也怕惊扰了高房子上的老财东，就用铜铃打信号吧。沈戴氏心知，这是丈夫思女心切，便一口气答应下了，又跟性元约定了信号的门类。此刻，性元问说：爸，你敲得这么紧急的，是房子着火了，还是灶房里又发现了一锅老鼠？沈破奴面色窘迫：你看你，大年三十的，说话也不客气。性元沉吟道：爸，我现在嫁给胡家了，遂了你的愿望，沈家攀上了这一门高枝，你尽管安下心来吧，你在外面结的那些仇家，想必也不敢再来招惹你，否则，胡家的兄弟俩也不是吃素饭的。沈破奴咧笑说：你看你，爸是一个安分守己的人，在敦煌无亲无故，能有什么仇家呀？是这，刚才打铃子喊你来，是因为我下午把方子上最要紧的两味药找齐了，现在汤药炖好了，快端给你公公去吧。性元一时怔忡，好像被这个唐突的消息绊了一跤，缓不过神来。沈破奴笑道：今个天是年三十，抓紧把药喝了，整个正月里是不能动药锅子的，要不来年不利，这可是敦煌的风气，咱们也得入乡随俗吧。性元说：爸，我替我公公谢过你，也替胡家满门老少谢谢你，劳苦你了。沈破奴款然过来，拍了拍女儿身上的寒气，手上充满了温煦的情意。岂料，性元话锋一转，逼问说：

"爸，你说的那两味药一直都在，你只是先前不肯拿出来吧？"

沈破奴颔首："嗯，不愧是世兴堂的后人，你早就能辨识百草了，我忘了。"

"这么多天了，你都不肯拿出来，是因为你嫉妒，你也在替世兴堂的将来揪心，惶惶不安。"性元的快人快语，仿佛脱了缰的烈马，践踏一气，"你不想用孔大先生的秘方，你害怕砸了世兴堂的牌子，从此在敦煌无容身之地。爸，女儿猜到了果，但我实在想不出因。"

"你长大了，性元。"沈破奴道。

"可惜的是，沈先生的这些忧虑和嫉妒，来得没有分寸，也毫无缘由。"性元盯看着父亲，感觉他的头发白了许多，下巴也尖了。又道："即便是孔大先生的女公子来到了敦煌，身负家学，渊源深厚，想必孔执臣也撼动不了你的地位。其实，咱们世兴堂跟孔门都应该慈心于世，医世疗疾，普度苍生。这两家杏林高门合则两利，否则的话，沙州城以及关外三县的百姓就有赎不完的罪，受不尽的孽障，吃不完的疾苦。"性元上前，系上了父亲脖子下的一枚纽襻，喟叹道："爸，你尽管宽释吧，开给我公公的那一张方子，恐怕是孔门的最后一份诊断书了。孔执臣是何等聪明的人，又何等厉害，相信她再也不会出具任何一张药方了，她已经另择生路。"

愕然不止。

"据我所知，孔执臣弃医不干了，她不想冒犯了胡梵义的外父，她有另外的算筹。"

"哦，这一切来得这么突然，我原本还想去拜访这位孔家的女公子哪。"沈破奴惋惜着，破笑道，"性元，我知道这一段你对父亲的误解很深，好在你现在抱怨了出来，没憋在心里，落下什么病。"思想一番后，沈破奴笃定道："是这，我之所以扣住孔大先生的这张方子，一直没有落实，还给你们谎称缺其中的两味药，实在是因为它们是天下最凶的猛药，也是我平生仅见的烈药。我迟疑着，甄别再三，我怕我担不起这个责任。"

性元闻听后，眼泪一下子淌了出来，扑在了父亲的怀中。

"不过哪，今天晌午时，我终于想通了，拿定了主意，我敢用这两味天下最凶烈的猛药了。"沈破奴搂住了女儿，仔细道，"不是为父医术通天，也不是我才高八斗，我更不敢贪天之功，只因为我在翻检那一册莫高窟藏经洞里出来的敦煌医书时，忽然就醒悟了，参证了，上面写得明明白白，一目了然。这一切，大概是天老爷降赐的机缘，上佛的恩遇，太神秘，也太不可思议了。"

性元忆想说："就是有天夜里，梵义送来的那一册卷子吧？"

"对，就是它。"

"我错怪你了，爸。"性元哽咽道。

"这些真的都是命数，天道在上，谁也绕不过去的。"沈破奴惜疼着女儿，感喟说，"我刚才一直在看胡家的高房子，风水旺盛，祥光历历。其实，那不是一间简单的病房，它就是一座千佛灵岩外的窟子，盖在了这个红尘世上的一座佛堂。胡家的老掌柜，你的公公，早就料到了这一天的病程和劫难，所以他提前给自己寻了一张秘方，预先交在了我的手里。"

"胡家有福了。"性元的内里潮起了一片滚烫的感念。

这一时，弟弟性真踅出了堂屋的门槛，提着一只羊皮灯笼，远远地照着前头，催喊姐姐。天一寒，性真的旧疾便复发了，四肢疼痛，不良于行，斜倚在门框上。性真嘟哝着，索要压岁钱。幸好性元早就预备妥当了，摸出来一个小包袱，塞给了弟弟，后者欢天喜地地进去数钱了。父女俩相率而行，披着沉沉的夜色，进了灶房的门，蓦地被一团刺激而辛辣的气息淹没了，几乎呛得睁不开眼睛。沈戴氏从炉子上拔下了药锅，用一只干净的笊篱，将里头的药草悉数捞了出来。沈破奴取来一只瓦罐，又在颈口上罩了一块白布，相帮着，让沈戴氏将浑浊的汤汁，慢慢滗了下来，灌了大概有多半罐子。末了，沈破奴用一块棉毯子，仔细地将瓦罐包缠停当了，捧着它，先自出了门。

到了院门外的巷道后，性元果然瞭见，梵同拎着一根棍子，指指戳戳，叱令不断。一帮胡家坊的碎娃娃站成了一排，一边抹着鼻涕，一边朗声背诵着梵同下达的课业：一粥一饭，当思来处不易；半丝半缕，恒念物力维艰。一个个细弱的声音，显得寒凉而战栗。性元咳了一声嗓，梵同赶紧丢下了棍子，一个蹦子跑将过来，忙给沈先生问了安，说了吉祥的话。沈破奴将手上的瓦罐，仔细地交给了女儿，叮嘱道：全部服下去，一滴也不要剩，半个月一个疗程，等过了元宵节，我接着熬煮吧。

子夜前后，这一张辗转而至的古老秘方所配制的汤药，突然间剧烈地发作了起来，让躺在高房子上的胡恩可难以自制，心旌曳荡，魂魄一路扶摇了上去。这一刻，整个沙州城和城外的二十三坊，整个偌大的敦煌，鞭炮炸响，喧腾不休。在历经了整整一年的沉疴与病魔后，这位胡家坊的老财东，终于肉身成道，将自己捐了出去，闯开了一条廓然而敞亮的大路。

这么着，胡恩可的一道元神飞将起来，离群避众，萧然远去，跃过了廊檐和屋脊，跃过了坊间与党河，也跃过了月牙泉、鸣沙山以及千佛灵岩之上的莫高窟，慢慢地悬立在了关外三县的穹顶之上。此去经年，胡恩可的这一道元神，乃是整个敦煌，甚至是西部边疆最鲜为人知的存在之一，看尽了寒来暑往，也阅尽了这个人世上的千般情义、万般变幻。不过，这一切才刚刚开始。是时，天庭灿烂，梵音四起，一群群飞天娘娘挑着星宿的灯笼，踏着银河水，朝胡恩可迎面走来。

而下界里的敦煌，火树银花，一派迷离。

惟有一愿在，能呼观世音。

事发突然，令开元寺的大小僧众谁也不曾料到，全都吓了一大跳。印光法师在闭关五年后，择了一个晴日，突然走出了禅房，立在院子里仰首问天。那一时，一帮碎娃娃站在鸣沙山上放风筝，风筝飘过了千佛灵岩的头顶，投下来一块扇子大的阴影，恰巧落在了住持的脚下。一个挑水的僧役路过斗门，瞥见了法师，慌忙扔下了水桶，抢了过来，却被印光伸手拦开了。僧役哀告说：师父，你屋里去吧，外头凉，小心法体。印光的嘴角上，淌出了一些血水，硬是用舌头吮了进去，咽在了肚子里。僧役吓坏了，折身去廊檐下搬凳子，等掉过头来，却惊异地看见法师的脚下有一块黑石头。印光的身子摇曳着，吃力地用袈裟擦了一番石头，而后款款地坐了上去，开始咳喘。僧役揉着眼睛，刚才明明是一坨影子，现在却变成了一块石头，便马上参悟了，这是法师在降示，在呈现妙果。僧役哭着跑开了，去喊人了。不出半个时辰，这一桩奇迹之事就传遍了整个开元寺，弟子们将印光拢在了当间，雀跃不已。

其实，明面上，印光法师在闭关修法，一切如素，波澜不兴。只要主心骨在，开元寺的晨钟暮鼓，梵音佛唱，比起敦煌禅林中的任何一家来讲，一点亦不逊色。但在背地里，唯有几个贴身的弟子和执事最清楚不过，法师已经来日无多，所谓的闭关禅修，只不过是在秘密调养，尽量拖住噩讯，别让那一个愁云惨雾的日子逼近。印光声望素孚，自从他法体欠安的消息走漏了之后，常有香客们来捐大大小小的法会，祈求上佛庇佑，再降赐一些寿数。弟子们更是不敢懈怠，一轮接着一轮，昼夜无明地做着法事，心都快烂了。悲哀的是，佛堂里的诵念声越响，往禅房里端进去的汤药就越多，连药碗也泡成了泥浆色。那一扇窗户中飘出来的咳喘声，像打夯的重锤，也像捣地鬼，令众僧心乱如麻，焦枯不堪。现在可好，法师自己走出了门，开始晒日头，又施出了法术，没有人不欢喜的。小僧拖音也夹杂在其中，拽住师父的袈裟，发现法师面色红润，双颊饱满，蓦地想到了一个词：回光返照。

"哦，老衲想上一趟三危山去。"

众僧婉拒，搬出了一大堆的理由。

"是这，当年乐僔和尚路过敦煌，在宕泉河畔看见三危山上佛光漾荡，气象奇异，遂发愿在三危山对面的这一块崖壁上开凿佛窟，倾心供养，这才有了这一片佛国丛林。莫高者，莫高于此僧之谓也，便是这个名字的来历。"印光的鼻脸上，没有一丝病象，仿佛在传法，在布道。又说："老衲这一生最后的愿望，便是再上一趟三危山，去沾个吉，去磕个头。诸位不要再多说了，容老衲了却这个心愿吧。"

这一时，一阵劲风从南方的青海境内吹了过来，令头顶上的风筝颠簸了几下。风筝一抖，投在地上的阴影便晃动开来，连累了印光法师，身子又开始摇曳，胯下的那一块黑石头也不稳固了。在这个危急时刻，胡恩可的一道元神恰巧发现了异常，忙驭风而去，扶摇直上，将风筝及时抓牢了，站在了空中，纹丝不动。作为多年的密友，胡恩可的元神一方面瞭见下界里的印光在开示弟子，另一方面，他自己却热泪翻滚，难以抑制内里的悲伤。不错，这一趟莫高窟之行，胡恩可的元神是专门来跟印光辞别的，因为终局快来了，法师也知道个人将要脱缁，从此泯然于这个大千世界。

胡恩可清楚，印光也明白故人来了，所以才打开了禅房。印光先时的仰首问天，其实是在跟故人打招呼，虽然没有只字半语的交流，但彼此都已经听懂了。

弟子们犹在争执中，攻讦不休。事实上，在印光法师发病的这五年中，开元寺的众僧已然分裂成了两派，一派属于土著，人多势众，熟知当地的风土人情，根须错节，结团成伙，且控制着庞大的寺产，由南湖人竺法歌充作领袖。另一派大多是异乡人，根浅缘微，不谙世故，只懂得念经习法，修身养性，属于彻底的少数派，由小僧拖音挂帅。谁都清楚，在那一道闭关养病的窗扇之后，印光法师一直在甄别，在掂量，在遴选，将来由谁承继自己的衣钵，披上开元寺的这一件庄重法衣。其实，内讧早就开始了，但在这个晴明的午后，双方都不愿意撕破面皮。竺法歌主张不能去，理由起码有三麻袋，总之是为了印光的法体考虑，孝字当先。拖音盯望着师父回光返照的那一张脸，心猜，这里头一定大有机密，所以一再顺遂着印光的心思，不仅要去，还必须立马兑现。

见事情僵在了当场，印光知道，只有自己才能解开这个疙瘩。印光淡然一笑，抬身而去，不发一语。这一时，众僧惊讶地发现，住持刚才落座的不是一块黑石头，竟是一坨影子，虚幻的光斑。这一桩异行和妙果，简直吓傻了在场的众人，慌忙伏拜下去，祷告不停。在广漠的天际上，胡恩可的元神瞭见了这一幕，便想添一把柴，加一把火。于是，胡恩可吐了一口气，吹断了那一根细线，将风筝吹了下去。待众僧礼拜毕，巨大的惊愕再一次压垮了他们。那一坨影子消失了，地上扔着一只风筝，原先师父身怀法术，竟是乘着一只风筝来去的，那么上一趟三危山不算个什么，这便是答案。小僧拖音仰看着天空，伸手抓住了那一根飘下来的细棉线，又想到了另一个词：命若游丝。

云端里，胡恩可的元神潸然泪下，因为终于替故人干了一桩实在事。

隔日晌午，一顶轿乘悠然驶出了开元寺，往三危山的深处进发。时值秋季，漫山遍野的野麻、红柳、碱柴、麻黄和梭梭金黄无比，一种漠然无涯的清凉，自天空中渗下来，从远处祁连山的雪顶上滚下来，覆压在了每一道沟壑、每一条羊肠小道上。民国六年，开元寺的大住持印光法师，率着一行僧侣，给自己布置下了一个秘密的道场。胡恩可的元神也没闲着，一路上，不是于风中逶迤而行，便是坐在轿子顶上，优哉游哉，不亦乐乎，几乎忘却了自己仍旧躺在胡家坊那一座高房子内的沉重肉身。这一组人在山中转悠着，毫无目的，也无方向，弟子们抢着抬轿，身上使不完的力气，全都当作了对高僧大德的一份供养。半途中，一只黄羊的蹄子卡在了石缝中，恐怕有好几天了，瘦得皮包骨头。弟子们救出了黄羊，幸无大碍，立马放生了。另一回，两只鹞子在天上打架，其中一个的翅膀折了，一头栽了下来，性命堪忧。印光指着路旁的一座窝棚，催促道：快去让那个种萝卜的婆婆收下它，用泉水擦洗一下，便可痊愈了。果然，半个时辰后，那只熟悉的鹞子盘旋在了头顶，久久不去。竺法歌问道：师父，那个种萝卜的婆婆到底是谁？印光哑默着，表情郁结。旁侧的拖音却道：婆婆正是菩萨，地里种的不是萝卜，其实是世上的因果。胡恩可的元神闻听了这些对话，心知一切已高下立判，有了分晓。

这么着，在山上浪达到了后半天，一行人停在了山坡上，歇缓开来。也就怪了，满眼都是地皮草，油汪汪的绿，偏偏在南面的山洼中，站着十七八棵红桦树，长势威冷，仿佛一群戴着斗笠的使团。竺法歌吆上几名帮手，拎着砍刀，打算伐下来一棵，劈成柴，好给住持煮水炖药。印光赶忙叫停了，召集弟子们过来，悲深愿重地说：你们千万不要砍它，将来你们砍它的时候，我也就管不了许多了。无奈，竺法歌诸人又拾来了枯草和落叶，刚摸出火具，又被住持拦挡下了。印光道：秋干风燥，天地转凉，这山上的大小生灵，如今又到了苦寒度日的季节，所以你们千万不要举火。等将来，你们谁替我举火，谁便接承了我的衣钵，我要将自己这一世的荷担，全盘交给他，由他来坐坛护法，也由他来光大开元寺。这些禅机密布的偈语，众僧全都闻听到了，胡恩可的元神也知悉了，但其中埋伏的深意与悲凉，却鲜有人能顿悟。

言毕，印光似乎受了凉，突然咳嗽了起来，嘴角渗出了血水。这一时，小僧拖音从怀中取出了一只皮囊，将温热的汤药倒在了碗里，伺候法师服下了，一切都滴水不漏。原来，怕汤药变凉，拖音贴身揣了一路，硬是用个人的体温保存下了。胡恩可的元神坐在不远处，对着拖音跷了一番大拇指，对方自然是看不见的。

当日夜里，印光住持于禅房内，分别面见了几位老僧侣、老执事，彼此说了吉祥的话，依依难舍。竺法歌是单独进去的，印光攥住了这个敦煌青年的手，在油灯下翻来掉去，查看了好几遍。印光哀恳道：你虽然是释门弟子，你拿刀枪剑戟，你拿笔墨纸砚，我一点也不稀奇，但将来你一定不要执花，任何花也碰不得，切记。竺法歌不以为然，冷言道：那拈花一笑如何讲，刀枪都拿得，岂有不能执花的道理？印光截铁道：拈花一笑，那是佛陀的圣行，上佛拿得，你却拿不得。最终，师徒二人谈崩了，竺法歌负气而走。

小僧拖音是最后一位，进了屋子后，这个异乡少年先自哭下了，伏在了法座旁边，饮泣不止。时间金贵，一旁的胡恩可的元神急坏了，却也无计可施，徒唤奈何。印光道：你从五台山来莫高窟这么久了，老衲也忘了问你，你在俗家时姓甚名谁，桑梓何处？拖音收住了泪，哽咽道：弟子在俗家时姓常，名鸿鹄，取鸿鹄之志的蕴意；弟子祖上乃东北关外人氏，日俄战争爆发后，一路南徙，流落在了江南一带，弟子恰巧落地于西湖之畔，自小向往禅林，十岁时便皈依了佛门。印光双目烁闪，从枕头下摸出了一枚金刚杵，拖音赶忙低首，印光款款地寄挂在了弟子的脖颈子里，上下行礼如仪。印光沉吟道：你在胡家坊老掌柜家里的那个晚夕，在党河边刮了特大沙尘的那个早上，你所有的作为，老衲的心里都有一本明账，我记住了。法师停顿了半晌，又接续说：真是难为了你，你身上荷担的苦楚与磨难太多了，你竟然斗胆将那一份邪恶的诅咒，全都大包大揽地转嫁在了你个人的身上，菩萨心，霹雳手，连老衲也彻底服膺了你。拖音愕然极了，呈怔忡之相，如此机密的往事，法师居然也一清二楚的，显见佛法无边，上天有眼。这一时，比小僧更为惊愕的却是一旁的胡恩可的元神，倒吸一口凉气，贴在了墙壁上，久久无法安生。胡恩可全然不知那一幕的内情，心生好奇，打算继续旁听下去，遂屏声静气，支起了耳朵。岂料，印光法师似乎有所察觉，停下了这个话头，督促小僧研墨，他自己也铺开了一张古旧的唐纸，捉起了毛笔。印光皱紧眉头，思想一番，慢慢膏润了笔尖，援管而下：心不逃离，体奔何益。印光一直战栗着，写毕了这八颗小楷字，将唐纸卷起来，交给了弟子。印光疲倦极了，叮嘱说：这个卷子你千万保存好，将来一定要放在那个窟子里，自然会有人参悟的。小僧拖音捧住了卷子，狐疑道：究竟是哪个窟子，具体交给谁，还请师父明示？蓦地，印光跌坐了起来，双目闭合，手上的佛珠也掉在了炕头下。拖音不敢聒噪，忙却步出门，脸上已然是泪光一片。次日一早，待拖音再次入内时，发现师父早就坐化了。

金炉顿冷，钟磬无声，禅林花谢，般若舟沉。敦煌莫高窟开元寺第十一代住持印光法师，自此一期报尽，双林潜影，世缘已毕，示寂于中华民国六年阴历九月初三日，入大涅槃。

连续五天的法事告毕后，印光的遗蜕被迁延至宕泉河畔的荼毗台上。梵音不绝，唱诵缭绕，众僧伏地祷告，护送法师升天，从此魂归极乐世界。印光法师佛名远播，向有声威，恩泽广被。这一日，来自沙州城和敦煌二十三坊的信众，几乎将宕泉河两岸挤了个水泄不通，执绋者多达数千人，哀声四起，填满了整个山谷。

不料想，又一桩真正的奇迹开始了。

原本，堆砌在焚化台周遭，将法体包裹起来的是一些大棒子木柴，清一色的祁连山里的松木，油脂大，火力强，晒了整整一个夏季了。意外的是，距点火尚有半个时辰，这些木柴突然渗出了水，简直将焚化台一带弄成了张芝墨池似的，无处下手。寺僧们扪着泪，赶紧拆了湿的，又换上了一批干柴，却眼睁睁地看见，这些干燥的木柴再次哭下了，竟比头顶上的铅云还要悲伤。几次三番后，小僧拖音忽然恍悟了，忙去找竺法歌商量，双方达成了一致。这么着，开元寺派出了一哨干练的人马，进了一趟三危山，将那一片红桦树统统伐下，悉数拉了回来。红桦树被剖成了木墩子，一律码在了台面上，再也没有出现过渗水的现象。众僧忆念着，回想起了住持曾经讲过的话：你们千万不要砍它，将来你们砍它的时候，我也就管不了那么多了。一时间，众僧醒转了，原来这一句遗言，乃是法师对他个人身后的布置，从容，阔步，勘破了一切世间的魔障。

　　隔天后，仪式复又开始，当敦煌文和事老协会的首领李豆灯捧着一个托盘，将一只崭新的火具交给弟子们，让他们择人点火时，吊诡的一幕发生了。火具是完整的，在俗人的手上，在李豆灯的手上，次次都能打着火，但囿于身份，他们没有这个资格。孰料，火具一旦到了僧人们的手里，全都失效了。这下子，开元寺上下登时慌乱了，僧侣们逐个上阵，可打来打去，竟然连一粒火星子也擦不出来，火具干脆哑默着。竺法歌偏偏不信这个邪，派了亲信，从寺里提来了一只羊皮灯笼，揭开罩子，将火舌喂将过去。自始至终，胡恩可的元神一直不曾远离，趺坐在柴堆上，一面流泪，一面盯看着下头的动静。当火舌挨近时，胡恩可吹了一口气，吹灭了，眼前只漾起了一缕淡烟，飘失在了虚空中。竺法歌犹不甘心，又让人提来了几盏灯笼，几支燃烧的松明，均遭遇了同样的命运。

　　渐渐地，暮色沉降了下来，敦煌深秋的巨大凉意，笼盖在了这一道悲戚的河谷中，分不清此岸与彼岸，天地苍茫，一派混沌。无奈之下，竺法歌表情败坏，只好将火具递给了小僧拖音，自己矗在一旁，兀自冷笑开来。

　　啪的一下，一灯破夜。

　　将来，你们谁替我举火，谁便接承了我的衣钵。印光法师生前的叮嘱，犹若拖音手中的这一丛火，刹那间照临在了众僧的心中，有了光明，也仿佛重新拥有了全境之怙主，苍生之教亲。大小僧侣涕泪涟涟，伏拜了一地，几个执事赶紧跑了过来，将印光法师生前披挂过的一件旧袈裟，匆匆套在了拖音的身上。竺法歌率着几名亲信，橡子一般兀立着，不肯就范。李豆灯获悉了内幕，霎时不干了，带着一帮文武和事老协会的剽悍青年,将竺法歌团团围住,准备理论。

岂料,在这个关节上,拖音却嚎哭开来,嚷喊说:我不能干,我舍不得点火。李豆灯和几个老僧劝说了半天,拖音干脆扔掉了那一丛明火,除掉了身上的旧袈裟,蹲在地上,哭得更哀戚,也更无助了。拖音叨念说:我舍不得,我怕师父疼,我怕上师会弃我而去,一去不复返了。拖音的良善与慈悲,也让一向强势的李豆灯恓惶不已,哀告说:上师还在,上师就在佛陀的身畔,你去点火的只不过是一具皮囊,一副作废的肉胎罢了,这也是你将来的一桩功德。任凭李豆灯磨碎了牙齿,老僧们的眼睛里哭出了血,小僧拖音坚辞不就,一幕庄重而谨严的葬仪,眼看着就要泡汤了。没了辙,李豆灯让人传下话去,既然僧不点火,那就请敦煌的俗家子弟们来帮忙,尽快让法师驭火而去,前往西天。李豆灯还以文和事老协会的名义,当众悬红,谁点了这个火,便奖赏大洋十块,当即兑现。忧心的是,这一夜,问遍了宕泉河两岸麇集的信众,竟没有一个人站出来应命,哭声填满了整个河谷地带,让秋水上涨了足足有一尺多高。后半夜时,先来了一个醉鬼,又来了一名乞丐,两个人逞能了半天,终究也打不着火具,败下阵来,还挨了一顿飞来的石头,从此丧失了在敦煌的立锥之地。竺法歌仰看了一眼夜空,一方面知道自己大势已去,实难挽回,另一方面却又不甘心,窥伺着新的机会。竺法歌猜度,一定有一种神秘而坚硬的力量,笼罩在焚化台上,犹如一道看不见的窄门,旁人近身不得。但这种力量究竟若何,依了竺法歌平素里的浮浪与蛮横,当然勘破不了。事实上,在这一过程中,胡恩可的元神一直蹲在竺法歌的两个肩膀上,像一对来自昆仑山的石头镇纸,力压千钧,让后者的气焰消泯于无形。胡恩可简直快急死了,元神也大汗淋漓,原本和故友在冥冥当中默契十足的这一场葬仪,却因为小僧拖音的一再抗拒,如今僵在了半途中。不料想,就在胡恩可思谋着另外的对策时,更大的变乱却猝然而至。

蓦然间,人群豁开了一道罅隙,莫高窟下寺的道长王圆箓闯了进来。

这一段时日,王圆箓率着一车一仆,奔波于沙州城和肃州城一线，被两地的官府推来挡去，炒豆子一般，始终也没个结果。上半年的佛诞日，旧历四月初八的晌午，王圆箓在千佛灵岩下设了坛，供了香，当着众多香客的面，发愿要重修莫高窟大佛殿。愿心是善良的，可具体落实起来，就像麻袋里头装了一大堆锥子，漏洞百出，破绽连连。消息不胫而走，沙州城和敦煌二十三坊的人们，将这件事当成了磨牙消遣的麻子，一边嗑，一边吐，人多处恭维，背地里失笑。人们纷纷究问，一个擅长炼丹和卜卦的牛鼻子道人，何以砸个人的锅，倒自己的灶，偏偏去插手佛门中的事。末了，人们归结说，王圆箓一定是投错了胎，披错了衣裳，这一世里亦僧亦道，就像搅团和馓饭一样，随他去吧。重修靠的是本钱，三层高的楼阁，需要的是一砖一瓦，一梁一椽，一榫一卯，王圆箓自此踏上了漫漫的劝募之路，这达求爷爷，那达告奶奶，几乎将脸皮抹了下来，掖在了裤裆里。碰壁就像天天喝凉水，喝惯了之后，王圆箓也就麻木了，继续坐在车轿上，周游列国，四处伸手。不过，鸡有鸡道，猫也有猫道，在颠簸的车厢内，除了王圆箓瘦弱的身子骨外，还码放着大大小小的包袱卷。包袱内是王圆箓从藏经洞中挑拣出来的一些卷子、文书和佛经，也有一部分历书、状牒、契据、信札与地志，一道烟地去，一股尘地来，叩官府的门，打点民国的各界官吏。王圆箓是浪过世面、开过眼界的人，心知这些灰头土脸的纸页，这些易碎的绢帛，这些画符写经的古旧东西，肯定不如金银那么灵验，能使得动人，哄得了鬼。即便连连碰壁，没有获捐多少钱，但王圆箓渐渐发现，官府的门容易进了，吏员们的脸色也放晴了许多，不仅有茶喝，偶尔还能蹭一两顿饭。这让王圆箓笃信，任何事情都有一个慢慢发酵的过程，如果操之过急，蒸出来的馒头便是酸的。那日一早，王圆箓坐在肃州城西关的油茶摊子前，吃了一只欠碱的馒头，嘴里一阵酸苦，刚要埋怨时，忽听一旁的脚户们唠叨，说敦煌开元寺的印光法师下世了，过几日便要火化。王圆箓一时急了，薅住了其中一人的脖领子，怨怪道：放屁的话，那不是下世，印光那叫升天，叫圆寂，也叫脱缁。脚户们懒得跟一介道士纠缠，也就附和了对方。待王圆箓问清了事情的大致脉络，得知故友印光的确脱略形骸，离开了这个红尘凡世后，心里一下子湿透了，哭了一路。此刻，披星戴月的王圆箓闯将进来，乍见印光的遗蜕尚在，葬仪还未开始，遂吁了一口气，松开了表情。

李豆灯瞭见这位太清宫的法真道长后，突然一个击掌，对文和事老协会的耆老们低语说：有了，点火的人就在眼前。左右不解，探问个中缘由。李豆灯释解道：瞧瞧，一个是释门，一个乃道家，隔山绝水的，肯定没那么多的顾忌，请王道长去点火，他一定不会推辞的，待我与他仔细说知道吧。王圆箓喝了几口水，来不及歇缓，依了佛门的规矩，在焚化台下给故友点了香，献了供，叨念了几句阿弥陀佛，算是了结了在这一世的光阴中，彼此结下的这一场情分。这么着，王圆箓拉住了小僧拖音，站在宕泉河畔的一棵柳树下，扇了后者一个耳光。拖音捂住脸，狐疑地盯视着道长，满是委屈。王圆箓怨怪道：你个小贼疙瘩，上师都已经寂灭了，你哭了没，哭了几场？拖音哀告说：哭了，只哭了一场，从头哭到了现在，还要哭下去的。闻听此语，王圆箓忽然搂住了小僧的脖颈子，夸赞道：其实我最清楚了，你就是印光法师的小尾巴，将来的开元寺，还等着你去弘扬佛法、光大山门哪。道长的喜怒无常，令人难堪，但对方毕竟长了一辈，拖音也不便发作。王圆箓又悄语说：

"印光放命之前，对我有没有啥交代的话？"

拖音摇头。

"哎呀，这个贼和尚，竟然对我没有一言半句的交代，就这么死掉了么？"王圆箓面呈不快，沮丧地说，"今年夏至的那天，印光借了我半马车的卷子、文书和佛经，这次可是你拖音经的手，你拿着印光的借据来的，你可别赖账呀？"

拖音笃定道："道长放宽心吧，藏经洞的东西都在，一样不少，改日一定璧还。"

"嗯，不错，就算这是印光对我的交代吧。贫道清楚，我这一世里结交的人并不多，如今一个一个地走掉了，把我扔在了红尘当中，让我悄惶，让我落怜。"王圆箓揩了一把泪，抚着小僧的额头，仔细道，"既然印光那么器重你，我也不能不对你另眼相看。是这，你干脆做我的小伴当吧，以后你修你的佛，我打我的卦，但整个藏经洞的门，对你一个人是敞开的，你随时来。"

拖音合十，躬身一揖，带着一份机密的表情，应承下了。

李豆灯过来了，打断了王圆箓的絮叨。双方也算旧识，所以没有多少的客套话，况且葬仪摆在了那里，谁的心中都很灾难，生出了一种急迫的念想。李豆灯简略谈了个人的想法，敦请王圆箓快点出手，去把焚化台上的木柴点着，了却了僧俗两众的愿望。一时间，王圆箓惊愕不已，指着自己的鼻子说：你个糊涂匠，你这是在摸我的脉，还是想升我的血压？你难道不明白印光是我的一位老伴当，我当初来莫高窟吃的第一碗饭，就是印光施舍给我的么？李豆灯劝慰说：恰是这样，印光在天上的魂灵，正等着你这位老伴当去举火，去送他一程。常言道，人抬人，抬出高人，僧抬僧，抬出高僧。你总不能眼睁睁地看着，印光的法体变成一堆腐肉，招来苍蝇和蛆吧？这些锥心的话，让王圆箓一边焦虑，一边踟蹰，叨念说：这个罪人我不能当，我还要在莫高窟混下去，我怕开元寺的人戳我的脊梁骨。忽然，王圆箓怔住了，咧笑开来：

"不过哪，有个人最合适，他肯定会答应。"

李豆灯和拖音静候着。

"他是个洋大人，英吉利的，叫斯坦因。大概一个月前，他从新疆那边过来，带着一支骆驼队，据说在给敦煌、阳关和玉门关绘制舆地图志。"王圆箓头头是道，仔细介绍了一番，归结道，"洋大人既不朝你们的佛，也不拜我的太上老君，他们有自己的天王老子。是这，容我半个时辰，抓紧去一趟下寺，将这个斯坦因大人请过来吧。"

"道长，你有把握么？"李豆灯催问。

王圆箓回说："尽管放宽心吧，我会给他一些甜头的。"

天麻麻亮起了，但是厚重的铅云，连续数日锁住了头顶上的日光，令深秋的宕泉河两岸萧索、肃杀、阴郁，俨然一座广大而悲痛的灵堂。从马鬃山和万里墙城一带吹来的北风，夹杂着沙粒，犹如一根根大扫把，将河岸边的白杨、柳树和梭梭统统搜身，脱了个精光，兀立在一派荒凉中。或者不，那些在风中漾荡下来的枯叶，其实是一叶叶祭奠的黄表，刮向了焚化台上，等待着最后的结局。

这一时，胡恩可的元神穿梭在纷扬的落叶中，瞭见太清宫的法真道长，率着一个邋遢的陌生人，趑出了下寺的门，簌簌而来。胡恩可迫不及待地迎了上去，元神栖落在了王圆箓的肩膀上，窥见旁边的这个洋大人高鼻深目，人高马大，一脸的惺忪睡意。的确，斯坦因是被王圆箓从热炕上一把揪起来的，另一头打鼾的翻译，也被及时喊醒了。王圆箓交代说：你告诉这个洋贼，让他跟我去一趟河边，事情简单，就点一把火，等一下再睡回笼觉吧。斯坦因听罢了翻译的话，一个蹦子跳下了坑，紧着穿衣戴帽。王圆箓心思缜密，除掉了斯坦因身上的马裤和皮衣，将翻译的那一套抿裆裤和棉袄扔了过去，又替他扣上了一顶棉帽，放下了耳翅。临走前，斯坦因还不忘带上了点火的工具，嘻然极了。胡恩可的元神一路相随，闻听着斯坦因叽里呱啦的说笑声，一个字也听不懂，但王圆箓的话，倒是悉数入耳，清晰无比。王圆箓一直在啐唾沫，一边啐，一边怨怪说：你个洋贼，你是无事不登三宝殿，你是黄鼠狼给鸡拜年，你来打我的算盘，那我也要算一下你的伙食账了。快到了河岸边时，王圆箓解下了自己的围脖，箍在了斯坦因的脖颈子上，提了提，遮护住了那一张醒目的鼻脸。李豆灯率着拖音、竺法歌和一众老僧，前呼后拥，将这个臃肿的洋大人迎请上了焚化台，而后又像潮水般地退了下去，统统伏拜在了地上。

　　这一刻，千佛灵岩下悲声大作。北风拂过时，每一眼窟子都像土塬，呜咽不止。

　　竺法歌带着快意，一手拿着火具，一手拎着羊皮灯笼，款步上了台子，打算将火种交给斯坦因。不料，斯坦因当即拒绝了，摸了摸自己的身上，掏出来一只打火机，啪地打着了。一丛鲜红的火苗摇曳着，好像是从拳头里长出来的，充满了魔法。竺法歌虽不认识这个洋东西，但不管什么样的火，都是一样的火，只要不交在小僧拖音的手上，自然也无须计较。竺法歌下来时，恰巧跟跪在地上的拖音对视了一眼，发现对方的眼底里，嵌着一颗颗发亮的泪滴，浑身瑟缩着，冻僵了似的。竺法歌挨着拖音，慢慢地盘坐在了地上，双手合十，仰看着焚化台上的动静。竺法歌悄声说：你是个外来鬼，等将来的一天，你当初怎么来的，你原样滚回去吧。拖音不语，款款直起了身子，将脖子上滑脱出来的那一枚金刚杵，放入了怀中。

意外发生了，斯坦因手上的火，灭了。

斯坦因也不知何故，明明打着了火，哗的一下灭了，打一次，灭一次，屡试不爽。斯坦因急了，扯开了棉袄，将打火机放在了怀中，火照样灭了。王圆箓颇显尴尬，匆匆跑了上来，究问原因。这么着，斯坦因无奈地摊开了两臂，盯望着灰白的天空，意思好像是只有上帝才知道。事实上，胡恩可的元神就停留在了斯坦因的右手上，不论洋大人如何努力，胡恩可只需吹一口气，就能让它立刻报废，也让斯坦因功亏一篑。在这个清冷的早上，因为元神频频靠近了火种，远在沙州城外胡家坊高房子内的胡恩可的那一具肉身，出现了一阵阵间歇性的发烧，不过很快就消弭无形了。正当焚化台上出现了混乱，王圆箓和斯坦因开始口角时，小僧拖音突然站了起来，艰难地踱了上去，从斯坦因的手中，接过了那只打火机。对这种洋东西，拖音并不陌生，在五台山求法时，打火机是很俗常的工具，见怪不怪。拖音打开了盖子，拇指滑动着齿轮，心中刚刚默念完了一句佛号，火苗便吐了出来，犹如一朵清吉的红莲花那般，耀亮了敦煌的一角。

拖音将火苗凑了过去，闭上了双眼。

将来，谁替我举火，谁便接承了我的衣钵。印光法师的遗言，在身后终于兑现了。三年后，敦煌莫高窟开元寺第十二代住持拖音，正式登上了法座，从此福田广布，利益众生，开启了新一世的问道与祝愿。

卷二十五

久坐衲衣寒。

西省的春天，往往是从一场风肇始的。前一夜，风还是干燥的，空空荡荡地驰奔而来，拿走了人们身上的体温，抽打着树枝，将农田上的土坷垃继续碾压成粉，板结在地。岂料，次日一早睁开眼睛后，风换了一个态度，从西藏和青海的方向上吹来，带着祁连山上的清寒，落在了关外三县。这时的风是绿的，携着水汽，犹如一介油漆匠，昼夜不舍，将天地之间粉刷了无数遍，陡然一新。不出多少日，连绵的绿洲上生机盎然，一派怒放。党河开了，梨花飞雪，仿佛天空中翩然的飞天娘娘，往下界里抛撒着清明和谷雨的消息。这个季节上，敦煌的人们最喜欢漱口，吞上一口水，在齿舌间涮来涮去，扑哧一下，吐在了地埂上。挨了整整一冬，人们的嘴里灌满了沙子，现在清吉了，便吆喊一声：狗日的，光阴又来了，世上的光阴又来讨伐了。

索敞没漱口，大概也忘了漱口，忘了有七八个年头了吧。这日晌午，索敞精赤着上身，立在院子当间，仰看着沙州城西北方向上的那一座角楼。义庄的当家人早已不复当年的英姿了，威仪沦丧，精气殆尽，浑身上下就像一扇单薄的门板，随时都可能垮塌下来，摔成一地的烂劈柴。在漠漠的囚禁岁月中，索敞的五官也逐渐狰狞了起来，颧骨凸出，牙齿松动，鼻脸上布满了大小不一的暗癍。手脚上的冻疮，几乎令索敞举步艰难，虚弱的拳头肿胀了一倍有余。自始至终，索敞没见过一个待诏，花白的头发锈成了一团，挂在苍冷的脊背上，状若乞丐。盯看了半天，索敞伸出了指头，数着天空上的动静，叨念说：

三个，两个，一个。数错了，索敞便重新开始：两个，一个，三个。结果越数越乱，一遍遍地推倒重来。索敞是服过哑药的，虽然没有彻底沦为一介哑汉，但声嗓受损明显，发出的声音犹如一堆摩擦的碎瓷，随时会让人孵起一层鸡皮疙瘩。

这一时，长子索朗从门外头踱了进来，背兜着手，并不曾关上门，故意敞开着。索朗不是单独来的，脚下头还跟着一个伴当，四处嗅闻着，不时地举起后胯，溺下一丝浑浊的尿液，让清凉的空气中多了一种腥臊味。索朗用脚拨弄了一下伴当，又扔远了一块石子，催喊说：李豆灯，快去磨牙去吧，别泼烦我，小心我抽了你的筋。伴当一矬身子，嗖的一下跑远了，知道舔一块石子，总比被剥皮抽筋的要好。伴当是索朗从祁连山的猎户家里讨来的一匹土狗，颜色像焦糖，脖颈子里生出了一圈红绒，仿佛戴了一条围脖。伴当属杂种，性子凶烈，四个蹄子犹如判官笔，连狐狼也要畏惧三分。不过，当初在取名时，索朗畏惧的并不是狐狼和熊罴，而是那个盘踞在陇西坊里的李豆灯大人。因了李豆灯的缘故，更因为李豆灯经年把持的敦煌文和事老协会的暗中作梗，坚不吐口，身为大少爷的索朗，终究得不到认可，当不了义庄的家，做不了索门的主，依旧是在沙州城一带各处打秋风的一介纨绔子弟。念及这个丑陋的名字李豆灯，索朗心知，自己不但吹不灭他，也还打不垮他，只好怒从心生，牙齿都快咬碎了，干脆将土狗命名成了李豆灯，天天带在尻子后头，游街串巷，发泄着不平。

这一时，土狗突然哀嚎了一声，夹紧尾巴，簌簌簌地跑将过来，蜷卧在了索朗的脚下，恐惧无比。索朗盯望了一眼远处，墙根下风平浪静，空气中漾荡着一些杨花和柳絮，再无异常。索朗猜度，李豆灯一定窥见了什么，否则就不会如此规矩，身上的肉都在抽搐似的。又进一步想，土狗看见的，人未必能一目了然，因为中间隔着好几道轮回哪。

事实上，土狗刚才真的遭遇了不测，吓了个半死。

天色微明时，胡恩可的元神便离开了胡家坊，先去了庙里，又去了一趟集市上散心，不料在北门外，邂逅了这位义庄的大少爷。原本，索朗是入不了胡恩可的法眼的，但后者手上那一枚硕大的玉石扳指，湿润光华，煊赫一气，令元神一下子忆及了旧友索敞，于是便跟了一路。胡恩可讶异地发现，那个多年前意气飞扬的索门少年不见了，那个曾经面若朗月的义庄大少爷消失了，眼前的这个人衣衫凌乱，外表邋遢，浑身散发出了一股股臭味，连脚上的鞋子也提不住。胡恩可的元神飘失了那么久，不明白敦煌的变故，更不了解强门著姓的索氏一族，究竟发生了些什么，居然落魄到了如此地步。城墙下的那一扇院门打开着，元神并不想尾随入内，偏偏骑在了墙头上，盯望着另一个更邋遢更苦楚的角色。胡恩可相信，在索敞仰看那一座角楼时，也一定瞭见了自己，发现了故人。岂料，更大的意外接踵而至，当索朗吆喊了一声李豆灯，又给土狗抛出了一颗石子后，胡恩可的元神惊了一跳，从墙头上摔落下来，砸在了土狗的脊梁上。元神是不怕疼的，分量也比不上一根羽毛，但土狗分明感觉到了，一时间失了三魂，丢了六魄。幸好，在摔下来的一霎，元神摩挲了一番土狗的皮毛，及时安抚住了。胡恩可知道，这只是个畜生，索朗之所以喊它李豆灯，一定是恶咒，也一定埋伏着不可告人的勾当。

索朗没看出土狗的毛病，却发现爹老子仍旧津津有味，盯看着角楼一带。

爸，你望啥呢？索朗探问了几遍。索敞并未答复，依旧叨念着：两个，一个，三个。其实，爹老子的目光是痴呆的，浑浊的，零散的，但在索朗看来，这样的态度无异于不屑和轻慢，对自己构成了挑衅，带来了伤害。索朗逼上前去，再道：天上干干净净的，连一根尿毛也没有，你到底看啥呢？爹老子不动声色，接续道：三个，一个，两个。这么着，索朗突地恼怒了，拾起地上的一根细柴，端直地扎向了爹老子的眼睛。索敞一不闪避，二无惊惧，老驴拉磨似的，还在絮叨着。细柴像一枚箭矢，破空而来，距离索敞的眼珠子大概一拃左右时，突然断了，掉在了地上。索朗看了看手，又盯了盯脚下，一脸的狐疑。此刻，胡恩可的元神就站在义庄老掌柜的肩头上，终于松了一口气，款款坐了下来，庇护着故人。索朗惶惑完了，犹不甘心，接续道：爸，你脑子瓜下了么？你看尿啥呢？天都快被你看塌了。索敞嘻然一乐，指着城墙上的角楼，吼喊道：燕子，燕子回来了。

果真，燕子来了，在角楼上筑巢。至于今年的燕子是不是去年的那一群，索敞并不关心。

对爹老子的突击拷问，索朗已持续了数年，哪怕到了今天，他的心也放不进腔子里去，始终疑神疑鬼的。囚禁发生后，爹老子的身上蕴藏着戾气，心中有怒火，每一个骨头缝里都埋伏着仇恨，欲伺机逃跑。约莫有大半年，索朗一方面在外面装人，不仅屡次三番地雇人去党河下游里打捞尸首，还带了各色厚礼，频频拜访李豆灯与文和事老协会的各位耆老乡贤，求对方松口，央他们首肯，尽快扶正自己，却每每无果，铩羽而归。另一方面，索朗又胆寒无比，生怕爹老子意外脱逃，纵虎归山，从而东窗事发，自己落得个大不孝的恶名，就此在敦煌难以苟活下去。揣着这一份巨大的惊悸与恐慌，索朗使尽了十八般手段，饿过爹老子，啐过爹老子，揍过爹老子，还险些杀了爹老子，无非是想让爹老子彻底服软，乖乖认命，把这一世的牢底坐穿，不要再有一丝非分的企图。索敞虎落平阳，自然不肯就范于逆子，也曾经绝过食，咬过舌，上过吊，抹过脖子，但终究因为怕疼，怕死得一钱不值，也就放弃了这个愚蠢的主张，暗无天日地活了过来。父子俩对峙与抗衡了一段时间后，索敞忽然间偃旗息鼓了，逆来顺受，身上的火气与生气了然无存，目光痴呆了，举止滞涩了，成了一介标准的罪囚，开始领受命运的差遣，在这个偏僻的院落里打发余生。但是，作为义庄这一幕惊变的主使，索朗也老练了许多，深知爹老子的驯服，只不过是一种假象，一场敌我之间脆弱而危险的平衡罢了，随时都可能破裂，战火重燃。是故，每一次莅临这个院落时，索朗都有一份君临天下的心态，犹如大猫戏耍老鼠，也好像典狱官在提审犯人，绝不放过任何一次试探，任何一次侵害。今个天尤其如此，索朗今日身衔重大使命，对爹老子的盘究与审视必须更加缜密，一点也马虎不得。瞥见爹老子满脸的喜色，仍在张看着天上的燕子，索朗玩转着手上的玉石扳指，蓦地道：爸，这群燕子是义庄的，发现你不在家，它们来这达找你了，你想不想领上它们回义庄呀？索敞瘪下了嘴，嘟哝道：坏蛋，你别动它们，燕子可是我插在天上的香火，一只燕子一炷香，我舍不得。索朗讥笑道：即便供佛，那你也回义庄去供吧，给咱们索家积攒一些功德，这么个狼不拉屎的地方，你供得再多，也是枉费心思呀。索敞蹒跚了过来，举手合十，笃定道：我哪达也不去，我的佛龛就在这达，我求你了，别让我一个人落怜。索朗狐疑说：你的佛龛，你的佛龛在哪达？这一时，索敞露出了满嘴的锈牙，指着头顶：我的佛龛在天上，天上都是我的佛龛，你是看不见的。闻听此语，索朗不动声色，但内里泌出了一份杀机。

赶早，宫法麦便埋身在了灶房中，一直在和面揉面擀面，经营着今个天的这一顿饭食。索朗进了一趟灶房，舀了一脸盆开水，偏过头，蒸气四溢地端了出来，搁在了地上。索朗咧笑说：爸，今个天是你的寿辰，你快洗一下鼻脸吧，洗净了，等一下多吃几碗长寿面。爹老子依言，乖乖地蹲在了脸盆旁，将两只冻伤的拳头塞入了开水中，表情抽搐了一番，却强忍着，并没有缩回去。这一刻，索朗分明感觉到了那种灼烫，几乎跟烫猪毛是一个效果，发现爹老子的拳头松开了，融化了，惨白得就像两张嶙峋的皮革。索朗催喊说：洗脸，快把鼻脸洗了。爹老子俯下了身，双手捧住水，开水浇面，五官上登时腾起了一股股沸腾的热浪，皮肤霎时红透了，犹如一只烧红的锅底，随时都会炸裂似的。索朗尖声道：快洗，快把脸上的垢痂都搓下来，洗完了再吃捞面。终于，爹老子憋足了一口气，将整个鼻脸埋在了开水中，彻底放弃了自己。索朗又一次感觉出了那份痛楚，恍惚中，猜想爹老子的脸皮一定烫没了，不要脸了，脑子也瓜掉了，根本不知道开水是什么东西。索朗阴鸷地盯望着，突然一惊，一把薅住了爹老子的头发，猛地将其拔出了脸盆。这么着，索敞歪在了儿子的身上，失去了气息，真的没脸了，整个五官殷红一片，好像敦煌六合班的戏子们搽了胭脂，准备粉墨登台似的。索朗恼怒开来，左右开弓，扇了爹老子一顿耳光后，申斥道：这样子让你死，我就便宜了你这个老贼娃子，你快醒来，醒来了再吃几年的寿饭吧。见爹老子软作一团，索朗立时慌了，忙开始掐人中。

这一回，索敞真的生无可恋，咽过气去了。身外的这个人世，禁锢，冷漠，幽闭，整整囚禁了义庄的老财东长达七个年头了，仍旧漠无涯际，没了指望。索敞本来打定了主意，要像一匹狗那样活着，活到天老爷来收人的那一日，也就一了百了。但是如此卑微的念想，却被一脸盆滚烫的开水浇熄了，成了梦幻泡影，也成了难违的劫数。索敞猜度，儿子今天专门是来取命的，自己这样苟且地活着，分明成了一种累赘，一种危险的存在，让索朗形如惊弓之鸟，惶惶不安。不如就此放弃吧，干脆搭上一己之命，成全了这个逆子，将索氏一族的这一桩重大丑闻全部抹平，维系住义庄的荣誉，延续下那一座百年老宅的传奇。死是容易的，当索敞将鼻脸埋在了开水当中，发现一不用流血，二不必痛楚，仅仅一滴水就足以呛死自己时，心中的那一番快慰，犹如烈日下的一块酥油，轻易地融化了，于是迎头而上，慨然领受了这一份归宿。

此刻，索敞死了，热身子还在，歪在了儿子的身上，魂魄却像一缕自由的轻烟，从灵窍中逸出，袅娜而上，浮在了半空中。索敞怆然地瞭见，这个囚禁了自己七年之久的庭院，业已破败了许多，瓦脊上落满了去冬的沙尘，围墙上的枯藤，渐渐有了一丝青铜的颜色，春天循着旧历，再一次复苏而来。这一时，索敞忽然发现，墙根下的那一畦田地上，一些零星的绿芽从泥壤中萌发了出来，点缀在天光下，不久之后将连绵成片，茂密成林。索敞简直悧惶坏了，在这么一个万物盎然的季节，自己却要毙命，死得无声无息，这无论如何都是一件令人不甘的事情。目下，灵魂已然出离了，一切似乎都为时晚矣。

幸运的是，胡恩可的元神瞥见了这一幕，驭风而至，及时地抢了过来，拦住了索敞。索敞的魂魄轻如一粒芥子，哀嚎着，悲泣着，一步三回头，被胡恩可稳稳地托住了，搂在了怀中。胡恩可猜想，义庄老财东的魂灵还没有凉下来，还是烫的，或许还有一丝挽回的可能。这么着，胡恩可将颊脸贴住了索敞，给他体温，向他断喝，欲将这一位敦煌故人，从一派深渊般的昏暝中慢慢唤醒，请他再世为人。胡恩可连连哀告说：老东主，你跟我其实是一样的结局，我们都无路可走了，倘若还剩下一条路的话，那必定是死路。但是，在踏上死路之前，你我还得把人世上欠下的债一一偿完，否则，死并不是一种完善的解脱。果然，索敞的魂魄听进去了，将自己毫无保留地交给了胡恩可。

民国八年，旧历四月初二，早春时节，晌午。在一场清癯而广大的春风中，胡恩可一手牵拽着索敞飘忽无助的魂魄，一手作桨，从半空中逶迤下来，将后者款款地安置在了他于这一世的肉身当中。

索朗一直掐住爹老子的人中，喊叫再三。索敞逐渐凉下来的身子，并不让儿子沮丧，因为这一幕迟早都会发生，早一天、晚一天，意思都不大。况且，后院外的一切已经布置妥当，义庄的这一桩丑闻，随时可以画上一个句号，翻过篇去。不承想，恰在这个节骨眼上，那一匹名叫李豆灯的土狗跑了过来，咬住了老掌柜的裤脚，撕扯着，吠叫着，喊魂一般。是时，索敞的魂魄重又回来了，灌输在了肉身当中，身心一下子复原了。索敞突然张开了嘴，将先前吞进去的开水一股脑地喷射了出来，顿时接续上了这个人世间的生气。水是绿颜色的，带着这么些年的酸楚和磨折，也裹挟了索敞内里深处的不平与愤懑，吐了个一干二净。儿子索朗一贯粗枝大叶，竟然忽视了这些细小的异常，以为这顶多是父亲的驯服与放弃，一个阶下之囚，自然兴不起什么风浪，也就随他去吧。索朗一脚踢开了土狗，替爹老子系住了脖颈子下的那一枚纽襻，哄唆说：爸，今个天是你的生日，我吩咐宫法麦给你做了长寿面，羊肉臊子的。索敞收住了神，咧笑说：大少爷，我刚才做了啥，我的脸咋这么烧呀？索朗笃定道：哎哟喂，你的脸不是烧，那是发红，比猴子的尻子还红。闻听了这一句夸赞，索敞笑得更凶了：大少爷说的是，老夫前世里就是一只猴子，老夫的脸就是一张猴子屁股嘛。

但是，一切尚未完结，这样的试探仍在持续当中。

宫法麦从灶房里出来，将一张木头桌子摆在廊檐下，又布上了一碟咸菜、一碟凉拌洋姜、一碟腌韭菜，另有醋水、油泼辣子和蒜瓣。不一时，两大碗捞面也端了过来，上头覆着一层黄花、肉丁、胡萝卜丁和葱花，香气四布，惹人馋涎。这是一顿稀罕的饭食，在饥饱不定的囚禁日子里，义庄的老财东曾经千百遍地幻想过它，却又怕吃上它。按着敦煌人的说法，除了年头节日、红白两事，只有上法场的人，才有资格单独享用这么一桌子捞面，所以也叫杀头饭。现在，索氏父子分坐两端，四目交织着。索朗口气厌倦，催喊说：爸，面都坨住了，快咥。索敞拿着筷子，将面条捞了起来，举在半空中，一边吹，一边回说：你也咥，不要饿了肚子。面条凉了，索敞吞进了口腔里，忽然一收肚腹，犹如长鲸饮水一般，几乎将大半碗吸溜了下去。索敞来不及回味，打算吃第二筷子时，却被儿子拦挡住了。索朗拿起了盐罐子，抓了半把盐粒，撒在了爹老子的碗里，叮嘱说：饭没盐了赛过水，人没精神赛过鬼，你最好多吃一些盐，身上就有精神了。索敞嘻然，附和道：人没盐了赛过鬼，那我多吃一些盐，我才不当鬼哪。在爹老子饕餮的过程中，索朗一面抠着鼻孔，一面叨念说：爸，忘了告诉你，我太老奶死了，几年前就下了世，再过上一半个月的话，她坟头上的草也就该绿了。顿了顿，又道：我太老奶是哭死的，自打你淹死在了党河后，太老奶就哭天抢地，收拾不住她自己了。哎呀，我发现，人其实是靠眼泪养着的，眼泪一淌完，人也就该走了。索敞的嗓子里已经冒火了，躺得劲大，半把盐所带来的刺激，类似于一把铁刷子，在刮骨，在割肉。索敞不敢泄露个人的张皇，生怕引发儿子的不快，一味地吃喝着。索敞抽空道：死了好呀，你太老奶早就想死了，这下子她就踏实了。见爹老子捧起了第二碗捞面，索朗照旧撒了半把盐，倒了半壶醋，搁了半罐子的辣子，弄得五味杂陈，完全丧失了面条的本相。索朗又道：我妈疯了，我妈天天梦见你，说你要来领她一搭里走，我妈吃喝在炕上，屎尿也在炕上，六七年了，连门也不敢出，成天披头散发，好像一个厉鬼。眼见着效果不佳，索朗便加重了语气，又道：我也是没了办法，我妈的身上藏着一把剪子，动不动就要扎她自己，戳她自己，浑身上下没一处囫囵的地方，伤口上也生了蛆，蛆是肉白色的，一个个有小拇指这么粗，天天在吃她身上的肉。索敞夹了一筷子咸韭菜，吞下了一口捞面，嘟囔说：人吃了五谷杂粮，吃了鸡鸭牛羊，到头来人被蛆给吃掉了，这就是天道，公平得很哪。索朗冷笑，又抛出了另一个话题，绍介道：你那个小贼索乘，已经好多年没露面了。听沙州城里的人讲，他先是去了兰州城，上了一所武校，后来又去了西安和北平，扛起了枪，吃上了皇粮。土狗踽踽在饭桌下，索敞丢了一块羊肉，扔了几根面条，但这个畜生嗅了嗅，很快便踅开了，样子倨傲。索朗哀叹道：现在军阀混战，中原一带板荡不止，我其实不怕别的，我就怕哪一天弟弟躺在一口棺材里，被送回敦煌，送到咱们的义庄来，你说我该咋办呀？索敞的胡子上洒满了汤汁，肮脏极了，抬头盯视了一眼儿子，哑默下了。末了，索朗面色放晴，夸耀道：爸，要说现在义庄最幸福的人，当属你牵心不下的细君，这娃娃也长大了，到了该念书的年岁了，我寻思着，你给她起一个官名吧。索敞吃毕了，抬起了袖子，擦拭着胡子上的污渍，没听进去儿子的话。索朗不计较，直言说：干脆就叫一个梅字吧，索梅，反正她是个扎花的，将来也不指望她有啥出息。胡子是很难打理的，土狗见状，突然偎了过来，吐出一根血红色的舌头，相帮着老财东舔舐了起来。

索敞终于恼下了，一把扼住了土狗的颈项，惊颤道：狗日的，谁欺负我都可以，但你不能，你不过是一只畜生罢了。冲着这一句指桑骂槐的话，索朗知道，爹老子并没有瓜掉，爹老子的不平与仇恨，其实一直沉潜在内里深处，慢慢地发酵着。索朗断喝了一声李豆灯，土狗乖乖地跑开了，但它身上的灾难并没有解除。

索敞也暗吃了一惊，刚才不经意的一句话，暴露了个人的真相，亦将这么些年来精心编织的伪装，撕了个粉碎。索敞急了，想到了补救，遂埋下身子，捡起了地上的那一块羊肉疙瘩，喂在了嘴里，又抓住那几根肮脏的面条，开始吸食。这个关节上，宫法麦端着一碗面汤过来了，嚷喊说：原汤化原食，老东主，你快趁热喝了吧。突见老财东趴在地上，像一只鸡那样猥琐不堪，宫法麦失声一叫，手上的碗也摔了下去，碎了一地。宫法麦嗔怒说：大少爷，这是要遭报应的，你不能对你爸这样，天老爷还没死，天老爷就在头顶上看着哪。索朗扔出了一只碟子，宫法麦避开了。又抓起了盐罐子，吼喊说：娼妇，你最好夹住逼嘴，小心我撕烂了它，喂了李豆灯。宫法麦的泪水唰地下来了，恓惶地说：我不干了，我真的不干了，我一直在助纣为虐，一直在帮着恶人造孽，我将来也不会有好果子吃，我会下油锅，我会被碎尸万段的。索朗鄙夷地盯望着对方，不明白这么一个下贱的奶妈，这个原本言听计从的女仆，何以怒火中烧，竟然斗胆来冒犯自己。自从四年前女儿细君彻底断了奶之后，索朗并没有辞退宫法麦。义庄有的是下人和丫鬟，但因为这一桩秘密的囚禁任务，索朗依了管家丁荣猫的吩咐，将宫法麦安置了下来，让她在义庄和这座院落之间来回奔波，除了隔天送一趟饭食外，还对爹老子起着一种监视的作用。对于这个胸脯丰硕的女人，索朗渐渐地失去了兴趣，这倒不是宫法麦有了一把年龄，人老珠黄，而实在是因为索朗自打被鸦片控制了以后，胯下那一件男人的东西，便丧失了英气，没有了蠢动的欲望。宫法麦一面哭，一面痛斥着索朗的不孝，将这些年的旧账统统翻出来，暴露在了光天化日之下。索朗伴笑着，心知这个女人压抑了许久，每一句话都无异于一把火，要将自己挫骨扬灰，打入十八层地狱似的。这么着，索朗觉得裆里发烫，一股岩浆般的炽烈攫取了他，便腾地站了起来。索朗詈骂说：娼妇，你个挨屎的货，既然你不肯闭嘴，那就让老子给你塞上一个肉根子，让你消停一下。

这一刻，胡恩可的元神就栖落在墙根下的那一棵牡丹树上。牡丹在旧历四月里醒来了，挂满了指头蛋大小的芽苞，开始抽枝散叶，酝酿着一场怒放。刚才索氏父子斗法时，胡恩可并不想插手，毕竟，家家都有一本难念的经。可目下，当索朗一道烟地扑将过去，薅住了宫法麦的头发，劈头盖脸地行凶时，胡恩可想管，却已经来不及了，因为接下来的一幕，着实令人不堪。胡恩可快快地闭上了双目，非礼勿视，非礼勿听。

索朗一边扇着耳光，一边吆喊说：快让老子日弄一下，日弄一下吧。

宫法麦踢打着，抗拒着，却拗不住男人的凶恶，一步步退缩下去，被堵在了窗台下。索朗卡住了对方的脖颈子，将宫法麦压在了墙上，另一只手拉拽住她的腰带，奋力一扯，便将她的下身剥了个精光。宫法麦挣扎着，两坨浑圆而敦实的臀部袒露在外，一任索朗的蹂躏，义庄大少爷的践踏。

廊檐下，索敌吃完了地上的面条，满嘴是土，惊愕地瞭见儿子褪下了自己的裤子，举起他那一件男人的粗大东西，攮进了宫法麦的身体中。宫法麦痛苦地弯下了腰身，扭动着，闪避着，哀嚎着，却也最终无果，气息奄奄地跪在了墙根下，连哭的力气也一干二净了。索朗被自己今天的勇武刺激坏了，一面动弹，一面吼喊说：敦煌的街道上走一遭，赛过我索朗的有没有？停顿了半晌，索朗答复说：没有，一个也没有，全敦煌只有义庄为王，老子才是索门的长子长孙，真正的当家人。索敞啐完了嘴里的土，膝行着，慢慢爬了过去，哀告说：大少爷，她只是一个妇道人家，你不能拿她当牲口，你自己也不能干畜生的勾当。爹老子的服帖和求请，不仅没有让索朗罢手，相反却激起了儿子的气焰，干得更凶烈了起来。索朗叫嚣道：老贼娃子，你根本没瓜掉，你一直在跟我装糊涂，暗中败坏我的筹谋，看我日弄完了这个娟妇，再怎么拾掇你吧。见求告无果，索敞终于横下了一条心，再次有了赴死的念头。索敞扑将过去，一口咬住了儿子的大腿，将牙齿扎进了对方的肉里。索朗跳了几下，挣脱不得，又见那一匹土狗冲了上来，叼住了他的裤子，撕扯不停。没了奈何，索朗只好将身上那一件男人的东西退了出来，退出了宫法麦的肉体，发现自己早已鲜血淋漓，浑身刺痛。宫法麦逃脱了魔爪，蜷卧在了墙根下，用衣裳遮护住下体，一味地筛着糠，仿佛身体内储满了腊月里的寒冰。这一时，索朗腾出了手，鄙夷地盯看着爹老子，忽然喊说：爸。索敞闻听儿子在喊自己，忙松开了嘴，目光迎了上去。索朗怔了怔，厌倦布满了整个表情，怨怪道：爸，虎毒不食子，你现在都成一个老货了，你凭啥跟我斗？你凭啥让我野鸡无名、草鞋无号地活着，让我在整个敦煌丢尽了人？血是咸腥的，索敞的舌头咂摸着儿子的血，笃定道：你个狗儿子，畜生投胎来的，你想给义庄顶门立户，替索门张罗天下，只怕你不配。索朗咧笑开来，玩转着手上的玉石扳指，苦涩说：

"老贼娃子，你一直在装疯卖傻，骗了我六七年了。"

索敞快慰道："我就是要看看，谁死在前头，谁最后输给谁。"

"呃，你果然没有瓜掉，你的脑子里一直在打算盘。"索朗顾不得疼，一脚踹开了土狗，逼到了爹老子的跟前，"爸，那你一定知道，这些年我在院子里种的那些秧苗是怎么死的吧？本来，我打算种上几年，多收集一些花籽，等将来机会成熟了，再播到大田里去，但你暗中做了手脚，让我的这些心血全部枉费了。爸，你真不该这样，我也是为了咱们义庄呀。"

"义庄的户头上，从来没有这一项贸易。"索敞答。

"老贼，你也不睁开眼瞧瞧，自从你被我关在这达后，敦煌已不是原来的老样子了。"索朗激愤极了，手上的骨骼嘎巴乱响，"知道么，现在的敦煌人人在抢钱，家家在做贸易，只有可怜的义庄还守着那几座破油坊，坐吃山空，端着以前的架子。尤其是，这些年敦煌境内杀出了一票人马，人称河西司马，在东西两侧的路上都吃得开，神龙见首不见尾，一下子坐大了，旁人很难分上一杯羹。我要是再不追撵的话，咱们义庄的盘子，迟早会典当出去，把这个家彻底败光。"

闻听了这个久违的词，索敞会心一笑："你赢不了他，你赢不了河西司马。"

"咋了，你知道河西司马？"

"正是。"

索朗的表情登时垮了，一记猛拳挥了过来，端直地落在了爹老子的鼻脸上，立刻开了花。索敞抹了一把血水，讥笑说：狗儿子，你种了好几年的花花子，你想知道为啥长势不旺，为啥结不出罂粟，割不了烟膏么？索朗扼住了爹老子的颈子，将其撂翻在地，又一把攥住头发，拖行着，拖到了墙根下的那一片地里。索敞完全放弃了抗争，像一具绝望的尸体似的，任由儿子糟践着，踢打着，仍快意地说：狗儿子，实话说给你知道吧，没别的缘故，我隔三岔五就给你的花花子浇一泡尿，一棵苗子一泡尿，我的尿虽然烧不死它们，但也要让它们像我嘴里吃下了那么多的盐一样难受，一样的生不如死，毫无指望。索朗不再计较口头上的得失，一脚踩住了爹老子的颊脸，像踩住了一块烂柿饼。索敞四肢瘫软，眼冒金星，浑噩地趴在了地头上，恍惚中，瞭见了一层脆弱的绿意，敷在了地皮上。像往年那样，儿子撒在地里的花花子，已然破土萌发了，结出了零星的嫩芽。如果不出意料，这两个月，它们便会抽了疯似的，摇曳在院子里，连绵一片，开出猩红色的花朵来。这一时，索敞仍旧肉烂嘴不烂，喋喋道：狗儿子，就算你今天杀了我，把我剁成八块，沤烂了埋在地里施肥，你也休想在敦煌种出一棵罂粟花来。天老爷在上，菩萨也都睁着眼睛，只要有李豆灯的文和事老协会在，这一片上佛嘉许过的土地，便不会让你得逞，我发誓。

爹老子的这一番诅咒，恰好戳中了索朗的痛处，遂尖嚎了一声，将父亲的五官几乎踩碎了。在昏死过去的那一瞬，索敞龇牙咧嘴地说：老子太高兴了，老子宁愿义庄死在李豆灯的协会手上，也不愿意看见整个索家被你拖累，堕入万劫不复的地步。你快杀了我吧，狗儿子，你给老子一个痛快的。

日上中天时，索敞方睁开了眼睛，发现自己躺在了泥浆中，污浊不堪。

就算日光很亮，但这个季节的风，仍好像是从磨石上磨过的那样，刀刀见血，一瞬间便能将一具热身子，变成一副冰冷的肉胎。索敞蜷住了身子，瞥见旁边扔了几只空水桶，自己完全浸泡在半尺厚的泥汤中，从头到脚被抽了筋、拆了骨似的，动弹不得。索朗不见了，儿子在宫法麦的身上发泄完了兽欲，又在爹老子的头上点完了火，像一头牲口那样，消失无迹了。索敞的内里，其实滋生出了一种后快，在这么漫长的幽禁岁月中，今个天第一次占了上风，赢了一口气，痛骂了那个逆子，哪怕肉体上遭了不少的罪，疼痛难当，但一切都是划算的。恍惚间，索敞瞭见宫法麦蹒跚过来，扑腾跪在了地头上，一边饮泣，一边将一件棉袍盖在了他的身上。宫法麦不问问义庄的老财东是死是活，又不敢放肆，只有一种痛彻的悲声，横亘在了她的声嗓中，轰鸣不已。宫法麦抓起一只摔烂的水瓢，舀一下，泼一下，打算将那一片泥水㖇干。索敞觉得，自己渐渐浮出了水底，浮出了阴曹地府，浮了上来，又活在了这个宽大明亮的人世上。

索敞惜疼着这个女人，蓦地伸出手去，抓住了对方：娥娘，娥娘你在呀，你可怜我，你在等着替我收尸吧？宫法麦并不畏惧，也不退缩，撩起袖子，擦了擦索敞鼻脸上的血迹。宫法麦哀恳说：老东主，娥娘给你下跪了，娥娘求你一件事，你就答应了大少爷吧！比起你挨打，比起你这么孽障到死，别说种上这半亩地的花花子，就算整个党河两岸，整个敦煌全都种满了罂粟花，也总比不上你自己的命金贵，你又何苦来着？索敞苦楚地笑了，心里不怨怪这个可怜的女人，心知对方跟自己是一类人，均被裹挟进了这一个巨大的陷阱当中。索敞挣了挣，抬起了肩膀，指着门框上挂着的一根烟杆子，叮嘱道：娥娘，现在门开着，你快拿上那个吃烟的家什，速速去一趟陇西坊吧。

闻听此语，宫法麦一时怔忡，面色顿失。

索敞急迫地交代说：只要李豆灯看见它，一定会猜出来我没有死，文武两家和事老协会也一定会来搭救我，还义庄一个晴天，还老夫一个自由身的。娥娘，我原先的确想死，但现在我乐意活着，我剩下的这半辈子，就是为了不让一棵罂粟花发芽，不让义庄背负上万世的恶名。蹊跷的是，索敞的慨然，并不曾引起宫法麦的呼应，后者盯视着老财东，目光中掠过了一片片阴翳。索敞催喊说：娥娘，快去，等那个畜生发现的话，你就走不脱了。不承想，宫法麦却问：老东主，过去的这么些年，我有时候故意将门开开，给了你一次次逃脱的机会，但每一次你都视而不见，自己又把门关上了，你究竟在算筹个啥？索敞猜度，如果今个天不把话说干净，说彻底，这个女人是不会幡然醒悟的。索敞仔细道：先前，我知道娥娘你的用意，但我并没有乘机逃脱，我要是跑掉的话，索朗那个畜生是不会放过你的，他现在是一个鸦片鬼，他没了魂灵，他对付我的手段，同样会加倍用在你的身上，我害怕，我怕你被他点了天灯。

一定是鼻梁折了，语气一激愤，血水像瀑布一般，挂在了索敞的面门上。索敞又哀告：再说了，义庄出了这么大的丑闻，我即便逃出了这个门，我又能去哪达？我怕丢人，更怕毁了我索家的名声，我这一生的路断了，所以我不敢逃，也不能跑。宫法麦去了去，拿来了半把香灰，敷在了老财东的伤口上，暂且止住了血水。此刻，索敞一吐为快，霎时释然了，作结道：娥娘，今个天我改了主意，咱俩一起逃，先去陇西坊，然后再回义庄。哼，在我手上失去的那些东西，我要一个不差地拿回来，谁也休想再从我的身上拔一根毛。

宫法麦沉吟着，噙满泪水的眸子，始终盯视着老财东，令索敞一时错愕，不明就里。索敞慌张道：娥娘，你咋了，你倒是开口说话呀？这么着，宫法麦终于破涕为笑，绝望道：老东主，你走吧，我命苦，我只有待在这达，等着大少爷来点天灯，了断了娥娘的这条命。索敞从泥水中颓坐了起来，苦涩一笑：呃，我忘了，你叫娥娘，你也叫宫法麦，这么些年来，我从来不敢问你的底细，我只记住了你对我的好。宫法麦喏嚅说：老东主，我从来没对你好过，我对你做过的大小事情，都是我身不由己干的，你千万别觉得亏欠。这个关节上，索敞忽然拼着力气，身子挪移了过去，蓦地搂住了宫法麦，将其揽在了怀中。索敞痛彻地说：娥娘，在仓鼠街，在你的家里，我活得才像一个人，才有了欢喜，我当初如果下手早的话，要不是可恶的李豆灯从中作梗，你现在就是我的女人，我户头上的一员。宫法麦避开了老财东的亲昵，也阻止住了对方不着边际的忆想，坦言道：

"老东主，我儿子在他们的手上，你救我一下吧！"

索敞一惊："你儿子？他们是谁？"

"唉，这些你都不必过问了，即便问了，娥娘也不会讲。"宫法麦怆然至极，伏下了腰身，仔细地磕了三个头，"老东主，你不但不能逃，你还要把地里的那些罂粟花侍弄好。如果今年的这些花花子再有个闪失的话，我儿子死了，娥娘也不会活在这个人世上。"

索敞终于让步了："娥娘，只要有你在身边，我就算老死在这个院子里，我也心甘了。"

"娥娘另有一个不情之请！"

"但说无妨。"索敞慨然道。

"细君也大了，不需要我了。往后，就让我像对待义父那样，好好伺候你吧。"宫法麦的哀求如此由衷，又如此卑微，"只要义父不插手大少爷他们种植罂粟花，终有一天，我就能见到我的儿子，了却我这一生的唯一念想。"

索敞突然炸了："不，娥娘你是我的女人，你的儿子才能喊我义父。"

胡恩可的元神再也听不下去了，这些悖逆纲常、践踏人伦的言行，竟然出自声名显赫的义庄老财东之口，着实令人肝肠俱裂，难以置信。在索敞抱住了宫法麦，一把鼻涕一把眼泪地陈述时，胡恩可的元神离开了牡丹树，跃过了庭院和灶房，轻盈地落在了那一匹土狗的脊背上。土狗在墙根下嗅闻了半天，一无所获，便怏怏地踅入了后院，用鼻头顶开了偏门，闯进了那一片茂林中。

这一时，胡恩可觑见管家丁荣猫仰躺在椅子上，手中攥着一根绳子，刚刚打出了一只绳套。管家的膝下，跪着大少爷，索朗拿着一只鞋，不停地用鞋底子抽自己的颊脸，半个腮帮子都红透了，仍停不下来。林子的西侧，刚刚挖开了一眼墓穴，大概有一尺半宽，半丈深，旁边堆砌的新鲜泥土，散发出开春的气息，有一丝清新，也有一种不祥。索朗终于累了，扔掉了鞋子，撅起尻子趴在了地上，巴望着管家。丁荣猫其实不屑，一直仰看着树枝上的一对花喜鹊，突然怒从心生，一甩手将绳套抛了出去，抛在了密林深处，却失算了，眼睁睁地看着两只喜鹊弹射了出去，头尾相衔，躲入了天空。事实上，丁荣猫是见不惯幸福的，哪怕是一只鸟的幸福，也会对他构成莫名的伤害，让他憎恶万分。管家收回了绳套，一再掂量着，忽然发现索朗的脖子一直梗着，对自己充满了哀怨与求请。管家咧笑，再一次抛出了绳索，像预期当中的那样，绳子直接兜住了索朗的头颅，箍在了大少爷的颈项上。

管家开始收绳子，一截一截地往回扯，索朗猛然踉跄在地，四肢并用，像一只驯服的野兽似的。土狗也瞭见了这一幕，煞是不解，惶惶然地尾了上去，觉得稀罕极了。

猫哥，我真的下不去手，毕竟他还是我爹老子，我杀了他，你也会瞧不起我的。索朗趴在管家的脚下，哀告道。丁荣猫冷笑说：你个贼娃子，我花了半天的工夫，挖了这一座坟，至少要葬埋一个活的吧？索朗见没了指望，将玉石扳指从大拇指上摘下来，递给了管家。又叮嘱道：猫哥，干脆让我死吧，我太不争气了，害得你这么失望，这个东西麻烦你交给细君，长大了留个念想吧。丁荣猫也不客气，款款取过来，径自戴在了自己的指头上，仿佛浑身有了光芒。言毕，索朗闭上双目，拔长了脖颈子，只等着管家一勒绳子，自己身首异处，魂魄惊散，一了百了。

岂想，等了半晌，索朗没等来料想中的死亡，却闻听到了丁荣猫的啜泣声。管家一边挥泪，一边惜疼地说：大少爷，你我是换帖的兄弟，割头的交情，你现在让我送你上黄泉路，我咋能忍下心来？索朗苦涩地说：猫哥，这么些年来，一直都是我在拖你的后腿，年年种花花子,年年败,除了李豆灯那条老狗盯防着咱们,除了我爹老子暗中使坏之外,也怪我不够精心,让猫哥你犯难了。管家止住了哭噎,截铁地说:大少爷,我做的所有这些事情,其实是为了你,为了索家,我想让义庄重新发达,在沙州城,在敦煌,在整个关外三县,成为真正的豪门强族,说一不二。索朗一再点头,求请说:猫哥,还是让我去死吧,等你葬埋了我,你就去义庄做主子,当掌柜的,这一枚玉石扳指便是你的凭信。管家真的干了,慢慢地收起了绳子,勒紧在手中。索朗的呼吸急促了起来,五官肿胀,仿佛吹开的一只猪尿脬,随时要爆炸似的。突然,索朗抓住了绳套,示意管家停下:

"猫哥,临死之前,你给我一颗烟泡,让我过个瘾吧?"

管家厌倦地松开了手,知道这不过是诈死,对方又一次得逞了。

"另外,我心里一直有个疙瘩,不吐不快。"索朗接住了烟泡,熟练地装填在了烟枪中,擦着了一根洋火,接续说,"猫哥,是不是罂粟籽本身就有问题,只开花,不结果?"

"你意思是?"

"嗯,猫哥啥都明白,猫哥才是人尖子。"恭维道。

丁荣猫突然恼了,将索朗身上的绳套解下来,远远地掷了出去。那匹土狗躲闪不及,一下子被捕获了,连一声惨叫也发不出来。管家将土狗拖将过来,踩在脚下,慢慢地勒毙了它,而后一脚踹进了墓穴中。索朗喷吐着烟雾,陶醉地说:李豆灯今晚夕会做噩梦的,我发誓。

也许是命不该绝,见此情状,胡恩可的元神跳进了坑里,出手搭救了土狗。

惟有一愿在,能呼观世音。

土匪朱十三的小老婆姓蔡,叫蔡三女,但朱十三喜欢叫她蔡饼子,喊得满天下的耳朵都听见了,失笑不已。光绪三十二年,在马鬃山以南的八个滩和葫芦井一带,突发了一场地震,山势走形,地面下沉,形成了一个巨大的漏斗。恰巧那些年雨水丰沛,灾祸骤歇,一片汪洋之海便镶嵌在了大漠戈壁当中,俨然是一块游移的绿洲,蔚然成林。最早发现绿洲的是蒙古商团，过往打尖、补充给养时，便将这一片救命之所称为查干淖尔。消息走失后，一些来自关外三县的汉人成团结伙，纷纷来这里打探，又发现了诸多祥异的事迹。先是有人声称，在查干淖尔的水面上，瞭见了一匹黄龙，长三丈以上，髯须光丽，头目精明，首向北斗，尾垂南下。后来，又有人传言说，在湖畔的台地上，发现了一茎五穗的野谷，苗高二尺以上，四散似蓬，果实如葵，色赤黄，肥而有脂，倘若大面积种植的话，可收数百石，以充军粮。渐渐地，所谓凤凰集于郊谷，芦苇荡中频频发现了白狼、黑狐、黑雉、九色鹿等，以至于甘露降于树上、垂流于地、昼夜不绝之类的闲章，迅速传遍了沙州城乃至敦煌全境。时任县令黄万春，举人出身，云南保山县人氏，对这些新新顿起的说法深以为然，在约莫四五年的光阴中，陆续迁徙去了二十七户人家，税赋皆免，鼓励农桑。岂料，辛亥之后，清帝退位，中华国乱如一盘散沙，尤其是河西四郡乃至玉门关、阳关两座要塞以远，荒芜加剧，凋敝日深，呈现出了一副自生自灭的情状，走马灯一般的官府鞭长莫及，当然也懒得去打理。至民国一十三年，查干淖尔一带已成气候，庄院毗邻，村树绵延，百姓杂居，其中最具实力的当属蔡氏一门。

在蔡火灶当家的头一年，干脆将查干淖尔的核心地带改名换姓，叫作了蔡家口子，一下子便叫开了。后来，有人琢磨起蔡火灶的死因时，将其归纳为冒犯了山神和湖神，惹怒了天颜，所以才搭上了他个人的一条性命，但蔡饼子从来不相信这样的屁话。作为蔡火灶的独生女，一向骄慢无常的她笃信，爹老子是被同一个庄子里的异姓人给暗害了的，否则就无法释解，为什么爹老子的尸骸被打捞出水时，脚脖子上绑着一根车轴，鼻脸也让鱼虾给吞吃了，白骨森森，惨不忍睹。蔡饼子接承了父亲的位子，对内将蔡家人笼络在一起，拧成了一股绳子，对外则剽悍无礼，恃强凌弱，几乎将这一带的人全都惹完了，犹不罢手。

的确，蔡家口子这个地名，形象地刻画出了从八个滩至葫芦井之间的山川形胜。

北疆一线山峦横亘，天马怒龙，气势雄伟。自马鬃山南下，数百里的道路山容破碎，石骨嶙露，拳石当道，始终是东来西往的商团最为头痛的一段区间，厉鬼出没，死伤频发。不承想，一俟驶出了隘口，抵近查干淖尔时，眼前豁然一亮，天空如鹰隼之弧脊，大地平坦如砥，犹若一只敞开的大口袋，将路人悉数吸引了进去。查干淖尔乃草湖，物产富足，草木味甜，不论多大规模的商团，在这里均可以尽兴逗留，一方面歇缓手脚，交流贸易消息，另一方面则趁机驱遣牲口换水土，增膘长肉，以备余下的路途。环湖的这些庄户人家，平时除了经营田地、务劳庄稼外，更多的力气用在了各路商团的身上，钱挣得比啐唾沫还容易。这当中，尤以蔡饼子为甚。自蔡火灶那一辈起，蔡家便在查干淖尔的北侧开了一家老醋坊，又开了一家百货局。仗着这两样红火的贸易，蔡饼子在守孝三年之后，能以一介女流的身份突然崛起，在查干淖尔说一不二，其中的缘故，自然大有深意。

　　土匪朱十三在北疆横行了多年后，渐渐地心生惰意，棱角不再，滋生出了安顿下来的念想。先时，这一支强悍的武装频频席卷关外三县，如一场场飞沙走石的罡风，来无踪，去无影，每每留下了狰狞的传闻，杀人如麻的事例，令整个沙州城和敦煌二十三坊闻风色变，不堪其扰。每次劫掠得手后，朱十三要么率众去了俄境一带逍遥，要么化整为零，潜入河西四郡过平头百姓的日子，窥伺新的时机。寒暑易节，秋去春来，朱十三慢慢地改变了方略，不再大规模地长途奔袭，也绝不进城，常年带着这一票人马，在蔡家口子以北的群山里打游击，吃红利，名声也逐渐地消偃了下去。为此，朱十三跟手下的几个拜把子彻底翻了脸，砸上了一大笔银两，统统将他们逐出了队伍。朱十三如此动念，且行为决绝，表面上看，似乎是挂上了蔡家口子的那个风骚女子，但是究其里，实则是在为自己的义子铺路，打算将个人这半生的心血交付给胡梵海，以期将来获得一个善终的结局。

　　蔡饼子将这一切看在了眼里，记在了心间，却始终不动声色，又在私下里，率着蔡家的叔伯兄弟们，按着自己的机密算筹，悄然进行着。蔡饼子虽然没有戴过花盖头，没上过花轿，但她给朱十三做小的事情，早已是众人皆知的秘密。这一年刚刚入伏，蔡饼子派人进了一趟山，去给朱十三捎了话。朱十三闻听之后，惊掉了手上的药碗，哈哈哈地乱笑了半天，打算下山去探望一趟。

蔡饼子捎去的话很简短，也很喜悦：我怀了你的娃，身子累赘，上不了山。

初九日的后半夜，一轮弦月挂在天边，广漠的清辉照着草湖，照着芦苇荡和岸边的沙子，也照着附近的庄院。白昼里的喧嚣业已寂灭，一派昏暝的夜色，渐渐地泌出了一种鲜为人知的危险。先是飘来了一支打前哨的快马队，蹄子上绑了皮革，口鼻上装了笼辔，一行人犹如篾子一般，将蔡家口子左近细细地梳理了几趟。末了，快马们进入了庄子，又挨家挨户地搜看了一圈，见无异常，方宽下了心来。领头的梵海跃下马，从皮囊中拔出了一支羽箭，旁边的伴当们赶紧撕下来一根布条，缠在箭头上，喂了火油，又喂了一根洋火。箭头燃烧开来，梵海遂搭箭引弓，朝着东南方向上送了出去。这一时，夜空被烫破了，也被划伤了，留下了一道滴血的伤口，开始缓慢地复原。待四下里阒寂下来后，梵海令伴当们止步，自己一个人趸了上去，叩响了蔡饼子的院门。

蔡饼子闻声出来，隔着门扇问：哪个鬼，半夜三更的，不让人消停？梵海道出了自己的名字，里头却扑哧一笑：呃，原先是金疙瘩呀，稍等一等。几乎每一趟见面时，蔡饼子总要揶揄再三，将梵海唤作金疙瘩，而从不称呼他是少把子。因为上上下下的人都清楚，朱十三的这名义子，当初是用一块狗头金换来的，目下是太子，是储君，迟早要承继老把子的衣钵。兀立了片刻，门开了，蔡饼子掌着一盏羊皮灯笼出来，梵海忙躬身一揖，说了吉祥的话。一团光晕中，蔡饼子妩媚端方，衣饰鲜亮，一双毛眼睛扑棱棱的，好像刚从莫高窟的壁画上走下来的神仙娘娘。梵海不敢抬头，也不愿去瞧，怕失了礼性，只简略地说：老把子快到了，走了大半夜的山路，你快去换了被褥，烧上洗脸水吧。蔡饼子瞬时拉下了脸，戳了一指头梵海，嗔怪说：你个小贼，没大没小的，连一句婶子也舍不得喊呀？梵海思想了一下，喏嚅道：小婶子，老把子最近一直在吃药，浑身不舒坦，你抓紧去呀。蔡饼子讥讽说：你虽然叫金疙瘩，但要从你的嘴里抠一点金粉出来，简直比登天还难。言毕，蔡饼子掉头进了门，摇曳的腰肢，好像一只小母鸡的尻子上穿了一件罩裙。

半晌后，朱十三携着精干的扈从们下了马，一支车队也驶停在了门端里。

近些日子，朱十三始终在喝药，入了伏天之后，脊背上的病灶恶化了，不是流脓，便是淌血，瘙痒得令人疯狂，恨不得一头碰死在石头上。早年间，朱十三在祁连山北麓，刚刚拉起这一支土匪武装时，曾经一枪干掉过一只麂子。枪响过后，朱十三立时后悔了，因为那不是一只下贱的牲口，而是金麂子，毛色油亮，散发着一种异香，堪称神兽，猎人们见了也不敢咳嗽一声。要命的是，伴当们将金麂子大卸八块，一锅炖了，朱十三忍不住嘴馋，不仅吃了肉，啃了骨头，还喝下了三大碗浓汤。是日晚夕，其他的伴当们均好端端的，唯独朱十三的身上起了一场火灾，心里烧得慌，几个时辰之内，满头的青丝竟如墙屑一般，纷纷脱落下来，成了一名秃子。当年，朱十三也不过四十郎当的岁数，血气方刚，骁行西东，可自打金麂子事件后，一张英俊勇武的嘴脸，开始逐渐变了形，失了神，恍若一介苍髯匹夫，持续到了现在。

事实上，这些皆为表象，尚可以忍耐，真正对朱十三构成致命打击的，则是脊背上的那一块烂肉。为了治愈它，朱十三成了一只药罐子，经年散发着一股淡淡的苦味，问遍了天下的奇方，尝遍了地上的百草，甚至还斩杀过几个郎中，均告无效。忍痛易，忍痒难，有时候痒到了上吊抹脖子的地步时，朱十三也会撩开衣裳，让一两个亲信瞧瞧，究竟是什么邪祟，什么妖灵，令自己生不如死。亲信们忌惮老把子的喜怒无常，敷衍上一眼，便宽慰说：癣，一块癣而已。类似的蒙蔽终不是长久之计，待到朱十三用一块狗头金，赎买来了胡家坊的梵海，并纳为义子，双方渐渐地熟稔了之后，朱十三照例亮出了伤口，让梵海端详。梵海毕竟岁数小，口无遮拦，轻率地说：这不是癣，此乃恶疮，牛马羊的蹄子上经常生这种烂肉，我最熟悉了。朱十三骇然极了，忙问：究竟是个啥样子？你实话说给我知道，让我死也死个明白么。梵海瞄了半天，含混道：像个鹿，流血的鹿，鹿在哭。那一时，朱十三才恍悟了，知道天下仍有一道不变的法则，叫因果，也叫报应。朱十三哭丧道：好我的儿子，那根本不是鹿，那是一只金麂子，我害了它的命，它是不会饶过我的。

就在老把子心灰意冷，对这个人世生无可恋之际，人小鬼大的梵海却说：这个简单，牛马羊的蹄子上害了烂疮后，用陈醋泡上一泡，一切就解决了。朱十三猜度，这个半路上收养的儿子，或许真是天老爷降赐的，接续了个人以前失去的那一份因缘，转世而来，专门报偿自己的，于是越发地喜欢上了梵海，里里外外，十分倚重。朱十三知道查干淖尔附近有一家老醋坊，遂单独带上了梵海，化装下山，以一名客商的身份，入住在了客栈中。梵海天天打来半桶子的醋，替义父上药，虽说恶疮仍旧难以愈合，但一切就像预期中的那样，瘙痒止住了，朱十三的表情上有了笑意。土匪毕竟是有野心的，朱十三生怕蔡家老醋坊关张停业，失去这个救命之所，便有了霸占的企图。择上一日，朱十三亲自造访了蔡火灶，扬言说：你只管将醋做好，做地道，至于你那个不挣钱的百货局，我来想办法给你填满吧。一旁的蔡三女挖苦道：哼，不打粮食的话，也不怕闪了舌头，除非你是土匪，否则这么大的百货局，焉能填满？不出半个月，朱十三用实际行动兑现了承诺，于是一下子拉近了跟蔡家的关系，直到把蔡三女悄悄哄上了热炕，收服在了自己的裤裆里。蔡火灶溺毙后，蔡三女掌控了整个查干淖尔的盘子，双方的关系逐渐明朗化了，一个倚仗对方的实力，另一个贪恋对方年轻的肉体，顺便也占有了那一座老醋坊，当成了他个人的药局，疗治旧疾。

闻听老把子到了，蔡饼子重新搽了粉，抹了胭脂，一手掌着羊皮灯笼，另一只手嚼吃着胡萝卜，蹒跚出门。朱十三盯望了一番女人的肚腹，款笑道：这是今天的第几根了？第三根，前头还吃了一把荒荽，蔡饼子答复。呃，你看你，吃得牙齿都红了，像啃了一个死娃娃似的。言毕，朱十三进了门。

之所以唤其蔡饼子，就在于这个女人太奇特了，方圆几百里的路上，哪怕在整个关外三县，也很难挑出这么一个尤物来。头一回见面时，朱十三便从这个女人的身上，嗅闻到了一股浓烈的菜蔬气息，还误以为她的茶饭手艺好，天天趴在案板上砍瓜切菜哪。蔡饼子天生不食荤腥，一吃便吐，甚至还会昏厥过去，反倒对各类菜蔬充满了欲望，来者不拒。大葱，生姜，芫荽，洋芋，甜菜，萝卜，包括各种瓜果，但凡能入口的，一般都会在她的牙齿间，泛滥出一道道颜色迥异的汁水，陶醉不已。有时候，蔡饼子刚刚从老把子的身上滚下来，袒胸露乳，尻子精光，也会拿起一根萝卜，躲在被窝里啃食，就像一只牙口锋利的母鼠似的。朱十三开始喊蔡饼子以后，心中笃信，这个女人是吃斋念佛的料子，前世里八成是姑子，说不定还是沦落在凡间的菩萨。抱持了这一念想，朱十三对蔡饼子好得像一碗冰糖水，几乎有求必应，异常宠爱。当然，在关乎继承人的这个问题上，朱十三另有考虑，对自己的一切算筹三缄其口。目下，朱十三提兵而至，不单单是为了身上复发的恶疮，更要紧的在于，这个节骨眼上，蔡饼子捎来的那一封口信。进了门，蔡饼子相帮着老把子脱下鞋，招待上炕，又沏上了滚烫的罐罐茶，端来了一碟子花馍馍。朱十三不饿，也没有吃的心情，径自趴在了枕头上，解开腰带，将整个脊背呈现了出来。蔡饼子打开包袱，抽了一把新疆产的阿拉伯棉花，缠在棍子上，又蘸了醋水，仔细涂擦在了老把子的患处。醋水很蜇，漫流在伤口上，让老把子的皮肉一抽一抽的，牙齿在打架。涂擦了三遍，蔡饼子方歇下手，老把子的牙口也松弛了下来。这一时，蔡饼子另外拎出来一只包袱，叮当作响，银子的声音，释解说：上一趟你派人送来的百货卖光了，我留下了三成，这七成是你的。又絮叨说：这几日家里忙疯了，先是来了一个表舅，过后又来了两个生人，自称是我爹以前的磕头兄弟，住了好些天了，没走的意思，我等一下去给他们做早饭，顺便也给你打两个荷包蛋吧。老把子始终不语，趴在炕头上，目光焊在了女人的肚腹一带，不离左右。末了，蔡饼子央告说：你先睡一阵子，等中午时，你陪我去一趟韩湘子庙，咱们一起去供香吧。朱十三哈欠声起，倦怠道：要拜就去拜大昭，去拜佛，狗屁的韩湘子，老子偏不信他。蔡饼子忸怩而来，捂住了老把子的嘴，怨怪说：可不能乱嚼舌头呀，在蔡家口子一带，如若想让自己的女人生养下一位翩然公子，必定是要拜韩湘子庙的，别的都不灵。朱十三攥住了女人的胳臂，轻易地将其撂倒在炕上，手从衣襟下摸了上去，按住了蔡饼子的肚腹。朱十三喝问：你个贼婆娘，你慌里慌张地捎了口信，说你怀上了，老子刚才盯看了半天，没看见你肚子大，也没发现啥成色，你实话让我知道吧。蔡饼子一点也不恼，继续嚼吃着半根胡萝卜，咔嚓咔嚓的，回说：你到底是一个鲁莽人，拎着脑袋找食吃的，不懂得女人家的事。呃，你上回把我日弄完了，提上裤子走掉了，你灌给我的那一滴浆液，就好比发面用的酵头，你以为一脸盆面随便能吹起来，花馍馍就那么好吃呀？说着话，蔡饼子忽然呕吐了起来，一股胡萝卜的味道打头碰脸，挥之不散。又叨念说：实话告诉你吧，我已经三个月没来月红了，前一向心里发潮，开始恶心了，所以才泼烦你的。

这么着，老把子松开了手，将刚才的那一包袱银两原交给了蔡饼子，叮嘱说：这些钱你自己使吧，尽量吃好些，喝好些，毕竟你现在有两张嘴了嘛。思忖了一下，又改口说：不，你现在是三张嘴，我可不希望再多出一张嘴，生下一个扎花的。蔡饼子听懂了这些淫邪的话，笃定地说：放心，你去宽处喝茶吧，如果生下来一个两张嘴的，我自己去把她扔进草湖里，淹死算了。朱十三打着哈欠，躺在了枕头上，松懈道：我先睡一觉吧，等睡饱了，我陪你上一趟韩湘子庙，看将来灵不灵。

临走前，蔡饼子瞭见，朱十三将两支短枪打开了机头，掖在了枕头下。

这个季节上，天亮得太早。天还没有彻底亮开时，查干淖尔的水鸟就已经欢腾了，翔集在庄院内外的树梢上，啁啾不止。瞥见蔡饼子出了门，梵海丢下手里的麻袋，一瘸一拐地跑了过来，又额外行了一礼。每次见到这个小瘸子时，蔡饼子便在心中失笑万分，思忖道，朱十三真是瞎了狗眼了，让这么一个残缺的碎鬼做了义子，将来还要把衣钵传授给他，天作孽的，天杀的。虽说鄙夷对方，蔡饼子还是笑脸迎了上去，让梵海不必拘礼。梵海奉上了一册账簿，绍介说：婶，这是这一批百货的清单，前不久，我们在山里截获了一个大商团，足足缴获了几十个麻包，大体上全部送过来了。像以往那样，蔡家口子作为北疆的一条东西通道，既是行商们落脚休憩的要津，也是土匪们销赃敛财的关键地点。蔡饼子收下了账簿，违心地喊了一声少把子，瞭见梵海的脊背上挎着一把砍刀,腰带上插着一支短枪,苏维埃制造。梵海将一只布袋交给了蔡饼子,释解说:这是老把子这几天的药,你先煎上,别耽误了。药味很冲,一下子混淆了黎明前的空气,蔡饼子忙掩住了鼻子。梵海又央告说:婶,等一下你给我腾一间干净的屋子,我要早晚供佛的。蔡饼子爽快道:哎哟喂,这不用少把子吩咐,我早就洒扫干净了,还是马院里的那一间,老规矩,谁也不敢打搅你的。梵海一揖,言了谢,转身又要去卸货。蔡饼子从怀里摸出来一根胡萝卜,莞尔一笑:昨晚夕才摘下的,少把子你也吃一口吧?梵海不想授受不亲,似乎该说的话说完了,彼此再没了瓜葛,便婉拒了。薄光中,蔡饼子将胡萝卜喂在了嘴里,咔嚓一声,咬断了半截,慢慢地嚼吃起来。盯望着梵海一瘸一拐的背影,蔡饼子告诫自己说,常言道,瘸子不瘸了能上天,但凡身体残缺的人,一般都是身疾心烈之人,目下看来,这个来自敦煌胡家坊的小瘸子,才是需要解决的首要问题。

  天光笼盖了下来,土匪们纷纷将手中的松明熄灭了,抓紧搬运。

  这些年,朱十三的武装盘踞在北疆以南的群山中,时紧时松,看似漫不经心,飘忽东西,像一股流寇般地出没,实则用心太深,牢牢地扼住了这一条咽喉地段。水至清则无鱼,这一浅显的道理,也是朱十三慢慢参悟出来的,尤其将梵海收为义子后,这个冷脸寡言的小子,带给了老把子无数次的惊喜。时至现在,朱十三仍然暗中喟叹,这个一条腿不利索的家伙,简直就是一介天才,天生是做土匪的料子,至于将其收在麾下,一定是天老爷的降赐,自己不过是归顺了天意而已。倘若将横亘在北疆的这一条贸易通道比作一条河流,那些穿梭东西,昼伏夜出的大大小小的商团、驼队和零担,其实就是一条条活鱼,看得见,摸得着,分明无比。朱十三的属下们,过惯了这种刀尖上嗜血的日子,主张竭泽而渔,寸金不留,一个也不放过。后来到了梵海这里,却是违千人之诺诺,做一士之谔谔,声言说,沧浪之水清兮,可以濯吾缨,沧浪之水浊兮,可以濯吾足。梵海只念过几年的乡学,后来辍学了,但这半瓶子醋,已经足够让一众土匪去省悟半天了。梵海释解再三,长流水,流长水,如此方能让日子滋润下去,绵延有序，不至于顷刻间砸锅倒灶，就像马鬃山北部的另一股强匪那样，成为众矢之的，屁滚尿流。因为唱了这样的反调，梵海逐渐地从上百号伴当之中凸显了出来，开始有人喊他少把子，也有人尊奉他为朱十三的另一个化身。朱十三本想设坛献祭，让梵海更名换姓，挂在朱家的户头上，但是往深里一思想，又怕重挫了这个少年人的雄心，也就慢慢地放弃了，闭口不谈。直而不肆，光而不耀，自从梵海被迫离开了胡家坊，离开了爹娘，又心甘情愿地做了强人后，始终匿身于朱十三的光环之外，耐心，隐忍，肃然，哑默，一直引而不发，替自己预备着将来的道路。

梵海的天才，果然在日后展露无遗，一飞冲天。在这条路上盘磨了数年后，梵海的心中，渐次有了一张算盘，一幅贸易的季节图，于是按图索骥，从无任何一次失手，每一趟出击都满载而归，所获颇丰。当时，经行此路的以蒙古商团居多，梵海掌握了其中的规律，蒙古人一二月卖皮张，三四月卖绒毛，五六月出羊，七八月马牛，九月茶马毕，岁以为常，相当确凿。除了北地的蒙古之外，来自京、津、陕、晋、甘、新、川、豫等地的行商们，将沙州城以北、查干淖尔以南的这一片广袤区域，当作了西北的转运之场，货物往来，从无间歇。那些年，诸如牛皮、羊皮、杂皮、驼毛、羊毛、羊肠、杂骨、甘草、水烟、枸杞、哈密瓜、哈密杏、吐鲁番棉花、盐碱之类的货品自西而东，源源不断，又如洋布、海菜、火柴、煤油、茶叶、手巾、镜子、腿带、肥皂、皮夹、化妆用品、烟壶、绸缎等百货，埋首西行，足足有上百种之多，其中也不乏东洋货。是时，通用的货币以现洋、小角、制钱、中交钞票为主，此外有钱票一种，多是补充军饷，维持市面之用。现洋，市价合一吊九百，每吊合实钱八百文，合小洋十二角。铜元，每文当实钱十文。恰是因为扣住了这一条长路的脉息与心跳，朱十三的这一支土匪武装，不显山，不露水，实际上过着一种相当裕如的生活，虽然略显封闭，但也扬扬自得。每次劫掠了大宗的货品，能当场转手的，便迅速销赃，至于像百货之类的东西，蔡家口子的这个百货局，便担当起了出口，将一切消化得一干二净。

这一时，梵海吆喊着伴当们，已经将大车上的麻包全部搬光了，召集众人说：留下四条枪就够了，其余的连人带车，即刻撤回到隘口里去，待老把子忙完了这达的事，再一起会合，大家一趟子上山。眼前的土匪们个个剽悍，人人神武，却对梵海的话毫无异议，视若天宪，于是乎一道烟地消失了。

附近的公鸡一打鸣，庄院的门便陆续开了，查干淖尔的人经见过世面，打头碰脸时，对一个瘸子和几名伙计装束的人并不诧异，咳着痰就过去了。见周围悄寂了下来，梵海掉头，冷下脸说：别跟着我，你们去蔡饼子家门口溜达着，仔细老把子的安危，不必管我。伴当们不舍，打算分出两拨来，各自跟定老少把子，防个意外。梵海却咧笑：哎呀，我这是去做功课，去拜佛，谁吃了豹子胆，敢碰佛祖罩着的人，你们宽心去吧。伴当们忽地释然了，少把子的这个习惯已经养了许多年，人尽皆知，也就不再缠磨下去，随梵海自便。梵海浪到了草湖边，择了一处僻静的水域，赤条条地跳了下去，洗净了身子，漱完了口鼻，又抓紧上了岸，穿戴整齐，簌簌簌地朝蔡饼子家的马院走去。这是梵海个人的规矩，每次拜佛前，总要将自己浣洗一下，有一份清吉之气。即便在焦山渴水的土匪窝子里，梵海宁可少喝几口水，也要将额头濡湿一下，让舌头轻快一番，方能诵念出内心的佛号，一偿思念之情。有一回，一个伙夫嘲笑梵海，恶语相向，梵海倒也不吭气，只将一根烧红的铁钎子，攮入了对方的屁眼中，让其乖乖地闭了嘴。

穿过马院，靠近百货局的后身，一间不大的厅房果然洁净无比。临进门前，梵海将短枪、弹夹和砍刀取下来，挂在了树上，这样的凶恶之器，断然不能带入佛堂。瞭见一桌清供业已布置完毕，一盏青莲做主，旁边簇拥着无数朵无名的野花，馨香四溢，梵海顿生了一份歉疚，觉得先时对蔡饼子稍有失礼，等抽了空，应该好好去补偿一下，多喊几声婶才是。脱了鞋，解下包袱，梵海将一尊观音像请出来，请上了供桌，又拈起三炷燃香，款款奉在了当面。末了，梵海叩完头，扑腾一下跌坐在了蒲团上，双手合十，叨念了一声：爸！

这一嗓子下去，梵海立时热泪敷面，再也控制不住个人了。

不单单梵海哭，此时，胡恩可的元神便藏匿在观世音像的后头，一边打望着这个碎儿子，一边挥泪，内里潮起了一股股难以遏制的冲动。的确，失散了这么多年，要不是阴差阳错，元神这回跟着走了一趟北疆的话，胡恩可就不会邂逅梵海，更不会目睹眼前的这一幕。盯望着儿子泪眼婆娑，叨念不休，在替远方的爹娘老子祈福，在替两个哥哥说着吉祥的话，在替整个胡家坊祝颂平安，胡恩可的一颗心简直快碎了，恨不得跳下桌案，一把搂住梵海，父子两个嚎哭上一场，诉说一番别离之苦。但是，胡恩可不能，其实也无力做出类似的举动，因为目下，胡恩可只是一介飘摇的元神罢了。尤为要紧的是，比起跟儿子梵海晤面，另一桩更为迫切的事，已经像旱天之下的火灾那样，开始燎原，开始蔓延开来。这么着，胡恩可匿身在观音娘娘的身后，陪着儿子哭了半程，这才止息了心上的悲戚，驾着香炉上袅娜而起的一缕青烟，跃窗而出。

梵海依旧沉浸在祷告中，这是他的天课，早晚一次，从不懈怠。

在一墙之隔的别院内，蔡饼子终于嚼完了胡萝卜，口气中散发着一股清冽的菜蔬气息。房前院外，蔡家的男将们守住了四角，将这里围得水泄不通，显见是一座机密之所。蔡饼子怨怪道：你吩咐我的，我全都干了，老把子就在炕上躺着，恶疮复发，中午前后，他答应跟我去一趟韩湘子庙，可你呢？廊檐下，一个俊俏的青年搁下了茶碗，忽地起身，答复说：好我的姑奶奶，事发突然，我也没料到老主子派来的刺杀队半路上耽搁了，到现在也不见一根毛。蔡饼子并不计较，端起对方剩下的半碗茶，灌在了口中，呼噜呼噜地漱了半天，噗地吐了出来，颜色十分诡异。蔡饼子讥讽道：呃，亏你还是个副官，黑喇嘛简直瞎了眼，派了你这么一个不打鸣的公鸡来，实话告诉你吧，你要是今个天不动手，我蔡家也不担这个恶名。副官急了，央告说：姑奶奶你就宽谅在下吧，我只是老主子的一个谋士，没动过枪，也从来没杀过人。这一时，蔡饼子突然发难，抢了过去，一把攥住了副官的下体，喝问道：让我瞧瞧，你这是张良的肉，还是诸葛亮的肉，这么不成器的，枉费了我的一番心思，你居然还有脸说自己是谋士？副官疼得弯下了腰，一头的虚汗，感觉自己的卵蛋快被捏碎了，忙哀告道：老主子派我来打前站，让我传话说，只要姑奶奶你将朱十三赚下山，杀了他的那个瘸儿子，就等于拔掉了朱十三的心筋，将来由你统领着这一支人马，名义上服属黑喇嘛，但还是你一个人说了算。蔡饼子忍俊不禁：呵呵，黑喇嘛倒是抬举我，也不知他看上了我这个人，还是惦记着我的这块地盘。恍惚中，卵蛋真的碎了，裤裆内蒸腾的不是汗，更像是一枚流泻的蛋黄，副官挣扎道：老主子连你的番号都考虑妥了，称你为蔡姑姑，以后蔡姑姑扼守山南，黑喇嘛锁控黑戈壁一线的漠北，双方呈犄角之势，这一条长路岂不就是你的聚宝盆、我家的摇钱树嘛。蔡饼子松了手，怕脏似的，啐了一点唾沫，象征性地擦洗了一番，笃定道：棋真是一盘好棋，但这个黑锅我可不能背，我如果杀了少把子的话，老把子一定会怪罪我的，这个斤两我掂得清。

　　这一时，蔡饼子果真像个孕妇似的，靠在了门扇上，一手抚着肚子，另一只手指着布袋子，吆喊说：三叔，你快去把药煎上，等我跟老把子回来，就让他将今天的三顿一趟子喝了。三叔应命，欲转身离开前，蔡饼子悄然问：那三个敦煌鬼呢，壳子还那么硬么？三叔诡谲道：哼，在我的手上，别说壳子，连他们的牙齿我也能一颗一颗地拔下来，现在全都服帖了，让他们去宰了自己的亲老子，他们恐怕也不皱眉头。闻听此言，蔡饼子拍了一下肚腹，对副官说：我忽然改了主意，虽然我不愿背这个黑锅，但我找见了几个替死鬼，你也别闲着，干脆你带上他们，去把那个瘸鬼给埋了吧。副官怔忡一番，面呈难色：哎哟，老把子的护卫可都是百里挑一的枪手，那个瘸鬼更是一个厉害的角色，你让我带什么人，我能全身而退么？这个季节里，蔡饼子的身上有很多胡萝卜，但无人得知，这些胡萝卜究竟藏在何处。蔡饼子又摸出来一根，咔嚓一下咬断了，回说：你别一惊一乍的，那个瘸鬼此刻正在隔壁的院子里拜佛，可惜呀，他拜佛的时候，从不允许刀枪进入佛堂，这是个千金难买的机会。副官再没有究问下去，跟着蔡饼子指定的几个叔伯兄弟，仓朗朗地撤了。蔡饼子忽然追了一句：别活埋了，干脆扔在草湖里头去吧，将来老把子过问的话，就说瘸鬼是被淹死的。言毕，蔡饼子又拍了一下肚腹，嘀咕道：等中午了，我去韩湘子庙里给你供几炷香吧，这么糟践你，让你背上了恶名，我也是没了办法。

这个关节上，胡恩可的元神率先一步，抵达了蔡家的马厩。

马厩里的积粪足足有半尺厚，无人打扫，上面落满了杂沓的鞋印子，好像一场暴力刚刚结束。靠门的料槽上，拴着一排快马，有的发呆不动，有的嚼吃着，空气里弥散着一股豌豆的气息。最里梢是一间马夫的棚屋，墙面上爬满了青藤，间杂着无数的野花，一时间招蜂引蝶，看似没有什么危险。棚屋的门端外，蔡饼子的两个堂兄弟正蹲着下方格棋，一方拿着石子，另一方恰恰拿着一把豌豆，激战方酣。突然，一个抄起了枪，喝问道：谁？另一个应声抬头，四下里觑望了一番，揶揄说：没谁，刮风哪，你心里别发毛。呃，我刚才明明觉得有人进去了，蹭了我一下呀！遂放下了枪。另一个回说：恐怕是鬼吧，来索你七虎子的命了，当心些。七虎子也不客气，反诘道：就算阎王爷来索我的小命，临走前，我也要拽上你屎筐子做垫背。屎筐子笑说：死也可以，但你容我活到下半天，先解解馋吧，今天朱十三下了山，灶房里少不了山珍野味、鸡鸭鱼肉，我敢打这个赌。七虎子说：这个自然，每回老把子来庄子里，不是猪遭殃，便是羊送命，姐真是一个大手笔的女将，像梁红玉，也像佘太君。屎筐子点头称是，补充道：今个天不光是猪羊的难日，还要杀一个人，一个瘸鬼。方格棋下到了尾声，七虎子丢下了半把豌豆，认输了，附和道：我知道详情，那个瘸鬼一完蛋，朱十三的这一票人马，统统就归咱们蔡家了，姐真的是人中龙凤、马中赤兔呀，一般的男将也比不上她。屎筐子捡起几粒豌豆，指头搓了搓，丢在了口中，生豆子的味道像一股屁，登时喷了出来，唏嘘道：唉，听说那个瘸鬼是老把子用一块狗头金换来的，后来又做了朱十三的干儿子，预备着将来当头领的，万万没料到，今个天就是他的末日呀。七虎子用袖子擦着枪杆子，喟叹道：可怜了那个瘸鬼，现在还蒙在鼓里头，观音娘娘收了他的香火，也难保住他的那一条小命。话音未落，门外头忽然传来了一阵凌乱的脚声，屎筐子惊喊：三叔来了，快站起来，小心挨打的。两个人慌忙持枪，一左一右地端立在了棚屋的门口，仿佛三叔这个词是一把铁榔头，谁也不敢去招惹他。

这么着，三叔率着副官等人，一道烟地扑了过来，冲进了棚屋内。

这一时，胡恩可的元神就蹲在棚屋的房梁上，捂住鼻子，几乎快被熏死了。日头太大，马粪发酵的气息倒灌进来，辣得睁不开眼睛。但胡恩可听风辨音，知道下面的柱子上被绑的三个人各是谁。先时，蔡家两兄弟在下棋时的那一番闲章，早已清晰地飘了过来，悉数入耳，让大家的心里头亮堂了许多，也当即算筹了一番，悄悄谋定了一项对策。果真，当三叔诸人闯了进来后，柱子上的那个碎鬼哇的一声哭下了，仿佛死了爹丧了娘似的。

显然，对这个碎鬼的哭喊，三叔早已习惯了，任由他继续哭了一阵子，嗓子终于哑了。被绑的三个人当中，碎鬼居小，所以三叔的目标并不在他的身上，而是盯住了皮裤子和塌鼻子。三叔歉疚道：真是难为了诸位，又将你们慢待了一夜，但是千万别怨怪我，我也是没法子，你们擅入了这个码头，我身负守卫之责，当然要问个一清二楚了。这一时，塌鼻子开腔说：是这，我们思想了一夜，终于想明白了，如果不答应你，我们反正也走不脱，说不定还会死在这达，不如就低个头吧。三叔唰笑道：嗯，我开始信你们的话了，一般的买卖人，大多都通晓利害，认得时务，不那么一根筋地顽固下去。三叔示意一下，屎筐子和七虎子上前，给三个人陆续松了绑。碎鬼已经软得像一根面条，险些栽倒在地，幸亏被塌鼻子及时叉住了，不再丢人。皮裤子鼻青脸肿的，浑身是血，从头到脚都是暴力的痕迹。他款款地趔了上来，逼视着三叔的脸，笑问说：这位掌柜的，你在发财之前，一定是赶大车的吧？三叔一怔，嗅闻到了一种挑衅的气息，手摸在腰带上，按住了家什。皮裤子话锋一转，恭维说：大掌柜的鞭子抽得可真准，每一鞭子都打在了在下的要命之处，所以我猜，你以前可能也是靠力气吃饭的。副官怕横生枝节，忙劝开了双方，止住了纷争。塌鼻子却道：掌柜的，这一桩贸易我们接了，这个人我们也杀定了，你尽管吩咐吧，杀完了这个贼，我们还要赶路哪。

僵持了数天，这三个游击模样的家伙彻底厌了，三叔的鼻脸上，飘过了一番得意的表情。塌鼻子道：不过，在杀人之前，我另有一个顾虑，等我们得手后，万一你们要灭口，这一桩买卖岂不是不划算，我们也死得不明不白么？三叔并不想接这个话茬，反问说：既然你们接下了这桩贸易，那就应该有一点点的诚意才是，四天前，你们骑马进入了蔡家口子，自称是买卖人，但你们的身上却连个针头线脑也不见，所以我才起了疑心，扣下了诸位。皮裤子插话说：掌柜的，我们的确是买卖人，只因半路上牲口误食了闹草，听说蔡家口子有一所老醋坊，醋能消毒解药，所以才误打误撞地闯了进来，不小心惊扰了三叔的安静，还请多多宽谅吧。这倒是实情，三叔清楚，这些人带来的马匹单另圈禁着，目下已经疗治完毕，一个个活蹦乱跳的。但三叔的心里仍不妥定，直言道：这些年来，关外三县和河西一带出现了一股神秘的势力，忽隐忽现，渐渐地坐大了，外人实在难以测知，只闻听带头的那个人号称河西司马，始终也不曾现身。塌鼻子惊呼道：不错，还真有这么一个传言，我们在做买卖的一路上，旁人一听我们是敦煌口音，常常问起什么司马来着，可是难心死我们了。皮裤子也道：哎呀，听说这个司马长了三头六臂，赤发绿眼，嘴里头喷火，脚下是一对风火轮，百里开外，直取仇家的项上人头。对这些连毛带草的大话，三叔不愿意究问下去，截铁道：不是最好，可即便你们真是河西司马的属下，这一场误会结束了，我们还可以联手做买卖，一起发财，这就是事成之后，我放生你们，决不伤害诸位一根汗毛的原因。三叔忽然躬身一揖，哀恳道：是这，就算我结交诸位吧，日后如果见到了司马大人的话，你们千万替我问个好，祝他老人家福寿安康，鸿运高照。不料想，一旁的碎鬼蓦地失笑了出来，这一笑，更加坐实了三叔的猜测，虽然表面上平静，内里却早已杀心顿生。

　　塌鼻子和皮裤子双手合十，还上一礼，探问说：那个该死的家伙在哪达，现在就送他上路吧？三叔道：嗯，那个瘸鬼正在佛堂里打坐，这是他的老毛病了，早晚各一次，听说在替他自己的爹娘老子和兄弟们祈福哪。闻听此言，塌鼻子骇然无比，惊嚷道：在佛堂里杀人？这可是永世不得超度的罪孽，这个断然不可，我不背这样的坏名声。三叔心切，立刻让步说：如果不在佛堂里杀，你们至少也要把他赚出来吧，我只要他死，我们蔡家人不会插手。皮裤子笑道：这个简单，看我的这一副口舌吧。

见众人蜂拥而去，胡恩可的元神也飘出了门，寸步不离。

是日晌午，蔡家人果然袖手一旁，只将马院旁侧、百货局身后的这一间佛堂，围了个铁桶一般，静待杀戮的开始。三条汉子摸进了院中，目光交汇，迅速会了意，分了工，动作开来。被扣押了数日，一俟松了绑，浑身上下积攒的力气这才爆发出来，况且又带着额外的惊喜，焉能不快马疾行，一试身手。碎鬼奔了过去，脚不沾尘，将树上挂着的短枪、弹夹和砍刀摘了下来，老手似的，立刻打开了机头，警戒在墙下。皮裤子拾起一根树枝，拨弄了三两下，竟然悄寂无声地将门销打开了。塌鼻子一点头，两个人首尾蝉联，跃进了佛堂。

这一时，梵海其实已经哭毕了，只剩下了漠无涯际的思念，笼盖在身上。梵海清楚，自己的内里深处，一直横着一道新鲜的伤口，血流不止。每过上一夜，伤口便溃烂了，需要用一场早起的泪水去浣洗，方可短暂地愈合。而在经历了一个漫长的白昼后，又需要一幕晚间的诵念来结束痛苦，如此周而复始，也才能宽释下来，求得片刻的心安。在梵海看来，这种噬心的思念不是别的，应该是盐，是碱，是针，也是刺，它们天天将自己磨折不堪，遍体鳞伤，却从不歇停。自从落草于朱十三的这一支土匪武装，尤其被老把子纳为义子之后，梵海便打消了逃跑的企图，战战兢兢，一门心思，彻底归顺了这种刀尖上活命的日子。但是思念像一介仇人，不请自来，同时也让梵海养成了早晚两次拜佛的习惯。惟有一愿在，能呼观世音。在恳切的祷告声中，整个胡家坊的旧日风貌，党河两岸的无限景致，包括亲朋故友们熟悉的面孔，在梵海的脑海中依次烁闪，亲爱如素识。伴当们也知道，这个身有残疾的少把子平时好说话，不拉架子，但唯独不要在拜佛的关节上去打搅他，否则够对方喝一壶的。倏忽间，梵海从禅定中挑起了眉毛，分明耳食到了身后的脚声，觉出了一丝异常。梵海忽然矮下身子，滚出了蒲团，从怀中摸出了一件小家什。

皮裤子飞身而去，本想一把扼住梵海，抢下先机，却不料眉心里挨了一记弹丸，金星四射，整个身体重重地摔在了地上，哎哟不止。梵海出手如电，又喂上一粒石丸，拉开了弹弓，瞄准了另一人。塌鼻子见伴当吃了亏，立刻明白了对手的机关，忙从袖筒中抽出了一根细鞭子，蛇形地抛将出去，一下子缠在了弹弓的牛筋上，彼此僵持了起来。趁着这个空当，皮裤子负痛，一个鲤鱼打挺，突然从背后箍住了梵海，令其动弹不得。屋子里有些薄暗，梵海认不清袭击者的真面目，加之心里发急，便也不管不顾，一扭头咬住了皮裤子的胳膊，差一点撕扯下来一块肉。皮裤子妈呀一声，嚷叫说：你个小贼疙瘩，几年不见，你居然从一个好端端的儿子娃娃，变成了会咬人的臭婆娘，亏先人的。梵海不松口，皮裤子也不示弱，继续将其箍牢在了怀中，死不丢手。这一时，塌鼻子趸上前来，暗笑一番，猛地扇了梵海一个耳光，再扇了一个。塌鼻子笃定地说：前一个是替你爹老子扇的，另一个替你娘，你个无情无义的不孝子，我今个天不会便宜了你的。梵海蒙了，未及发问，却见皮裤子转过身来，又扇了自己两个耳光。皮裤子怒目道：一个是少东主让我教训你的，再一个是替你二哥梵同，这第三个是为我个人，我就不信掰不碎你的狗牙，去不了你咬人的毛病。皮裤子扬起了手，迟疑着，不忍心落下。

恰在此时，胡恩可的元神飞奔过来，用了冥冥当中的法力，制止住了这两个游击的颠顶和火气。胡恩可哀告说：大慈大悲吧，梵海也是我身上掉下来的一坨肉，即便他现在走上了邪路，成了一名土匪，但他好歹也是一条命，还活在这一世的光阴中，那就一定还有救，还有转圜的余地，求求二位了。果然，胡恩可的话立时见了效，皮裤子放下了手，蓦然一笑。刹那间，梵海醒悟了，也迅速认清了眼前的这个人，惊喊一声：小喊哥，咋会是你？你从哪个云朵缝子里跳下来的？陈小喊闻听后，颓丧地坐在了蒲团上，揉搓着胳膊上的伤口说：这个是蒋斧，卡利班在外头，幸亏我们三个来救你了，否则的话，你至多能活到中午。如此重大而危急的口信，并不曾引起梵海的警觉，相反却十分淡定，探问说：谁要杀我，谁敢来杀我？蒋斧虽也沉稳，但实在拗不过这句话的挑衅，直言道：我们当然不会杀你，杀你的是蔡家的兄弟们，半个时辰前，我们亲耳听见，他们密谋要宰了朱十三的义子，土匪的少把子，当然还是个瘸子。呃，我们一思谋，这样的人除了你胡梵海，不会另有旁人，所以……陈小喊的额头红肿了，明晃晃的一团，催喊说：火烧眉毛了，求求你们快别浪费唾沫渣子，蔡家的三叔和一个军人模样的正在墙外头等结果，再迟的话，恐怕会生变。梵海诡谲一笑，自语道：军人模样的？哼，这狗日的终于动手了，我等了他好些年了，看来今个天非要销了他的户头不可。陈小喊追问：那狗儿子是谁，我先帮你薅了他的羊毛，你再取他的小命？梵海活动着腕子，轻蔑地绍介说：这狗日的是一名三姓家奴，原本跟着基督将军冯玉祥扛枪吃粮，后来因为贪了赃墨，便跑到了马鬃山北部，摇身一变，做起了黑喇嘛的副官。不过据梵海掌握，这家伙还跟俄境一带的红胡子有关，红胡子是在更北的方向上落草为寇的汉人，自然也和苏维埃政权有所瓜葛。先时，副官携着黑喇嘛的拜帖，去过几趟山里，打算不战而屈人之兵，收编朱十三的人马，但被老把子断然拒绝了，还差一点砍下他的头。末了，梵海截铁道：今个天决不能跑脱了这个副官，一旦跑脱的话，黑喇嘛将来也一定会死在这个杂种的手上，我敢吃这个咒。

一语成谶，隔了数年之后，一代枭雄黑喇嘛果真曝尸旷野，命丧黄泉。连同黑喇嘛的头颅一起失踪的，恰是这一名贴身副官。

黑喇嘛这个名字，犹如一根刺，卡在了两个游击的嗓眼中，让他们哑默了半天。梵海见状，忙催促道：是这，副官此番潜入了查干淖尔一带，必定是冲着老把子和我来的，与哥哥们无关，你们三位赶紧走吧，别蹚这一道浑水了。蒋斧变色道：红嘴白牙的，你说得倒是轻巧，蔡家口子岂是想来就来，想走便走的？陈小喊也附和道：今个天宁肯把白身子变成血身子，我们也要将你这个小贼疙瘩领回去，交给胡家坊，交给你爹娘老子，交给你的哥哥们。蓦地，梵海热泪敷面，长叹道：

"我的路断了，我回家的路早就断了，我回不去的。"

蒋斧一脸怒容："这是托词。家随时都可以回，除非你的心硬得像石头，早就忘光了。"

"不，我没有一天不想家，不想爹娘老子和哥哥们。"梵海趔趄一番，松懈地蹲在地上，捂住了鼻脸，"这么些年来，我天天都在求告菩萨，我快把这一辈子的眼泪都淌光了。"

"别像个婆娘，胡家的兄弟们当中，不应该有哭鼻子的货。"陈小喊詈骂。

梵海哭丧道:"让我死吧。我一死,你们才能逃出生天。"

"呸,像你刚才这样的丧气话,要是放在急递社里,准会吃上七八张惩牌的。按少东主的脾气和手段,不仅会销了你的户头,你在敦煌也难有立锥之地,你根本吃不上一碗干饭。"明人不做暗事,既然梵义、梵同和梵海皆为一母所生,胞衣兄弟,陈小喊也就不打算遮掩,直率道,"少东主如今擘画天下,咱们的急递社也如日中天,河西司马的名望在四郡两关,在关外三县,在猩猩峡以西,谁人不知,哪个不晓?不承想,胡家的血脉上,却出了你这么一个孬货,一个不成器的窝囊人。"这一刻,胡恩可的元神便立在供桌上,急成了一场火灾,一方面为游击们痛斥儿子的话击节赞叹,另一方面又替梵海的懦弱与不堪,灰心不已。陈小喊断喝:"你干脆死吧,你现在就死,等你死了以后,我一定割下你的头,剜出你的心,带回去交给少东主,也算是找见了你的下落,让胡家人从此不再惦记你这个逆子。"

梵海从愕然中清醒过来,探问说:"小喊哥,河西司马难道是?"

"没错。河西司马便是少东主,少东主就是梵义。"截铁道。

"求求你们,快给我说一说家里吧!"梵海挥泪,一瞬间又朗笑开来。

卷二十六

久坐衲衣寒。

在马鬃山南麓，在查干淖尔北侧，在波光潋滟的这一线狭长孔道上，这一番长谈竟如此亲昵，如此梦幻，让敦煌的三条汉子唏嘘不已，不知今夕何夕。胡恩可的元神趺坐在当中，不敢插嘴，当然也无力诉说，唯有耳食着诸位的一问一答，心绪浩渺，难以自持。令胡恩可欣慰的是，自己的一次顽劣之举，居然有了意外的获得，上佛开眼，在蔡家口子一带邂逅了失踪已久的这个碎儿子，一下子解除了内里的相思之苦。

大概二十天前，梵义唤来了几名游击，张开了一幅舆地图志，指点着敦煌和肃州以北的广大地域，吩咐他们将手上的贸易暂缓一下，即刻出发，沿途去号一下脉，摸一下底细。梵义特地交代，这一带匪患不断，地理不测，各位最好装扮成买卖人，携带快马、盘缠、水和干粮，不可揣任何一件利器，只带上各自的招子，看在眼中，记在心里。自结社邑义之后，经过这么些年孜孜矻矻的地下经营，急递社早已今非昔比，不仅垄断了关外三县的主要输送贸易，也将大小分社扩展到了河西走廊、甘新大道、青海柴达木一带，甚至在兰州、西安和迪化等地也设置了临时性的秘密中转站，一下子血脉畅通，勾连西东，形成了一幅机密的版图，一个坐金拥银的神秘团体。与此同时，作为首领的梵义，也逐渐地建立起了个人的空前威望，对外是一介传说中的人物，河西司马能上天入地、行侠仗义、替天行道，但从没有任何一个外人得见本尊，犹如从《三侠五义》中脱胎出来的角色。对内，梵义则是一言九鼎、不苟言笑的少东主，统辖着一切，上上下下，唯其马首是瞻，绝无异议。当然，急递社的这一切，仿佛一道道汹涌的潜流，一堆堆暗火，默然运行于中华民国之西陲一隅，横行经年，自生自灭。后日的史书与地志，对急递社当年的存在讳莫如深，全无记载，似乎它只是一蓬短命的焰火，在寂寥的西天上燃烧成灰，一风吹净，不曾留下过一丝一毫的迹印。

幸运的是，在九十多年之后的今天，《敦煌本纪》的作者因缘际会，在祁连山西段的群山深处，偶然邂逅了一位瞎眼的弹唱艺人，并获知了当初炙手可热的急递社的一些记忆碎片。那个怀抱三弦的苍然老者，自称是急递社某一位主要游击的后人，却又对自己的姓氏三缄其口。解放战争时，因为躲避战火，他们一家逃进了密林深处，此后再也没能返回敦煌。于是，作者叶舟依据仅有的一些口头文字，劈空结撰，极尽追思，敷衍成就了本书，首次将急递社的内幕昭示于天下。

此乃闲章，略过不议。

辞别了少东主，几名游击立时开始了预备。卡利班不解，狐疑道：这吊诡的，天气这么好，孔大小姐的铺子里码满了货物，正是挣钱的季节，却让咱们带着盘缠去浪一趟，这葫芦里究竟卖的啥药？马厩里挤满了成群的良骏，一个个都是金刚的身材，筋骨像盘绳，神目如电，显然是豆类和新鲜的苜蓿饲养下的。陈小喊附议：这个我知道，你我二人，再加上蒋斧，连着七八年都是急递社的功臣，挣钱最多，也从不失手，光劝牌就积攒了半炕，少东主一定是体恤咱们，才让咱们出门去消夏的。蒋斧从管家苏食那里支了一笔钱，拎着袋子进来，丁零当啷的，好像他踩在了一堆银坨子上面。蒋斧断喝：仔细你两个的舌头，少东主既然指了北，那就不要往南张望。又判断说：我估摸着，这是当家人想开一条新路，要辟一块新土，找一个简捷的方向，绕过河西四郡，绕过兰州城，从北疆的大草原一线，长驱进入河套平原，进入包头，如此方能直取北平。

开路，这个词宛若一坛烈酒，登时让游击们欢喜莫名，沸腾不已，同时又为自己身为先遣官而骄傲。预备妥定，就在游击们拍马离去的那一霎，在一旁窥伺的胡恩可的元神也顿生好奇，闪身骑坐在了陈小喊的身后，只将自己的那一具肉身，孤独地留在了胡家坊内。

三名游击在北疆浪达了一圈后，甚觉无聊，便拨马南下，意欲回返敦煌。平素里，游击们大都是飞矢如星的命，恨不得日行千里，夜行八百，一旦松弛了下来，像这样漫无目的的晃荡，反倒平添了一份焦虑，浑身不踏实。那一日，从隘口出来，站在岔路口时，蒋斧决意闯一趟查干淖尔，不为别的，只因这一路上时常闻听过往的商团们讲，蔡家口子有一位孙二娘，年轻貌美，风骚可人，八面玲珑，男将们喜欢在她的裙下称臣。蒋斧是肃穆之人，类似的荤话自他的嘴里吐出来，陈小喊和卡利班便知道这家伙另有他图，所以也不反对。况且一路上俭省，钱还没有花完，钱才是人的脊梁骨，不如去挥霍一趟。这孙二娘不是旁人，恰是呼风唤雨的蔡饼子。游击们经见过大世面，怕生出意外，也怕遭了暗算，被剁成肉馅，捏成人肉包子，于是制造了一个借口。在客栈里逗留的前两日，游击们整天游手好闲，无所事事，陈小喊和卡利班天天去草湖里戏水摸鱼，蒋斧则支了一张桌案，邀约各路行商来喝罐罐茶，相互攀谈，问东问西的，全然没有了买卖人的那份匆促与形色。客栈掌柜也是蔡家人，觉察到了不妙，拐弯抹角地来探问时，蒋斧则答复说：哎呀，牲口们不舒服，恐怕是误食了闹草，先借你们的宝地歇缓一段日子吧。这话实在，因为在远途中，牲口比人金贵，不论是游击还是商团，宁可折上一半个人，也绝不能让牲口吃亏。掌柜的见猎心喜，声称这个好办，蔡家的老醋恰好可以解了闹草的病根，忙遣人去打了半车的醋，高价卖给了蒋斧，叮嘱要内服外洗。如今，急递社的快马均是千里挑一的良驹，尤其是此番牵出来的这三匹，除了陈小喊的雪花豹之外，剩下的分别叫火焰驹和玉追，蒋斧岂能虐待了它们。掌柜的连续卖了几车醋，暗自欢喜，有天后半夜拉肚子，跑去了茅厕里拉屎，却被粪坑里刺鼻的醋味熏坏了。毕竟是蔡家子弟，生恐将来被问罪，担上一个窝藏的恶名，忙告发给了三叔。三叔也不马虎，连夜拿获了这些游击，先来文的，又来武的，将三个人揍得皮开肉绽，却始终问不出一句真章。待土匪朱十三下了山，三叔为了更大的筹谋，便想借游击们的手，除掉少把子梵海。不承想，这三个货居然轻易答应了，闯进了佛堂，里头传来了一阵激烈的搏斗声，耳光嘹亮，犹如响器班子里的铙钹。三叔坐在院墙外，一边静等消息，一边听黑喇嘛的副官对自己耳语，表情像一棵葵花那样开了，没有一粒杂质。

这些天来，胡恩可的元神一直游荡在蔡家口子的上空，忽东忽西，忽上忽下，瞭见了下界里的一切，也窥知了不少的机密。上佛护佑，目下，来自敦煌的三条汉子终于跟碎儿子梵海伙在了一起，胡恩可悬着的心，稍显踏实了。

夹杂在后生们当中，闻听游击们你一言我一句，给梵海逐一绍介着胡家坊、爹娘和哥哥、急递社的内幕以及家里的买卖与现状，太简略了，太粗枝大叶了，胡恩可有点怨怪，但也明白形势急迫，容不得那么多的口舌。偶尔，胡恩可想纠正一句，补充几点，才发现张不开嘴，发不出声，自己不过是一介虚无缥缈的元神罢了。梵海像一块黑石般地趺坐着，泪下如雨，静谧地谛听着，鼻脸上却挂着一副贪婪的样子，唯恐错失了其中的哪一个细节。随着游击们动情的诉说，胡恩可也沉浸了进去，一下子被感染了，这才醒悟到，自己离家也有些日子了，难怪一直忐忑不安，心荆肉棘。

对一介元神来讲，类似的疑难简直不是一个问题，易如反掌。趁着诸人说话的工夫，胡恩可悄悄地溜了出去，瞭见院中的那一棵高树上枝叶纷飞，哗啦作响，恰好有一股从俄境吹来的风路经此地，挥马南下。胡恩可一跃而起，凭着一片漾荡的叶子，飞旋到了半空，骑坐在风的身上，扑向敦煌，扑向了二十三坊。

接近正午，伏天下的胡家坊呈现出了一副慵懒的样子，鸡不飞，狗不跳，街巷中阒寂无人。酷暑是一个方面，更为要紧的是，田里的庄稼正在拔节，正在黄熟，农户们抓紧时间修补工具，等待收秋的日子。胡恩可仿佛穿了一双登云靴，从天上翩然下来，站在了自家门口。

眼前，一座恢宏而气派的青色庭院煞是夺目，重檐层叠，屋脊连绵，在整个胡家坊一带鹤立鸡群，唯此一例。胡恩可清晰地记得，在自己病后的第四个年头，也就是急递社开始兴盛之际，长子梵义乾纲独断，决定拆除旧院子，重修一座胡家大院，一来仔细赡养双亲，拉扯后人，二者，给两个弟弟各盖了一座别院，以待成家立业。一俟主意拿定，梵义的手段犹如热刀子切酥油，干净利落，吹气成仙。梵义花了重金，延聘了几位图画师，其中一个曾经参与过平番县鲁土司衙门的土建，尤其擅长取暖与庭院排水系统的设计。约莫大半年，历经反复的研磨，梵义的诸多诉求完全落实在了纸面上，终成定稿。

掌尺是从肃州请来的，历辈都是河西地带不可一世的匠人，本人也有过修葺马蹄寺和大佛寺的显赫资历，刚开始还端着架子，连番辞退了梵义发出的几封聘帖。越拒绝，梵义越心热，只好去求告孔执臣。孔大小姐二话不说，只在一张巴掌大的碎纸上写了一行墨字，掌尺便急急如律令，率着一支庞大的工匠队伍，一道烟地跑到了敦煌，前来应命。沙州城和二十三坊的人专喜红色，一砖到顶的红院落，不是地主，便是财东。梵义嫌红色太招摇，去了一趟南湖的砖窑，定制了一批青砖，这一点最契合爹老子的心愿。瞭望中，那些翩然的飞檐与山顶，那些在屋脊上伫立的跑兽、垂兽、仙人和鸱吻，仿佛一群天上的护法，庇护着这个家庭。胡恩可忍不住赞叹，虽说整个构建精工细作，繁复庞杂，但这种青灰的颜色，给这个院子奠定了一幕低调内敛的风格，就像一个结实的人蹲在人群中，引而不发。

事实上，胡恩可还知道另外的几桩秘密，比如，当初馈赠给沈破奴的院子，虽然门槛高，但近些年来，因为濒临党河，地下水泛滥的缘故，几间屋子渐渐地整体沉陷，越发地让沈家人，不，让丁家人像一根钉子，揳在了胡家的身畔，锁住了大好风水。比如，即便图画师们一再反对，声称如果保留高房子的话，将与整个的建筑风貌不符，别扭，碍眼，不伦不类，但梵义坚不松口。梵义的理由很简单，爹老子玉山不稳，常年缠绵病榻，地面太潮，恐怕对病体不利。梵义是金主，钱的话谁都能听懂，图画师们也就放弃了主张，照着金主的意思，设计出了一座崭新的高房子，不仅有火炕式的地暖，有通风管道，甚至还有上下楼的排水系统。果然，恰是在这一座新式的阁楼上，胡恩可的病状稳定了下来，不再有反复，让这名老财东的元神觅见了机会，偶尔能够身心分离，脱缰而去，漫游在敦煌广袤的天际下，看见光阴中的起伏与沉落，看尽人间。

这一时，胡恩可踅开了几步，瞭见了靠近围墙的高房子，不禁失笑开来。长子梵义也真够辣的，完全参透了当初爹老子的心思，落纸成文，将念想变作了实际。从这个角度上看，高房子俨然是一把榔头，擎在空中，随时能砸向隔壁，将那一根钉子牢牢地摁在地下，绝不松动。再比如，胡恩可有点难为情，也有点脸红，但又不能不思想下去。长子梵义娶了世兴堂的千金，一个男将裆里的那三两精肉，其实也是一根钉子，将性元钉在了胡家的族谱中，成了一介妇人，成了胡沈氏。梵义不愧是儿子娃娃，当然也仰赖印光法师的月老之功，迅速醒悟了爹老子的这一番苦心，对这一门婚事不存异议。每念及此，胡恩可的内里便会潮起一股股滚烫的汁水，感天，感地，感恩上佛，心知有一片隐秘的佛光，笼盖在了胡家大院的头顶，须臾不离。胡恩可宽释无比，感喟道：儿子们，这就是爹老子替你们铺出来的一条路，一条活命的路，一条光耀的路，也是一条世袭下去的路。现在，老大已经走在了路上，老二相跟着，至于碎儿子么，其实也不必发愁，既然找见了梵海，那么终有办法让他洗心革面，迟早归家的。

这么着，胡恩可的元神双手合十，对着胡家坊头顶上湛蓝的天空，朝着莫高窟的方向，叨念说：儿子们，你们款款地走好，走踏实了，走正义了，去做一个个精良和纯明的人吧。双目模糊时，胡恩可又道：为父的这一具肉身子还是烫的，还不曾变凉，你们尽可以拿去当砖，拿去作拐杖，拿去铺路架桥，只要你们在这一世的光阴里走好，父亲宁可舍下这一副热身子，也要把牢底坐穿，成全你们。

院门敞开着，胡恩可闪身入内，眼前忽然一片金光。

敦煌产杏，名曰李广杏，名动天下，但这种早熟的果子太过娇嫩，易于腐烂，不宜长途运输或保存，所以只有晒成杏干。地上铺了十几张芦苇席子，掰开的杏肉快晒好了，日光打在上面，仿佛切开的碎金，耀人眼目。廊檐下的阴凉里，儿媳妇性元躺在椅子上，左手拿着一册读本，右手嗑着瓜子，嘴里吥吥吥的，一点规矩也不见。尤为恼火的是，一个丫鬟在替性元梳头，另一个蹲在下头，给性元试着一双新鞋。胡恩可厌恶这种好吃懒做的样子，忙踅开了，却听见性元在吼喊：小党，快跟弟弟过来，仔细我打你的尻子。冷不丁，一个碎娃娃在墙根下哭嚎了起来，另一个则赤条条地跑将过来，肚脐下的小牛牛晃荡着，率先给性元告状。胡恩可被一种巨大的喜悦攫取了，忙蹲在地上，张开了臂膀，轻唤说：小党，小河，快来让爷爷抱抱，让爷爷的胡子扎一下吧。自然，这些话没有声音，也不会被响应。倏忽间，两个碎娃娃又撕扯在了一处，嘴里嗷嗷嗷的，像一对土苍苍的幼兽，颊脸上沾着杏干的残迹。隔辈亲，胡恩可越是惜疼娃娃们，对性元的不满便越发澎湃，指责说：桃饱杏伤人，李子树下埋死人，你个懒婆娘，竟然不管不顾，让娃娃们吃那么多的杏干做啥？一丝伤感忽然弥漫了上来，胡恩可喟叹道：人世上的苍生，大多是前一辈替后一辈开山辟路，手把手地传授着生活的技能、认知和经验的，连动物亦不例外，可世兴堂的这个千金，仍不改大小姐的习气，日子稍微殷实了一点，便害上了富贵的病，瞧她那个懒虫样子，连自己生养的娃娃也不照看了，哼着一支酸曲，在往鼻脸上搽粉，在涂胭脂。另一厢，娃娃们可玩美了，互相泼着水，像从党河里捞出来的那般，全都成了泥猴子。

梵义婚后的第三年，性元的肚子大了，大得离谱，脚也肿成了两块发糕，天天趴在灶房的酸菜缸前，吃个不停。婆婆胡白氏一边抹眼泪，一边尾在性元的尻子后头，盯梢着儿媳妇的走姿，叨念说：酸儿辣女，酸儿辣女。性元是旧历四月初九生产的，前一天恰好是佛诞日，余荫尚在，佛光未散，这一点让胡恩可感念异常。后半夜时，家眷的院子里传来了婴儿的啼哭，二儿子梵同站在堂屋前，放了一挂炮仗，又在胡家坊的祠堂里点了一挂，告知了先人们。天亮前，待一切都悄寂下来后，梵义才上了高房子，默默地立在爹老子的病榻旁，着实淌下了不少的眼泪。梵义报告说：爸，性元下下了，下了一对儿子娃娃，浑身都囫囵着，一样不缺，声嗓亮得像一对铜锣，简直快把人吵聋了。也就怪了，四月初八的那个晚夕里，胡恩可一丝睡意也没有，眼珠子不错地盯视着对面墙上的墨字，惟有一愿在，能呼观世音，好像在等待着什么。梵义懂得礼数，跪在地上，认真地磕了三个头，哀恳说：爷爷在上，爷爷劳苦，就请爷爷给两个娃赐个官名吧，将来好在人世上闯荡，去博取功名，去光大门庭，不愧为胡家的子孙。儿子的孝顺归孝顺，胡恩可却无能为力，始终哑默着，不发一语。

在黎明前，在整个敦煌最为寂静的一霎，窗户外袭来了一阵阵隐约的轰响，仿佛在松动筋骨，在满血复活。胡恩可的耳朵动了动，脑袋似乎也偏了过去。梵义见状，赶忙打开了窗子，于是声音覆压了进来，令头顶上纸糊的仰衬也振动了起来。梵义叨念说：开河了，今冬太冷，党河现在终于开开了，又是新的一年呀。胡恩可忆想起来了，这是党河的封冰破裂，朝下游里狂泻，一派摧枯拉朽的巨响吧。开了河，沙州城便醒了，城外二十三坊也就醒了，千佛灵岩上的菩萨们也会纷纷睁开眸子，护佑这一方水土。梵义蓦地察觉，爹老子的嘴角上，隐约现出了一丝笑意，好像窗外这一种破冰的声音是一剂良药，可以缓释病痛，镇静创伤。一瞬时，梵义突然开悟了，喊了一声爸，头埋在了爹老子的胸脯上，笃定道：大的叫小党，碎的那个就叫小河吧，这两个小贼有福了，爷爷赐了这么帅气的名字呀。一个胡小党，一个胡小河，胡恩可的内心摩挲着这两个后人的名字，枕着远处沉雄的波涛与缓缓升起的霞光，终于安心地睡下了。

廊檐下，性元粉饰完毕，丫鬟端着一块水银镜子，请她审察。这个当口上，院门啪地开了，一个人跟跄了进来，浑身脏污，鼻脸上沾满了血迹。丫鬟失声一叫，水银镜子掉在了地上，摔得一地荆棘，好像有七八颗太阳掉落凡尘，滚在了脚下。胡恩可从忆想中抬起头来，不是旁人，这个贼正是让自己操碎了心的次子梵同。性元早就扑了上去，一边掸着梵同身上的灰土，一边嗔骂说：狼吃的，又跟人打架了，你这番样子，哪有一点点先生的风范，干脆早早辞了乡学的教职，别辱没了孔圣人吧。梵同顽劣至极，从腋下取出书本，吹净了灰土，交给了丫鬟，夸张道：哼，就那几个小蟊贼，敢在我胡某人的面前论拳脚，他们这下知道亏是咋吃的了。鼻孔里仍在淌血，性元要来了阿拉伯长棉，搓成棍，蘸了一点点香灰，塞入了弟弟的鼻眼，登时止住了。见嫂子不快，梵同辩解说：几个沙州城里的纨绔子弟，最近老在乡学的大门口堵截学员，抓住男将搜身，见了女生调戏，我既然客串了国文课的教员，就不能不做一只老母鸡吧。什么，你当老母鸡？性元愕然道。对呀，只有做了老母鸡，凭着天性，才能张开膀子，将我的弟子们庇护在翅膀下，然后，然后再一脚踢死老鹰。梵同振振有词的，仿佛他刚刚建立了一桩不世之功。性元讥讽道：哎哟，如此的歪理邪说，简直是一堆不打粮食的话。哦，照你的意思，孔圣人便是咱中华民国天字第一号的老母鸡呀？说这个话，我嘴里发苦，太冒失了，我可不想遭了报应。梵同答复：存此一说吧，反正女人的舌头都是开过光的，你性元也不例外。

丫鬟打来了水，递上了土胰子，梵同净完面之后，哄唆着侄儿们，但两个碎娃娃见其面目狰狞，嘶哑着跑开了，抱住了刚进门的舅舅的腿。时隔数年，经过父亲沈破奴的精心调理，性真的病状大有好转，肩膀宽了，额头亮了，走起路来也携带着一股少年的劲风，令世兴堂上下松了一口气。性元犹在气恼中，攻讦道：你呀，你现在是猪嫌狗不爱，我看你连一只老母鸡都算不上，你顶多就是一介老光棍，敦煌二十三坊中最有名的光棍汉。梵同吐着舌头，鬼脸道：光棍有啥不好，凡光棍者，皆为举世污浊，唯我独清之辈，只不过不走尔等的俗常路，不愿低头，不肯就范罢了。这一席之乎者也的辩词，又给性元点了火，惹得嫂子一时动怒，戳了梵同一指头，叱令道：贼疙瘩，快去里头换衣裳，等一下跟我去一趟平凉坊，见见这个女方家。梵同赖皮极了：哎哟喂，这已经是性元你张罗的第十九家了，结果你知道的，莫非你还不死心呀？这么着，一身鲜衣靓妆的性元，终于拿出了撒手锏，努了努嘴，张看着附近的高房子，蔑笑说：你哥就在那达，仔细他听见了，下来掌你的嘴。梵同气馁了，忙抬身进了屋子，似乎梵义这个名字是一块烧红的精铁，碰也不敢碰。丫鬟们将一套新衣新鞋送将进去，又出来掩上了门。性元宽释了许多，对丫鬟们说：这个贼是属核桃的，只有砸着吃才香，要不然硌了牙，还无处申冤。丫鬟们笑坏了，腰也快笑弯了。

对刚才的这一幕，胡恩可赏识至极，却又稍稍带了一点点歉疚，明白自己错怪了性元。胡恩可的元神瞥见，就在这个伏天，在大太阳下头，老伴胡白氏始终龟缩在另一面墙的阴凉中，动作迟缓，慢慢地打着布坯子。几年中，胡白氏的头发白了，眼睛花了，耳朵也关上了门,将家里的大小事情,悉数交给了长媳性元,自己连个咳嗽也不参与。除了在佛堂内念经,胡白氏剩下的唯一嗜好便是打布坯子,几乎积攒了大半间屋子,起码可以给沙州城里的每个人纳一双新鞋了。性元孝顺,为了婆婆能出门走动,能晒上日头,经常打发伙计们去城里的几家裁缝店,将各种布头搜买回家,从不间断。一念及此,胡恩可感喟道:不管哪一个人家,其实要紧的是最早的那一根柱梁,这根柱梁一旦挺直了,门风也就端正,和气与祥瑞便也彻底养活了。目下,让胡恩可欣慰的是,胡家其实有两根柱梁,一个是梵义,一个是性元,一个对外打理,另一个则经营着内部,安然有序,从不逾矩。

这一时,梵同穿戴完毕,敞着领口,样子滑稽地晃出了门,丫鬟们又失笑坏了。性元虚扇了弟弟一巴掌,惜疼地替他系好了纽襻,叮咛道:这回是平凉坊的一户小财东,膝下就这么一个女娃子,模样周正,漂亮得就像从莫高窟的壁画上揭下来的,你可千万不能使性子,再错失了这一桩姻缘呀。丫鬟们送来了一只礼盒,梵同拎上了,相跟着嫂子出了门,上了自家的车轿。掩了门,一个丫鬟嘀咕说:八成又得空手而回,这个少爷羔子呀,枉费了女东主的一番苦心。另一个附和道:二少东主的心思不在这达,明摆着,他这是在应付嫂子哪。不在这,那他的心思在哪达?发问道。这名丫鬟抬起头,仰看了一眼深邃的天空,怅然道:在天上,二少东主的心在天上,凡人理解不了。

不错,这恰是胡恩可最揪心的缘故。梵同自小至大,一直在哥哥的庇护下成长,说不上有什么坏毛病,但偶尔暴露出来的那种叛逆,说明他的棱角还在,骨子里不服输,也不肯服属于任何一个人,哪怕是梵义。先是辞了学,结社邑义之后,梵同干脆扔掉了课业,在急递铺里奔波了几年,有点花落莲出、技成出徒的意思了。梵义一直惦记着弟弟的婚事,让性元频频去另外的坊上四处打听,准备择一个良善人家的女子,也好拴住梵同的心,待将来有了一男半女,让其彻底地悄静下来,从而解脱自己。孰料,梵同每回去相亲时,总是鸡飞蛋打,舍上一大笔钱不说,还往往伤了性元的脸,彼此不快。去年下半年,也就是秋学开始前,乡学里的顾文君先生一口气没上来,终于殁了,让国文课的讲堂空荒了许久。总教跑到了胡家坊,以乡学的名义,正式聘请胡梵同客串一段时间,等延请到了正规的教师后,其他的再议。梵义当即拒绝了,声言说:误己可以,但误人子弟的事情,在胡家的地盘上一概免谈。总教是揣着耐心来的,搬出了一大堆理由,其中一条说,梵同记性好,会背诗,这在乡学里是出了名的。梵义执拗道:那个小贼的肚子里有几两酥油,我这个当哥哥的,自然比谁都清楚,让他上房揭瓦可以,如果去做南郭处士的话,我怕丢不起这个脸。总教道:少东主这才叫灯下黑,梵同是不是这块料,毕竟要当面试炼一下吧?这么着,梵同被紧急唤了回来,一头的雾水,不明白眼前设了什么坛场,布了哪个阵仗。总教提问了《诗经》《离骚》,发问了李太白、杜子美与白乐天,又问及了苏轼和辛弃疾的诗词篇目,总归是毫无疑难,全然说给少东主听的。对这些试题,梵同几乎是见佛杀佛,见祖杀祖,一趟子口灿莲花、舌漫滔滔地应答完了,令总教频频颔首,梵义也暗自吃惊,只有借坡下驴地让了步。梵义唯一不妥协的是,梵同可以去救急,可以客串,不计时日长短,但在此期间,绝不能取乡学一分一角的薪俸,所有花销皆由胡家来支付,否则就作罢。总教应承下了,督促梵同次日一早便去乡学里亮相,耽误不得。

当日夜里,梵义花了几个时辰的工夫,跟弟弟做了一席长谈,唾沫都干了,叮嘱这,托付那,美美地修理了一顿梵同。性元替弟弟剪了指甲,剃了头发,又从家里搜腾出来了一块料子,连夜跑到了沙州城的徐尺子裁缝铺,给梵同缝了一件长衫。梵同穿在了身上,肩是肩,腰是腰,立时有了一种教书先生的气度,令兄嫂二人踏实不少。目下,乡学里也不再提聘任其他人的话题了,好几回,梵义在路上瞭见总教时,却见对方像一条泥鳅似的,远远地绕开了,连个面也不照。不过,见弟弟一门心思地投入在了教学上,渐渐疏离了急递铺的琐事,这正中了梵义的下怀,真是一个无心插柳的结局,偷着笑吧。在梵义的内里深处,实际上不愿意梵同跟着自己干,三弟已经被土匪们掳走了,生死不明,最好给胡家留下一个端庄的,台口上的,不要搅和在游击们当中,过一种跌仆而动荡的生活吧。当然,没有比乡学的先生更端庄的,也没有比站在讲堂上更鲜亮的了。胡恩可认同长子的做法，也就撒手不管了，知道有人在顶门、在立户，自己也该到了歇缓的季节上了。

这一时，飘来了一股屎尿气，两个碎娃娃蹲在廊檐下，一边拉，一边嚼着杏干。双胞胎的诡异就在于，一个头痛，另一个必定发烧，互相呼应着。性真从灶房里铲了一簸箕炉灰，垫在了秽物上，但遮不住恶臭，好像他们的肚子吃坏了。元神是最忌讳这一种气息的，民间也有用屎尿来作法的先例。胡恩可不敢逗留，簌簌簌地掩鼻而走，径直上到了自己沉湎多年的高房子内。

不错，那一具病体，那一具沉重的肉身，此刻就躺在炕上。

元神认出了自己，盘旋三匝，却并不想溜回到躯壳中去。入了伏，即便地处党河之畔，但是整个胡家坊，整个敦煌，犹如坐进了一间大砖窑，一座冶炼坊，烧心呛肺的，无处遁逃。胡恩可精光着，身上苫了一条简单的棉布，昏沉如木，纹丝不动。炕下头，长子梵义貌似敛目自静，其实是疲累了，困倦了，一直在丢盹儿。元神是没有气息的，也发不出声音，但胡恩可依旧蹑手蹑脚的，捂住嘴，生怕一个哈欠，一个喷嚏，坏了儿子的瞌睡。视野中，梵义早就成熟了，眉骨硬朗，双颊饱满，一抹修饰齐整的唇髭，俨然衬托出了新一代当家人的风范，一个少东主应有的体量与尺码。这番神色，似乎也在告诫外人，此君只可交道，千万不能冒犯，更不能亵渎。几年的工夫上，胡恩可虽然久卧病榻，身心浩渺，但从各处传来的零星消息里，也约略听闻了急递社，知道了这一桩新式的贸易，以及诸位成员的名姓。胡恩可不谙内情，只好猜度，这肯定是一项利润广泛的买卖，否则，梵义断然拆不起这个院子，盖不起这些厅堂，养不活这一群生死伴当。儿子的归儿子，先人的归先人，胡恩可不愿过问，自然也无力去操心。这一时，胡恩可心生祈愿，只盼着梵义多睡一会儿，再睡一会儿，解了这天中午的乏气，也好专心去张罗人世上的事情。悲剧的是，窗子外头飞进来了一只指头蛋大小的绿苍蝇，像一只坏掉的风箱，刺刺啦啦的，带着十足的恶意。梵义的身子抽了一下，冷不丁从睡梦中挣了出来，赶忙抓住了桌上的拂尘，将苍蝇撵走了。梵义彻底醒了，瞭见炕上的爹老子沁满了汗水，又拿起手巾，给病人满身各处地擦拭了起来，动作惜疼极了，仿佛在伺候一个月娃子。

"爸，这二十多天来，你不睁眼，也不看人，你到底咋了呀？"

胡恩可吓坏了。

"我知道你身子累赘，你也说不成话，可你有了啥心思，你尽可以给儿子托一个梦来，让儿子明白。"梵义语气温和，哄唆说，"爸，只要你天天睁开眼，我也就有了精神头，性元也不用担惊受怕了，哪怕胡家顿顿吃的是麸皮野菜，也总比端上一碗红烧肉要强。"

终于，胡恩可明白了过来，被一种巨大的罪愆感摄取了，惶恐不安。自己不告而辞，率性地跟着蒋斧他们浪了一趟北疆，心野了，玩疯了，却在不经意之间，将一个沉重的难题留在了家里，令一家人断肠，尤其让长子和长媳如此痛苦不堪，心上在流泪。梵义擦净了爹老子的汗水，又押开那一块棉布，仔细地苫了上去。或许，悲痛使然吧，苫了几遍，单子一直皱巴巴的，手抖得不行。胡恩可的元神见状，忙跑了上去，相帮着，往自己的肉身上盖。岂料，伸手攥住被单的一瞬，竟发现它是凉的、冷的，犹如一件铁衣，也仿佛一块寒冰，携带着一种墓穴中的古老气息。胡恩可灰败极了，同时也顿悟了过来，倘若一具肉身丧失了魂灵，它不过就是一条裹尸布，后人们缝下的一件尸衣，势必会凉却下去的。盯望着自己懒散、臃肿、毫无神采的肉体，胡恩可哑摸说：后人们真是悲苦，后人们其实索要的不多，只求病人能睁开眼睛，朝这个尘世上瞥望一眼，他们便有了盼头，也就有了挣扎的生气。目光如灯，人死，灯才能咽下这一口气，一劳永逸地堕入永世的黑暗中，去等待下一世的香火。

这一刻，胡恩可瞭见了白墙上的那一行墨字，久坐衲衣寒，心里不由得咯噔了一下。哦，印光这个老和尚，法力空前，生前显然料到了这一切，猜出了这一位旧友将轻佻，将顽劣，认不清他自己的命数，所以才有了类似的馈赠。久坐衲衣寒，这分明是一行偈语，一番告诫，针对胡恩可的不当言行而来的。这么着，胡恩可思想说，病痛其实也没啥了不起的，即便自己病程绵远，漠无涯际，大不了就将这一具肉身，当作一张供桌，一间修行的赞堂，一座引桥，一条度人的路，誓死自守下去，像以往千佛灵岩上那些开窟造像的匠人一样，只求因，不问果。念想至此，胡恩可的元神主意已定，便欲矬紧身子，飘入肉体当中，求得一个身心合一的结局。然而，胡恩可又突然反悔了，止住了步伐。

元神漾荡在半空中，胡恩可弯下了腰，双手合十，对儿子哀告说：梵义，容老父再孟浪一次，放肆一下吧，我实在放心不下，我必须回一次查干淖尔，去一趟蔡家口子，不为别的，因为梵海如今被困住了，生死不测，安危不知，我一定要亲眼看着你弟弟解脱出来，逃出生天，我这一辈子也就算全盘交代了。又发咒说：无论如何，今夜子时之前，老父必定回返，日后的光阴中，我再也不喧哗了，不闹腾了，我要天天睁眼，时时笑给你们看，剔除你们心上的荆棘，抹掉你们的烦忧，让你们像一群豹子，一群狐狼，一群鹞鹰，满天下地去闯荡吧。

言毕，胡恩可宽释了下来，心中一片晴空，巴望着儿子的态度。像预料当中的那样，这些默然的陈词，梵义是根本听不见的。梵义伺候完了爹老子，掸了掸衣裳，表情立刻肃静了下来，恢复了少东主的身份，掉头出门。岂料，高房子的门端外，此刻正蹲着一个人，偷偷饮泣，将自己的脑袋撞在墙上，额头上一片殷红。

梵义愕然一惊，忙上前拽住了对方，喝问说：叔，你这是干啥呢？大天白日的，你哭的哪一门子的丧呀？管家苏食抱住了梵义的腿，恓惶道：少东主，我是来向你申领惩牌的，你不必可怜我，你干脆开除我，让我滚出胡家坊和沙州城，滚出敦煌，当一只疯狗去流落吧。梵义不明就里，劝也劝不住，急出了一头的疙瘩。半晌后，苏食开腔道：少东主，我死的心都有了，昨晚夕我被一个贸易联手拉出去喝酒，醉成了鬼，醉成了一泡屎，结果回到了家里撒酒疯，不承想打了你小婶子一耳光，今早上她的脸还是肿的，我现在悔死了。

"什么，你打了执臣，你吃了豹子胆么？"梵义暴跳。

管家低下了头。

"哦，你醉了，你喝了不要脸的水，你真糊涂了。"梵义收敛了语气，虽然心中起了一场火灾，却仍旧违心地退让了下来，叮嘱道，"叔，两口子过日子，哪有牙齿不碰舌头的。你快去吧，抓紧去给小婶子赔个不是，求得她的一个宽谅。再说了，这是你们的家务事，不归急递社的范畴，你没必要领什么惩牌，我也不会加罪与你。"

"不，我这次真的伤了你小婶子的心，少东主你就惩罚我吧。"管家执拗道。

"真快，眼看就中午了。"梵义仰看了一番天光，用袖子擦了擦苏食额顶上的血迹，咧笑说，"是这，半个时辰之内，如果小婶子没有宽谅你，你也不曾给她一个明确的歉意，那么……"顿了顿，梵义又另起话题："叔，你一定记住了，千万不要向女人和娃娃动手。因为将来，替我们这些男人缝下尸衣，替我们烧香焚纸的，正是他们。"

眨眼的工夫，管家苏食便消失了，快得像一个喷嚏。

胡恩可的元神也要走了，但在飞身而起的一刹那，瞥见长子梵义突然哭出了声，泪水像一道瀑布，汹涌而下。此刻，日光灼亮，整个敦煌都沉浸在了一片金箔似的梦境中。梵义从脖子下摸出了那一枚汉印，泪眼婆娑，捧在手心里仔细地端详着。其实，汉印上依旧是那四颗熟悉的字，河西司马，没有丝毫的变化。

胡恩可恰巧了解，汉印上拴着的那一根红丝线，正是孔执臣去年的手工。

让我死吧。言毕，梵海仰药而尽。

蒋斧和陈小喊心下大骇，策马纵横了多少年，见识过世上的各色人等，以及种种稀奇古怪的事情，但像梵海这样肝胆俱在，对自己说一不二的刀斧手，他们却是头一次碰见。梵海像一根柱子似的，晃了晃，就在栽下去的那一霎，陈小喊抢上前去，扛住了他，款款地放在地上。瞧见梵海脸色暗沉，口吐白沫，果然是中毒身亡的结局，蒋斧突然懊恼极了，挥起拳头，朝自己的鼻脸上砸了一拳。鼻血喷射了出来，溅得浑身上下都是，蒋斧立时成了一个血人。陈小喊也不敢懈怠，撸起袖子，找见了梵海刚才的牙印，如法炮制，狠狠地咬了自己一口，鲜血淋漓。这一时，胡恩可的元神飘了进来，目睹了佛堂内的惨状后，差一点晕死过去，忙贴住了墙壁，久久不能动弹。

来不及拖宕，陈小喊卸下了门板，跟蒋斧相帮着，将梵海的尸身丢在上面,一前一后,抬出了佛堂。卡利班从树上跳下来,一屁股坐在了地上,失声道:真的杀了,真把梵海杀了呀?两个游击面色阴沉,牙齿很硬,根本不予作答。问急了,蒋斧嗔怒道:嘴夹紧,仔细我把你也剁了。空气中弥散着一股刺鼻的血腥,从两个血人的身上,卡利班宁肯相信,刚才一定发生过一场恶斗,伴当们险中求胜,才将这个对手撂翻了,取了他的小命。又进一步猜想,既然蒋斧和陈小喊敢杀了他,那么这个混蛋,这一坨狗屎,未必就是胡家坊的梵海。依了陈小喊的话,卡利班迅速打开了偏门,在前头引路。两名游击抬着梵海的尸首,穿过了土坯巷道,穿过了马院,径直站在了马厩中,将门板扔在了一尺厚的马粪上,而后瘫坐在地。

晒了一个夏天的马粪,蚊虫盘旋,生满了白蛆,味道又臭又腥,直辣人的眼睛。三叔一挥手,屎筐子和七虎子上来,干净利落地缴掉了卡利班手中的短枪和砍刀,在粪土上垫了几块砖头,辟出一条路来。副官捂住口鼻,率先踩上砖头,趔趄着步伐,蹲在了梵海的尸首旁,伸手探摸了一下鼻息,又仔细摸了摸脉,一了百了地长叹了一声。副官撤出后,三叔复又过来,先摸完了梵海的前身,再将尸首掉了个个儿,上下左右地检查了几遍。尸首颓丧不堪,犹如一摊烂泥,趴在了恶臭的马粪上,身上的体温在一寸寸地流失。突然,三叔从屎筐子的手里抢走了那一把砍刀,寒光一闪,径直架在了蒋斧的脖颈子上,阴笑开来。七虎子也凌厉,拉开枪栓,顶在了另一名游击的脑袋上,扎起势来。屎筐子吼喊:跪下,跪下听三叔发落,不然我剜了你们的膝盖骨,打烂你们脚上的孤拐。游击们奈何不得,乖乖从命了。三叔怒斥道:狗日的们,你们竟然把少把子给杀了,这样的天祸,我蔡家人不背,整个蔡家口子也不想被拖累。卡利班反诘说:你个老屄,当初是你红嘴白牙指使我们去杀人的,现在可好,你猪八戒倒打一耙,死不认账,莫非你还想宰了我们,杀人灭口呀?面对这样的顶撞,三叔并不计较,自负道:老子玩了一辈子的鹞鹰,可笑的是,居然还有人想来啄我的眼珠子,难道这世上没了王法,没了规矩么?我来问问,这少把子的身上一无窟窿,二无创伤,人却死成了一头猪的样子,你们几个是咋办到的?蒋斧努了努嘴,示意一番。屎筐子从蒋斧的怀中摸出来一只药囊，打开一嗅，一股硝石的气息直冲天顶。蒋斧释解说：三叔，别小看这个贼是个瘸子，也别以为他吃了斋，念了佛，人就会善心大发，手下留情，我们刚才险些着了这个贼的道，否则躺在这达吃屎的，一定不会是少把子。咦，可现在躺下吃屎的，明明就是少把子，你们反倒全身而退了，这如何让人信服？三叔问。陈小喊哈哈一笑，半是讥讽，半是谄媚，嚷喊说：三叔你养了一辈子的鹞鹰，果然手段高明，招子亮堂，没有被鹞鹰啄了去，当了下酒的菜。嗯，依我看，三叔心中有尺码，目光会断案，这个少把子还真不是我们亲手杀的，他发现自己没了活路，当时就服了毒，求一个囫囵身子，好在阎王爷的面前人模狗样。三叔也喷笑了：这个瘸子本来就缺了一样，从来就没有囫囵过，那你实话让我知道，少把子干么要服毒，走这一条绝路？呃，没别的缘故，只因他作恶多端，杀人无数，这个贼的孽罐子满了，也到了该偿还的时候了，陈小喊答复。三叔收回了砍刀，点头称是：对，这个话在理，少把子的孽罐子满了，这是报应。末了，三叔退出了马厩，泪光盈盈的，显然不是悲痛所致，而是被马粪的气息辣坏了一对招子。副官断喝：来人呀，把这三个凶犯绑了，带去见朱十三。

　　登时，棚屋里冲出来一股人马，皆是埋伏了许久的蔡家兄弟们，三两下，便将游击们扎上了粗麻绳，悉数捆缚住了。副官叮嘱道：等一下见了老把子，你们就将刚才的话重说一遍，好让朱十三知道，他这个干儿子的孽罐子满了，自寻死路。陈小喊笑说：这个简单，不劳军爷操心。这一句意外泄密的话，令副官顿生警觉，先按下不表。

　　中午刚过，地上的一切都在冒烟，每一脚下去，都像踩在了炭火当中。

　　或许因为濒临草湖，空气中的水分太大，加之没有风吹，蝴蝶几乎凝固在了半空中，连翅膀也扇不动了。从韩湘子庙烧香归来，朱十三早就乏透了，浑身精湿，尤其是脊背上的汗水，蛰得伤口隐隐作痛。不过，一旦坐在了凉棚下，那种漫溢的凉意格外舒坦，就像一个穷鬼的手，摸在了五十两的银锭上，再也不可能分心。伙计们陆续上来，布了满满一桌子菜，不是山珍，便是野味，自然也少不了草湖里的鱼虾，香气四溢，惹人馋涎。事实上，老把子的名义，蔡家人的肚子，每回朱十三下了山，蔡饼子都会如此款待一番，将平时搜罗和积攒下来的一些稀罕吃食，悉数供上桌子，尽量取悦这一位金主。朱十三胃口小，每样菜一般只挾一两筷头，剩下的都被蔡家人分食了，解了他们平时的馋劲。

坐定后，蔡饼子也不客气，率先拿起了一把水芹菜，咔嚓咔嚓地嚼吃起来，样子像羊。朱十三揶揄说：我实在想不明白，这世上还有你不吃的草么？你举出一例，我便送你一颗金豆子。莲花，蔡饼子迅即作答：莲花是佛陀的宝座，我一个信佛的人，自然不敢吃。朱十三送出了一颗金豆子，接着问。蔡饼子又道：酥油花是供佛的，灯花是用来念经的，石头开花那是一种祥瑞，这几样我都不吃。蔡饼子的伶俐口齿，让老把子异常开怀，又慷慨地送出了一把金豆子。朱十三叮咛说：这一趟拉来的麻包，是我不久前劫下的一个商团的百货，够你卖到年底了，是这，等天气凉下来后，过路的商团将更多，说不定还会有专门贩银元的，你不愁发不了财，耐心是第一位的。闻听此话，蔡饼子蓦地停下了嘴，擦了擦下巴上的绿汁，探问说：咋了，你今晚夕不过夜了，打算连夜赶回山里去么？朱十三喜欢这样的聪颖，点了点头。一时间，蔡饼子的表情寡淡下来，手摸在了肚腹上，娇嗔道：刚才在韩湘子爷的面前，我已经许过愿了，不承想，才从庙里走出来多半个时辰，你却要变卦。朱十三惜疼地揽住了蔡饼子的头，揽在了自己怀里，一边爱抚，一边探问：说说看，你给韩湘子爷许了啥愿，发了啥心？蔡饼子唏嘘一番，啜嚅道：老把子，你记住我的话，不管将来发生了啥，你都不要怨怪我，我这也是为了你好，为了肚子里你们朱家的后人。朱十三不再追问，噘起嘴，款款地亲了一下女人，松开了手。这么着，蔡饼子跳开了，整理了一番衣襟和头发，一扫不快，眼波流转，妩媚道：老把子，我来给你唱一支酸曲吧，你可好久没听过我的声嗓了。征得了土匪头子的同意，蔡饼子款步上前，一手比拟着唱词，另一只手撩拨着朱十三，引吭开来。酸曲曰：给五两银子么你住下，天黑了就不要走了，我白生生的大腿，红丢丢的嘴，这么好的身材还留不住你么？

酸曲未毕，一个堂哥从灶房里出来，端着一碟子吃食，放在了长桌上。蔡饼子也被惊动了，丢下了酸曲，惊问说：这么香，香得要掉了牙，这是什么茶饭呀？堂哥回说：猪油盒子，前些天打了一头野猪，炼了半盆子油，这是用肉末和花椒叶子一起烙的。猪油盒子呈半月状，两面金黄，敷上了一层刺啦作响的油水，显然是刚刚从煎锅里出来的。蔡饼子催喊：快吃，猪油凉了就沁住了，这个刚好。朱十三抄起了筷子，迟疑道：还是等一下梵海吧，少把子来了一趟吃。蔡饼子风凉地说：再是少把子，他毕竟也是你的干儿子，哪有老子等儿子的道理，快吃吧。朱十三遂答应了，饕餮开来，吃得满嘴淌油，不亦乐乎，很快就咥光了。蔡饼子是不食荤腥的，抓过来一根沙萝卜，塞进了嘴里，两个腮帮子登时成了枕头的样子。

　　这个关节上，三叔率着蔡家子弟们，乌泱泱地挤了过来，将抬尸的门板搁在了凉棚跟前，又将三名捆绑的游击推搡而至，连踢带骂的。三叔跄跄着上前，抱拳一揖，急吼吼地说：老把子，大事不妙。朱十三抓过蔡饼子吃剩的沙萝卜，叼在了嘴里，叱问说：啥事不妙，寡妇翻墙了，还是你爹的坟塌了？不容三叔作答，朱十三掉过脸，又跟蔡饼子攀谈了起来，讥讽说：刚才你唱得真好，声嗓也浪，就像一个娼妇在做戏。蔡饼子瞭见了门板上梵海的尸首，知道事情成了，反正也不恼，摇曳着腰肢，骑坐在了饭桌上，盈盈一笑。朱十三问说：小娼妇，你给山上捎信，说你怀了我的种，将我赚到了蔡家口子，还去给韩湘子烧了香，献了供。嗯，依我看，你的肚子是瘪的，空的，你枉费了我的一番好心，我白疼你了。蔡饼子的脸仿佛进了染坊，唰的一下红透了，辩解说：怀了就是怀了，现在顶多就像一根豆芽菜，显不出来，妇人家的事情，你最好别逞能。朱十三的目光逡巡一遭，发现跟自己下山的几名扈从不见了，隔壁的院墙内，却有劝酒猜拳的声音传来，一时间沸反盈天。是这，我也不怕丢先人的脸，我说给你知道吧，朱十三俯下身，贴住蔡饼子的耳朵道：我虽然日弄了你几年，但我其实不能生育，刚起事的时候，我跟另外一个土匪单挑，结果下体里受了伤，我没了那个屌本事。蔡饼子的脸继续红透了，嘟囔说：那你还吹牛，夸自己是独头蒜，说独头蒜最厉害了。朱十三扑哧一笑，抚住女人的脑袋，释解说：这就是男人的毛病，男人就是为裆里的那三两糟肉活着的，你以后最好记住，男人的话信不得，不然吃亏的就是你。一瞬间，蔡饼子的眼泪下来了，恓惶极了，攀住了朱十三的肩膀，哽咽道：真的对不住，我肚子里的确是瘪的，是空的，我没有怀上你的龙种，我是骗你来着。

朱十三的目光落在了饭桌上，托盘里有一道烤羊肋条，上面恰巧插了一把匕首，这就足够了。蔡饼子坦承：我这么撒谎，将你从山上哄骗下来，不是针对你老把子的，这么些年来，你老把子是蔡家的财神，是蔡家的风水，供养还来不及哪。但是，唯一让人失望的是，你先用一块狗头金换了一个瘸鬼，又将瘸鬼收为了干儿子，这也就罢了，可眼睁睁地，你让瘸鬼做了少把子，难道这一大堆家产将来要喂给狼吃呀？我这么一个囫囵女人，要眉眼有眉眼，要身材有身材，服侍了你好几年，莫非我还比不上他一个外人？平原之路，头头是道，这些锥心的话一旦说出口，蔡饼子哭得更凄楚了。朱十三盯看着蔡饼子的白牙齿，嗅见了一股清洌的菜蔬气息，心里头开了锅，表情上却淡漠如水，反问说：所以你们蔡家容不下一个孳障人，干脆杀了梵海，斩草除根，让朱某人今天彻底绝后，断了这个念想？蔡饼子收住了泪水，先前嫉妒的表情，慢慢地转换成了一种大功告成的神色，叨念说：老把子，别怪我，要怪只能怪你一时糊涂，错走了一步棋。朱十三突然趔趄一番，身子摇晃，忙扶住了饭桌，好像有些气血攻心，也好像被疼痛攫取住了。老把子凄楚道：我平生不做后悔事，也不愿意翻黄历，但今天我要给你翻一翻。是这，宣统二年，四川举人黄金绶在敦煌当县令时，我还在南湖的别树庄子里务农，上有老母，下有一房女人，生养了一个儿子，本来日子过得凑合，心里也知足。天老爷是醒着的，天老爷的手里一定有一本明账，可能我上一辈子造过孽，今世里饶不过我吧。别树庄子里有一户恶霸，盯上了我女人的姿色，趁着母子俩去给牲口割草的工夫，竟然当着儿子的面，奸淫了女人。我那个女人，性子烈得像一桶子火油，受辱之后，将儿子领回到庄子里，她自己却跳了水，投了南湖。儿子其实没走开，心里孝顺，一直相跟着，见娘老子没了影子，他居然也跳了下去，双双殁了。我娘哭死了，哭得眼睛里天天淌血，身子骨也哭干了，后来被一张席子卷上，三个人葬埋在了一个坑里。我后来起了事，杀了恶霸满门，连鸡狗也不曾留下一个活口，渐渐地拉起了这一支人马，舔着刀尖，活一天是一天吧。蔡饼子第一次闻听了这些稀罕的黄历，嗓眼里布满了一阵阵滚雷，流下了同情的泪水。

这个关节上，一个烧火丫头奔了过来，将一只沸腾的药罐子搁在了桌上。蔡饼子忙搭手，蹙住鼻子，将酱油色的汤药倾在了海碗中，捧给了老把子，催促他趁热。朱十三依旧沉浸在失败的回忆中，伸手将药碗推开了，接续说：有一回，我带人下了当金山口的苏干湖，在青海柴达木的戈壁干滩上，劫了一伙子金客子，抢走了一块狗头金。这是大事，即便在乱世中，为了一块狗头金，也能死一层人。我带着伴当们往北撤，一路上丢盔卸甲的，被一场大雨截在了半途上，在沙州城外的胡家坊逗留了一夜。那是一户财东，买卖人家，女掌柜就是现世的菩萨，她烧了开水，赏了热饭，收留了我们。当时，女掌柜端给我一碗羊肉臊子面，我抬头瞭看观音娘娘时，一下子就吓傻了，不为别的，只因为女掌柜像极了我娘，简直是一个模子里塑出来的，一直将我当儿子招待。我当时恓惶得不成，把眼泪拌在了碗里，好歹将那一碗恩赐的夜饭咽了下去，那么香，那么可口，以后再也没有吃到过那种味道了。

视线中，一只绿头苍蝇飞了过来，直扑海碗，却被刺鼻的气息拦住了，昏头涨脑地趴在了饭桌上，恍惚它是一粒韭菜渣子。朱十三慈悲在怀，省却了一些不堪的细节，又道：那户人家带着上好的风水，一定是被佛祖加持过的，我当时就起了贪心，想分一杯羹，想沾吉，所以我抢了女掌柜的小儿子，收为了义子，将那一坨不值钱的金疙瘩留给了他们，也好让我的心上不负罪。目下，蔡饼子获悉了全部的底细，却仍不明白，老把子何以要将自己半生的心血，交付给一个外姓人，一个半路上拾来的半脸汉。果然，朱十三作结道：这一切没别的缘故，只因为我那个死掉的儿子，也是一个瘸子娃娃，我当初没给亲生的当好拐杖，现在我发誓给梵海当，给少把子当，让梵海在活人的这一世里走好，走端正，走得轻松一些。

这一时，蔡饼子终于豁然了，一切都像是天老爷事先筹谋好的，谁也更改不得。蔡饼子突然下跪，脑袋埋在了朱十三的膝盖上，央告说：桌子上有一把刀，老把子你快点下手吧，割下我的这颗头，去给少把子陪葬，也还你一个明账。朱十三迟疑着，周身瑟瑟，仰面长叹了一声。末了，朱十三吊诡地说：快去，快把我的这一碗汤药拿上，趁热灌给少把子，兴许还有一线指望哪。蔡饼子张皇地捧住了碗，喊上自己的亲弟弟，撬开了门板上梵海的嘴，连汤带水地灌了下去，一滴也没有剩下。日光太亮，日光照在凉棚上，晒得那一层干麦草和干芦苇哗哗作响，纷纷撕裂开来，漾荡在了风中。朱十三撇过头，朝着三叔一笑，歉疚道：死马当成活马医，说不定还有救吧。三叔虚了一礼，答复说：未必。

朱十三起身，想亲自过去一趟，察看一下梵海的动静，不承想，身体摇曳着，两条腿像面条，干脆使不上劲。在栽倒的那一霎，朱十三靠住了墙，保持着最后的尊严。蔡饼子发现不对，立刻恢复了母老虎的样子，摔碎了碗，吼喊着跑过来，架住了老把子。

"呃，小娟妇，你究竟让我吃的啥？"朱十三的鼻脸变了形，眼珠子暴突。

蔡饼子道："猪油盒子呀。"

"不。"这个关节上，副官踅了出来，做了否定的回答。副官早已换上了标准的制服，这是他当年从冯玉祥的部队中潜逃时，私自带出来的一套，平时舍不得穿，只在关键的时候亮一亮相。到了朱十三的跟前，副官两脚一碰，咔嚓一下，抬手敬了一记军礼："老把子，你终于栽了，栽在了女人的裤裆里。实话说吧，蔡饼子给你吃的，看似是猪油盒子，但里头的馅料，却是天底下最猛最烈的发药，你身上的恶疮已经发作了，神仙也救不了你。"

"这药是草湖里的一只沙鸥，再配上红蝎子、蜈蚣和锁阳根，不下十种。"三叔附和道。

朱十三挣扎着，辨清了眼前的副官，问说："黑喇嘛来了？"

"哼，黑喇嘛和你老把子一样，都不过是一介草莽之徒，图的是名声，抢的是钱财，干脆成不了大事，做不了当世的枭雄。"副官摘下了军帽，掸了掸灰尘，又道，"老把子，我也不是平地里久卧的人，等一下你死了，我跟三叔便收编了你的人马，名义上服属黑喇嘛，但只要掐住蔡家口子，整个北疆也就在我们二人的股掌之中了。"

"老把子，你就安心升天吧。"

先时，三叔始终哑默着，不敢插嘴，一来畏惧蔡饼子的泼妇劲，二者，也在暗中等待着药力发作，朱十三出现溃败的征兆。现在两全了，三叔登时宽释无比，撕下来一根鸡腿，喂在了嘴里。不料想，蔡饼子冲了过来，甩给三叔一记耳光，又用尖利的指甲开始抓脸。三叔闪避不及，鲜血浇面，于是在一怒之下，抓住了托盘中的那一把匕首，端直地攮在了女人的肚子里。蔡饼子倒下了，怀中的胡萝卜撒了一地，惨笑说：

"三叔，我爹也是被你做掉的吧？"

"你个娼妇，你个吃里爬外的烂货，你知道得太晚了。"三叔认领道。

胡恩可的元神一直没走开，始终趴在了门板上，陪侍着儿子。从佛堂至马厩，再到蔡家的这一座凉棚，这一系列的惊变，仿佛让胡恩可从恐惧的山崖上滚落下来，张皇变作了迷惘，失魂化成了好奇，一时间五味杂陈，莫可奈何。

事实上，唯有元神才能认出元神，但自始至终，儿子梵海的肉身子虽然凉了一半，却终究不曾泯然于地下，彻底地沦为一具死尸。想象中，胡恩可张开了一件斗篷，一座帐幕，罩在了儿子的头顶上，严防死守着，生怕泄露了什么机密。胡恩可窥见，梵海的元神犹在，就在儿子的天灵盖下，在儿子的躯壳中，像一尾胭脂鱼似的游动着，完美无缺，毫发无伤，并不曾飘失一空。好在，凉棚下的攻讦和吵闹一直不断，蔡家人各揣目的，也就无暇过问一个死掉的土匪。胡恩可并不是一个自私鬼，同样揪心着儿子的伴当们，此前的怨怼，现在已然结成了同谋的关系。瞥望中，胡恩可瞭见三个被捆作一团的游击瘫坐在地上，像一根晒蔫的瓜秧子，等待着镰刀。但是等等，再等等，那个人小鬼大的卡利班，竟然用脚尖拨过来了一片摔碎的瓷碗，叼在嘴上，偷偷地交在了陈小喊的手里。后者仡斜了一遭，慢慢割断了身上的粗麻绳，先将自己解脱了出来，又暗中释放了蒋斧和卡利班。天哪，天在打鼓么？地在献供么？千佛灵岩上的菩萨们下了凡么？佛祖将莫高窟的响铃挨个儿敲了一遍么？在胡恩可喋喋的哀告声中，原本陈尸于门板上的梵海，悠悠地伸了个懒腰，打了个哈欠，无辜地睁开了眼睛，犹如做了整整一个昼夜的梦，惺忪极了。

到了这一刻，胡恩可宁肯相信，眼前的这一幕其实早就筹谋好了，有一册事先拟定妥当的戏本，一整套连贯的唱词。胡恩可告诫自己，不错，这是儿子们的天下，后人们的江山，我也该退场了，闭嘴了，千万不要再嘴脸狰狞，指东说西，去做一个令人唾弃的老婆舌。这么一思想，胡恩可顿时觉得敦煌的天高了，查干淖尔开阔了，头顶上翔集的水鸟，仿佛一群群颜色各异的度母，正在广洒法雨，传布福音。

也就是从这一日开始，胡恩可的元神不再飘荡了，回归了天命，从此驻锡在了自己的肉身中，慢慢研磨着余下的光阴。而儿子们相继打开了新的一页，策马奔腾，将各自少年的血勇，以及青春的体温，投入在了这一条永世的长路上，直到悲剧的终章。

蔡饼子倒下了，肚子上喷射着血水，将一桌大好的筵席彻底搞砸了，欢聚办成了白事。蔡饼子举着一截肠子，哭嚎说：我把人都得罪光了，临到了死，居然没一个人站出来救救我，还拖累了老把子，我该杀该剐，但求你们放过他吧！话音未毕，亲弟弟却受了刺激，蹲在地上饮泣开来，哭得像一个熬干了身子骨的婆娘，无人问津。副官见三叔制服了蔡饼子，且是在大庭广众之下手刃了亲侄女，他也赶忙拔出了枪，顶在了朱十三的太阳穴上。发药来势凶猛，力道沉雄，朱十三感觉自己的这一副皮囊破了，四面漏风，再也拾掇不住了。那些钻心的噬咬，仿佛有一大窝蚂蚁附着在了骨骼上，啃骨吸髓，攻伐而来，耗尽了老把子的最后一丝力气。朱十三思忖，还不能死，不能就这么乖乖认命，因为梵海没有站起来，戏才唱了一半。这么着，朱十三仰面唰笑，忆想说：上几回你带着黑喇嘛的拜帖，来山里招降我，按道上的规矩，我应该砍下你的脑袋，灌满火油，挂在山洞里照明，但我不想这么办，所以放生了你。副官轻蔑道：呃，都说朱十三跟黑喇嘛一样，手底下不留活口，我倒也想听听，你当时不杀我，将脑袋寄在我的肩膀上，究竟打的哪门子算盘？疼痛又涌了上来，脊背上的恶疮像一盘磨石，压得朱十三喘不过气来，挣扎道：杀你简单，但我不想让黑喇嘛当枪使，背上他那个恶魔该当的罪名，我的这双手，一般不给人借。闻听此话，副官一时愣怔：哼，你死到了临头，还在撒谎，我就不信黑喇嘛会杀我，我对黑喇嘛如此效忠，老把子咋会借你的手，来取我的项上人头呀？朱十三笃定道：要想人不知，除非己莫为，马鬃山以北的红胡子们，你总认识吧？俄境一带已成气候的苏维埃政权，包括特务们，想必也跟你有交易吧？呵呵，这些便是黑喇嘛容不下你的缘故。副官倒吸了一口凉气，冷汗涔涔，如此机密的勾当，自己原以为做得天衣无缝，不料想，连远在马鬃山以南六百里之外的朱十三都这么清晰，遂不敢不相信，也不能不信。副官犹不死心，狡辩道：照你老把子这么讲，黑喇嘛应该当众宰了我，杀一儆百才是，干么要借你的手，还欠你一个人情呀？朱十三喟叹说：可惜了，你白当了一条狗，竟然连主子的脾性也摸不准，你别忘了，你主子的名字叫喇嘛，一向以大善人自居，号称手上从不沾血。副官点头称是：这倒不假，我家老把子也天天供佛念经，跟你干儿子一个尿样。朱十三蔼然起来，叮嘱道：尕娃，我免费送你一个做人的道理吧，以后端谁的碗，就不能刨谁的锅头，否则，天老爷也看不下去。

这一时，副官收起了枪，蓦地捂住了肚子，表情蜡黄，连问茅厕在哪达。蔡家人指明了位置，副官声称要去拉一趟屎，簌簌簌地走了，再也不见了踪影。

凭着三寸不烂之舌，朱十三在死期将至的前一刻，卸掉了一个劲敌，不由得身心宽释了下来。这么一松弛，药性爆发了，毒性漫溲开来，但朱十三并不在意，反而慨然笑对。朱十三知道，刚才的那一番口舌之争，已经成功地在黑喇嘛和副官之间埋下了一颗钉子，一包火药，分裂了双方，离间了彼此。果然，数年之后，游荡在北疆黑戈壁一带的这一支强大的土匪武装，招致了颠覆性的结局，顷刻间灰飞烟灭，了无痕迹。迄今，黑喇嘛被割下来的头颅，仍然浸泡在莫斯科一家博物馆的福尔马林药水中，带着不解的神色，供中国人参观，票价不菲。而那个精心设局，干掉了黑喇嘛的贴身副官，据说事后带着一大笔赏金，一路往北，最后隐姓埋名在了外蒙古的草海深处，寂然消失，得享终年。黑喇嘛覆亡之后，由敦煌人氏胡梵海率领的这一支土匪队伍，迅速崛起在了马鬃山南北，掌控东西要津，一时无双。不过，缘于个人的秉性和愿心所致，也由于胡梵海吸取了前车之鉴，采取了更为低调而实惠的战略，关于这一支传奇武装的任何说法，在后世的研究中众说纷纭，仍有待补充与完善。

这一刻，朱十三欣慰极了，终于替义子开了山，铺了路，架了桥，了结了自己在人世上的全部愿望。现在，到了最后的关口，朱十三瞥望着凉棚外的天际，发现整个敦煌的天空像一块明净的瓦，蓝得让人心慌，透得令人绝望。朱十三拼尽力气，吼喊一声：

"起来吧，别瞌睡装死了。"

"的确，这一觉太长了，简直晒死我了。"

梵海一骨碌爬将起来，掸了掸衣裳，颠簸而至。三名游击见状，早已除下了绳索，分散开来，守住了各个通道。梵海扑腾跪在地上，攀住了朱十三，哀告说：干老子，你只惦记着替儿子事先预备了那一碗解药，却不惜疼你个人，竟然中了恶人的招，将自己也搭上了。朱十三吃力地抚着梵海的头，苦笑说：别眼泪巴巴的，也别号丧，咱爷父两个唱了这一折子苦肉计，总算是有惊无险，没有砸锅倒灶，这下够本了。梵海清楚，老把子不喜欢眼泪，一个合格土匪的嘴脸上，也绝不允许出现类似的悲伤。一念至此，梵海收住了表情，截铁道：干老子，你就宽心地去吧，别扯心了。将来，你如果有个头痛脑热，一定托一个梦来，假如你在人世上投了胎，转了世，再次为人的话，你也千万捎一封信来，好让我在地上找见你，再认你一场。蓦地，朱十三的手垂了下来，奄奄地说：干儿子，你最好把我跟蔡饼子葬在一起，我以后要改嘴，我想吃她身上的胡萝卜，全都吃光。言毕，朱十三咽了气，终于仰面躺下，身体平展，不再惧怕脊背后面的恶疮了。

蔡家的堂兄弟们本来就是一群糊涂蛋，受了三叔的挑唆，使了人家的脏钱，心中有鬼。目下，见三叔公然杀了当家姐姐，决意背叛，又获悉了三叔跟黑喇嘛的副官沆瀣一气的内幕，一个个咬碎了牙，挣红了脸,迅速跟三名游击联手一处,封住了每个出口。一阵乱枪响过,少把子从山上带来的一众保镖,干翻了宴席上三叔的亲信们,自天而降,迅速将枪口瞄准了目标。三叔心知大势已去,便放弃了遁逃的念头,慢慢坐下来,抄起了筷子,吃喝开来。

梵海心生厌倦,催喊说:你走吧,走得越远越好,只要你离开蔡家口子,此生不再踏进查干淖尔,我保证不杀你,也没人敢动你一指头。此刻的这顿饭,三叔吃得煞是寂寞,羊肉不像羊肉,鸡不像鸡,总之味道很淡,嘴里甜得像喝下了一碗白开水。三叔反问:我凭啥要离开蔡家口子,这达是我的家,庄子外头埋着我的先人,埋着我爹娘老子,我一旦离开,岂不是要做一个孤魂野鬼么?梵海蹒跚过来,讥讽道:难道阁下现在不是孤家寡人么,阁下还有一个伴当么?俗话说,人抬人,抬出高人,僧抬僧,抬出高僧,像阁下这样心存二心的人,除了活命之外,我实在看不见蔡家口子有你的一角立锥之地。三叔灌完了一碗苞谷酒,照例无滋无味,寡淡得要命,还不如不喝。这么着,三叔礼让梵海坐下来,坐在了对面,探问说:少把子,你不愧是一个少年豪杰,栽在你手上,我也心甘了,只不过,我想请教你一件事,还望你点拨我一番。梵海抱拳,慨然道:不客气,阁下尽管开口吧。

"是这,你先前明明死了,没了脉息,也没有心跳,可现在又活了?"

"嗯,这其实不难。"梵海也拿起了一根胡萝卜,塞在嘴里,嚼吃起来,"戈壁干滩上有一种草,叫闹草,牛马一旦误食了它,肚子里便像钻进了魔鬼,三两天消停不下来。偏巧,山里头也有一种奇异的草,却叫迷草。我在佛堂里事先喝下了迷草水,又去阎罗殿里转达了一圈,阎王爷爷不要我,嫌我是一个瘸子,所以我就回来了。"

三叔道:"刚才你又服下了一碗解药,那本来是给老把子熬的,所以你醒了?"

"正是。"

"我明白了,这就是一出苦肉计,你们事先算筹好了,设了这个局,专门等着我往下跳。不过,就算你们筹谋得再深,再周密,也还有失手的时候。呃,我此番能陪着老把子去死,在黄泉路上做朱十三的一名伴当，我真的知足了。"三叔摩挲着手中的筷子，用袖子擦干了汗液，凄凉道，"不是我蔡某人无能，这一切显然是天意，天老爷让我死，我便不得活了。"

突然，三叔将一双筷子插进了鼻孔，在桌子上一磕，直接粉碎了脑浆，当即毙命。

到了第三日，梵海率着扈从们，将蒋斧他们送至了岔路口，依依惜别。

事发之后，先是设了灵堂，雇来了一个弦乐班子，又从韩湘子庙里请来了一组非僧非道的执事，将就着开了一幕水陆道场，祭奠了朱十三、蔡饼子和三叔等诸位的亡灵。天气太热，尸体放不住，抬埋完毕，梵海整肃了一番蔡家人，想跟自己进山的，各自签字画押，不容反悔。剩下一小部分老弱病残的，各安其命，共事一主。梵海将蔡饼子的亲弟弟，推到了当家人的位置上，自然也就成了梵海的一名代理人，依旧扼守在了马鬃山南翼的这一片要冲之地。事毕，梵海跟三名游击围坐在一起，昼夜无明地攀谈着，一个个抢着说话，直到把人世上的话全都说尽了，说穷了，这才歇息下来，到了辞别的一刻。

现在，站在了岔路口，一帮人勒住了缰绳，马头相向，每个人的鼻脸上，布满了一种神似的表情。陈小喊吼喊说：少把子，我最后问你一句，你真的不跟我们回胡家坊么？梵海答复说：回与不回，我的心其实一直都在敦煌，在沙州城，在胡家坊。再说了，世上的路大概有千条万条，我的这一条也未必就是绝路。历朝历代的土匪有百千万种，我这个当把子的人，难道就不能做一个绿林好汉，替天行道么？蒋斧抱拳，探问说：少把子，今日一别，也不知道何时才能相见，莫非你的心比石头还硬，就不肯捎一句话，问候一下你爹娘老子，你的哥哥们，你的两个侄儿么？梵海断然拒绝，笃定道：不必了，我每天早晚两次都在佛堂里，其实念佛的时候，我就能看见爹娘、哥哥和家里的其他人，我跟大家就在一起，从来也不曾分开过。卡利班人小鬼大，张口说：少把子，日头太大了，晒死我了，能不能把你头上的毡帽送给我，免得让我受罪？梵海依言，摘下了毡帽，扔给了这名游击。卡利班嘻然一笑,接在了怀里,一转手,却戴在了陈小喊的头上,高声说:呵呵,这个毡帽属于少东主,将来少东主见了它,就等于见到了你这个弟弟,见到了少把子本人。一时间,众人开怀不已,笑声盈天,连胯下的坐骑也被感染了,纷纷打起了响鼻。

陈小喊却另外揣着一件心事,拨马上前,疑惑道:少把子,那天你在佛堂里服下了一道迷草水,然后人事不省,就跟死了的一样,你咋就那么信任我们,知道我们会不离左右,替你保驾护命?梵海不假思索,截铁道:我既然托了命,也就放下了生死,没有了一丝顾虑。托命,陈小喊咂摸着这一个重若千钧的辞藻,一刹那便悟透了。陈小喊忙抱拳一揖,慷慨说:少把子,让我给你背一首王维吧,咱们今个天就此别过,来日再会。

这么着,在一场乍然而起的罡风中,陈小喊的声嗓犹如飞沙走石,一下子昏天黑地地笼盖了过来:下马饮君酒,问君何所之?君言不得意,归卧南山陲。但去莫复问,白云无尽时。

梵海勒马伫立在坡顶上,举目大地,瞭见游击们纵马驰下了山岗,仿佛一道黑色的硝烟,迅疾消失在了南方的地平线上,直指敦煌。这一道黑烟的旁侧,一缕白雾腾身而起,追撵了上去,这正是胡恩可的元神,开始踏上了归家的路。忽然间,梵海忆想起了一件要紧事,遂扯开了声嗓,追喊说:

"记着告诉少东主,告诉河西司马,事有三迫。"

远远地,陈小喊答复:

"放心吧,事有三迫,以敦煌为号。"

卷二十七

　　细君的官名叫索梅，但索梅未必就是细君。
　　比如此刻，这个已经长开了身体的女娃子，蓬头垢面，一脸的脏污，状若乞丐。次日便是五月端午了，沙州城的节日气氛早已弥漫，集市上兜售香包、香囊和香手巾的小贩们挑着担子，满街游串，一股股脂粉气漾荡在半空中，与渐渐升高的气温混淆着，让人们对眼前的年景抱有鲜明的期冀。在关外三县，土著们对粽子并不热衷，觉得那是外来货，寡淡，小气，不甚过瘾。这几天，敦煌人最喜食的却是晶糕，一层糯米，一层白米，中间夹杂着玫瑰酱、冰糖、杏皮子、核桃仁、葡萄干什么的，层次分明，颜色诱人，每一块足足有案板那么大，由特制的笼屉蒸熟。店家们将大块的晶糕架在锅台上，蒸气缭绕，一直预热着，以防变凉。在旁侧的煤炉子上，另有一只冒烟的油锅，女店家一边擀着发面，一边炸油饼子，呛得人睁不开眼睛。有了顾客上门，店家喏上一声，扬手抓住了切刀，沿着晶糕的断面切下去，一块吃食便从山体上割离了，摇摇欲坠。店家丝毫也不敢懈怠，忙抄起一个油饼子，将晶糕卷住，用一张麻纸迅速包裹起来，捧给了对方，这才买卖两讫。泼烦的是，晶糕太黏，下手稍不均匀的话，常常会带起一疙瘩一疙瘩的，掉在地上，让鸡呀狗呀的占了便宜。这几天，又来了一个活的，跟鸡狗争食，在各个店铺门口喧腾不休。不是别人，这女娃子恰是细君，义庄大少爷索朗的长女，整个索门的第三世独苗。
　　在这一条街面上，楼凤宇的生意最红火，让周遭的店家们一来眼热，二来嫉妒，却又无计可施。除了不偷工减料，楼凤宇尚有一门诀窍。每当顾客上门，他的嘴里应酬着对方，手上的切刀先架在火上烤一烤，而后偷偷地揭开盖子，刀伸在桶子里，蘸一层酥油。酥油是开春时才从祁连山南麓的游牧部落里购来的，蛋黄的色泽，毫无杂质，新鲜异常。楼凤宇将这一层薄如蝉翼的酥油，抹在了嗞嗞作响的油饼子上，再卷上一块晶糕，浇了蜂蜜水，麻利地递送给顾客，一切都做得滴水不漏。酥油有点睛之功，完美地融化在了晶糕和油饼子当中，一团奇异的香气，好像炸开的沙枣花，浓得瘆人。正是多了这一道工序，楼凤宇的晶糕名头颇响，刀起刀落，干脆看不见一点点浪费，鸡和狗也鲜来打扰。

送完了刚才的顾客，楼凤宇抓起一碗凉茶，喉咙里一阵过水的咆哮声。觑望中，隔壁的刘拐子百无聊赖，一边往晶糕上喷水，一边拿着拂尘，抽打着周围的苍蝇。刘拐子不拐，相反却是一个黑塔状的汉子，早些年刲过猪，怕是遭了报应，膝下没有一男半女，这一直是他的一个心病。人世上的心病大概有两种，一种是可以愈合的，恢复如初，但另一种却朝着别样的方向发酵，一俟破了，脓和血，积怨与仇意，便也一股脑地淌了出来，恶臭不堪。要命的是，刘拐子偏偏属于后者，心病持续发酵着，连晶糕也不想卖了，裤裆里时时有火，盯住街道上女人们的肥尻子，眼睛也拔不出来了。敦煌的俗话说，卖面的见不惯卖石灰的，刘拐子因为输掉了这口气，尤其见不得娃娃，不论男女，娃娃们一概令其沮丧，让他的心病当即发作。这一日，细君活该要倒霉，不幸犯在了刘拐子的手上。

其实，细君已经来过集市好几趟了，发现过节真好，街道上的新鲜事多，吃喝也不用犯愁。但是，往往肚子一饱，人的嘴也就刁了，开始挑三拣四，纵容自己。细君在别的摊子上吃饱了，此刻站在廊檐下，瞭见一个小贩在叫卖香囊，简直喜欢极了。小贩窥破了细君的心思，告诫说：你个碎女子，你没钱买，只知道嗅闻我的香包，你跟了我一路，我的香气可是要钱的。细君吮着指头，偏下头欲走。这时，小贩扯拽住了细君，哄唉说：你个死女子，一点也不开窍，你没钱是真的，难道你不会用身上的东西换么？细君狐疑着，见小贩一把攥住了自己脖领子内的一串念珠，相告说：这个可以换，换两个？细君当即摇头，却又走不脱，悻悻然地。小贩道：看成色，这是个老古董，你一个要饭吃的，这念珠不是拾来的，便是偷来的，小心我扭你去警察局。细君的表情登时垮了，啜嚅一番，方说：我爷爷留给我的，我不换。哼，你爷爷？乞丐的爷爷也是端着要饭的碗，他哪来这么贵重的东西？小贩威逼道。我爷爷姓索，我也姓索，叫索梅，我住在义庄，细君如实道。这一霎，小贩松开了手，朝掌心里啐了好几口唾沫，搓洗了几下，似乎将晦气悉数涤净了，又塞给细君一只小香囊，撵跑了她。

细君高兴坏了，一面浪达，一面摩挲着香囊，路过了刘拐子的店门。突然，细君眸子一亮，瞭见一只公鸡正啄食着一粒指头蛋大的葡萄干，便三七不问，一个蹦子钻在桌案下，掐住了公鸡的颈子。公鸡也不是凡俗之辈，挣扎着，尖鸣着，但终究拗不过细君的暴力，乖乖地将嗓眼中的葡萄干吐了出来，被细君一指头捏住了，急忙喂在了嘴里。在晶糕中，细君最爱吃的就是葡萄干，融化在舌头上，有一份疼痛的甜意。

岂料，细君的这一系列举止，竟惹怒了一旁的刘拐子，扬起拂尘，劈头盖脸地抽在了娃娃的鼻脸上，鼻血哗地淌了下来，人也栽在了地上。楼凤宇眼浅，看不下去了，吼喊说：大人不计小人过，你这么干实在没意思，罢手吧。刘拐子打得上了瘾，反诘道：一个要饭吃的货，跟你沾不上一根毛的关系，你最好别冒充好人了，嘴夹住。这时，来了一堆顾客，偏偏只买楼凤宇的晶糕，还夸个不停，这又给刘拐子的怒火泼了油，添了柴，下手更狠了。楼凤宇丢下顾客，一时间起了仗义之心，当众指责说：拐子，你这叫欺软怕硬，柿子拣软的捏，人家义庄当初兴旺时，放个屁都是香的，你还抢着去舔尻子哪，如今索家败落了，墙倒众人推，我劝你积一些功德，千万不要下坡里追乏兔呀。蹊跷的是，任凭如何挨打，细君的牙齿都很硬，既不嚎哭，也不告饶，表情中布满了一种孩子气的倔强。楼凤宇再道：拐子，苍天看着哪，天老爷还没有瞎掉，你今个天打了索家的千金，将来你跪在地上求饶，恐怕也得不到宽谅。刘拐子阴笑说：倘若她真是一个乞丐，我便也饶了，可我现在偏巧改了主意，谁叫她是义庄的人，谁叫她姓了索。哼，当年索敞那个老贼娃子，眼睛长在了天上，趾高气扬，不可一世，杀价端掉了我的一个油坊，让我穷到了现在。见劝说无果，楼凤宇忍住一阵鞭子似的抽打，俯身将细君夹在了胳膊肘下头，一道烟地抢了过来。刘拐子追喊说：有本事，你就天天饲养着，别来我这达转悠，要是下回犯在了我手里，自然不会便宜了这个货。楼凤宇恓惶道：这么碎的一个女娃子，能吃多少呀，能喝多少呀，她顶多就是鸡的嗉子麻雀的胃，天可怜见的。

当着沙州城众人的面，楼凤宇发愿说：自今而后，只要这个娃娃肯赏脸，想吃我店里的东西，我一概请客，顿顿管饱，我吃下这个咒。仿佛在印证自己的誓语，楼凤宇炸了一个锅盖大的油饼子，抹了厚厚一层酥油，卷上一大块晶糕，款款交给了细君。不承想，细君捧着吃食，一阵风地跑远了，连一个谢字也不讲。

另一厢，刘拐子的摊位前，终于来了一批顾客，拢在了油锅前，催他赶紧。

油水沸腾着，几个面饼子渐呈金黄，飘散出了一阵阵新麦的香气。不料想，当间的一个人摘下草帽，攒足了一口痰，噗的一声射在了油锅里，另外的几个也不敢闲荒，纷纷照章办理。油水炸响开来，着实溅了一大圈，刘拐子却后几步，从错愕中抬起头来，一时间吓呆了。对面的人探问说：狗儿子，你认得我么？认得，你是连大公子，我喊你三声爷，这些零碎钱孝敬给爷，请爷去宽处喝茶吧，我这达经不住爷的三拳两脚，刘拐子哀恳说。连公子轻蔑一笑，掸了掸身上的灰尘，开腔道：我连某人最瞧不起狗眼看人低的货色，你刚才的话，刚才的那一顿打，让我太不痛快了。刘拐子辩解：爷，那只不过是一个女乞丐，我并不曾冒犯爷。连公子却道：你这句话就冒犯了，我再不仗义的话，全敦煌的人还以为地上没了王法，人间没有了连某人。言毕，连公子断然出手，抓起那一口油锅，直接将滚烫的油水泼了出去。刘拐子一转身，整个脊背都被浇透了，刺啦一片。

此乃敦煌著名的油炸刘拐子事件，时在民国一十四年仲春，引自《酒泉地区文史资料》第三辑第五册。

天光晴明，迎着酥软的风，细君捧着油饼子晶糕，像一只幼兽似的，穿过了集市、城隍庙、山西会馆、天津会馆、参将署和县府，一口气跑到了岔路口。半途中,手里的小香囊掉在了地上,被路人踩了几脚,又破又脏,细君几乎快哭了。香囊是另有去处的,没了辙,细君蹲在了路边的沟渠旁,淘洗干净后,这才收住了悲伤。岔路口一带人烟稠密,骡马喧腾,细君破衣烂衫地蹚了过去,很快便站在了警察局的门口,瞭看着街道对过。急递铺的棉布门帘已经撤换了,天气热的缘故吧,现在是一袭蓝色的单门帘,静谧地挂在门框上。细君展颜一笑,急吼吼地扑了进去,率真地唤了一声姨娘。

这一时,孔执臣正趴在柜台上,刚刚下了剪子。一声姨娘,令孔执臣身子哆嗦,险些下歪了剪子,差一点将手上的活报废了。细君冲了过来,立在柜台外,鼻脸肮脏,头发锈成了一团,又眉开眼笑地唤了一声姨娘。哦,你个死丫头,吓死姨娘了,幸亏魂还在,否则你休想穿上这一件裤子。孔执臣捂住心口,缓了过来,语气亲昵地嗔怪道。前一阵子,孔执臣发现细君穿戴不当,这么大的闺女了,里头竟然还是一件开裆的棉裤,只在外面罩了一件男人的抿裆裤,裤腿挽得很高,简直不成样子。端午节之前,急递铺贸易大炽,城里城外的人纷纷来投邮,门槛都快被踏破了。五月端午是个大日子,敦煌人格外看重,邮品中除了货物之外,更多的是各种吃食,费力不讨好,赚不上几个酒资,却又不能不接,生怕砸了招牌。今个天闲荒了下来,孔执臣找见了一条自己的旧裤子,打算改一下,让这个疯丫头遮体避寒,刚一念想曹操,曹操便到了。细君腼腆一番,将麻纸中的吃食搁在了柜台上,催说:姨娘,你趁热吃。孔执臣讶异道:这么大的油饼子,天哪,锅盖一般大,你从哪达弄来的?细君得意道:赏的,好心人赏。孔执臣闪出了柜台,用颊脸贴了贴细君的额头,双目湿润,哽咽道:好我的闺女,你有了一口舍饭,还这么惦记着姨娘,姨娘到底没有白疼你呀。

孔执臣显然粗心了,也不问问细君吃了没吃,径自捧住了热腾腾的吃食,去了院子。细君哑巴着嘴,也尾了出去,为姨娘刚才的夸赞得意不少。此刻,急递社的成员们蹲在树下的阴凉里,一个个捧住了海碗,咥得山呼海啸,头也不抬。天气大了,孔执臣做了满满一案板的拉条子,油光泛滥地支在廊檐下,又炒了半盆子的番瓜、茄子和凉州产的猪大肠辣子，菜拌面，尽管放开肚子吃。桶子里是晾凉的面汤，原汤化原食。孔执臣将油饼子晶糕切成几份，每人一牙儿，吃饱了好上路。游击们今日有一次集体行动，此乃少东主亲自接的单，打算将一批口外的重要货物，押运至肃州，而后由肃州的洪门接手，目的地是包头。究竟是何种货物，少东主一贯语焉不详，但游击们窥见，此番梵义的表情煞是紧张，不能问，自然也不敢问，怕不小心吃了惩牌。每个人都暗自猜度，少东主一定私下里安排妥了，不是交代给了蒋斧，便是叮咛了陈小喊，剩下的人没这个资格。

昨晚夕，天刚刚擦黑，梵义就驱散了众人，有家的回家，没家的继续住在客栈里，早早歇缓，养足精神头。另外，梵义还下达了禁酒令，声言说，不光今晚上不能喝，这一路上都不能碰那种不要脸的水，谁碰了，谁就退出来，急递社也跟他一刀两断。现在，游击们吃毕了干饭，单等着日头西斜，天气凉快下来后，便要赶第一天的路程，估计后半夜方能抵达玉门镇一带，找见水的腰站。不承想，饱嗝打得让人头晕了，孔执臣又送上了一道美食。昆莫和李无亏说：早知有这个，刚才就省下一点肚子，可惜了。哟，你这是嫌我的茶饭，嫌我的拉条子不可口吧？孔执臣抢白道。哪里，小婶子的手艺堪称敦煌一绝，将来我挣了钱，一定要雇个画匠，画在莫高窟的壁画上，让人人周知，李无亏油嘴滑舌道。卡利班、蒋斧和陈小喊也都实诚，表情上布满了出征前特有的肃穆，既不顽劣，也不嬉闹，一把抓了过去，吞在了嘴里，躬身一礼。究其实，上路开拔是一个原因，但更为内在的事实，在于这些结社邑义的成员，对孔大小姐发自肺腑的尊重。当初少东主改了口，尊称孔执臣为小婶子，下面的人莫敢不从，一个比一个叫得欢。再则，孔执臣虽为一介女流，岁数略小，但天生是一个持家的好坯子，几年下来，将整个急递社经营得井井有条，上下一心，气血两旺。不说别的，单是挂在墙上的每一句的账簿和汇水，无一例外，均是孔执臣用小楷墨笔抄录的，清新隽永，条分缕析，游击们一概自愧弗如。私底下，也不知是哪个成员发明了一句话，宁可叫少东主杀头，不能让小婶子犯难，基本上道出了大家的心愿，于是越发敬重得紧。

孔执臣将饭食发给了项楚和茹老二，但见这两个鬼没有吃，却在油饼子晶糕上啐了一口唾沫，又仔细揣在了怀里。孔执臣登时冒了火，嗔怪说：害人也不能害粮食，天打雷劈的，掌嘴呀？茹老二释解说：我这是撒尿胎，撒上了尿胎，即便李无亏趁我睡熟后偷了去，他龟儿子也难以下咽。项楚帮衬说：我主要是防昆莫，我也撒尿胎，小婶子，你知道尿胎是啥么？一边言说，项楚一边扯开了裤裆，一条腿支在树上，嘴里汪汪汪地吠叫了起来，像极了一匹狗。另两个遭受了攻击的游击不干了，跳将而起，直扑了过来，庄院里顿时乱成了一锅粥。

自始至终，管家苏食一直哑默着，捧住碗，蹲在树背后饕餮，脸色像一块脏抹布。孔执臣心知有异，又不想冷落了对方，遂抓紧将剩下的最后一牙儿，搛在了丈夫的碗里。苏食头也不抬，直接将晶糕扔在了墙根里，惹得一群母鸡张开了翅膀。哟，这是做啥么，给粮食撒气？孔执臣揶揄道。苏食抢白说：野鸡无名，草鞋无号，哪达来的野女子，一身的臊臭，老子都快吐了。偏巧的是，细君不谙世事，一阵风地冲了过去，轰开了鸡群，捡起油饼子喂在了嘴里。晶糕却散了，拾也拾不起来，只得作罢。盯望着细君饥饿的样子，孔执臣的内里潮起了一股酸楚，娃娃舍下了自己的一口饭，却遭到了如此的怠慢，真是罪过不已。见蒋斧和陈小喊的目光瞥望而来，孔执臣一心护着丈夫，苦笑说：我给你舀一碗面汤去。苏食啪地丢下了饭碗，嘟囔道：老子气都吃饱了。遂背达着手，扬长而去。

蒋斧年长，但语气低微，过来劝慰道：小婶子，你千万别跟叔置气，天气一热，田间地头和家里的各项贸易都得让叔去操心，他难免心里上火。地上撂满了吃毕的饭碗，孔执臣挨个拾起来，讥诮道：他呀，他的脸昨晚夕一定让驴给踢肿了，我才不给他上药哪。小婶子，这两口子过日子，哪有舌头不磨牙齿的，你知书达理，你名门闺秀，就多担待一些吧，蒋斧央告。陈小喊也过来凑热闹，没大没小地说：照我看，这件事比眨一下眼睛还容易，小婶子你别一味地扑在急递铺上，你抓紧生养吧，一年给叔下一个大胖儿子，下上一大窝，看他还敢不敢跟你造次。为了印证个人的聪慧，陈小喊夸张道：哎呀，辛仗和又怀上了，这是第六胎，我几乎没让婆娘的肚子闲荒过，俗话说地要勤耕，土要勤翻，一样的道理嘛。现在一回到家里，炕上爬满了小先人们，我却当了孙子，哪有工夫去跟婆娘斗嘴呀。这个过程中，孔执臣的表情像一块红布，游击们放浪而粗野的话，令她臊眉耷眼的，始终掩饰着自己。蒋斧见孔执臣难堪，忙喝断了陈小喊，朝着伴当们下了令：上路吧。

一众游击悄静了下来，齐刷刷地呼应道：天圆地方，道路洪荒，生死上路，结伴前方。

此乃急递社内部的密咒，也是一句出发前的誓语。如今想来，竟不知是谁发明的，谁归纳的，反正这么些年下来，俨然成了游击们之间的一条铁律，一幕苍凉的仪式。盟誓完毕，蒋斧率着伴当们，首尾相衔，蝉联而出，迅速消遁在了后门外，脚不沾尘，仿佛一股空气似的。原来，自打急递铺对过的守备署改作了警察局之后，梵义嫌人多眼杂，唯恐惹来不必要的麻烦，便在后墙上开了一扇偏门，勒令游击们在此出入，违者一律吃惩牌。孔执臣相送完，忙闭门落锁，一大摊子的杂务，实在耽误不起。不料，眼前的这一幕，让孔执臣突然头皮发麻，眼底发黑，心里塌陷了一般。

此刻，衣衫褴褛的细君，果真就是一名小乞丐，端起管家苏食丢下的半碗饭，鼻脸埋在了碗底里，吸溜个不停。孔执臣简直心疼死了，细君那么瘦，那么弱，形同一根筷子，戳在了破衣烂衫当中，一口气便能吹倒似的。细君咥得正欢，饿死鬼转世的样子，一点也没觉察到身后孔执臣的满腹悲戚，也并不知晓这个半道上结识的姨娘，暗自许下的愿心。

清明前后，春寒料峭，敦煌又遭过几场倒春寒，人人喊苦。一日傍晚，孔执臣卸下门帘，上了门板，正在柜台上整理当天的账目，忽然闻听到了一阵窸窣声。半个时辰后，动静越发大了，孔执臣心里发毛，又恰逢苏食不在家，便斗胆绕出了院门，去探看个究竟。薄暗中，孔执臣觑见一个小乞丐，盘坐在自己刚才倒掉的一堆炉灰中，眉眼得意，正在取暖。怕娃娃烫伤，孔执臣一把拽起对方，用脚尖碾碎了炉渣，好在火已经败光了，只剩下一些余温。这娃娃也是个倔性子，挣脱了孔执臣，趴在炉灰中刨来刨去，居然刨出来了几颗烤熟的洋芋。孔执臣释然了，原先这娃娃坐在炉灰中，一为了驱寒，二者，也在提防周围的乞丐们来掠食，干脆豁出去了。这娃也是个有心人，拣了一颗又大又圆的，抠掉了焦皮，当即掰开后，让给了孔执臣一半。一股熟悉的香气，催逼着孔执臣接过来，咬了一嘴，眉头便皱下了。生的，外面熟了，里头却硌牙。娃娃倒不在乎，吃得尽兴，鼻脸上糊满了一层粉白，好像敦煌六合班上演的折子戏中的一名丑角。孔执臣转念一想，天黑前做好的夜饭还在锅里，天天如此，但苏食在外面忙乱，未必会来吃，于是牵住了小乞丐，领回了家。一碗黄米焖饭、半碟子酸菜下肚后，这娃才缓过劲来，直脱脱地喊了一声姨娘。孔执臣究问：姨娘，你干么喊我姨娘？我自己没个一男半女，我可不想被人喊老。也许，乞丐的嘴都是开过光的。娃娃答复说：你赏我饭吃，赐我水喝，你就是凡间的菩萨，菩萨都是娘娘化身来的，我喊你姨娘吧。喂，你到底是一个儿子娃娃，还是一个碎女子？孔执臣受了恭维，语气渐渐地和缓了下来。碎娃的鼻脸一红，锁住了身子，眸子里闪过了一丝羞怯，孔执臣便猜出了答案。又问：你是哪家的后人，你姓甚名谁，你好歹给我一个称呼吧？细君，碎娃丢下了这句话，一下子没了影子。

有了头一次交道，细君就来得更勤了，不是蹒跚在店门外，便是猫一般地蹲在柜台下，时常让顾客们踢来碰去，嗷嗷乱叫。熟稔了之后，一个避谈身世，另一个充满好奇，但这样的磨合滋生出了一种油脂，膏肥了双方的关系。孔执臣虽然嫁给了管家苏食，因为不曾生育，所以在这方面毫无经验，细君的出现，及时填补了类似的缺憾。这么着，孔执臣身上的母性被慢慢地唤醒了，随时随处遮护着细君，一味地纵容着这个来路不明的小乞丐，几乎视同己出。

比如眼下，盯望着细君那一副狼狈的吃相，孔执臣约略可以猜出，这个女娃子八辈子没好好吃过饭了。天光下，人世上的一切貌似平白无故，但一定充满了机缘。孔执臣暗自发愿，倘若上佛应许，以后有我吃的一碗，就有这娃娃的一口，有我穿的一件衣裳，必当有这个碎女子的一根袖子。细君吃毕了，还不消停，居然伸出舌头，舔起了碗底里的汤汁。这个关节上，孔执臣骇然地发现，细君的裤子湿了，裤管紧绷在腿上，一道道刺目的血水渗流而下，滴在地上，细君却浑然未知。

　　二话不讲，孔执臣扑将过去，打掉了娃娃手中的碗，卡住对方的脖颈子，将其摁在了凳子上。细君弓着腰，撅起尻子，着实反抗不休，吼喊说：非礼也，姨娘非礼也。孔执臣真是恼怒极了，一把扯掉了细君的腰带，往下撕拽着罩裤，詈骂说：姨娘也是个女人，算不上非礼，我今天问不出一个青红皂白的话，我就不姓孔，我关了这个铺子，大不了回焉支山去，不在敦煌丢人现眼了。或许，恰是这句话点了穴，先时还一直挣扎不止的细君，一瞬间乖顺了下来，悄静地趴在了孔执臣的膝头上，默默地哭了出来。罩裤褪下后，里头是一条破烂的开裆裤，细君的整个屁股暴露在了眼前，孔执臣呀了一嗓子，如同被天上的雷电击中了，几乎栽下了凳子。细君的尻子上累累伤痕，有些结了痂，有些伤疤却被剐擦掉了，淌着血，流着脓，长出来的新肉咧着嘴，无辜至极。孔执臣犹不甘心，解开了细君的上衣，羸弱的身体上布满了暴力的痕迹，青一道紫一道的，层层叠叠。细君已然发育了，胸脯坟起，两粒乳尖像豌豆那么大，仿佛从严冬里挣脱出来的蜡梅芽，尚未炸开，有待开放。可即便如此，这一片娇嫩的肌肤上，同样落满了鞭子的迹印，像蛇，也像一根根盘绳，缚住了这个娃娃的魂灵。这一刻，细君身上的伤痕已经不重要了，因为更加严峻的课业，暴露在了孔执臣的面前。细君的两腿之间，渗流出了颜色迥异的血水，像一线涓流，量不大，但足以说明一切。可叹的是，只有这个当事人还懵懂无知，尚未开窍，巴夕夕地趴在姨娘的膝头上，渐渐习惯了孔执臣的呵护。凭着过来人的经验，孔执臣知道，这是女人的月信，又依据细君的反应推测，这八成是这个碎女子的初潮。念想至此，孔执臣的心中潮起了一阵阵波澜，一股巨大的母亲般的慈爱，让她的每一根指头充满了怜惜，每一缕头发也布满了泪光。孔执臣暗自说：瓜女子，不管你是谁，是哪家的闺女，你现在躲在了我的翅膀下，你就别想溜走，我也决计不会让你跑掉的。又一厢情愿地发誓说：只要我在敦煌待一天，我便是你的外姓娘老子，我替你遮风挡雨,我给你梳头洗衣,我为你擦粉提鞋,我全部庇护着你,除非将来有一个男将,把你彻底领走。

孔执臣去了去,捧来了一只药匣子,一卷预备给自己使用的女人的新洁巾,还打来了一盆子温水。料理完细君的私处,开始给伤口上药,药是薄荷清凉性质的,刚一敷了上去,细君便舒坦了,眉开眼笑。抽了空,孔执臣质问道:你实话告诉姨娘,这些伤是如何得来的?哪个狼吃的,竟然对你这么个瘦女子下手,下手还这么重?细君哑默着,但眸子里有一丝惊恐的阴翳。又问:是外头的小街痞打的,还是你淘了气,惹爹娘老子不高兴,吃了一顿教训?细君哀戚道:没谁,真的没谁,是我自家不小心,从台阶上摔下来的。对方越是否认,孔执臣越觉得这里头大有文章,这个小乞丐的身上,莫非隐藏着不可告人的机密。上完了药,孔执臣用梳子蘸了水,开始给细君梳头,觑见发根里有不少的虱子和虮子,遂打定主意,等闲荒下来时,一定要带上细君去一趟澡堂,买几身衣裳。细君坏笑了起来,试探说:姨娘,你也给自己的娃这么梳头么,咋不见你娃的面呀?唉,姨娘没娃,姨娘也不想生养,姨娘这辈子一个人来,将来一个人走,了无牵挂,答复道。细君诡笑说:那你咋不去城西的净土寺?听说那达的求子观音很灵验,拜一次,生一个,拜三次,生一窝。孔执臣哭笑不得,虚掐了一下细君的肉,假嗔道:住嘴吧,大人的事情,你一个脸都洗不干净的屎尿娃娃,你懂个啥。这么着,细君又换了花样,摸出来一只小香囊,谄媚道:姨娘,这本来是送给你的,可惜破了,脏了,我在水里淘洗了一番,连香气都跑光了,你千万别嫌弃呀。孔执臣惜疼地接住了,嗅了一鼻子,温婉道:哎哟喂,你这样子记挂我,也不枉姨娘的一番苦心,这明明是香的,香气还在,跟细君一样香。这一时,两个人没有了年龄和身份的隔阂,彼此水乳交融了起来。细君问说:姨娘,这香囊里填装的究竟是啥,咋这么香呀?整个沙州城都是香喷喷的,好像掉在了脂粉缸里。孔执臣道:填的是一种香草,装的是一份念想罢了。细君又问:香草,到底是啥样的香草,不像沙枣花,也不像五月的槐花?孔执臣捧住这个残损的小香囊,不禁联想起了五月端午的来历,截铁道:不是一般的香草,这叫君子,君子才能芳香四溢，留取丹心照汗青。你现在还小，你长大之后自然会明白的。

收拾完了细君，孔执臣瞭见墙根下的晾衣绳上，挂着一件单衣、一件单裤。不用问，衣裳是卡利班新近才从辛仗和的裁缝店里定做的，稍有些肥，洗了好几遍，想缩缩水，刚才上了远路竟然舍不得穿。孔执臣不假犹豫，径自摘了下来，几剪子下去之后，袖子短了，裤腿短了，衣裳一下子瘦削了起来。孔执臣相帮着，让细君穿在了身上，果然应了那句老话，人要衣装，佛要金装，仿佛这一身衣裳就是按细君的尺码下的布料。此刻，细君几乎忘了身上的伤痛，扭动着腰肢，展示给姨娘瞧，脸上涌过了一阵阵羞涩，彤红绯赤的。

突然，院门被叩响了，声音很急。

炉膛里死灰冷寂，孔执臣重又添了柴火，熬了罐罐茶，捧出了门。梵义坐在树下，没敢解扣子，衣饰庄重，但身上仍在冒汗。小婶子，你别劳碌了，给一碗凉水就可以了，梵义抬了抬屁股，算是致礼。你咋来了，这么急吼吼的，哪像个少东主的样子呀？哦，蒋斧他们已经上路了，照例不想让你来送。孔执臣递上一把扇子，身子靠在树上，忽然感觉到了这一天忙碌所带来的倦意。梵义咧笑道：小婶子，说了你也不信，今个天我真成了一只癞蛤蟆，我是来避端午节的，我没地方去，只好藏在你这达了。哎哟，堂堂急递社的少东主，居然自甘为一只癞蛤蟆，那雄黄酒在哪，谁敢给你梵义败毒呀？孔执臣讥诮道。在陕甘一带的风俗中，五月属恶月，初五乃恶日，随着气温的攀升，五毒之物渐渐活跃了起来，所以民间有用雄黄酒和艾草祛毒的习惯，盛行不衰。吊诡的是，在端午日前后，原先蛙声一片的田间地头，果真会悄寂无声，好像成千上万的蛤蟆打起了铺盖卷，去亲戚家串门了。歇缓了下来，梵义去端茶，不料却跟孔执臣的手触碰在了一起，双双缩了回来，各自涨红了脸。梵义叨念说：小婶子，你先喝，这么大的天气，解解渴吧。孔执臣叮咛道：少东主，现在又没有外人，你别一口一个小婶子的，好像我有多老，我鸡皮蛙脸的。梵义应承了下来，同样申辩说：也好，不过你也别喊我少东主，这个急递铺是你我二人的，你实际上才是擎天的柱子。

"说说看，谁刚才追撵你了，让你这么不稳静？"孔执臣打断了对方，究问道。

"索朗。"

"哦，义庄的大少爷呀。"惊讶道。

两天前的夜里，敦煌二十三坊的头顶上，吹过了一阵沙尘暴。时间不长，约莫半个时辰，但刮下来的沙子很重，落在了房前屋后。梵义怕天亮后两个儿子玩耍时滑倒，忙披衣下炕，挥着一根扫把，忙个不停。听见马院中传来的吵闹声，梵义略显恼怒，咳嗽了几声，便有伙计奔了进来，告知说，有人欲求见少东主，直接闯进了马院。深夜造访，一定有急迫的道理，梵义忙问是谁。要饭的，简直臭死了，当面耍死狗哪，干脆轰不出去呀。伙计释解完，又补充道：说是要饭的，但这个贼的手上戴着一枚大扳指，上好的玉石，身上的料子也软，好像很高级。梵义闻听后，赶忙让伙计开开了偏门，邀对方进来。

昏黑中，这个形如一根竹竿似的访客快步进来，扑腾一声跪在了庭院中，求告说：梵义贤弟，你发个慈悲心，救救愚兄吧！梵义心下一凛，当时未曾辨识出来，只感觉嗓音耳熟。岂料，来人膝行上前，蓦地抱住了梵义的大腿，哀哭不止。伙计们见状，一点也不敢懈怠，左右叉住了此人，顺便搜了对方的身，知道没有危险后，方才松开了手。急递社坐大后，少东主平素里的安危，便成了头等重要的大事。依了蒋斧和管家苏食的意见，凡是梵义会见的陌生客，一律要搜身，以防对方身怀利器，图谋不轨。但搜身也分两种，一种是当面告知，征得对方的首肯，以免不快。这些人多半是贸易上的联手，风里来，浪里去，见过世面，也深谙做人的尺码，相当配合。另一种搜查则是船过水无痕，在迎来送往的客套当中，伙计们全凭个人的手段和心机，于谈笑之间，早已将对方摸了个一清二楚。目下便是后一种套路。这一刻，梵义认出了访客的面目，愕然道：索，你是索朗哥哥吧？索朗收住了踉跄：正是，我正是义庄的索朗，少东主你居然还记得我，你也不嫌弃我呀！思忖了一番，梵义突然对伙计们叱令道：快在堂屋里点灯摆酒，沏茶布菜，烦请大少爷退出去，你们抓紧把大门打开，从正门里迎客。

半晌后，伙计们提着羊皮灯笼，将索朗从正门里引了进来。

梵义匆匆换了一套装束，衣冠齐整，面含微笑。待索朗跨过门槛时，梵义慌忙迎上前去，躬身一揖，道了吉祥的话。堂屋里灯火璀璨，亮若白昼，四壁间的家具和摆设，透出了一种隐而不宣的奢华之气，早已与往昔不同。索朗一番尴尬，嘴里打着糨糊，不知是回礼，还是在掩饰个人的仓皇与窘迫。在梵义的心目中，索朗的背后是关外三县声名显赫的义庄，是豪门大姓的索家，不管有多晚，这全套的礼数是必须的，一定要排场出来。梵义从身上抽出了烟杆子，填了烟料，一旁的伙计划了洋火，款款喂将过去。梵义咂了两口，觉得顺嘴了，便用袖子拭净了玉石烟嘴，掉了个个儿，递给了客人。索朗叼上了，三心二意地抽了几下，一股股烟雾喷射了出来，漾荡在彼此之间。在飘失的幻境中，梵义忆想起来了，多年前那个收秋的晚夕里，自己跟着爹老子去过一趟义庄，义庄的老财东也是礼数有加，有板有眼地接待过来自胡家坊的这爷父两人。光阴如纸，一撕就烂了，真是禁不住折腾，而今义庄的老掌柜已然作古，家里的父亲仍躺在高房子上，残存着一口生气。人活一世，一切都是虚的，现在到了后人们的世代了，又开始打头碰面，再次来往，仿佛拴在同一个磨道上的驴，周而复始，围着那个叫天命的磨盘，将一生都压榨干净。纵然伤感，梵义仍满心欢喜，等待着客人的回应。孰料，索朗冷不丁地啐了几口，厌烦地将烟杆子交给了伙计，直言道：少东主，你这个太寡淡了，不过瘾，我享不了这个福。言毕，索朗抛下众人，径自上前，瘫坐在了椅子上，接连吐出了一口口乏气。梵义忍住不快，一旁落座，催请客人喝茶，暖一暖身子。索朗却并不接茬，忽然掐住了自己的脖颈子，喘息如牛，身上也开了锅似的，汗下如浆，脸色像炉膛里的灰烬，惨白到了尽头。梵义吓坏了，探问说：索朗哥哥，你咋了，你病下了么？客人摆了摆手，完全沉湎在了自己的痛楚当中，不打算与旁人分享。梵义执拗道：我外父便是世兴堂的沈先生，就在隔壁的院子里，干脆请沈先生过来一趟，给你号一号脉吧？渐渐地，索朗的气息匀称了下来，回说：少东主，不打紧的，我这是老毛病了，今晚夕见了你高兴，不巧就犯了。梵义不明就里，又心存愧疚，猜想刚才的那一锅子旱烟，可能是让客人猝然发作的原因，又相帮不上，只有乖乖地泥塑着，内里却乱如缠麻。这一时，性元也被吵醒了，率着丫鬟，抓紧做了几个小菜，烫了酒，布置在了客厅右侧的饭桌上。见此情状，性元踅了过来，对丈夫耳语说：大烟鬼，肯定是烟瘾犯了，不如轰出去，千万别玷污了胡家的清白风气。梵义使了个眼色，催性元赶紧回后院歇息，不要再添乱了。不过，性元的这一席话，倒让梵义瞬时了然了不少，在憎恶的同时，也着实开了眼界，知道这人世上另有一层人，被鸦片拿捏了三魂，让魔鬼攥住了六魄。

索朗呕吐下了，一堆秽物摊在脚下，恶臭袭人。

伙计们带着愠怒，分头拿来了炉灰和笤帚，打算拾掇一下，但被索朗阻止了。索朗道：门口有一个人，是我领来的，让他收拾吧，别脏了诸位的手。索朗拍了拍巴掌，一匹狗循声进来，披着夜色，犹如一道暗影似的，坐在了地上。如此公然的放肆，等于上门挑衅，令伙计们握烂了拳头，咬碎了牙齿，单等着当家人的一句话，便可以呼啸而起，将其逐出院门，打个半死。不料，梵义却沉静如水，一手端着碗，一手捧起痰盂，让索朗赶紧漱漱嘴，清洁一下。索朗漱完了口，仍不消停，呵斥道：李豆灯，你瞌睡装死呀，赶快把老子的这些东西吃掉，小心我抽了你的筋，剥了你的皮，做一床狗皮褥子。李豆灯，梵义清晰地闻听到了这三颗字，但又怀疑自己的耳朵出了什么毛病，骇然地瞭见那条狗软绵绵地跑过来，照着索朗的吩咐，将那一堆垃圾舔舐干净后，乖乖地偎在了椅子下。有了狗的抬举，索朗似乎获得了一种莫名的底气，夸张道：少东主，我这个伴当会翻跟头，你要不要看看新鲜？梵义不语。哎呀，除了翻跟头，这个癞皮狗还会学蛤蟆跳，一般人追撵不上的，你赏个脸吧？索朗再道。梵义哑默着，吹着茶碗里的浮沫，心情慢慢地沉坠了下来。这个关节上，索朗不知好歹地嚷喊：李豆灯，快来给少东主笑一个，像妖狐子那样笑一个。梵义终于怒了，将茶碗掷在了桌上，呵斥一声：送客。言毕，梵义抬脚迈腿，径直往门端外走去。

不承想，索朗又像一根竹竿似的飘了过来，横在了面前。没了奈何，梵义抱拳一揖，探问说：索家哥哥，你这么金贵的身子，深更半夜光临寒舍，究竟有何指教？你翻的哪一本经，打的哪一张算盘？还请你给我指一条明路。索朗蹒跚过来，攀住了梵义的肩头，反诘道：少东主，你现在成了大气候，胡家也成了沙州城和敦煌二十三坊里有名的财东，你眼睛高，心气也不低，你再从头到脚地梳理一遍我，我身上哪有一点点金贵，哪有一丝索家人的精神头？顿了顿，索朗忽然恓惶道：其实呀，我连这条狗都不如，狗还有好心人拴一根绳子，扔一根干骨头呢，我却遇不上一个慈悲的人，拉我一把。这么些年来，有关义庄的闲言碎语多如鸣沙山上的沙粒，虚虚实实，影影绰绰，梵义顶多是左耳朵进，右耳朵出，一概不相信。又加之娶妻生子，照顾老父，急递社里另有一河滩的事情，实在难以分神。目下，这位索门的长公子一身败象，深夜哭穷，明显是来摸胡家的脉息，升自己的血压来了。一念至此，梵义不禁为刚才的冒失有些脸红，自责不少，同时也从索朗诡谲的表情上，窥见了别样的内容，深觉这一次的晤面，一定大有深意。梵义呵呵一笑，掉转过身子，将索朗按在了椅子上，双手奉上了茶碗。

　　伙计们拢了过来，梵义依次吩咐道：麻四和尚可新，你两个赶紧去一趟粮库，挑去年的新麦粉，给索家哥哥灌上三马车，口袋要扎紧，在门口候着。又指点说：平昌叔，泼烦你去一趟油坊，将胡麻油装上一缸，成色最好的。宋少群你也别闲荒着，你以前吆过羊，懂得牲口，你抓紧去坊外的羊圈里，替索家哥哥抓几只来，一公五母，将来好配对，现在正是苜蓿下来的季节，不愁养不大。末了，梵义又对沏茶的丫鬟说：你快去后院，让女东主挑几匹料子拿来，天气渐渐热了，适合做单衣的。梵义盯视着索朗，绍介说：索家哥哥，沙州城的八贤王街上有一家裁缝店，店主叫辛仗和，你去那达给家里人量体裁衣，每个人都做上一套吧，所有的手工钱挂在我的账上，我提前知会店里一声。另外，待下半年气候凉了，我自然会惦记着义庄，你也不必忧心。伙计们纷纷应命，走得一个不剩了。

　　厅堂中阒寂了下来，只有灯花在炸裂，在撩拨着门外的夜色。这一时，索朗却古怪地笑出了声，好像他的嗓眼中藏着一只野鸽子，扑棱棱地乱飞。笑毕了，索朗说：少东主，如今我跌到了这么个地步，摔得鼻青脸肿，头破血流，连一家老小的吃喝都成了问题，我成了一个败家子，成了整个敦煌的大笑话。我现在才明白了那句老话，富不过三代，穷不过五服。梵义的心突的一下攥住了，这些悲苦而痛彻的陈词，自索门的长公子嘴里说出来，一定有他难以启齿的遭际，也相当于一番绝望的哀告吧。岂料，索朗一拍桌案，立起了身，陡然间更换了一种口气。索朗道：少东主，你刚才的美意在下心领了，但索某人并不是来乞讨的，也不想吃你的这一顿舍饭。梵义一时惊悚，忙抱拳哀恳：索朗哥哥，这并不是舍饭，也不是馈赠，就当是我给你行了一个礼性吧。

"不，我是来跟你谈一桩贸易的。现在最好了，没有别的耳朵。"

梵义一怔："请索兄开示！"

"是这，我想把义庄盘给你，一体出售了，想必少东主不会不答应吧？"这个关节上，索朗恢复了往日的神气，慨然道，"交割后，胡家搬进了索门，坐拥义庄的整个宅院，一来离沙州城近了，二者，也才能衬得上少东主你的身份。"

"卖义庄？"梵义大骇。

"嗯，崽卖爷田，这实属大不孝的行径，应该千刀万剐。不过，一个人倘若不是山穷水尽，不是走投无路的话，谁甘心担上这样的骂名。"索朗不像个来谈买卖的，倒像是一介设坛作法的术士，口若悬河，把握十足，"放眼整个敦煌，包括关外三县和河西几郡，唯有你少东主才有胆量，有气魄，也有资格，入住在索家几辈子先人堆金砌银建起来的义庄，去掐住沙州城的龙脉，虎视这一片绿洲。"

梵义抬手一揖，打断了对方："索朗哥哥，你别再给我灌米汤了，胡某承受不起。"礼毕，再次生出了送客的念头，相告说："快子时了，我这达没有你要打的粮食，你也薅不出来一根羊毛，你刚才那些连毛带草的话，权当你没说，在下也没听见，你尽管去宽处随意吧。"

"呵呵，"索朗阴笑开来，讥讽道，"想不到堂堂的少东主胡梵义，竟然也是一介鼠辈。"

"这话咋讲？"

"你是河西司马。"

梵义不禁一笑："索朗哥哥，我想买的是麦粉，你却来兜售石灰，你别升我的血压了。"这一刻，脊背上孵出了一层冷汗，梵义谨慎措辞："不瞒你讲，我也闻听过河西司马的大名，来无踪，去无影，这些年红火在四郡两关一带，出没于各个绿洲之间，可惜我缘悭一面，根微福浅，结识不了这般让人刮目的大人物。"

"我怀疑，你就是那个大人物。"索朗逼视道。

"上佛应许的话，我倒是乐意。"

索朗的表情一垮，如此面佛对神的话语，一般人均有忌惮，难以吐口。索朗输了一局，却也不甘心，又探问说："少东主，河西司马也只是世面上流传的闲章，是你也好，不是你也好，我身上多不了一块肉，当然也少不了。"话锋一转，索朗直入主题："但是，我今晚夕避开敦煌人的眼目，独自来拜访少东主，就想用整个义庄的宅子，换你胡家的一样东西。"

"索朗哥哥，你是问胡家替索门开的那一座家窟吧？"梵义道。

"不。"

"生而为人，只有供养最大，一供养上佛和菩萨，二供养先人与爹娘，再者供养自心，修持己身，或为兄弟开山辟路，或替百姓结筏筑桥。令尊在世的时候，的确跟家父有过一道口头契约，要开窟造像，为索氏一族祈福。这么些年来，胡家省吃俭用，一块银坨子掰碎了花，但从来也不敢食言。"透过窗子，梵义瞭见了夜色下的那一座高房子，忆想起了犹在病榻上日渐枯萎的爹老子，不禁悲从中来，"索朗哥哥，我想不出除了承诺的那一座家窟外，胡家还有哪一样值钱的东西么？"

索朗咧笑："少东主，你手上不但有，那东西还很出名，人尽皆知。"

"但说无妨。"

"狗头金。"

"唉，这不过是坊间的传言，长舌妇们的唾沫星子，也是我在贸易上的对手们无端的谣言。"至此，梵义的内里澄澈开来，一切都山高月小，水落石出，也明白自己被盯上了，胡家坊已然成了目标。但是，门外阒寂着，沉重的夜色仿佛十万吨的黑铁，密不透风，几乎令人发毛，也让人窒息。梵义抵赖着，心知自己的说辞苍白无力，却也不能不如此下去："索朗哥哥，胡家院子里的所有，你想带走哪一件，随你痛快吧。"

"少东主，我是来谈买卖的，你让出狗头金，我交出整个义庄。"索朗相逼。

梵义截铁道："这不是生意，这是一桩天大的骂名，我不会背。"

"我的路断了，我需要它。"

"抱歉。"

恰在此时，小党和小河精光着尻子，溜出了后院，一惊一乍地站在花坛旁，吵嚷着，撕扯着。两个碎儿子的尖叫，惊动了牡丹树下踞伏的一只野猫，嗖的一下，跳上了墙头。小河被脚下的沙子滑倒了，摔了个仰八叉，小党也栽在了树坑中，满身淤泥，双双嚎哭了起来，哭声像一只坏掉的破风箱，呜里哇啦的。梵义一时心疼，一个蹦子跑出了堂屋，将儿子们逐个拾起来，哄唆了一番，交给了惊慌失措的丫鬟。待返回后，梵义讶异地发现，客厅里已经人去屋空，不见了索朗的人影，包括那条黑犬。寂静中，只有灯苗摇曳着，仿佛一个喝醉酒的小家伙，兀自嘀咕着。桌案上，索朗留下了那一枚硕大的玉石扳指，色泽沉敛，分量十足，俨然有许多个年成了。

梵义抓在了手里，心知这是敦煌索氏一族的首领，义庄当家人唯一可靠的凭信。

显然，这个晚夕报废了，索朗的突然造访，好像给胡家打进了一根钉子，令梵义如鲠在喉，实难稳静下来。梵义睡不着，翻来掉去的，叹息不止。性元迷蒙地说：不值得，替一个大烟鬼惋惜，那人世上让你扯心的事就太多了。梵义道：没那么简单，别看索朗是一个猪嫌狗不爱的败家子，但他此番打上我的门来，背后至少站着一个人，有高人在指点。谁，谁惦记咱家了？性元问。梵义不想让妻子忧心，忙借口要起夜，披衣下了炕。

天光放亮时，梵义已经站在了党河边，迎风吹了一个多时辰。

到了这个季节，天光是从玉门镇的方向上亮开的，仿佛夜里的敦煌是一座秘窟，需要这么一扇发光的门，方可进入绿洲的中央，站在厅堂。天光如水，不一时，殷红的日头便从地平线上浮现了出来，霞光万道，给整个敦煌的四壁间打了底，糊了纸，勾勒出了简单的轮廓，单等着画工们去涂抹壁画，将这一年的供养呈现出来。霞光碎在了党河的水面上，犹如一群群金鱼提着小灯笼，慢慢地驱散了水汽，连远处的鸣沙山也清晰可见。这一霎，梵义突然蹲下来，耳朵贴在了一块巨石上，辨识了一番动静。

果然，一匹快马从西南角出现了，径直朝胡家坊而来。这么早，迅疾的马蹄声一定带着重大消息，梵义担心是急递社的成员，忙奔了过去，拦在了路的当间。快马冲将过来时，梵义一眼认出了对方，吼喊了一声：七斤哥，你这么火急，究竟咋了么？李七斤瞭见是梵义，立刻收住了缰绳，从马背上跃将下来，开怀道：少东主，我专门来寻你的，却不想你竟然运筹在先，早就料到了我的行踪，拦在了半道上呀。彼此抱了拳，作了揖，说毕了吉祥的话，这才进入了正题。

"少东主，家父让我给你捎一封口信。"

"呀，快讲。"梵义催喊。

"是这，二十三坊和沙州城要全面联手，众人一心，固若金汤，严防索朗那个贼出售义庄，给敦煌留下天大的骂名，给大家的脸上抹黑。"李七斤口齿伶俐，稳重大方，不愧为李豆灯的后人。又道："家父有言，义庄不单单是他们索门的一院宅子，更是敦煌人祖祖辈辈雕凿出来的一块名匾，也是先人们细心塑造出来的一介典范，历代珍罕，举世无匹，不能就这么让他给糟践了，败坏了。"

梵义恳切道："我已经回绝了，半夜里回绝的。"

"嗯，近些日子，武和事老协会的人马一直在盯梢着索朗，发现那个贼偷偷摸摸地进了胡家坊，所以家父派我赶来。"李七斤一揖，语气忽然庄重无比，哀恳说，"家父让我转告你，如今国家支离，边防不靖，关外三县尤其是敦煌绿洲乱象丛生，少东主务必不要蹚这一道浑水，出淤泥而不染，开个人的路，行自己的道，天老爷将来一定会全美了你梵义的善念。"

如此醍醐灌顶的教诲，令梵义内心一沉："叔父近来可好，梵义一直念想着他老人家哪。"

"唉，糊涂掉了。不过，这些话却是家父清醒时说的，专门为你。"

"上佛护佑他老人家，但愿能得享金石之寿。"梵义的内里潮起了一股滚烫的感念，哀恳道，"叔父在着，这沙州城和敦煌二十三坊便有了主心骨，有了定海的神针。哥哥们也劳苦了，一定要照看好他老人家。抽了空，我去一趟开元寺供香，给叔父祈个福。"

"不必了，专心做你的事，别徒劳无功。"李七斤笃定道。

"七斤哥，这话咋讲？"

"唉，家父可能被人施了恶咒，如今身心困厄，天天熬煎着，不肯见外人。"

梵义愕然，眼前闪现出了夜半时分，索朗带进来的那一匹黑犬，一时间预感不祥。

敦煌文和事老协会的首领李豆灯膝下共有五个虎子，李七斤位三，据说他生下来时，足足有七斤重，让整个陇西坊惊了一大跳。与其他的弟兄不同，李七斤自小课业好，性子沉稳，个人的主见也颇深，不人云亦云。李豆灯乡望素孚，敦煌的这一碗水端在了他的手里后，不偏不倚，虽说文和事老协会换了好几届议事班子，但他仍被公推成了不二人选，一言九鼎。渐渐地，二十三坊的人们窥出了其中的端倪，李七斤便是新一茬的李豆灯，做事判理，为人处世，言谈举止，几乎跟他爹老子如出一辙，大有乃父风范。人们乐见这一结果，尤其是在眼下这么一个仓皇的乱世中，李豆灯父子的存在，好歹维持着一种危险的平衡，加之敦煌孤悬一角，并不像中原那般，遭受了一场又一场致命的颠覆，从而苟活于关外。梵义心知，自己跟急递社的成员们走的是一条险径，隐秘，独自，充斥着种种的不测与危难，但这是自己当初的选择，带着宿命的成分，决不能怨怪，也不可放弃，只有纵马跑将下去，才能求得一个不错的将来。不过，作为胡家坊的一分子，梵义开始对李七斤产生了一种信赖的心情，就像过去的年月中，听命于李豆灯大人那样。

梵义揣着疑惑，探问说：索朗如此放肆，文武两家和事老协会难道只是盯梢，袖手一旁，就不能出面干预么？不能，李七斤断然道，说到底，整个义庄仍旧是索门的私产，是拆是毁，是卖是赁，完全由索朗一个人在拿主意。唉，文武两家和事老协会所能做的，不过是替敦煌留下一份念想、一座精神的殿堂罢了！想想当年的义庄，那是何等繁华，何等的高邈而脱俗，却不料世事弄人，到了索朗这一辈贼娃子的手上，失了筋骨，散了魂魄，他竟然沦落成了大烟鬼，讨饭的乞丐，也成了一则天大的笑话。梵义再次探问道：事已至此，又如何防，怎么盯，毕竟索朗才是义庄实际的当家人，索朗只要在契约上摁下一个手印，便能将祖传的宅子交割出去？梵义需要这个答案，况且也只在这样的情状下，才能撬开敦煌的另一重机密，窥破这两家协会的真正内幕。果然，李七斤坦言说：只要文协会动了议，武协会就会照章执行，这些日子以来，索朗那个贼一旦走出了义庄的门，便有武协会的耳目与精兵盯上目标，索朗是甩不脱的，他的一举一动，尽在掌握之中。又补充道：少东主，实不相瞒，不论是沙州城，还是城外的这二十三坊，到处都安插了协会的消息员，一有风吹草动，首领们自然会有应对之策。这一席话，令梵义的目中升起了一道雾障，半是恐惧，半是惊骇，心脏在打鼓似的。

李七斤的介绍，说明在敦煌沉寂而乏味的表象下，另有一重紧锁的秩序。这种秩序是由时间、乡约、民间禁忌、乡贤和耆老、祖制与古风共同构筑的，奠基在了这一片绿洲上，一脉相传，沿袭不辍，早已化作了一种世道人心、天地伦理。同时，这一幕秩序幽深而广博，看似羚羊挂角，无迹可求，却也无时不在，无处不存，仿佛一堵堵无形的高墙，拱卫着这一方关外之地。梵义略显慌乱，暗自猜度，在文武两家和事老协会精心编织的这一张罗网下，急递社这些年的活动，八成已经露出了马脚，一切痕迹，恐怕早就被对方获知了。梵义以退为进，揖上一礼，央告说：

"七斤哥，烦请转告叔父，胡家也有梵义和梵同这两个儿子娃娃，以后但凡有需要牵马拽镫的事情，尽可以吩咐一声，我们照办就是了。"

"不，少东主。"李七斤踅上前来，攀住了梵义的胳膊，仔细道，"多年前，家父就对议事班子交代过，文武两家协会的所有繁文缛节，一切条陈和规章，一概不能辖制和约束胡家坊的胡梵义。这句话的意思是，少东主你自有一片法外的天地，天地之大，足够你策马驰骋，全美了你的愿心，兑现了你的念想。事实上，老一辈人对你能做的，也就这么些了。"

"梵义不敢辜负，一定端正地走下去。"

"少东主，保重。"

"彼此，彼此。"

李七斤不再多言，腾身上马，消失在了觉河岸边。

这一时，梵义已是面红耳赤，内心沸腾，仰看着敦煌盛大而神明的天空，眼泪再也收不住了，滂沱而下。恰如预想的那样，急递社的一切行止和作为，不仅悉数记录在了文武两个协会的密档中，而且像李豆灯这般的关键人物，其实早就心知肚明了，只不过乡贤和耆老们始终钳口禁言，像呵护沙漠中的一滴水那样，保守着敦煌境内这个最为生动而珍贵的秘密，一直到老罢了。

天空一览无余，晴明，澄澈，悄寂万分，但梵义分明觑见了李豆灯诸人，像一列护法神似的，趺坐在自己的头顶上，广洒佛雨，加持不断。梵义揩干了眼泪，掉头离开，忽然觉得脚步很轻，每一步都能飞起来似的。

义庄的索朗并没有因为造访过梵义，将玉石扳指强行留在了胡家的桌案上，就停下自己疯狂的兜售行为。恰值端午节这个大日子临近，东来西往的商团和散户们，火速聚集在了沙州城内，一来为了过节热闹，二者，也可以充分补充给养。气温升高后，今年的头一茬苜蓿下来了，苜蓿呈肥厚的深绿色，驼马仅仅吃上一夜，立刻就换了样子，皮色滋润了，每一根毛都滴着油水。牲口们反刍时，各路行商便踅出了澡堂子，穿上料子衣裳，捏着票子，在沙州城的不同集市上厮混，挥霍一空。索朗瞅准了这个机会，早早来到了大十字一带，抢占了一处有利位置，开始高声叫卖。在索朗身后的墙上，张挂着一块被面大小的旧白布，上书两行墨字，一行是春秋宅第，一行为百年老屋，至于具体的价钱么，自然需要面议。这两行墨字的确出自索朗之手，客观地讲，结字周正，笔画倔强，能窥出他往日的童子功夫。吆喝了一阵后，发现应者寥寥，索朗便百无聊赖地站在十字路口上，拔长了颈子，张看着街上的景致，心里其实另有一张算盘。

往昔里，在长路上奔波日久的大买卖人，有的可能厌倦了这种颠沛的生活，突然起意，在河西四郡当中购下一座宅子，安顿了一家老小，从此不再扯心。更有一些不轨的行商，擅长拈花惹草，偷鸡摸狗，半路上结识了来路不明的野女子，一时兴起，要么纳为小奶奶，要么结拜成干兄妹，总之也要买下一处别院，金屋藏娇，去满足个人的私欲，好在长路上有个念想。但是目下，来问的人多，真正坐下来谈议的人却干脆没有，因为索朗兜售的这一座庄院太大了，价钱也高得离谱，让人一度怀疑索朗不是被猪油蒙住了心窍，便是脑子里装了一泡老屎。这么着，拌嘴和争斗的事情不免发生，但索朗不仅不生气，反而神色得意，趾高气扬，仿佛他这个破落公子需要的就是如此的局面。这不，一早上吵了好几架，现在又开始了，人们里三层外三层地拢了过来，免费看戏。一个身穿府绸的安庆商人咂嘴说：简直日破天了，你开出的这个价，足够把紫禁城全套买下来，你以为你是光绪爷，还是宣统爷呀？索朗翻弄着白眼，反诘道：我当然日不破天，不过即便是光绪爷和宣统爷来买我的义庄，我还是这么个价码，不会多一角，但也不能少半分。旁侧的一个自贡商人说：仙人板板的，义庄当然是好，但价钱的确讹人，你要是塌掉一半的水分，我现在就付定金，决不二话。索朗蔑笑着，忽然从地上拾起了一块煤，塞给了自贡商人。后者愕然，不明就里，但沙州城的看客们知道其中的含义，纷纷嗤笑开来。索朗释解说：你个龟儿子，快去党河里洗煤吧，倘若你能把煤洗白的话，我一定将义庄双手奉上，分文不取。众目睽睽之下，自贡商人受了辱，气得将煤块摔烂在地上，身畔的扈从们也不干了，一下子扑将上去，打算撕索朗的嘴，敲索朗的牙齿，给这个败家子一个血的教训。

实际上，索朗要的就是这么个结果，诡笑着，心知戏已经唱到了高潮，还需要添一根柴，浇一瓢火油。于是，索朗慢慢地扯住了一根拉绳，将一匹黑犬从树后面拽了出来，吼喊说：李豆灯，快去咬这些杂碎，李豆灯，快去给他们放血呀。黑犬又老又瘦，几乎是皮包骨头了，恍如骨头架子上披了一件邋遢的破皮袄，瑟瑟发抖。狗老了，可毕竟还是一匹狗。索朗的叱骂好像一把铁锥子，一下子扎醒了它，忽然间露出了尖利的牙齿，声嗓中滚过了一阵阵惊雷，低沉地咆哮了起来。人群哗的一下退潮了，离散而去，谁也不愿意跟一匹老狗一般见识，更不想让自己血溅当场。李豆灯你回来，李豆灯你有种，老子赏你一只羊头吧，索朗快慰极了，从包袱里摸出了羊骷髅，扔在了脚下。黑犬的确饿坏了，羊骷髅上又没有肉，只好咬碎了骨头，咂骨吸髓，获取一点点人世上的阳气。索朗目光逡巡，傲慢地瞭看着大十字一带的街景，发现一个人翩然而至，下一折子戏码接着上演了。

连公子抱拳一揖，嗔怒道：大少爷，这可就是你的罪孽了，这条狗叫啥不好，你却偏偏唤它一个李豆灯！你这是明知故犯，给沙州城和城外二十三坊的人们心头上拔筋放血哪。索朗袖了手，轻蔑道：呃，我以为是哪一路法官来问罪，不承想原来是连公子呀！连公子你属鸡，这打鸣的时辰早就过了，目下好像不应该是你聒噪的时候吧？连公子不是独自来的，身边有几名跟着他吃饭的小喽啰，仰赖主子的脸色行事。闻听此语，连公子不仅不恼，反而霍然一笑，摸出来了一把丝绸扇子，哗的一声打开，款然道：那好，就让在场的乡邻们摆一摆道理，评一评黑白吧！这李豆灯三颗字乃是敦煌擎天的柱梁，顶门的杠杆，指北的明针，谁人不知，哪个不晓，岂容你索家的大少爷如此玷污，佛头泼粪，用在了这么一匹老狗的身上，任意作践？索朗抬起脚，踩在了黑犬的头颅上，一再发力，似乎要将这一颗狗头踩入阴曹地府中去。索朗叫嚣说：你告诉我，大清的哪一条王法上，民国的哪一页法典中，禁绝了我索某人的这一腔子好意？我实话说吧，我可是把这条老狗当先人一般供着，早上问安，夜里点香，天天都有一根肉骨头吃。狗爷在上，我可以尊称它是康熙爷或乾隆爷，自然也能够唤它是李豆灯或索朗。倘若阁下喜悦的话，宽谅我一次吧，我现在就喊它是连公子。这一时，索朗松开了脚，吆喊说：李豆灯，不，连公子，快给这位阁下笑一个吧。蹊跷的事情发生了，这条原本羸弱而惊悸的老狗，忽然间抖擞了一番皮毛，满血复活地人立了起来，吐出一根炭火般的长舌头，咧嘴大笑，笑得就像一盏打翻了的灯台，灼人眼目。一霎时，连公子的脸色煞白，晃了晃，喷出了一口血水，一头栽在了地上。几个喽啰不敢怠慢，七手八脚地将连公子抬将起来，簌簌簌簌地撤离了。

沙州城的看客们表情复杂，一个个泥塑着，先时看可笑瞧热闹的心态，此刻被义庄大少爷的法术彻底攫取了、征服了。人群中，有人嘀咕道：索门就是索门，上几辈子先人灌输下来的血还是烫的，还是精神的，一般人确实招惹不起义庄呀。的确，这个说头对对的，瘦死的骆驼比马大，别看义庄如今倒霉了，败落了，但东山再起也不是一件什么稀罕事，日子还长哪，又有人附和道。

这些嚼舌头的人永远不明白的是，连公子一行穿过大十字，拐进了一条巷道后，立马恢复了原貌。连公子啐着嘴里的血水，自嘲道：哎呀，幸亏我连某人属鸡，否则这一口鸡血真能恶心死我的。在恭维声中，连公子掏出了一大把钱，开始逐一犒赏。今个天的赏钱比往日要慷慨上许多，因为要过节了嘛。

自始至终，在大十字对面的凉棚下，梵义斜戴着一顶草帽，遮护住鼻脸，一直在观望着远处的动静。碗里的茶汤早就凉了，几乎没啜上一口。梵义的内里五味杂陈，一方面为义庄悲哀，另一方面又被索朗连番的嚣张气焰所激怒，替李豆灯打抱不平。这一刻，梵义突然发现，在索朗周边逐渐散开的人群中，有七八条精壮的汉子，一边挥泪，一边怏怏地离去，眼中喷着火，头顶冒着汗，牙齿咬碎的声音清晰可闻。且慢，梵义瞭见，这些人一个个短靠打扮，一律挽起了袖子，袖子的里衬是白布的，好像戴上了一条白箍。汉子们露出来的半截小臂像树桩，像盘绳，也像擒龙缚虎的霹雳手，但他们纷纷撤离了，一不惹事，二不声张，仿佛身衔了禁令，不敢造次。就在前日，在党河之畔，从马背上跃下来的李七斤，也是同样的装束，一样的神态。忆想起这些时，梵义蓦地恍悟了，不错，他们应该是同一类人，是文武两家和事老协会撒豆成兵，派出来的眼目与精兵，严密地封锁住了索朗，只允许这个浪荡公子装疯卖傻，而不会有任何一桩实质性的交易。

日光肆虐，眼前没有一丝风，蝴蝶的翅膀也好像粘连在了空气中。梵义惊出了一身冷汗，暗忖道，连文武两家和事老协会都有所忌惮，不敢出面制止，也不能公开主持公义，绝不仅仅因为这个义庄的大少爷。很显然，索朗只是个幌子，背后站着的，除了一两位高人外，恐怕另有一个神秘的团伙，一个意欲在敦煌分庭抗礼的利益集团。这些人伺伏着，静默着，仿佛党河水中的沉沙，一直在等待着时机。一俟机会到了，这些沙子将席卷而起，形成旋涡，构成陷阱，会将一切都吞噬下去，进而让敦煌变得尸骨无存，满目疮痍。视野中，人群渐渐稀了，但那七八条精壮的汉子并不曾走失，而是游离开来，不显山，不露水，悄悄地锁住了各个路口，大有樊篱之势。这一刻，梵义突地立起了身，一饮而尽，试图将身体内激烈的火焰熄灭一空。

是的，一切都昭然了，清晰得像一碗献供的净水。

索朗及其幕后的那一干人，抛出了诱饵，扔下了骨头，甚至在各处点火放炮，鸣金吹号。这一系列疯狂的作为，究其实，只为了激怒文武两家和事老协会，试图将敦煌撕开一道口子，血肉横飞，大乱方寸，他们才能以此趁火打劫，割据一方。然则，敦煌头顶上的这一片锦绣天空，依旧稳静着，一种显而易见的天意，继续照临在了关外三县，庇护着这一块佛国圣土，这一方水草丰茂的绿洲。如李豆灯一般的耄耋长老们，把握着敦煌的千年心脉，领袖着千佛灵岩下，这一群被上佛嘉许过的穷苦百姓，没有中计，不曾上当，而是金沙深埋，以静制动，等待着下一场风暴的来临。梵义觉悟出来了，这便是悲痛的隐忍，也是一道修远的持戒，更是上天掷下来的一份试卷，自己必须去完成这一堂天课，荷担使命，绝对推辞不得。或许，急递社的蜕变恰是在这一刻发生的，日后的重大悲剧，在这一天的风轻云淡中，悄然埋下了结算的种子。

念想至此，梵义不禁一笑，吆喊了一声，让伙计过来续水。

不料，街道对过的索朗瞥见了梵义，忙丢下了摊子，跳过了几辆骡马车子，急簌簌地奔将过来。索朗哥哥，看你口干舌燥了半天，这茶刚好，你赶紧喝了吧。梵义亲自沏上一碗茶汤，双手奉给了对方，又道了吉祥的话。索朗并没有照办，落座在了茶桌对面，上下打量了一番梵义。末了，索朗抱拳探问：少东主，你是来寻我的么，你拿定主意了吧？嗯，索朗哥哥，小弟专是来找你的，你先前来胡家坊一趟，又不明不白地走掉了，只将天大的难题留给了我，现在我给你一个回话，正式做一个了断吧，梵义道。愣怔了一番，索朗从怀中掏出来一沓黄表似的旧纸，不外是义庄的地契和房契，仔细地搁在了梵义的当面，又打开了一盒朱砂色的印泥，等待着答案。梵义伸出指头，摘下了那枚索氏一族的玉石扳指，款款放在了契书上，完整地推送了过去，不由得释然一笑。

"对不住了，梵义生受不起。"

索朗一骇："少东主，除了你，整个敦煌谁也不配。"

"哦，你听说过河西司马，也听说过急递社么？"梵义站了起来。

"当然。"

"在下正是！"截铁道。

卷二十八

"执臣，我着急慌忙地跑来，就想告诉你这些。"梵义快意恩仇，带着与对方分享的喜悦之情，笃定道，"真的，我看见了索朗那一张失望的脸，我就知道自己赢了。"

"你错了，少东主。"

"我叫梵义，目下也没有少东主，你尽管说。"

孔执臣敛住了表情，肃然道："你胡梵义和整个急递社，不过是敦煌这森严铁板当中的一扇，是丛林中的一棵苗木，也是鸣沙山上的一座小丘。索朗此番敢来寻衅，不过是想打开一个缺口，率先让你们漏气，肝胆尽失，信任耗散，他八成是得逞了。"顿了顿，再道："李家叔父事先应该有一幕优良的算筹，掌控着局面，日拱一卒，对索朗围而不剿。但是，你今天可能下错了一步棋，打乱了文武两家协会的阵脚，执臣真是预感不祥。"

"那应该如何？"

"一个字，拖！"

"妇人。"梵义惊喊一声。

"对，妇人之见。"孔执臣接续了这个意思，讥讽道，"你走吧，回家去问问尊夫人。"

梵义臊红了脸，一时抱憾，为掩饰自己的尴尬，忙从怀里掏出来了一册卷子，交给对方。孔执臣虽说接了，却看也不看，一把摔在了窗台上，又在收拾杂乱。梵义满目愧色，释解说：莫高窟下寺的王道长病下了，久治不愈，时常晕厥，前些日子被弟子们拉进了沙州城，挂了世兴堂的号，不承想，这一住下就麻烦大了。孔执臣充耳不闻，忙东忙西，梵乂立马赖兮兮的，尾在了人家的屁股后头，一直赔着笑脸。梵乂再道：世兴堂的沈先生用尽了各种方子，又是汤药，又是扎干针，又是拔火罐，不仅不见起色，那王道长却日渐消瘦，恐怕也将不久于人世了。孔执臣持续的哑默，令梵乂心荆肉棘，坐卧不宁。结识了那么久，彼此间一贯体恤和理解对方，早就有了一种很深的默契，梵乂还从未讲过刚才那样的重话。树怕剥皮，人怕伤心，梵乂谙熟这一句老话，但囿于男人的身份和面子，始终也不肯下话服软，牙齿很硬。梵乂喋喋道：沈先生和王道长原本也算故交，知道这个出家人日子难心，生活困顿，十分不易。执臣你想想，一个牛鼻子老道，蜗居在千佛灵岩下，一不炼丹，二不画符，竟然发愿要重修莫高窟的楼阁，将大半生的积蓄散光了不说，还带着藏经洞里的佛经、文书与卷子，各处劝募，四方化缘，也真是劳碌不堪呀。这么着，王道长住进了世兴堂来疗治，沈先生一口气免除了他的全部费用，只当是一份供养吧。可偏偏，王道长不承这个情，让弟子们从莫高窟捎来了一包卷子，馈赠给了沈先生，酬答对自己的救护，这便是来历。

　　闻听此言，孔执臣立时肃穆了许多，打了水，用胰子仔细洗了手，奔向了窗台。梵乂尾了过去，知道自己的话见了效，孔执臣也不再介怀，又补充说：昨日晚夕，我那两个犬子跑去世兴堂里玩耍，虽说是外孙，但沈破奴夫妇却极为娇惯，要月亮给月亮，要星星摘星星，简直纵容成了一双混世魔王。吃夜饭时，小党忽然肚子疼，去茅厕里拉屎，小河也是个鬼精灵，从沈先生的书房里抓了一沓纸，送进了茅厕里，想让他哥哥擦尻子。我是上半夜回胡家坊的，去睡房里看他们时，意外地发现了这一册卷子。谢天谢地，卷子还囫囵着，前有头，后有尾，不曾被那两个贼疙瘩玷污。孔执臣捧起卷子，蹲在了廊檐下，不错眼珠子，小心翼翼地翻看着，又附和道：上佛眷顾，真是谢天谢地呀。如此一讲，梵乂便明白对方彻底宽谅了自己，天晴了。

　　这个空隙上，梵乂跑进了灶房，灌了一肚子的凉水，这才踅了出来。梵乂眼尖，瞭见大门背后的垃圾堆上扔着几件破衣裳，一时好奇，用棍子戳弄了一番，心里便打了鼓。梵乂不敢妄猜，听见身后孔执臣的喊声后，忙快步奔了过去，发现对方双颊彤红，鼻尖上沁出了一滴滴汗珠，一双手也是战栗不止。孔执臣忽然破笑，激动道：

"梵义，你知道你干了啥么？天哪，你那两个宝贝疙瘩，真是天赐的福星呀！"

一时愣怔。

"快来呀，你睁大眼睛看一看，这根本不是藏经洞里的一般卷子，这堪称黄金秘籍，天下一流的文书呀。"孔执臣的喜悦无以复加，像高中了皇榜，像喝醉了酒，又带着女人特有的细心，指尖轻翻着脆弱的纸页，绍介说，"瞧瞧，这便是典型的唐写本，在佛门里正规抄录的，天地齐备，关节俱全，法相竟如此清晰，简直可以嗅闻到那一个年头的墨香啊！"梵义虽然被感染了，可毕竟学识有限，难解其中的奥义，只好哼哼哈哈的，像一肚子的凉水那般，浑噩无比。孔执臣接续道："梵义，咱们急递社狸猫换太子了这么多年，披沙沥金，以假乱真，足足抢下了几百件藏经洞中的宝卷与经书，但像现在的这一件，执臣不才，也敢斗胆发誓，这一定是整个千佛灵岩上最要紧的卷子之一。上佛开眼，它终于到了咱们的手上。"

"恕我愚钝，听了你的一番话，这莫非就像去跟皇上借马一样难么？它究竟是？"

"《河西水经注》。"笃定道。

"水经？"

"正是。整个河西的四郡两关，东起乌鞘岭，西达口外的鄯善和吐鲁番，南至祁连山两麓，北濒万里墙城之外的马鬃山、合黎山与龙首山，凡是在这一片地带上的各个河流、湖泊、海子、甜水井、自流泉，包括每一个能汲水补给的腰站，无论大小，在这一册卷子里均有记载，无一缺漏。"孔执臣天生聪颖，过目成诵，一口气背诵出了自沙州城至玉门镇之间的水文地理。吊诡的是，孔执臣从未涉足过这一线，但对深谙此道的梵义来讲，这个女人所描述的山川形胜、水文脉络，却是准确无疑，清晰可靠。孔执臣舌灿莲花，惊呼再三："《河西水经注》乃是大唐李氏年间，朝廷在西省用兵的必备宝典之一，正所谓兵马未动，粮草先行，而寻找水源地则是至为关键的所在。梵义，你跟急递社的众兄弟都是这一条路上的熟客，想必应该明白这一套卷子的分量。天哪，真是天老爷的降赐呀！"

梵义呫摸说："年深日久，宇宙洪荒，这套卷子也未必确凿。"

"不错，执臣明白你的意思。"孔执臣家学深厚，渊源广泛，谁也猜想不出，这么一介伶仃的女子，到底装了多少天地间的学问，竟然如此的汗漫滔滔，令人折服，"少东主，这西省的水文经脉，河海湖泊，从来就不是一盘死棋，亘古不变。相反，因了年成和季节的不同，这些时常飘失的河、游移的湖、忽隐忽现的海子，全部都充满了极大的变量，脾气古怪，难以测知。但是，它们的根脉都在，气息未泯，魂魄犹存，只不过纷纷潜藏在了地表之下，好像是闭关隐修的苦士，等待着有缘人去叩问，去开掘。执臣想，这就叫生机吧。"

"的确，我见识过党河的解冻，就好像一河的水滚沸了。"

"一河的水，现在活了。"

梵义内心激荡，仿佛刚刚从学堂中出来的那样，受了点化，蒙了开示，心中装进了一册明亮的山河图谱似的，不禁感喟说："这藏经洞真乃一座宝窟，要风有风，要雨有雨，将天下所有上好的风水尽收囊中。除了这个，还不知道另有一些什么样的天机，尘封在了千佛灵岩上的残破洞子里，真是太可惜了。"梵义款款接过了《河西水经注》，指尖摩挲着，思忖道："执臣，这几日干脆关了急递铺，劳烦你跟许岩楷师傅抓紧赶个工，还是老规矩，以假换真？"

"不，执臣另有打算。"拒绝道。

梵义盯看着，但目中充满了一种信赖。

"少东主，这《河西水经注》实属天下公器，既不是急递社和王道长的，也不是莫高窟与敦煌的。执臣猜想，当年为了著述和刻画这一册卷子，应该有不少的先贤和勇士，手执旌节，离开了大唐长安，一路西行，叩山问水。这些人一定吃过无数的苦，捐过不少的命，才成就了这一卷血泪文字，但他们一个个寂寂无名，就像千佛灵岩下的那些画匠、塑匠和泥瓦匠一样，走失在了那一世的光阴里。"孔执臣婆娑着泪水，一边释解，一边哀恳说，"执臣觉得，不如让急递社施舍出一笔钱，私下里延请莫高窟印经院中的老匠人们，刻板印经，装订成册，将来刊布出去，公之于众。如此一来，那些穿梭在四郡两关，奔波于大漠戈壁之间的大型商团，包括零星的游击和行商们，便有了一碗活命的水，也就有了一滴可以供养的眼泪。"

梵义怔忡着，消化着这些开示之词。

"哦，千万别忘了你的身份，忘了你当初少年时的愿心。"提醒道。

"河西司马？"

"对，河西一带的水文经脉，自然要由当世的河西司马总绾，这是天意。"

梵义嘻然一乐，首肯道："执臣，你的这番话值得嘉奖三张劝牌，将来结算时一定作数。"

"我不要劝牌，我是替天下的行旅们请求。"

"执臣，君子一言，驷马难追。我答应你了，由急递社出资，刊印成册，公之于世。"在这名来自焉支山下的女人面前，梵义每每有一种被洗礼的感觉，心理上格外倚重，口气也异常虔敬，此刻当然亦不例外。又道："不过哪，还请你宽谅我一段时日，待我从容了，我自然会去照办。现在最要紧的，也是我头上着火的，则是抓紧将《河西水经注》原样抄录下来，将来给印经院留下一个描摹的底子。明日午饭之前，我必须拿回原件，送到世兴堂去，物归原主。"

"咋了，让那个牛鼻子老道接着糟践，真的去擦了屁股？梵义，你疯了么？"孔执臣讶异极了，略显失态，"再说了，给三五天也不够，抄录靠的是手，不是随便吹一口仙气。"

"明日中午，我必须交给沈破奴先生。"截铁道。

"干么交给你外父？"

"犬子小河从世兴堂的书房里，偷拿了这一套卷子的当日，沈先生恰巧去了南湖的长草沟出诊，不出意料，最快明日中午便可以回来。"梵义眉头紧皱，仔细算筹着一切，不敢有点滴的疏漏。又释解说："执臣，最美的鲜花，在牛的眼睛里，只不过是一捧嫩草罢了，王道长偏偏就是这头牛。倘若这一套卷子搁在王道长的手上，我的狸猫，换他的太子，我连眼睛也不眨一下。但是，世兴堂的主人却不一样，沈破奴也算是关外三县的一介名医，凭指尖号人间的脉息，用戥子分天下的药草。几钱，几两，他的心中自有一本账目，谁也欺瞒不了这个人。既然《河西水经注》是王道长馈赠给他的,最好还是由沈先生自己保管吧,外人不便插手。"

"可毕竟,沈先生是你的泰山大人吧?"

"梵义姓胡,不过是他的女婿罢了。"

"少东主,请你打住,不要再说了。"这一霎,孔执臣从梵义苦楚的表情和烁闪的语气中,分明判别出了一腔愁绪,一种难以言传的困境。孔执臣明白,这翁婿二人之间,已然有了不可弥合的裂痕,一种致命的排斥。自打结社邑义,成了急递社的一员后,孔执臣的心中始终绷紧了一根准绳,一直告诫自己,千万不能去触碰梵义的家事,避免惹火上身,一损俱损。许多年过去了,这一条戒律没有生锈,更不曾失效,目下也理当如此。孔执臣当即应承说:"你宽心去吧,我会按时按点,将这个原件悉数交给你的,误不了事。"

梵义苦笑:"执臣,明日一早,性元要带着两个犬子,去渥洼池游春。"

"尊夫人真是好命,快去吧。"下了逐客令。

"执臣,你别误会。"梵义也清楚对方的立场,一旦涉及性元的话题,孔执臣就像一根牛筋似的,迅速反弹回去,钳口不言。梵义仔细道:"是这,明天晌午,世兴堂里大概只有一两名伙计,我想带着你走一趟,请你去给王道长把个脉,探个病。依了你的学识和见地,或许还能给这个出家人另开一张方子,延缓了他的病痛,给他增加些寿数。"

一种巨大的信任感降临了,孔执臣却窘迫道:"我早就,我可能忘光了,梵义。"

"天老爷知道,你从来都没有忘掉,你委屈自己,只为了成全。"

"不,少东主,我甘心这样。"孔执臣截断了话头,生怕梵义道出她个人的心思,揭破过去的伤疤,"我跟你去一趟便是了,至于能否开出一张方子,一切随缘吧,千万别勉强我。我猜,开方子事小,也是一个幌子,你主要想结交王道长,打的还是藏经洞的主意?"

梵义艰涩地点了点头,哀告说:"藏经洞一旦空了,片纸不存,你我就是罪人。"

"快走吧，我要开工了。"

"执臣，让你难心了。"梵义并未挪步，恳切道，"带我去伽蓝密室吧，我想陪陪你。"

"不可。"

"咦？这脚下的伽蓝之室，当初是你跟我一起筹谋的，开建的，又日臻完善。这么多年了，秘密犹在，连苏食叔也不曾察觉。怎么，你现在要将我拒之门外呀？"梵义带着疑难，又不好直言相逼，委婉道，"总不会是你来了客人，客人还是一个小乞丐吧？"

"少东主，我认罚，你记我一张惩牌吧。"孔执臣爽快道。

"你一定有你的道理。"

"我敢说，这是我私自带入伽蓝密室的第一个外人，她名叫细君，她还是个女娃子，我惜疼她。"言毕，孔执臣掉头，进入了急递铺内。梵义心生好奇，相跟了上去。

这一刻，急递铺中竟是乱象纷呈，满地狼藉，充斥着一种危险的气息。

店门大敞，一条蓝色的单门帘垂挂着，街上的喧闹声席卷而来，仿佛踹上一脚，整个急递铺的全部机密，将就此曝光于沙州城，暴露在敦煌人的眼皮子底下，尽人皆知。梵义不敢怠慢，匆匆挂上了一块打烊的告示，上了门板，抓紧落了锁。万幸的是，端午节的前一日，尤其在这个节骨眼上，居然没有一个前来投邮的顾客。薄暗中，梵义摸出洋火，点了油灯，一团光晕中，一切才渐渐清晰了起来。靠墙的货架敞开着，摆在上头的包裹被粗暴地扔了下来，通往伽蓝密室的暗门内，一股来自地下的潮气，尖锐扑鼻，冷意十足。孔执臣早已魂飞魄散，拾起地上的包裹，腾出了脚，打算仄身进入暗门，去伽蓝密室中查个究竟。先时，在梵义拼命敲门的那一阵子，孔执臣恐有意外，也是怕当家人多心，所以一时性急，干脆将细君藏在了地底下。不料想，这个该让狼吃了的女娃子，丢人现眼，目下不仅逃了上来，还给了孔执臣一个很大的难堪，让她简直下不了台。愠怒是显而易见的，梵义兀立着，一语不发，等待着答案。惊慌中，孔执臣险些摔了一个跟头，仔细一瞧，原来细君窝在了柜台下面，早就睡着了，一张稚气的脸上，挂着满足与无辜的表情。孔执臣连气带笑，一股疼爱感突然占了上风，嗔怪说：你个小蹄子，你把人作践完了，你倒睡得美呀。不问三七，孔执臣揪住了细君的耳朵，将这个女娃子一把薅了出来，让她立在了柜台前。

灯光下，细君的五官清晰起来时，梵义盯视着，心头豁然一亮。

哦，你个小蹄子，你倒是说说看，我跟你前一世里没有牵扯，这一世里不曾结仇，你这样祸害我，糟践我，你究竟是我哪一路上的冤家？孔执臣不丢手，一直揪住了对方的耳朵，逼问再三。细君惺忪了半天，蓦地醒转了，申辩说：好我的菩萨姨娘，你把我丢在了洞子里，下头就像坟坑一般，我吓了个半死，这才……孔执臣怨怪说：你少来这些连毛带草的话，也别给我灌米汤了！哦，当着东家的面，你自己如实道来，你的户头在哪达，你姓甚名谁，你到底是个啥来路么？吵嚷声中，梵义不禁瞭见，眼前这个以乞讨度日的小女娃子，虽说满脸脏污，气味熏人，但在那一张狡辩的嘴脸下，却埋藏着一副精致而生动的五官，大眼，浓眉，团脸，左右两侧的颊脸上，各嵌着一枚酒窝，肤色白皙。细君被揪疼了，口气一软，哀告说：我刚才梦见姨娘了，姨娘穿着绣花的登云靴，和王母娘娘一道从天上下来，姨娘是红衣，王母娘娘是绿衣，双双进入了沙州城。孔执臣让这样的说辞惹失笑了，心中的怨怼登时消减了一大半，无计可施，只好探问说：进了沙州城，那她俩有何打算呀？细君目光流转，在幽微的灯光中思忖了片刻，咧笑说：红衣的当然是主子，绿衣的自然是梳头丫鬟，主仆二人此番前来，只为了跟这位公子会面，你情我愿，筹谋今生，偷偷私订了一册风流少年的账单吧。孔执臣忍住了笑，再次逼问说：哎呀，你个小蹄子，真有一张撕不烂的嘴，那你说说看，这位公子究竟是谁？细君一抬手，指着柜台对面的梵义，脱口道：这位俊朗的公子，头角峥嵘，果然不俗，依我看，文堪比弹琴的司马相如，武能胜长坂坡上的赵子龙，倘若不是树顶上的梢子，那就一定是人里头的尖子。

这个过程中，梵义始终寂然不语，一不应和，二不发问，心知这些杂乱无章的旖旎之词，一定来自敦煌六合班的戏文，无足挂齿。再者，梵义猜度，这个女娃子的一副上佳口才，无疑与她本人的乞讨生涯有关，见人矮三分，逢人道吉祥，如此才能端住手中的那一只乞钵，活在这个艰难的人世上。事实上，梵义的内里深处，并不曾怪罪过孔执臣，也料定后者绝不会坏了规矩，拿急递社当儿戏，将陌生人擅自带入伽蓝密室内。先时，在院门后的垃圾堆上，梵义发现那一件破衣烂衫时，便一眼认定是一个娃娃的，现在得到了印证。目下，耳食着细君的伶牙俐齿，盯看着细君那一张楚楚可人的颊脸，一个奇怪的念想，忽然占据了梵义的脑海。这么些年来，这个焉支山下的女子，在陌生的敦煌地界上嫁作人妇，青春渐失，无儿无女，想必孤单极了，酸楚坏了，却又隐忍不言，难以与外人述说。的确，孔执臣需要一个贴心的伴当，像这个女娃子一样的伴当，能哭，能笑，能闹，让这个清冷寂寥的庄院，有一点生气，多一些嘈杂。一念至此，梵义顿时宽释了下来，在心里替细君签了一张通行证，准许其随时进出急递社的这座要津。另一厢，两个女的仍在纠缠，胜负难分。孔执臣不再示强，巴兮兮地搂住了细君，哄唆道：照你这么说，既然是小姐和公子私会，旁边有一个绿衣裳的王母娘娘就够了，那你突兀兀地跑来做啥？你究竟是谁？今天你非得说个周详，道个仔细不可。这一瞬，细君噘了嘴，犹如被揭开了笼屉的蒸馍，一下子泄了气，软在了柜台上。

因果来了。

梵义忽然觑见了一挂念珠，从细君的领口内跳脱了出来，悬在脖颈子上，来去摇曳。念珠老旧，喑哑无光，坠子上的玉石佛头也斑斑剥剥，看不出本色。这一霎，梵义抢上前去，一把攥住了念珠，辨识再三，心中登时潮起了一股股感念的泪水，战栗不止。

真是光阴如纸，一戳即破。梵义此时忆想起来了，多年之前，在一个收秋的夜里，自己跟着父亲去义庄拜访。也就在那天晚夕，一个女婴恰巧降生在了义庄，义庄的老财东索敞，开始有了下下一世的后人。在那个喜乐的场面上，父亲碍不过面子，当即将他自己佩戴的一挂念珠摘了下来，行上了一个大大的礼性，赠给了那个啼哭中的女娃子。梵义清楚，这一挂念珠最早的主人，其实是莫高窟开元寺的印光法师，自从父亲胡恩可受赐后，一直珠不离身，昼夜衔挂，蒙受着上佛的庇护。而今，佛珠失而复还，重现于眼前，一种冥冥当中的广大意志，如甘露，如花雨，洒布在了梵义的身上。令梵义笃信，一定有一份甜蜜的因果，拍马而来，在试探自己，在命令他必须作答。

"哦，我知道你，你也不必告诉我你姓甚名谁了。"梵义道。

细君一怔。

"执臣，请你不要问任何原因，但是从今天起，急递铺的大门对她开开，伽蓝密室也不例外。不论刮风下雨，还是天寒地冻，她想来就来，想走便走，一概随了她的意思吧。"梵义携着当家人不容置疑的口气，当然也带了男人的那一番决绝与慷慨，义无反顾道，"如果沙州城里没有人敢照料她，敦煌也没有一个人去惜疼她的话，只要她今天走进了这个门，寻求庇护，那就让急递社来接下这一份天意，让我也替天行道吧。"

见此情状，孔执臣一喜："除了少东主，还有执臣呀。"

梵义松开了手，瞭见那一串佛珠荡了回去，安然无恙，照例挂在了女娃子的身上。细君却懵懂着，依旧是个孩子。

恰在此刻，店门外的街道上枪声大作，乱成了一团。马蹄声，哨子声，追捕声，鞭子声，惨叫声，声声不绝，犹如一道道洪水似的，从门缝中倒灌了进来，令人惊惧万分。紧接着，好像有几辆车马倾覆了，传出了巨大的爆炸声，火光飞溅。梵义一猱身子，鹞鹰一般，跃过了前面的柜台，双臂大张，刚刚将孔执臣和细君压伏下去时，一梭子子弹打穿了急递铺的木窗，射在了身后的墙壁上，漾起了一股股呛人的硝烟。油灯也哑了，暗下去几分，像一只红眼睛的兔子，一动不动。三个人蜷缩在柜台下，抱成了一团，梵义这才发现，左胳膊下是孔执臣，右胳膊下则是细君。枪声密集而持续，门窗几乎被打烂了，木屑横飞。梵义听风辨音，判别再三，料定这一场突袭并非是冲着急递铺来的，便也稍显宽慰，暗中一使劲，将两个女人搂得更紧了。

孔执臣的鼻脸贴在梵义的心口上，一味地依赖着，似乎放弃了她自己，听凭对方去做主张。细君则不谙世事，打起了哈欠，嘟哝不止。梵义，你心慌了么，咋跳得这么急？孔执臣忽然仰脸发问。这一时，彼此间鼻息可闻，亲昵无隙，孔执臣的一双眸子在梵义的怀中烁闪着，仿佛两块燃烧的红炭，经久不熄。梵义反问：你说说看，咱们的急递社应该属啥，谁才能配得上急递社的属相？孔执臣明白，答案已经有了，自己也不必作答。果然，梵义开腔道：急递社应该属天马，天马踢踏，御风而行，砸在大地上的那些马蹄子，其实跟我，跟你，跟蒋爷和陈小喊他们的心跳一致，应该越急越好，越快越好。嗯，我相信你的话，你的话就是河西司马的话，梵义你也是一匹天马。孔执臣叨念着，复又贴在了梵义的心口上，合上了双目，表情徜徉，陶醉一时。细君却扑哧一笑，没头没脑地说：你们都去找弼马温吧，我只当我的小蹄子，我乐意。

枪声骤然歇停了，梵义丢开了两个女伴当，匍匐过去，推开了货架。此刻，伽蓝密室的暗门彻底敞开了，梵义先将细君送了下去，又叮嘱孔执臣赶紧躲一躲，等事态安定了再说。临别前，孔执臣突然攥住了梵义的手，贴在自己的面颊上，声嗓哽咽，泪下如雨。梵义艰涩地说：小婶子，你宽心去吧，别担心。孔执臣点头，央告道：少东主，你可千万别逞能呀。

末了，货架靠墙站住了，一切都天衣无缝。脚下的伽蓝密室，依旧保有着敦煌以及关外三县最珍贵的机密，最脆弱的念想，秘而不宣，默然运行。投邮的包裹扔了一地，梵义弓下腰，一边警觉着，一边拾起来，塞在了货架上。不巧，手上的这一只包裹格外特殊，轻飘飘的，毫无分量，好像是一份卷轴的形状。梵义举起灯台，瞭见了收邮的地址与名姓：兰州，国民革命军驻甘总指挥、代理甘肃督办刘郁芬阁下。在邮品的落尾上，梵义认出了一行熟悉的墨字：敦煌世兴堂，沈破奴。

梵义并不吃惊，仔细掸掉了包裹上的灰尘，重新砌在了货架上，等待下一轮的急递。

半个时辰后，沙州城内又是车马喧嚣，熙来攘往，一切如故。梵义踅出了急递铺的院门，置身在明晃晃的日光下，眼底里竟有些发黑。岔路口对过，也就是警察局门前的小场地上，一群伙计正在清理枪战后的现场，扫帚乱舞，沙石四溅，腾起的巨大烟尘像一道厚实的黄土帐幕，挂在了半空中。这一刻，骑警队的队长张喜群突破了帐幕，策马跑了过来，缰绳一勒，停在了梵义的面前。梵义手搭凉棚，仰看着二棍子，表情中充满了询问。

"少东主，刚才虚惊一场。"

梵义不语。

"土匪来抢人了，中了我的埋伏，全给干掉了。"张喜群得意极了，在空气中美美地甩了一鞭子，补充说，"谢天谢地，不是北疆来的，这伙子王八是从祁连山上下来的杂牌军。"

毡博士是去年收秋时进入沙州城的，一下子让人注意上了。

整个去年，敦煌一带风调雨顺，只刮过两次沙尘，雨水却落下了七八场，既没有下成板结雨，也没有出现过烂场雨，好像佛祖偏了心，特地叮嘱了一般。好年景就是这样，一顺百顺，等收完秋之后，粮仓满了，手上宽裕了，人们的心思便活泛开来。这个季节，敦煌六合班是最抢手的，城里的大财东们纷纷下了红帖，请去家里唱戏，左邻右舍的也过足了戏瘾，关系一时和睦。当然，城外二十三坊更是不愿消停，将自己坊内的戏台子重新修葺，大红大绿地油漆上一遍，又唯恐滞后，请托了各种关系，想让戏班子在自家的坊上率先奏板开唱，拔得头筹。这种攀比和斗狠，让六合班显得洛阳纸贵，戏子们的声嗓都唱哑了，但也难辞热情，赚了个盆满钵满。一入晚夕，夜幕四合，百姓们扛着板凳和马扎，洪水似的发往某一座坊内，一方面看戏，一方面释放身上的疲累，真是两全其美。而到了白昼天，男将们则蜂拥进入了沙州城，各自结伙，一坨一坨地靠在墙根下晒日头，嘴里日娘捣老子的，互相争辩着到底是《挑滑车》好，还是《辕门斩子》更干散。

这个时候，沙州城四门洞开，人粥稠密，一些来自异乡的纸匠、皮革匠、酿酒家、纺织匠、货郎、牲口贩子、箍桶匠、瓷器商人、茶商、异药小贩等，开始游走在了通衢街巷中，要么吆喝着揽活，要么停在墙根下，看当地的男将们无聊透顶地斗嘴。事实上，这也是一幕幕好戏，不看白不看。

不承想，中华民国敦煌县政府的行政长杨灿，在这么个喜庆的节骨眼上，头疼脑热地来捣乱了。杨灿让属下满城张贴告示，家家周知，并吆令城里人捐钱，城外的二十三坊抽调人丁，前去平治道路，剪枝护树。民国元年，县政府的首脑称作知县，从杨灿这一届开始，改叫行政长，十七年后一律称之为县长。是时，日后被史书浓墨重彩的"五四运动"才刚刚过去了几年，西风大炽，新词迭出，德赛二先生犹如两盏新异的红灯笼，游走于赤县神州，举国欢腾，人心所向。但是，敦煌人对行政长这个舶来品不甚了了，私下里编了几句顺口溜：天上的云，庙里的灰，行政长的章子，大姑娘的腿。意思是说，这四大样东西只可远瞻，用处却不大，大有一种鄙夷之意。

　　杨灿者，江苏宜兴人，一介细皮嫩肉的江南书生，只身远赴西域，脚还不曾踏进敦煌的地界时，鼻脸上却炸开了花，太阳扔下来的一束束火辣光线，率先给了他一个下马威。前任知县谢智文，甘肃镇番县人氏，毕业于国立北京大学，学富五车，谙熟西省的地理与气候。在交接仪式上，谢智文盯望着杨灿的那一张烂脸，教诲说：要想鼻脸好，多多置阴凉，敦煌的日头欺软怕硬，只要躲在阴凉地里，准保无虞。在三年多的宦海生涯中，不论寒暑，杨灿将这一句话发挥到了极致，不仅新栽了无数棵苗木，还频频率众出城，将道路两侧的左公柳剪枝修叶，保护得井井有条。杨灿的这种反季节做法，并没有招来民众的反感和抵触，相反，还赢得了大家的认可。不过，在抽丁时，二十三坊的人们太过老辣，只派出了一些婆娘娃娃去凑数，男将们则照例蹲在家中，要么喝茶纺羊毛，要么斗酒耍赌博，玩一种河西走廊上盛行的牌戏：掀牛九。

　　女人们一旦出了城，就等于解开了缠脚布，也好比鹞鹰多了一对翅膀，开始叽叽喳喳，东家长西家短的，只出工不出力，口条乱飞。这日午后，女人们躲在树下嗑麻子，王焕祥家的眼尖，指着路的远处说：喏，来了一个打柴的男将，扛着一根白蜡杆子。石乖乖家的眼睛更好使，反驳道：不是打柴的，绝对是一名猎户，扛着一杆长枪。你个瓜尿呀，明明是打柴的人，我敢打赌，王焕祥家的嗔怒道。石乖乖家的反驳说：哎哟喂，你这个娼妇潘金莲，这么帅气的一位二哥，竟让你看成了武大郎，我也敢打赌。一来二去，在众人的哄唆下，双方达成了赌约，谁输了，谁便去脱了那个男将的裤子，让大家开开眼，看看新鲜。在女人们渴望而惊悸的目光中，在北疆一带浪荡了十多年的汤世瓶，终于返回了沙州城。

不料，汤世瓶既不是打柴人，也不是猎户，却是一名毡博士。

风擦着地皮跑了，天凉了下来，可汤世瓶只穿着一件棉布汗衫，身上开了锅，满头大汗。刚刚平治的道路上，堆满了沙石拌料，绊住了汤世瓶的脚。最大的麻烦来了，女人们乌泱泱地围了上去，截住了对方的路，谁都想问个究竟。这一刻，汤世瓶的肩上扛着一张雪白的羊毛毡，毡是圆木状的，分量十足，压得他的肩膀也歪斜了。毡博士是关外三县一种古老的职业，手工粗疏的，只会拈毛成线，织褐为衣，唯有老匠人才敢不费周章，花大力气擀出一张热炕大小的毡席子，仔细用上三五辈子的人，基本上也不是问题。光绪后期，毡博士渐渐地稀了，整个敦煌也寻不见这么一个匠人，手工贵是一个原因，更主要的在于娃娃们不学，即便学了，技成出徒的概率太小，一般也难以维持生计。

日光照了下来，让汤世瓶肩上的那一张大毡，焕发出了一种奇异而梦幻的光芒，每一根白雪雪的羊毛，仿佛镀了金，镶了银，显得如此蓬松而可靠。女人们蜂拥了上去，揪一揪，摸一摸，纷纷咂舌，着实没见过这么高贵而漂亮的毡席子，心窍忽然就开放了。清明过后，家家户户都剪过羊毛，囤积了不少。平时用羊骨头纺下的一捆捆毛线，唯恐让虫蛀了，一律挂在晾房的杆子上，妨碍了晾晒葡萄干的工程，早就应该处理掉了。这么着，女人们拢住了毡博士，央告说：

"擀一张吧，去我家里擀一张吧？"

"不成。"

又纷纷哀恳道："擀不了这么大的，那就擀一块小的吧？"

"真的擀不了，过些日子吧。"汤世瓶一脸的沮丧，抽空换了个肩膀，将羊毛毡扛稳当了，方释解说，"我是先来沙州城的，搬机和推机还在后面的路上，等个十天半月吧。"

人群中，石乖乖家的悄声说：你个小媳妇，你走眼了吧，这个毡博士可比武二郎还帅呀，真是帅得没了个样子。王焕祥家的并不甘心，反诘道：哼，癞蛤蟆想吃天鹅肉，你最好把裤带扎紧，反正你也挨不上那一肉锤子。那可未必，谁让毡博士的身上这么香哪，简直香死个人了。石乖乖家的一贯大胆泼辣，直接扑将上去，蹙住了鼻子，在毡博士的前后左右嗅闻不停，表情也贪婪极了。这么一提醒，王焕祥家的也不打算吃亏，相跟着上前，照例蹙紧了鼻子，找见了那一股奇异的香味。两个妇人像母狗似的，嗅闻了半天，让旁侧的女人们失笑不已，肺都快笑破了。王焕祥家的说：像杏花，但也像五月的槐花，我快晕了。不，比杏花浓，也比槐花烈，这种气息跟沙枣花更接近一点，石乖乖家的纠正道。双方互相攻讦了一番，尚无定论，决定问一问当事人。王焕祥家的开腔道：哎哟喂，我浑身燥热，热得像是起了一场火灾，你要再不说出这种香味的名字，我便脱给你看，我让你来灭火。毡博士仰看着天空，寂寥道：不是我香，我跟你们是一样的肉，这种味道叫香水，我是从俄境那边来的，学了俄人的习惯。恶人？这个可怖的辞藻，令女人们心生绝望，尤其跟眼前这个俊朗的男人一点也挂不上钩。终于，毡博士的傲慢样子，激怒了石乖乖家的。后者忽然忆想起了前不久六合班上演的一幕新戏《铡美案》，包龙图打坐在开封府上，喝问驸马爷陈世美的底细，其中的两句唱词，令人交口称颂。大庭广众之下，石乖乖家的一叉腰，模仿道：呔，你左肩高来右肩低，家中必定有贤妻，你实话道来？

　　天杀的，谁也不肯相信，这句孟浪的话刚一出口，毡博士突然泪下如雨，扑腾跪在了地上，肩上的那一张羊毛毡也滚落一旁。毡博士认真地磕完了三个头，又掬起一捧沙子，洗了洗脸，好像沙子和水是一个道理。天老爷呀，菩萨呀，爹娘老子呀，我终于活着进入了玉门关，活着看见了沙州城，我现在活着回来了呀！毡博士不停地叨念着，口音复杂，惹得周围的女人们也纷纷垂泪，心上挂了孝似的，一片哀伤。哭毕了，毡博士解开了羊毛毡上的束绳，一幕更大的奇迹降临了。

　　绳子一落，羊毛毡里竟然滚出来一个女人，眉眼惺忪，立在了众人的面前。

天哪，敦煌的女人们吓得退了回去，却舍不得新鲜，又忐忐地拢了上来。高鼻深目，金发，红唇，眼珠子像两颗蓝色的戈壁石，肌肤好像石灰粉扑过的那样，连一根血丝也不见，瘆得人心慌不已。这女人穿了一件裙衣，高高挑挑地站着，鼻脸上挂着一副大梦初醒的表情。石乖乖家的讥讽说：你个贼娃子，你左肩高来右肩低，原来领了一个妖狐子呀？王焕祥家的也气炸了，嗔怒道：你白白浪费了这一身好皮相，沙州城里的女人是麻子，还是傻子，哪一个不能日弄，你却偏偏带来了这么个现世报？针对这些围剿和唾沫星子，毡博士并不在意，仰看了一番敦煌的天空，潦草道：人活上一世的光阴，其实活的就是一个命数，不管浪达到了何方，命就跟在你的脚脖子后面，甩也甩不脱的。唉，我前头的那个婆娘冻死了，我也快让冻死了，要不是这个俄人救了我，我就让狼给啃了。末了，毡博士哀恳说：姨娘嫂子们，你们千万别难为她，她也是一个劳碌人，苦命人，寡妇人，我已经娶了她，我此番带她来沙州城，专门是要报恩的。这一席言辞，让巨大的同情心笼盖在了女人们的心上，一个个滋生出了蜂蜜般的情愫。这一刻，毡博士嘀咕了几句，但见那个俄人重新躺在了羊毛毡上，身材笔直，模样端方，简直就像一个从莫高窟壁画上走下来的仙女。毡博士绑好了束绳，款款抱将起来，扛在了肩膀上，朝沙州城的西门上走去。临别前，王焕祥家的追问说：

"喂，你身上的那个香叫个啥？"

"香水。"

石乖乖家的也问："你好歹扔下个名字吧，以后我们好称呼她？"

"呃，她没有官名，也没有乳名，她只叫瓦莲娜。"毡博士走出去了老远，忽然折转过身子，歉疚道，"拜托诸位了，你们干脆喊她瓦姑娘吧，这样简便一些，也好记。"

收秋过后，天气寒凉了下来。一整个冬天，敦煌的女人们一改往年的习惯，不再蜷缩于热炕上，天天嗑麻子，打布坯子，而是成团结伙地往沙州城里狂奔，参加这一场露天盛会。这当中，尤以两个人为代表。王焕祥家的喜欢闻香，知道洒在毡博士和瓦姑娘身上那种叫香水的东西，早上还是浓烈的，到了后半天，便渐渐飘失了，仿佛供在庙里的一炷燃香烧到了末尾，所以宜早不宜迟。石乖乖家的却不这么认为，在这个女人的心目中，香水其实就是一个屁，散了也就散了，不值得留恋。丈夫石乖乖患上了风湿病，两条腿骨节肿大，畏寒，惧风，已经有好些年没有睡过女人了，让女人时时撞墙，夜夜哭泣，直觉得浑身的窍眼都锈死了，活着没多大的意思。现在，石乖乖家的就想定做一张厚实的白毡，像毡博士包裹瓦姑娘那样，将丈夫也卷裹起来，或许还有一点指望。一般到了下半天，王焕祥家的闻完香就撤了，石乖乖家的便率着一干姊妹，偎靠在了毡博士的旁边，一边往手心里啐唾沫，一边纺着羊毛。纺好的羊毛线早就成捆成堆了，码在了架子车上，单等着毡博士开张，织出一张张上好的毡毯，却迟迟不见这个该死的家伙有所动作。每问及此，毡博士总是哭丧着一张脸，哀告说：我的搬机和推机还没有来，还在半路上，再等等吧。问急了，又道：哎哟喂，听过路的人讲，北疆那达下了暴雪，今年恐怕是一个铁灾年吧，我的搬机和推机一定冻在了路上。

罡风袭人，万木萧瑟，沙州城内的民房官衙，院墙屋瓦，通衢街巷，呈现出了一种枯涩的焦黄色，好像一只被冻硬的大馍馍，毫无营养。天一亮，毡博士便扛着那一张白毡，率着瓦姑娘，趑出了寄居的潽源寺，双双站在了城隍庙的大门口，雷打也不动。入了腊月里，城隍庙一带人声鼎沸，集市遍布，毡博士兀立在牌楼下，目光像一把梳子，将眼前的人流仔细地过滤着，生怕遗漏掉一粒米。左侧竖着那一张白毡，右手边则站着瓦莲娜姑娘，犹如哼哈二将似的，让毡博士眺望的姿势显得郑重而急迫。

敦煌乃咽喉之地，自古而来，东西贸易繁昌，一些外国商团、探险家、传教士、人口贩子、地理考察人士时常出没，对这些相貌迥异、语言古怪的货色，人们大多习以为常，规避得紧。刚来时，瓦姑娘还穿着一件裙衣，亭亭玉立，香气喷人，人们像围观妖狐子似的，瞭看了没几天，便也泄了劲。目下，寒潮像一张网，笼盖在了沙州城的头顶，瓦姑娘换上了一身皮袄皮靴皮帽子，再也看不出一丝新鲜来，直挺挺地戳在了牌楼下，一直在打瞌睡。太冷了，石乖乖家的放下了羊骨头纺锤，往手心里哈着热气，瞥见瓦姑娘的狼亢样子时，忽然就开了窍，获得了启发。石乖乖家的央求说：干脆这样子，我用一整车羊毛线，再添上一些手工费，换你的这一张白毡吧？我等不及了。毡博士截铁道：不行，这张毡是我用来报恩，专门让瓦姑娘睡觉的，不能换。呃，这有啥大不了的，不过就是睡人么，我刚缝下了一床阿拉伯棉花的新被子，瓦姑娘肯定喜欢。答复道。

次日，当石乖乖家的抱着一床鲜艳的花被子，来到城隍庙门前时，却发现牌楼下不见了毡博士的影踪，瓦姑娘自然也消失无迹了。寻了整三天，石乖乖家的照例一无所获，眼泪冻成了冰，挂在颊脸上，好像戴了一个鼻套子。牌楼下，一个卖莫合烟的透露说：毡博士是被城里的一位财东请走的，当时来了三辆车轿，轿厢均是呢子的，财大气粗，阵势不一般。谁呀，哪个巷道里的财东？石乖乖家的问。对方道：哎哟，真的没看清楚，那家财东戴着狐狸皮的围脖子，不过口音好像是陕西人，他们一趟子走掉了。石乖乖家的彻底死了心，回去后抱着丈夫的风湿腿哭了一宿，继续守着活寡。

事实上，毡博士一直归隐在三条街之外的谭家大院内，并不曾走掉。

相较而言，谭家大院只是小了一号的义庄，当初恰恰是看中了这一点，丁荣猫才不问折扣，全资购置了下来，秘密地做起了财东。前任庄主谭新文先生，云南建水人氏，祖上三代在个旧开锡矿，富甲一方，无人堪比。早年间，谭新文的一位表兄留学东洋，结识了孙文与黄兴，并一直资助同盟会，踊跃异常。辛亥年，武昌首义之后，这位表兄被授予中将军衔，衣锦还乡，一时风光。这一门人为了光大荣耀，斥巨资在当地构筑了一片庞大的城郭，号称中将第，并广发慰问帖，吁请海内外的子弟和亲朋速速归家，入住中将第，共襄盛举。谭新文亦不甘人后，挑了一个吉日，合家驶离了沙州城，匆匆下了河西大道。悄悄盘下这一座庄院后，丁荣猫一不更名，二不换匾，依旧沿袭了谭家的名号，暗中渴望着分享这一份幸运。自秋末至来年的清明，按说是一段休憩的日子，丁荣猫概不出门，本打算清心寡欲，擘画一番将来，却不承想在仅有的一次外出中，意外地邂逅了汤世瓶这个老贼娃子。

腊月十三日，谭家留下来的一名伙计回来说，街上站着一个妖狐子，好像从胭脂缸中捞出来的，香得简直能把人熏死。丁荣猫起了好奇心，忙让伙计套上了骡马车轿，径直赶往了城隍庙。那一时，毡博士、瓦姑娘和一卷白毡，好像三根柱子戳在了牌楼下，在罡风中瑟瑟不已。嗅闻了半天，丁荣猫也没有捉住那一缕传说中的气息，便粗心大意地解开了脖子上的狐狸皮，将一张脸暴露了出来。在这电光石火的一刹那，毡博士瞭见了故人，忽然咧笑道：你个狗日的猫子，你咋才来呀？老子等你等得心快焦干了。丁荣猫愣怔着，依稀听见了秦音，却也辨识不出对方的身份，忙探问说：这位仁兄，在下丁荣猫。呸，你大的锤子，你猪鼻子里插葱，装也装不像！毡博士用陕西话开骂了：老子是汤世瓶，站了一个冬天了，专等你这个贼疙瘩哪。丁荣猫眼睛一热，攀住了对方的肩，恓惶道：老汤，阎王爷咋不要你了，你咋回来咧？毕竟，当年离开陕西老家，在河西一带开启麦客子生涯时，汤世瓶曾是领头者之一，丁荣猫也服属过一段时间。念着这份旧情，旁边的伙计依言雇来了两辆呢子车轿，一辆装白毡，一辆载上了瓦姑娘，丁荣猫则将汤世瓶隆重地请上了自己的轿厢，一路上边烤火，边谈说着这些年来的琐碎往事，各自交代了现状。汤世瓶夸赞说：我早就看出你猫子不是平地里久卧的人，你左脚龙从云，右脚虎随风，一身的上好风水，你现在果然发达了，阔了，戴着这么油亮的狐狸皮呀。丁荣猫忙将围脖子解下来，缠给了对方，眉头也没皱一下。汤世瓶抱拳道：猫子，哥是来投靠你的，以后你吃面，哥喝汤就饱了，谁叫哥姓了这么个怪姓哪。丁荣猫一揖：老汤，猫子只是义庄索门的一个管家，拿的是年金，如今东家败落了，赊欠了我好几年的工钱，不过，只要有我的一口吃食，我必定会匀给你和瓦姑娘半碗的，你就放宽心吧。到了大门外，瞭看着这一座飞檐翘角、雕梁画栋的庄院，汤世瓶的眼睛立时瞪成了一对铜铃，惊愕极了。丁荣猫释解说：此乃谭家老财东的庄子，他带着一家老少回中原省亲去了，我暂时照看着，你就随意吧。汤世瓶盯望着门头上的匾额，也就信了。

这以后，懊悔和焦虑像一筐子鸡粪，在丁荣猫的心里渐渐沤烂了，臭气熏天，却也难以排遣。你个吃了猪脑子的，你个厌货，你现在鸡皮蛙脸了吧,真是活该。丁荣猫天天自责,气得直砸个人的腔子,狂扇自己的耳光,但是也无计可施。真是应了那一句老话,请神容易送神难。自打入住在了谭家大院后,汤世瓶俨然当上了主子,整天香喷喷的,甩手掌柜一个,既不操心柴米油盐的价格,也从不过问丁荣猫的辛苦,总之是衣来伸手,饭来张口。这一段,汤世瓶只有两件事可干,要么在炕上,骑住瓦姑娘摇曳,要么在炕下,一边喝酥油茶,一边嚼吃麻花。虽然巴望着对方早日滚蛋,哪达的鬼,快去害哪达的人,但是当着汤世瓶的面,丁荣猫撕不破脸,也不想撕,只能拐弯抹角地打问一下对方的归期,却每每碰壁。丁荣猫心里掐算,暗忖道:过了腊月,你们也该回去过年了吧?那么过了旧历春节,你们也该回去忙生计了吧?日子一天天地塌掉了,不仅过了雨水、惊蛰与春分,甚至连清明、谷雨、立夏和芒种也一道烟地消失了。丁荣猫头皮发麻,寝食难安,嘴角上挂满了燎泡,上火上得劲大,却连一点点的希望也看不见。

　　客观上来讲,丁荣猫不是没使过手段,但施舍出去的一些鬼祟和心眼,均被汤世瓶悉数化解了,依旧佯装不知。有一回,丁荣猫慌里慌张地回来后,谎称说:老汤,把你的银洋坨子借我十块,我的车轿把人给轧了,出了人命,伙计被扣下了。汤世瓶将身上的口袋翻了个遍,别说银洋了,就连个馍馍渣子也没有。汤世瓶道:这个简单,你也不必赔钱,一命还一命,你去把那一头骡子宰了,不就两讫了嘛。另一次,丁荣猫让饭婆子回家歇缓几天,自己在外头咥饱了,回到谭家大院后,一见家里冰锅冷灶的,便跳着脚上演了一出戏。丁荣猫在叫骂饭婆子的过程中,不小心打了一记饱嗝。汤世瓶嗅闻到了,不客气地说:你娘的腿呀,你刚刚咥了一肚子的糟肉、炒豆角和白米饭,你的牙花子上还粘着蒜苗哪,何苦来给我做戏,你快去给老子原样端来一份吧。果真是这两样菜,丁荣猫被戳穿后,只得灰溜溜地去了一趟醉仙楼,又拎着食盒回来了。

　　敦煌话说,恶人还须恶人磨,丁荣猫一计不成,再生一计。打春的那一段,敦煌六合班在城隍庙里连演三天,汤世瓶坐不住了,带着瓦姑娘去看夜场。两个鬼刚走,丁荣猫便关门落锁,且在门扇上张贴了一纸字条，声称事情火急，自己必须去一趟酒泉（肃州），乞谅。在外头浪达了七八天，待返回谭家大院时，发现门锁完好，丁荣猫便想，这下事情成了。岂料，瞭见丁荣猫从大门外进来后，汤世瓶哈哈大笑，指着说：你个狗儿子，你脚面上连一点土都没沾，你是去酒泉了，还是去附近的窑楼上喝花酒了？炕桌上摆满了锅盔、花卷和猪头肉，这两个鬼一点也没饿着，反而面色粉白，胖了有一圈。瞥见墙根下立着一根长梯子，丁荣猫啥都明白了，连死的心也有了。

　　汤世瓶固然可憎，但那个俄人瓦姑娘也不让须眉，根本就消停不下来。每日早起，汤世瓶便来叩丁荣猫的窗户，吆喊说：瓦姑娘要洗澡了，快去烧水呀，听见没？烧上三桶子水，温度适中后，丁荣猫便搁在了廊檐下，返回去睡回笼觉。汤世瓶那个贼则站在凳子上，拿着马勺，一边在瓦姑娘的头顶上浇水，一边尖声提醒道：回避了，左右回避了，瓦姑娘要沐浴，仔细尔等的招子，小心烂了眼睛呀。耳食着窗外哗啦哗啦的流水声，丁荣猫气得将拳头砸在了炕面上，詈骂说：坏尻一个，那可不是水，那是老子的现钱，是白花花的银子呀。那一段，党河封冻了，沙州城里的冰贩子们坐地涨价，一车冰块的价钱翻了几番，简直让丁荣猫苦不堪言。相对来讲，洗澡只是文戏，更要命的是武戏。寓居在谭家大院里，整日价白吃白喝，汤世瓶积攒下来的全部力量和火气，几乎都发泄在了瓦姑娘的身上。牲口，真的是大牲口，丁荣猫一听见瓦姑娘杀猪般的叫床声，便会下此结论。有一回夜里，瓦姑娘实在挨不住汤世瓶裆里的那三两糟肉了，精尻子跑出了睡房，在月夜下的庄院里一直兜圈子，紧着逃命。汤世瓶也精着尻子，支起肚子下的那一根肉棍，一面追撵，一面驾驾驾地狂呼，好像他的胯下骑着一头母骡子。丁荣猫瘫在了窗户下，不禁悲号：我的风水呀，我这一院子的好风水，难道就这样糟蹋了吗？

　　丁荣猫不甘坐以待毙，一直暗中琢磨着对策，等待机会。

　　先是分享。清明节前后，天气渐渐热了，冰贩子一走，水匠人便上门来服务，价钱立马塌了。瓦姑娘现在一洗就是五桶子水，用掉半块土胰子，一点也不俭省。哼，你花老子的钱，老子看你的肉。丁荣猫藏在了门背后，着实看美了，看得眼睛也快拔不出来了。瓦姑娘身材高挑，一头的金发，尻子是尻子，乳头是乳头，皮肉紧致，仿佛是从鞋楦子里塑出来的一样。马勺里的水浇下来时，瓦姑娘的浑身忽地漾起了一阵白烟，夜里的惺忪和狼亢一刹那不见了，惹得这个女鬼呜里哇啦地乱叫。第二勺浇下来后，瓦姑娘顿时开了花，像放在笼屉中的大馒头那样，抽枝散叶，一下子喧腾开来，带着一种饱满的慵懒，几乎熟透了。丁荣猫最喜欢下面的过程，浇淋到了中间时，开花的大馒头渐渐地孵出了一层粉色，原先像石灰粉一样雪白的肌肤，此刻从里至外，擦上了一幕胭脂色，就像刚刚磕开的鸡蛋，披着一件凤凰衣。凤凰衣是敦煌土话，指的是蛋清和蛋壳之间的那一层薄膜，异常轻脆，惹人心碎。洗毕了，瓦姑娘攥着一块干净的手巾，开始擦拭。这一时，丁荣猫瞭见了对方肚腹下的那一片耻毛，在日光下烁烨不停，带着金子的色泽。丁荣猫很烫，身上开了锅，裆里着了火，唯一的办法就是灌凉水，硬生生地把自己镇压下去。有一日，在街上邂逅了连公子，这只鸡盯视着丁荣猫嘴上的燎泡，咋呼说：猫子哥，你身上的毒性太大了，你得泻泻火，以毒攻毒，方为上计。连公子指着街边的翠云楼，叮嘱道：刚来了一批江南的小娟妇，猫子哥你千万别找雏儿，雏儿太伤身，你专找那种汁浓水大、开过苞的老货，保管让你彻底败了火。

　　于是，分享之后，便开始了以毒攻毒的策略。

　　丁荣猫专门去了一趟翠云楼，挑了个僻静的角落，单独跟老鸨谈话，述说了条件。外包，你要领出去过瘾，嫌我这达脏么？咋了，非要叫床叫得欢的？老母猪的声嗓悦耳，你去找屠夫吧，老鸨诧异道。然而，只要是钱开了口，世上的人都能听懂。在丁荣猫将几块银洋搁在了桌上后，老鸨立时改了口，绍介说：是这，有一个叫五月梅的窑姐，当初是从六合班淘汰下来的，专唱青衣，声嗓也最是欢实，恐怕能将你的那一面炕，唱成整个沙州城里最红火的一座戏楼，只怕你招架不住，天天得吃羊腰子了。果然，五月梅堪称一个真正的角儿，那一番上天入地的嘶叫，那一种绵密不绝的呻唤，昼夜无明地拂荡在谭家大院的上空，经久不息。尤其入了夜，炕柜上的那一盏油灯，泼下来一道道的光亮之后，五月梅便像一介赤条条的精灵，在炕上打滚，在褥间翻腾，恍惚中，一边抛撒着水袖，一边责骂着这个负心而仓皇的人世间。这一过程中，丁荣猫秤砣般地坐在炕下的椅子上，心若止水，耳食着窗外瓦姑娘的叫床声被活生生地击碎，被覆压了下去，被逼出了谭家大院，不由得快慰丛生，觉得这笔钱花得真是值当。无疑，五月梅的这种唱腔，弥漫着一种职业化的性欲和充血般的高潮，令人闻风沮丧，五体投地。只要欢叫声刚一低落，丁荣猫便抓起对方的三寸金莲，将鞋底子抽在桌案上，啪啪啪的，又吆喊说：驾，驾驾驾，快给老子爬坡，快给老子翻山，把敦煌的天喊破，把这一对瘟神赶紧撑走吧。

五月梅依从了雇主的话，声音兀立在了山巅上，明亮，刺激，尖厉，一波一浪，澎湃而至。又忍不住求告说：主子，你快上炕来，上来骑住我呀！丁荣猫的身上虽说也燎起了一场火灾，但知道目的何在，忙摁住了自己，吃了斋，素了心，不为所动。五月梅恼恨开来，每每詈骂道：哎哟，你要是个男将，你裆里还有那三两糟肉的话，你就成全我吧，我快烧成一捧灰了，求你了，钱我也不要了。这个关节上，丁荣猫忆想起了潜源寺里的一副对子，笃定地说：高处何如低处好，下来更比上去难，你接着喊吧，好我的姑奶奶。

终于，到了第六日的晚夕，一切都水落石出了。

五月梅喊完了一浪，酝酿下一浪的前夕，需要补充一下体力。丁荣猫递给对方一块肉夹馍，又端上了一碗热羊奶，还特意丢了一疙瘩冰糖，让其润润嗓子。掌柜的，你天天给我点火，却又不膏油，让我像一辆空马车那样的颠来跑去，你划算个啥？五月梅问说。丁荣猫黯然道：瓜货，男人跟男人之间的斗狠，有时候未必靠刀子和拳头，女人才是最后的利器，才最有说服力。五月梅嫣然一笑，醒悟道：掌柜的意思是让我变成一把软刀子，软刀子方能杀人吧？到底是戏子，五月梅一边嚼吃着肉夹馍，一边引吭开唱。这一回干脆没了铺垫，也没有了起承转合，只是一味地高潮，声浪排空，几乎能撕碎了头顶上的仰衬纸。

临近子夜时，炕头上的窗户突然被推开了，一张失败的脸浮现了出来。

汤世瓶哀恳说："猫子，老汤服了你了，老汤没认错人，从今而后，咱们一起结伴干吧，这世上的金银不姓汤，就一定姓丁。"

"我不喜欢跟人平起平坐，我也不需要贸易联手，我必须说了算。"丁荣猫截铁道。

"呃，你就不问问是啥买卖，利润多少么？"

"抱歉，我还真不操心这个。"丁荣猫宽释了下来，猜度说，"你老汤和瓦姑娘二人，吃我的，喝我的，盘桓不去，折磨了我快大半年了，无非是在考验我的耐性，倘若你手中没有大盘子的话，断不至于如此。目下，你老汤终于服输了，我倒要看看，你狗嘴里究竟能吐出什么象牙来。"又笃定道，"四六开吧，不，三七开，否则就不必废话。"

"你真是一个狠人，你的忍耐力太罕见了，我算是见识过了。"这句话等于一份契约。

"借一步说话吧。"

事涉机密，丁荣猫不免警觉，吹熄了灯台，闻听到黑暗中传来了五月梅轻微的鼾声，那么均匀，那么柔弱，仿佛一个良家妇人的表白。天亮后，五月梅也该回翠云楼去了，少不了揣上一袋子银洋，再带走几匹时髦的苏杭料子，从此一别两宽，成为路人。这一时，丁荣猫的内里潮起了一股醒目的傲然之气，一只猫竟然不贪荤腥，终于戒持住了自己的肉欲，对五月梅没动过一根指头，这无论如何都是一份惊喜。在沙州城，在敦煌，在整个关外三县，丁荣猫这个麦客子出身的外乡人，蛰伏经年，盘磨数载，虽说暗中也囤积了不菲的财富，拥有了这一座谭家大院，但终究手段血腥，过程肮脏，见不得人。丁荣猫心气颇高，在他的心目中，唯有往昔的义庄才是辉煌的顶峰，至于那些散落在城里城外的大小财东，根本入不了他本人的法眼。冥冥中，丁荣猫分明能感觉得出，眼前这个飘失了多年的乡党，这个落拓而古怪的汤世瓶，可能确是自己在等的人。猫有九条命，或者说，猫有九个鼻子，但凡人世上的一切风吹草动，大概都逃不过猫的嗅闻。现在好了，经过了大半年的相互较劲，彼此之间的磨折与摧残，话该说破了，真章也该和盘托出了，说不定将有另一重的惊喜吧。

丁荣猫踅了出去，掩上门，款款立在了庭院中。

仰看中，夜空有一丝倾斜，不那么周正方圆，显得略微乏力。一回眸，丁荣猫这才发现，一轮上弦月挂在了三危山一带，仿佛一盏银制的秤盘，拉拽着天穹，而那些璀璨烁闪的星星，不外是一根秤杆子上密布的秤花，两相配合，测度着人世上的金银财富。嗯，此乃吉兆，务必要埋下心来，千万不可乱了方寸，丁荣猫再三告诫自己。这一时，身后传来了簌簌簌的脚声，汤世瓶尾了过来，掸了掸身上的露水，忽然一抱双拳，深深地揖了下去。汤世瓶揖了半天，却不见对方发话，于是腰身垂得更低了，带着一份乞怜与求告。终于，汤世瓶哀恳说：猫子，好我的大掌柜，你就不要再试探我了，我已经崩溃了，我现在心里头装着一盘散沙。丁荣猫迎上前去，目光逼视着，一直哑默不语。哦，猫子，今晚夕就是一道门槛，等迈过了这个门槛，天亮之后，我便彻底地服属你了。汤世瓶一下子恓惶了起来，又挥泪说：好我的大掌柜，老汤如果做不了你的左膀，当不成你的右臂，你就干脆把我穿在脚上，当一双鞋子使唤，让我跟着你呼风唤雨，上天入地，跟着你沾吉吧。这一刻，丁荣猫终于接纳了这样的事实，相信了对方卑微的乞求，遂慢慢地回了一礼。

"丁掌柜，你快动手吧，事成之后，老汤负责给你堆金砌银。"

"动手？"丁荣猫一凛。

"不错。"汤世瓶立起了身子，双目中弥漫着一种起手无回的决绝表情，笃定道，"丁掌柜，等你全盘接管了沙州城内的那一家急递铺，收编了那些凌厉的飞行游击，将这一条东西大道攥在了手里之后，天下的银子，恐怕将来搬也搬不完的。"

"原来，这半年多，你一直在筹谋此事？"口气有些发毛。

"我从没有睡着过，我的眼睛始终睁着，更不会淹死在女人身上的那个窟窿眼里。你听见的那些瓦姑娘的呻唤，其实是我唆使的，她故意叫的。那个时候我根本不在谭家大院，我溜达在大街小巷，我跑遍了城里城外，将整个敦煌摸了个遍，心里头渐渐地有了数。"汤世瓶坦承再三，毫不隐瞒。丁荣猫虽然冷着脸，心中却失笑开来，忖度说，五月梅也是一个人单干的，歪打正着，让你误以为我窥破了你的招数，这才归顺了我丁某人。汤世瓶接续说："这半年多，我跟踪过胡家坊的胡梵义，盯梢过急递铺的各位游击，我在他们的身上找见了将来的路，所以我请求丁掌柜，一定要从速接管这一支秘密力量，为你我二人所用。"

"哼，不就是一帮靠跑腿吃饭的下苦人嘛。有了钱，城门口一抓一大把。"煞是不屑。

"猫子，人活一世，在这一场光阴里只走一遭，难道你就不想闹出一个天大的名声，做一个出人头地的汉子么？"汤世瓶态度陡变，金刚怒目了起来，"我掌握了胡梵义的底细，自然也不会落掉你猫子。我之所以挑选了你，想跟你一起在红尘人世上闹他一家伙，只因为你身上装满了太多的邪恶与阴毒，野心像草一样在蔓延，你现在的静默，只不过是在等待一个优良的时机。而这些黑暗的东西，胡梵义本人并不具备，我自然不能去跟他联手。现在，我只要你一句话，干，还是不干？"

"本是一家人，关门好说话。大家都是金钱的下人，你我也不例外，我没有不答应的道理。"丁荣猫款然应对，一切都滴水不漏，"至于那个急递铺子，又该如何接管呀？"

"杀了他。"

"杀了胡梵义？"丁荣猫骇然。

"没错，他掌握着一支飞行游击，他号称河西司马，他就该死。"

丁荣猫反诘道："姓胡的不过是一个买卖人，小财东罢了。"

"不，胡梵义便是我们要找的那条路，只有干掉了他，这一条河西大道才能为你我所用。"汤世瓶的答复已经是板上钉钉了，好像这一切都在他本人的把控当中。又道："胡梵义一死，那些飞行游击自然就会树倒猢狲散，你恰好可以重起炉灶，收编了他们。"

"呃，你这是让我去冒犯整个敦煌，跟沙州城的几万百姓反目成仇、今世为敌。"

"猫子，李豆灯死了。"一声断喝。

"什么？"闻听此语，丁荣猫仿佛挨了一记闷棍，目眩神迷，难以从震惊当中自拔出来，"老汤，你可别乱嚼舌头，小心隔墙有耳。"

"哼，李豆灯不仅死了，而且已经死了三年之久，早就发臭生蛆了。按着李豆灯生前的遗嘱，文武两家和事老协会的议事班子，一直秘不发丧，将遗骸暂厝于陇西坊的祠堂中，一切都貌似平静，照旧号令着城外的二十三坊，无人知晓，也不曾泄露。"汤世瓶踱了一圈，瞭见震惊与骇然像后半夜的露水，笼盖在了丁荣猫的身上，令其簌簌发抖，"猫子，人终究是血肉酿成的，一定会死，也一定要朽烂，李豆灯煊赫了一辈子，最终也不能幸免。半个月前的一天夜里，我溜出了城，去了二十三坊一带打探，结果发现议事班子的耆老乡绅和李家的孝子们，在秘密出殡，将李豆灯的骨灰抛撒在了各处的田地中，也撒在了党河水里，撒在了沙州城的四个门洞下。那一刻，我便知道，咱们的日子来了。"

"天哪，李豆灯这个老贼，他竟然死了，他彻底蒙骗了我。"丁荣猫一阵嘶喊。

"此乃天意，他死成一捧灰了。"

"不，李豆灯还没死，撒在敦煌的并不仅仅是他的骨灰，而是他下的咒，施的毒，对后世的人们降下的律法。"丁荣猫渐渐摆脱了惊骇，但更大的悲哀攫取了他，忽然一跺脚，蹲在了地上，失败不已。这么些年来，恰恰是因了李豆灯的存在，丁荣猫率着索朗、连公子等一干人，小心翼翼地站在了悬崖之巅，既不能插旗为号，也不敢逾越雷池半步，生怕一朝事发，就会被文武两家和事老协会逐出敦煌，沦为流民。现在可好，李豆灯死了三年多了，狗日的文协会居然用一具僵硬的尸骸，继续威慑一方，仍然在阻拦着一切不利于自己的东西，好像李豆灯这个老家伙早就料定了身后的事情。起风了，风从西藏和青海的方向上吹来，拨弄着谭家大院上空的屋瓦，哗啦作响。丁荣猫一时惊悸，脊背上孵出了一层鸡皮疙瘩，仿佛那些耸动的屋瓦，便是李豆灯的声声断喝，也是敦煌二十三坊的警告。太狠了，丁荣猫思忖道，李豆灯真是下了大手段、大血本，放弃了老辈子人最为看重的土葬，宁可将自己一把火烧掉，也要膏肥了这一片田地，布下荒唐的咒语。丁荣猫黯然道："老汤，我不是你要找的人，你走眼了。"

"你这是怕了，你在发抖。"

"不，敦煌没有路，一条路也没有，路已经被封死了，这是李豆灯和文武两家和事老协会一手干的。"言毕，丁荣猫忽然有了一种宽释感，狞笑说，"天就快亮了，你跟瓦姑娘最好收拾妥行囊，趁着凉快出门吧，咱们就此别过，各讨各的生计。"

这一时，堂屋的门突然开了，一道白雪雪的人影掠了出来，疾步奔向了墙根下的花坛。昏暝中，丁荣猫瞭见瓦姑娘赤身裸体，双乳汹涌，犹在梦中似的，叉开腿，蹲在了地上，开始撒尿。在激烈的溺尿声中，丁荣猫蹙紧眉头，灰败极了，仿佛那种不祥的液体，浇在了自己的头顶上，让他已然沦为了一只落汤鸡。汤世瓶踅了过来，绍介说：

"瓦姑娘是一个优良的花匠，在俄境一带数一数二，我亲自带回来的。"

不语。

"猫子，我还带回来了一件发财的机密，我送给你，就算我给大掌柜行的礼性吧。"

丁荣猫张看着："啥机密？"

"魔术。"

卷二十九

家访是乡学的总教布置下的，今天是最后一户。

真是难煞了梵同，没料到，这一趟的访问简直暗无天日，令人头皮发麻。学员姓把，梵同按照学籍簿上的门牌号码，找到了八贤王街上，果然瞭见了一块牌匾：把家猪油饼店。进了门，梵同刚说明了来意，掌柜的便丢下了手里的脏抹布，自承道，我就是他爹，那个贼疙瘩不在家，娃去亲戚家里浪门了。门端里支着一排铁炉子，生铁的锅板上，巴掌大的油饼子正在沸响，刺刺啦啦地冒着油，漾起了一层层黑灰的烟气。梵同自幼不食猪油，厌恶得紧，一闻便吐，但碍于礼貌，忙一抬手掩住了口鼻。不承想，这一举动居然惹恼了掌柜的，脸色立时拉了下来，冷眼相对。哦，你说你是先生，乡学里的人我都认识，我咋没见过你呀？对方问说。梵同道：我只是代课，并不在正式的教员名册里，我其实也在学习，教学相长么。这回是总教派我来的，问问情况罢了。哎哟喂，掌柜的抄起了锅铲，一边翻弄着食物，一边鄙夷道，我看你嘴上的毛还没长齐，还抬着一张娃娃脸，你就敢自称先生，我看乡学的门趁早关了为妙，免得误人子弟。梵同进退失据，脸唰的一下红了，戳在了地上。好在这时，门外的顾客们闻香下马，知味停车，乌泱泱地闯了进来，一瞬间便将那些发烫的猪油饼子买光了，恰好遮掩住了梵同的窘迫。掌柜的埋下头，数了一阵子钱，忽然撇头说：你咋还没走，莫非想让我请客么？好，那就下一锅吧。梵同怔忡道：我是来家访的，就问几个问题，请你……呃，我连放屁的工夫都没有，你就饶了我吧，掌柜的攥住脏抹布，抽打着空气中的苍蝇，几乎令梵同躲闪不及。

这一刻，门帘挑开了，一个身穿碎花大襟上衣的妇人闪了进来，护在了梵同面前，嗔骂道：你个半脸汉，这可是教书先生来上门，不是吃客，仔细孔圣人来给你降罪。显然，掌柜的有些惧内，吐了吐舌头，去一旁劈柴了。妇人堆了笑，绍介说，她自己正是学员的娘老子，还请先生多多宽谅，去家里喝茶说话吧。梵同也不计较，尾在了后头，踅进了店铺后的庭院，果然看见了一片阴凉，清风透迤，鼻翼中登时爽快了不少。

越是干旱焦枯的所在，百姓们越喜欢植花侍草，将房前屋后装点出一片片绿意，阅人眼目，怡人性情。别看把家是一户售卖荤腥饭食的，但这一方小天地玲珑有致，四面蓊郁，透着女主人的一番精明与聪慧。喝了三道茶，该问的细节大体上问毕了，梵同起身欲告辞，却被妇人拦挡下了。妇人道：先生，你暂且等等，容我去去就来。梵同应承下了，在家访的簿子上补记了一些刚才的内容，心知这一份苦差事终于了结了，不由得如释重负。听了听鸟叫，赏了赏花草，梵同忽然有些尿急，便径直往对面的茅厕里跑去。

出来门，梵同一面系腰带，一面往旁侧的窗户里瞅去，一下子愣住了。

这是一间灶房，四壁乌黑，气息恶劣。掌柜的站在锅台旁，举着一把小铁锨，正在炉子上炼油。梵同惊骇地发现，地上堆满了野鸡、野鸭、野鸟的死尸，一些发黄的棒子骨上落满了苍蝇，简直辨不出来历。靠墙的案板上，码放着湿漉漉的皮张，牲口毛还未褪净，上头粘连着脂肪和血水，反正不像猪，更可能是死狗，充满了嫌疑。梵同分明窥见，一些大小如米粒般的白蛆，被一根根看不见的丝线悬吊着，挂在皮张上，摇曳来去。窗口内涌出了一股股黏稠的烟气，一阵恶心泛滥了上来，忽然卡在了喉咙中，梵同赶紧捂住了口鼻。这一时，一锅油炼好了，掌柜的拽过来一只面缸，先是在面粉上撒了葱花和调料，又将滚烫的熟油泼将上去，刹那间爆出了一股奇异的香味。稍后，掌柜的握住一根擀面杖，开始搅拌。梵同知道，这肯定就是把家猪油饼的馅料，外人实难知晓。

梵同终于忍不住了，开腔道：我在乡学里听学员们传，前两天渥洼池一带闹过一场小小的瘟疫，原来那些横死的禽鸟都在这达，被人炼了油，拌了料，烙成了猪油饼子呀。掌柜的折转过身子，一点也不吃惊，揶揄说：苍蝇也是肉，这么肥美的野味丢了太可惜，不如让我用独门调料做了，给沙州城的街坊邻舍尝尝鲜。哼，我倒是有一个想法，我把你门头上的牌匾改一改，把家猪油饼店，其实应该改成把家猪狗店，这样才能跟你的独家秘方相匹配，也才能不辜负你的这一座黑心作坊，梵同讥讽道。掌柜的扔下了擀面杖，逼视说：秀才，断人财路，等于杀人父母，你手里虽然有墨笔，但在下却是屠夫出身，我起码有十七把砍刀，你是不是打算见识一下？梵同并不畏惧，款笑说：我另有一个不错的想法，我在乡学里代课，一共有两个班，初级班二十八名学员，高级班十六名，总计是四十四人。是这，我准备给学员们布置一篇文章，题目是《与把家猪油饼店绝交书》，待文章修改完善了之后，我再让学员们誊抄一遍，而后张贴在城外的二十三坊，张贴在沙州城的各个城门口，八贤王街上自然最多，让敦煌的百姓们悉数周知，让你声名鹊起。这一时，梵同得意极了，脑海中飘过了诸葛孔明羽扇纶巾，谈笑间樯橹灰飞烟灭的壮丽景象，自以为占了上风，可以全身而退了。岂料，掌柜的一抬手，一把明晃晃的剔骨刀破空而来，啪的一声，钉在了窗框上，吓得梵同色飞骨惊，脚下拌蒜。掌柜的犹不解气，像一只鹞鹰似的，腾身跃出了窗口，张开蒲扇一般大的巴掌，甩在了梵同的颊脸上，一连扇了七八个耳光。

　　昏聩中，梵同眼冒金星，瞥见刚才的那个妇人奔了过来，像一堵墙那般，拦在了面前，再次拯救了自己。妇人也不是吃素的，下手利索，直接赏给了丈夫一通耳光，叱骂道：你个半脸汉，老娘刚才就警告过你，小心孔圣人来给你降罪，可你偏偏不听，非要冒犯这位先生，快滚开，三天之内不许你吃饭。掌柜的确实惧内，忽然挤出了一滴泪，悻悻而走。妇人释解说：先生宽谅吧，我这个男将脑子里有病，他早些年跟人打架时，把脑子里的蛋黄打散了，所以才这么古怪。梵同捂着脸，反诘道：脑子坏了，却知道以次充好，大赚黑心钱，我看趁早关张了好，小心将来事发了，让沙州城的父老们给捣毁掉。妇人打来一盆水，淘了手巾，想让先生擦擦脸，一扭头，却发现梵同不见了，忙抄起窗台上的一只食盒，追撵了出去。

店门外，妇人抱着食盒，拦住了梵同，哀恳说：有劳先生了，这么远的路上奔波一趟，连个瓜子也没吃上，实在是过意不去。喏，我刚才去了一下西门口的大新发点心店，专门给先生称了桃酥和玫瑰饼，千万给我赏个脸，别让我作难。梵同仰看着那一块门匾，接也不是，不接也不是，一时犯难。路人们纷纷侧目，梵同高傲的样子激怒了这个女掌柜，索性偎了过来，悄声说：你再不识相的话，要么我死给你瞧，要么我脱给你看，反正我是一个泼妇，八贤王街上尽人皆知。无奈，梵同接过了那只食盒，一道烟地跑掉了。

到了街口外，梵同方才缓过劲来，寻了一块僻静处，坐在阴凉里歇缓。

恰巧，墙根下是一座垃圾堆，蚊虫飞旋，气息沤臭，梵同想也不想，一把将食盒掼了出去，摔了个稀巴烂。啧啧，真可惜了，这可是大新发的点心呀，不能这么糟践的，小心天老爷看见。梵同回眸，瞧见一个小乞丐一面拌嘴，一面在申斥自己，一副得理不饶人的样子。呃，想起来了，你刚才跟了我一路，怕是一直惦记着这些点心吧？梵同蔑笑着，鼻眼眉梢里根本无视对方的存在。小乞丐跳下台子，将散落的点心归拢了起来，重新用麻纸包住了，扎上纸绳，递给了梵同。梵同一怔，拒绝说：我不要了，你想吃便吃吧，我可没胃口。小乞丐接续道：一粥一饭，当思来处不易，半丝半缕，恒念物力维艰，你在讲堂上说一套，到了外面却干另一套，这岂不是心口不一，玷污了先生这个称谓么？一刹那，梵同的脸红透了，百口莫辩，仿佛刚才吃下的那一堆耳光仍然有效，沙州城的人们也广泛知晓了，耻辱已不再是一桩秘密。

"你认得我？"

"当然呀，先生姓胡，名梵同，在乡学里讲授初级班的国文课。"小乞丐雀跃开来，巴兮兮地偎上前，低声说，"我溜进去过几趟，还在窗户下听过先生的课程，记得你的模样和声音。哎呀，乡学里啥都好，除了那一只大黄狗，简直吓死人了。"

梵同一乐："如果你还想听，我会每天把大黄狗拴住的，你尽管放心。"

"那倒不必了，我现在有了一位姨娘，姨娘就是我的女先生，抽空在教我念书写字。"小乞丐喋喋着，带着一种天真，又带着一份假装出来的老练，一点也不见外。虽说她穿着一身改出来的衣裳，松松垮垮，腰身肥大，但梵同从小乞丐微微坟起的胸脯上，料定对方是个女娃子。这一点，自然也被那一张精致的五官印证了，大眼、浓眉、团脸，左右两侧的颊脸上，各嵌着一枚酒窝，肤色白皙。梵同不想揭破她，始终佯装着，暗忖道，或许只有这样混淆了性别，一个要饭的娃娃才能端住手中的乞钵，在这个人世上继续活下去吧。这一时，小乞丐忽然露出了一丝羞涩，嗫嚅说："先生，我能麻烦你一件事么？"

"但说无妨，只要在下能办到。"

"嗯，你有作废的书么？"

梵同登时失笑了起来，揶揄道："我只闻听过有作废的车轿、用烂的农具、摔碎的铁锅和花瓶，一本书怎么会作废呀？我倒是头一次知道这么个说法。"小乞丐窘坏了，一抬脚，虚踹了一下梵同，脸上彤红绯赤的。梵同纠正了自己刚才的说法，好为人师地剖析道："我明白你的意思了，其实那不叫作废的书，应该叫闲书，是我平时用不上的，对吧？"

"对对对，正是这个意思。"喜悦极了。

"我猜，你是想问我借书吧？"

"先生在上，受小徒一拜。"小乞丐突然折身欲跪，被梵同一把拽住了，没有行下大礼。盯望着对方失望的表情，梵同笃定道："我答应你便是了，我虽说只是一名代课教师，身无分文，吃喝用度也全靠家里，但这些年还是积攒了一百来册书籍，够你看几年的了。"小乞丐心花怒放，忙将手上的点心包包递过来，慨然道："先生，这是我送给你的，权当是徒儿的一份见面礼吧，鹅毛礼，泰山情，请先生务必收下。"戏谑至此，梵同也就顺水推舟，款款地接了下来，叮嘱说："这样吧，我每十天借你一册书，一旬一换，风雨无阻，决不食言。不过哪，看一册书，必须要有一册书的心得，要么你当面告诉我，要么你写下来，有话则长，无话则短，千万不可勉强了自己。"梵同琢磨一番，又相告说："后天一早，你来乡学里找我吧，我提前把大黄狗拴好。"

"不，以后换书的话，最好还在这达，垃圾堆旁边没有人爱来。"

"为什么？"

"不为啥，我怕我去了乡学，别人会笑话先生的，我这么个龌龊样子，还是少一点跟先生见面。"小乞丐突然跳上台子，揭开了墙面上的一块砖石，露出来一个大窟窿，绍介说，"我的金银财宝都藏在这里头，现在天知地知，先生知，我也知。"

走出去很远了，梵同回头问："喂，你还没告诉我名字呢，你叫个啥？"

"索梅。"

街口的风很大，一下子就将这两个字刮跑了，梵同并不很明晰。梵同急着去赴约，便也没再发问，打算下一次见面时，一定要让这个机灵鬼将名字认真地写下来，看看她的书写功夫究竟如何。但是，这个关节上，一枚悲剧的恶果已经悄然埋下了。梵同没听见索梅这个陌生的名字，并不意味着隔墙无耳。待梵同和小乞丐分别消失后，一个魅影般的家伙，从对面的廊柱后闪了出来，朝旁边的颓墙下走去。

辛仗和裁缝店也设在八贤王街上，门面阔大，却鲜有顾客。

陈小喊属于那种老虎吃天的人，当初依了少东主梵义的意思，带走了一笔款子，可他偏偏要在这个繁华地段上找营生。女人不肯，固执道：人的耳朵虽小，但能抓住人世上的大小声音，咱就盘下一个小店吧？先试试手气。陈小喊却说：要干就干大事，芝麻蒜皮的我不稀罕。女人惜疼钱，再三哀告：我一个洗衣婆，你们非要让我飞针走线，扎花镶边，将来的事情我可保不准呀。拗不过游击的一番野心，两口子终于在八贤王街口盘下了一座夸张的店面，简单地拾掇了拾掇，放了一挂鞭炮，也就开了张。不承想，辛仗和从隔壁掌柜的嘴里得知，这达以前是一家寿衣店，经营不良，最终破了产。辛仗和死的心也有了，扑在陈小喊的身上，拳头快砸碎了，嚎哭说：我本来要做人世上的衣裳，可你偏偏让我住进了阎王爷的行头店，一点点风水也没有，我的钱呀，我身上的肉割光了。陈小喊哄唆说：你个瓜货，你难道没瞧出少东主的用意么，这个店是赏给你混心的，没打算让你挣钱，至于挣钱养家，那是男将们的义务。闻听是少东主的筹谋，辛仗和立马闭了嘴，再也不敢乱语三千了。

果然，邪性的事情来了，裁缝店做出来的第一套衣裳，居然穿在了辛家老汉的身上，一块落了葬，起了坟。辛仗和带着一种深刻的悲情，跑遍了沙州城一带的大小寺庙，磕了头，供了香火，又请来了不少的佛像和法器，安置在了店内。犹不甘心，辛仗和天天点上一摞子黄表纸，店前燎一燎，屋后擦一擦，感觉那些隐匿的邪祟渐次消失了，这才安静了下来。许多年过去了，儿子都长到了窗户那么高，但裁缝店的生意像一碗寡淡的酸菜拌汤，饿不死，但绝对吃不饱。沙州城的居民无人问津，进出裁缝店的，除了急递社的一帮子游击外，大多是过路的散客，顶多缝缝补补一下，甚少有人花上时间和银子，置办一两套新鲜的行头。辛仗和压抑着，不敢发作，心知这即便是一碗缺盐少油的拌汤，至少也是少东主的赏饭。

意外的是，半个月前，女掌柜沈性元突然大驾光临，一口气下了五套衣裳的订单，还当即付讫了全部的手工钱。辛仗和不敢怠慢，跟陈小喊合计了一番，按期将这件事情办圆满了，夫妻俩宽慰至极。今天是取衣服的日子，性元率着两个儿子早早来了，但八竿子也打不着梵同的影子。见饭口到了，辛仗和喊着要去炒菜擀面，性元也不客气，交代说：你少七碟子八碗的，你的面食手艺最好，你干脆做一顿酸汤面吧，我最近有点头晕，心里发潮。咋了，又怀上了，酸儿辣女呀？辛仗和连毛带草地问。性元假嗔说：乱嚼老婆舌，仔细你的嘴。辛仗和一吐舌头，去后面的灶房里忙碌了。

梵同拎着两包点心，跨进裁缝店时，性元正趴在案子上，逐个检查新衣服上的针脚和纽襻。小党和小河一见叔叔的面，叽里呱啦地跑过来，抱住了梵同的大腿，好像靠山来了。梵同搁下书包，打开了麻纸，将桃酥和玫瑰饼分发给侄子们，知道只有这样，耳朵里才能清静。性元没责怪梵同的迟到，用尺子敲了一下小叔子的腿，吆喊说：站直了，腰挺起来，让我比一下。性元抓住新衣裳，绷在梵同的身上，左右比了比肩，又卡了一圈腰围，看了看肥瘦，表情上立时开出了一朵花。梵同讶异开来，先是一套长袍马褂，再来了一套新式的学生装，最后是一套便装，料子高档，手工细致，熨烫得就像一本书的封面那么挺括。姐，你这是打扮教书先生呀，还是在塑造新郎官？梵同探问。性元气恼道：两样都不是，若说教书先生吧，你还勉强凑合，如果是新郎官，你自然根浅缘微，没这个大福报。呃，我明白了，姐这是在加冕一个光棍汉，巴不得我早日滚出胡家坊，你跟我哥也眼不见为净，梵同揶揄道。这明显是在上话，好心当成了驴肝肺。性元抄起尺子，敲在了梵同的孤拐上，申斥道：少爷羔子，你就惜疼一下嫂子的可怜吧，自打嫁进了你们胡家，我全套的本事都用来替你说媒相亲了，再没干过一件人事，姐的腿都跑成了筷子。

在性元跟前，梵同可以放肆，也可以上天入地，从来就没大没小，习惯演化成了秉性。这一时，梵同将性元按坐在了凳子上，一边揉搓着对方的膝盖，一边喊着姐。好像喊一声姐，便上了一块膏药，能够止痛化瘀似的。性元无奈，戳着梵同的脑门子，喟叹道：你说你，长着一副好皮相，五官也正，肩膀上好歹也担着代课先生的名分，咋就没有一个闺女遂了你的愿，入了你的法眼，超度了你呀？哼，这又不是配牲口，戴上嚼子和眼罩，糊里糊涂地就上了当了，这可是一辈子的事，我不想将就。梵同的话未毕，性元一下子撕住了小叔子的嘴，哀告说：胡先生，你的书念到狗肚子里了么，不孝有三，无后为大，圣人的话，你总该记得吧？梵同嘟哝说：有了小党和小河，胡家就够了，不用我操心了，说不定，姐还能再下两三个儿子娃娃，撒豆成兵哪。性元的脸忽地臊红了，悄悄捂住了自己的肚子。

姐，下一个是几号？梵同终于让步了。性元一喜：后天，后天晌午，这回是张掖（甘州）回乡的一位私塾的千金，肯定能跟你说上话，称了你的心。梵同撇嘴：我是问，这是你给我相的第几十门子亲了，我快记不住了。闻听此话，性元立马改了口气：怕个啥，我胡家的二公子相亲，自然是千里挑一、万里选一了，大不了浪费几盒子点心钱，我就不信能跑断我的腿，颠破我的心。每回都是这么个局面，梵同已经谙熟此道，虽说次次无果，但至少稳住了嫂夫人，给自己腾出了一个喘息的空间。姐,这一趟还是老规矩,胖一分则作废,矮一厘也不行,空手回来的话,你可别给我唾沫星子受呀?梵同的话等于上了螺丝,也提前预告了失败,可怜了这个慈心勃发的嫂子,始终也参悟不透。性元应承了下来,让梵同除下身上的衣服,试试这一套学生装。性元绍介说:这个私塾的千金吧,年方一十六,你总该把自己扮嫩一点,别那么老相。梵同坏笑,女方的年岁这么小,恰好是一个借口,后天的事情显然鸡飞蛋打了,正中下怀。新衣服上了身,梵同立时小了七八岁,面目也憨厚了许多,性元又给他扣上了一顶少年军的帽子,越发年轻了。

半个月前,从酒泉开来了一支学生队伍,名义上是拉练,但天天泡在客栈里吃酒打架,花父母的钱,割爹娘的肉,让敦煌人煞是生厌。性元例外。性元一瞧见那种别致的学生装,当即便动了心,押了押金,租借上一套,跑进了八贤王街上的裁缝店。这一回,性元总计做了五套,梵同三,公公一,父亲一,反正天气大了,也到了换季的日子。梵同挺胸收腹,戳成了一根旗杆子,让性元前后左右地检查。性元拔下了几根线头,嘀咕说:这个败家的女人,我真是走了眼了,早知道这样的话,我才不抬衬她哪。姐,谁点你的火,升你的血压了?梵同探问。没谁,你少掺和,性元不悦道。

明明说好的一碗酸汤面,辛仗和却置办出了一桌筵席,夸张极了。

性元不便拂人家的面子,又不想吃荤腥,便对酸汤钟爱了起来,一碗接一碗的。辛仗和欣快道:女少主的面子大,二少东主也大,但两位小祖宗的里子和面子最大,大破了天,我不这么款待的话,陈小喊非得休了奴家。这个女人手脚粗放,脾气耿直,唯一的优点是嘴乖,让一桌子的人满脸油光,煞是受用。趁着辛仗和高兴,性元说:我要是你,我就干脆关了裁缝店,只卖吃喝,你的捞面擀得这么细,有嚼头,绝对是沙州城里的第一号,不愁没客人。这么一讲,辛仗和的表情塌了,怨怪道:我也想开一家捞面店,我讨厌当裁缝,但陈小喊不许,不愿意让我伺候外人,当街卖笑。咋了,陈小喊跟钱有仇呀,做裁缝和做饭有啥贵贱之分?人活一世,饥饱第一,穿衣戴帽倒在其次，等见了面，看我不修理他才怪了。性元知道，这些话既给辛仗和撑了腰，出了主意，也顺便酬答了对方的款待，双方各自安妥，两不相欠。酸汤是沙葱炝的，浮了一层白色的葱花，味道适中，生津解渴。性元喝了好几碗，一扫连日来的倦意与愁绪，盯住了两个儿子。旁侧里，梵同插嘴说：如果小喊哥松口的话，我去央一下鸣山书院的山长丰鼎文先生，给捞面店题写一块门匾，有了山长的大手笔，一定会火遍沙州城，火遍敦煌。辛仗和苦瓜着脸，哀告说：倘若那样的话，恐怕陈小喊会销了我的户头，打发我回陕西老家的。不会，小喊哥不是个怪骨头，我了解我哥，梵同慨然道。这一时，辛仗和直脱脱地说：你们不知，有的人鸡尻子里藏着闪电哪，陈小喊一直想让我当个少奶奶，就像女少主这样，穿金戴银，绫罗绸缎，在家是主子，出门坐轿子。又喟叹说：哎哟，我何尝不想衣来伸手，饭来张口，可惜我没有女少主这样的娘娘命，我认了。

闻听此语，性元啪地扔下了碗，推开了凳子，拽住小党和小河，嚷嚷着欲走。梵同吞下了一口面，不明就里，但见性元一脸愠怒，身上开了锅，忙抓起衣服和包裹，跟出了门。辛仗和懵懂了半天，也尾了上来，追喊说：女少主，你要是想这一口了，你随时来，我再给你切细面。岂料，性元头也不回，扬长而去，根本不顾及对方的颜面。

趔出了巷口，迎面而来的人和车马，犹如一道道洪水，令人避闪不及。今个天是一个大集，城外二十三坊的人趁着天气好，纷纷拥入了沙州城。梵同不敢造次，跟在性元的后头，目光若两根绳子，一根拴住了小党，一根绾住了小河，生怕走失。盯望着性元的背影，梵同明白，火还没灭，气也未消，却也猜想不出，嫂夫人心中的这一股污浊因何而起，所为何来。终于，撇开了人流，拐进了一条僻静的街道后，性元突然爆发了。性元道：真是可怜之人，必有可憎之处，梵同你都听见了，辛仗和那叫人话么，那种话能是人说出来的么？梵同劝慰说：姐，的确不是人讲的，但凡是个人，也不会那么冒犯女少主。不过么，冲着小喊哥的面子，你就宽谅了那个贼婆娘吧，毕竟，我哥太赏识陈小喊了，你也不能搂草打兔子，连带着伤了少东主的脸吧。哼，她心比天高，命比纸薄，那个贼婆娘的眼睛里，根本就没我这个少奶奶，先是给我戴高帽子，灌米汤，后来又犯上作乱，倒嫉妒起我的位子了。性元像一炉子的炭火，犹在愤怒当中，一把抢过了梵同怀里的包裹，打开来，翻动不止。性元嚷叫说：你来瞧瞧，凭她那个母夜叉的德行，会有这样精巧的针脚么，能做出这么细腻的手工么？呵呵，辛仗和这是在哄唆我，在欺瞒我，在玩阴毒的一手哪。梵同看了半响，竟也看不出一丝端倪，狐疑不语。

"哎呀，看清楚了，这是徐尺子裁缝铺做的，我没瞎。"

梵同道："她何必呀？"

"所以么，这个贼婆娘宁可自己倒贴一笔钱，让徐尺子裁缝铺一体做了，想在我跟前讨好，我幸亏没上当。"一眨眼，性元的怒气飘失了，挂上了一副得意的表情。又道："我知道徐尺子裁缝铺的价格，我刚才在辛仗和的案子下压了钱，将中间的差价补上了，我不欠她的这个情。"

"姐，这也是辛仗和的一番好意，你别小题大做。"

"那可不行，我的眼睛里揉不得沙子。"

梵同撇嘴说："你跟我哥真是哼哈二将，性子太硬，一点也不懂得宽恕人。"

恰在这时，街道上传来了一阵缓慢的马蹄声，几个破喇叭似的嗓子吆喊：回避了，左右回避了。梵同和性元各自拽住一个娃娃，贴在了身后的墙根下，举目望去。这个工夫上，敦煌县警察局步警队的队长田虎子率着一群部下，荷枪实弹地走了过去，身上的子弹袋哗啦作响，充满了威慑与杀气。末了，一辆马车驶了过来，车上扔着一捆花面子的被窝，被窝上扎紧了几道绳索，扎成了圆柱形，晃来荡去的。车子颠簸而去后，竟然在麻石的街面上，洒下了一条湿漉漉的新鲜血迹，殷红刺目，气味骇人。梵同赶紧捂住了小河的眼睛，性元也搂紧了小党，生怕这血腥的一幕，让娃娃们夜里做噩梦。无疑，那是一具死尸，刚刚被收敛了起来，不见孝子们哭丧，也不见香烟纸火，分明被眼前这个明晃晃的人世抛弃了，孤苦而无助。快走，性元督促一声，大人娃娃们忙发足奔跑，撤出了街巷。

不料，迎面碰上了一个马警，满面威棱，拔长颈子，正踩在马背上，瞭看着街巷深处。

或许是娃娃们的讶叫，惊吓了那一匹坐骑。这头畜生突然扬起了蹄子，鬃毛奓开，险些将马背上的警察掀翻在地。警察却也身手矫捷，一个鹞子翻身，在空中荡了一圈，居然又准确地骑坐在了马脊上，反手一掷，一根牛皮鞭子甩将出来，刺向了梵同。性元急了，断喝一声：二棍子，你反了不成？闻听此语，马上之人腕底一抖，硬生生地勒住了鞭绳，停止了攻击，又滚鞍下马，簌簌簌地跑了过来。

二棍子，算你贼眼睛里有水，你刚才要是敢伤了梵同一根汗毛，即便我不泼命，少东主也会治你的病。性元大恼，一味地数落起来。张喜群哈下了腰，连连道歉，又神色慌乱地质问说：女少主，梵同，好我的二位主子呀，你们咋出现在了这个是非之地？哎呀，幸亏被我撞见了，否则……梵同懵懂，相告说：今天不是大集么，我跟性元姐带着娃娃们出来散心哪。张喜群忽然抱拳，弯腰一揖，催喊说：此地不可久留，你们的命太金贵了，赶紧从八贤王街那达出去，往西门走，连夜回胡家坊去吧。性元老到，明白二棍子的身上一定有紧急要务，所言非虚，便督促着梵同，各自牵住小党和小河，朝人烟密集处奔去。

"女少主，且慢。"

性元回眸，瞭见张喜群从白雪雪的日光下跑了过来，手上握着几枝花朵。

"刚才冒犯了嫂子，实不得已，还请宽谅。"

"这么漂亮呀。"性元接住了，气也消了大半。

或许，只有在猩红色的罂粟花田上，才能证悟得道，渐渐明白眼前的这个人世不过尔尔，活着真是一种疲倦和绚烂的幻象。

这些硕大而摇曳的罂粟花，前呼后拥，层层叠叠，像碟子，像粗碗，像蒲扇，像红缎面的新鞋，像春节的红符，像初夜时女人的红肚兜，像桃花水，像供给观音娘娘的胭脂盒，像经页，像千佛灵岩上复活的冰蝴蝶，像莫高窟中的经幡，像月牙泉畔的流岚，像党河两岸的鹞鹰，像二十三坊一带的炊烟，也像沙州城头顶上的更鼓与鸣钟，波来荡去，汹涌澎湃，乌泱泱地麇集在敦煌的天际下，占据了整个谭家大院内原先的三亩菜地。

先时，这座深宅冷院已经荒凉了许久，犹如一座废弃的窟子，一无神主，二无香火，眼看着凋敝到了尽头。可好，因了这种有利植物的莅临，有了瓦姑娘的精心侍弄，现在一河的水滚开了，整个院子也活泛了，从此有了筋骨，血脉偾张。天气热得疯掉了，重要的是身上开了锅，汗下如浆，丁荣猫也不避讳女人，昼夜穿着一只大裤衩，穿行在猩红色的罂粟花田中，恍兮惚兮，神魂颠倒。这个关节上，瓦姑娘一边刈草，一边用舌尖大的勺子在滴灌，而汤世瓶这个贼坐在了廊檐下，拼命喝着杏皮水，好像他自己是癞蛤蟆转世的，前来复仇一样。丁荣猫一趟趟地奔跑着，吆喊说：你个狗日的老汤，驴日的老汤，你要是早几年来，我也不至于那么枉费心机，我都快熬干了。听厌了，汤世瓶每每都要嘀咕一句：老子要是早几年来的话，你恐怕连提鞋的份也谋不上。

早起时，罂粟花是耷拉的，略微失色，像一个在夜里房事过度的妇人，气血两亏，下盘不固。这个季节上，关外三县的日光好像一场场雪崩，从天空滚落下来，灌输着生气。日头恩怨分明。日头伸出了巴掌，左一下，右一下，耳光嘹亮，扇在了花田上。上半天时，大大小小的罂粟花突然醒了，打水的打水，洗漱的洗漱，梳妆的梳妆，一扫倦怠，齐刷刷地仰起了头，不是贵妃，便是公主。午时前后，阳气大炽，罂粟花照例有一个短暂的休憩，有的趴在窗台上，有的伏在几案边，有的窝在了墙根下，剩下的更是不羞不臊，玉体横陈，衣衫凌乱，仿佛一群沦落在人世间的窑姐，丢掉了今生的指望，破罐子破摔。这一时，丁荣猫沮丧极了，攥着一根牛皮鞭子，抽打开来。鞭子并不会撂在罂粟花的头上，往往甩在了丁荣猫的脊背上，一时间皮肉绽裂，龇牙咧嘴。丁荣猫用了这种自虐的手段，哀告说：我不是人，我是个牲口，我已经紧了个家的皮，放了自己的血，你们都清白吧。这么着，来自俄境一带的罂粟花便大人不计小人过，迅速宽赦了这个家伙。到了下半天，开门迎客的时候来了，罂粟花一律拔长了脖颈子，衔着笑脸，东张西望的，巴望着客官们抛下绣球，独独砸在自己的脑壳上。孰料，客官们一个个也是江湖老手，三心二意的秉性犯了，踱着方步，摇着扇子，一副挑肥拣瘦的嘴脸。客官们不是别的，当然是土蜂、马蜂、蜜蜂、蝴蝶，另有一些贪嘴的雀鸟，专爱吃花蜜。人上一百，形形色色，客官们之间免不了争风吃醋，大打出手，将整个花田里弄得鬼哭狼嚎，偶尔也会伤及姑娘们的肌肤，真是坏了天良的一帮子烂货。消停下来后，姑娘们就被各自领走了，名花有主，纷纷猫进了挂有自己名签的闺房内，匆匆掩上了门窗。但时日尚早，还不到吹灯上炕的销魂一刻，一顿花酒便成了目下的当务之急。这么着，姑娘们轻衣薄衫，往往来不及弦索一曲，便扔掉了琴瑟，硬生生地被客官们拉拽了上去，开始饮酒饮醉。刚开始，姑娘们还带了点骄矜，一推六二五，佯称身子不适，但马槽中突然伸过来了一只驴唇，骇得姑娘们方寸大乱，抓过来一堆酒盅，径自灌在了自己的嘴里。前一夜，姑娘们刚刚吃了咒，发了誓，此生滴酒不沾，可尊严像日光下的一场雪，刹那间便融化了。娘了个腿，既然破了戒，干脆就一发破下去吧。戒律和贞操一个尿样，疼一下是疼，疼十下也是疼，反正姑娘们早就想开了。于是乎，双方撸起了袖子，唱着酒曲儿，开始了猜拳竞酒，一喜敬你，日月双轮，桃园结义，驷马难追，一路唱到了九九归一和十满大堂。掌灯的时候到了，老鸨将灯台款款搁在了炕桌上，瞭见客官已然是五迷三道，两眼充血，一阵阵的猴急。自家的女儿也格外争气，仿佛鼻脸上挂了一块红布，胸脯上搽了一盒子胭脂，里外都是西瓜瓤子似的，眸子里却喷射着欲望的焰火。老鸨努了努嘴，姑娘们立时会了意，口舌上抹了一堆蜂蜜水和砂糖，哄唆着客官摸出了荷包。老鸨掂着手中的钱，站在门外头嘱托说：女儿们，把咱家的本事统统使出来，让客官们升天喽。这一嗓子下去后，姑娘们登时像野地里窜出来的狐狼，扑在了客官的身上，这一夜便成了。

是时，敦煌的暮色，从河西三郡的方向上席卷而至，鸣沙山上的晚霞也溅落了下来，犹如一摊摊鲜亮的血水，令人迷醉发狂。

不错，除了迷醉，再也难以形容傍晚时分，这一片罂粟花田上漾荡的熏风。熏风是混合型的，带着酒糟、烟火、胭脂与交媾的气息，打头碰面，回旋在了谭家大院的上空。熏风中，那些貌似客官的土蜂、马蜂、蜜蜂和蝴蝶，一个个踉跄不已，头重脚轻。虽说丁荣猫每天游走在这三亩土地上，样子像郡王，但这个正在见证奇迹的家伙，最喜欢在暮色沉降之际，仰躺在罂粟花下，一边吸吮着熏风，一边开怀大笑。在做麦客子的那些年，也是类似的规矩，午时不割，下半天不割，避开了酷暑与烈日，趁着傍晚才能挥镰。偶尔，一两片花瓣被风打了下来，丁荣猫忙不迭地塞入嘴里，嚼吃一番。丁荣猫的嘴角上，时常挂着干涸的血迹，舌头舔来舐去，像个吃过死娃娃的恶棍似的。事实上，迷醉不过是一个幌子，迷醉退潮后，一种空前的亢奋便排空而来，攫住了丁荣猫的骨骼，扼紧了喉咙，渐渐地逼出了另一种尖锐的犯罪感。呃，浑身酥软，一枝独秀，仰看着敦煌的夜空，丁荣猫分明感觉到，自己裆里的那三两精肉着火了，肿了，硬了，犹如一记握拳，恨不得拆下星星和月亮，撬开一个窟窿，让天上的银河水浇淋下来，将自己彻底浇灭。自打下了种子之后，丁荣猫便大门不出，二门不迈，一直谨守在这一座后院中，昼夜无明地盯看着，比上香朝佛还谨慎。女人是个啥滋味，丁荣猫几乎忘了，也不想去究问，即便像现在这样的时刻，火灾持续着，眼看要烧成了灰，但日弄女人的念头却归于零。这是庄稼人的禁忌，在麦子扬花灌浆之际，一次交媾恐怕要坏了这一年的收成。但是，丁荣猫并非俗辈，实在是等不及了，必须将身上的这一堆火泼将出去，膏上油，加把劲，让其遍地燎原起来。临近子夜，汤世瓶和瓦姑娘歇息去了，丁荣猫一骨碌站了起来。

　　暗夜中，丁荣猫竖起了阳具，在疯狂的罂粟花田中彻底迷醉了，一面奔逐，一面狂呼道：天为大，我老二，罂粟娘娘把我夸，我是神仙我怕啥。丁荣猫携卷起来的风，呈旋涡状，横亘在花田上，让无数硕大的花瓣纷纷低下了头，臣服于自己的脚下。这一刻，夜露下来了，将罂粟花浣洗一新，眉清目秀。盯望着这些幻觉中的女子，丁荣猫再也抑制不住自己了，一股股精浆喷射出来，打在了罂粟花上，给稠密的熏风，增添了一种特殊的气味。丁荣猫狂射着，发出了一种丧心病狂的笑声，詈骂说：卧果吧，快点卧果，老子快疯了。在幽深的谭家大院中，罂粟花阒寂着，但那种可怖的笑声，借着夜色的遮护，似乎真的给植物们开了光，授了粉，布下了秘密的浆果，等待来日。

一连几夜，丁荣猫干的都是这个勾当，到了精疲力竭之后，便扑腾跪在地上，詈骂变成了哀求，哭诉道：卧果吧，求你们卧果吧，将来我一定挑一块风水宝地，给你们塑下金身，引来香火。不过，类似的陈词自然无效，丁荣猫便把怒火发泄在了汤世瓶的身上，一脚踹开了堂屋的门，薅住对方，直接将其按在了罂粟地里，一顿乱拳下去，方才解恨。汤世瓶每每从昏厥中醒来，释解说：

"丁掌柜，人况且还怀胎十月呢，你有点耐性吧。"

又一拳下去，汤世瓶哑默了。丁荣猫咆哮："贼日的，我要的是卧果，不是犟嘴。"

"猫子，你干脆杀了我吧。"

"杀你是迟早的，走着瞧。"

"呵呵，你就算把汤世瓶摔碎了，活杀了，你也挤不出他的一滴奶来。"这个关节上，瓦姑娘从堂屋内蹒跚而出，一道赤裸裸的白影子，飘在了眼前。汤世瓶满嘴的牙几乎快咬碎了，瓦姑娘的话无异于出卖，而他自己的确身无所长，连这个妖狐子都是拐骗来的，如今孽罐子满了，终于来了报应。瓦姑娘的背叛被丁荣猫清晰地听见了，但更大的震惊令其一时晕眩，原来，这个妖狐子的汉话竟如此流利，带着一点点秦腔，与自己没有两样。丁荣猫思忖，也难怪，这个洋婊子跟了汤世瓶那么久，他们当然是一个锅里烩出来的。瓦姑娘沉吟道："丁掌柜，我用一样东西换老汤的命，你先放了他，三天之后我给你。"

"啥东西？"

"魔术。"

瓦姑娘一笑。

上一回的魔术发生在端午节当天，汤世瓶兑现了诺言，开始真正地服属了丁荣猫。上半天时，汤世瓶扫净了庭院，清水泼地，还另外置办了一桌清供，烧香许愿一番。瓦姑娘甩着湿漉漉的头发，剪完了指甲，系上了围裙。丁荣猫蹙住鼻子，讶异地发现，这个妖狐子竟然没洒香水，反倒有些不习惯了。打这天开始，香水暂时退出了谭家大院，难觅踪迹，沙州城里也因此少了一味稀罕的东西。在关外三县，常年游走着一些异人，有的是吐火匠，有的是杂耍者，有的拿着西洋匣子，更多的则是耍猴人，魔术班子也不稀奇，丁荣猫是见识过的。日光烁烨，整个沙州城陷入了节日的嬉闹中，丁荣猫袖着手，扪着心，瞭见汤世瓶扛着那一卷白毡出来，款款打开，铺在了地上。白毡是细羊毛织下的，脱过脂，擀得十分匀称，大概有半寸厚，犹如一场肥实的雪，下在了眼前。汤世瓶拿来一只黄铜的净瓶，擦拭干净，交给了瓦姑娘。后者叼住了瓶嘴，灌了满满一口水，腮帮子鼓得像猪尿脬，噗的一声，喷在了白毡上。丁荣猫头一次发现，这匹大洋马其实很够意思，弯下腰喷水时，撅起的屁股带着一种猖獗的挑衅，心中不由得过了一股电，内里麻酥酥的。连换了几瓶水，瓦姑娘的嘴一直喷个不停，整张白毡都湿漉漉的了，仍不放弃。丁荣猫站着丢了一个盹，醒来后，瞭见大母马还撅着尻子，嘴里像吃坏了肚子那样，噗噗噗的，于是便厌倦下了。

午饭时，丁荣猫溜出了谭家大院，在街口咥了一个胡锅子，听见隔壁桌上的吃客们说着闲章。有人讲，义庄的大少爷索朗被祁连山上下来的一股子人揍了，揍得不轻，只因这个败家子偷了人家的一幅老唐卡，去城隍庙里兜售，被当场擒获了。也有人说，今年应该是文和事老协会的李豆灯大人过七十大寿，日子就在这几天，奇怪的是，整个陇西坊悄悄静静的，既没有挂红披彩，也不见送出来一份帖子，实在是反常。这话当即遭到了质疑，说过九不过十，这是敦煌的老规矩，符合礼数的。这么着，一位县府的采购绍介，行政长杨灿又向兰州请辞了，这是第十六回，前头发去的信函统统泥牛入海，这次恐怕也将一个路数吧。众人纷纷耻笑，天上的云，庙里的灰，行政长的章子，大姑娘的腿，杨灿不过是木雕的裤裆，一根假鸡巴罢了，有他没他，敦煌还是原样子。后来，话题转到了莫高窟下寺的住持王圆箓身上，原来道长病情向好，前两日被弟子们接出了世兴堂，胡家坊的少东主梵义亲自护送，惹得道长洒了一路的泪。据沈先生私下里透露，经过这一番精心疗治，起码能给王圆箓接续上三四年的寿数，或能让其一遂心愿，将莫高窟的大佛楼阁兑现出来。有人夸赞说，沈先生妙手回春，不愧是关外三县杏林第一高人，世兴堂里的金匾如今快码成了山。这一时，有人却喟叹道：唉，沈先生也老了，原先那么一个活泼泼的人，现在整天勾着个头，鸡皮蛙脸的，也不知掉在了哪一个难肠处。吃毕后，丁荣猫拎着两套陇西肉夹馍，三兜四转，悄然回到了谭家大院。不出意料，汤世瓶仍在打水，瓦姑娘则每隔一个时辰，撅起尻子，喷出来的水雾上，沾着一根根明亮的彩丝，好像日光绣出来的。

一连数日，谭家大院内上演着这蹊跷的一幕，白毡被水泡胀了，几乎厚了一倍。瓦姑娘的腮帮子也肿了，舌头是灰的，吞一口水便恶心，但她仍不罢休。唯一的变化是汤世瓶栽了几根桩子，上面覆了几张被面，搭出来一座凉棚，像伺候先人那样仔细。魔术没瞧上，丁荣猫也看厌了大洋马的尻子，表情上像在办丧事。第五天晌午，瓦姑娘刚含上一口水，丁荣猫便发作了，吼喊说：老汤，你大的尿，你成心日弄我？你这些不打粮食的勾当，老子早看破了。汤世瓶却不恼，款言道：心急吃不上热豆腐，你先喝茶，先把招子擦亮。午饭罢后，汤世瓶一个击掌，拉拽着丁荣猫，双双蹲在了凉棚下。彼时，瓦姑娘伸出两根玉指，慢慢地揭开了白毡的一角，最后竟然将整张毡一分为二地剖开了。刹那间，丁荣猫发现剩下的那半张白毡上，布满了星星点点的芽尖，芽尖是绿的，带着一丝鹅黄，黄米粒大小，令人惜疼极了。丁荣猫做过麦客子，懂得五谷稼穑，但像眼前这样发苗育种的方式，却是闻所未闻。老汤，你大的尿，你给老子摆什么坛场？丁荣猫申斥道。岂料，汤世瓶早就哭开了，瓦姑娘也不是省油的灯，一个蹦子扑将过去，钻在了汤世瓶的怀中，哭得快要断了气似的。丁荣猫不忍打搅，但心里早已有了判别，这一对狗男女来路可疑，一定有不少鸡飞蛋打的故事。果然，哭毕了，汤世瓶跪在地上，朝着那些密密匝匝的芽尖磕了头，行了礼，哀告说：

"天老爷，我的魂回来了，我生还了玉门关。"

丁荣猫哑默着。

"呃，虽说我身在沙州城半年多了，可要是这些花花子全部死灭，发不了芽，我活着也只是一副臭皮囊，我成不了气候。"汤世瓶悲欣交集，抱住了瓦姑娘，又亲又咬，像两匹发情的骡子，干脆不顾忌旁侧里的人。又道："这下好了，天老爷让花花子服了敦煌的水土，真是黄金的福报呀。"

闻听了这些话，丁荣猫并不吃惊，办丧事的表情逐渐豁然开来，像一碗水那般平静。

"丁掌柜，花花子就是有利植物。"

"罂粟，这我知道。"

"不然，罂粟是咱们汉人的，是中华民国的，而优良的花花子，则是俄境一带的贵族老爷们刻意培育的。好我的丁掌柜呀，这等于金块跟黄铜的差别，你好歹要知道。"汤世瓶拽过来瓦姑娘，浑身上下探摸了一遍，傲然地说，"猫子，你瞧瞧这西瓜大的奶子，你再看看这一身砧板厚的肉疙瘩，这蓝眼睛，这高鼻梁，这金丝一般的头发，沙州城里的哪一个妇人能像瓦莲娜？这便是差别，信我吧，魔术才刚刚开始。"

据汤世瓶介绍，那些年，在关外三县做麦客子无望后，他便率着自己的陕西婆姨，一路北上，打算去蒙古一带替牧主们放羊。不承想，路经一道山隘时，黄羊踩塌了崖壁，婆娘被一块落石活生生地砸死了。料理完后事，汤世瓶一边挥泪，一边继续上路，但泪水模糊了方向，一直将其引到了俄国境内。那时候，苏维埃政权已经建立，白军溃败，只得流窜在边境线上，四处纵火，苟延残喘，以图东山再起。在边境线上流亡的，另有一些来自圣彼得堡和莫斯科的王公贵族，他们既是白军的金主，又是裙带。汤世瓶走投无路后，便受雇于一位叫彼得罗夫斯基的大地主，耕田养牛，过了几年的安稳日子。见这个汉人老实能干，彼氏便信赖上了，将其领到了另一片肥田上，让汤世瓶掌管罂粟庄园，还交给他一个洋女人瓦莲娜。汤世瓶获知，瓦莲娜是农学院的专业学生，刚刚毕业不久，因为父母在十月革命的洪流中被镇压了，被迫来投靠叔叔彼得罗夫斯基。

在那一片广袤的边境线上，罂粟苗壮，产量颇丰，每年采割下来的鸦片煞是惊人，换来了大把大把的金钱。事实上，彼氏是当地那一支白军的最大金主，不可一世，时常在庄园内举办酒会，喝得昏天黑地。起先，瓦莲娜根本瞧不起汤世瓶，傲慢得像一只小母鸡，每天干完她自己的活计后，便抱着一只手风琴，唱那些令人心酸的曲子。有一日，瓦莲娜哭喊着冲出了房子，几乎衣不蔽体，身上落满了靴子和鞭子的痕迹，简直像一个血人。那以后，挨打就成了家常便饭。汤世瓶不忍，询问了几次，瓦莲娜只是一味地哭，不肯相告。在一个雨夜，听见瓦莲娜的嘶喊时，汤世瓶偷偷摸进了楼内，骇然地发现，彼得罗夫斯基带着两个白军军官，正在轮奸自己的侄女。趁着这三个牲口酩酊大醉，汤世瓶在他们的脑壳上一人赏了一镢头，脑浆四射，当即殒了命。白军军官带来的卫兵就在附近，二人不敢怠慢，悄悄溜回了花房，商量对策。瓦莲娜想回圣彼得堡，但她的脚已经崴了，假如被白军逮住，必死无疑。显然，北上的路断了，只有依了汤世瓶的话，翻过眼前的一道山脉，一路南下进入中国，方能逃出险境。瓦莲娜点了头，一瘸一拐地相跟着，这样必定会耽误时间。汤世瓶一狠心，再次摸进了楼里，挑了一张最硬棒的白毡，干脆将这个洋女人捆扎起来，扛在了肩上。速度加快了，半个月之后，汤世瓶碰见了说汉话的牧羊人。

　　临走前，汤世瓶还带走了一袋罂粟种子，这些是瓦莲娜平素里筛选出来的最优品种。袋子白天黑夜地揣在身上，既对种子不利，也像一颗危险的炸弹，随时可能爆炸。在马鬃山和龙首山以北的旷原上，时有小股的土匪武装出没，而来自俄境的花花子和鸦片则是头号目标。有好几次，瓦莲娜对恩人哀告说：扔了吧，干脆扔了吧，我不忍心见你引火烧身，不小心送了命。但是，从千里路上走下来，汤世瓶终于见识了罂粟的紧俏、鸦片的稀缺，一个天大而果敢的想法，在他的心里慢慢形成了。是的，离开敦煌已经多年，早已物是人非，换了人间，汤世瓶需要一个可靠的帮手，需要一块土地，更需要这个人的野心和毒辣，否则一切都像一个屁，甚至连屁也不如。这么着，丁荣猫的嘴脸浮现了出来，令汤世瓶为之一振，加快了步履。依据他的掌握，丁荣猫绝不是平地里久卧之人，更不是一个善茬，眼下的当务之急便是迅速进入沙州城，第一时间找见这个当年的麦客子，从前的伴当。汤世瓶甚至提前设计好了，等见到了丁荣猫之后，不露真章，先装疯卖傻，熬他个一年半载，掂量一下对方的耐性和胆量，再做定论。至于如何熬，汤世瓶想到了游牧部落中的熬鹰，不管它多么张牙舞爪，到头来只有服帖与归顺这一个结局。这么着，汤世瓶扛着瓦莲娜，不停地叨念着丁荣猫这个名字，仿佛这一路上总共有三个人。瓦莲娜问说：丁荣猫难道是你们的主，你们的上帝？汤世瓶愉悦道：不，这狗日的是我爹，是我先人，是我八辈子的老祖宗。

进入一道山坳后，土匪的风声越来越紧，罂粟袋子更显危险。瓦莲娜说：要是有一只镊子便好了，我想到了一个办法。汤世瓶见识过尖嘴镊子，三下五除二，便将路旁的一座坟掘开了，从一堆白骨中找见了一根银簪。瓦莲娜拿着簪子，在白毡上每扎一个眼，便将一粒罂粟种子埋下去，又将羊毛捋平了。汤世瓶开了窍，觉得这就像养蚕一般，那些针尖大小的褐色蚕子，将来终究会被孵化出来，吐丝结茧的。花了一天半的工夫，瓦莲娜将一袋种子悉数藏在了白毡内，做得天衣无缝，末了却皱起了眉头，煞是不解。汤世瓶突然哭下了，指着坟坑里的一堆骨殖，坦承道，这正是他自己的结发妻子，陕西婆姨，头盖骨碎裂了，当初是被一块滚石要了命。瓦莲娜亲手将那一根银簪归还了主人，还在白骨上喷了香水，再次填埋了。那日夜里，汤世瓶便钻进了瓦莲娜的被窝，骑在了对方的身上。当一股压抑多年的精液释放出来时，汤世瓶的游魂回来了，忙跪在地上，亲了亲沙子和土。瓦莲娜道：我迟早会跑的，这不是我的家，我的家在更北的北方。哼，你跑吧，跑回去也就是一死，我敢打赌！汤世瓶威胁道。呃，那倒也是，我还不想死，但我未必会拴在你的裤带上，我随时会喜欢上别的男人，瓦莲娜连续挑衅。汤世瓶并不计较，声言道：你跟谁相好，和谁日弄，我都不会吃醋，但前提是你给老子干一件事。啥事？瓦莲娜躺在汤世瓶的肩上，从白毡中探出头来，讶异地问。嗯，现在你就是花匠，我可以做一名毡博士了，咱们后天进沙州城吧。汤世瓶爆发出一种丧心病狂的大笑，换了肩胛，扛稳了那一捆白毡。

也真就怪了，在汤世瓶喋喋的陈述中，那些细碎的芽尖仿佛被施了魔法，忽然大了，长出了指甲盖一般的嫩叶，颜色翡翠，嫩得似乎一口气能吹灭。汤世瓶沦陷在了回忆中，不曾察觉旁边的变化，直到瓦姑娘过来提醒说：猫呢，那只猫呢？汤世瓶在谭家大院内寻了一圈，只身回来后，不以为然道：我偏就不信，哪有猫不食荤腥的，等着瞧吧。

半晌，丁荣猫回来了，一顶草帽遮住了大半个鼻脸，样子阴沉极了。丁荣猫一把拨开汤世瓶，径自站在了瓦姑娘跟前，抱拳道：女公子，你在我这达住了大半年，也吃喝了大半年，我从没说过一个不字，今个天，你该报答我一下了吧？汤世瓶不解，刚要拦挡，不料一把尖刀飞刺而来，突然顶住了他的下颌。丁荣猫咬牙说：老汤，我现在杀人的心都有了，你只管将我的意思传给她，否则……言毕，丁荣猫收了刀，摘下了草帽，居然从帽兜里取出来了一把稗草，递给了瓦姑娘。汤世瓶顿时失笑开来，笑得肠子快断了，像是嘲弄，又像是一种怜悯。这一时，有了汤世瓶居中翻译，这些年来笼盖在丁荣猫心中的全部疑问和焦苦，终于水落石出了。

"不错，这也算花花子，你们中国的土罂粟。"瓦姑娘道。

"的确是罂粟，好眼力。"

"嗯，我以前在农学院里就见识过它，但它不耐寒，翻不过北边的山，所以还是俄国的花花子生命力强壮。"瓦姑娘翻看着手中稗草一般的植物，检查了根须，勘验了茎叶，忽然面露难色，"上帝，它不应该是这样的，它被人做过手脚。"

丁荣猫苦笑，笑容像一块咸菜："所以它就算卧了果，结了籽，也割不出一滴浆液来。"

"就像太监。"汤世瓶插嘴。

"正是。"

"猫，很抱歉，我没有工具，也没有仪器，我现在说不出究竟做过什么手脚，这需要化验分析。"半年多下来，瓦姑娘也有了敦煌人的那份客套，接续说，"这只是几个标本。不过据我观察，当初下种子之前，种子一定被药水浸泡过，发育不开，真是抱歉。"

丁荣猫喟叹道："我被耽误了，耽误了这么多年呀，那个老贼娃子。"

"哼，我现在来了，没人敢再骗你。"汤世瓶道。

"这是另一笔账，你别掺和。"

"丁掌柜，我们现在坐在同一条船上了，没有彼此。"汤世瓶暗自吃惊，原来丁荣猫也在这条罂粟花的道路上盘磨着，至今一无所获，而自己出走的年头，恰好等于丁荣猫南柯一梦的时间，这无疑是一种天赐的共谋关系；同时，自己带来的这一场魔术，已经彻底征服了这个跃跃欲试的家伙，好戏终于开始了。汤世瓶又道："现在出苗了，过些天就要移栽到地里去，还要喷水施肥，小心虫鸟，刈除杂草。猫子，你就等着瞧吧，一天一个魔术，可惜你只长了两只眼睛。"

丁荣猫抱拳："瓦姑娘，请你借一步说话吧。"

一愣。

"是这，我在红门楼上订了一桌饭，我不想被人拒绝。"丁荣猫的脸放晴了。

目下，当瓦姑娘替汤世瓶作保，提出来再赠送一场魔术时，丁荣猫不得不信，慢慢收起了拳头。暗夜中，汤世瓶的脸一直绿着，口齿间不停地蹦出来一些尖锐的辞藻，咒骂着瓦姑娘。丁荣猫虽然听不懂，却能猜出个七八分，大不了就是婊子、娼妇、洋杂碎之类的意思，也不劝止对方，任由汤世瓶一味地发泄。这个关节上，瓦姑娘拎着一盏灯笼，在罂粟花田上查看，查看得很仔细，一株苗一株苗地过手，像一位十足的花匠。灯光打在瓦姑娘的鼻脸上，带着一份妩媚。丁荣猫最喜欢对方扬起的下巴，那是一种高傲，一种不屑与鄙视，仿佛对汤世瓶的恶言充耳不闻。这么着，丁荣猫的心中跑过了一股电流，战栗不止，甚至比刚才在罂粟花田中喷射精浆还要过瘾，带来的高潮还要空前。丁荣猫暗忖，这一对狗男女终于有了罅隙，开始了反目，自己不经意间打下的这一根楔子，成功搞垮了对方的关系，以后一定要将这一碗水端平，为己所用。即便在夜里，从鸣沙山和戈壁大滩上吹来的火风依旧烫人，火风席卷着罂粟花田上的迷醉气息，令人迷幻，也催逼着人们狂妄。丁荣猫亲昵地喊了一声老汤，捉住对方的手，双双盘坐在了凉榻上。

谭家后院的菜地恐怕不止三亩，尤其在上弦月的深夜，貌似有一条河那么宽阔。瓦姑娘提着灯笼游走来去，一忽儿近，一忽儿远，好像一把尺子，在丈量着脚下的深渊。盘下这座府邸后，丁荣猫一直懒得打理，原先种下的萝卜与葵花犹在疯长，但白菜和甜菜沤烂了，恰好肥了田，膏了地。端午节后，罂粟苗必须移栽到大田中，丁荣猫跟汤世瓶驾轻就熟，深耕了一趟，又垫了一层马粪，撒了一遍草木灰。狗日的，人靠人抬，地靠肥埋。夜风拂过之际，那些拳头般的罂粟花呼啦啦地作响，簇拥着，挤碰着，仿佛一阵阵杂沓的马蹄声，扑面袭来。嗅闻着眼前奇异而神妙的气息，两个伴当幻觉丛生，大话连天。汤世瓶道：收秋时，今年的种子数量将翻上十倍百倍，等明年开了春，我要把它们撒在城外二十三坊，撒在南湖，撒在党河两岸，证明我老汤活着回来了。丁荣猫则躺在凉榻上，盯望着浩瀚的星空，徜徉说：你撒你的，我干我的，咱们两不耽搁。是这，我想把罂粟花种在莫高窟，种在每一座窟子里，献给佛祖和菩萨，就当是我的一份供养吧。咦，你的意思是佛祖和菩萨会悦纳么？你别忘了，这可是大烟花，并不是青莲呀，汤世瓶反诘道。丁荣猫说：我的罪孽深了，我不过是想讨一份宽恕，下辈子不要再这么落怜，这么受罪。唉，我老汤的罪孽也不浅，其实我手上有四条人命，除了那三个洋杂种，我婆姨也是我推下山摔死的，石头并没有砸死她，我赖给了石头，汤世瓶坦白道。这么一讲，两个人霎时恓惶开来，似乎是从一个娘胎里出来的难兄难弟。

　　突然，门响了，汤世瓶精着脚丫子，跑去应门。

　　丁荣猫也不懈怠，忙穿戴齐整，捧起了一碗凉茶，肃穆了表情。这一时，县警察局步警队队长田虎子簌簌簌地跑了过来，鞋跟咔嚓一磕，站在了半米之外，抬手敬上一礼。丁荣猫上下审视了一番，突然呵斥说：你大的尿，半夜三更的，你穿着这一身老虎皮吓唬谁，吓唬老子么？田虎子摘下帽子，头上开了锅，再三释解，他刚刚在县府里开完会，事态紧急，所以才冒昧赶来的。汤世瓶见了警察，一时狐疑，但料想这里头大有文章，便赖着不走。丁荣猫见状，索性挑破了话题，直脱脱地问：那个偷着拔了我几棵罂粟花的女人，现在如何了？呃，回猫哥的话，在谭家院墙外当场就斩杀了，没留活口，尸体也送进了化人场，一把火烧了，田虎子答。闻听此话，丁荣猫出手如电，扇了对方一记耳光，恼恨道：你的人是吃屎的么？让他们来当狗，在谭家周围看庄护院，居然让一个妇人钻了进来，还拔了我的苗子。田虎子捂住脸，申辩说：这自然是弟兄们的失误，我自己来担责，但当时的确是饭婆子出门去倒垃圾，忘了闭门，让那个女人钻了空子。丁荣猫思忖一番，又道：饭婆子住在井后街六号，姓佟，天亮前让她消失吧，谭家大院需要清静，我也讨厌她的饭食。田虎子允诺了，补充说：这个简单，给饭婆子和那个女贼安上同样的罪名，就说两个人一起通匪，前后脚侦破的，因为拒捕顽抗，所以就杀掉了。

丁荣猫摸出来一张银票，款款别在了警察的领口上，哀告说：哎哟喂，你是虎，我是猫，你就可怜可怜我吧，我的心其实像一张黄表纸，一戳就破，禁不起这么折腾的。鞋跟咔嚓一声，田虎子立定住，发咒说：猫哥，我已经加派了人手，谭家大院倘若再丢失一根苗子，你就用我的血，灌在这一片罂粟地里。

旁侧，汤世瓶已经饮下了三四碗凉茶，却仍不解渴。闻听了这些对话，汤世瓶悲喜交织，喜的是自己不曾走眼，这个麦客子出身的家伙，果真是一个狠角儿，竟然连县府的警察头目也拉下了水，如此地服帖他。悲凉却像手中的这一碗败茶，渗入骨髓，一种莫名的恐惧让汤世瓶汗毛倒竖，谭家大院封锁了这么久，滴水不漏，可自己竟然像一个十足的傻瓜，还在笼子里陶然自得。丁荣猫踱了几步，瞥见汤世瓶蹲在地上，满头是汗，表情古怪，便知这敲山震虎的计策见了效，不免暗笑了一番。田虎子不走，一直嗫嚅着，看见丁荣猫的脸色变下了，方斗胆道：

"猫哥，我刚从县府开完会，行政长杨灿决定挂印请辞，过几日便要离开敦煌。"

丁荣猫道："省心吧，行政长的那个槽里，没你吃的料。"

"杨灿受不住了，不管兰州方面准不准，去意已决。杨灿卸任了行政长，同时也将卸下兼任的警察局局长一职，这才是关键。"田虎子搓摸着手，急迫道，"今晚夕，这狗日的一再夸奖马警队的张喜群，天平对我不利，杨灿似乎想让二棍子代理局长，将矛盾交给下一任行政长去解决。咱们前头打点的钱，看来是扔河里了，一切都瞎了。"

"不是任何一手买卖，都稳赚不赔的。"轻蔑道。

"猫哥，二棍子盯上谭家大院了。"

丁荣猫一怔。

"是这，那天杀掉的那个女人，身上并没带赃物，连一片罂粟叶子也不见。案发当时，只有二棍子骑马经过，我怀疑是他摸走了那几棵罂粟花。"田虎子带着职业般的警觉，剖析说，"也许是罂粟花惊走了杨灿，不想惹这个麻烦吧，他定在后天一大早离开沙州城，前往酒泉。二棍子这个卖尻子的货，自告奋勇地去送杨灿，指不定还会冒什么坏水。"

"呃，让二棍子一个先手吧，等新的行政长来了，我自有打算。"

"猫哥，你别忘了二棍子的身后也站着人，除了胡家坊的胡梵义，另有整个急递铺的游击们，那可是一帮子刀尖上找食的家伙，喜欢泼命，我早就看不顺眼了。"田虎子下着猛料，火候均匀，又接续说，"那个胡梵义，便是关外三县传说中的河西司马，我一直盯着他，早给他腾空了一间因牢，但始终抓不住一点把柄，让他逍遥到了现在。"

"猫有猫道，狗有狗路，我可犯不着去惹一个所谓的河西司马。"丁荣猫根本不愿深谈。

"已经惹下了。"

一愣。

"是这，那个被杀的女人，原本是来谭家大院找毡博士，求购一块白毡的。"田虎子终于露出了真章，仔细道，"女人的户头在石家，男将叫石乖乖，早些年得了风湿病，常年卧床不起。这个石乖乖其实有一个亲哥，不过他从小跟了娘老子的姓，姓苏名食。"

"苏食？"丁荣猫愕然道。

卷三十

几匹快马从莫高窟的方向上疾驰而来，刚到了沙州城南门，就被拦下了。

收秋前，天气仍大，气温始终居高不下。敦煌境内的买卖人不失时机，将吃喝摊子摆在了沙州城外，长达数里地，凉棚接短亭，一眼望不到头。凉面、卤面、拌面、驴肉黄面、凉粉与面皮子，一律码在了台案上，在日光下油汪汪的，惹人馋涎。这些摊位的中间，夹杂着卖杏皮水、凉茶、罐罐茶和洗脸水的，一时火爆，害得伙计们一趟趟地去挑水，地面也湿滑了，穿不住鞋子。城门的另一侧，却是一派萧条，摊主们寡下脸，日娘捣老子地开骂，哀声四起。

开年后，敦煌一带风调雨顺，无病无灾，眼看着将是一个不错的年景，孰料半途中却出了意外。苗木焦枯了，结下的果子酸涩，大小如婴儿的拳头。地里的庄稼也渐渐停止了生长，洋芋蛋子没发起来，苞谷棒子上结了零星的籽粒，甜菜不甜，洋姜不香，辣子不辣。在蔬菜架子上，黄瓜像筷子那么细，西红柿红不起来，番瓜的嘴脸变了形，丑陋得就像扔掉的破鞋底子。至于刀豆、包心菜、茄子、芹菜、芫荽、大葱和韭菜，纷纷歉收，简直让人们的眼睛里能哭出血来。千幸万幸，幸亏麦子已经割了，晾在了阳坡上，等待扬场，否则后半年的饥馑就会坐实。城内的十几口水井干枯了大半，水面上挤满了蛤蟆豆子，连麻雀也喝不饱。挑水回来的伙计们一再埋怨说，党河瘦了，瘦得像一根裤腰带，舀上一瓢，几乎有半勺子的泥沙。敦煌人渐渐心慌了，纷传说，惊掉了，脚下的这片土地惊掉了，不是被魔鬼拿走了魂灵，便是让妖孽吸走了阳气，所以才这么疲疲沓沓的。惊掉了，敦煌人原先用这句话形容失控的车马，现在却用在了土地爷的头上，足以说明形势堪危，不容小觑。前不久，从陇西坊里传来了一则小道消息，文武两家和事老协会决定联手，将择日在沙州城内的土地庙里设坛作法，给土地爷扎针放血，催迫他老人家打起精神，照应一下还残留在地里的庄稼。消息称，久未露面的李豆灯大人将担任主祭，一时间让人们看见了希望。话虽这么讲，可大半个月快过去了，事情眼看着就要黄了。

是日下午，拦住快马的竟是梵同。梵同立在城门下，双臂一舒，喊了一声：哥。

梵义勒住了坐骑，跃下马背，径自将缰绳和快马一体交在了弟弟的手中，不发一语，掉头而去。不一会儿，后面的几匹马才追撵过来，缓下了蹄子。梵同瞧见，孔执臣下了马，另有两位身着道袍的小道士也滚鞍下来。最末的一匹枣红马上倒是无人，但马脊上横担着大小不一的两捆包袱卷，分量不轻，累得牲口直喷口沫。梵义返身抱拳，躬身一揖，相告说：两位小师父，送君千里，终须一别，我等已经到了城门楼子下，再不敢劳烦大驾。小道士们眉清目秀，伶牙俐齿，相率着还了礼。一个开腔道：离开上寺前，道长交代过了，一定要将二位恩人送至世兴堂，安顿下来才是。另一个则说：不光二位恩人，这些藏经洞中的经书宝卷，也需要我们看着安顿下，回去好给师父复命。梵义不愿缠磨，忙将梵同喊了过来，介绍一番，借口说此乃自己的弟弟，家务事当前，恐怕暂时不能入城了。果然灵验，小道士们翻身上马，道了吉祥，说了辞别的话。

这个关节上，孔执臣追了上去，笃定道：烦请二位回去了告诉道长，这些借来的经书宝卷我定当珍惜，按期璧还，说不定还能在里头发现一张古方，恰巧治愈了道长的顽疾哪。其中一个说：倘若真有那么一张天赐的方子，那一定是太上老君和诸位天尊发下的慈悲，你千万别慌忙归还，师父天性吝啬，强逼着你打下了借条，我们做弟子的也觉得太过分了，毕竟是你抓的几包药救醒了他，师父现在不说胡话了嘛。孔执臣不居功，仔细道：我前面抓的那些药，足够道长吃上一半个月了，等差不多时，我会另外准备一些，让人捎到莫高窟去。

刹那间，两个小道士嚎啕大哭，伏在了马颈上，泪水涟涟，引得路人纷纷侧目，拢过来看稀罕。一个挥泪道：恩人，等收秋结束后，你一定来莫高窟住上几日，这些天你在下寺，师父的脸上开了花似的，有了笑声，也不再骂人了。会的，我一定会去的，等看完了这些经书宝卷，我还要另外再换一批哪，孔执臣应承下了。另一个泪眼婆娑道：师父的眼睛麻了，认不清白天和夜里，也认不清其他人，但唯独二位是个例外，有空的话，恳请你们惜疼一下师父吧。在一声声道别中，小道士们悬在马背上，拖曳着哭腔，驶离了沙州城，消失在了白花花的天光下。

梵同本性顽劣，尤其在哥哥的面前，一向口无遮拦。见孔执臣长途奔波，娇喘未定，脸蛋红扑扑的，像施了一层粉黛，梵同便揶揄道：哎哟，二位真是好兴致呀，一同去莫高窟游秋了吧？梵义抢白说：不当家不知柴米贵，你倒说得轻巧，哪有闲心去游秋呀。三言两语中，梵义简略地讲了讲这一趟莫高窟之行，不外是孔执臣客串了一次大夫，开出了一张方子，暂时缓解了王圆箓的疼痛。王圆箓离开世兴堂时，梵义犹不放心，一路护送到了下寺。前几日，王圆箓又有些反复，梵义捎话，孔执臣便带着一些新药，去莫高窟再次巩固住了病情，这才返回。梵同诡笑着，目光在两个人的鼻脸上游移，大有翻墙揭瓦的兆头。梵义生怕弟弟给难堪，给了梵同一个抽脖子，申斥道：还不赶紧给小婶子请安，真是书念到了狗肚子里。梵同依言，躬身抱拳说：小婶子劳累了，梵同请小婶子去喝一杯凉茶吧？孔执臣拽着缰绳，手抚着那一匹驮了经书宝卷的坐骑，婉拒了。梵同扑哧一笑，本相终于爆发了，影射道：

"我以为，二位的这一趟莫高窟之行，好有一比。"

"哟，比作什么？"孔执臣问说。

"金童玉女，西天取经。"

"真是没个正行，仔细你的狗牙吧。"这一霎，孔执臣的鼻脸上挂了一块红布，打也不是，骂也不行，眼巴巴地盯看着梵义，却求援不得。遂敷衍道："哦，这一趟取经倒是不假，但我和梵义还缺一只猴子，莫非你想做那一只猴子，在前头鸣锣开道不成？"

"猴子就算了，我最想做一匹白龙马，被小婶子牵在手里。"梵同机敏道。

"你不在讲堂上教书，大天白日的，干么在城外乱混达？"梵义喝问，不由得生出了一阵无名火，"瞧瞧你，你身上哪有一丝斯文，嘴里何曾有过一句道德文章？哎呀，知道的人明白你是一个代课先生，不知道的人看你就是一个败家的少爷羔子。"

梵同脖子一梗："你少拿少东主的口气训人。"

"反了你。"梵义举起了巴掌。

这么着，梵同抱头鼠窜开来，一会儿藏在孔执臣背后，一会儿躲在枣红马身下，兜来转去的，避闪着哥哥的责罚。城楼下人烟密集，小商小贩的筐子扁担仿佛丛林，还有的吆着猪羊，有的赶着骡马，娃娃跑，妇人追，蹚起来的尘烟像一道道帐幕，让人烧心呛肺的。孔执臣却后几步，袖手一旁，眯眼打望着眼前的这一幕。真的，这是胡家兄弟俩罕见的亲昵时刻，自从爹老子多年前一病不起，缠绵至今，自从三弟梵海流落在外，哥哥娶妻生子，整个家庭脱胎换骨之后，也是自急递社秘密结社邑义，一个奔波忙乱，另一个潜心教书以来，梵义跟梵同第一次这么嬉闹追逐，仿佛回到了从前，找见了往昔的那一份情愫与单纯。这一时，孔执臣的内里潮起了一丝感伤，思忖道，要是时光停在这一刻该有多好，兄弟和睦，相率而行，这人世上便没有过不去的坎，翻不完的山，蹚不了的河。一念及此，孔执臣噙着泪水，仰看着头顶上的日头，突然发现那一道光轮黯淡了下去，好像镶上了一圈黑边。黑边如一条逶迤的孝布，在广漠的天际上拂荡，肉眼几乎看不清楚。孔执臣骇了一跳，忙敛回了目光。

梵同终于跑乏了，被哥哥逮了个正着，哀告说："丰鼎文先生在等你。"

"什么？"

"喏，丰先生就在那一座凉亭里，一大早便来了，让我在城门下拦住你，邀你去喝一杯清茶。"梵同遥指着远处，似乎突然间有了一座靠山，快慰道，"弟弟自知才疏学浅，以前荒废了大好光阴，痛悔极了。前不久，我通过了鸣山书院的夏季考试，成绩全部合格，正式拜在了丰先生的足下，成了山长的关门弟子。"

梵义抱住了弟弟，假嗔道："你个贼疙瘩，看我不去奏你一本，杀杀你的癫狂。"

商议了一番，梵义力邀孔执臣同行，一块去喝茶，拜见一下丰鼎文先生。后者婉拒了，声言说：山长或许要跟你谈谈梵同的学业，外人在场，恐有不便。孔执臣善解人意，梵义觉得在理，也就不再强求，于是牵来了坐骑，照应着对方骑了上去。末了，梵同又将驮了经书宝卷的枣红马拽过来，将缰绳递给了孔执臣。孔执臣拨转马头，吆喝一声，迅速消匿在了乌泱泱的人群中。梵同啧啧道：哎哟喂，小婶子骑马的姿势真是飒爽英武，令人想起了替父从军的花木兰，简直是不让须眉呀。梵义附和说：这个自然，执臣从小生活在焉支山下的马场里，不论别的本事，单单就骑马这一项，我看敦煌境内的第一高手陈小喊也未必能比得上。梵同挖苦道：喂，脖子快断了，前头都是灰土，别那么看了。

丰鼎文乡望素孚，驰名于四郡两关一带，一生致力于鸣山书院的事业，但个人秉性上避世离群，青灯黄卷，鲜少在世面上露头。今次，丰先生破例出面，又在堂皇闹市上摆设了一席茶汤，专门迎候一个晚辈，这让梵义的心里不停地打鼓，半天也琢磨不出山长的用意。梵义并不着急，买了一盆洗脸水，将头发仔细地擦拭了一遍，探问说：丰先生的这桌茶是冷是热，你这个关门弟子，总该透一点风声吧？梵同答：一起来的不光有我，还有另外几名弟子，早上就急慌慌地下了山，山长并不曾交底，实在不知。咦，山长是如何知道我今天返回沙州城的，难不成丰先生能掐会算，专门卖卜？梵义疑惑不断，追问道。梵同当即不悦了，催喊说：麻利一点，山长那么大的岁数了，你就忍心先生被日头炙烤么？你又不是去相亲，粉饰什么呀？话虽如此，见水太脏了，梵同泼在了地上，另买了一盆，将哥哥的鼻脸按在了水中，又递上了一块土胰子。梵义将土胰子抹在鼻脸上，一边搓摸着，一边浣洗。

这个关节上，梵同嘀咕说：哥，苏食叔的家里出事了，先是苏食的弟媳妇被人杀了，警察局给她安了一个通匪的罪名，扔进化人场炼成了一盒子骨灰,交给了石乖乖。别看石乖乖这些年病重,下不了炕,但到底是一介硬汉子,连夜爬到了县府的门口。天亮时,行政长杨灿刚一出门,石乖乖便将一盒子骨灰,兜头泼在了杨灿的脸上,他自己拔出了一把菜刀,当场抹了脖子,没喊一声冤。胰子水渗入了眼睛,火辣辣的,蜇得梵义抽搐了一番,知道眼泪下来了。半响后,梵义擦干了鼻脸,眯起眼睛问:苏食呢,苏食叔现在做啥?等一下我要见他,你抓紧去一趟家里,传我的口信。梵同回眸,瞥望着远处的凉亭,一时为难,左右莫是。

岂料,梵义突然改了口风,一把攥住了弟弟的腕子,失魂道:不,你不能去胡家坊,你现在马上去急递铺,孔执臣恐怕有危险,千万不能让小婶子掉进了陷阱,遭了他人的暗算。这是一句叱令,梵同分明从哥哥的脸上,辨析出了少东主的那一份威严与急迫,立时忘了山长在侧,跃身而起,骑了梵义的那一匹快马上。临走前,梵义又交代说:记住,万一碰见了苏食叔,你就转告我的话,不论是谁杀了那个女人,害了石乖乖,这都是与整个急递社为敌,向我胡梵义宣战,我决不会善罢甘休的,请他放心吧。

眼睛里的胰子水消失了,但日光照临下来,让梵义隐隐觉得,敦煌的天开始变了。

凉亭一带闹中取静,一无车马喧嚣,二无行人,只有强劲的旷野风从北方刮来,掀动着亭顶上的瓦页,像一只哑掉了的嗓子,呜呜咽咽的。六角形的凉亭,靠北的立柱常年迎风,早就被风沙打弯了,豁着牙,面目沧桑,表皮剥落。柱子上镌刻着一副对子,上联是你来了就来,下联为我走了便走。传说这是早些年的一位持旌使节留下的墨宝,左宗棠提兵入疆时,对此爱不释手,命人重新修葺了凉亭,再次描刻上去的。梵义疾步上前,远远地瞭见了一头白雪的丰鼎文先生,内里登时潮起了一股感念的汁液。这份感念不仅仅缘于山长纡尊降贵,破例下山迎候,还罕见地替一个后生置办了一席茶汤,更因为先生开明大度,另眼相待,将自己不成器的弟弟收入门下,让他从此踏上了正道。梵义脚不沾尘,簌簌簌地登上了凉亭,垂手立在了山长的面前,深鞠了一躬,恳切道:晚生胡梵义,给先生请安。

岂料，梵义连说了三趟，山长却纹丝未动，一直伏身于一张临时的几案上，一手捉笔，一手按住了凌乱的纸页，抄抄写写，干脆无视周遭的动静。凉亭下，游走着几个鸣山书院的弟子，一律轻衣薄褂，简洁干净，比弟弟梵同利落了许多。见此情状，梵义不便作声，遂扪下心来，静候山长从沉浸中醒转过来，让先生自己开腔。的确，丰先生已经老矣，腮帮子塌了，颧骨突出，眼窝深陷，颊脸和脖颈子上的青筋，像一团纠缠的根须，密密匝匝的。丰先生的手上，布满了暗癍，瘦削下去的身体，勉强撑住了那一袭单薄的长衫。丰先生偶尔落笔，快速写下一两行墨字，但更多的时候却支颐冥思，眼皮子倦怠极了，像开败的花，不愿意睁开。半个时辰过去了，梵义的腿几乎快站麻了，杂沓的心事像一只滚沸的汤锅，难以平静下来。急递铺如何了？孔执臣现在又如何了？那一匹驮着藏经洞经书宝卷的坐骑是否妥当？这一刻，弟弟梵同也该到了大十字一带吧？梵义百肠纠结，实在难以平静下来。

蓦地，丰先生搁下了长毫，咳嗽一声，从身上摸出来一块手帕，揩了揩额头上的汗，照旧对梵义视而不见。一个弟子循声而来，往砚田中注了一汪水，拿起了墨锭，款款地研磨开来。水一下子浑透了，搅动着一根根黝黑而凌乱的丝线，仿佛等待着一支笔尖将汉字打捞出来，晾晒干净，道出一段完整的心事。多年前，梵义从乡学里辞掉学籍时，几乎什么都没有带走，但总教赠予他的一句话，梵义至今记忆犹新。总教当时说：不管这个人世上的光阴如何变迁，也不论将来的人心走在哪一条路上，其实课堂和人世间只有一个道理，不过是人磨墨，也是墨磨人，唯有每个人去悉心参悟了。念想至此，梵义的腿上虽然还在发麻，却倏忽间轻盈了下来，神色悄静。丰先生又开始援管落笔了，梵义侍立一旁，俨然一介相伴多年的书童，被墨香熏染着，内外浇淋。梵义暗忖道，人磨墨，这是最浅显不过的，但墨磨人，岂不就是眼前丰先生的一幅真实写照嘛。山长教了一辈子的书，写了一辈子的字，桃李天下，到头来墨锭不仅没有染黑他，反而洗白了丰先生，令其鹤发如雪，枯面似鹰，仿佛洞穿了这个人世上的全部机密。这一时，梵义顿悟了，墨锭其实就是宿命，是试探，是迎面而来的罡风与沙暴，前来淬火和磨砺，施洗一切有缘人。

梵义按捺不住了，心中又燎起了一片大火，外冷内热，但这些都没有逃得过丰先生的眼睛。天老爷，我的那一块墨锭在哪达？墨锭是谁，谁又来磨我？梵义的脑海中一遍遍地吼喊着，感觉整个身子都快炸裂了，却得不到一声回音、一句慰藉。这么着，梵义开始毛糙了，趋前一步，再次深鞠了一躬，粗陋地喊道：晚生胡梵义，给先生请安了。一连说了三趟，山长头也不抬，手也未停，继续伏身于砚田和纸墨上，干脆不予搭理。梵义当即恼下了，哐啷一声，落座在了桌案对过的凳子上，抄起茶碗，灌进了嘴里。灌完一碗，旁边的弟子们紧着续上了茶汤，梵义又是长鲸饮水，不露痕迹地吞了下去，觉得肚子里突然生出了一道道波澜，浇熄了火焰，这才消停了许多。

又是半个时辰，山长终于写毕了，搁下长毫，吹着纸面上的墨字。梵义立起身，重复了刚才的话，只简单地抱了抱拳，煞是敷衍。丰先生咧嘴笑了，仰面道：茶好喝么？梵义卖弄说：茶乃静品，可惜再好的茶，搁在这么一个骡马喧闹的市面上纯属糟蹋，只能解渴，却不知其味。茶好喝么？丰先生又开始发问。酒乃喧品，倘若先生当初改了主意，将这一席茶换成了酒宴，现在还能屈尊和晚生推杯换盏的话，岂不快哉？梵义一时逞强，咬文嚼字了一番。丰先生再问：茶好喝么？闻听此言，梵义简直烦躁极了，白白耽搁了大半天的工夫，难道就为了这一口黄汤么？梵义郁结道：茶的确不错，可惜凉了。呃，茶虽然凉了，但刚好可以败火，丰先生道。梵义一怔：败火，败什么火，我可没有上火呀？这一时，弟子们在亭外摆了一盆水，喊山长去擦擦脸，凉快一下。丰鼎文起身离席，忽然扮出一个鬼脸，夸张道：你说你没上火，但我看见了你身上的火苗，少东主，你抓紧扑灭它吧，老朽去去便回。梵义颓坐在凉亭内，一碗一碗地喝茶，然而越喝，心里的无名火就越大，似乎这些茶汤根本不是水，而是火油，专门来助长气焰的。

不巧，一缕旷野风穿过了凉亭，将案子上的纸页拂了下来，掉在地上。梵义懒得拾，仍在消化着山长刚才的话，打算等一下告辞，立马走人。磨蹭中，脚踩住了一张纸，梵义俯身捡起来，定睛一瞧，居然满篇都是同一个词：沙子。梵义急了，左兜右转了一圈，统统拾在手上，皆是同样的内容，沙子沙子沙子。再看桌案上遗留的那一沓文稿，除了沙子，仍是沙子，没有多余的一颗字，卷面清晰，抄写工整，完全是唐写经的风格。天老爷，丰鼎文先生在凉亭里枯坐了大半天，貌似在著述，在书写，却原来无聊至极，玩弄笔墨，写下了这十万八千颗汉字，堪称是一座沙丘了。梵义的意念中刚刚出现了一丝鄙夷，但转念一想，沙子不就是用来扑火的么？丰先生之所以不费周章，写下这么多的沙子，难道不是在开示自己么？亭子外，山长已经洗完了手，净完了面，折转回来。梵义赶紧将凌乱的纸页归拢起来，叠得整整齐齐，搁在了桌案上，并覆上一块镇纸。也就怪了，此后的旷野风一阵紧似一阵，但镇纸下那些所谓的沙子，并不曾走失一粒，安静如素。瞭见山长进来，梵义垂手肃立，再次恳切道：晚生胡梵义，给先生请安了。山长瞥看了一眼桌案，会心一笑，好像觉得功没有枉费。

　　后来的茶水是烫的，弟子们重又泡了龙井，将开水注入壶中，凉亭下登时弥散了一种馨香的气息。梵义坐在对面，脊梁骨戳成了一根旗杆，见山长奉茶，自己也啜上一口，见山长停杯，自己便规矩下来，丝毫不敢造次。丰先生垂询了胡家坊老东主胡恩可的病况，又了解了一番世兴堂和沈破奴的现状，梵义逐一作答，并代表父亲与外父，感谢了山长的殷殷挂念。末了，话题转移在了弟弟的身上，梵义再次起身，重重地鞠上一躬，感激丰先生收纳梵同为关门弟子，让其念圣贤书，结交读书人，从此走上了光明之路，不啻为胡家满门的大恩人。

　　对这些水话，山长并不接茬，左耳朵进，右耳朵出，反倒怨怪一气，一部漂亮的白髯抖索不止，简直是天上的神仙样子。山长谦让说：鸣山书院不过是一块井蛙之地、涝坝池子，我其实教不了梵同的，梵同的天地不在书院，也不在敦煌，应该有更大的空间。梵义唯恐生变，忙探问说：先生明示，梵同将来的落脚点究竟该在何处，我也好有个准备？山长起身，款款踱了几圈，突然耻笑说：哎呀，真是未知生，焉知死，你们青春尚在的少年，一个个还来不及奔跑，还不曾摔出个鼻青脸肿，还没有撞过南墙，居然就想着什么落脚点，思谋着什么温柔乡，老朽真是为尔等汗颜，替列祖列宗着急呀。这一股脑的数落，令梵义错愕不及，方寸大乱，竟不知山长的满肚子怒火所为何来，自己又何其无辜。怔忡一番后，梵义嗫嚅道：晚生愚笨，但也知道教学相长，梵同那个小贼肩负着乡学里的代课教职，我一直担心他会误人子弟，现在仰赖了先生的提携，至少给野马戴上了笼辔，给风筝拴上了丝线，不怕他迷失了。山长又失笑了，反诘道：少东主，你肯定误解我了。老朽丰鼎文并不是那种替骏马戴笼辔、给鹞鹰剪翅膀的瞎子货，天地之大，人生苦短，我恨不得将鸣山书院的弟子们，统统撵跑，全部放逐出去，别在这荒凉的关外三县坐以待毙，倘若他们将来沦落到了老朽现在的这个样子，只怕是有心杀贼，无力回天呀。梵义纵然不大懂，但山长的这一番恳切，这一种凄凉的表情，分明是发自肺腑，带着他个人的殷殷伤痕，不容置疑。梵义躬身抱拳，坦言说：先生，我这些年做着小本生意，胡家也有几处店面，不多不少也积攒了一点点家底，完全可以负担弟弟的开销，让梵同不会有后顾之虑。梵同性格单纯而愚钝，我这个当哥哥的，还得请先生替他指一条明路！

　　这一时，山长肃穆了下来，凝眸说：自古而今，凡是远走的男儿，高飞的汉子，有志的青年，凭的就是一腔血勇和胆量，血勇方能无畏，胆量才有生气，除此无他。据我了解，梵同乃是一块璞玉，身上兼备了这两样品质，可唯独缺少的就是一个见识。梵义道：先生所言极是，这个贼疙瘩自小被爹娘老子宠溺，又仗着一点点聪明劲，谈玄论道可以，但一落到实处，身上便有了少爷羔子的惰性，我平时没少拾掇他。山长踱了过来，两手按在了梵义的肩头，笃定道：令尊一直被大病缠磨，令堂也年事已高，这么些年来，可真是苦煞了你这个胡家的长子呀，我虽然在山上，但全都听说了。是这，有道是长兄如父，择日不如撞日，趁着这个晴明的天气，你现在就丢给我一句话，让梵同飞，还是不飞？山长的夸赞，让梵义的心中潮起了一股心酸的念头，那些沉淀在内里深处的不堪与落寞，终于被人窥破了，同时也得到了赏识，这终究是一桩幸事。视线模糊了起来，梵义忽然攀住了丰先生的胳膊，哀恳说：先生全权做主吧，先生一旦指定了头顶的启明星，梵同他就决计不会去追天边的扫把星。哈哈哈，山长拊掌大笑，截铁道：去北平，去上海，去广州，去做新青年，目下的中国已经遍地燎原了，梵同再迟一步的话，恐怕连一碗剩饭也抢不上了。

新青年！梵义哑摸着这个新鲜的辞藻，似懂非懂。

笑毕了，山长撸起袖子，俯身在了桌案上，释解道：我给梵同写一封推荐信吧，我那几位早年间的同窗，现在可都是北平的活跃分子，不是在报馆，就是在校园里教书，我这个老面子，他们恐怕也得掂量掂量，仔细兑现了。弟子们赶忙研了墨，膏了笔，递给了丰先生。不一会，山长便写了满满两大页，落了款，钤了印，装入一个信皮中。山长拈须沉吟，末了又补缀着写上了收件人的名讳与门牌号码，这才郑重地交给了梵义。

梵义接上，深鞠了一躬，款款地揣进了怀里，仿佛这是弟弟的全部身家性命。

日头一偏西，旷野风就像一群冲出了围栏的羊只，乱无头绪。此刻，凉亭内刮来了一阵沙尘，那些微小的沙粒摩擦着空气，几乎将人们的目光打毛了，倦怠不已。梵义暗忖，事情八成都谈毕了，但山长犹不松口，不说告辞，自己也只好耐下性子，赔着笑脸。弟子们又换了一壶新茶，山长亲自沏了一杯，梵义端在手上，但尻子上长满了荆棘，坐卧不宁。风中，那一部白髯拂荡着，贴在了主人的颊脸上，山长慢慢捋了下来，又摸出来一把牛角梳子，仔细梳理着，嘴角上挂着一丝模糊的笑意。山长突然道：这个贼老爷，今年一点也不稳静，不给人长精神，的确该紧一紧皮，放一放血，让他知道厉害了。话里有话，梵义的心里打了个突，忙不迭地问：听说李豆灯大人担当主祭，要去土地庙里扎针放血，却不知道为何延宕至今，秋田上还有不少的作物呢？呃，李豆灯今年怕是缺位了，一则他年事已高，身心不堪，二来，这一桩仪式相当烦冗，他自然是有心无力。山长哀怨一番，接续说：前不久，老朽接到了陇西坊的一封信，称李豆灯请辞了，将主祭一职悉数委托给了老朽。哎呀，我正在为这件事犯难哪！梵义躬身，礼赞说：放眼整个敦煌，除了李豆灯大人和先生之外，恐怕也没有其他人堪当此任，先生又何必过谦呀。山长捋完了胡子，仙风道骨地站起来，绕着梵义逡巡了几趟，冷不丁地说：

"少东主，我倒有一个人选。"

目光询问了上去。

"哦，这个人虽说年轻，但身怀孝悌，多年来敬养父母，友爱兄弟，又加之做事沉稳，性格内敛，早就博得了文武两家和事老协会的一致认同。"山长细数了一大堆优良品质，夸赞连连，笃定地说，"我已致函李豆灯，举荐此人担当主祭，不久后就在土地庙里设坛作法，尽快将今年的败运转圜过来，为明年的稼穑祈福，给敦煌的百姓们吃下一颗定心丸。"

"先生，如此优良的才俊，究竟是哪座坊，哪条街的，姓甚名谁呀？"梵义亦不禁一喜。

"远在天边，近在眼前。"

梵义一怔："我？"

"正是少东主你。老朽今日在南门下摆了茶席，专门来给你压担子的。"

"晚生不敢。"梵义怯懦道。

梵义当然见识过那种混乱而夸张的场面，自小至大，次数恐怕连他自己也数不清了。在关外三县，一俟开了春，百姓们抱持着良善的愿望，除了给土地爷献供外，还要打春牛，祭泥壤，期冀着当年风水顺遂，能有一个不错的年景。然而，人是一疙瘩肉，始终看不透，一旦出现了诸如板结雨、烂场雨和泥壤乏力之类的状况，人们身上的火气便轻易发作了，一股脑地归罪于土地爷，即便嘴上不讲，心里却怨怼极了。这么着，也不知从哪个朝代肇始，老先人们发明了一种惩戒手段，要么给土地爷紧皮，要么替土地爷扎针放血，遇上大灾大难的年份，则是双管齐下，一点也不顾忌神祇的颜面。上一回在庙里设坛作法，大概在七八年前，果木刚开花，秧苗也有半个胳膊肘高了，可俄境一带刮来了一场寒流，暴雪下了整整一旬，一切都完蛋了。气温回暖后，果木枝子没有再发的迹象，补在地里的庄稼种子也大多阴死了，天地间一派恓惶。文和事老协会闭门议事，把病看在了土地爷的身上，决定磨一磨这个老家伙的棱角，灭一灭老神仙的戾气。典礼当日，梵义也夹杂在人群中，拔长了颈子，盯望着远处的祭台。梵义的天性里有寡落的成分，根本不想来，不愿凑这个热闹，但性元执拗，牢骚说：你一个男将，你不去抢一些土地公公的血，河边的那些地咋办，下半年撂荒么？没了辙，梵义换上一身旧衣裳，淹没在了人群里，知道等一阵子便将乌烟瘴气，人鬼莫辨。

事实上，敦煌人都明白，名义上是祭祀，实则是来给土地爷去病的。

去病也必须讲究门道，遵守条陈，一般是先礼后兵。那一年，担当主祭的是民国县长，但由于是外乡人，不谙习俗，便将所有事务一股脑地交给了李豆灯。李豆灯峨冠博带，面色冷凝，先是献了三牲，诵读了祭文，而后又历数了土地爷的种种不公。在李豆灯的唾沫星子下，土地爷一语不发，款款坐在祭台上，团住了身子，眯缝着眼，打量着这一座嘈杂而颓败的宽阔庙宇。梵义清楚，这尊土地爷的塑像是临时捏造的。来自莫高窟的塑匠高手们，从敦煌的四个方向上采集了生土，拌以米油和树胶，慢慢地整塑成形。泥胎晾干之后，画匠们再依次上色，描摹出了五官和表情，大体上端庄了起来。到了这一阶段，塑像还只是塑像，必须挑定一个暗无星光的夜里，蒙上塑像的双眼，由八个铁塔汉子抬进净土寺，做最后的一道功课。这么着，净土寺的大小僧侣悉数出动，连番诵经，给塑像开了光，灌输了生气，而后又将其抬进了土地庙的宝座。祭台上，李豆灯讨伐已毕，又代表关外三县的广大苍生，哀恳土地爷说：有累公公了，公公就强忍一忍吧，只有紧了你的皮，庄稼地才会松活，苗子才能露头，也只有放了你的血，这一片泥壤才能有精神头，不枉了百姓的劳碌。李豆灯一边絮叨，一边攀住了塑像的肩膀，做出一番不舍的样子，但很快就被人架开了，开始用刑。

一左一右，两个鞭子手跃上了祭台，各自握住一根细长的牛皮鞭绳。这鞭绳也大有讲究，一根叫春鞭，另一根叫秋鞭，前者墨绿，后者金黄色，在头顶上甩出了几个花子，蛇形地扑将出去，啪啪啪地炸裂开来，犹如一道道漆黑的闪电。这个关节上，李豆灯再次登场，抱着一捆花布被子,声嗓中滚过了一阵阵凄凉的悲号,断喝说:住手。李豆灯的确不忍,将被子摊开,仔细地盖在了土地爷的脊背上,又转身怒斥道:驴日的们,只许意思一下,哪个敢胡来,老子就砸他的碗,刨他的锅头,销了他的伙食账。两名鞭子手也谙熟此道,明白土地爷是万万冒犯不得的,而这不过是一场戏,要想演得逼真,全凭腕子上说话。于是乎,春鞭落了下去,秋鞭也相跟着落了下去,一律是高高举起,轻轻放下,被面上连一道迹印也看不见。自始至终,土地爷安坐不动,继续宽谅地盯望着眼前这一个荒诞的人世间。反倒是李豆灯已经哭坏了,哭垮了,晕死过去了好几趟,被儿子李七斤扛了下去。

紧完了皮,下一折子便是扎针放血。在河西走廊的四郡两关,求医问药向来是一件头痛的事,价钱贵不说,万一碰上了庸医,命就悬在了对方的手里,由不得自己。百姓们也有自己粗劣的应对措施,一旦染了疾,头一个想到的就是扎针放血,土法上马,先将体内的毒素排出来,缓释一下情绪。这一时,县长发了令,几位文和事老协会的耆老与乡绅出面了,一个抱住了土地爷的胳膊,一个不停地捋着土地爷的中指,打算将血液逼到指尖,另一个则用麻绳缠住了指根,防止血液倒流。眨眼的工夫,土地爷的中指便憋得发紫,仿佛一根深色的萝卜。县长经不起怂恿,接过一根粗针,老眼昏花地俯下身子,用针尖挑破了土地爷的指头,嘴上连连告罪。刹那间,殷红的血水冒了出来,溅落在了耆老和乡绅们的鼻脸上,一个个成了血人。大家不仅不恼,相反却眉开眼笑,手舞足蹈,好像早年间亲手接过皇榜,被钦点过状元郎似的。待县长退席后,七里八乡的百姓们纷纷掏出了怀里的一包土,小心翼翼地捧着,上前去蘸一滴血水,沾一点吉祥,表情上恭顺极了。这包土取自家里的田地,本来乏力不堪,奄奄一息,但现在获取了土地爷的加持后,立刻油光泛滥,黝黑而滋润,精气神十足,必须马上带回去,原封不动地填埋在地里,一刻也不敢耽搁。这一日,土地爷流血的指头,仿佛一口不竭的甘泉,一直在滴滴答答,几乎能流到后半夜。

梵义亦不例外,捧着家里的一包土,美美地蘸了一番血水,又用皮囊扎紧，揣在了怀中。血腥气弥漫，梵义嗅闻到了一股刺鼻的鸡血味道，嗓子眼里一阵阵地恶心。但是，看破不能说破，一切都在谨严有序地行进着，这就是埋伏在敦煌幕后的那些隐秘法则。梵义悄悄退了出来，策马跑回了家，性元和管家苏食相帮着，将那一包湿土填在了地里，方才安下心来。吊诡的是，不出半个月，城外二十三坊的人家中，但凡请回了土地爷的血，沾上吉的泥壤，大多陆续地苏醒了过来，油汪汪一片。果木繁花绽放，秧苗也鹅黄浅绿地发出了新芽，好像新的一季春天犹在，并不曾走开。

"先生，梵义缘陋根微，才疏学浅，岂能堪此大任。"

山长拈须："你不是不能，而是不信。"

"不信？"

"嗯。在老朽看来，目下的中国，早已得了一场热病，那就是不信。恰是由于不信，所以才邪祟横行，门阀林立，搞得故国上下一派乌烟瘴气。也正是因了这种可憎的不信，于是山河支离，民不聊生，各路军阀你方唱罢我登场，城头变幻大王旗。上佛不语，天老爷也装聋作哑，一片让人心碎的大好江山，内有内患，外有强敌环伺，可竟然没有一个壮烈男儿敢于献出肩膀，供出头颅，替我中华民族目前的这一片修罗之场，做一次舍命的祭献。每念及此，老朽真是痛心不已。"丰鼎文突然激愤开来，拍案而起，"哦，如果连青年人都已悖逆，纷纷做了袖手的君子，一不信中国，二不信祖宗，三不信这纸墨之寿、绵亘千年的华夏血脉，老朽即便今天死了，我也要发誓做一个厉鬼，来给你们敲钟，替尔等叫魂。"

梵义扪心谛听着，如此新鲜的说法，慷慨的陈词，几乎是头一次耳闻。山长的话虽然高逸空旷，但出于对先生的信赖，梵义深知，这些痛彻的辞藻一定深藏大义，需要自己慢慢去研磨，去消化。同时，梵义也清楚这是一次千载难逢的开示，一旦错失，自己将懊悔不迭。梵义肃立着，探问说：

"先生，如何能信？"

"哈哈哈，"山长爆发出一阵朗笑，似乎正中下怀，"少东主，这就是我撺令弟出走，轰梵同高飞的缘由。实话给你说知道吧，我已经力有不逮，我教不了梵同了。偌大的中国，恐怕也只有二位先生才能教得了梵同，能让梵同成为一介新式青年。"

"还望先生教诲。"虽说没有针对自己，但梵义仍替弟弟高兴。

"这二位先生，一个姓德，一个姓赛，总括而言，便是民主和科学。"一部白髯在风中猎猎，仿佛一面旌旗泼喇喇作响。山长快慰道："如今，在北平，在上海，在广州，德先生和赛先生的信徒们如日中天，南北呼应，渐呈烽火燎原之势。遥想将来，民主是我中华国的一个车轮，科学则是另一个车轮，如此才能平衡稳妥，承载了我们这个民族，不再悲情，不再内耗，从此生活在一个光明而澄净的国度里。"这一席话，令梵义也开始沸腾，两手的骨节捏得嘎巴乱响。岂料，山长话锋一转，却道："咱这个敦煌远避一角，孤悬塞外，不仅关外三县，乃至整个河西走廊都是中华国的一片锈带，山不旺，水不响，草不密，民不勇，大抵上是一群乖顺的羔羊。现在，老朽看准了令弟，只有梵同第一个走出去，才会有第二个、第三个。门一旦打开，再想关上的话，想必上佛也不会答应。"

"先生，那我呢？"哀恳道。

"你留下。"

"我留下，莫非只是替李豆灯大人和先生去担任主祭，鞭打一副泥胎，扎针放放鸡血，给敦煌的百姓灌灌米汤，再干一些连毛带草的乌黑勾当？"梵义咧笑。

"所以你要信，我的少东主。"

梵义一怔。我的少东主，这样的称呼，着实出乎他的预料。

"是这，少东主。你可不是小本生意，你跟自己的急递社，跟那一伙子飞行游击已经结社邑义了数年，这人世上除了挣不完的钱，恐怕也还有公义，还有天道，等着你们这些儿子娃娃前去效忠吧？目下，天象诡异，大难将临，文武两家和事老协会的乡贤们老的老，死的死，几乎不成气候了。这个关口上，少东主你不站出来担当，难道让我这把老骨头去丢人现眼么？"山长的话像是探询，但更可能是一种定论。又笃定道："少东主留在敦煌，其实就等于守住了家，给令弟守住了一片后方，这样梵同才能进退由己，收放自如。"

"晚生明白了，梵义答应去土地庙。"躬身一揖。

"如此便好。"

"先生，容晚生斗胆说一句，除了梵义的这一具热身子外，另有急递社的七八条命，日后但凡用得着的话，一切唯先生和李豆灯大人马首是瞻。"这一刻，梵义抛却了羞赧与怯懦，感觉肩上有千钧之力，坦言说，"公义和天道，本就是急递社的第一职责。至于赚一些酒资，不过是养家糊口罢了，实在是难以启齿。"梵义想到了伽蓝密室，想到了藏经洞和王道士，也想到了这一趟的莫高窟之行，但是千般线索，万种心事，似乎在这一刻再难申诉，只好说："先生如果没有其他教诲的话，还请去宽处歇息吧，晚生告辞了。"

山长佯笑着，但并没有罢席的意思。

凉亭外的天暗黑了下来，一疙瘩一疙瘩的云，从玉门关的方向上翻滚而至。先时，旷野风还像蝙蝠，像乌鸦，佝偻着身子，此刻却忽地站了起来，面色狰狞，啸叫着俯冲了过来。梵义瞭见，那一块镇纸快压不住纸页了，一颗颗墨字果真像沙子，刮得颊脸上烧疼。敦煌的雷暴雨一概如此，先是上演一折子武戏，而后才会坐地分赃，跟世上的人们讨价还价。山长击了击掌，亭外的弟子们领会了，突然间狂奔了过来，扎住了几个角，将凉亭团团围住。梵义讶异地发现，弟子们扯出了一匹长布，沿着凉亭的六根立柱，缠绕了一圈，又缠绕了一圈，立时将自己和丰先生禁锢在了里头。布匹有丈余宽，顶天立地地站立着，紧绷在了立柱上，一下子将周遭的一切隔绝在外，只留下了这一老一少两个人，四目相对，鼻息可闻。梵义盯视着那一块镇纸，尽量让自己平静，心知丰先生一定有话要交代。果然，山长伸出了手，示意梵义落座，他自己也款款坐在了对面。

静谧中，山长从桌案下掏出来一个包袱卷，慢慢推送了过来。山长努了努嘴，梵义会意了，忙解开了包袱皮，不由得一怔。事实上，梵义根本不认识这些东西，从外表上看，它们不过是一些黄铜疙瘩、一些玻璃片子、螺丝和罗盘之类的。梵义的茫然，被山长仔细瞧见了，忙伏案过来，释解说：

"少东主，这是哈密王截获的，我昨日才收到。"

哑默着。

"呃，如果我没有猜错的话，运送这一趟物资去口外、去新疆的，便是你们急递铺的游击们。"山长冷寂着，小心翼翼地措辞，"听说急递铺有一块哈密王赐赠的黄金腰牌，在猩猩峡东西两侧一路畅行，无人敢挡，没人敢拦。但是这批货出了峡口后，终究还是被哈密王的人扣押了下来。少东主，我的意思是说，可能急递铺被人当成了靴子，悄悄穿走了。"

梵义骇然："先生，这究竟是啥？"

"测绘仪。"

"做什么用的？"

"哼，东洋人用的。少东主，你千万别小看了这些铁疙瘩，这可是当今世上最精密的仪器，也只有鬼子才能用得起。东洋人一直在打咱们的算盘，沙州城里晃荡的那些俄人、英人和法人，没一个善茬，也没有一个是省油的灯。"梵义的懵懂无知，似乎让山长踏实了不少，告诫说，"急递铺已经被人穿走了一只靴子，我希望另一只还在，莫要让人利用了，卖了自己的热身子还帮别人数钱。这件东西你捎走吧，让急递铺的弟兄们见识一下，以此为戒。"山长系住了包袱，交给了梵义，后者连忙抱住了。这一时，山长松开了表情，告辞道："少东主，亭子外给你预备了一匹马，马褡子里有你想要的东西。不过你记住了，路上人多眼杂，千万别打开，等你安全到家了之后，再逐一清点吧。"

"安全？"

"少东主，现在你已经安全了，快走吧。"山长爽快一笑。

梵义仰头，听见一声炸雷摔落了下来，脚下一震。雨点像密集的箭矢，纷纷打在了凉亭周围圆桶般的白布上，霎时变作了泥浆色。

终究还是没忍住。半路上，梵义打开了马褡子，看见里面的东西时，便什么都明白了。

在敦煌，安全就像老母鸡屙在戈壁干滩上的一颗蛋，危险至极，一磕即碎。

和少东主在南门外分手后，孔执臣策马入城，专挑了一条僻静的巷道，打算尽快回去。早起从莫高窟出发，一行人不曾歇缓，一口气跑了六十多里地，胯下的坐骑汗水涔涔，连蹄子都是烫的。巷道逼仄，只容得下一匹马的身位，可偏偏对面走来了一个挑水的汉子，索性撂下扁担，双方对峙了起来。牲口是从不看人脸色的，尤其在焦渴之际，望见了桶中清冽的井水。孔执臣刚下来鞍子，褐马便扑将上去，口鼻伸进了桶子里，啜吸不止。挑水汉子是个塌鼻子，蹲在地上，卷了一根莫合烟，吧嗒吧嗒的，好像那一股浓烟是从眼睛里挤出来的。孔执臣过意不去，宽慰道：这两桶水我买了，贵贱你说个价钱吧，我付给你。岂料，塌鼻子乜斜了一眼，数落说：你看你，没见过你这么小气的妇人，牲口喝了跟我喝了一个样，喝光了我再去挑嘛。一时语塞，孔执臣掉头回来，拽住了缰绳，唯恐褐马贪了嘴，热身子碰上冰冷水，指不定要闹肚子。这个关节上，孔执臣早就忘了，巷道的深处，另有一匹驮了经书宝卷的枣红马。

褐马饮毕了，孔执臣忽然发现，塌鼻子踪迹不见。直到闻听了巷道中一阵阵咳咳的马嘶，孔执臣这才惊出了一身冷汗，一道烟地冲了过去。果然，塌鼻子已经卸下了枣红马脊背上的包袱，吭哧吭哧地解着疙瘩结，半天也解不开。孔执臣一脚踩住了对方的手，喝问道：你做啥，快把你的爪子拿开，信不信我抽你？说着话，孔执臣扬起了鞭子，眼泪快下来了。哎哟喂，好我的大小姐，我一不偷，二不抢，我听见这里头是纸页子，便想拿一些来卷烟，干脆你给我一点算了？塌鼻子哀求道。天杀的，简直是一个瞎货，居然将经书宝卷当成了废料。孔执臣生怕泄露，忙掏出一角钱塞了过去，打发塌鼻子去纸火店里随意。不敢纠缠，孔执臣拽着两匹马踅出了巷道，瞭见街头的人群时，长长地松了一口气，觉得自己活转了过来。

离开了数天，沙州城依旧是老样子，老得像一本翻不动的黄历。

到了急递铺，见院门上挂着锁，孔执臣知道苏食不在家，遂摸出了钥匙，打算开门。隔壁冒顿家的女人坐在门槛上，端着一碗黄米饭，一双贼眼睛扫了过来。毗邻了这么些年，孔执臣清楚，这冒顿家的是一个有名的长舌妇，舌头像病人的痔疮，三天两头就犯病，所以平素里鲜有往来。两匹马蝉联着进了院子，孔执臣摘下了铺面上悬着的那一块歇业告示牌，磕掉了沙子。反身扣门时，冒顿家的却硬挤了进来，另端了一大碗黄米饭，上头堆着茄子炒辣子，非要让孔执臣尝尝。咦，回娘家去了呀？好几天也不照你的面，来投邮的顾客不少，问我我也不知道，冒顿家的一边说闲章，一边扫视着庭院。孔执臣没吃，先将牲口拴在了槽上，撒了草料，又额外添了不少的豆渣，算是犒劳吧。冒顿家的偎过来，问说：你嫁过来也有些年头了吧，咋还不见你生养？你应该生养的，要不这院子里空落落的，咳嗽也没人听见。孔执臣敷衍道：唉，我没那个福气，天老爷作践我吧。一听这话，冒顿家的登时来了劲，悄语道：是你不行，还是男将的毛病呀？我告诉你，月牙泉旁边的求子观音可灵验了，你挑个初一或十五的日子，抓紧去拜上一拜，准保肚子就大了。孔执臣厌倦极了，拎起抽子，拍打着身上的尘土，却也撵不走这个长舌妇。对了，我再告诉你，如果是男将的问题，你挑一个下雪天，去沙山上挖一棵锁阳，锁阳炖牛鞭，保证苏食三天三夜金枪不倒，够你舒坦的了，冒顿家的阴笑着。孔执臣打了水，仔细洗完耳朵，又将鼻脸埋在了脸盆里，尽量不听。冒顿家的嘀咕说：不过看苏食的样子，不像个光打鸣不踩蛋的公鸡，苏食敢揣着一把菜刀，在沙州城里找着杀人，明显是肝火太旺。什么，你说苏食咋了？孔执臣突然抓住了冒顿家的肩胛，逼问再三。呃，其实没啥，我也是从街上拾来的闲话，当不得真，冒顿家的含混道。苏食在找谁，他究竟要杀谁，你实话说给我知道吧？孔执臣哭的心都有了，一味地哀求。这么着，冒顿家的方说：苏食扬言要杀的人是步警队的队长，名叫田虎子。

　　听见敲门声，孔执臣误以为苏食回来了，疯跑了过去，开开了门。进来的并不是丈夫，而是蒋爷，一人一骑。天哪，你咋了，你咋成了这个样子？孔执臣盯望着蒋爷鼻脸上的血水，连连惊问。蒋爷一揖，反问说：小婶子，你咋了，脸色这么差？糊涂匠，你先说你，谁薅了你脸上的毛，小心少东主等一下回来，没人帮你打圆场。孔执臣催促。蒋爷挠着头，苦笑说：这一趟真是辛苦，半路上遇见了黑风，马快惊掉了，幸亏是有惊无险。小婶子，我其实没啥，三天四夜没囫囵睡了，不承想刚到了沙州城外，在马上打了个盹，结果就摔了下来。冒顿家的立在一侧，蹊跷地打望着这两个人，实在捋不清楚他们的关系。蒋斧的恭顺，孔执臣的决断，彼此之间既像主仆，但更像一门子血亲。闻听了事实，孔执臣也不怨怪了，抓紧拿来了药水，又拧了一根新疆长棉，蘸湿了，慢慢涂擦在了蒋斧的颊面上。蒋斧半蹲着，仰起了头，虽然颊脸上一阵阵抽搐，但表情终于踏实了下来，安静得像一个老娃娃。冒顿家的泛起了一阵子酸楚，思忖道：我那个狗日的儿子，今早上还在跟我犟嘴哪，看我等一下回去，少不了赏他一顿笤帚疙瘩，解一解我这心里的怨气。

蒋斧的脸花了，漾荡着一股清晰的药水味道，嘀咕说：小婶子，我刚过来时看见苏食叔了。咦，你看见他了？孔执臣的手停了下来，忍不住问，你看见他去做啥？没啥，苏食叔在大十字那达看耍猴的哪，我的脸破了，我也没打招呼，答复道。孔执臣瞥了瞥冒顿家的，哼了一声，挖苦说：那么大的人，还有闲心去看耍猴的，可千万别让猴子给耍了。话虽如此，孔执臣毕竟宽释了下来，不再像刚才那般惊惧。疗治完后，蒋斧发现了窗台上的那碗黄米饭，三七不问，端起来便吃，喉咙里咕噜咕噜的。孔执臣嗔怪说：慢些吃，没人跟你抢，别像个饿死鬼转世的，小心呛着。

这个关节上，事情突然就爆发了，一切都猝不及防。

先是响了一排子枪，子弹呼啸着从庭院的上空划过，有一颗钉在了树上。屋瓦也被击碎了，纷纷滑脱下来，漾起了一片尘土。枪声刚毕，院门轰的一下，好像一块砖裂开了，飞将出去，摔在了对面的墙上。来不及反应，孔执臣瞭见大批的警察冲了进来，荷枪实弹的，连围墙和屋顶上也站满了人，将整个急递铺围了个水泄不通。蒋斧的嘴里还塞着一口饭，噎住了，但手里的碗已经被捏碎了，血淌了下来。

这一时，门外头踱进来了一位长官，见局势稳定了，便将手里的短枪插在了枪套中，抠着下巴上的一块疖子。冒顿家的惊喊了一声田虎子，拔脚欲走，冷不丁吃了一名警察的胳膊肘，疼得跌在了地上，声嗓像一只破锣，叽里呱啦地嚎哭了起来。见田虎子逼了过来，径直冲着孔执臣而去，蒋斧丝毫不敢怠慢，一道烟地扑将上去，将孔执臣遮护在了身后，抬起了拳头。疖子已经发了，这些天田虎子煞是郁闷，一不小心抠破颊脸的话，便会有一种灼烧感。闪开，老子不跟你们下人说话，田虎子断喝道。蒋斧举着血拳，步步为营，对身后的孔执臣说：小婶子，你赶紧进屋去，这达不关女人的事，你少掺和。孔执臣扫视了一圈，心知警察们是有备而来的，多半是事涉苏食，而苏食正在大十字里看耍猴的，谅也无关紧要吧。孔执臣的犹疑，令蒋斧更加不安了，吼喊说：小婶子，如果我今天的这一副热身子变成了血身子，还请你和大掌柜看在过去的情分上，把我抬埋在爹娘老子的脚下，也好让我去阴间里尽孝吧。闻听此话，田虎子突然耻笑开来，啧啧道：真是没看出来呀，你们急递铺这一座淫窟，十几个男将守着一个身份不清的女人，居然还如此忠节守义，彼此照应，在下真是佩服得紧。蒋斧一时气炸了，移步上前，先是送出了一拳，直掬田虎子的心口，不料想这只是一记幌子。正待田虎子闪避时，蒋斧的另一只拳头追了上去，直劈面门。紧要三关上，田虎子的贴身侍卫马丑子举起了家伙，在蒋斧的耳朵旁开了一枪。

刹那间，蒋斧就像一块被击碎的石碑，栽在了地上，一边抱住脑袋哀嚎，一边抽搐着腿脚。晕眩中，蒋斧觉得脑浆散花了，像鸡蛋一样被打散了，一种巨大的拉锯声灌在了耳朵中，剥皮抽筋似的。孔执臣并不曾惊慌，思忖道，今天的这一桩冲突，一定事出有因，蒋斧断然不是对方的目标，急递铺才是田虎子的心患。孔执臣款然上前，一把扯开了马丑子，扬手扇了田虎子一个耳光，笃定道：我要让你记住，你刚才嘴里不干净，这就是教训。疖子被打破了，脓和血糊在了颊面上，田虎子骇然地盯望着对方，詈骂说：你个小婊子，你敢对老子动手呀！孔执臣已经不惧了，抄起窗台上晾晒的一只鞋，迈开天足，又扑了上去。田虎子躲闪开了，马丑子忙用双臂箍住了孔执臣，嚷喊说：好女不和男斗，好女不和男斗，你这位小姑姑，你先让长官训话嘛。

双方一下子僵持住了。

田虎子拭净了脸上的秽迹，逼视说：我完全可以击毙了你们，再给你们安上一个通匪的罪名，但我并不想那样，因为和气才能生财嘛。孔执臣轻笑道：长官是大块吃肉、大秤分金的主子，我这里只是小本生意，一者填不满你的牙缝，二者，也未必能入你的法眼。蒋斧躺在地上，继续打着滚，脑子里的轰鸣声经久不绝，显然是自顾不暇，帮不上忙。哼，老子早就看不惯急递铺了，你们不吭不哈，一个个闷声发财，关外三县的钱都揣进了你们的腰包，别以为我会袖手不管，田虎子咆哮道。孔执臣问说：听长官的口气，今天莫非是来摘急递铺的牌子了？那么请教长官，急递铺犯了什么王法？你手上拿着谁的公文？我一个规规矩矩的买卖人，又何时伤了你的威风？这一系列的发问，让田虎子无从答复，头顶上渐渐冒了火，只好将怨气撒在了冒顿家的身上。冒顿家的仍在呻唤，田虎子在女人的尻子上踹了一脚：滚，快滚。女人忙不迭地爬出了院门，咒骂说：挨刀的，你等着天老爷来劈你吧。马丑子去了一趟灶房，端来一碗水，递给了孔执臣，悄语说：长官问你东，你就说东，千万别说西面的话。孔执臣渴坏了，一口气饮了下去，丝毫也不计较这葫芦里卖的是什么药。

这么着，田虎子也稳静了，态度和缓了下来，坦白说：我既不想杀你们，也不想摘了急递铺的牌子，我今个天是来谈合作的，兴许咱们可以联手发大财。呵呵，我真是长了见识，你提兵来问罪，这房前屋后站满了你们穿老虎皮的警察，世上有这样的联手么？孔执臣讥讽道。脓和血再次渗了出来，田虎子俯下了那一张龌龊的脸，贴耳说：女掌柜，你和急递铺干脆做我的人鹞子吧，我借你们的路，你们运我的货，将来二八分成，总比干那些吃力不讨好的投邮要强。人鹞子，此乃河西走廊一带的黑话，专指那些私运黄金、鸦片和贵重玉石的飞行游击，一般是化整为零，逐个单飞，泼喇喇去如闪电，忽忽焉来若鬼魅，即便中间折掉了一两个人，也对整宗贸易构不成太大的损失。孔执臣知晓这个词，但表情上呈现出了无知的样子，回绝道：长官不知，急递铺的这些个窝囊废，哪里是什么鹞子呀，顶多也就是土坷垃里刨食的公鸡，你就算把他们轰上了天，掉下来摔死的一定不会是旁人。见对方牙齿很硬，始终不松口，田虎子慢慢翻了脸，警告说：呃，那就是不给我田某人面子了，既然你不接受我的礼性，那我也就不客气了。孔执臣抿笑道：长官，我既不能给你面子，也给不了你里子，我这里可不是裁缝铺，你找错门了。这么着，田虎子断喝了一声：搜，给我搜。庭院中的警察们闻声四散，分别扑进了卧房、店铺、柴房、马厩和灶房等各处，一时间传出了丁零当啷的打砸声，一扇窗子也烂了，榫和卯崩碎在了地上，狼藉一片。

"长官，你究竟想搜什么？"

"赃物，一批昨晚上被盗的赃物。"田虎子掏出来一双白手套，仔细戴上了，释解说，"这半个月之内，沙州城频频失窃，据说一个江洋大盗光临了敦煌，专拣大财东们下手。三天前的晚间，北门上的冯家祠堂让糟践了，不光丢失了钱财，另有一批金佛和经卷也不翼而飞，老太爷冯保气得吐了血，正在世兴堂里抢救哪。抱歉，我是吃这碗饭的，得罪了。"

孔执臣申辩说："我出门好些天了，前脚刚进门，你后脚就来抄家，这究竟是何意？"

"不错，我早就盯上你们了。"

打砸声犹在继续，孔执臣的心悬在了嗓子眼上，陷入了孤立无援的境地。孔执臣揪心的不是这座院子，而是脚下的伽蓝密室，包括密室中珍藏的上百件经书宝卷，这才是整个敦煌最幽深的机密。蒋斧抱住头，蜷在了墙根下，那一颗子弹的轰鸣仍在脑袋中回旋，让他模糊地发现，急递铺居然飘了起来，像一只断线的风筝，挂在头顶上。孔执臣吼喊说：官爷们，货架子上的那些包袱卷，可都是沙州城的百姓投寄的，千万要小心轻放，拜托你们不要砸了急递铺的牌子，给我一个清白就够了。田虎子佯笑着，似乎打砸声越大，他自己就越得意，用牙齿咬掉了手套上的一根线头，抿在舌尖上，吮来吮去。官爷们，我那个柜台，那个靠墙的货架子，可都是民国元年，从满族人的手上买来的二手货，木头快酥了，禁不起折腾呀，孔执臣扯着声嗓，一味地央告着。这一刻，蒋斧突地立起了身，扶住墙，趔趄着朝铺子里走去。走了大概七八步，蒋斧的目光一下子实了，视线不再飘忽，脊椎骨里插了一根柱梁似的，挺了起来。蒋斧扯掉了门帘，堂皇地踅了进去，里头的打砸声蓦地停下了。孔执臣心知，有了蒋斧在那里，伽蓝密室便有了门神与护法，应该是安全无虞的。岂想，这一秒钟的欢喜霎时破灭了，孔执臣瞥见那一匹枣红马被牵出了后院，拴在了树上。

先时，因为冒顿家的来串门，孔执臣一时疏忽，来不及将马背上的包袱卷卸下来，将经书宝卷安妥地藏入伽蓝密室中。此刻见状，孔执臣眼底一黑，所有良善的念想，犹如一根被掐断的燃香，再也没有了生气。马丑子报告说：长官，这是半个时辰前，急递铺从外面运进来的一批货，我怀疑这就是赃物，现在是人赃俱获了。田虎子喜欢玩猫捉老鼠，故意问：呃，你如何确定这就是赃物？冯家祠堂丢了那么多的东西，盗贼干么不连夜带出城去销赃，偏偏又运了进来，难道等着我们来拿获么？马丑子自负道：这个女人刚进了南门，就被我盯上了，我第一时间赶去向你报告，至于说这种反常的举动，在属下看来，只不过因为他们分工明确，各司其职，盗贼负责作案，而急递铺则是一个挂着羊头卖狗肉的销赃管道，容易脱身，也容易让弟兄们失察。田虎子怅然道：你个狗日的，你知道么，冯家的一个亲房在兰州城里做大官，今个天要是起不了赃，你的消息有误，我头上的乌纱帽事小，你这一条小命恐怕也难保呀？马丑子脚跟一磕，抬手敬礼，又笃定道：长官，属下用这一颗项上人头担保，如果折了长官的面子，你直接割了去。田虎子点头，催喊说：快去打开，让急递铺当场认赃。

这一刻，孔执臣闪身而去，拦在了枣红马的跟前，仿佛一堵脆弱的墙。孔执臣辩解说：长官，实不相瞒，这些包袱里装的不过是一堆废弃的纸头，是我央人从外面拾掇来的，没一样贵重的，我本来打算装订成账簿用一用，可万一你们弄脏了，岂不……田虎子蔑笑说：恐怕不仅仅是纸头吧，如果只是一些破纸烂草的话，你也不该如此失了三魂，丢了六魄，这么阻拦警察局的搜查。据我所知，民国政府已经连续给甘肃及敦煌方面发来了急电，要求将藏经洞中的所有宝物就地封存，等待日后局势稳定下来后，一发运往北平。呃，是这，你既然是从莫高窟回来的，在下便更觉职责重大，务必要过一过眼。请你让开吧，彼此不要伤了和气。

孔执臣握住拳，握出了满把的汗，已经退无可退了。见侍卫马丑子攥着一把匕首过来，嚷嚷着要割断马背上的包袱绳子时，她突然扑将上去，迎住了凶器。双方对峙着，刀尖离孔执臣的咽喉只有一寸，寒光凛凛，孔执臣不由得闭上了双目，一时战栗。田虎子老练道：丑子，你上一回也杀过一个女人，你狗日的专爱杀女人，这是个不好的毛病，我忘了问你，那个女人咋得罪了你？马丑子锁定着目标，沉声说：不为啥，她偷了我的几朵花，她就必须死。田虎子啧啧一番，探问说：为了几朵花，竟然杀掉了一个女人，这女人可真够倒霉的。呃，你杀了她之后，又是怎么处理的？孔执臣战栗着，这些暴力的言辞几乎完全摧毁了她的意志，让她恨不得扑向刀尖，索性来一个痛快的结果。马丑子截铁道：这没啥难的，现在最容易的便是杀人，杀完了之后，给那个倒霉鬼安了一个通匪的罪名，然后拉到化人场，一把火烧了。如果我心情好，我或许会登门拜访，给死者的亲属送一盒子骨灰，否则的话，我直接撒到党河里去喂鱼，一点把柄也不会留下。田虎子煞是开心，对部下的答复也极为满意，话锋一转，探问说：丑子，不过今天倒是大水冲了龙王庙呀，你面前的这位小姑姑，跟我交情颇深，可不可以放她一马，也顺便给我个面子？呃，既然长官发话了，属下莫敢不从，马丑子慢慢收回了匕首，又不甘地问：属下跟随了长官这么多年，可从未听说过你有这么一位故人，不知这是哪一方的亲戚？这么着，田虎子摘掉了雪白的手套，快慰道：急递铺是我将要布下的一条暗线，急递铺的所有飞行游击，无一例外，都将是我的人鹞子。等翻过年，到了明年的秋上，我要让这些人鹞子飞遍新疆，飞过整个河西，一路飞到兰州城、西安城和北平城，我说到做到。一时间，这两个警察仿佛敦煌六合班的成员，一唱一和，把这一幕折子戏演到了高潮，连他们自己也陶醉了。

"真可惜了你们的伶牙俐齿，大天白日的，居然还在讲梦话。"孔执臣开了腔。

田虎子恼恨道："小心我翻脸。"

"长官，急递铺不过就是一桩小本生意，大家用来养家糊口的，今天开，明日里就可以关张，你随便处置吧。"事已至此，孔执臣唯一惦记的就是急递社的名誉，唯恐它被亵渎，受到莫须有的伤害。又道："店铺可以关停，也可以拆掉，但我保证游击兄弟们宁做天老爷的狗，也不肯当你口中所谓的人鹞子，你拨了半天的算盘，可惜全打错了。"

"好吧，既然你不肯吃席，那就跟着我去吃牢饭。"田虎子黑下了脸，示意手下人动武。

"哼，牢饭也是人吃的，倘若天老爷赐给了我，我没有不端的道理。"孔执臣瞄准了地上的一根劈柴，劈柴是刚刚崩碎的，带着一束尖锐的荆棘。孔执臣突然拾起了劈柴，腕子一抖，径直顶在了自己的喉咙上，笃定道："长官，谁要是想糟蹋这些包袱，谁就先踏着我的血身子过去。"

"疯了，你简直是个疯婆子。"田虎子沮丧道。

一阵寥落的鼓掌声，宣告了梵同的到来。

梵同虽然是纵马追过来的，但因为旁观了许久，显得气定神闲，早已将一切看在了眼中。这天下午，急递铺里发生的一切，并不曾在沙州城内引起轰动，就连隔壁邻舍出来围观的人也很少。步警队队长田虎子一向行事缜密，早就拟定了一套方案。恰好今日是一个难得的机会，代理局长张喜群率着他自己的马警队员们，前去玉门镇巡防三天，所以田虎子当机立断，发兵而来，查剿急递铺。查剿是明面上的，其实田虎子身衔使命，他们最根本的心愿，便是收服了急递铺，将所有的飞行游击纳入麾下，为其所用。开枪造势前，步警们事先封锁了各个路口，只许出，不准进，又将急递铺附近的人统统轰进了自家的院子里，谁敢探头，说不定就将吃上一颗铁沙枣，让脑袋开花。梵同骑马奔来时，也被拦截在了路口，不管如何央求，步警们始终也不肯放行，一时间他的身上开了锅，急得团团乱转。梵同预感不好，站在马背上，远远地瞭见急递铺的方向上腾起了一股股烟尘，又忆想起哥哥在南门下的叮嘱，便认定孔执臣出了事，出了大事。恰在这时，一名警察问：敢情你是乡学里的胡先生吧？犬子半年前受教于先生门下，以前犬子给我在街上指过你，我记得你的长相。梵同大悦，当即答复说：在下正是胡梵同，以前在乡学，现在改称县初级学校了，我一边代国文课，一边在鸣山书院里研学，拜在了山长丰鼎文先生足下。警察并无二话，迅速搬开了刺马和围栏，让梵同过去了。

在田虎子听来，梵同的掌声有点三心二意，一不由衷，二不热烈，反倒像是一种讽刺和嘲弄。梵同停下了手，夸赞说：不愧是孔门之后，小婶子刚才的这一番作为，真是巾帼风采，恐怕要让世上的男儿们羞愧难当呀。梵同的惊现，令孔执臣一喜，内里潮起了一股澎湃的激动，似乎找见了靠山，抓住了一根绳索。然而，这种错觉转瞬消失了，因为梵同吊儿郎当的毛病再次犯了，懒洋洋地说：小婶子，既然官爷们想搜查，你又何必小气呢，急递铺不过是一座投邮的码头，万一掺杂了违禁物资，岂不是伤了各方的颜面么？田虎子中意这句话，瞥望中，发现这个青年轻衣薄褂，气质干净，剪着齐耳的短发，便料定对方是鸣山书院的人。在敦煌，也只有丰鼎文的弟子们才不吝惜发肤，敢留这一类叛逆的发型，一个个像刚刚长出了冠子的小公鸡，随时准备斗架。孔执臣却沮丧透顶了，申斥道：少爷羔子，你不去念书，跑到这达来捣乱什么？哼，小心我给你哥奏一本，少不了责罚你的。梵同流里流气的，仰看着天空，反诘道：官爷们站了这么久，劳碌不堪，我要是小婶子你呀，我就干脆成全了他们，一查了之，既给了急递铺一份清白，也好让这位长官回去复命，两不耽搁。孔执臣的心几乎堕入了渊底，眉头皱成了一团疙瘩，哀告说：求你了，你走开吧，这一趟浑水你千万别蹚，你也蹚不起。

这一时，天空仿佛被翻卷的黑云坠了下来，罡风劲吹，百鸟惊飞，庭院上空渐渐地暗黑了许多。梵同倒不在乎，嬉皮笑脸的，从爬满了围墙的藤蔓上，摘下了一朵喇叭花，慢慢踅了过来，立在了孔执臣的跟前。梵同抬手，没收了孔执臣咽喉上的那一根利器，将喇叭花款款地插在了孔执臣的发髻中。末了，梵同竟当着众人的面，摇头晃脑地吟咏道：那表黄里黑的云彩，蕴藏着冰雹的祸根，这不休不止的耗乱，才是佛法的敌人。

一刹那，孔执臣全都明白了，知道梵同是来递话的，一定是梵义指派了他。

在莫高窟时，道长王圆箓的病情渐渐向好，梵义也轻快了起来。择上一日，梵义率着孔执臣涉过了宕泉河，去开元寺里拜访拖音住持。拖音刚从一场盛大的法会上出来，声嗓哑了，人也疲累不堪，跌坐在榻上，一面催促客人们用茶，一面听梵义絮叨沙州城和中原的消息。偶尔，法师睁开眼皮子，探问再三，南方还在闹红吧，上海工人的暴动结局如何，目下孙逸仙先生的衣钵成了一件法器，人人都想披挂在身，以正统自居。梵义尽量答复着，不过都是一些水话，大多是从沙州城的街道上耳食来的，并不曾引起拖音的好奇。见法师状态不佳，梵义忙说了辞别的话，却也心生不舍，纠缠着法师，央请拖音务必给第一次登门的孔执臣赐下墨宝，以作纪念。拖音不好拒绝，便匆匆书写了一张墨字，交给了客人。那表黄里黑的云彩，蕴藏着冰雹的祸根，这不休不止的耗乱，才是佛法的敌人。孔执臣心知，这一句偈语只有三个人见过，此刻从梵同的嘴里吐出来，当然是少东主的交代。这么着，孔执臣不再执拗，让开了路，将树下的那一匹枣红马交了出去。

"且慢。"梵同断喝道。

"呃，我讨厌反悔的人，你刚撂下了一句热话，转眼就凉了？"田虎子不快道。

"是这，钉对钉，卯对卯，今天急递铺这么信赖长官你，实心诚意地配合你的搜查，现在砸也砸了，毁也毁了，这大半年的辛苦算是打了水漂。"梵同衔着一副顽劣的表情，指头掸了掸田虎子肩上的灰尘，作结道，"倘若等一下检查完了，急递铺既没有所谓的赃物，也不曾发现任何违禁物资，可否请长官你亲自动手，将急递铺的牌子仔细擦洗上三遍，张挂在门头上方？"

"这个简单，我答应。"

"另外，还请长官你以后好自为之，急递铺里的尘土大，别弄脏了靴子。"梵同道。

"打开吧。"田虎子下令。

马丑子当即掀下马背上的包袱卷，扔在了庭院中，又拔出来匕首，割断了绾住的布匹疙瘩，豁开了瓢子。果然，一沓沓黄表似的纸页子散落出来，马丑子左扔一把，右掷一把，院子里像下了一场乱雪似的，几乎要淹没了众人的脚脖子。孔执臣悲哀极了，难过地闭上了眼睛，竟不知胡家兄弟在搞什么鬼。马丑子彻底搜完了，拎起包袱皮,在树上抽打了一番,随手扔掉了。长官,这地上恒河沙数的,你究竟想检查哪一张、哪一页呀?梵同讥讽道。田虎子并未吱声,甚至懒得俯下身子去捡起一张来详察,因为满目中,所有的纸张上都写满了沙子沙子沙子。田虎子觉得,这些层叠而拥挤的墨字,果真就像一座虚弱的沙丘,将他陷落了进去,窒息一般。这一时,梵同释解说:长官,这些废弃的纸页子,名叫罚课。在敦煌,在关外三县,不论是寺庙,还是书院,一旦发现了心绪浮躁、功课苟且之人,法师或山长便会将其择出来,单独禁闭,命令他去做罚课,一天到晚地抄写沙子二字,直到他幡然醒悟,重新归队。田虎子沉吟道:在下尚有一事不解,世上有那么多的汉字,干么非要抄写个沙子,就不能抄写别的么?梵同笑了,狼心狗肺地大笑了起来,揶揄说:这个我偏不告诉你,不过哪,你刚才答应要擦洗三遍急递铺的门匾,那我现在发个慈悲心,让你改做罚课吧,你回去后必须天天抄写沙子,当心我去警察局抽查你。田虎子寡着脸,嘀咕道:急递铺越来越有意思了,我喜欢这样玩。

孔执臣的心,像穿过了波峰浪底的一只木筏,貌似平静了下来。孔执臣琢磨不停,事情究竟是在哪一个环节上出现了变故?那些来自莫高窟藏经洞的经书宝卷,何以狸猫换太子,变成了脚下这一地的草稿?倏忽间,孔执臣忆想起来了,在南门下,在那一道道帐幕似的尘烟中,驮着佛经文书的枣红马,曾经短暂地离开过自己的视线,好像被鸣山书院的弟子们牵走了。念想及此,孔执臣笑容疲倦,盯视着梵同,而后者竟然一吐舌头,朝自己扮了个鬼脸。末了,梵同抱拳,对田虎子虚了一礼:长官,搜查该结束了吧?是这,这位女掌柜洵不虚言,你也查无罪证,现在天开始打雷了,你小心等一会下湿在路上,保重吧。

的确,闪电像一团团庞大的根须,植根在铅云中,又万箭齐发,一股脑地将黄豆大的雨滴砸将下来,搅乱了眼前这一个仓皇而昏暝的人世。田虎子还上一礼:告辞了,后会有期。遂率着所有的步警,撤离而去。

冒着雨,梵同刚刚将门闩落实,一溜烟地跑到了廊檐下,却见孔执臣扑了上来，一下子软在了自己身上。梵同搂住了对方，猜想孔执臣一定被吓坏了，忙开始叫魂：小婶子，小婶子你醒醒呀！半晌后，孔执臣方挣扎着站起来，攀住了梵同的肩，催问说：你个小贼疙瘩，你实话让我知道，包袱里的东西呢，那两只包袱呢？呵呵，梵同抿笑道：谁说秀才遇见兵，有理说不清，丰先生早就预料到了这一折子，所以事先就做了应对。孔执臣懵懂着，一时间理不出什么头绪，茫然道：难道少东主也被蒙在了鼓里，在南门下跟山长不疼不痒地喝茶，让我一个妇道人家在这里周旋，出我的洋相呀？梵同款然道：小婶子，刚才恰恰是你一脸的无知相，一身的泼辣劲，加之你又是一名女性，所以才骗过了那帮狗儿子。嗯，按丰先生的剖析，急递铺的这一场危机暂时解除了，大家终于可以喘口气了。失望像鞋窝里的一粒沙子，孔执臣虽然不快，但转念一想，毕竟是为急递社出了一把力，也就开心了起来。孔执臣得意道：刚才幸亏是我，要是梵义在场的话，他那个臭脾气呀，指不定会惹来一河滩的麻烦。等着瞧，待少东主回来后，梵同你替我做证，我要申领几张劝牌，奖赏一下自己。

这一时，梵同从怀中摸出来一沓纸，递给了孔执臣，释解说：小婶子，这是你私人的，我哥让我提前带来了，你仔细收好。孔执臣打开来，和梵同一道抻展在眼前，原来是拖音法师赐赠的那一幅墨宝。廊檐下飘过来了三两点雨滴，溅落在了白雪雪的宣纸上，很快就洇开了，好像它们不是天老爷哭出来的，而是笑出来的。梵同瞄了一眼上款，轻诵道：

"执臣女史法正。"

"哎哟，快别念了，简直羞死我了，那不过是法师的抬爱罢了。"孔执臣臊红了脸。

院门外，积攒了整整几个月的这一场大雨，仿佛脱缰的野马群，蹄声杂沓，摔打在了街道的麻石板路上，立刻孵出了无数的水泡。闪电狂躁着，刚开始还只是一根根线，后来便拧成了一股股麻绳，纠结在了沙州城的头顶上，又织成了一张大网，令人喘不过气来。麻石板晒了一整天，雨水飞溅上去后，忽然腾起了湿重的雾气，锁住了行人的视线。警察局就在急递铺对过，扼守在一个三岔路口上。田虎子率着手下，刚跑到了街心，猛一抬头，瞭见一队马警横亘在面前，呈半弧状地包抄了过来，将弟兄们围在了当中。不错，打头的那一匹高马上，骑坐着自己多年的对手，如今的代理局长兼马警队队长张喜群。田虎子未及开腔，却闻听到了一阵阵枪栓打开的声音，那种发自机械的噪声，带着冰冷的光，张开了狞厉的牙齿。马警们举枪瞄准了，一个个吼喊说：解掉皮带，扔下枪，统统举起手来。令田虎子不解的是，张喜群明明带着属下，远赴玉门镇巡防去了，干么又杀了个回马枪，现在来内讧呀？快放下枪，否则就不客气了，马警们一再断喝道。无奈之下，田虎子照办了，也示意手下人不要造次，免得误伤。

雨水打在身上，贴身的汗褡立刻湿透了。田虎子抹了一把脸，喊问说：二棍子，你这是做啥呢？我跟你在一个锅里盛饭，你现在却想打烂我的碗，你实话让我知道吧。张喜群塑在马背上，干脆没听进去，阴鸷的目光逼视着马丑子，一下子将后者盯毛了，下盘不稳，脚下开始拌蒜。田虎子也恼了，冷笑说：二棍子，别给了个花针，你就当棒槌，你现在还只是一个代理，实际上跟我平级，步警队还轮不到你来当爷。话未落地，枪响了，一粒子弹射在了脚下，麻石板上爆出了一团火渣子，田虎子及时闭上了嘴。

僵持一番后，张喜群沉声道：步警队里发现了烂果子，我是来剜烂果子的，让这样的败类继续待在警察局，便是我这个代理局长的失职，那我也愧对敦煌的百姓。此言一出，步警们登时乱了，一个盯一个，似乎对方才是那一颗烂果子。张喜群要的就是这个效果，见火候到了，趁机说：谁想见识一下剜烂果子，谁就留下，否则的话，赶紧回去换衣服吧，子弹可没长眼睛。步警们得到了大赦令，纷纷拾起地上的东西，走得一干二净了。田虎子没走，戳在地上，实在是不肯在下属们面前丢脸，当然也想看看这一出戏如何唱下去。马丑子欲走，但也走不脱了，一排乌黑的枪口指向了他，脸白得像一碟子石灰。

在这个空旷寂然的路口，张喜群居高临下，冷然道：丑子，五年前，北门外的一座汉墓，可是你盗走的？三年前，净土寺里丢了一尊佛头，后来被卖到了兰州城，应该也是你主谋的吧？马丑子登时慌了，哀告说：我早就改了，我现在穿着这一身老虎皮，身为民国的警察，已经归正了。呃，你脖子上好像挂着一枚玉石，如果我没有猜错的话，上面镌了一尊观音菩萨，观音的左手端着一只净瓶？张喜群讯问道。马丑子抓住了挂饰，一味地点头：长官，正是玉观音，让你给猜中了。张喜群又道：我今个天去了一趟玉门街，在冯家祠堂里再次查勘了一遍失窃现场，你这件玉观音，恰巧是冯保老太爷祖传的物件，莫非你就是这半个月以来，一直出没于沙州城里的那一名江洋大盗？田虎子灰败极了，自责不已，竟然将玉门街听成了玉门镇，以至于突袭急递铺未果，反倒被代理局长堵截在了这里，一时间下不了台。田虎子心知，眼下最为棘手的乃是马丑子，作为自己的一员悍将，这个草莽汉子一向忠心不二，敢于泼命，张喜群此番来问罪，明显是要剪除他的这一方嫡系，壮大马警队的势力。雨打在了颊脸上，像沙子打的一样疼。田虎子暗忖，假如二棍子没有十足的把握，断然不会如此的嚣张。这么着，田虎子揩了一下鼻脸，手心里黏糊糊的，觉得还是做一条泥鳅最好。

这一时，马丑子咯咯咯地发笑，梗起脖子说：长官，不打粮食的话，人人都会讲，就算你要冲着我来，办我的罪，起码也得找一个靠得住的借口吧？张喜群的权威遭到了挑衅，呵斥道：老子办案只看结果，不问手段，倘若你再狡辩一句，只怕我还来不及喊枪下留人，你就已经横尸在了街头，快招吧，少啰唆。马丑子姓马，性格上却是犟驴，声言道：长官，你手下马警队里有一个叫包德敏的，平素里跟我交往颇多，脾气相投，常常在一搭里喝酒吹牛。是这，昨日中午吧，包德敏约我在胡锅子店里见了面，将就着吃了一顿午饭，这块玉观音便是包德敏临走前相赠，我没问来由，一直戴到了今天。

一声霹雳，突然炸响在了头顶，张喜群腕子一抖，将长鞭收了回去，怒斥说：你个狗儿子，有胆量做贼，却没有勇气扛锅，竟然在这达满口雌黄，将所有的脏水统统泼向了包德敏。你知道么，马警队在昨日晚间缉捕一名惯匪时，包德敏以身殉国了，死得很惨，现在尸首还停在郊外的化人场里。田虎子的脑袋中出现了一个声音，嚷喊说：完了，完了完了，马丑子这下绝路了。当日一早，田虎子在警察局里得到过动态报告，又亲眼看见包德敏的亲属在门外嚎丧，可见这桩事情做不了假，板上钉钉了。这个关节上，马丑子的目光求援而来，巴 兮兮地盯看着田虎子，央求对方替自己解围。出于过去的情义，田虎 子蹒跚到了马丑子跟前，开腔道：

"包德敏以身殉国，属于民国英烈。你刚才满口喷粪，辱没亡灵， 足够你死三趟了。"

"虎哥，求你了。"

田虎子抚了抚部下湿漉漉的头发，安慰道："丑子，我知道你是 个孤儿，没爹没娘，也没有姊妹弟兄，你就安心上路吧。我答应送你 一口柏木棺材，还在上面描龙画虎，下一世里你争取出人头地，有一 个不错的前程。"言毕，田虎子孤寂地走了，很快便消失在了雨雾中， 将整个路口交给了马警队。

薄暗中，马警队的人马犹如两堵高墙，将左右两条街道扎住了， 只留下了另一条逼仄的巷道。身为步警队的一名骁将，马丑子并不是 吃素的人，知道敌众我寡，纠缠不得，慢慢地往后退却。这一刻，张 喜群端坐在马背上，将一切看在了眼里，但并没有阻止。马丑子后退 了一丈远，突然掉头而去，发足狂奔，一眨眼便隐没在了巷道中，逃 离了身后的那一排枪口。奔逃了大概有半炷香的工夫，马丑子终于笑 出了声，感觉自己逃离生天，好歹保住了这一条小命。马丑子暗中发 愿，待天亮之后，一定去一趟寺里磕头供香，而后离开沙州城，离开 敦煌这一片绝境。笑声突然停下了，隔着漠漠的雨雾，马丑子瞭见前 头站着一个人，手里牵拽着几只畜生，像狗，像狐，也像一群激烈的 戈壁狼，断了自己的生路。马丑子识趣，慌忙抱拳一揖，刚打算开口 讨饶时，却听见对方说：

"杀一个妇人，断一门香火，难道仅仅因为她偷了几枝花么？"

马丑子恍然了："她的确不该偷。"

"什么花？"

"罂粟花。"

不料想，对方松开了手，沉声吆喊了一下，几条黝黑的影子扑 将而来，立时将马丑子撂翻在地。猴子，该死的猴子，马丑子拳打脚 踢，奋力抵抗着，顾得了头，却也顾不了腿脚。在清冽的雨水中，血腥气来得刺激而恐怖，马丑子渐渐地颓败了下去，动弹不得，像一块被撕烂了的破麻袋片子。巷道口传来了一阵阵单调的马蹄声，不一时，张喜群骑在坐骑上，缓缓出现了，停在了马丑子将要咽气的肉体旁。

"苏食叔，你是去连夜上坟么？"

"嗯，剜下他的心，趁着还烫，我好去有个交代。"